刘醒龙 著

Pan
Hui

蟠虺

上海文艺出版社

○壹

> 识时务者为俊杰,
> 不识时务者为圣贤。

曾本之用尽全身力气才写出这两句话。

为了写这封信,刚刚过完七十岁生日的曾本之累得又是喘气,又是叹气,好不容易写满两张信笺,突然丢下毛笔,腾出手来一把接一把地将两张纸撕碎到找不到一个完整的字。从信的内容以及行文的语气来看,曾本之写了又撕的信是给自己所钟爱的某位弟子。在当下能达到钟爱级别的弟子只有女婿郑雄。前不久曾本之的七十寿宴就是郑雄操办的,因为曾本之有话在先,连家人一起不超过两桌。别人都觉得难办的事,郑雄办得格外得体,既有普通人家的简朴温馨气氛,又不失学界泰斗的端庄典雅风范。那位人称老省长的不速之客评价这寿宴是曾侯乙尊盘级的。作为青铜重器中极品的曾侯乙尊盘,是王者用来盛酒和温酒的一套器皿,其存在的意义被视为国宝中的国宝。用如此器物作为评价,可见曾本之七十寿宴的确非同寻常。倒回去八年,如此级别的弟子,算上郑雄,一共有两位。八年前,一群文质彬彬的警察当着曾本之的面,将另一位弟子带走以后,该弟子的名字就在曾本之的记忆中消失了。后来,曾本之多次尝试重写"识时务者为俊杰,不识时务者为圣贤"作为开头语的书信,重新写出来的内容与先前写过的内容几乎一字不差。临到需要回到书信的开头,写上与之对话的弟子的名字时,曾本之又开始陷入深深的困惑。他不清楚自己是要写给作为女婿的弟子郑雄,还是不想记起名字的那一位,最终不得不再次撕碎已经写好的每一个文字,只留下满屋的叹息。这种叹息不像是针对被撕了好几遍的这封信,更像是为了某个人。

在可以称为从前的一九九〇年代某天,一位堪称时尚尤物的女子在巴黎香榭丽舍大街上望着玫瑰兴叹,如果有哪位男士用写信的方式求爱,她会毫不犹豫地嫁给对方。这故事被人传来传去,终于来到东湖的花前月下,已过去差不多二十年,满世界的男人都已习惯宁肯每天上门送一束玫瑰花,也懒得写情书求爱,连带一应其他书信都不愿意动笔手写了。不管是谁,这时候若能收到一封从邮筒到邮局再到邮递员,最后才到收信人手里的有着墨香墨彩的书信,简直比只花两元钱买张彩票就中了大奖还稀罕。

皓首苍颜的曾本之是如今仍将写信与收信作为日常对外联系方式的极端少数之人。他不喜欢打电话,也不习惯发电子邮件,手机短信也是只看不写,只收不发。熟悉他的人都说这才是大师意识:等到这个年龄层的人集体回归历史,人类历史上的最后一批纸质书信就会变成珍稀之物而身价百倍。在曾本之的日常生活里,本是几十年如一日普普通通的往来书信,却在某个没有丝毫预兆的时刻,突然变得异常吊诡。

曾本之刚刚收到一封信。

正是这封信，将很平常的事情，变得极不平常。

一般人通信往来都是用简体字，曾本之研究的专业与众不同，邮递员送来的书信中偶尔有英法德日等文字，大多数写信人是用繁体字，他自然也用繁体字写回信。

这一次，曾本之收到的是一封用甲骨文写的信。

更为古怪的是，用甲骨文写信的人，死于一九八九年夏天。二十多年前，那次没有仪式的生命告别，从灵魂放飞，孤灯守灵，到扶棺下葬，清明立碑，曾本之从头到尾都在现场。

这个早已死去的人用甲骨文写信，其信封上的地址不是曾本之工作的楚学院，而是写着"省博物馆背后，进东湖公园大门，过小梅岭、可竹轩，道路尽头俗称老鼠尾的半岛最前端先月亭前，周一下午四点十分独坐在此的曾本之先生亲启"。

这段文字描述的正是曾本之在固定时间、固定地点放松神经的地方，除了家人，外人不应当知道。当然，信封上的这些文字不是甲骨文，而是用打印机打印出来的标准楷体汉字。

独坐之际，太阳将先月亭顶尖尖的影子，从曾本之身子的右边无声无息地移到左边。

无聊之际，曾本之捡起身边的一块蚌壳，随手一扔，正好扔在先月亭影子顶尖之处。他想起当年在随州擂鼓墩发掘曾侯乙大墓，周边村子里的小女孩最喜欢用花布做的沙包往地上画的方格子里抛掷，并跳来跳去地玩一种叫跳房子的游戏。身边还有不少蚌壳，曾本之连续三次精准地将它们扔到先月亭影子顶尖之处后，忽然觉得用它们打水漂更有意思。他试了一下，重量适中的蚌壳在水面上弹起又落下，落下又弹起，将一道比女人身上的曲线还要美丽的弧线，渐次推向湖心，最终悄无声息地沉入湖底。

可以肯定,湖面上刚刚响过一声春雷,清水幽幽的那种静,柳枝悠悠的那种软,还有内心深处的那种空荡荡,都是只有突如其来的雷声刚刚响过才有的模样。曾本之坐在伸向湖心的细长半岛顶端,往前多走一步,便是秀色诱人的湖水。两只野鸭从面前游过,小脑袋甩动的水珠,几乎溅到他的脚背上。野鸭还没走远,一条金色的鲤鱼就从水底钻出来,像淘气的小猫那样,追着自己的尾巴转了一圈又一圈。最享受的还是那些来了就不肯离去的春风,将一缕缕的阳光,不停地吹在人的身上,落在哪里,哪里的毛孔就舒舒服服地张开了。这种无法拒绝的舒适,让曾本之像醉了一样,眼睛不必闭上,人却进入梦乡。仿佛过了很久,曾本之正自由地从满是青铜重器的大殿,深入到一堆被黄土掩埋的甲骨文中,并一眼看中那块最大的龟甲片。当他伸手拿起龟甲片时,一声沉雷落到地面上。青铜重器和甲骨文的梦境,一下子化成春光无限的东湖碧水。

已经有一阵子了,每个星期,多不会超过两次,但也不会少于一次,载有甲骨文的梦境,就会造访睡意正浓的曾本之。

他将眼前的景物怔怔地看过几遍。

梦中的那一声沉雷,没有留下任何痕迹。

就在这时,他听到一个声音:"你是不是姓曾?"

曾本之惊讶地回头望去,一个穿邮递员制服的男人站在身后。

男人继续问:"你叫曾本之吗?我这里有一封寄给他的信。"

从错愕中清醒过来的曾本之肯定地点了点头,并按邮递员的要求亮了一下自己的身份证。

邮递员将信交给他之前,实在忍不住多说了几句,自己在东亭邮局当了三十几年的邮递员,这一带尽是文化单位,文化人一多稀奇古怪的信件就多。但与曾本之收到的这封信相比,先前那些古怪便是再正常不过的了。邮政局的人一致认为是恶作剧,同时又都觉得好奇,他才决定试试看。没想到这么古怪的信,还真有更加古怪的人收。

曾本之接过信件,只看了一眼,便忍俊不禁。曾本之也想看个究竟,能将信寄到如此古怪的地方,写信的人肯定对自己各方面的情况相当了解。既然如此熟悉,又何必要玩这种小把戏呢?当着邮递员的面,曾本之有些迫不及待地拆开信封,取出一张旧得发黄的信笺。

在看清楚信的内容之后,他马上想到,世界上最后一片安宁之地终于不再属于自己了。

"这是什么,是画的画,还是写的字?"

突然出现在曾本之眼前的四个字,让也想看个稀奇的邮递员不知为何物。

曾本之盯着那四个字发呆的原因,并非不认识它们,而是一眼看出,这四个字,从字迹气韵到纸张,实在是太熟悉了。

"这是甲骨文!"

曾本之没有乱方寸,还记得耐心地向邮递员做解释。

邮递员对甲骨文没有兴趣,他想了解,既然在如此古怪的收信地址背后,还有更加古怪的甲骨文文字,它所书写的内容是什么,是不是解决了世界上的某个不解之谜?曾本之不再满足邮递员的好奇心,对他说,邮政法的核心是确保公民通信自由,而这种自由的核心则是确保公民的隐私权。邮递员自然知道这些,他都离开好几步了,还忍不住嘟哝几句。

"别拿甲骨文吓唬人,我看你也是睁眼瞎。"

曾本之没有接话,他已经在琢磨,像晴空霹雳一样来到眼前的甲骨文书信。一张薄纸上虽然写着世上罕见的文字,意思却是再明白不过:或许是先前某件事,中途被停止,如今要重新开始了;或许是先前有种论述,想说而没有说出来,现在必须说话了。总之都是表示,有什么事情从此要大变样了。

甲骨文书信上只竖着写了四个字。

如此言简意赅符合曾本之的职业习惯。

同样,它也表明写信人具有与曾本之相同的职业素养。

四个甲骨文文字是:拯之承启!

在四个甲骨文文字的左下方,还有一方红彤彤的印章:郝嘉。

那是一个人的名字。虽然过去了二十多年,曾本之对这个名字的熟悉程度,依然仅次于自己的名字。

○贰

人身上若是没有一点古怪的东西那就不是人。

人生当中若是没有遇上一两件奇异的事情那就不是人生。

曾本之揣着那封古怪的信件坐在家里，本是等女婿郑雄回来说话。离政府规定的下班时间还有半小时，一位老朋友打来的电话，让他改了主意。

老朋友也是不爱打电话，而喜欢写信的一类，也是因为急了，才费力地找出曾本之的电话号码。家里的电话铃响，一般都是找安静。曾本之虽然坐在电话机旁，也懒得伸手接一下。安静从阳台跑回客厅，对着电话非常客气地说了几句，便将话筒塞给曾本之："马教授找你！"对电话有些麻木的曾本之，直到拿起话筒，听见楚学院的同事马跃之的声音后，情绪上才振作一些。

马跃之在楚学院也是栋梁之材，虽然做的也是关于楚学的学问，方向上与曾本之完全不同。有两句形容楚学院的话：知者之之也，不知者之之乎。前一句是表示对曾本之和马跃之的尊崇，后一句则是对楚学研究者各有所长，同时各有所短的形象描述。马跃之专攻漆器和丝绸，是这个方向上声名显赫的学术权威，但对甲骨文和青铜重器从不轻言。曾本之也是如此，凡是与漆器、丝绸相关的问题，任何时候都不会乱说一个字。如果说他俩之间真的有什么心结，那也是研究方向不同造成的。比如马跃之人前人后都爱说，自己之所以人微言轻，是因为研究的东西都是轻飘飘的，不比曾本之，开口闭口、睁眼闭眼都是重器，想不让社会重视都不行。曾本之每次闻听，都要回敬马跃之是人在福中不知福，从古至今丝绸总是与美女联系在一起，研究丝绸就等于是研究女人。马跃之上大学时谈恋爱的对象是一个校花级的女生，大学刚毕业就选了一个不算"市花"，起码也是水果湖"湖花"的柳琴把婚结了。相比之下，曾本之就差远了，四十岁之前，无论多么努力，就是没有相中哪个女人，也没有哪个女人面带桃红羞涩地多看他几眼，惨淡经营到四十岁，碰上在水果湖一家银行做出纳员的安静，总算点了一下千金之首，答应嫁给他。

曾本之对着话筒说："好久没听到跃之兄丝绸般的声音了！"

电话那头的马跃之马上回答说："彼此彼此，我也好久没有闻到你身上的铜臭了！"

一旁听着的安静马上冲着话筒说："什么好久，你们有没有时间概念？上个星期你还来我家冲着曾侯乙尊盘照片发呆，柳琴还笑你是不是从那上面看出一大美人来！"

马跃之在那边哈哈大笑："你们女人真是无醋不过日子。我只是想问，又不是女大十八变，怎么彩色照片上的曾侯乙尊盘比黑白照片上的曾侯乙尊盘显得皱纹多一些，就打翻了两只醋坛子。"

"还是本之说得对，你长着桃花眼，看什么都像看丝绸。等着吧，等柳琴活到九十岁时，她脸上肯定全是丝绸！"安静继续冲着话筒说,"在别人面前你俩是一对老顽固,你俩单独在一起,就成了一对老顽童。"

曾本之在电话这边笑,马跃之在电话那边笑。

他俩这样说话是有渊源的。当年马跃之结婚时,曾本之没料到自己的婚姻将会是比研究的青铜重器更难的难题,作为伴郎,他在婚礼上幽默地说,马跃之研究丝绸,就真的找了个丝绸般美丽的妻子,他要借马跃之的吉瑞祝福自己,既然是研究青铜重器的,将来就找一个浑身铜臭的女人做老婆。本是一句给婚礼助兴的玩笑话,没想到却一语成谶,当了半辈子光棍,最后真的和一个整天与钞票打交道的银行出纳员做了夫妻。

笑话几句,马跃之才说正经事。他刚听说,宁波那边有个活动,可以去两个人,邀请方想让他俩去。他自然很想去,可以一路上与曾本之好好聊聊天。马跃之也清楚,曾本之这些年外出参加活动都是由郑雄作陪,他要曾本之破例一次,就不要带上郑雄,也算是给自己一个机会。换了别人,这样说话肯定要弄出矛盾来。因为二人关系很好,再难听的话,只要是马跃之说的,曾本之就不会计较,反过来也一样。马跃之也不是真要言语伤人,一旦发现自己的冷幽默太冷了,就会想办法绕回来。果然,马跃之接着就来了一个转折,说自己打电话来是想确认一下,宁波的活动,曾本之若去他就去,曾本之若是不去,他也就懒得去了。

曾本之揣着那封用甲骨文写的信回家时,安静就对他说过这事,也是楚学院打电话来通知的。安静不等曾本之回来商量,就替他答应了。曾本之将这件事的过程连同安静的原话一并与马跃之说了。安静替他做主的理由是,男人活到这个年纪要多多外出走动,让外面的新鲜东西刺激一下神经,成天待在一个地方,死死地想一个问题,老年痴呆会来得更快。奇怪的是安静一向只要女婿郑雄陪曾本之出差，这一次她竟然破例要曾本之拉上马跃之。

马跃之笑着说，自己现在太想患老年痴呆症，不想活得太明白，痴痴呆呆的多好，说什么都可以，较真的话，难听的话，刺耳的话，装疯卖傻倚老卖老的话，哪怕站到水果湖的十字街头喊口号骂谁，也不会有人计较。

两个人在电话里将去宁波的事敲定后，马跃之还没有挂断电话的意思。曾本之觉得奇怪，如此拖泥带水并非马跃之的性格，这么拐着弯一想，他便认定，马跃之还有什么话想说。于是，他将闲话打住，直截了当地问马跃之，是不是还有不方便的话要对自己说。

曾本之认真地问，马跃之只能跟着认真地回答："郑雄下午是不是参加了省里的一个会议？"

曾本之一向对行政上的会议不感兴趣，不管是媒体如何连篇累牍的报道，官衔带长字的人唾沫横飞的宣讲，他都记不住，偏偏记住今天下午的会，是因为郑雄在家里说过，这是新省长上任后的第一个会。如果郑雄仅仅只是如此说一说，曾本之也不一定能够记住。郑雄说过之后，马上找出几本楚学研究的新书，说是看看有没有值得借鉴的新的研究成果。郑雄将那些书从头到尾翻了一通后，嫌它们只会炒剩饭。被郑雄瞧不起的这些书，其中就有马跃之的如何保护春秋墓葬中出土丝绸的专著。曾本之拿起马跃之的书提醒郑雄，这本专著学术水平相当高，不仅要读，还要好好读，否则就会在楚学界掉队落伍。郑雄没有说一定读，也没有说一定不读，只是说十本马跃之的书堆在一起，也比不上曾本之的一本书。

马跃之继续说："下午的会，原本没有安排郑雄发言，因为时间宽裕才让郑雄在最后时刻说几分钟。哪想到他一开口就恭维新上任的省长是二十一世纪的楚庄王！"

马跃之将郑雄的话原原本本地说给曾本之听后,免不了要评论一通:"堂堂中原霸主统辖的范围有好几个省,一介省长,怎么能与'三年不鸣,一鸣惊人;三年不飞,一飞冲天'的春秋五霸之一的楚庄王相比?就说现在,综合实力排名每况愈下,都要向二十名看齐了,对得起天时地利吗!退一步去想,就算省长能干,可以称为楚庄王,上面那位管他和领导他的省委书记又是什么呢?楚庄王虽然少年就登上大位,上面并没有太上皇,楚国历史中也从没有过太上皇。是因为父亲楚穆王死得太突然,楚庄王才无奈接管楚国权力。所以呀,郑雄这样乱形容比喻,有僭越和礼坏之嫌。"

马跃之到底是修养深厚,说起话来,像风一样顺畅,像水一样透彻,一句句话,一个个字,都是对事实的说明。马跃之甚至故意自贬,妻子太能干了也不是好事,像这些事情,如果不是柳琴在水果湖一带有太多的朋友和熟人,按一般情况,半年之后自己能不能听到这样的消息还很难说。这种事没听到也就罢了,一旦听到了,如果不告诉曾本之,就太对不起二人之间几十年的友情。在修养同样深厚的曾本之听来,马跃之说的每一个字和每一句话,都像那把国宝级的越王勾践剑,有诗意很优雅地戳着他的心窝。

毕竟郑雄是自己的得意门生,又是住家女婿,曾本之不好显得很生气,又不能不表示生气,他说:"放眼大别山前,长江两岸,金戈铁马的楚庄王不知道去了哪里,溜须大夫倒是车水马龙,十里长街都容不下。"

马跃之再说话时,反而有些劝导的意思:"新官上任,说几句祝贺的话,也不是没有道理,用不着太责备郑雄了。人家现在是副厅长,哪怕在家里也要给他留点面子。"

恰恰是后面这句话,让曾本之暗暗作了决定,暂时不在郑雄面前提及用甲骨文写的那封信。可是这种事既然发生了,独自憋在心里也难受得很，他便约马跃之，明天上午在楚学院见面。

放下电话，曾本之回到书房，对着墙上那幅精心装饰的曾侯乙尊盘照片呆坐了一阵。这张比实物要大几倍的黑白照片，拍摄于一九七八年曾侯乙尊盘刚刚出土之时，是曾本之最喜欢的，也是他个人生活中的唯一饰物。与之对坐时，别人看到的是一个老男人对既往辉煌的留恋，看不到他那胸膛深处涌动的心潮，比龙王庙下面，长江与汉水交汇时形成的暗流还要汹涌。看了一阵，大约是内心有了别的想法，曾本之从抽屉里取出一只放大镜，走到曾侯乙尊盘黑白照片前，对着上面那些比女人的鬈发还要复杂的透空蟠虺纹饰附件，仔细地察看起来。

书房的门没有关，但曾本之还是没有听见门铃声。

安静在厨房里喊了几声，见他没有回应便跑过来，一把夺下放大镜，嘴里免不了抱怨："这辈子天天抱着青铜重器都没看够，回到家里还要用放大镜看照片，哪有这样做学问的？"曾本之也不说什么，等到弄明白安静只是让他去开门时，女儿曾小安已带着外孙楚楚推门进来了。不待曾本之说什么，楚楚一个前扑，将自己的身子挂在曾本之的脖子上。安静这时也不再抱怨曾本之了，转而对楚楚说："天下万事万物，只有你这小东西，能将外公的魂从那些破铜烂铁上找回来。"

楚楚正要开口说话，曾本之伸手捂住他的嘴，笑着说："你帮我出一口气，回头外婆就会朝我刮一场台风。外公愿意当外婆的出气筒，你就不要管闲事了。"

曾本之并没有用力，楚楚还能呜呜地说："那外婆也要向外公学习，管青铜的，就不要管丝绸；管甲骨文的，就不要管漆器！"

虽然声音不是太清晰，大家还是听清了。

几个人正在笑个不停，门铃又响了。

不用问，也不用想，这时候，只能是下班回家的郑雄。

郑雄一进门，家里的气氛就有微妙变化。

郑雄还在门后换拖鞋，曾本之就问道："今天开了几个会？"

郑雄顺口说："不多，就下午一个会，先前的副省长超越常务副省长升级为省长，第一次公开露面，大家都去捧场。"

曾本之说："这种会有什么好开的？你已经不年轻了，不抓紧时间搞点自己的研究，难道后半辈子就用耍嘴皮子来对付？"

郑雄不慌不忙地回答："楚学这一块就那么多东西，最重要的青铜重器都被您研究透了，该做结论的都做了结论，该著书立说的全部著书立说了。您在前面登峰造极，后生晚辈只有做些大树底下乘凉的事。从我开始，您门下的弟子早就达成共识，这辈子最重要的研究，就是反击那些不相信楚学真理的谬论，让青铜重器成为当代重器。"

曾本之说："当了几年副厅长，就只狡辩的才能大有长进。"

郑雄不敢笑，又不能不笑，他将嘴角咧两下，又让眉梢扬两下："如果没有当这个副厅长，还真不清楚有些研究是如何研究出来的。学术上的事情，如果想防患于未然，不给那些别有用心的人半点机会，只有占住这个位置，才发现这个位置有多么重要。"

曾本之盯着郑雄不再说话，直到他去了卫生间，曾本之才转身回到书房，重新拿起放大镜时，却不再看曾侯乙尊盘照片，而是盯着一片半个巴掌大小、上面有一串甲骨文的龟甲。只要他将书房的门关起来，家里的人想进来说话，或者看看他是否需要添些茶水，必须在门外小声叫上几次。这一点就连楚楚也不例外，小小年纪就会趴在门上，一遍遍地叫外公，非要听到外公的声音才敢推门进来。曾本之好几次将手伸进口袋里，想将下午在东湖边收到的那封信再拿出来品一品，最终还是将伸进口袋的手，原样退出来。

家里的各种声音在渐次消失。郑雄多少年如一日地用手指在门上轻轻敲了两下，然后小声说："曾老师也早点休息。不好意思，我们先睡了！"

从与曾小安结婚起，一晃八年，无论是在家里，还是在外面，郑雄总是称曾本之为老师，从未叫过爸爸。刚开始不管是别人还是家里人都觉得怪怪的，时间长了，也就习惯了。毕竟将岳父称做老师、将丈夫称做老师的先例不少，这样称呼的人无一不是学界权威。马跃之曾酸溜溜地说过，可惜柳琴没有给他生个女儿，否则也要让女婿称自己为老师。无论配得上或者配不上这样的雅称，曾本之一向不会对这类闲话做出反应。

接下来安静在外面敲门，他一定要站起来，走上几步，正好在书房中央与推门进来的安静轻轻拥抱一下，脸贴着脸，相互说一声晚安。

家里彻底安静下来之后，曾本之才将那封古怪的来信取出来，摊在写字台上，用放大镜细细看了很久。

○叁

　　与马跃之见面之前,曾本之先在自家楼内的电梯里见到一只小蜜蜂,随后顺理成章地想到马跃之的妻子柳琴。

　　上次与马跃之畅谈时,马跃之兴奋得像是一名刚去武汉大学看过樱花,得知原来世上美女如此之多的大学男生。马跃之如此高兴的原因是自己还能和柳琴做爱。让这对老夫妻重操旧业的原因则是柳琴从随州出差回来,突然说起要带上他去当蜂农。在省养蜂学会工作的柳琴没有让马跃之太惊讶,她这次去随州,在离曾侯乙大墓不远的一家汽车改装厂里见到一款养蜂专用汽车,车上有一间供夫妻二人休息的房间,房间里有空调、电视、淋浴设备等。柳琴说,这种养蜂汽车特别适合情侣使用。两个相爱的男女,自己驾着养蜂汽车,想去哪里就去哪里,遇到收费站就走绿色通道,不用交一分钱的过境费或通行费,见到有花开放的美景,就停下车欣赏几天,并将蜂巢里的蜜摇出来卖了,有数不清的小打工仔替自己挣钱,沿途的日常花费也就有了。柳琴连开车的线路都设计好,每年五月从武汉出发,往北一站站地先到河南、陕西、内蒙古,再到甘肃、青海、西藏,然后从云南、贵州、广西、湖南绕回来,正好一年时间,国内所有开花的季节都赶上了。不仅不用花一分钱,还有可能小赚一笔。这美好的遐想使得这对老夫老妻动情了。等到恢复平静时才想起来,他俩都不会开车。柳琴因此对马跃之说,她一定要鼓动曾小安如此试验一回。马跃之觉得她是异想天开,正在读现当代汉语言文学博士的曾小安还好说,郑雄有厅长官职在身,岂能够如此自由散漫?

曾本之刚想到柳琴,柳琴就出现在他家楼下。

从事考古工作的人反应都比较慢,这是他们的工作特性决定的。一个只上过初中的建筑工人,一天就能挖几立方米的基坑。一个年过六旬的农民驾驭一头老牛,一天能耕三亩地。一个考古工作者,守着各式各样的先进设备,三天下来都挖不出一只拳头大小的陶罐;如果是发掘一尊青铜重器,十天半月都不一定让其全部显形。

曾本之的思绪从柳琴还是这么漂亮,再慢吞吞地意识到这个退休女人不在家侍候马跃之,先是让省养蜂学会返聘,几年之后按规定不能返聘了,又自觉自愿地留下来当义工时,柳琴已经说了一大通话,其中包括她最喜欢说的几句名言:男人所谓上班就是不用听老婆的唠叨了,所谓下班则是不用看老板的脸色了。女人不同,女人上班是为了回家后更好唠叨,女人下班则是为了让老板的脸色更加难看。

柳琴是来找曾小安的。论年龄辈分,柳琴与曾家交往应当首选安静,偏偏柳琴十次当中有九次半是找曾小安。当然,这事也还有某种天意,柳琴比安静大几岁,模样一点不显老,与曾小安站在一起,哪怕努力认真辨认,也只敢说她们长得像姐妹。看不出她们兴趣有多相同,但她俩就是有事没事黏在一起,不是逛街就是泡吧。弄得曾小安经常上午出去,直到晚九点以后才回家,人进屋了心在外面,还要抱着手机与柳琴窃窃私语一番。

柳琴嗔怪曾本之将自己的老公拐跑了,还说:"两个老男人黏在办公室里有什么意思,不如趁着老胳膊老腿还能动弹,多陪陪老婆。"

曾本之就说:"我也想驾驶养蜂汽车,带着老婆周游列国,只是这把年纪了,哪怕有驾驶执照,人家也不会让我开车。"

柳琴连忙捂住自己的嘴,可她还是笑出声来,而且还称马跃之是老顽童,家里的事能说的和不能说的都往外说。曾本之也笑,让她快点打电话,叫曾小安下楼。

柳琴却说:"不能打电话,一定要爬到你家楼上,亲自将曾小安接出来,免得有人见不着曾小安,会跑遍武汉三镇找醋吃。"

看着柳琴进了自己家的单元门,曾本之才继续往楚学院走去。

楚学院离东湖的直线距离只有一千多米,虽然临近双向八车道的东湖路,却很幽静。曾本之从进门起,只要碰到人,对方都会礼节性地主动打招呼。这类寒暄,最突出的是它的仪式感,缺了又不行,多了又让人不舒服。好在电梯里没有别人,曾本之独自上到六楼,正要打开挂有"楚弓楚得"门牌的办公室,忽然发现南边隔壁"楚乙越凫"室的门是开着的。

曾本之愣了愣,然后大声问:"谁在屋里?"

片刻后,一个年轻人出现在门口:"是我!我叫万乙,是新来的!"

曾本之这才走过去:"听说了,在南京大学读的博士?南京大学重视田野考古,学问越好越像做体力活的。你这样子好像有悖南京大学的传统啊!"

后面的这些话,是曾本之站在门牌为"楚乙越㠯"的办公室正中间说的。曾本之刚刚得知楚学院安排万乙在"楚乙越㠯"室办公,便斩钉截铁地告诉他,这间屋子空置八年都没被人动过一张纸。曾本之要万乙将行政科配给的新椅子退回去,书柜上了锁的不要动,没上锁的也不要动,每本书、每张纸都要保持原来的模样,就连那本八年前的台历也不要多翻动一下。

万乙小心翼翼地表示:"如果旧的东西一点也不让动,我在这屋里只怕转身都很困难!"

曾本之武断地回应说:"如何转身那是你自己的事!"

万乙心有不甘,就说:"听他们说,之前是您的得意门生郝文章在这屋里办公!"

曾本之面露愠色:"住嘴!不要再说了!"

万乙就像初生牛犊不怕虎,坚持往下说:"郝文章不是因为盗窃曾侯乙尊盘,被法院判处服刑八年吗?像他这样就算服刑期满,也不可能恢复公职回到'楚乙越㠯'室的!"

曾本之轻轻动了两下手指,示意万乙走近一些,几乎是贴着他的耳边说了一句:"叫你不要再提这个名字,如果你非要这样说话,你在楚学院就是连蜣螂都不如的那种东西。"

万乙说:"什么叫蜣螂?蜣螂是什么东西?"

曾本之说:"找你的小学启蒙老师问去。"

接下来的十几分钟里,曾本之站在屋子中间出神,不再说任何话。

临走时,他才重新开口说了五个字:"记住我的话!"

曾本之刚回到"楚弓楚得"室,万乙就跟了过来,主动帮忙开窗户换空气、烧开水泡茶,还在征得曾本之的同意后,将存放在桌面上的一堆邮件,一一剪开封口,再放回原处。

曾本之看着万乙做完这些,心里有话,却不愿意说出来。

万乙显然发现曾本之的嘴唇动了两下,就主动说:"曾老师如果有事就请吩咐。院里让我暂时在'楚乙越凫'室办公,就是要我优先帮您跑腿,然后才是搞研究。"

曾本之嘴里发出连自己也不明白是何意思的两声哼哼。年轻的青铜重器研究者已经退到门口了,曾本之才示意让他转回来。曾本之还是不说话,像握别一样将万乙的手拿到眼前看了一阵。万乙的手十分粗糙,从指尖到手背,没有一丝读书人特有的白嫩,反倒像那群天天在黄鹂路西段东亭邮局门口等待临时工作机会的乡村中人。

曾本之的目光中露出一丝先前没有的柔情:"往后你可以每个月来我这里聊一次。"

喜出望外的万乙找不到别的话作为表示,张口将心里最想说,又没机会说,实在憋得不能再憋的一句话说了出来:"我一定会按时来打扰曾老师。确定来楚学院工作之后,我就想好了第一个研究方向,用失蜡法复制曾侯乙尊盘!"

曾本之不置可否地说:"年轻人都是这样,喜欢挑战难度最大的课题!"

万乙胆大起来:"我好喜欢楚学院!头一天报到,见所有办公室的门上都挂着一个带楚字成语的门牌,那种感觉实在太浪漫了。我一直觉得浪漫古典是楚与秦的最大文化区别。"

曾本之不冷不热地说:"有浪漫就有恶俗。"

万乙说:"不管怎么样,总比要到历史中去寻找浪漫的地方好!"

曾本之说:"以后每天上班,先将自己的门牌擦干净。"

万乙带着欢天喜地的表情离开后,曾本之在走廊里走了走。

南边隔壁挂着"楚才晋用"门牌的办公室是马跃之的,到现在还锁着门。再往前走,那扇挂着"楚越之急"门牌的办公室是为郑雄保留的。从前郑雄天天在这屋里进出,现在来得少了,无人擦拭的门牌上灰蒙蒙的,像是心脏病人的脸色那样暗淡无光。与"楚越之急"相邻也是靠北边最后一扇门上挂着"楚馆秦楼"的门牌,实际上是楚学院的会议室。到此就得转身往回走。曾本之总是这样,平时在"楚弓楚得"室做些研究,累了困了便开门出来在走廊里走几个来回,先往东,再往西,从不违规。往西走过现在安排给万乙使用的"楚乙越凫",就到了走廊的另一端,那里有一扇门,挂着的门牌上写的成语是既大器又狂放响当当硬邦邦的"楚璧隋珍"。

与六楼的其他门牌相比,"楚璧隋珍"要洁净亮堂许多,大约是擦拭太多的缘故,那木制的门牌上竟然出现一般古玩古董上才有的包浆。

"楚璧隋珍"室基本上是空着的。但也没有彻底空置。往年省博物馆展出的一级以上青铜重器,除了实在搬不动的曾侯乙编钟,其他稍小一些的鼎簋等器物,每年都要搬到这间屋子里进行例行检查。后来情况发生了变化,博物馆可以自己做这些事了,为了突显曾本之在青铜重器学界的权威性,唯独保留曾侯乙尊盘必须送到"楚璧隋珍"室年检的规定。这项特权的保留,也得益于郑雄出面据理力争,才给楚学院和曾本之保住这点颜面。郑雄说的话确实很难被驳倒,不用说是省博物馆,就是在整个大中华文化圈,曾侯乙尊盘是迄今为止唯一不可仿制的国宝级青铜重器。在楚学院"楚璧隋珍"室进行年检,可以使曾本之这样的学界泰斗顺便进行零距离观测研究。像曾侯乙尊盘这样天下无双复杂精美的国宝,哪怕一万年弄不清楚它的奥秘,也绝对不可以采用物理取样方式进行破解,唯一可行的研究方法就是肉眼观测,在时间、温度、湿度和光线相对固定的条件下，观测的效果自然要好很多。

不知内情的人，以为这就是这屋子叫"楚璧隋珍"的原因，却不知"楚璧隋珍"室的真正主人正是那封甲骨文书信的签名者郝嘉。二十多年前，郝嘉在"楚璧隋珍"室可以望见东湖的窗口纵身一跃飞天而去。

曾本之有"楚璧隋珍"室的钥匙，而且总是随身放在裤袋里。这一次，他将手伸进裤袋里，取出来的只是一块白手绢。曾本之用白手绢在那门牌上细心地擦了好一阵。擦拭完毕，他后退一步，对着门牌再站一会儿，这才略有恍惚地回到"楚弓楚得"室。

不等曾本之回过神，马跃之就来了。一年四季，马跃之身上的衣服都是用丝绸做的，他曾说过，死后穿的寿衣也必须是丝绸的。一头皓发，再配上飘飘的丝绸衣服，马跃之给人的印象真的有些飘飘欲仙。

神仙风格的马跃之见面就说了一大实话："我在一楼碰到新来的万博士，他想将多余的椅子退回去，行政科却不收。问是怎么回事，他说被你骂了！"

曾本之说："我没骂他，只是不让他在'楚乙越皂'室里乱搬乱动。"

马跃之说："你就不要狡辩了，难道说放狗屁是骂人，放犬屁就不是骂人？万博士问蜣螂是什么？连蜣螂都不如的那种东西又是什么？我告诉他，蜣螂就是屎壳郎，比屎壳郎还不如的东西有很多种，在楚学院六楼，这种东西指的是鼻屎！"

曾本之说："好了，你就不要说了，我也是一时兴起才失态的！"

马跃之说："依我看，这是楚学院书记所做的最有专业精神的一件事。让万乙待在'楚乙越皂'室做研究，可以算做是保持优良传统之举。"

曾本之说:"此话怎讲?"

马跃之说:"说实话,万博士的气质还真有点像'楚乙越彪'从前的主人郝文章!"

曾本之不由得感慨地说:"他刚见面就敢与我顶嘴,这一点还真有点像。不过,最像的还是他那双手,我仔细看过,那才是研究青铜重器的手!"

马跃之说:"这就对了!我早就说过,研究青铜重器的人不能只看论文著作,还要与本之兄比比手才行。用这个标准来评价楚学院的那些接班人,当年有个郝文章,如今就数万乙万博士。不是我说,连柳琴都说,看看郑雄那双手,真是越来越嫩,越来越伪娘了,真的回楚学院,只能改行跟着我与漆器丝绸为伍了。"

曾本之马上表示:"这话可是从你自己嘴里进出来的!前几天你还手摸着'楚才晋用'门牌发牢骚,说楚庄王身上的王袍哪怕是嫦娥养的蚕,七仙女织的丝绸,王母娘娘亲手绣成的,也不如随便一个糟老头用破铜烂铁做的破烂玩意儿。以后你再这么说,我可不依你了!"

马跃之板着脸说:"心里有不快说说还不行吗?别说两千年前的丝绸,就是三千年前的丝绸也没什么用,盗墓贼不要,文物贩子不收,大贪官看不上眼,小贪官嫌麻烦,暴发户怕沾着晦气,小三和二奶又当它们是一堆破烂。看看从你手上经过的那些破铜烂铁,动不动就是几百万、几千万,甚至上亿人民币。要是发几句牢骚都不让,那我们活着还有什么意思?"

曾本之明白这是玩笑话,也跟着说:"你也不要太贪,人生在世有所得必有所失。青铜重器说起来好听,追究起来,哪一件背后不是尸横遍野,血流成河,重则诛灭九族,轻的也要五马分尸。你手里的丝绸就不一样了,你所看到的是丝绸背后的美人柔媚,玉体横陈,灯红酒绿和莺歌燕舞。"

马跃之说:"这话也对,丝绸后面只有风花雪月,青铜重器里里外外全是刀光剑影。只可惜风花雪月再美,也只能做那些刀光剑影的陪衬。就像现在,研究丝绸的我只能做研究青铜重器的曾老泰斗的陪衬。"

曾本之说:"你还想陪什么衬?看看你家那位,臭美得连安静都看不上,出门逛街非要拉上小一代人的曾小安才觉得不丢份儿。"

说到这里,曾本之忽然一转话题,小声问:"柳琴说郑雄越来越伪娘,有没有当面说给曾小安听?"

马跃之说:"肯定说过,柳琴将曾小安当成返老还童的仙丹,一天到晚尽同曾小安聊些时髦话题。我想起来了,是曾小安主动说郑雄很伪娘的。有天晚上柳琴在家里看电视,看得好好的,非要将我从书房里拖出来,看那个比女人还女人的人唱歌。那是我第一次得知,从甲骨文开始的汉语又前进了一大步,发明创造了'伪娘'这个词。柳琴说是曾小安教她的,曾小安教她时,顺便用这个词将郑雄形容了一番。曾小安说郑雄很伪娘是有几分道理,像我们这样纯粹搞研究,只对历史真相负责。自打当上副厅长,郑雄就不能再对历史真相负责,首先得对管着他的高官负责。所以,但凡当官的,或多或少都有些伪娘。就像昨天下午的会上,郑雄恭维庄省长是二十一世纪的楚庄王,就是一种伪娘,只不过这种伪娘,三分之一是潘金莲,三分之一是王熙凤,剩下的三分之一是盘丝洞的蜘蛛精。"

曾本之不由自主地叹口气:"我算是佩服到家了,天下做朋友的关系再好,也没有谁像你这样,当面数落人家的女婿。"

马跃之说:"幸亏我是几十年如一日,从一开始就反对你选郑雄做女婿，否则，还以为我心里另有什么见不得人的盘算。"

曾本之说："鬼话！你还能有什么打算。柳琴能生育时你怕毁了她的花容月貌，等到想要她生育时，又生不出来。你只要有个儿子，哪怕是痴呆疯癫二百五，我也要让小安做你家的媳妇！"

马跃之说："罢罢罢！除了郑雄，还有郝文章。真有儿子，我绝不会让他给你女儿当小三！"

二人互相取笑一阵，曾本之又说："这伪娘的事，你可要管住柳琴的舌头，切不可在别人面前透露半个字。"

马跃之说："你尽管放心。柳琴爱护闺蜜胜过老伴。她和曾小安常常不知去哪儿待上一整天，如果她不肯说，哪怕用分居来威胁也没有用。"

曾本之笑起来："你说这话的唯一效果是自己威胁自己，只有你才害怕分居！"

马跃之笑得更开心："这你就不懂，只要我真的生气了，柳琴就会让着我。"

曾本之说："空口无凭，请举例说明。"

马跃之说："这几年武汉三镇的女人像是患了花痴，柳琴也跟着凑热闹，每逢樱花开花就要去武汉大学看看。以往我没注意，那天柳琴又说要同曾小安一起去看樱花，随后果真一整天不见人影。"

曾本之插话说："这事恐怕有蹊跷，小安有花粉过敏症，特别是樱花开的时候，躲都来不及，不会自讨苦吃的。"

马跃之说："正是这样。我也是听你无意提及曾小安有这种毛病。所以，那天晚上柳琴回来，说樱花如何美丽时，我实在忍无可忍，就冲着她说了那句狠话。她才终于漏了一点口风，说是陪曾小安去汉阳看一个朋友。"

曾本之心里一阵颤动,却咬紧牙关不做任何表示。

马跃之等了一会儿,见曾本之一直没有追问的意思,反而替他着急:"我对此事是有严重疑问的,你自己可不能太麻痹大意!汉阳只有两样东西著名,一是动物园,二是江北监狱。汉阳的女人都往汉口和武昌跑,她俩像坐公交车坐反了方向,反而往汉阳跑,可是每次出门柳琴总是坐着曾小安开的那辆香槟色越野车,岂不是奇了怪了!"

又等了一会儿,见曾本之始终是一副免开金口的样子,马跃之只好说:"你们家的事,你肯定比我清楚,我就不管了,我只管柳琴。她答应往后自觉接受我的监督,外出时会将当天买零食什么的小票拿回来给我看,小票上面都有店名和地址,一看就明白她去了哪儿。"

曾本之终于回应了一句:"你这样管夫人,要不了多久,自己就会变成伪娘!"

马跃之笑起来:"伪娘这词是我教给你的,才一会儿工夫,你就用得比我熟练许多。这也是我佩服本之兄的地方,别人都说与你相比,世道对我太不公平了,我心里是真的觉得比你差远了。就说这甲骨文吧,从入楚学这一行开始,就没有见过有人将它当回事。大家都认为,将楚简弄通弄懂就足够了。就只有你笨得可以,硬是从《说文》开始,往后倒着学习,学了春秋战国的秦简和楚简,然后学金文,最后才学甲骨文。那时我们都笑你是曾笨之。一九九三年十月,在荆州纪南城旁边的郭店一号墓里,挖出七百二十六枚有文字的楚简,一共有一万三千多个楚字,都说这是轰动全世界的考古大发现,是迄今为止世界上发现最早的原装书。对我们来说,最轰动的是之前笨得出奇的本之兄。那些楚简,别人能认出大概就相当不错,一遇到有争议的地方,就只有听你的了。几乎每个字,往后你能说出它在《说文》中变化成什么样,往前你也知道它在金文和甲骨文时是什么样。就是那一次,我在心里彻底向你投降了。说实话,你这个大师的地位,就是那时候打下基础的。我也是在那之后才对你的破铜烂铁看着顺眼了。"

曾本之说:"看顺眼了也没用,青铜还是青铜,不像跃之兄你,一边研究丝绸,一边用丝绸将自己打扮成超龄美男子!"

马跃之大笑着站起来,走到一尊经过修复的楚鼎面前,摸一摸,又退后两步端详一番。从窗户照进来的阳光,正好投射在楚鼎上,那层古铜绿闪烁着翡翠光泽。而阳光照不到的部位,青铜楚鼎以它千年修得的庄重与威严,散发着一股无可阻挡的正气。

"楚地青铜重器只能与君子相伴!"

这话是曾本之多年前说过的。

即便是在处处显得老旧的办公室里,楚鼎的浩然之气依然令人感慨。毫无疑问这种气质出自唯楚鼎独有的那种束腰样式。相同时期的秦鼎霸气十足,更多的是一种得势不饶人的蛮横,是一种虎视眈眈欲将天下万物尽归自己所奴役的气焰。与大腹便便的秦鼎不同,楚鼎用一道优雅的束腰将自己与同等物什区别开来,正如世间脊梁坚挺腰撑傲骨之人,自当思哲高尚雄美万方,以诗情气节岁月境界为人生最重,其他权力、地位、财富以及荣誉,都是很轻的东西。沿袭殷商的秦鼎象征政治强权,所以当年秦地有大规模杀伐发生,必然要毁其家祠宗庙,夺其青铜重器,以实现江山更迭。山水孕育的楚鼎浓缩人格魅力,因而楚地最为悲叹的只是贵贱不明,等列不辨的礼崩乐坏。

相比那尊青铜楚鼎,马跃之在正面墙上那幅曾侯乙尊盘彩色照面前停留的时间更长。

曾本之有些好奇,就问他:"跃之兄最近是对曾侯乙尊盘有兴趣,还是对青铜重器摄影有兴趣？上个星期在我家书房,你也在那幅曾侯乙尊盘照片前面站着不动,像是看美女一样。如果是看美女,你赶紧去武汉展览馆,报纸上说那里的车模如何如何,好多五十多岁的老汉在那里围着看。你这七十多岁的老汉去看看怕什么！"

马跃之一边继续看,一边回答:"我有些觉得,这张照片与你家的那张照片有哪里不对！"

曾本之说:"都是博物馆提供的,可能是彩色与黑白的区别吧！"

马跃之安静了一阵,再坐下来,二人相对,各饮了一杯清茶。

突然间,马跃之说:"本之兄有吉兆啊！"

曾本之忍不住笑起来:"你这是想羞煞我呀！"

马跃之说:"是真的,我闻到本之兄身上有股异香！"

曾本之说:"你不要以为我也是伪娘吧？"

马跃之说:"我不是开玩笑,隔着茶几,都能闻到有香气袭人！"

话说到此,曾本之忽然明白过来,他将那封信取出来,递了过去:"请跃之兄看看这封信。"

马跃之接过信后,放在自己的鼻尖上深深地嗅了一下,有些自鸣得意地对曾本之说:"我说得没错吧,这信笺上确实有股异香。"

曾本之没有接话,只是示意让他看了信再说。

马跃之将写在信笺正中间的四个甲骨文文字平放着看了看,又对着窗口的阳光看了看。他不太有把握地问:"这不是金文吧？"从曾本之那里得到明确的答案之后,马跃之依然有些犹豫地说:"前面一个字好认,一个人掉进坑里,有人伸手拉他起来,是为拯救的拯字。第二个字肯定是'之'。第三个字好像是'承',最后面这个字,'拯之承'这句话的思路来猜,应当是'启'——对吗？"曾本之再次点头确认之后,马跃之才放心地表示,"这像是有人在发布预告,有什么事情将要发生了!不会是像一九四二年延安搞'抢救运动',或者像一九八三年要清除知识界的精神污染吧!"

曾本之又将信封递过去。

马跃之将上面的文字匆匆扫了一遍便叫起来:"看起来这个人比我还了解你。相识这么多年,我都不知道你还有周一下午四点半到东湖边临水赏花的雅兴。"

曾本之说:"哪里有雅兴,只是图个清静。"

马跃之说:"又不是研究青铜重器,这么轻松的事,也不叫上我。"

曾本之说:"时间不长,也就那次曾侯乙尊盘出事之后开始的。"

马跃之心里一愣,表面上还显得若无其事,再开口时,已将话题转回那封信上:"本之兄是要我帮忙判断写信的人是谁?写这封信的目的?"

曾本之说:"是的,我想听听你的看法。"

马跃之说:"到底是大师,搞研究时甲骨文和青铜重器一起来。现在又想人与事同时弄清楚。"

曾本之说:"跃之兄莫开玩笑,除了我,你是第一个看到这封信的,连安静那里我都瞒着没有做声。"

马跃之说:"你真的没有与郑雄说?"

曾本之不高兴了:"若是与郑雄说了,我就不会与你说。"

马跃之会意地点点头后,一下子变得认真起来。

他先从字开始分析,现在一般人写字都用电脑,用圆珠笔和钢笔的都越来越少,能用毛笔写字的人就更少了。全世界研究甲骨文的人只有五百多人,他们当中能用毛笔写甲骨文,而且还活着的大概不会超过十个。正因为人数极少，这些人便显得格外执著，为人做事也格外古典，只有特殊情况下，才会使用如此不合常理的招数。除此之外，在那些练习书法的人当中，也还有一些人专攻甲骨文风格。书法家写甲骨文，其技法无外乎是对原始甲骨文的模仿，普遍看不到几千年前的祖先为条件所限，只能用刀锋利器在龟甲或者牛肩胛骨上刻写的痕迹，其文字风格表象的暴戾、狂猛、犀利是那个时代文明的无奈，而非真的就是无奈的文明。夏商周时代的甲骨文，主要用于祭祀，用于朝拜天地和对不明事物的求知。这种时候，连五体投地、以身代牲的举动都心甘情愿，又怎么能够带着失敬的心态，用一些不雅的举止来表达景仰呢？

曾本之收到的信中，虽然只有四个字，却没有书法家在对原始甲骨文刻意模仿时，误将粗暴、鄙俗、衰微当成风格的痕迹。相反，那种自然天成的峻傲瑰丽与深邃雄伟，恰恰体现了甲骨文时期，文明初步兴起的那种令人身心愉悦的景象。又因为甲骨文总共只发现两千多个字，其中还有相当部分至今无法辨读。信中的"拯之承启"四个字，正好是甲骨文所能够书写的。换做一般书法家，可能从金文、秦简或者楚简中找些字来替代，再不然就用拆字拼字的方法，写出甲骨文中本来没有的字，不用过于典雅的"拯之承启"，而换成直截了当的四个字：开始救人！据此判断，只有成天与甲骨文打交道，对甲骨文背后的历史与文化有较深研究的人，才能写出这种能够体现夏商周时代人文气节的甲骨文。

马跃之的这些判断，曾本之深表认同。

他自己也发现写信的人与平常人的习惯不同。

曾本之在撕开信封的那一刻，虽然人在野外，风清水阔，也能闻到一股特殊的墨香。

现在的人用毛笔写字，即便是书法家与水墨画家，早就习惯用现成的墨汁写字作画。这种墨汁是越新鲜越好,存放的时间稍一长,墨汁里的成分就会产生不良反应,且不说书写时的感觉会变差,普通人能察觉到的气味与色泽也会发生变化。现在的水墨作品,拿到手里是闻不到墨香的。

曾本之收到的这封怪信却不同。

仅从邮戳上的日期来看,已在邮路上走了三天。

三天之后,曾本之将信函捧在手上时,先闻到一种幽幽的沉香。这不是荣宝斋等专营商店里卖出来的墨汁所能有的。只有用存放上百年的古墨现研现用的墨汁才具有如此芝兰之香。古墨是用松烟、油烟,再加入珍珠、玉屑、龙脑、麝香等名贵药材,经过一系列繁琐的工序,千锤万杵而成,否则哪会温软如玉,幽香恒久。

曾本之举起信笺,让马跃之对着阳光看"拯之承启"四个字的墨迹,又用放大镜看墨迹中的物质。那些放大镜刚好能够分辨的颗粒,以一种细微之细,细微之微,极为均匀地分布在墨迹之上,如此质地好似马跃之研究了几十年的古丝绸。

毕生专注楚学研究的曾本之和马跃之,对于纸的发明和使用,是起源于西汉早期的放马滩纸,还是开始于东汉蔡伦纸的历史纠结,原则上不会涉及。但楚学院里其他同事所做的相关研究,虽然不能详尽掌握,也时常有所耳闻。比如现在最流行的古字画辨伪,首要一项即是闻其墨香:古时的读书人用墨极为讲究,先贤们就更为挑剔了。如果在一幅号称某先贤的水墨作品上闻不到半点墨香,更不说有某种异味,从事这方面研究的同事,就会像对待垃圾一样扔得远远的,免得坏了自己的嗅觉。其次是看其墨迹:墨迹如何,首先在于研墨。研墨要重按轻研,手按在墨上的力量应稍重,按得轻,发墨就慢。研墨的时候则急躁不得,速度一快,墨粒就会变粗。此外还得身直向定,研墨时,墨与砚面要垂直,若是倾斜,研的时候墨易出角,这样的脆角很容易崩裂,形成墨团或者大颗粒,让墨质显得不均匀;所谓向定,就是说研墨时应始终按照顺时针方向,不能一会儿顺着来,一会儿逆着来,否则,墨汁中易起泡沫,影响书写的效果。

看看研究得差不多了时,曾本之想起一句话:研墨如病夫,是说人有点毛病时,身体虚弱,其力度反而适合研墨。他觉得从墨迹上看,这墨是一位身体较为虚弱的人研出来的。马跃之倒不是特意抬杠,他笑着提醒说,古时文人还有红袖添香的习惯,妙龄女子除了陪着读书,重要的还是写字作画时,在一旁帮着研墨。因为女子的身手力度小,加上性格的柔韧,也是最适合研墨不过了。

闻也闻了,看也看了,说也说了,笑也笑了,二人随后便认真起来。

马跃之说:"本之兄心中肯定已有结论,只是还有点犹豫,所以想要老弟我助一臂之力,或者做个见证。"

曾本之说:"说结论为时尚早,想请跃之兄做个见证的意思却是有的。这个时代,科技越发达,装神弄鬼的人反而越来越多!"

马跃之说:"只要心里没鬼,别人再怎么装弄,也伤不了自己的半根毫毛。"

曾本之说:"此话极是,我是要先弄清楚自己心里有没有鬼!"

马跃之说:"岂止是你,我们这些人一辈子都在与死人打交道,确实有替自己弄弄清楚的必要。"

曾本之尽量让自己的声音显得与之前没有两样,他说:"你相信'拯之承启'四个字,真的出自郝嘉之手?"

曾本之总算亲口说出此前一直不愿说出的人名。

作为人名的郝嘉二字,从古怪的信件现身的那一刻,就一直以红色印章的形式出现在用甲骨文写出来的"拯之承启"四个字的左下方。那红红的方块,一会儿像血的颜色,一会儿又变成早霞的色彩。一九八九年夏天的那个早晨,孤独地趴在混凝土地面上的郝嘉,正是在这两种颜色中既轰轰烈烈,又悄无声息地去往生命的终点。悄无声息是对公共社会而言,轰轰烈烈则是在许多人心里。

马跃之反而将声调提高一些:"我也只能这样想了。若是郝嘉之外,还有人能与他媲美,那可真是高人中的高人!"

二人都在小心翼翼回避的某个东西一旦被捅了出来,下面的话就好说多了。

马跃之十分怀疑,一九八九年夏天去世的郝嘉果真能够变成鬼魂,二十年后将重新介入人间事务,要"拯之承启"什么?用现代汉语来说,他要"开始拯救"什么?从事楚学研究,免不了要参与一些考古活动,所谓考古,说绝对点就是挖掘古墓。迄今为止一些最为重大的考古发现,都是对那些大型墓葬挖掘的结果。当今中国被绝对禁止,但红黑二道最想进行考古与盗墓两类挖掘的历史遗迹,都是超大型王陵。这些年,曾本之听同行说过,也亲身经历过一些与鬼魂相关的灵异事情。有鬼魂和没鬼魂,这样普普通通的议论与幻想,对整个楚学院的同行来说,只是没有多少意义的笑料与谈资。

说归说,马跃之与曾本之的想法一样,真正让他们觉得不安的或者说是难以把握的,是人为的装神弄鬼。为此,在整个上午的对谈之后,他们最终做了如下结论:郝嘉作为楚学院与他俩同辈的同事,死亡是毫无疑义的事实,人死是不能复生的。身为死者的郝嘉,二十年后,写给曾本之的信也是毫无疑义的事实,"拯之承启"四个字所表达的内容也是不能否定的。用他俩的话说,这两个结论,一个是矛,一个是盾。既不能说这样的结论,等于没有任何结论。也不能说,这是一点结论也没有的结论。郝嘉已经死于二十年前是一条线索,郝嘉死了二十年后突然给当年的同事写信又是一条线索。

所以,在结论之外,还有一个结论。

那就是必须耐心等待郝嘉再次来信。

就算这种通信没有丁点重大历史意义,凭其看不见,摸不着的奇趣,作为死者的郝嘉也许会再试一次。

从楚学院办公楼出来后,他俩在大门口握过手,正要分头走开,曾本之忽然紧走两步靠近马跃之:"柳琴再去汉阳时,你给我打个招呼。"

马跃之将曾本之看了好几眼才回答:"你要收买我当狗特务,也得出个价呀!"

曾本之说:"这哪叫特务,我只是想了解一下孩子的动向,又不是侦察老伴有没有红杏出墙。"

"我宁可去调查自己家的红杏,也不会去查曾本之的老伴,那不是自寻绝路。"马跃之一边说,一边将话题扭转了,"如果郝嘉真有灵魂存在,他一定知道今天上午我们谈话的所有内容。"

曾本之想了想才回答:"对!鬼魂是无所不在的。"

"等有了第二封信就好办了。不然,就像曾侯乙尊盘,天底下只有独此一份,说什么都不能不让人相信,但也不能不让人不相信!"

像是说漏了嘴,马跃之突然打住,并且不等曾本之回应,便大步流星地走开了。

○肆

"有一种怪梦,从武汉到北京、上海,再到东京、纽约和巴黎,全世界大约只有五个人会遇上。按照怪梦出现的规律,这五个人当中,前四位只是偶尔到相同主题的梦中逛一逛。就像大多数男人,被法律上称为配偶的女人拖去新建成的楚河汉街逛上一整天,然后女人遇上谁就对谁说,遇不上谁就对自己的配偶说,从这街口到那街头,从美食店到美容院,从上身的波霸文胸到下身的情趣内裤,从汉街上的痰,到楚河里的水,像那几个说电视评书的教授,一个回合接一个回合地说个没完。被称为配偶的男人缺少这份审美修养,万般无奈地跟在也被称为配偶的女人身后,胡乱走,胡乱看,胡乱想,最终只记得像散落在青铜重器旁边几只陶片一样的东西,譬如其他人都不会留意的一处街角和在人人都会留意的人堆中爱得太张扬的老夫少妻等等。所谓到此一游,也符合如此四位的梦中状态,醒来时无非零星记得几样龟甲、牛肩胛骨或者说是龙骨,稍不注意就会被当做隔夜的异味,在刷牙时刷得一干二净。五个人中的最后一位就不同了。梦里的一切他都不会忘记，不仅是龟甲、牛肩胛骨等称为龙骨的东西，还将那些旁人看一百遍也分不清笔画的甲骨文一字不差地记下来，用于醒来后，只是睁开眼睛，手脚膀胱仍保持熟睡状态的清晨的第一次思考。"

这番关于怪梦的议论对象是楚学家曾本之先生。

说话的郑雄还不知道，就在自己替曾本之表白之际，曾本之已从梦见甲骨文，升华为与甲骨文实实在在地撞了一个满怀。

不算在阴暗处的那些蝇营狗苟，能够用如此开放的话语公开议论曾本之的人实在是少之又少。那些对收藏在大英博物馆和大都会博物馆的甲骨文，像英文一样熟悉的外籍中国古代史研究者，都会闻曾本之其名而肃然起敬，平常国人就更不便多嘴饶舌了。整个武汉三镇唯有在省文化厅当副厅长的郑雄可以将曾本之说得汪洋恣肆，因为他既是曾本之的女婿，又是曾本之的大弟子。郑雄提起此番闲话的前提，是他认为有关各方对特殊人才需要特别的重视。

郑雄在省直机关厅局级干部中素来以才华著称。所谓才华，大部分表现在口才出众上，这也是水果湖一带的机关单位看人用人的重要指标。郑雄能从楚学院院长任上，升职为文化厅副厅长，且大家一致看好他很快就要接任厅长，原因也在于此。作为当年楚国核心区域所在省份，外地人对楚学的认知大多来自南边的邻省。这两年的情况有所逆转，总结起来原因不少，最为直接的只有两点：第一是作为楚学权威曾本之先生扎实的学问与学说；第二是曾本之的大弟子、文化厅副厅长郑雄凭着一条三寸不烂之舌，将曾本之的研究成果与心得，做了卓有成效并且深入人心的鼓说与宣传。

有一点足以证明郑雄的语言天赋何等了得：如果不是曾本之

不肯点头，郑雄多年前就去北京开讲春秋战国之楚国兴衰史了。刚刚获得"大裤衩"雅称的中央电视台，当初在武汉碰壁之后，才掉头去别处找了一个替补的。作为省直机关所在地，水果湖的人都知道，那位在电视里将古典名著品出麻辣味的教授，不过是上场顶替郑雄，并非主力选手。水果湖的人爱看足球的很多，但从不像汉正街和红钢城的人光着膀子去球场呐喊。水果湖的人只用电视机看球。一场球品完，便接着看麻辣教授。那位教授品得精彩时，他们会说郑雄的替补果然有两把刷子。若是哪个地方出了纰漏，他们铁定要冲着电视机用武汉方言大喊："下去！下去！"又接着喊："上郑雄！上郑雄！"

水果湖一带的会议特别多，且与时下多数会议一样沉闷无趣。但凡有郑雄参加的会议，哪怕有省长和副省长在场，只要还剩五分钟时间，主持者都会像看了足球再看电视评书时那样"上郑雄"，让郑雄说上几句，活跃一下会场气氛。接下来对会议进行小结时，主持人就能够理直气壮地说会议开得很好很成功。郑雄也是做楚学研究出身，他所说的兴楚与强楚，与时下水果湖一带最流行的强省富省口号，在文化上是相通的。省长也好，副省长也罢，他们从未表示过不悦，别人自然也就不会皱眉头。郑雄也挺为自己争面子，只要开口总能说出一些通过与会者的手机短信，迅速扩散开来的经典语录。那些话没有矫揉造作，也不像阿谀奉承，如果不是引经据典，一定是才情勃发，无论用哪种方式，都像是站在窗后就能看见的东湖，浩浩荡荡，清清漾漾，像从内心深处自然流淌出来的。

这一次，在场的庄省长因为像撑竿跳高那样，超越常规地跨过常务副省长，由副省长直接转正，心情一好自然就有与众不同的表现。他破例开口打断郑雄，问全世界只有五个人做这种怪梦是如何统计出来的。郑雄环顾四周不慌不忙地回应，华中师范大学一位研究心灵哲学的学者，上个世纪就做过调查统计，一个人所做的一百种事或者一百种行为中，只有一种能够出现在自己的梦中。同样，在人群中，出现相同梦境的概率为百分之一。以此类推，全世界研究甲骨文的总共才五百多人，能将甲骨文带进梦境的自然只有五个人了。

庄省长再次开口时，先笑了一声，然后才说，他见过一些处处讨好岳父的女婿，但没见过郑雄这种女婿，只要能够鼓吹，连打嗝的机会都不放过，是不是画蛇添足了，让别人以为曾木之先生的楚学大师地位还有争议？郑雄马上不卑不亢地回敬一句，学界早有共识，甲骨文和青铜重器，精通一种便是大师，曾先生对甲骨文和青铜重器的研究，二者都走在学界前列，称大师已是低看，应当是双冠王、大师中的大师，简单一点说就是人中泰斗。说到最后，郑雄还公开建议，省里应当考虑为曾本之申报院士。

庄省长当然不会就此罢休，用手指敲了一下麦克风，同时揶揄郑雄，当了几年副厅长就丢失了先前做学者时的严谨，明明还有理由更能说服人的，比如，另外四位记不住梦中的甲骨文，只有曾本之先生记得住，这就是大学者所必须具有的特异功能嘛！庄省长可能觉得还没尽兴，话已说完，又补上几个字：叫泰斗也不一定靠得住，最靠得住的还是叫泰山大人！不过，如果得罪了老婆，泰山大人也是靠不住的。

庄省长的话引起哄堂大笑。

郑雄既不示弱，也不逞强，接着庄省长的话继续表示，只要出了曾家大门，就忘了自己是曾本之先生的女婿，只要提到楚学，哪怕自己死后烧成灰也是曾本之先生的弟子！就在大家以为这是见好就收的表示时，郑雄突然说了一番比以往所有经典语录都要经典的话。

"与政治经济学一样,楚学也是人学,也需要人才辈出,曾本之先生这样百年一遇的人才本身就是楚学的一部分。楚学的最高境界是楚地的政治经济文化全面复兴,那样,庄省长就是二十一世纪的楚庄王!"

会场上顿时静得像夏天最热时从冰箱里取出来的冰块。

片刻之后,也不需要人带头,与会者不约而同地鼓起掌来。

这个聚集了两百名厅局级干部的会,议题是全省发展问题。大家的智商都不低,心里都明白,现任省长正好姓庄,用楚庄王来形容,就算不是神来之笔,起码也是人人心中所有,个个笔下全无的绝妙借代。主持者顺水推舟,拿起麦克风对大家说,希望到会与没到会的各位厅局长,在今后的工作中,人人做楚庄王手下的良臣猛将!主持者宣布散会前后,庄省长的表情如其一贯的严谨,谁也看不出突然出现的"楚庄王",在他内心留下了何种痕迹。

郑雄自己却不甚满意。

昨晚他还在与本省相邻的一座城市的人民大礼堂观看当地的革命歌曲演唱会,一边看一边构思,第二天下午当地的最高官员与他们座谈时,自己如何发言。郑雄很快就找到肯定能够引起轰动效应的观点:歌舞升平当然是斯时斯地强盛的表现,比如楚国强大时,全国上下男女老少都崇尚歌舞,因为楚国的强大,其藩属国随国才可以放心地用铸造兵器的宝贵青铜,铸造一套惊世骇俗的曾侯乙编钟和曾侯乙尊盘,才可以将能够装备一支精锐之师的几千件青铜器随葬到曾侯乙墓中。事先想到的这套说辞,最终张冠李戴、大材小用了,是因为省政府秘书长亲自打电话强调,这是庄省长任省长后的首个会议,要他务必赶回来,还要他准备几分钟的发言。

郑雄下飞机后直接乘车到会场,将本来要在人民大礼堂说的话,在水果湖说了。同样的话,在不同的地方,不同的对象面前,说出来的效果完全不一样。庄省长虽然贵为封疆大吏,却是平民出身,将来能进半步当一届省委书记就到顶了。能够三天两头在人民大礼堂做报告的人就完全不一样了,未来更是一切皆有可能!

如此懊恼,除了郑雄自己,没有第二个人知道。

○伍

　　随后的半个月里,郑雄说庄省长是二十一世纪的楚庄王那话,表面上对省政府所在水果湖一带的政治生态没有产生任何影响,实际情况正好相反。对这事最敏感的当属郑雄自己,在接下来规模相对较小,但规格一样的会议上,一些以往见面只是眼熟,从未打过招呼,更别说深交的厅局级副职,只要郑雄与其对个眼神,对方马上走过来与他握手寒暄。有几个人还小声对他说了意思相同的话:庄省长果真成了楚庄王,郑雄就不需要接曾本之的班,为继承大师与泰斗荣誉而奋斗,而要弄个"国师"当一当!换了别人,或许会当面请求对方以后不要这么说,郑雄却不然,不仅没有表示异议,还有欣然接受的意思。

　　又过了半个月,那天天气很不好,东北方向的天空中堆积着沉重的焦黄颜色,空气中还飘着一股刺鼻的异味。外面在疯传,说青山那边一家化工厂发生爆炸。很快就有官方消息通过各种途径辟谣,据说在微博上造谣的是一位孕妇,已经被警察带走。电台、电视台、微博、手机短信、街上跑的公共汽车和出租车上的显示屏,都在喋喋不休地告诉人们,真正的原因是近处的江汉平原、远处的黄河平原与淮河平原的农民们不听劝阻,坚持按照最原始的方式焚烧麦秸秆造成的。水果湖一带还是少有人相信,人家农民烧麦秸秆又不是一年两年,千百年来每到抢收抢种的季节都是这样烧,为什么去年前年和大前年没有?为什么发大洪水的一九九八年没有?为什么毛泽东畅游长江时没有?为什么武汉保卫战时没有?为什么辛亥革命时没有?连水果湖一带的人都不相信官方消息,在东湖路上聚居的文化人,平时就自由散漫富于想象,这时候更不愿意让自己显得像一年级小学生那样幼稚了。

不久前,文化厅还在车比人挤、楼比车挤的紫阳路一带办公。自从在东湖路新建办公大楼之后,东湖一带丰富的负氧离子所带来的快感,不能不让大家心里产生一些小贪婪。忽然之间又像回到旧社会,心里的不舒服自然不比往常。也没有人串通,也不知道是谁说一句,水果湖那边全都提前下班了,从厅长到科员,上上下下的人立刻形成一种默契,离下班时间还有半小时,就收拾东西往电梯间走。

郑雄和大家一样,正往电梯间走去,手机铃声响了起来。

一看来电显示的是"李秘书",郑雄马上想到一个月前的那次即席发言,便拿着手机让铃声一直响到不再响。自那次提及庄省长是当代楚庄王之后,郑雄就有预感,"李秘书"三个字或早或迟,总要出现在自己的手机屏幕上。因此,他甚至将自己正在开会、商谈公务、读书学习、出差在外、回楚学院研究自己暂时还不会放弃的课题,以及正好与曾本之在一起等等一切的可能都仔细想过。并对每一种可能,都进行了可行性设计。郑雄最终还是觉得,在所有的方案中,当着曾本之的面接听这通电话是最适当的。

所以，郑雄希望"李秘书"再次显现在手机屏幕上时，自己已经回到曾本之家里。

从任副厅长的第一天起，郑雄下班一般都不坐专门配给他的公务轿车，更不坐班车，出了院门横穿翠柳街，往东走几十米，再右拐弯上东湖路，沿着四季都有花开、双向八车道的大街走上七八百米，进入地下通道横穿东湖路，从402、411、552等几路公交车经停的湖北日报站站牌下面钻出来，继续往南走上七八百米，再在省博物馆和省美术馆之间左转弯进入黄鹂路东段，向东再走上七八百米，就到了曾本之家所居住的小区了。

是着急要接李秘书的电话，还是由于天气太不好，郑雄没时间细想。他少有地上了自己的专车后，司机小胡就恶劣天气评论了两句，郑雄就不耐烦地要他专心开车。只有两公里的路程，他竟然三次催促司机小胡开快一点。司机小胡很听话，郑雄刚换的一款新手机更听话。他回到常住的曾本之家，正在说那些常说的家常话，手机铃声便如他所愿地再次响起来。

看见手机屏幕上出现"李秘书"三个字，郑雄像是很随意地告诉刚好就在身边的曾本之："是庄省长秘书的电话！"

说话时，郑雄不紧不慢地按了一下绿键。

相互确认过身份后，李秘书在电话里通知，六点三十分，庄省长请郑雄一起吃晚饭。

在文化界，郑雄是出了名的好女婿。郑雄有个习惯，只要没有离开武汉，哪怕去新州、蔡甸和江夏等远城区，也一定要回来吃晚餐。即使出差到稍近一点的黄州、孝感和咸宁等地，回家吃晚饭的次数也是十有八九。郑雄的理由是，自从当了这个破副厅长，成天忙于行政事务，只能利用晚餐这一个小时，请曾本之先生对自己进行专业训导与授课。时间一长，常来常往的工作对象与工作关系们,也就习惯了,每到需要一起吃晚饭时,相关的人都留下来了,就只放走郑雄,还异口同声地笑话他,路上跑快点,赶不上私塾课,当心曾老先生的板子要将他的屁股当做开荤菜。

郑雄毫不犹豫地请李秘书转告庄省长,结婚之时自己就承诺过,只要人在武汉,就一定会回家陪曾小安和曾本之吃晚饭。郑雄与李秘书隔着手机说话,曾本之听见了也像没听见的样子,急坏了一旁的安静,她一边做手势要郑雄答应李秘书,一边压低声音要曾本之发话,让郑雄这就出门赴宴,别让庄省长在那边久等。

曾本之的样子就像一觉醒来,睁大眼睛一动不动地想着梦里见到的那些甲骨文。

曾小安则在用手机给谁发短信,偶然抬头,见安静似乎要对自己说什么,连忙拿着手机走到阳台上。

事实上,时间也不允许安静再三再四地进行游说。

李秘书在电话里解释说,不是让郑雄去东湖宾馆的甲所,而是去茶港小区二号院庄省长家里做客。

听到这话,郑雄暗暗吃惊,嘴里仍坚持,请庄省长成全一个丈夫对妻子的承诺。

几个回合下来,李秘书大概得到新的指示,终于让步,同意郑雄晚八点去庄省长家里喝茶。

郑雄如此表述夫妻间的恩爱,包含着能否带上曾小安一道去庄省长家的暗示,不管李秘书有没有听出他的弦外之音,庄省长肯定没有发话让他带上别人。郑雄一直强调自己的主要身份是楚学学者、是曾本之的门生,但是,他对政治生活的敏感,丝毫不亚于以政治为职业梦想的那些人。在城市生活中,除了血缘关系,朋友关系再亲密也不会轻易去别人家里,不得不去时,有个女人带在身边,要比光棍一条融洽许多。上庄省长家做客却不让带妻子,这让郑雄觉得,庄省长并非想与自己拉家常,而是有远比家常事紧要的事要与自己说一说。郑雄正是估计李秘书的电话,一定有不同寻常的吩咐,这才拖到回家后才接对方的电话。他想用这种方式给这个家庭带来某种意外的惊喜,同时也有在曾本之面前小作炫耀的意思。

让郑雄没有想到的是,这天傍晚曾家的餐桌上,气氛反而比平时凝重。八岁的楚楚,向来淘气,是家里的开心果,这时候也像有心事那样,三下两下扒完碗里的食物就跑回儿童房,关上门不知是做作业还是玩一个人的游戏。

楚楚虽然是曾家的外孙,却依着母亲姓曾。这个决定到底是郑雄做出的,还是曾小安做出的,或者是他们俩共同做出的,曾本之和安静至今没弄清楚。等到新增人口的户籍手续办好之后,曾本之和安静才知道,私下里他们问曾小安,这主意是谁出的?曾小安不让他们管,还说不就是一字之差吗,姓什么都一样。办理楚楚的户籍时,曾小安还在月子里,各种手续都是郑雄跑下来的。曾本之和安静却不好意思问郑雄。楚楚满周岁时,安静曾夸奖郑雄为人大度。郑雄却说:"这事与我不相干。"还说,"换了别人也会这么做的。"曾本之听出这话里有些毛病,正在怀疑,郑雄又补上一句:"楚楚姓曾,是占了曾家的大便宜,未来成长时好处多多。"郑雄的话不久就应验了,楚楚后来能够在水果湖最好的第二小学报上名,而不必另付一大笔额外的择校费,多亏他跟着曾本之和曾小安姓了曾,让校方有理由认为,楚楚是曾本之的孙子,而非外孙。

为此安静常常在家里说,也在外面形容说,这是"曾吞郑史"。作为曾本之的结发之妻,安静从水果湖一家银行的出纳员岗位上退休,赋闲几年,也道听途说地学得一些关于甲骨文和青铜重器的知识。她杜撰的"曾吞郑史",来自"人吞商史"之说。最早在河南安阳小屯村发现的甲骨文,被当做著名的中药龙骨。出于某些忌讳,凡是有刻画痕迹的龙骨,药铺老板一律拒收。当地人就用小刀将上面的痕迹刮掉,再将其卖给药铺。许许多多记载商代史料的龙骨被磨成粉,当做治病良药吃进肚里。后人叹息这段史实时,不免发出"人吞商史"的感慨。楚楚不随郑雄姓郑,而随曾小安姓曾,如此"曾吞郑史"之说,除了安静,其他人谁说都不合适。只有安静,说了也就说了,没人当真。

也许是觉得太沉闷了,曾小安便叫了几声楚楚。楚楚只是答应,人却不露面,曾小安便懒得再做声了。这也是她一向的习惯,因为习惯沉默寡言,郑雄在家里一直将她叫做冰雪美人。

放在以往,曾家的晚餐桌上,说话最多的是曾本之和郑雄。

他们说的总是永远也说不完的甲骨文和青铜重器。既是师生,又是翁婿,还有几分像父子的两个男人,只要一提起这些话题,在放下筷子之后,还要泡上二十道普洱茶,直到曾本之突然看一下手表,也不管正在说着的话题有没有完,便像追赶小偷一样快步走进书房,这顿晚餐才算结束。大多数时候,曾本之赶回书房都是为了继续琢磨那几片龟甲,从地底下挖出来起,一些学者就一直为上面的几个甲骨文文字争论不休,至今没有定论。而琢磨甲骨文只是开头,最多半小时,接下来曾本之就会长时间地盯着悬挂在正面墙上的那幅曾侯乙尊盘黑白照片冥想。除此种种,再无别的可能。

同曾本之这些时所做的怪梦相比,晚餐桌上的气氛更加怪异。按道理,像郑雄这种身份或者说是身价的人,能够受邀到庄省长家做客,学术至上的曾本之离官场政治很远,可以喜怒不形于色。然而,作为妻子的曾小安,读博士之前又在省政府外事部门工作,省政府一号官员对自己丈夫如此宠幸,却连问一声的意思都没有,那副心如止水的模样,好像自己是普京家的柳德米拉,或者是马英九家的周美青。受到曾本之和曾小安的影响，安静后来除了在七点三十分时提醒郑雄，别迟到，该出门了，再也没有特别关心的表示。

总之，郑雄出门之前，曾本之没问郑雄如何会受到省长的家宴之邀，连看他的目光里也没有画问号。曾本之不问，郑雄就没有必要主动说什么，何况他还要赶在出门赴约之前，仔细设想与省长在家里单独见面可能涉及的话题。

郑雄凌晨一点才回家，按理说家人都会存疑，一省之长不说处理那些由北京主导的事务，单单是准备去省内各种会议上发表重要讲话，批阅一百多个部门递上来的形形色色的报告，就够他每天从早忙到晚。哪有请人到家里闲聊，直到凌晨才放行的道理？奇怪的是，家里的人全都没有反应。

郑雄回家时，至少曾本之是知道的，因为曾本之的书房里还亮着灯。郑雄曾打算敲门打声招呼，手都举起来了，忽然听见门那边一声长叹："楚——"

对曾本之深夜独自说出来的这个"楚"字，郑雄绝对不会听错。

像精心挑选过，说话时的吐字发音还算规范的曾本之，保留了几个用特殊方法发音的字。最特殊的就是这个"楚"字，明明要发闭口音，曾本之几十年如一日地发成开口音。为此，不知被安静和曾小安笑话多少次，更不知被楚楚抗议和警告多少次。曾本之就是不改，还说只有如此发音，才是楚国的"楚"，楚学的"楚"，才是青铜时代的"楚"和惟楚有才的"楚"。前天晚餐时，楚楚还冲着曾本之撒娇，他的名字是闭口音的楚楚，曾本之若是再用开口音的楚楚叫他，就要罚曾本之将楚字的汉语拼音写一百次。曾本之当时答应了，喝了几口汤，再叫楚楚，提醒他别烫着时，曾本之还是将嘴唇张得开开的。曾小安当即创造了一个新概念，将曾本之的这种顽固不化，称为语言上的生态保护区。说到底，曾本之所说的"楚"字音,也就是黄州一带方言。人的一生,越到老年,后期训练出来的语言能力退化得越快,相反,那些童年时牙牙学语的方言,哪怕几十年不使用,也会自动成为一个人终老时最为流利的话语。活到七十岁,就应当不管别人如何听,只要自己说得舒服就好。曾本之是黄州人,自然觉得黄州的"楚"字说起来更舒服。

郑雄将手举在空中,待"楚"的回音在寂静夜空中一丝丝散尽了,这才在那门上轻轻敲了两下,然后隔着门请曾本之早点休息,年岁不饶人,不要太熬夜了。

郑雄在曾小安身边躺下来时,那只浑圆的胳膊就伸在手边。

一股抚摸的渴望从郑雄心里油然而生。然而,一顶蚊帐从房顶吊下来,像金钟罩一样将曾小安从头到脚罩得严严实实的。郑雄放弃了那些不切实际的想法,将自己的身子平放在蚊帐没有罩住的大床的另一半上。

在进入梦乡之前,郑雄用较短时间将去庄省长家的情况回味一遍,重点回味的却是从庄省长家出来之后。很可惜,他不能不回味曾本之近乎呻吟的一声:"楚——"这声长叹让郑雄经历了一天当中的所有兴奋之后,终于产生一种隐隐约约的不祥之感。

○陆

　　一觉醒来,刚睁开眼睛,郑雄就看到一双明丽的眼睛在盯着自己,不等他有所反应,那双眼睛便像流星一样飘然而逝。等到郑雄身上的自主神经全部活动起来时,曾小安已经将身上睡眠痕迹清理得干干净净了。曾小安走出卧室的那一刻,再次冲着郑雄露出一丝不经意的笑容。虽然早已忘了上一次曾小安冲着自己笑是什么时候,这突如其来的表情并没有让郑雄产生过多的联想,直到后来发生一连串事情,再回忆这些,他才明白原来曾小安的笑里藏着一大堆心里话。这些话包含如下主要内容,郑雄昨夜回来晚了不要紧,甚至从此不再回到这所房子里来也不要紧,如此好聚好散,说不定还可以像从前那样,成为男闺蜜。

　　郑雄来不及细想是否还有其他原因,就听到曾本之在客厅咳嗽。

　　这是曾本之夜里又梦见甲骨文的明显信号。在没有梦见甲骨文之前,曾本之每天早晨起床后,第一件事情是吟诵某件青铜重器上的铭文。

郑雄赶紧披上衣服来到客厅，冲着曾本之毕恭毕敬地说了一声："早安！"见曾本之的表情与平时没有两样，郑雄才放心地问："夜里又遇上甲骨文了？"

曾本之点点头，然后摊开巴掌，露出一张便笺，上面有一个毛笔写的甲骨文文字。甲骨文虽然只有两千多个字，但每个字的异体字少则几个多则几十个。像郑雄这样看着眼熟，却认识不了，已经很不容易了，至少表明对甲骨文有经常性接触，过了心理排斥关，变得有感情了。

不待郑雄发问，曾本之主动说："夜里做梦时，我就说过这一次自己一定会胜出，醒来后躺在床上一琢磨，还真的破解了。"

曾本之喜欢将甲骨文的异体字称做是地雷阵，研究甲骨文也必须像排地雷那样，发现、排查和解决，既枯燥，又危险，也荣耀，除此之外别无他途。对昨天夜梦里出现的甲骨文，曾本之强调："百分之百准确，这个字也是楚！"

话音刚落，楚楚从儿童房里跑出来，一把捂着曾本之的嘴，连连说："我一定要改名，不叫楚楚了，免得外公屡教不改总犯错误。"楚楚停顿一会儿继续说，"被同一块石头绊倒的人，叫做什么？我不会说脏话，外公，你自己想明白去吧！"

楚楚一本正经的样子，将家里的人全逗笑了。

这种轻松快乐的情绪，一扫昨晚的沉闷，陪着郑雄来到办公室，又从办公室来到一个电视会议的会议厅。郑雄在人群中端坐了一个小时，他本想好好回味昨晚在庄省长家里听到的那些话，前排一个面相有些陌生的男人，几次回过头来想与他说话。因为分管文化的副省长正在讲话，郑雄不想让副省长看见自己没有认真听他的讲话，一直没有搭理。

陌生男人便写了一张纸条递给他：我认识一个人，也会梦见甲骨文！

郑雄读后全身为之一震，马上在那张纸条上写上一句：散会后请留步！

前排的陌生男人，在纸条上再写了一行字：今天不行，回头我约你！

没过多久，前排的陌生男人，就起身离座，像是上卫生间，却一去不返。

散会后，郑雄没有马上离开会议厅，他拦住张罗会议的那位副秘书长，打听刚才递纸条给自己的人是谁。当然，他不会说得如此直接，只问坐在自己前面的那位是哪个单位的。听副秘书长说，那人叫沙海，是省监狱管理局副局长兼第一分局局长，郑雄心里暗暗颤抖了一下，紧接着，从最不愿意光顾的记忆的角落里迸出一个人名：郝文章。

就像其貌不扬的荒地里忽然冒出一座王侯大墓，任凭采取哪种方法封锁消息，半个中国的盗墓者都能嗅到气息，能否下手且先不管，无论如何也要来踩一下点，并尽可能地了解墓葬内部的构造，用行话说叫做进修。如同曾本之这样的泰斗级学者好不容易授一次课，青铜重器的研究者和由于各种原因有了兴趣的爱好者，会想尽办法进到课堂上坐上一坐。突如其来的人名"郝文章"，就像在郑雄心灵深处挖了一条几十米长的盗洞。只是这条盗洞没有打穿主墓室，没能见到那些令人叹为观止的陪葬品。如果盗洞打通了，却发现此墓早已被人盗挖一空，盗墓者也不会太失望，还会刻意留下一两样工具，表示自己已达到与几百年前的同道先贤相同的境界。在古老的盗墓行业里，谁能找到王侯大墓，就会被奉为大师。能将盗洞一直挖到王侯大墓主墓室里的人，更会像曾本之先生那样被尊为本行本业中的泰斗。所以,从主墓室空手出来的盗墓者,也会有大获成功的喜悦。最悲惨的是挖了半月的盗洞,却碰上砾石或者流沙,只得灰头灰脸地退出来,与守在外面的人一道落荒而逃。

郑雄在自己心里挖的正是碰上砾石与流沙的盗洞。

回到办公室,郑雄给自己沏上一杯茶后,就坐在办公桌前发呆。

有人敲门进来汇报什么事情。待那人走后,他才发现,自己在一张白纸上不知不觉地写满了字。郑雄赶紧将这张纸撕成碎片,扔进垃圾桶。

虽然副厅长没有实权,事情却不少。忙了一阵,临近吃午饭时,专门负责文件传阅的秘书进来,要郑雄在一份与学习宣传有关的文件上签字画圈。此前,郑雄总会吩咐秘书放下文件,过半小时后再来取。虽然他不会对这类文件多看一眼,但他觉得当着别人的面,在没有阅读的文件上堂而皇之地签上"已阅"二字,抛开公开撒谎这个概念,起码也是对负责传阅文件的秘书的不尊重,甚至还是一种自我羞辱。此时此刻,听秘书介绍说,文件是正式的,但没什么内容,都是务虚,例行公事而已。郑雄头一回当着秘书的面,拿起红蓝铅笔,先画了一个圈,又从圆圈上引出一条线,再在这条线的终点签上自己的名字。郑雄将文件推给秘书时,秘书没有伸手拿走,而是冲着他露出一副错愕的表情。郑雄低头一看,本来应当签上自己名字的位置,竟然鬼使神差地写着别人的名字。他赶紧用橡皮将错写的名字擦掉,重新签上自己的名字。

秘书走后,郑雄用左手拍了一下自己的左脸,又用右手拍了一下自己的右脸,然后满桌子仔细寻找,果然又在别的纸上发现自己亲笔写的三个字:郝文章。

郝文章是一个人的名字。

这个名字曾经是那样熟悉，以至于多年之后的郑雄只要一想起来，心中就会冒出一团纠结。

郑雄在心里判断，一个做官做到厅局级的人，日常接触最多的理所当然是自己的工作对象，省监狱管理局副局长兼第一分局局长沙海的工作对象是犯下各种罪行而在监狱里服刑的人，所谓牢里关着英雄汉，河里淹死会水人。既然敢于动手干那些超出常规的事情，身上或多或少总有一些超过常人的本事，成功了就在旁边偷着快乐，失败后监狱往往是最有可能的归宿。所以，一介监狱长，若是没有遇上几个有怪才的怪人，他所管辖的监狱里大概是清一色的强奸犯。

郑雄竭力想办法让自己忘掉这个名字。他在心里说，本省是出土文物大省，自然也是出产盗墓贼和文物走私者的大省，监狱里自然会有几个这方面的高手。大凡这类高手几乎全是自学成才，进而认识一些甲骨文，这种可能性是绝对存在的。只要沙海副局长所说会做甲骨文梦的人不是江北监狱的，郑雄心里对这个名字的反应就会轻微许多。刚一转念，郑雄又对自己说，江北监狱那么大，关押的又都是武汉及其周边一带最有犯罪才能，可以说是他们不犯罪谁还会去犯罪的人。在监狱里待上十几年，单单是死记硬背，也能将已有定论的甲骨文记得滚瓜烂熟。

这时候，手机上突然进出一条短信：下午？

正在拼命找理由让自己从某种压力下放松下来的郑雄，盯着两个字看了一阵，然后也回复了两个字：一点。

发送成功之后，郑雄将一收一发两条短信共计四个字删除了，随后又打电话告诉办公室相关人员，自己下午有个专业方面的事情要做，手机会关闭一阵，有事发短信通知。

郑雄下楼时,司机已将车牌是"鄂AW"开头的黑色轿车停在大门前。

上了车他习惯性地吩咐:"回楚学院!"

郑雄虽然当了副厅长,除了卸下楚学院院长之职,其余专业职务如课题组长、首席研究员、博士生导师等,一样也没有丢下。黑色轿车开到楚学院的停车场后,郑雄却让司机小胡下车,去自己的办公室"楚越之急"等着,万一有来电显示开头是"872"的电话,就接听一下。小胡将驾驶座让给郑雄,正要转身离开,又被招回去。郑雄补充吩咐,开头是"878"的电话,也接听一下。小胡点了点头,他明白,省政府办公厅的电话号码以"872"开头,以"878"开头的电话号码是省委办公厅的。

○柒

郑雄开车离开楚学院时,险些在林荫道的拐弯处撞着一个人。

外面的人只有弯下腰才能够看清驾车人的面孔,因为前挡风玻璃上的遮阳板被拉了下来。正在午后春风里独自徘徊的万乙博士,没有弯腰,他直挺挺地站在路旁,等着对方放下车窗,主动向自己说声对不起。没想到车窗没有放下不说,他还隐约听见,车内有人说了一句很难听的话。

万乙只看到夹在遮阳板上的一张违规停车告知单。

昨天晚上,当交通警察的高中女同学沙璐给他发手机短信:如果某驾车人总在某地受到违停处罚,此处一定存在与此人相关的某种秘密。他回短信问沙璐如何发此感慨。沙璐回答说,那个老男人,只用六个月,就在同一路段违规停车十二次。沙璐所说的昨天,是按她的日程计算。与万乙所说的昨天,实际相隔一天。沙璐昨天中午头一次去那个地方蹲守,就将老男人和女下属玩车震的现场拍摄存证了。

一想起这事,万乙便拿起手机给沙璐打电话,报了差点撞着自己的这辆黑色轿车的车牌号,却说成是楚学院的导师不知为什么,火烧眉毛一样非要查自己坐驾的违规停车记录。沙璐心情并不坏,还笑嘻嘻地问他,是不是发现导师与女学生暧昧了?

几分钟后,万乙收到沙璐回复的手机短信。

险些撞着他的这台黑色轿车,上半年以来有三条违停记录,地点都在中北路白玫瑰花园门口。

第一条短信刚读完,第二条短信又来了,沙璐问,你的导师怎么开上文化厅的公务车了?不等他回答,第三条短信又追过来,沙璐说自己已快刀斩乱麻,与那个在市委组织部当处长,既没有真才实学,又没长脊梁骨,却总在别人面前牛气冲天的老男人离婚了,上午十点四十四分拿到离婚证。

沙璐离婚的消息,猛地淹没了万乙。

好不容易清醒过来,万乙决定这就去中北路上看看。

中北路与东湖路平行相邻,互相贯通的街巷集中在水果湖一带,其余五公里长大街只有一条黄鹂路作为连接。万乙出了楚学院,沿东湖路往北走到黄鹂路口,却发现窄得不能再窄的小街,因为一起小得不能再小的车祸而被堵得死死的。换了别人也许就此放弃了,中北路白玫瑰花园门口有再多的车辆违停,与自己有什么关系呢?万乙不肯放弃,既然决定要做的事,就要做到底,哪怕明知会失败,也要弄清楚失败的原因所在。他拦了一辆出租车,直行经过十亩地小区,到双湖桥头后右行到汉街口,沿楚河直行到中北路后继续向右行驶,在地图上与楚学院背靠背的武重宿舍小区门前下车,步行横穿街道后,再沿着中北路向前走一小段。

万乙刚看到违规停车告知单上写着的白玫瑰花园,就看到那辆在楚学院院内差点撞着自己的黑色轿车,停在两棵风景树之间的缝隙里。因为有警察正用摄像机对着黑色轿车拍摄,他等了一会儿,直到警察骑着摩托车去了别处,才走近那辆黑色轿车。见四周没有别人,他伸手将那张刚贴上去的处罚通知单撕下来,揣进自己的口袋里。万乙听沙璐说过,有些司机会在第一时间里拿着处罚通知单去找贴单子的警察,只要有熟人从中串通一下,两包香烟就能搞掂。如果第一时间没搞掂,就会自动转成电子眼,再想搞掂就麻烦许多。即便最终搞掂了,不罚款,也不扣分,但也还有案底可查。万乙就是想让其留下案底,不定哪天会派上用场。

再次横穿双向六车道的大街之后,隔着宽敞的中北路,万乙继续盯着对面的那辆黑色轿车。

天气很好,绿化带里该开的花儿全开了。从鲜花面前经过的路人很少有表情灿烂的。实话实说,这个城市的大街小巷比前些年漂亮了许多。中北路这一带,因为是老武汉重型机床厂和老武汉手表厂的工人聚居区,工厂改制后遗留不少令政府头疼,更让工人们心疼的问题。十几年来,中北路不知被请愿的工人们拦腰阻断了多少次。中北路不通,只需半小时,就会引起武汉三镇交通瘫痪。一般情况下,一看牌号就知道是省市官员的公务车,轻易不会走中北路,害怕正好赶上工人们上街,万一坐驾被掀翻事小,人被扣在那里才是大大的祸事。官员人都不敢去,市政建设就更说不上了。前几年,先是有两家大银行在武重宿舍小区对面的菜地上,悄无声息地建起金融大楼。接着,国内最大的石油公司,也在老手表厂斜对面的城中村里建起地区总部。加上后续的各种中小项目,不断从各个方向朝着中北路上的传统居住区挤压过去。也没见到政府主管部门有根本性的政策改变,所谓聚众阻断交通的事情,越来越难得一见了。那些大大小小的新建项目,都会将自家门前一段街面修得漂漂亮亮的,像虚线那样一段段地自扫门前雪,不知不觉中就让中北路发生了极大变化。昨天下过一场春雨。放在以往,雨后的一个星期里,前三天,第一天到处是烂泥,第二天多半地方下不了脚,第三天街道中间和两边干净了,人行道上还有些许专门与女人的高跟鞋过不去的泥水坑。后三天情况相反,烂泥晒干后变成弥天灰尘,直到第七天才会好转,这时候往往又有春雨落下来。现在的情况大不一样,春雨停了也就停了,除了几处渍水洼地,大部分街道在春雨洗刷之下变得干干净净。可惜的是,才干净了两年,中北路这一段又要修地铁,那种开膛剖肚的模样,比受到轰炸还要凄惨。

环境好与不好,与个人心情成正比。拿到博士学位的万乙,刚来楚学院报到,就发现很多人心情不好。根源在于这么多年,大家并没有享受到楚学研究屡出成果之后本应分享的好处。那些来之不易的荣誉几乎都被曾本之和郑雄拿去了,偶尔从指缝里漏出丁点,被马跃之捡了去,就再也没有什么给其他人了。在楚学院,只算活着的人,曾本之是青铜重器专业的第一代研究者,郑雄是第二代,万乙毫无疑义地成了第三代。从来楚学院报到的第一天起,万乙就被其他人另眼相看了。一开始,万乙还会在一些可以说话的场合偶然流露,说楚学就是青铜重器学,楚学院的研究成果,也就是关于青铜重器的研究成果,舍此就会本末倒置。一旦发现那种说不清道不明的奥妙,万乙便不再在这方面多说一个字。

没事时,万乙想了很多。

当他再次提醒自己,千万不要卷入楚学院既往的事务性纠葛时,突然发现双向六车道的大街对面出现一个熟悉的身影。万乙知道自己的眼睛睁得很大,但无法知道到底睁大到何等程度。他越是不敢相信,那个身影越是清楚。他越是不希望对方走向那台受到自己跟踪的黑色轿车,对方偏偏掏出车钥匙,打开车门,将那台刚才被警察贴过罚单的黑色轿车轻快地开走了。

万乙不习惯叫郑厅长或者郑院长。

到楚学院上班后,他只见过郑雄三次。

三次都是在楚学院对面的省博物馆碰上的。

第一次在受到特别保护的曾侯乙尊盘前碰上时,郑雄正在亲自向一位贵宾做解说。再次在受到特别保护的曾侯乙尊盘前碰上时,郑雄又在亲自向一位贵宾做解说。第三次碰上的地方,仍旧是在给曾侯乙尊盘提供防火防弹、恒温恒湿保护功能的展柜前,郑雄仍旧是在给某位贵宾做解说。前两次,万乙提前发现有贵宾来,主动从正在展出的曾侯乙尊盘前走开。后一次,因为观察得太专注,郑雄都走到身后了,他才察觉,尽管一点也没挡住贵宾的视线,在闪到一旁时,还十分抱歉地轻轻叫了一声:"郑老师!"万乙很想再说一次,自己是南京大学的博士生,来楚学院工作有一阵了。郑雄丝毫没有搭理他的意思,目光扫过时,流露出来的全是不满和不高兴。

"郑老师!"

看着街道对面正徐徐驶离的黑色轿车,万乙再次抱歉地轻轻叫了一声。

像是听到这悄然呼唤,刚刚驶入主道的黑色轿车停了下来。

万乙以为郑雄发现什么了,连忙躲在一棵风景树后面。隔着双向六车道的大街,透过半敞开的车窗,他看见郑雄在车内寻找什么。也不知道郑雄找着什么没有,在转眼之间就排成长队的车流的压力下,停在主道上的黑色轿车又开始向前行驶。

与来的时候一路右转弯一样,万乙上了一辆出租车后,逢路口便向右行驶,打算从中北路拐到黄鹂路再回到东湖路,没想到先前因一起车祸引起的交通堵塞刚刚恢复,又有一辆公交车与一辆挂北京车牌外型像装甲车的越野车蹭到一起。黄鹂路上的人都在骂那辆挂北京车牌外型像装甲车的越野车,不该跑到这种鸡肠小巷里逞强,有种去水果湖、去洪山礼堂前面玩飘移。弃车步行的万乙顾不上听这些闲话,他用最快的速度走回楚学院。

万乙进到楚学院的院子时,正碰上郑雄的黑色轿车高速往外冲。所幸他走的是小门,如果走大门,说不定又会被惊出一身冷汗。万乙留心看了看车内,前排的遮阳板收起来了,不仅可以分清是司机小胡在开车,还看得见坐在后排座上的郑雄。

○捌

从午后一点到两点,是休息时间。抛开这一小时,只计算从下午两点钟开始的上班时间段,郑雄也失踪了整整一百二十分钟。郑雄回到楚学院,整层六楼似乎再也没有其他人。他将挂在门上的"楚越之急"门牌轻轻敲了两下,紧闭的门马上打开了,司机小胡一脸焦急地迎上来。

"省长的秘书来电话,请你四点钟去东湖宾馆甲所,省长要接见你!"

郑雄看了看手表,轻轻哼了一声,然后用手指按了一下电话机上的查询键。所显示的四个来电号码,全是"872"开头的。最早一次是下午两点十分,最晚一次是三点五十五分,也就是郑雄进门前五分钟。

"你怎么回答的?"

"与以前吩咐过的一样,说你正在做课题研究,不方便接听电话,但一定会将省长的指示传达到。"

这种回答对于司机小胡来说,已是智力的极限。郑雄不好勉强,也无法要求他回答得更好。他拿起电话,熟练地拨了一组号码。不等郑雄发话,司机小胡就连忙往外走,边走边说自己去备车,还顺手将办公室的门关得严严实实的。

小胡刚在门口消失,电话里就传出一个女子柔柔的声音。

"你好!这里是失物招领处,哪位男士丢失手机一部,请失主前来认领!"

"别贫嘴,五点钟以前,将手机送到东湖宾馆甲所,交给服务台就行。"

也不等对方回答,郑雄就将电话挂断了,然后下楼上车。

东湖宾馆就在十亩地小区对面,从楚学院过去只需要五分钟。郑雄在甲所门前下车之前看了看手表,刚好晚到三十分钟。

进了甲所大门之后,他发现迎上来的不是李秘书,而是余秘书。

余秘书嗔怪地说:"老省长催过几次了,一直在等你!"

余秘书将他引进一间会客厅,郑雄发现端坐在正中的不是被他恭维为楚庄王的庄省长,而是几年前就退休了的老省长。

老省长主动说:"我们又见面了!"

听到这话,郑雄还以为老省长是指前些时,曾本之的七十寿宴,老省长不请自到之事。当然老省长很谦和地献上一幅自己手书的斗大"寿"字,别人都在猜,老省长大驾光临肯定有事,他自己却反复声明,只想讨一杯寿酒,再也没有其他意思。郑雄当时就有预感,是好事还是坏事,过不了多久就会有答案。

郑雄连忙回答:"老省长能亲自参加我家曾老师的寿宴,我们全家都心存感激!"

老省长将手一挥:"你不要装糊涂,我指的一九八九年夏天,让你进专案组的事！这么多年,我没忘记你,你大概也不可能会忘记我。"

郑雄喃喃地说:"谢谢老省长当年的提携与爱护。"

老省长说:"要谢只能谢你自己,谁让你有重大立功表现呢？如果没有你,专案组的工作就没有那么顺利。我今天请你来,就是相信你还有这方面的觉悟。"

有一阵子,郑雄的脑子几乎是空白,既不清楚自己在想什么,也不记得老省长冲着自己和蔼可亲地说了些什么。郑雄心里一直在做着与仉省长畅谈一番的准备,却突然冒出正被水果湖人努力忘记的老省长。就像怀着求子的心愿去朝拜观世音,都跪下要磕头了才发现面前的菩萨是弥勒佛,那些能想到的好听而不失才情的话,全都成了说不出口的废话。

不过,郑雄终于听清楚老省长说的一句关键话。

"听说前些时你在大会上称赞某人是二十一世纪的楚庄王？"

郑雄霍地清醒过来,全神贯注地听老省长继续往下说。

"这样说话可不像一九八九年夏天的那个郑雄！人家是楚庄王,我们这些老家伙是什么？是被秦国俘虏的楚怀王,还是丢掉纪南城,害得屈原投汨罗江的楚顷襄王？"

老省长这话一出口,郑雄才彻底清醒。

"老省长可不能这么说,楚怀王和楚顷襄王是楚庄王的十四世孙和十五世孙,从楚庄王到他俩,间隔有共王、康王、郏敖、灵王、平王、昭王、惠王、简王、声王、悼王、肃王、宣王、威王等十几代楚王,才轮到怀王和顷襄王。"

郑雄有意露了一手,如有必要他还可以将楚国国君谱系,从头到尾背上一遍,包括他们的名号和在位的公元前某某某年至某某某年的年份。

"老省长如果真要攀比,应当往楚庄王的长辈中寻找才是。"

郑雄这样说,是不会错的,因为从楚庄王的父亲楚穆王往上数,前辈中的楚武王、楚文王、楚成王个个都是开疆拓土、励精图治的明君。

老省长似乎是有备而来,专门找他的茬:"如你所说,我就是楚成王了,下场岂不是更惨!楚穆王弑父篡位,不就是取我的首级吗?"

到这一步,郑雄只能在表面上认输:"老省长将楚学研究得如此透彻,我不佩服不行啦!"

"此话有假。我哪比得过你和曾本之,楚学就快成为你们家的家学了。我就知道成、穆、庄、怀、顷襄等五个楚王,在你面前全用上了。不过,退休之前,我对你们这些搞楚学研究的专家可是鼎力相助。曾本之退休,由你接楚学院院长,并不是表面上那么风平浪静。那些专家写的告状信,每一封都像学术论文,有理有据有结论,说你是野心家,是楚学界最虚伪的学者,绝对不可以当这个院长。你还不知道吧,我在你的任职报告上曾经签了一句话:要敢于起用有争议的人才!"

听着这些啰嗦话,有几个瞬间,郑雄的脑子像气泡一样冒出"老东西"、"老家伙"、"老不朽"之类的贬义词。在难得的空隙里,郑雄主要是在回忆老省长的过去。

老省长并非真是一省之长,使用这种称谓的人,沿袭社会生活中的普遍习俗,将职务后面的一个至关重要的名词去掉了。他的最高实职是相当于副省长的省长助理。一般人做到这个级别,临近退休时,都会转到"人大"、"政协"去,如果是常务副省长,机会好的可以任"人大"常委会的常务副主任、"政协"主席或常务副主席,这三种职务都是正省级。一般既没有前冠什么,也没有后缀什么的副省长,只能去那两个地方挂个副主任或副主席。面前这位老省长,以区区省长助理之职,却在退休时弄到一纸享受正省级、也就是省长待遇的文件。

这种史无前例的事情,在那两年,一直是水果湖人热衷谈论的话题。时任省委书记在此事面前同样是云里雾里,不知所以然。相关决定由北京做出,事前没有征求省委意见,事后也没有向省委做任何解释。省委书记免不了也像普通干部那样发牢骚,说北京那边总是批评下面的人跑官要官,将一个正在办退休手续的省长助理强行弄成省部级,不跑不要能做到吗?这些话是省委书记在一个规模不算太大的会议上公开说的。省委书记都说了,水果湖的人更敢放开议论。无论怎么捕风捉影,还是没有人知道这项人事安排的真正底细。倒是老省长这个称谓在不知不觉地流传开来,成为固定所指。

老省长终于说到正题上了。

"我有个想法,并且征询过重庆、上海和北京一些高层人士的意见,他们都很支持。今天找你这个青铜重器专家来,也是想听听你的意见。从古到今,总说青铜是国之重器。不管什么东西,如果得不到器重,名称再响亮也没有一毛钱的用。"

郑雄用尽力气注意听每一个字,生怕有所错漏。

"历史上楚国的青铜重器很多,仅仅是已经发掘出来的就很了不得,让人叹为观止。可这些东西如果只存放在博物馆的展厅里,说得好听一点,像花瓶摆在那里装好看,其实一点作用不起,与废铜烂铁差不多。任何文物,如果不能转化为生产力,成为意识形态,就不能成为真正的国宝。你懂我的意思吗?"

郑雄鼓足勇气说:"请老省长具体说明。"

老省长没有发现郑雄的紧张,继续汪洋恣肆地说:"譬如曾侯乙编钟就很好,都过去两千几百年了,还能发出音乐声,还能到世界各地去演奏,这就成了生产力,成了意识形态嘛。你们楚学院,过去我虽然支持过,但力度不够大。这一次,我想做些弥补。那天听说你恭维庄省长是当代楚庄王,我听着不好受,这分明是含沙射影嘛。仔细一想,又觉得问题不大。政治嘛,就是这样,为王为贼,都不是自己说了算。不过我倒是因此发现,当初我签字评价你是有争议的人才,倒是一点不错。"

郑雄哪会听不出,老省长话里有话,暗讽他在溜须拍马。

"我不是楚庄王,你也不是屈原。但我们还是可以在一起做点研究楚史的事情。我的想法是这样的:成立一个正厅级青铜重器学会,你当会长,我这个退休干部只能挂名当个名誉会长。你放心,我明白你的心思,我不会空口说白话,只要你表态同意,不出十天,一应正式文件都会有的。有句话是不是这样说的:一个人行还是不行,要看说他行和不行的那个人行和不行。如果你同意,过一阵我带你去见一个谁想说他不行都不行的人。"

郑雄已经在考虑一些具体的细节问题了。

"学会经费如何解决,是财政编制,还是另有来源?"

"有财政编制,人头费,事业费,一样不少。你说说,每年想要多少研究经费?"

"三十万!不算多,但是不能少。"

"这点小钱能做什么,再加两个零。学会一成立,就会有一笔三千万经费到账。"

"老省长将工作做到这个份儿上,我要是再推辞就太虚伪了!"

"好,那就一言为定。不过,你也要尽快着手做一件事,青铜重器学会没有给曾本之留位置。说起来,外面的舆论没什么。但你们家里,这事一定要摆平,不能让老先生公开发牢骚,更不能唱反调。"

郑雄一下子愣住了,研究青铜重器的权威不能进青铜重器学会,这太有悖常理。他马上明白,老省长突然出现在曾本之的七十寿宴上,大概也是冲着他想成立的青铜重器学会而去,说不定最初是想请曾本之出任会长,以曾本之的脾气百分之百地会拒绝,老省长没办法了,才退而求其次。

"反正是空名,能不能也让他当名誉会长?"

"这件事你就不要讨价还价了,绝对不行!"

接下来老省长又说,曾经想过将办公点设在楚学院,后来这个想法被否定,还是在东湖宾馆里面租一栋别墅为好,可以减少闲杂人员的干扰。

好像还有别的什么人在隔壁等着老省长,他没有留郑雄吃晚餐,理由当然是知道郑雄晚餐必须回去陪家人。

临别时,老省长握着郑雄的手突然说:"曾侯乙尊盘被你们说成是国宝中的国宝,全世界真的只有独此一件?"

郑雄说:"按照曾先生的估计,也许荆州城外的楚国都城纪南城遗址中还埋着第二件或者第三件。但那地方不要说发掘,就是在上面挖坑栽树国家都严令禁止。"

"那么复杂的编钟都能复制,为什么曾侯乙尊盘不能复制?"

"编钟是用范铸方法铸造的,曾侯乙尊盘是用失蜡法铸造的,前一种工艺一直在使用,后一种工艺大部分已经失传。"

"我怎么听说有人怀疑中国的青铜时代没有'失蜡法'!"

"文物考古这一行,干的都是些死无对证的事,任何争议都是正常的。"

老省长最后这句话,让郑雄忽然感觉到莫大的压力。他平静地应对着,内心深处敏感地意识到,老省长最后这句话肯定不是随便问问,一定有他更深一层的想法。

果然,老省长趁他在想别的,突然问:"曾侯乙尊盘为什么会冒紫烟?"

郑雄几乎是下意识地回答:"我也不知道,也是只听别人说,从来没有亲眼见过。"

"什么境界的人就能看到什么境界的东西。曾本之不会没有见过吧?"

"他自己不说,也不让我问,说这些邪门歪道、乌七八糟的东西不值得费脑筋。"

"有机会我要亲自问问他。"

"曾先生脾气古怪不大好说话。你还不如多去博物馆看看,说不定哪天自己有所发现,肯定比只听别人说的效果好。"

郑雄最后这句话得到了老省长的认同。告别兴高采烈的老省长,郑雄只顾往外走,忘了先前吩咐别人将手机送到服务台。眼看郑雄就要出大门了,余秘书才在身后提醒,问他是不是想再丢一次手机。

郑雄将手机拿到手时,余秘书在一边意味深长地笑着:"看来你是真的将手机弄丢了。"

郑雄不喜欢余秘书说话的语气,却没有顶回去的力量:"没办法,一旦开始苦思冥想,就免不了丢三落四。"

从东湖宾馆出来,右转弯驶上东湖路,没走多远就收到手机关机时滞留在移动公司服务器里的几条短信,发短信的除了余秘书竟然没有别人。前面几条的内容是催他不要误了老省长约见,只有最后一条是刚才发的。

这条短信分两层意思:先是转告老省长的话,刚才谈话很投缘,有相见恨晚之意。其次是余秘书自己主动打圆场,他要郑雄别计较老省长说话的方式与语气,老省长在意郑雄关于楚庄王的说法,可以理解为通过将现任省长比喻成楚庄王,而使老省长认识和了解了郑雄。没有这个譬喻,老省长或许还会将郑雄当成曾本之第二,也是那种食古不化,只会钻故纸堆的书呆子。有了这个譬喻,老省长才能洞察郑雄因长期研究历史,既知宫廷吊诡,更懂宫廷奥妙,是难得的有用之材,才敢放心大胆地委以重任。

郑雄的思绪在余秘书说曾本之是食古不化,只会钻故纸堆的书呆子那几句话上反复了几次,他觉得话里有话,一时间又想不出,更深一层的意思是什么。

郑雄回到文化厅自己的办公室,正想闭目养神一阵子,桌上的电话机响了,厅里的党组书记老关要他过去一下。

在省属厅局中,一把手理所当然是厅长或者局长,文化厅是唯一的例外,省委省政府召开的必须是一把手参加的会议与活动,从来都是通知老关参加。在文化厅内部形成了凡事都是书记当家的格局。郑雄一踏上走廊,就看见老关在自己的办公室门口站着迎候,摆出一副迎接的样子。

满心奇怪的郑雄,被老关拉着在长沙发上并肩而坐,听他开口就是"恭喜"二字,内心深处基本明白,一向不将厅长和副厅长当回事的老关接下来要说什么了。从老关嘴里滔滔不绝流淌出来的话,印证了郑雄的预判。老关果然知道老省长亲自与郑雄谈过话,谈话内容也知道得八九不离十。主要是,他很清楚地了解到老省长要郑雄出任正厅职的青铜重器学会会长,机构的文件还没下达,三千万开办费就已经落袋为安了。

在人事问题上,老关有着过人的敏感。有一阵,他甚至想到,文化厅下属各院团的那些女演员,难怪越来越少演戏,原来一天到晚总在水果湖一带泡着。私下里,老关书记有不少民间委任的职务,最著名的职务是组织部非常务的常务副部长。有一个笑话:某女子既没有结婚,也不是处女,问其身份是什么。正确答案是:副处。与老关书记联系密切,并且被民间委任为非常务的常务副部长助理的正是几位被称为副处级的女演员。

说话时,老关接了一个电话,省委组织部通知他,晚八点,带上郑雄去部长办公室,面谈一项人事安排。

放下电话,老关笑着说,若不是自己事先得到消息,很容易误以为郑雄要替代自己了。郑雄越来越老练了,他说,若是真的有人替代老关书记,肯定是替代者在前,被替代者在后,不可能将不是冤家也是冤家的两个人弄到一起谈话。老关随后发了一大堆感慨,自己见过各种世面,直接和间接地有过各种经历,但像今天这样,为了一个青铜重器学会,竟然雷厉风行得就像是在战场上冲锋陷阵,用不同寻常已不足以形容,而应当说成是破天荒、开天辟地、空前绝后地反常。

"青铜重器学会背后,一定还有某位远比老省长厉害的大人物在操盘。真的傍上这样的靠山,往后无论是学术还是政治,我们只能高山仰止了!"

"你是老领导,可不要折损我!"

"我说的是真心话,如果不出差错,下届省人大政协换届选举,副省长的选票上,肯定会出现郑雄二字。当然,印在政协副主席的选票上也不错。"

"我想我是不是该走了,你这完全是下逐客令嘛!"

"有些话是不能随便乱说的,你想想,我什么时候对你说过空穴来风的事?当初庄省长是副省长时,我说他要转正,你带头不相信。结果呢,庄省长不是已经成楚庄王的转世之人了?"

"楚庄王的转世之人!"

郑雄哧的一声本想笑笑了事,没料到自己竟然笑个没完,好不容易才将这句话完整地重复了一遍。

"庄省长若是再请我去他家,我一定创造机会将这句话说给他听。"

话一出口,郑雄就特别后悔,恨不得伸长舌头,将一个个字全都舔回来。

好在老关轻轻一笑之后,没有接着他的话,往纵深拓展。重新说起晚上与组织部长面谈的事,郑雄仿佛是真心在请教,如果真的是青铜重器学会的事,自己是爽快答应,还是谦虚一阵再答应。没想到老关像日本人偷袭卢沟桥那样,突然回到郑雄心有怯懦的话题上。

"庄省长的儿子考研究生,除了北大、清华,别的大学还不是随便他选,干吗还要煞有介事地复习?"

从有所预防到放弃防守,再遇上突然袭击,郑雄非常罕见地脸红了。

老关以书记之职降服厅长和众多副厅长,靠的就是这一招:明知对方内心最柔软的地方在哪里,当对方将防线构筑得严严实实时,他会虚晃一枪,等到对方彻底放松之际,再突然杀个回马枪。

老关所提到的"庄省长的儿子考研复习"正是郑雄全身上下最柔软之所在。

只此一下,郑雄就明白自己上当了,枪挑之处,万箭穿心。

不等郑雄恢复镇定,老关又将话题转到相隔十万八千里的地方。

"这青铜重器学会的成立,只怕还得过曾本之那一关!"

就在这时,郑雄再次收到余秘书的短信。短信中写的两句话,是通过与郑雄的接触后，老省长说的原话。

"破窑出好瓦，黄土埋贵人！"

余秘书在短信里还表达了显然是老省长的意见，青铜重器学会正式成立之前，必须将曾本之搞定，千万不能让曾本之有异议。

在同一时间里，两位重量级人物不约而同地提及，成立青铜重器学会要过曾本之这道难关，这让郑雄的心不能不沉重起来。

老关察觉之后，马上转移话题，他刚刚听说，隔壁作家协会的一个作家，在长江与汉水交汇处的龙王庙游泳时淹死了。郑雄没好气地回应，说这事是去年发生的，因为这所大院里年年都有非正常死亡的人，当时这一栋楼上的三个单位——文化厅、文联和作家协会闹得沸沸扬扬，都说要在门口放两只石狮子镇邪。

"你只知其一，不知其二。"像是为了提振郑雄的士气，老关将声调提高了八度，"天下叫龙王庙的地方很多，凡是叫龙王庙的地方，没有不神奇，也没有不出怪事的！长江与汉水交汇的地方为什么也叫龙王庙？昨天，有个猪脑子的人在报纸上写篇文章说，龙王庙的老龙王是在江堤背后的汉正街上做生意的那些人的保护神。读着读着，我就想起去年淹死的那个作家，想不到只隔一夜就听到关于他的怪事了。"

去年夏天，郑雄就听人说，老关说的此人约了一批泳友去龙王庙一带游泳。这伙人个个都是专找激流险滩冲浪的好手，别人都没事，此人下水后就没见起来。按规矩习俗，上游沿江几十里淹死的人，首先到天心洲一带回水的地方捞尸，这里捞不着，就得去几十里之外的阳逻。阳逻捞不着的，就永远捞不着了。死者家里明里雇人捞，作家协会则暗里雇工捞，捞了三天，在天心洲捞起两具女尸，在阳逻捞起两只死猪。当时，作家协会做了决定，适时登报宣告人口失踪，三年之后再认定死亡。

老关又笑郑雄只知开头，不知结尾："生要见人，死要见尸，这种老习俗，单位不讲究，作家的家人却不肯放弃。私下里托人找到归元寺方丈，老和尚掐指一算，一口断定人还没走，还在龙王庙一带。按照老和尚的指点，天黑时分，家人拿上作家最喜欢的六十元钱一盒的黑黄鹤楼香烟，还有一年到头当茶喝的四元钱一瓶的金龙泉啤酒，在龙王庙江边摆着，大声喊他起来抽烟喝酒。喊了一阵儿，水面上除了江鸥圆舞，浪花飞溅，没有其他动静。家人又按老和尚说的，在江边摆上一桌麻将，东南北三方坐着一向与作家玩麻将的三个朋友，一齐冲着江水人喊：三缺一哟！话音刚落，江面上白浪一翻，一具白花花的男尸浮出水面不说，还随波逐流自动往岸边飘来。待捞起来一看，正是失踪三天的那位作家。那地方为什么叫龙王庙，我这一说谁都会明白。"

郑雄终于从先前的沉重中回过神来，将信将疑地说："有这么神奇吗？是那些还没淹死的作家编出来的通俗故事吧？"

老关说："我也不信，早上一到办公室，就打电话问作家协会的书记，人家回答说百分之百真实，还说警察都到现场看过，法医鉴定什么的都在公安局存档了。"

郑雄想了想说："说百分之百就假了，起码淹死的人不是作家，而是作家协会的杂志编辑。"

老关说："作家协会的人怎么不是作家？"

郑雄轻描淡写地回答："你以为作家协会几十号人全是作家，够得上称作家的连零头都不够！就像我们文化厅，近两百号人，真正的文化人也只是个零头。"

郑雄知道老关的脸色不会太好看，因为老关调到文化厅之前，一直在省政府机关事务管理局上班，所做的事情，也就是让人办黑板报与文化沾点边。

○玖

　　从郑雄出门上省委组织部起，曾本之就在书房里独自呆坐。
　　安静进去问他是不是有心事。一连两次，曾本之都说自己只是在参悟，没有任何其他事情。安静就专心招呼楚楚去了。客厅里的座钟报时八点钟时，曾本之似是突然兴起，拿出抽屉里两只刻有甲骨文的龟甲片开始卜卦。一连两次，卦象都是一样。按规矩，本不需要第三次了，曾本之还是再试了一次，结果与前两次一模一样。
　　"有客人要来！"
　　曾本之站在书房门口宣布时，安静还以为有人来过电话。
　　曾小安盯着曾本之手里拿着的龟甲片，既是提醒安静，也是反问曾本之。
　　"老爸，你会卜卦了？"
　　"研究甲骨文的人没有不会卜卦的。年轻时不太相信，人老了，能力下降，才想试试这些方法，看看能否弥补自己的某些不足。"

"就这奇丑无比的两片龟甲,能让你未卜先知?"

"凡事信则有,不信则无。"

"你觉得有客人来,就信了这卦?那可太好了,我相信自己明天去买彩票会中大奖。老爸,你替我问问这两片龟甲,看看是不是真的!"

"殷商时期的人卜卦,只占凶吉,不问钱财。"

曾小安说话的样子不像是撒娇,说的话却很调皮:"那就换一个,求你问问这两片龟甲,你女婿明天出门会不会遇上车祸?"

因为生气,占了些时间,曾本之还没来得及回答,安静在一旁责备开了:"哪有这种做妻子的,莫名其妙地想着丈夫会出车祸!"

"我晓得天下的丈母娘都会心疼自己挑选的好女婿。我又没有说别的,只是想预测一下,是不是有大货车追他的车尾,或者是被侧翻的水泥搅拌车压着了车顶!车祸的事算我没说,让老爸预测人家明天能不能坐上外型像装甲车的越野车总行吧?"

曾小安这么说是有缘由的。晚餐时,一家人坐在一起,安静说起下午去超市购物,看到一辆挂北京车牌的外型像装甲车的越野车与一辆公交车发生擦碰,黄鹂路上的车祸多,大家本来已习以为常,就因为挂北京车牌的外型像装甲车的越野车的司机说了一句,整辆公交车还不够赔他车上被擦掉的一块油漆,将公交车上的乘客和围观的人惹火了。除了用惊世骇俗的武汉方言大骂,还有人故意用小刀在挂北京车牌的外型像装甲车的越野车车身上刮,说是要看看这油漆是不是外星人刷上去的。一家人在一起吃饭,总会有某个话题。安静说的话,郑雄当然要捧场,他刚说,哪怕这起事故是开外型像装甲车的越野车的司机负全责,也不应当再去伤人家车上的油漆。曾小安就顶了一句,说他心里肯定很想弄一辆外型像装甲车的越野车坐坐。好在郑雄在口角之事上,一向让着曾小安,无论她怎么说,都能笑脸相向。

见母女俩杠上了,曾本之就打圆场。

"那些闲话就不要说了。你们先将屋子收拾一下。一会儿客人来了,都陪着一起坐坐,可能有你们喜欢听的喜事。"

"你越说越起劲,像是千真万确的了。"

这是曾本之第一次卜卦,安静说什么也不相信。

在这一点上,曾小安与安静完全一致,丝毫不相信有灵验的可能。

曾本之也不多说,吩咐过了,就回书房,用百看不厌的眼神盯着黑白照片中的曾侯乙尊盘。

安静几次进来,甚至将椅子搬到身后,要他坐着看,长时间的站姿不适合他这种年龄的人。曾本之勉强坐了一会儿,又站起来,仿佛只有与曾侯乙尊盘面对面,感觉才会好一些。

晚九点三十分,门铃响了。曾小安走过去拿起对讲机,听清楚是郑雄的声音,她一个字也没多说,嗯了一声后,左手按开门的绿键,右手将对讲机挂断了。

门铃响时,全神贯注凝视曾侯乙尊盘的曾本之几乎没有反应。等到曾小安挂断对讲机,正要回自己屋里去,他才走出书房,站在客厅正中央。

"客人来了!"

曾小安听到这话时,故意做了一个很不屑的表情。

曾本之马上加重语气重复一句:"客人来了!"

这第二句话,连安静都惊动了,她捧着湿淋淋的头发,从卫生间里出来:"你没发烧吧,这么晚哪来的客人?"

安静还没来得及用手试试曾本之的前额,郑雄和老关已出现在客厅里。

几乎是在同一时间里,安静和曾小安各自惊叹了一声。

老关有些不知所措,但他很快就找到了消解尴尬的办法:"是不是好久没见面,发现我变成老帅哥了?"

安静望着曾本之笑一笑,又望着老关笑一笑:"说出来只怕关书记不相信。本之他刚才在家里卜卦,说是晚上有客人要来。我和小安说什么也不相信。没想到应验在你的身上!"

这时,楚楚从儿童房里冲了出来,手里拿着一块识字板,大声说:"外公说了,不管是哪里来的客人,都要让我监督考试,不认识这些字的人就不能进我家的门!"

楚楚拿着的写字板上写着三十种青铜器:鼎、簋、甗、簠、匜、彝、斝、尊、盘、觚、觯、罍、觥、卣、爵、戟、剑、钺、铙、钲、镦、铎、钩、铃、锸、耨、镰、耒、耜、锛。

老关在文化厅当官,不管有多少俗务缠身,每年陪客人去博物馆的次数,少说也有几十次。经常旁听专家解释,也听讲解员介绍,真到了必须一个字一个字地将这些青铜器名称念出来时,他有些不敢张嘴。就像文化厅下属部门单位的许多人,看着眼熟可就是叫不出名字。楚楚写在写字板上的字,老关有把握念出来的不到一半。他只好解嘲地对楚楚说,自己今天来就是专门向曾老师学习的,希望楚楚不要将迟到了几十年的老学生关在门外。

楚楚就说,看在老关年纪太大的份儿上,自己先教他一遍。说着就一字一声地教老关念那三十个字。念完之后楚楚还警告他,下一次来,自己是不可能再开后门的。

老关在沙发上坐下来后,安静将卜卦的事简单说了一遍。

从听安静说话起,老关就直盯盯地望着曾本之,好像安静说的那些都是现编出来的笑话。郑雄也是如此看着曾本之,不过他相信安静所说的都是真的,因为,安静在银行做了半辈子现金出纳,早已形成一就是一,绝不能说成二的习惯。

听安静说,卜卦的时间在晚上八点钟左右,老关更觉得难以置信。

组织部长原本约好八点钟与他们面谈,因为省委常委会一时半会儿散不了,临时改由组织部常务副部长出面,宣布由郑雄出任正厅级的青铜重器学会会长,不再担任文化厅副厅长。之后,又用半小时讲了成立"青铜重器学会"的重要意义,并代表省委和省政府,对今后相关工作提了一些要求。重中之重是要求郑雄在隶属关系一时难以理顺之际,遇事多向老省长请示汇报。不知是有意还是无心,常务副部长貌似随口地说,老省长卸下常任之职后,这两年的工作担子比先前更重,工作热情也比先前更高。老省长主动提出任名誉会长,这是天大好事,能使"青铜重器学会"的工作更方便开展。事实上也是这样,"青铜重器学会"还没成立,老省长就在东湖宾馆里面弄到一栋别墅作为办公地点。常务副部长没有谦虚,他实事求是地将面前那张纸上的文字念了一遍。大意是说,成立青铜重器学会是全省政治文化生活中的一件大事,要让青铜重器走出博物馆,走出历史教科书,真正成为时代重器。念完后,他还议论了一通,因为自己实在不懂青铜重器,所以无法想象,早已退出日常生活的青铜器,如何在铁器时代和塑料时代之后的电子时代,成为社会发展的关键重器。

到这一步时,老关还没有想到,需要即刻看望一下曾本之。

接下来的两件事有点琐碎:郑雄现在用的公务车,要带到"青铜重器学会"继续使用一阵。郑雄自己提出来,人事和工资关系仍旧放在文化厅。老关说没问题,只要老省长不说他身在曹营心在汉就行。常务副部长要郑雄亲自问一下老省长的意思。郑雄不愿意,说这种小事,老省长应当不会过问,也不会在乎的。后一件事三个人纠结了十几分钟。之所以最后说定,暂时保持现状,是因为部长开完常委会后赶了过来,要作重要指示。部长要大家万分尊重青铜重器方面的学术权威曾本之先生,在青铜重器学会的运作过程中,不能有任何负面的舆论传出来,特别是在名誉会长和会长人选问题上,要做好解释工作。要向有关方面说明,曾本之先生现在最重要的东西是时间,省委和省政府,还有全省人民需要他,需要他在楚学研究里作出新成果,攀上新高度。让老关意想不到的是,郑雄竟然在最后时刻突然提出,将曾本之作为本省的院士候选人申报上去,这样一来,就能避免部长所担心的负面影响的出现。老关更意想不到的是,部长竟然同意了,还说老省长也很关心这件事,本省是青铜重器大省,早就应该在全国人民面前树起一面青铜重器的大旗。

省委常委会是八点四十分散会的。从常委小会议室到组织部小会议室要十分钟。部长作重要指示也是十分钟。正是部长的重要指示提醒了老关,此时不去看望曾本之更待何时！如此算来,老关心里冒出那个当一回不速之客的想法,刚好九点整,比曾本之卜卦预测老关要来做客的时间晚了整整一个小时！

对老关来说,这来得十分突兀的奇妙卜卦是很好的开场白:"到底是大师,小事情上也有大智慧。"

曾本之不用谦虚,实实在在地说:"殷人创造的甲骨文,主要是两个功能,记事和卜卦。后人研究甲骨文,主要用于断代。卜卦的作用,大家都明白,只是没当回事。人老之后将卜卦的作用捡起来,一是闲来没事,二是试试帮自己省些脑力和体力。"

老关有心试探:"曾先生可为自己卜卦？"

曾本之坦然回答:"有哇,也是刚刚卜卦的,说我明天必须去宁波参加专业课题会议。"

"这么重要的事,事先怎么不和我说一声?"郑雄一定是急了,在一旁情不自禁地叫起来,话一出口又觉得言重了,马上补一句,"就算再忙,我也要请假陪您去呀!"

曾本之不动声色地表示:"这不是正说着吗,卜卦的结果一出来就告诉你们了!另外,这卦象还说,我的老同事马跃之也要参加这个会,路上有伴,你就忙你的大事去吧!"

"当初你可不是这样!"郑雄到底还是将心中的不满发泄出来了,将敬语中的"您"换成了俗称的"你","这么多年,凡是专业方面的活动,你总是先问我的意见。大家都说我是你的'大秘',我也确实将自己当成你的'大秘'。我可不敢想象你会换别人来做这个'大秘'。"

曾本之说话依然是胸有成竹:"你若是喜欢将自己当成'大秘',只怕今后会有'大大秘'要你来当!"

郑雄说:"这辈子我只给你当'大秘'!"

曾本之平静地说:"我看你是想限制我的自由。"

郑雄愣了一下,人也冷静下来,重新用"您"来回答:"我也是怕您外出不习惯,身边缺个照应的人。"

曾本之说:"我不是小孩子,也没有患老年痴呆。关书记来得正好,替我们做个证人:从现在起,我做什么事,说什么话,都与郑雄无关,也不需要他操心了。做错了,说错了,都是我活该,与别人没有任何关系!"

郑雄连忙说:"我不同意。不管是在楚学院,还是到了文化厅,我的主要工作就是照顾好您!"

"这话我只相信一半。反正从明天起你会更忙,要不了多久,就会忙得连这扇门都不记得了。趁关书记在这儿,我再试一卦!"

说着话,曾本之将一直用手拿着的两片龟甲摆弄了几下,又盯着龟甲片看了一阵,这才开口一字一顿地说了一串话,"我得恭喜郑副厅长你了!过了今晚,你就是全世界独一无二的青铜重器学会会长,眼下是正厅级,过两三年,政治气候变化了,还有可能弄个副省级或者副部级,前途无量呀年轻人!"

曾本之的一番话,让屋子里的人全都变傻了。

还是郑雄反应快,将先前的不高兴全抛到一边,用世上最动人的语气叫了一声:"曾老师,您太神了!"

此时此刻,郑雄记起老省长突然跑来参加曾本之的寿宴,趁大家闹着分蛋糕时,好像对曾本之说过什么。郑雄又记起余秘书在短信中说过的话,曾本之是食古不化,只会钻故纸堆的书呆子。郑雄当时将这两句话玩味了几次,只是没有像现在这样判断,那两句话的弦外之音是:老省长是先找过曾本之,并被曾本之拒绝了,这才退而求其次,转身来找他郑雄的。

于是,郑雄大胆地虚构了一番话:"我晓得老省长之前亲自与您联系过,邀请您担任青铜重器学会会长,被您婉拒之后才找到我。老省长交这个底的用意很明显,就是不许我们家的人再拒绝他。他一再说,自己是搞政治的,不是文化人,不会温良恭俭让那一套。他都说出这样的话来,我还有什么好说的?我若是像您一样拒绝他,说不定会被他找出什么茬来!"

曾本之没好气地说:"什么老省长,我看他是想当楚庄王!前些时他不请自来,说是讨碗寿面吃,当时人多他就说了几句这事,之后又打电话到办公室,说是向我学习,想发挥生命余热,才看中青铜重器的。还说他的理想是,要让青铜重器走出博物馆,从历史的重器,变成时代的重器。听他那口气我就反感。"

听曾本之说过这些话,大家才明白老省长本是想让曾本之当青铜重器学会会长的。得知老省长真的事先找过曾本之,郑雄心中重负反而减轻不少。

老关顺着曾本之的话说:"多一些对青铜重器的重视总是好事。"

曾本之提高声调说:"好得像鼻屎!"

老关不仅沉得住气,更能想出化解的办法。他拿起茶几上的一张纸,那张纸上有曾本之写的几个甲骨文文字。又拿起茶几上的笔,再在空白处写上一个甲骨文文字。然后说,自己最近也试着认一认甲骨文,他要曾本之看一看,"鼻"字的甲骨文是不是这样写的。

曾本之将老关用甲骨文写的那个"鼻"字看了一阵,突然大笑起来!

最先跟着大笑的是老关。接下来表情尴尬的郑雄也笑了,而且模样有些放肆。

安静看见曾小安也在抿嘴笑,就数落曾本之,年轻时从不说脏话,没想到活到七老八十的,反而敢在大庭广众说脏话,真是越活越不值钱。这话一出口,安静自己也笑了。

安静一笑,曾小安便更进一步,亲了曾本之一下,还说:"老爸,我太爱你了,比三岁时你瞒着妈妈偷偷给糖我吃还要爱你!"

笑声停歇后,老关突然问:"曾先生,我一直想私下请教您,当初曾侯乙尊盘刚发掘出来时到底有没有冒过紫烟?或者说曾侯乙尊盘到底能不能冒紫烟?"

曾本之说:"这些年好多人问过这事,那天打电话来的那个老家伙问得最多的就是这事。我晓得,除了好奇,他们心里更想着那大吉大利的紫气东来。所以,博物馆展出的曾侯乙尊盘,时常有人像拜菩萨那样双手合十作揖不止。我只做学问,学问之外的事,特别是民间传说,我既否认不了,也肯定不了。"

老关马上说:"我只是好奇。今天上班时和郑雄聊天,说起去年省作家协会有人在龙王庙江里淹死后发生的蹊跷事。"

老关将先前说过省作家协会所谓作家淹死,家人离奇打捞到尸体的经过又说了一遍,用来证明自己确实只是好奇。曾本之对他的话没有表现出任何兴趣,安静和曾小安倒是想问问相关细节,还没开口,就被曾本之挥手拦住了。

老关见问不出结果便起身告辞。

大门打开时,老关回头对曾本之说:"俗话说,伴君如伴虎,郑雄往后说话做事更复杂了,特别需要家人的理解。与其说是他肩上的担子重了,不如说是你们的负担重了。"

曾本之没有做声,是安静替他回答的:"他们翁婿俩,过去一直配合得天衣无缝,青铜重器学会的事,磨合几天就会没事的。"

剩下家里几个人时,郑雄还想与曾本之说一说。

没想到曾本之将手一挥:"从今往后,在这个家里,谁也不许提那个鼻屎学会。想不听我这话的人,有两个办法,要么他从这个家里滚出去,要么我这老家伙自己滚出去!"

郑雄倒是很会圆场:"我保证一个字都不说,实在不行时,我们就叫它鼻屎学会!"

趁曾本之脸上微微一笑,郑雄赶紧又说:"我也提一个要求,没想到您这么多年还留着一手绝活,我大概也学不了,只想请您卜卦问问老天爷,往后我走的是一条什么路?"

曾本之果然平静下来:"一个人走的是什么路,只有自己最清楚。"

说着话,曾本之还是将两片龟甲拿过来:"你若是真的相信,我就替那个老东西卜卦。"

经过三起三落之后,龟甲片又回到曾本之手里。他问郑雄想不想听真话。

郑雄坚决地点了点头。

曾本之不谈卦象,直截了当地说,被郑雄他们尊为老省长的老家伙,今后的日子,看是大吉,实为大凶。

郑雄将信将疑地看着曾本之,不知说什么好。

见曾小安开始往卧室里走,郑雄也默默跟着离开客厅。

闹了好久,家里总算安静下来。曾本之明天要出差,也不去书房了,洗一洗便上床休息。安静像所有女人那样,在卫生间里将自己摸索了半天,好不容易出来,又要去隔壁儿童房看看楚楚。小家伙习惯睡到十一点时,要安静过去亲他一下,否则第二天早上醒来,一定会说昨晚梦见大灰狼了。

安静出去一会儿,忽然传来一声脆响。

曾本之也听见了。他以为安静将什么东西摔了。

安静回屋后,刚关上门,曾本之就问那声响是怎么回事。安静板着脸将身子放到床上才责怪曾本之,当着老关的面,如此不给郑雄面子,惹得他们两口子关着门打架。

曾本之也想起来,那一声响,像是有人挨了耳光!

一点征兆也没有,曾本之突然觉得心痛万分。

曾本之捂着胸口,使劲说了三个字:"救心丸!"

安静慌忙从床头柜的抽屉里拿出一只小瓶子,取出几颗药丸塞进曾本之嘴里。然后抢着打开门,冲着外面叫着:"小安,快来帮忙,你爸犯心脏病了!"

才十几秒钟,曾小安就跑了过来,搂着曾本之问要不要送医院。曾本之摇头的样子也像是不需要。

咬着牙等了一阵,郑雄也过来了。

大家一起守了半小时,见曾本之恢复正常,心也不疼,血压也正常了,安静就要郑雄先去休息。

郑雄没有马上离开,他说:"有件事忘了说,组织部长已经在那个会上表态,省里同意您申报院士。"

屋里的人都没有做声。

郑雄刚走,安静就问曾小安:"刚才你们屋里是什么声响?"

曾小安说:"没事,我转身时,一不小心将巴掌甩到郑雄脸上去了。"

安静说:"不小心有这么重吗,郑雄脸上的红印就像是烙铁烙的。"

一直躺着不说话的曾本之开口说:"只要不是小安挨打我就放心了!"

等到曾小安离开了,安静关上门,才与曾本之计较:"俗话说,会疼的疼女婿,不会疼的疼女儿。你心疼女儿也不能这样过分,难道你没看出来,她这是故意打郑雄的耳光吗?"

"正因为不方便出手,才希望小安替我教训他。"

"刚才还说没患老年痴呆,你再这样说话,我马上送你去老年康复医院。"

"若是真的患上老年痴呆,第一件事就将姓郑的小子狠狠地揍一顿。"

"你这是怎么啦?为了一个破青铜重器学会会长,就将自己弄变态了!你也不想想,再过几年,不定哪天两腿一伸,就去了殡仪馆,人家还不是想当会长就当会长,想当省长就当省长!"

"你不懂,有些事情以后你慢慢就会明白!"

曾本之不与安静多说,他坚持明天照常出发去宁波,理由是先前心疼是误以为女儿挨了郑雄的打,看见女儿不仅没有挨打,还反过来打了郑雄,这是疗效最好的救心丸,可以将心脏病彻底治好。

壹拾

对一个心事重重的男人来说,其他人所表示的敬爱是一种不胜其烦,亲爱则是一种不胜其扰,深爱更是一种不堪其扰。

曾本之到宁波头两天的遭遇正是如此,郑雄的谦卑问候,曾小安嗲声嗲气的关切,最后是安静蛮横无理加上柔情如水的呵护,让曾本之不得不尽可能晚地开手机和尽可能早地关手机。让曾本之最心烦的是,这些短信与电话,十次当中,至少有九次询问他的脉搏次数,剩下那一次,不是问有没有胸闷,就是问有没有头晕。

马跃之就出主意,让曾本之主动发短信回去,认真报告自己的脉搏、血压、喝水、吃饭以及排泄等情况。短信一发,果然就平静了。

为此,曾本之多次表示对马跃之的佩服。

反过来,马跃之更佩服曾本之。他俩一到会议的报到处,就被与会的同行围住。那些人是冲着曾本之来的,对马跃之只是顺便客套一下。他俩住的房间也是与别人不同的大套,即两间卧房共用一间会客厅。待到会议的最高主管来房间看望他俩,恭敬地表白,住宿和相关人员邀请全部遵照曾本之的提议办理时,马跃之才明白,所有这些,包括点名要自己和曾本之共同与会,其实是曾本之事先发了话并做了安排的。

马跃之有些奇怪,他将会议手册摊开:"这个会是研究青铜重器的,就我一个人不属于你们这行,你不会是想出我的洋相吧?"

曾本之免不了要安慰他:"一般会议都是务虚,不会有太大意义,我就是想拉你出来,一起散心和说说话。"

说起来轻松,真实情况却未必。

曾本之在青铜重器领域享有极高的声誉与威望,得益于他对早已失传的青铜重器铸造工艺的研究。

声名远播的曾侯乙编钟,是青铜重器领域最广为人知的精品。全套六十五件编钟按大小和音高编成八组悬挂在三层钟架上,总重量达两吨半,为世界音乐史上的奇迹。外行人喜欢将它说成青铜重器中的万里长城,名头与天齐高,值得研究的奥秘却不多。比如铸造工艺,因为编钟的各个部位有明显的范缝,也就是铸造模型的不同模块间的缝隙。编钟钟体那些突出来的浮雕纹饰,也是明显通过复合方法组成范铸模型浇铸而成的,若是再去研究是否还有其他铸造工艺,无异于说普通算术中的一加一不等于二。又比如青铜成分,这一点同样称不上难度,普通的化验员就能弄清楚。所以,有以上两点作保证,出土才五年时间,曾侯乙编钟就被完整地仿制四套:一套放在原件出土地点所在的随州市博物馆,一套留在省博物馆,第三套给了有小故宫之称的台北市仁爱路鸿禧美术馆,第四套则被黄帝陵所收藏。

按时下常常用来形容的话,如果说曾侯乙编钟是青铜重器中的皇冠,那曾侯乙尊盘则是皇冠上的明珠。曾本之正是因为对这颗明珠的研究而享誉中外考古学界。

时下还有一种说法，说一个人行不行，要看说这个人行不行的人行不行。同理用在学界也是如此，研究者的研究成果行不行，要看研究者所研究的东西行不行。曾本之在楚学院的地位之所以至高无上，就在于他潜心研究的曾侯乙尊盘的地位，在所有已发现的青铜重器中是至高无上的。连那些喜欢买彩票的楚学院勤杂工，都会用曾侯乙尊盘打赌，说假如某组号码能中大奖，自己马上就去做梦，将曾侯乙尊盘仿制出来。像马跃之这样的非青铜重器专家，也会在某个场合脱口冒出一句说："你都要成为曾侯乙尊盘了，别人还有什么可说的呢？"在青铜重器研究方向上，因为研究曾侯乙尊盘成了楚学院的专利，从某种意义上说，楚学院的水准就是学界的最高水准。

曾本之不知对那些更看重曾侯乙编钟的人解释过多少次，对曾侯乙尊盘的敬畏与崇拜，在于它的不可复制性。正是这种横空出世独步天下的绝对之美，给曾侯乙尊盘带来空前的神秘与玄幻。让人禁不住地想知道，如此美轮美奂精巧绝妙的青铜重器，为何上下几千年来仅此一件，哪怕有些许相似的，也找不到第二件。

"普天之下但凡穷尽精华而为的物品，一定是非凡之人作非凡之用。"

出自曾本之之口的这句话，所指的正是曾侯乙尊盘关键所在。研究成果公布之初，曾本之曾在不太大的范围内作过确切的说明。其中，那世所罕见的祥瑞事例，更是只与极为核心的少数人谈及，一方面是担心此种事例会颠覆考古研究的科学性，另一方面更担心少数别有用心之人因此萌生邪念。自从郝嘉从楚学院顶楼孤孤单单地飞翔而去，曾本之突然闭口不再谈及这些，非要说明曾侯乙尊盘至高无上地位的原因，也只说纯粹是因为其无法仿制。

如此重器中的重器，国宝中的国宝，一九七八年在随州擂鼓墩出土，几十年来，不知有多少人想以对它的完整仿制，来实现个人在考古学界的梦想。到头来无一不是青铜如旧，梦想如旧，那些心怀侥幸者，试着仿制的尊或盘，破烂得连垃圾都不如。

多年前，曾本之在青铜重器学界，石破天惊地指出，曾侯乙尊盘是用失蜡法工艺制造的。曾本之还通过一系列相关研究证明，最早使用失蜡法制造青铜重器的人是楚庄王的儿子楚共王，为中国青铜史写上全新的一页。

用失蜡法也被称为熔模法铸造青铜重器，从难度上讲，也不是高不可攀。如果想做一条龙或者一只凤，先用蜂蜡做成龙或凤的模型，再用别的耐火材料填充泥芯并敷成外范。然后加热烘烤，让蜡模融化后自然流失，待龙或凤的模型变成空壳了，再往里面浇灌青铜熔液，一条龙或者一只凤就铸成了。因为柔韧的蜂蜡可以做出任何形状，曾侯乙尊盘上那些玲珑剔透，像蕾丝一样多层透空蟠虺纹饰附件的模型完全可以做出来。然而，从一开始曾本之就对自己的理论作了补充说明，不要设想从殷商到楚共王，古人用了一两千年才造出唯一的曾侯乙尊盘，今人会像复制曾侯乙编钟那样，只要几年时间就可以再现青铜重器鼎盛时期的辉煌。

曾本之的警告是有道理的，比如泥芯用什么材料，外范又用什么材料，泥芯与外范材料中的含水比例，青铜熔液的温度，浇铸青铜熔液的速度等等，还有其他一切与青铜铸造相关的工艺，只要有一项不正确，尊盘上面那些只有几毫米粗细，却密密麻麻弯曲得让人眼花缭乱的透空蟠虺纹饰，就会变形走样。只要有一粒米大小的变形走样就是失败，而在如此精密如此复杂的曾侯乙尊盘上，太容易发生此种失误了。况且，从曾侯乙尊盘出土至今，那些透空的蟠虺龙纹，到底是一千条，还是几千条，连曾本之自己都没有弄清楚,谈何百分之百仿制。

无论如何,作为青铜重器研究的关键成果,曾本之就是失蜡法,失蜡法就是曾本之,这是人所共知的事实。让马跃之没想到的是,曾本之暗中拉他来参加的宁波会议,居然汇聚了国内几位对失蜡法强烈质疑的青年学者。他一看到会议手册上那几个人的简介,虽然没有跳起来,心里却着实揪了一下。其中一位叫易品梅的女子,学术简介中唯一提到的论文标题赫然是《论青铜时代中国并无失蜡法兼与曾本之先生商榷》。易品梅这篇从根本上否定失蜡法的论文,前几年就公开发表了。马跃之知道较晚,并非仅仅只是因为没有研究青铜重器,还在于楚学院资料室订阅的各种专业报刊,必须由当院长的郑雄一一过目才能上架借阅。凡是刊载有反对失蜡法或者对失蜡法表示质疑文章的报纸或者杂志,都被郑雄先行借走,用不再归还的方法拦截下来。至于一些专业会议与活动,要么由郑雄陪着曾本之参加,要么是郑雄独自参加。郑雄调任文化厅副厅长之后,对楚学院的日常事务有些鞭长莫及,马跃之才从新来的报刊中了解到,被奉为青铜重器之神的曾本之,其不败金身已经被雾霾所笼罩。

会议进行到中途,情况似乎有了变化。众星捧月般围在曾本之身边的人少了许多,特别是那些与曾本之的名望差不多的人,无一例外地疏远了,开会时不得不坐在一起时,也没有人与他交头接耳了。曾本之很快从易品梅那里得到消息,那些人听说曾本之要申报院士,并且有可能当选为院士,才故意疏远他的。易品梅没有因为质疑失蜡法而反对曾本之申报院士,相反,她觉得不能因为在失蜡法的问题上存疑,而否定曾本之在青铜重器领域的卓越贡献。

紧接着,马跃之也听到有几个人在一起说怪话:凡是生不出如花似玉的女儿,找不到精明强干的女婿的人,就不要入青铜重器这一行。马跃之就与曾本之说,自己马上回武汉,换郑雄来参加这个会,郑雄一来,就会将这股邪气镇压下去。

曾本之不同意,还反问马跃之:"我这样子像不像院士?"

马跃之想了半天才回答:"一半像,一半不像。"

曾本之又问:"哪一半像,哪一半不像?"

马跃之说:"上半身像,下半身不像。"

曾本之说:"你说的不是院士,而是太监!"

对于自己说过的话,两人都是一笑了之。

会议的最后两天安排参观。头一天去奉化参观蒋介石故居,那位写论文与曾本之商榷的易品梅,一直跟着曾本之,一有机会就请教有关失蜡法的一些问题,说当初写那篇论文时,有些匆忙,经过这几年的深入研究,才认识到否定一种东西,要比肯定某种东西来得容易。曾本之要她不妨再坚持一段,说不定又会峰回路转。曾本之没有直接说明,要对方按照自己论文所推论,用范铸、热加工和焊接等办法来复制曾侯乙尊盘,他婉转地提醒易品梅,可以向有关方面申请专项经费,用自己认可的方法,闯出一条属于自己的路。

马跃之在旁边听着,心里觉得奇怪,若不是自己太了解曾本之,一定会将这些说法当成极度虚伪。他选了一个合适的机会,开玩笑地说:"什么叫大师风范?这就叫大师风范。鼓励那些反对自己的人继续反对下去,这样的事我就做不到,所以我这样的人成不了大师!"

曾本之也跟着他说笑:"跃之兄大会不发言,小会不吭声,将一肚子话留到蒋家故居里说,这是什么动机呀?"

马跃之说:"这叫什么会,除了我老马,人人满身铜臭,我才不屑与你们为伍!"

不等曾本之开口,伶牙俐齿的易品梅抢先说:"幸亏马老师提醒,先前我好奇怪,马老师身上的气味与我们不一样,这下子我可就明白了,原来马老师是贾宝玉的转世!"

马跃之没有反应过来:"此话怎么讲?"

易品梅抛了一个媚眼:"贾宝玉身上的脂粉气全转移给你啦!"

见曾本之笑得很开心,马跃之说:"以前我就没弄明白,为什么一天到晚总有人与我商榷,而研究青铜重器的比我们这一行的人多上一百倍还不止,怎么就只有那个叫易品梅的女子敢公开与本之兄商榷。今天我算是明白,什么叫温柔一刀!"

曾本之收起笑容,很认真地对易品梅说:"谁没有一点顽固,年轻时叫小顽固,老了就叫老顽固。今天我这个老顽固,给你这个小顽固介绍一位我的同事,往后有事你可通过他和我联系。"

易品梅说:"是不是您的那位大秘呀?我可惹不起,为了那篇商榷的文章,都快被他逼疯了!我们长沙说什么也算是个青铜重器大市,原说要成立的青铜重器研究所,最后却泡汤了!据说也是大秘的杰作。"

马跃之连忙说:"这话可不能随便说,你看曾先生是多么好的人,不可能让下面的人做这种事。"

易品梅说:"先前我对曾老是有误解。好几年了,我一直被人封杀,这次突然接到邀请函,心里很奇怪,来宁波报到之后,才听说是曾老点名要我参加。官场上是秘书干政,学术上也有助手绑架导师的。我就猜测,过去的事,一定是曾老的那个'大秘',背着曾老搞学术专政!所以才敢对曾老说心里话。"

曾本之说:"有些事情并不是表面看来的那样简单,也不是谈一次话就能澄清的。往后有事可以先与万乙联系,是刚到楚学院上班的博士生。"

易品梅说:"我晓得他。春节时我们在网上认识了,就是没见过面。"

马跃之正要说话,被曾本之拦住了。蒋介石故居并无特别之处,让曾本之唯一注意的是蒋介石最后一次离开奉化老家,与乡亲话别的那张照片。从不让马跃之说话起,他就盯着那只挥别的手和那手上伸出来的三个指头。讲解员请大家猜,蒋介石伸出三个指头是何寓意。

马跃之忍不住说:"这太无聊,当年的小学课本中有篇《三五年是多久》,不就是这样的吗?蒋介石最大的对手毛泽东被迫撤离江西瑞金时,对乡亲们说,过三五年红军就会回来。于是,乡亲们盼了三年,再盼五年,然后又盼了三加五等于八年,哪想到最后是三乘五等于十五,过了十五年红军才回来。"

讲解员有些尴尬,但还是坚持回答了自己提出的问题,说奉化的乡亲先是以为蒋介石三年就会回来,而后又以为三十年会回来,等到蒋经国的儿子蒋孝严,成为蒋介石离开奉化后第一个回来的蒋家人,奉化的乡亲们才明白,蒋介石伸出三个指头是告诉大家,自己没机会回来,蒋经国也没机会回来,只有蒋家的第三代才能回来。

听到这话,曾本之心里一动。

其他人跟着讲解员往前走,曾本之留下来将蒋介石伸出三个指头的样子看了好久,直到易品梅回来找,他才心事重重地离开,并不再对易品梅有问必答了。

从奉化回宁波的路上,曾本之睡了一会儿。

大客车行驶得非常平稳,连驾驶员都在不断地嚼口香糖,免得自己也打瞌睡。曾本之像是做了噩梦,猛地叫了一声,邻近座位上的人,不管是睡着还是没睡着的人,全都听见了。那些没有直接听见曾本之惊叫的人,受到其他人的惊扰,纷纷环顾左右,想知道发生什么事了。别人都醒了,曾本之睁开眼睛看了一下,又继续睡去。片刻之后,车厢内又恢复了平静。

回到下榻的酒店,一应事情忙完之后,窗外的霓虹灯已经亮了好久。马跃之从自己的房间出来,发现对面房间没有动静,叫了两声也没有人应,走进去一看,一起回来的曾本之不见了。

正好柳琴打来电话,问这边的情况。

马跃之回答说一切都好,后天就可以回家。

老夫老妻简简单单地说几句就没事了。马跃之坐在会客厅的沙发上没事乱想,忽然觉得曾本之有可能与易品梅聊天去了。这个念头一出现,他忍不住独自笑了起来。

正在这时,门一响,曾本之回来了。

见马跃之一个人关在屋里笑,曾本之就问:"是不是有丝绸包裹的楚国美女复活了?"

马跃之笑得更起劲了:"我俩又想到一块儿去了,实话告诉你,我在笑你是不是喝茶品梅去了!"

曾本之说:"我还真的在电梯里碰见她和另一个女的,说是出去逛街。"

活到七十岁,这类带有青春回忆色彩的话题,总是难以为继。很快马跃之就说起在车上曾本之的那声惊叫。

"你是不是做白日梦了?"

"是的,我梦见郝嘉了!"

"一定是蒋介石伸出的那三个指头勾起你的回忆!当时我看你在那幅相片前发呆,就觉得要出点什么事。"

"实在是太像了,郝嘉死的时候,也是伸着三个指头!"

"是啊!以前我们都觉得郝嘉的手势只是平常习惯表示的

OK,听了蒋家的传说,我也觉得这里面是不是还有玄机!"

"一路上我什么也没想,就想这个,想来想去,别的没想出来,却想起那年他从楚学院六楼跳下来的情形!"

"若是我梦见他从六楼跳下来的样子,也会做噩梦的。按他们说蒋家的那样,郝嘉伸着三个指头,是要表示三年、三十年和第三代人的什么呢?是他自己要去武汉长江大桥卧轨的,楼也是他自己要跳的。三年早过了,什么事也没发生。估计三十年也和三年一个样,不会有什么事。下面的就更不要想了,他连个儿子都没有,哪来的第二代?"

"不管怎么说,我总觉得自己现在拥有的一切,哪怕不是从他那里偷的,也是他赠送的。那一年,随州那里修铁路,我和郝嘉被派过去帮忙,沿铁路线查看有没有挖出来的文物。那天突然接到通知,说是修铁路的民工挖出一座大墓,要我和郝嘉尽快赶过去控制现场。要说郝嘉比我激动得多,一连几天都在说,这辈子他和我只需要研究这座大墓里的东西,最差也能成为教授!"

"现在的教授多得都快成鼻屎了。我想起来了,郝嘉从六楼跳下来时,就算不喊共产党万岁,还可以喊之前的口头禅曾侯乙万岁呀!为什么偏偏要山呼鼻屎呢?"

"我也觉得难以理解,郝嘉平时那么儒雅和浪漫,临死时,居然会在跳楼的最后时刻,高喊鼻屎二字,说起来反而像是恶作剧!"

"郝嘉出事后,我也想不通,全楚学院几十号人,可能要出事的人,至少有七八个,为什么要争这谁也不想要的冠军呢?"

曾本之轻轻地叹了几声:"当年,用那么短的时间就将曾侯乙编钟仿制出来,郝嘉也是有贡献的。说心里话,我不如郝嘉。郝嘉若是不死,肯定能将曾侯乙尊盘仿制出来。"

马跃之很想说,曾本之是成也萧何,败也萧何,有郑雄这样的女婿,个人的名利捍卫得很好,但又为名利所累,重大研究不能拓展,思路也无法拓宽,话到嘴边了,又改为:"你那像尾巴一样寸步不离的女婿,这一次怎么没有跟着来?"

"我又不是什么大人物,为什么总带着秘书?"

"本之兄到底是个明白人,我们这些老家伙还是趁早做点学问更有意义。"

"跃之兄,你也对我说句实话,郑雄这人给你的印象如何?"

"人家都是正厅级会长了,我能说什么呢?"

"你今天若是不说句实话,往后就不要再在我面前提郑雄的名字。"

"哪能这样说话,简直是要焚书坑儒!好吧,我再说一遍,郑雄是比春节联欢晚会上那个伪娘还要伪的伪娘!"

"你还是没有说真话,还是在搞弯弯绕!"

马跃之将曾本之狠狠盯了几眼,终于咬牙切齿地说:"反正我也没有什么企图了,我就说一句绝对的话。郑雄如果是青铜做的,用我这双只懂丝绸的眼睛来看也是伪器。让曾小安嫁给郑雄,是本之兄这辈子最大的败笔!"

曾本之沉默了好一阵,才说:"我刚才下楼去会务组,将机票改签了,我们提前一天回武汉。不要与任何人说,包括柳琴。也不用叫人接机,我们自己乘出租车,到市内找酒店住一晚。"

马跃之后来才明白,曾本之所说的市内酒店,既不是汉口的香格里拉,也不是武昌的五月花或汉阳的晴川,更不是水果湖和东湖交界处的弘毅。而是一处若不是曾本之带头钻进去,自己哪怕患了老年痴呆症也不会走进去的小招待所。

拾壹

多年之前，能在考古发掘现场附近，找到一座小招待所，简直是莫大的幸事。多数时候，只能在野外临时搭建几间草棚。即便是发掘震惊世界的曾侯乙大墓，也只是在发掘现场旁边支起几顶从部队借来的帐篷。野外考古发掘，吃住都没法讲究，最基本的要求是一天下来能痛痛快快地洗个澡。好在是夏天，随州一带又是丘陵山区，用附近小河里的水洗漱不用担心血吸虫。在荆州的几次抢救性发掘就惨了，虽然也住帐篷，虽然遍地都是水，却不敢洗手洗澡，因为那一带是血吸虫重度疫区，有些地方，哪怕只沾上一滴水，都有可能染病。去年秋天，北京一位同行突然生病，做物理检查后发现肝脏上有些来历不明的东西，北方的医生没见过血吸虫，分不清是怎么回事。反复折腾多时，医生才想起来，问清楚他大学毕业时曾在荆州的一个考古发掘现场实习过一阵。于是医生建议他到南方的医院做血吸虫检查。北京的那位同行真的跑到荆州血吸虫防治站，一查果然是血吸虫肝。曾本之和马跃之曾结伴去荆州看望,他们到时,对方正在吃药。说是治血吸虫的特效药,其实就是减量的杀虫剂。曾本之和马跃之带着他去当年搭帐篷的地方忆旧,他还记得,当时邮递员送来女朋友的信,信封的角上还写着"内有照片勿折",他怕自己的手弄脏了情书和照片,便破例到旁边的荷塘里洗了一下手。那也是他唯一一次直接接触到血吸虫疫水。事过多年,回忆起这些,三个人都觉得,当年连破旧招待所都住不上的日子,反而是最值得怀念的。

昨晚从宁波乘飞机返抵天河机场后,曾本之和马跃之乘坐一辆出租车,直奔这家连出租车司机都不知道的圆缘招待所。下车后,马跃之再三问曾本之是不是找错地方了,这种地方七十岁老人肯定难以睡着。入住登记时,马跃之才发现,曾本之事先就将房间预订好了。曾本之将圆缘招待所的女主人称做华姐。马跃之后来对曾本之说,难怪他会选择这么个小招待所,这开店的半老徐娘,那腰身简直太迷人了,都比得上楚鼎的束腰。华姐打量他俩的目光略带忧郁,嘴里却庆幸连连地说,若不是早一个星期交了押金,仅仅电话预订都不会有空房间了。

圆缘招待所长年累月接待同一类客人,女主人华姐并不是成心想这样,只因为与江北监狱大门隔街相望,那些从外地来探视正在服刑的亲朋好友的人,或者专程来迎接刑满出狱的亲朋好友的人,先到监狱门口看上一眼,转过身来总是将离得最近的圆缘招待所作为第一选择。

华姐习惯地问他俩,是来看人的,还是接人的。

曾本之没有正面回答,只说明天一到,她就会知道。

华姐有些献媚地赞美他俩,圆缘招待所开业以来,这是头一次接待如此有气质的客人。华姐还相信这一带的私人旅馆都是如此,因为厅局级以上的犯罪贪官和教授以上的堕落知识分子都不往这里送，与正规的机关单位一样，不管为人多么牛气，只要达不到这样的级别，骨子里就会少一种征服别人的东西。

　　华姐说话口音，既像陕西话，又像甘肃话，虽然听起来怪怪的，但很容易让人产生亲近感。马跃之说她是甘肃天水人，曾本之说她是陕西宝鸡人。问时，华姐却说自己是定西南面一个叫岷县的地方的人。她怕别人不知道，还补充说，毛泽东写过"更喜岷山千里雪，三军过后尽开颜"的诗，岷县就在岷山的怀抱之中。大概是研究丝绸久了，马跃之不喜欢毛泽东的诗词，他不客气地对华姐说，岷县还出产中国四大名砚之一的洮砚，那可是比这空洞无物的诗句更有名的宝贝。华姐从未见过有人不喜欢毛泽东的诗，眼睛瞪得老大。曾本之赶紧接过他们的话说，岷县还有个地方叫清水乡清水村，村里的人直到现在还在用翻砂的方法做高仿青铜器。

　　像被人发现自己身上的短处，华姐借口有事，转身离开了。

　　房间的条件太差，邻近房间的那些人，因为第二天就能进监狱会见亲朋好友，或者在大门口迎接亲朋好友，不是激动就是焦躁，哭的哭，笑的笑，闹的闹，再不然就将电视机的音量调得大大的，两个七十岁的老人果然整夜都没睡着。马跃之几次爬起来恨恨地表示，自己要出门乘车回家去睡。马跃之这样做，也是想逼曾本之说说心里话，说清楚自己来这里的目的。从出天河机场，被出租车送到圆缘招待所起，曾本之就像心里有种东西在憋着。马跃之似乎感觉到曾本之心里憋着的那个东西，但他希望曾本之主动开口说出来。曾本之不说，马跃之宁肯同样闷着。闹了一通，见曾本之躺在那里一动不动，马跃之只好将头搁到枕头上。天亮之前，圆缘招待所好不容易静了一阵。时间不长，华姐就开始在外面敲门，提醒那些探监的人，早点起来收拾好自己，然后去江北监狱登记排队。

　　大概是实在憋不住了，马跃之在对面床上主动说："这些年我总觉得,当初郝文章犯事,被判入狱八年,这中间有些事于情于理都有破绽!"

曾本之叹了一声:"郝文章这孩子,出事时若不是太固执,也可能不致如此。"

马跃之说:"不知为什么,我总觉得郝文章与郝嘉之间是有联系的。"

一旦说出这个名叫郝文章的人,曾本之心里像是轻松许多。

"是这样的。郝文章第一次来楚学院那天,正好是郝嘉十周年忌日。那天你去湖南参加有关马王堆出土丝绸的学术会议。郝文章敲门进来,我差一点将他当成郝嘉。他自报家门,说自己是武汉大学考古专业的本科生,想跟着我实习半年,也不知为什么,我想也没想就答应了。不仅要跟着我实习,在什么背景都不了解的情况下,还要他毕业之后来楚学院工作。更邪乎的是,所里的几个硕士生和博士生都想给我当助手,我一直没松口,郝文章实习才三天,就让他做了事实上的助手。"

"郝文章与郝嘉之间不只是形似,更是神似。八九年那一阵,去天安门的人太多了,堵长江大桥的人更是水泄不通,后来真正觉得活不下去的,算上郝嘉也没有超过十人,非要跳楼的人就他一个。郝文章来楚学院才几年时间,那次,就因为对你的失蜡法有异议,竟然当着楚学院半数以上人的面与你争吵,中间,他突然推开窗户,将我吓得不轻,以为他也要像郝嘉那样跳楼。幸好他只是觉得屋里闷,打开窗户透透气。可那架势绝对是宁可跳楼也不妥协的路数。"

马跃之接着曾本之的话说了一阵,又回到自己最先提起郝文章的话题上。

"暂且不说作案过程,仅仅是作案动机,就让人无法相信。郝文章来楚学院几年,以区区本科生的教育水平,很快就超越那些博士硕士,所取得的研究成果,已经是本之兄一人之下,而在其他所有之上。就连先前一直聚万千宠爱于一身的郑雄,也显露出颓势。这种时候,他竟然去偷曾侯乙尊盘,让人讲不出,也想不出道理来呀!"

他俩一边说话,一边洗漱时,外面又有敲门声,而且是敲他俩的门。

曾本之将门打开,华姐端着两碗热干面站在门口,是昨天说好让她代买的早点。曾本之付钱时,华姐提醒他,若是探监,再不去排队,今天就轮不上了。曾本之嘴里嗯嗯地表示明白,华姐稍一走远,便又将门反锁上。

窗外的人流和车流已经很拥挤了。

马跃之开始给家里打电话,座机响了半天没人接听,他又改打柳琴的手机。一会儿就听到柳琴的声音,柳琴开口就问宁波的天气如何,武汉这边的天气不错,只要宁波的天气没问题,航班应当不会晚点。好不容易轮到马跃之问,柳琴爽快地说,曾小安在网上发现一家专卖女人用品的小店,地点在汉阳,上午要和曾小安到那家小店去看一看。

马跃之的电话还没打完,曾本之的电话就响了。是安静打来的,也是问他的行程有无改变,到机场接他们的车辆安排妥当没有。好不容易轮到曾本之说话,他首先问楚楚上学没有。安静回答说,曾小安亲自送到学校的。于是曾本之又问曾小安这两天的情况。安静说话的声音表明,家里没有别人了,如此她才敢大声数落曾本之,女儿这么大了,曾本之有事没事还在宠着她。曾本之只要不在家,曾小安就与郑雄相处得很好。反过来,曾本之若是在家,只要有丁点事,曾小安就会和郑雄闹得昏天黑地。曾本之不与安静细说这些,问清楚曾小安确实与柳琴一道外出后,便匆匆挂断了电话。

两人相视一笑后,不约而同地轻叹了一声。

曾本之看了看手表,马跃之也看了看手表,然后一齐趴到窗台上。大街那边的江北监狱门前聚了不少人。街边的停车位上,很快就停满了车。

曾本之正在想,曾小安若是开车过来在什么地方停车,真有一辆香槟色越野车出现在江北监狱门前,略一迟疑后,在一辆前后都没有挂车牌的黑色轿车并排位置上停下来。片刻之后,曾小安和柳琴从香槟色越野车内走出来。没看见发生什么事,曾小安突然很夸张地做了一个转身动作,但被柳琴拦住了。

这时候,华姐又在外面敲门,大声说,还有几分钟,刑期已满的人就会被释放出来。既然是来接人的,就不要躲在屋里,这又不是什么见不得人的事。马跃之只好打开门,要华姐不要管了,该做什么,不该做什么,自己心中有数。

华姐离开后,他俩在窗台上趴了半小时。

探监的人一个接一个地走进监狱大门旁边的小门后,大门前刚好剩下十个人。

又过了半小时,紧闭的大铁门终于开了一道缝。

凡是监狱都有这类不成文的规矩,刑满释放的人,必须让他从大门走出去。如此有两层寓意,一是希望走得明明白白,不要再回到这里来;二是祝愿走出去的人,像普通人一样有个光明正大的前途。

一个留着极短头发的男人,拎着一只小袋子,从大铁门的门缝里走出来。等候的十个人中,有一半人冲上去,抱的抱,搂的搂,前后不到两分钟,就被拖进一辆商务车扬长而去。随后的十分钟里,又有两个女人从那门缝里走出来。走在前面的那个女人,同样被一群人簇拥着上了另一辆商务车。跟在后面的那个女人,拎着一只印有"丽江印象"几个字的布袋,在重新关得严严实实的大铁门前站了足足半小时,也没见到有人来接。

曾小安和柳琴两次上前,像是向那个从江北监狱里出来的女人打听什么。从曾小安焦躁的动作可以看出,那女人的回答并不是她想听到的。

从监狱里出来的女人终于拖着孤单的身影,向附近的公交车站走去。柳琴与曾小安说了几句什么后,两人回到香槟色越野车上,随后慢慢地跟上那个从监狱里出来的女人。大约是坐在副驾驶座上的柳琴与那女人说了些什么,车停之后,那女人从打开的车门钻进香槟色越野车内。

马跃之转过身来,冲着曾本之说:"太奇怪了!"

曾本之忽然冲着窗外大声说:"不好!快刹车!"

说话的时候,窗外传来一声巨响。

马跃之重新往窗外看去,不知为何,曾小安驾驶的香槟色越野车竟然掉转头来,冲着刚才还并行停放的那辆没挂车牌的黑色轿车撞了过去。黑色轿车刚从停车位里驶出来,后备箱盖被撞得翘起老高。马跃之想看看黑色轿车里坐的是什么人,没料到开车的人连窗玻璃都没有放下半寸,一加油门,转眼之间就跑得无影无踪。

曾小安的香槟色越野车前后都有坚硬的钢管保险杠,只要不是碰上装甲车都会没事。稍停一会儿,香槟色越野车也不紧不慢地离开了江北监狱。

有一阵,曾本之和马跃之相对无言。

之后曾本之难得先开口说:"八年前的今天,警察从楚学院六楼将郝文章逮走,八年刑期已满,怎么不放人呢?"

马跃之说:"没看到怎么释放郝文章,却看到了哪些人会来接郝文章出狱!也算是意外的收获。"

曾本之还在那里喃喃自语:"一定是哪里出了问题!再不就是有人从中捣鬼!"

马跃之用手指捅了一下曾本之的额头:"你若是帮我猜猜黑色轿车里的人是谁,我就想办法替你打听郝文章为何没有出狱。"

"我是车盲,只分得清货车、轿车和摩托车。"

"我不要你猜车,只要你猜车里的人。"

"连坐在车里面的人是男是女都看不见,我怎么猜?"

"本之兄,你不会是用得着我时就拉着我,用不着我时就防着我吧?"

"你这个老马,真是欺人太甚。如果我说是郑雄,你相信吗?"

曾本之瞟了几眼,见马跃之有点不高兴了,只好将心里早就有了的想法说出来。马跃之果然表示怀疑。

"这不太可能吧?"

"因为你我是老朋友,我才不会乱说。"

曾本之索性将去宁波之前的夜里,曾小安打了郑雄耳光后,却装着若无其事的情形,全都告诉了马跃之。

马跃之着急地说:"哪有这样做夫妻的,如此下去,肯定要出大问题!"

曾本之反而清醒了:"这事你暂时不要管,先说说如何打听郝文章的情况吧。"

马跃之说:"这事很简单,我这就去托华姐打听。昨天夜里我就想明白了,一个四十多岁的女人,独自扛着招牌,在监狱门口办招待所,十几年下来,如果没有一点邪门歪道,不是店被吃掉,就是人被吃掉，或者是店和人一起被吃掉。"

曾本之哪肯相信，马跃之出门不一会儿就转回来，说是华姐答应了，什么时候有回音却不清楚。曾本之马上想到，华姐是用此方法留他俩多住几天，赚些住宿费。马跃之不同意，圆缘招待所虽然简陋，生意却好得不得了，他俩不住还有别人住，如果中国的酒店都和圆缘招待所的入住率一样，GDP的增长速度又会达到百分之十几，失业率也会下降一到两个百分点。

没想到才二十分钟，华姐就敲门进来。

华姐脸上的表情分明是胸有成竹，却不肯马上说，而是问他俩，为什么要鬼鬼祟祟地躲在她的店里，探听郝文章的情况。

事已至此，马跃之只好将自己和曾本之的身份，以及与郝文章的关系和盘托出。马跃之形容曾本之是舍不得那几年的师生之情，再加上郝文章从小待在孤儿院，当导师的这时候来，是想看看情况再作选择，没有人接，便出面接一下，如果有人接，也可以旁观一下，再作以后的打算。

听到这话，华姐开心地笑起来。华姐办招待所十几年，冲着江北监狱才来住店的人，是真的探监或接人，还是只想与服刑人员作秘密联系，她只要看几眼就能认出来。从曾本之和马跃之的名字出现在招待所的登记表上起，她就在暗暗高兴。两个经常出现在媒体上的大学者，能够光顾小小的私人招待所，让她顿感蓬荜生辉。说着话，她从手上捧着的纸箱里取出一只楚鼎，让曾本之看看真假。曾本之看了几眼便断定是近几年制作的仿器。华姐像是心有不甘，出门不久又拿来一只形状不同的楚鼎。这一次，曾本之看了足足半小时，才继续将其认定为伪器，理由是，楚鼎是用范铸工艺制造，脱去模范之后，还要打磨因为范缝而形成的范痕。两千年前，青铜是最坚硬的金属，用比它软的材料做成的工具打磨之后的痕迹,是粗糙和不规则的。所以,哪怕只要有一条痕迹是笔直和精致的,就能断定它是现代人制造的高仿青铜制品。华姐再次拿来的所谓楚鼎,从外观上看几乎没有破绽,但在最不显眼的地方,悄然留下三条整齐排列的锉痕。曾本之说,这是仿造者故意留下的,为的是防范哪天自己将自己骗了。

到这一步,华姐没有因为手里拿着的全是伪器而失望,相反,目光中有某种兴奋在悄然闪烁。

不待马跃之提醒,华姐主动说,江北监狱是很现代化的,该释放的人犯,电脑会提前一个星期发出信号。她问过监狱里的熟人,郝文章的档案上个星期就提出来了。让人意想不到的是,昨天下午,郝文章在监狱工厂上最后一个班,临近下班时,他突然将一台机器的显示屏砸得粉碎。按照以往的惯例,郝文章会被延长服刑三到六个月。至于郝文章为什么会这样,他自己解释说,八年囚禁已经养成一种生活习惯,一想到出狱后将要独自面对衣食住行等复杂情况,一不小心便将心里的烦躁发泄错了地方。

华姐问曾本之和马跃之是否相信这些。

曾本之肯定不相信,马跃之也不相信,然而,在华姐的问题面前,他俩都沉默不语。

华姐后来自己对自己作了回答,她听说郝文章与一位年长的狱友关系甚好,那位狱友是由死缓减为无期的,郝文章要么是想多陪陪这位狱友,要么是与这位狱友达成了某种默契。

见他俩有些无动于衷,华姐主动说:"你们想不想知道那位狱友的情况?"

曾本之看了看马跃之,马跃之看了看曾本之,两个人还是什么也没说。

华姐有些替他俩着急,顾不上卖关子,直截了当地说:"那位狱友真名叫何向东,江湖上都叫他老三口。你们也想知道老三口的来历吗?"

马跃之总算开口了:"何字有一个口,向字有一个口,繁体的东字还有一个口。"

华姐笑起来:"我将你们当成普通客人,忘了你们是大师级的专家。"

曾本之终于有所敏感:"还有别人对老三口有兴趣?"

华姐一愣后,马上改口:"我也是听监狱里的人偶然提及,因为太奇怪了,所以记得很清楚。"

回过头来,华姐问他俩,是不是要退房。

得到肯定回答后,华姐先去服务台开票。

华姐一离开,曾本之和马跃之不约而同地说道:"这个女人不简单。"

离开圆缘招待所,两个人重新回到天河机场,装成刚下飞机的样子。在等待楚学院的公车来接时,曾本之继续同马跃之聊华姐提到的那个老三口。

老三口曾经是中南地区著名的青铜大盗。除了盗墓,老三口还喜欢复制一些罕见的青铜重器,并将所复制的青铜重器放进被盗过的古墓中,故意出难题,让考古专家不敢轻易将留在被盗过的古墓中的物品当成文物。老三口正是凭借考古部门一时难以判定地下文物被盗情况,赢得时间和空间,将真的青铜重器,或是转移,或是出手。

郝文章与老三口,一个曾经是研究青铜重器的青年才俊,一个是江湖上久负盛名的青铜大盗,如果真是狱友,在他们之间会发生什么故事,实在无法想象。

曾本之熟知前者,对后者的了解是间接的。如此反差使得他格外想知道,在那间与世隔绝的囚室里,已经发生,或者正在发生,并且将要发生哪些事情。这就像玩扑克牌,手里拿着"王后"或"国王"的人,最想知道"国王"或"王后"在谁的手里。对曾本之来说,还有更确切的比喻,一个因研究用失蜡法制造曾侯乙尊盘扬名学界的人,反而格外想了解其异见者认为曾侯乙尊盘是用范铸工艺制造的理论依据。

拾贰

来天河机场接机的轿车,到达东湖路后,本应当改走辅道,转入黄鹂路西段,再掉头由下穿通道穿过主道驶入黄鹂路东段,如此先送曾本之回家。开车的司机昨晚玩麻将直到凌晨,开车没问题,就是有点走神,错过了进入辅道的那个路口后,只好先送马跃之到水果湖的张家湾小区。

在离小区大门还有五十米时,马跃之忽然小声问曾本之:"你晓得刚才被撞的车是谁的吗?"

曾本之正发呆,一时间反应不及:"谁的车被撞了?"

曾本之的声音有点大,连司机都竖起耳朵来听。

马跃之停了片刻,才用更小的声音说:"是你家小安主动撞人家!"

因为有前面的停顿,曾本之已明白马跃之先前问话的意思了,他马上表示:"小安向来任性,真怕她会惹出事来。"

"小安任性不假,但是那一撞,绝对是有百分之百的把握。否则人家就不会落荒而逃。"说着,马跃之用手指在曾本之的手心上一笔一笔地写了一个字。

曾本之看得清清楚楚,除了"郑",不可能是别的字。

曾本之没有作任何表示,他静静地坐在车里,马跃之在家门口下车时,先与他说再见,再拍着车窗招手,都没有反应,这种状况一直持续到司机将他送回家。曾小安下楼来帮忙拿行李,一连叫了几声爸,他也不做声。

曾小安一进家门便在安静面前逗他:"妈妈,爸爸在飞机上有艳遇了,你快做好吵架的准备!"

安静一边笑着骂曾小安比楚楚还淘气,一边说曾本之:"看这样子像是要吃人,是不是在宁波中了鲨鱼的邪?"

"郑雄呢?"

曾本之突然发问,声音很低,气却很足,像从东湖上刮过来的大风,吹得满屋嗡嗡回响。

"他一早就出门,陪老省长去北京了。"

曾本之冲着曾小安问,回答的却是安静。曾本之听见了也像没听见,盯着曾小安看了好一阵,明明有许多话,最终却什么也没说,到卫生间里洗洗手后,一个人去了书房。正当家里人以为他是累了,想一个人待一会儿,开始忙各自的事情时,曾本之忽然站到门口,让曾小安给郑雄的司机小胡打电话,自己有事要与他说。

曾小安也没多想,将电话拨通后递给曾本之。

没想到曾本之是要用郑雄的公务车。司机小胡在电话里解释,车子出了点问题,送到专营店修理去了,至少得三天才能取出来。

曾本之追问一句:"怎么要修这么长时间,是不是出车祸了?"

司机小胡说:"车身碰了一下,没什么问题,就是做钣金和油漆特别费时。郑厅长出差,有几天空闲,正好修一修。"

曾小安一直在旁边等着,见曾本之挂断电话了才说:"你干吗要用公务车,有事使唤你的宝贝女儿多方便呀!"

曾本之说:"我怕你太任性,人家的车不碰你,你反倒主动去撞人家。"

曾小安说:"那也怪你,小时候总带我去玩碰碰车!"

从进家门后脸上皮肉就没有松弛下来的曾本之终于笑了笑:"那好,明天上午你送我去江北监狱!"

曾小安说:"这就对了,美女开车,帅爸坐在旁边多拉风呀!"

曾本之说:"明天是周一,你不去导师那里看看吗?"

不等曾小安回答,安静从厨房里冲出来:"好生生去江北监狱干什么?"

曾小安平静地说:"他曾经的得意弟子不是关在江北监狱吗?再不去看看,只怕人家服刑期满要离开那鬼地方了!"

曾本之也将脸板起来:"你不要提郝文章,别说只过八年,就是再过八十年,我也不会认这种学生!"

一旁的安静仿佛是火上浇油:"既然话说到这里了,趁郑雄不在家,我代表你爸爸问你一句话,你去看过郝文章没有?"

曾小安怪怪地笑了笑:"妈,我等你问这话都等了八年。你可真有耐心,真能忍受!你再不问,我都要替你急出心脏病来了!"

安静一急起来就冲着曾本之发火:"你看看,这哪像是我亲生的骨肉?都要将亲娘当成你包养的小三了!"

曾本之不得不随着安静的意思数落曾小安:"楚楚都八岁了,你还像青春期的少女一样任性!说心里话,你妈妈问的问题我也早就想问了,你有没有去监狱里探视郝文章?"

曾小安说:"这种话什么时候不能问,何必非要等姓郑的不在家,偷偷摸摸地好像做了什么见不得人的事。你们放心,监狱里到处是监视器,见面时中间还隔着一道铁栅栏,连手指头都碰不着。"

安静大叫一声:"你真的去了?"

曾小安说:"是呀!"

安静急得在原地转了一圈:"什么时候去的?"

曾小安说:"以前的记不得。今天上午刚去过。"

安静捶胸顿足地说:"我的疯丫头咂,你这是放着好日子不过,故意为难自己呀!"

曾小安平静地说:"老人家此言差矣!我是替你们着想。我晓得爸爸心里其实一直惦记着郝文章,只是放不下面子,明明想去探监,却装出一副大义灭亲的样子。妈妈你也是如此,姓郑的刚住进我家时,你前后三次冲着他叫郝文章,弄得人家不知道有多尴尬。不管妈妈心里有没有愧疚,反正我是觉得我们家的人,除了楚楚,没有一个对得起郝文章!所以,我去探监,是替我自己赎罪,替爸爸妈妈还债!"

安静说:"婚姻是一家人的事,他和你没有夫妻缘分,当然成不了夫妻。除了老天爷,还能怪谁呢?"

曾小安说:"妈妈,你又不实事求是了。当初郝文章与人热恋时,是谁一天到晚像电灯泡一样,盯着那个女孩?"

安静说:"我这样错了吗?我不这样盯着,你能嫁给郑雄吗?我要是任由你跟着郝文章跑,岂不是要守八年活寡吗?"

曾小安说:"你一点没错,是我自找苦吃,所以才守了八年活活寡!"

安静没有注意到与"活寡"不同的"活活寡",继续数落曾小安:"当初老娘替你做主,你得了便宜还要卖乖。看看与你同辈的女孩,有哪一个比你嫁得好?人家郑雄,专业上是你爸的助手,这些年不是他挺枪出马与讨伐你爸的那些人论战,换成你爸自己,即使再加上郝文章,也不可能所向披靡战无不胜。在政治上郑雄就更不用说了,刚刚做到正厅级,老省长就承诺过两年肯定可以升为副省级。"

曾小安试了几次才打断安静的话:"我不是说你老人家的乘龙快婿的坏话,但我确实在想,这姓郑的到底是捍卫我爸,还是往我爸脸上抹黑?你们到互联网上看一看,人家指名道姓地说曾本之是比青铜还死硬的学阀学霸,是楚学研究的希特勒和秦始皇。学术独裁比政治独裁更可恶!玩政治反正就是比谁更黑,学术可是要分清楚黑白的,硬要搞独裁,那就成了天地颠覆,真假倒置,睁着眼睛说指鹿为马的瞎话。现在我最担心的是万一出现大逆转,只怕人家眼皮眨都不眨一下,就将曾家的一切当成垃圾处理掉。"

见安静捂着胸口满脸痛苦的样子,曾小安突然闭上嘴。

曾本之快步跑进屋里将自己吃过的救心丸拿出来,给安静喂了几粒。

曾小安见势不妙换了一副模样,轻言细语地贴着安静的耳边说,女儿这样说话,也算是女儿给自己打预防针,天下男人一阔就变脸的占百分之九十九,早点将郑雄郑会长往坏处想,将来被郑雄郑省长甩了,自己心里也好受一些。

安静心里难受与心脏病无关,只要曾小安不再故意气她,也就没事了。脉搏刚刚恢复正常,她就主动问,互联网上是不是也在说郑雄的坏话。

曾小安要安静保证不再生气她才说。

安静答应之后,曾小安仍不放心,又放了几粒救心丸在手边以备急用。

互联网上骂郑雄的话,几乎将汉语中所有难听的字眼都用上了。有的话曾小安还能复述,实在无法说出口的,曾小安就用笔写,还有连汉字都不好意思写的话,曾小安只能写成汉语拼音。

安静果然没有生气。她甚至觉得,只怪郑雄的能力太突出了,搞研究,当厅长,都做得比别人出色,如果没有招人嫉恨,那才是人世间的奇迹。前两年,总在电视上露面的那个男孩,各方面都是弱智,却能拿着指挥棒,指挥乐队演奏交响乐,按说大家都要同情这孩子才对,偏偏还有那么一批人挖空心思专门说一些最难听的话。对弱智的孩子尚且如此,何况郑雄这样的精英。现在的人,纯粹是学者和纯粹当官员都好办,怕就怕既是学者,又是官员,刚刚被人用学术标准来判别,转眼之间又有人从政治角度来批评,就像孙悟空遇上二郎神,一个有七十二般变化,另一个刚好有七十三般变化,无论孙悟空怎么努力,总能被二郎神盯着不放。互联网上针对郑雄的那些话,千篇一律全是谩骂。偶尔点出一些具体事情,比如借开学术会议的名义,实际上是公关,请相关人员到神农架、武当山游玩。比如用公款在几家重点报刊上买版面,刊登曾本之的研究文章。比如用行政手段为曾本之谋取一些名头吓人的荣誉头衔。在一些别有用心的人看来,这样的事自然也是别有用心。但从纯学术角度来看,最多可以说成是对曾本之的爱护,与假公济私相差十万八千里。

类似的咒骂,反而让安静觉得郑雄是在舍己为人。

到这一步,曾小安也不再与安静斗嘴了。她转过来问曾本之:"明天确定要去江北监狱吗?"

曾本之说:"是的。我也去探一回监!"

曾小安说:"谢谢你法外开恩,终于要去看郝文章了。"

曾本之说:"错了。我去探监是要看另一个人。"

曾小安说:"我说呀,无缘无故的太阳怎么能从西边出来!"

曾本之点点头:"我们快去快回,不要惊动任何人!"

连安静都听懂了,曾本之说这话的意思暗指郑雄。

安静说:"你们父女俩可要听好,这事下不为例,家里的事情不能瞒着郑雄,不然的话,就会弄成无风起三尺浪。"

曾小安说:"妈妈,你这样子可不像土生土长的武汉人。咱武汉的丈母娘凡事一定是优先心疼女儿,然后才心疼女婿。只有乡里来的人才说什么会心疼人的丈母娘先心疼女婿,不会心疼人的丈母娘先疼女儿。市里天天发号召,要全市人民发扬敢为天下先的精神,说的是复兴大武汉,没有要求丈母娘们不用继承光荣传统!"

安静说:"还不是被你闹的。老婆不会心疼老公,当丈母娘的再不做些补救,人家在这屋里待着还有什么意思?"

曾小安说:"该吃饭时一个桌上吃饭,该睡觉时一张床上睡觉,你和爸爸不也是这样吗?我从未听到爸爸说你不好呀!"

安静说:"女人是不是心疼丈夫要看眼神,心疼丈夫的眼睛是两朵牡丹花。"

曾小安说:"不心疼丈夫的眼神是什么样的?"

安静说:"就像你,眼神里藏着两把杀猪刀!"

曾小安说:"那是姓郑的将我惹急了!什么破会长,别说是个厅局级,省部级又怎么样?就说青铜重器学会的事,爸爸拒绝过的垃圾,他为什么还要接?"

安静说:"老古话说,肥水不流外人田。你爸年事渐高,学术研究上的各种花帽子,终归要交给郑雄继承的。依我的看法,迟交不如早交。早交的话,你爸还可以将郑雄扶上马送一程。再说人家事先不晓得嘛!你爸爸太金口玉言了,一家人天天在一起,人家先找过他的事一点口风也不透露。"

曾小安说:"亲爱的老妈,你也太幼儿园小朋友了。姓郑的脑子可不是猪脑子,也没有被消防水炮灌过水,充其量也就挨过邹市民的一记摆拳!他不会糊涂到以为自己真正超过老爸了,可以当之无愧地成为青铜重器研究的最高权威。他不管做什么事,都要用三十六计,一条一条地算计几遍才做决定的。"

安静说:"你怎么这样看自己的老公?是不是因为郝文章今天要出狱,你又花心了?"

曾小安叫了起来:"妈妈,原来你也记着郝文章出狱的日子!"

好一阵没说话的曾本之也开口说:"这个日子,我也没有忘记!"

安静说:"人心都是热的,我只是叹息郝文章是个孤儿,终于学有所成了,竟然糊涂到偷曾侯乙尊盘。"

曾小安说:"若说偷青铜镜,我还相信。想偷曾侯乙尊盘,别说郝文章,就是八国联军再世也没有用。巴黎卢浮宫的《蒙娜丽莎》油画,还有几幅类似的草稿之说的画作存世。全世界的青铜重器中,就连与曾侯乙尊盘有一点点近似的都找不到,更别说一模一样的了。所以,就算费尽九牛二虎之力终于将曾侯乙尊盘弄到手,全世界却没有哪个人,更没有哪家博物馆敢收藏。当青铜大盗的人,都不是收藏家,如果不能出手变现,即使是侠盗也不会冒这种得不到任何好处的险。说郝文章偷曾侯乙尊盘,简直就是天大的笑话!"

安静说:"做娘的做任何事都是一五一十,怎么偏偏生出一个好高骛远的女儿,说青铜重器时,你好像是周朝的青铜工匠再世。说盗窃文物时,你又成了三头六臂的侦探。你若是看什么都不顺眼,小心别人看你什么都不顺眼。"

曾小安说:"妈妈,你放心好了,我哪会看什么都不顺眼呢?就像你，不管什么时候，我都觉得你是天下最美的大美人！"

母女俩的话题刚变轻松一点，曾本之又认真起来："小安你刚才说的不全对。一九一一年卢浮宫的《蒙娜丽莎》曾经被人偷过，直到两年后才得知是一个意大利人干的。油画找回来时，画面上蒙娜丽莎身后两边的廊柱已被切掉了。公开的原因是说，那位偷画的工匠为了转运方便有意将油画裁掉一些。那些研究过真迹的人私下里却认为，回到卢浮宫的《蒙娜丽莎》是赝品，真正的《蒙娜丽莎》可能被某个野心勃勃的人据为己有了。"

曾小安马上回应："请允许我向伟大的青铜重器学者表示一个小女子的质疑，曾先生的一席话怎么让人觉得像是含沙射影，暗示曾侯乙尊盘也被人偷了，也被人据为己有了！"

安静反应更快，她一个箭步跨到曾小安面前，几乎要用手捂住曾小安的嘴巴。

曾小安莞尔一笑说："这个玩笑开大了，不能再开了！话说回来，如果《蒙娜丽莎》只能藏在密室里，那就和楚楚在墙上涂鸦差不多，只有我们家的人才看。就像美女，要经常到社交场合上露露脸才有意义，成天关在家里，与那些疤癞眼，大翻牙，朝天鼻，河马脸又有什么区别？"

曾本之说："我也是这样想的，比如曾侯乙尊盘，如果不放在博物馆，而藏在谁的家里，普天之下谁会知道它的绝妙呢？"

曾小安说："你当时为什么不这样说？"

曾小安这话虽然没有明确目标，曾本之和安静都明白，她所指的是郝文章出事的那个"当时"。

安静说："你不要在你爸爸面前如此咄咄逼人。古怪也好，奇怪也好，真要怪，也只能怪郝文章自己。连我都晓得研究青铜重器的几个关键点，随便找个理由做借口，也比说那种傻话强一百倍。

这全世界独一无二的曾侯乙尊盘什么时候有过伪器？法院认定郝文章偷窃曾侯乙尊盘，充其量是用手机互相发来发去的搞笑段子，郝文章想研究曾侯乙尊盘是真是假才是腰上绑两根鸡毛就能够飞出太阳系的大笑话！"

曾本之不喜欢两个女人在那里互相抬杠，他开口说的话，总是具体有所指："我一直想不明白，郝文章一开始还能咬定自己只想将曾侯乙尊盘拿出去做些测绘，然后就拿回来。一夜之间，他突然改口，承认自己因为一时间鬼迷心窍，确实想将曾侯乙尊盘占为己有！"

说话时，曾本之一直盯着曾小安。

曾小安觉得奇怪，因为曾本之说的问题与她毫无关系，并且她也一直想弄明白，所以，她也目不转睛地盯着曾本之。

曾本之越看越觉得曾小安的眼睛里清澈得没有任何杂质。

安静在一旁说："你们父女俩怎么啦？好好的，忽然变成两只斗鸡！"

曾本之挥了一下手，让安静静下来："小安，你知道郝文章八年刑期已满，为什么没有放出来吗？"

曾小安说："一定是姓郑的在背后捣鬼。"

曾本之摇了摇右手食指："依我来判断，有可能是他自己被什么事缠住了，暂时不想出来。"

安静再次插嘴说："我还没见过在监狱里待着不想出来的人！"

曾小安说："我只怀疑姓郑的。当初郝文章突然改口承认自己偷了曾侯乙尊盘，我也觉得是姓郑的从中捣鬼！"

曾本之说："反正郝文章在监狱里待不长了，你索性说说，还有哪些事情值得你瞒了我们八年？"

曾小安不好意思地说："除了每个月去探一次监，没有别的任何事了！"

曾本之说："还说没有任何事，八年乘以十二个月，一共探了九十六次监，一次说一句话，你们也说了九十句话！哪怕说一件事要用十句话，你们也说了九件半事情呀！"

曾小安说："老爸呀老爸，你怎么如此不了解自己的学生。郝文章不是人，是化石，身上没有一滴热血，别说我只去九十六次，就是再去九十六次，他也不肯见我一面。当然，他当他的恐龙化石，我做我的初恋情人，哪怕还要白白探监九十六次，我也不会不去的。"

曾本之说："你们最后一次见面是什么时候？"

曾小安说："郝文章被隔离审查的第三天，也是他承认自己偷曾侯乙尊盘的前一天。"

曾本之说："看守得那么紧，你还能进去？"

曾小安说："姓郑的不是审查小组的副组长吗？是他带我进去的。"

曾本之说："为什么？你为什么要违法乱纪？"

曾小安忽然岔开话题："老爸，你太狡猾了。这可是我保守了八年的秘密呀，你一点代价没付，就被你像哄小孩一样哄骗出来。"

曾本之说："事情过去八年了，你用不着回避，将实话告诉老爸！"

曾小安说："姓郑的对郝文章说我怀孕了。他不相信。我只好让姓郑的偷偷地带我去隔离审查的房间里，亲自对他说！"

曾本之说："郝文章先是不肯承认偷曾侯乙尊盘，你对他说自己怀孕了，然后他就承认偷了曾侯乙尊盘。你觉得这些事之间有没有某种联系？"

曾小安说："是呀，我也在想，从那时一直想到现在，整整八年，也没想出个答案。"

茶几上的电话突然响了。

看来电显示,是郑雄打来的。安静拿起电话后,语言又变得像平时一样亲切。郑雄打电话没有别的事,就是怕安静或者曾小安有事耽搁,忘了去水果湖接楚楚。几个人同时看了看手表,郑雄电话来得真及时,若是多说一阵话,再去接楚楚,肯定要迟到。

曾小安下楼去水果湖接楚楚,每逢周日楚楚都要去一家培优中心,上午在那里上英语课,下午再上绘画课。

屋里剩下曾本之和安静,夫妻俩不约而同地长叹一声。

郝文章因盗窃曾侯乙尊盘正式入狱的第二天傍晚,曾小安将郑雄带回家,掏出大红结婚证,放在曾本之和安静面前。曾小安指着郑雄对爸爸妈妈说,从现在起自己就是郑雄的老婆,郑雄就是自己的老公。至于郑雄如何称呼曾本之和安静,她的态度是悉听尊便。时至今日,曾本之和安静还清楚记得郑雄局促不安的样子:郑雄先冲着安静叫了一声妈妈,待再叫曾本之时,看样子是想叫爸爸,可发出来的声音还是他叫惯了的曾老师。

放在平时,曾小安若是在家里做了不得体的事,安静一定会数落曾本之,女儿一百岁还会被他宠着。真有意想不到的事情发生,安静反而一句话也说不出来。

直到她实在忍不住流下一串眼泪,才伤心地问:"本之,你觉得小安是在耍小女人脾气,还是他们的婚姻真的出了问题?"

曾本之用手指将那些泪珠一颗颗地摘了去:"你也用不着太担心,现在的情况至少比他们结婚时好十倍。"

安静说:"你说的也不错,那时候真让人着急,一个大姑娘没结婚就怀孕了不说,连孩子的父亲是谁都不肯告诉我们,若不是后来和郑雄领了结婚证,真不知道该如何收场!没办一桌酒席,没请一位客人,两个人将房门一关,就成了合法夫妻。说合理也合理,说荒唐也荒唐!"

楚楚一回,家里就热闹起来。

晚饭之后,一家四口结伴到省博物馆对面的电影院里看了一场电影。走着去,走着回,路虽不远,来来回回的还是挺费时。等到四个人全部洗过了各自上床,已是零点过后。

昨天夜里在江北监狱对面的圆缘招待所,曾本之欠了不少瞌睡。上床之后,很快就睡着了。时间不长他又突然醒了过来。曾本之心里搁着一件不愿细想和深想,又不能不左思右想的事情。他仿佛记起,楚楚长到八岁,不管是上幼儿园还是上小学,曾小安自己忙不过来,就让安静和曾本之接送。有两次,实在没办法时,曾小安宁肯请柳琴帮忙,也不让郑雄插手。关于这件事,曾本之过去曾经有过某种敏感,终归还是没有用心多想。此时此刻,曾本之再也放它不下,越想越觉得事情复杂得足以让一个健康的人迅速患上功能性心脏病。

曾本之正在胡思乱想,睡在左边的安静忽然轻轻地叫了一声:"本之!"曾本之没做反应,一动不动地像是没有睡醒。"你醒了吗?我想与你说说话!"曾本之装着无意识地动了一下,眼睛却闭得紧紧的。"当初我们那么积极地将小安和郑雄往一块儿拉,是不是什么地方出差错了?"虽然没有看到安静的表情,曾本之很清楚,这是她在自言自语。果然,在这句话之后,安静再也没有做声了。

也不知过了多久,曾本之睡不着,醒着的时间越长,心里积攒的东西越多,终于轮到他想与安静说话了。他推了安静一把:"你起来一下,我们说说话吧!"也不知安静是不是像自己先前那样装睡,她均匀地打着小呼噜不理睬曾本之。"楚楚小时候一点也不与郑雄亲,当时以为他太小,现在都八岁了,看他的样子反而与郑雄越来越疏。你说这奇怪不奇怪!"曾本之分不清自己是在和安静说话,还是在心里自言自语。

天亮之前,曾本之到底还是睡着了。

快七点三十分时,楚楚在床前将曾本之摇醒:"外公,你不是要坐妈妈的车去办事吗?再不起来我上学就要迟到了!"

曾本之赶紧爬起来,将自己收拾好。

拾叁

不知何故电梯卡在六楼不肯下来。曾本之只好牵着楚楚从楼梯间步行,已经到一楼地面了,追上来的安静还要横刀夺爱,抱起楚楚快步钻进曾小安的香槟色越野车。曾本之没说什么,以为她是送楚楚上学,顺便到水果湖菜场买点菜。安静平时总说,黄鹂路一带小超市里的菜像是水果湖两家大超市卖剩下来的边角料。踩着学校的上课铃声,将楚楚送到校门口后,曾小安掉转车头,驶到水果湖菜场门口。

安静却不肯下车:"我也要去江北监狱看看!"

曾小安看了看曾本之,曾本之只好说:"我去江北监狱是见另外一个人,与郝文章无关!"

安静说:"我一个大活人,不用你背,不用你抱,就想跟着你长长见识!"

曾本之说:"这监狱里的见识长得再多又有什么用?我知道你是不放心,不让我见郝文章。我再说一遍,我不会见郝文章,实话对你说吧,我想见那个诨名叫老三口的青铜大盗。"

安静说:"别开口闭口称人家是青铜大盗,人家只不过是悄悄地干,你们这些所谓专家是大张旗鼓地干,反正都是挖人家的祖坟。人家能不能挖出文物来,都是用自己的钱,你们动不动就是几百万、上千万地花纳税人的钱。"

曾本之不高兴了:"你说够了没有,婆婆妈妈的?"

安静还是不依不饶:"还没有,一会儿见到那位青铜大盗,我还要问他一些事。"

曾本之说:"你想得美,只怕他连我都不肯见,何况是你!"

安静觉得奇怪:"不是说监狱里的人最怕独居一室,没有说话的伴吗?与外面的人聊一句,胜过狱友一百句。"

曾本之找到反击的机会了:"昨天小安说的话你都听见了,她探了九十六次监,郝文章也不肯出来见她一面。"

安静像是故意激曾小安:"那是个有娘生没娘养的家伙,太铁石心肠了。真让人想不到,当年他如何同小安谈恋爱?"

无论曾本之和安静在身边说些什么,曾小安都不接话。

香槟色越野车经过长江大桥时,下游方向的栏杆旁聚集不少人。

有拿着对讲机的警察,也有扛着摄像机的记者,剩下的全是围观的过路人。

安静马上想到,一定是有人要跳江。曾本之本不想搭理,经不住安静反复说,只好表示不同意见,说这些年跳桥的人都是选择下午到黄昏这个时间段,早上起来神清气爽,那些让人想不通的事情还没有发生。安静自然不同意,举出彻夜失眠的人做例子。曾本之于是又拿出新观点,自从长江二桥通车以后,想跳桥的人几乎不再选择长江大桥了,一是因为长江大桥有武警巡逻站岗,不太方便；二是因为长江二桥的栏杆下面还有歇脚的地方，跳桥的人翻过栏杆以后，还能在那里重新做一次决定，长江大桥就不行，栏杆下面就是江水，容不得半点后悔的念头。

见自己说不过曾本之，安静突然冒出一句："想死的人，哪有那么多的讲究，那一年，郝嘉不就是随随便便就从楚学院六楼跳下来了！"

曾本之下意识地瞪了安静一眼，嘴角动了几下，明明有话，但没有说出来。或许觉得自己话没有说好，安静也不再说话了。

香槟色越野车驶过长江北岸的桥头堡，很快进入汉阳地界。

安静说自己十几年没来过汉阳了，上一次来汉阳她还没有退休，被几个女同事硬拉着到归元寺磕头敬香。几个同事都在玩股票，又都被套牢了。也不知道她们从哪里求得如此妙招，到归元寺问股市迷津，非要带上一个从不玩股票的菜鸟。安静后来才知道，当年小学课本中有写少女被当成祭品献给河神的故事，自己正是被当做股市"处女"，献给了财神菩萨座下的"金牛"。安静一直不知此事真假，若是当真吧，同事们说起这些时，嘻嘻哈哈没个正经；不当真吧，她们在菩萨面前磕头敬香，从始至终都要自己像祭品那样待在一旁。那一年只有一个同事解套。第二年，其余没有解套的同事还要拉她来归元寺。安静自然不肯再来，拒绝的理由很简单，她说自己也试着买了一只股票，已经不是她们心目中的股市"处女"了。

曾小安提醒安静，不是十几年没有来过汉阳，而是十年没有来过汉阳。并且直接说明，安静退休之后，曾经和刚到楚学院上班的郝文章一起来过归元寺。听曾小安这么一说，安静马上不做声了。

经过十几年的改造，整个汉阳已变得面目全非。安静盯着车窗外，以为还能像当年那样，隔着老远就看得见归元寺上空滚滚的香烟。有一阵,安静似闻到香烟的气味了。她正在努力寻找,忽然发现江北监狱就在眼前。

曾小安开着香槟色越野车,在监狱门前转了一圈,明明有停车位,也不停车。安静不明白这是为什么,她问过,曾小安没有回答。曾本之淡定地坐在车内,他当然很清楚,像昨天上午那样,曾小安又在找郑雄,看他是不是谎称去了北京,其实还在暗中窥视。转了一圈,又再转一圈,曾小安终于将香槟色越野车停了下来。

三个人从旁边的侧门进到登记室,一一登记之后,再到另一间办公室,曾本之上前亲笔填写了一张表。一直守在他身边的安静,见表格中"会见何人"一栏里写着"何向东"三个字,这才松了一口气。

曾本之将填好的表格递上去,回到等候区时,像无意地扫了曾小安一眼。

曾小安马上回头对安静说:"既然来了,我也再去登记一下。"

安静瞪大眼睛对她说:"你嫌被人家拒绝了九十六次还不够,还想争取过一百次呀?"

曾小安做了一个鬼脸:"生命不息,奋斗不止。我额头上碰壁碰出了老茧,再多碰几次也无所谓。"

曾小安说干就干,安静哪里拦得住。

安静正要埋怨曾本之,有人过来通知,轮到曾本之去会见室了。

从等候区到会见室,要经过一条用钢铁和混凝土建筑的阴森长廊。曾本之这辈子不知进入过多少古墓,最长的墓道有差不多五十米,沿途都是累累白骨,还盘着一条大蛇。曾本之独自走在最前面,心中不曾有过半点惊恐。即便是那次在荆州发掘出一具千年女尸,掀开脸上的绸布时,其容颜仍完美无瑕,眉眼之间仿佛还有挑逗之意,旁边的人莫不大呼小叫,正在动手清理的曾本之,反而镇静自若。事后别人都说他像是坐禅。此时此刻,前面有狱警领路,还看得见其腰间烤蓝闪烁的佩枪,曾本之心里有种特别的沉闷与紧张。

等隔着铁栅栏看见诨名叫老三口的何向东时,先前想好的开场白,竟然忘得干干净净。

反而是老三口像老熟人那样先问他:"你怎么现在才来?"

曾本之来不及细想,随口反问:"你怎么晓得我要来?"

"我当然晓得。我还没有进来时就晓得。我没进来时,你找不到我。我进来了就哪里也去不了,你竟然拖了这么久才来。单凭这一点,你和郝嘉的差距,就像猪八戒和孙悟空。"

"你知道我是谁?"

"世无英雄,遂使竖子成名。郝嘉一死,你便成了大名鼎鼎的青铜重器权威。"

"你是从哪里看到我的资料吧?"

老三口很不高兴地叫狱警送来纸笔,一边写一边说:"前天夜里做梦,有人用甲骨文写了一个曾字要我认。我一眼就认出来。那人又要我猜这个字是什么意思。我同样想也没想就说,有一个姓曾的人要来探监。"

老三口将写好字的纸拿给曾本之看,上面真的用甲骨文写着一个很大的曾字。曾本之很想将自己最近经常梦见甲骨文的事说了出来,好在他及时告诫自己,不能被别人牵着鼻子走,要让对方顺着自己的思路走。

"如果你不相信,可以现在就去问问我的狱友。昨天早上醒来,我就与他说过这事。昨天你没有来,我被他讥笑了一整天。"

曾本之差点说出那个狱友的名字,为了不让自己说出郝文章三个字,他赶紧用别的话来掩盖:"在今天之前,我们应当没有见过面。"

"这话只说对了一半。你没见过我。我却见过你。"

"请举例说明。"

"郝嘉从六楼跳下来时,你在现场嘴对嘴为他做人工呼吸。"

"请再举一例。"

"郝嘉死之前,你好像从刚刚送来检修过的曾侯乙尊盘上发现什么问题。你跑去找正在隔离审查的郝嘉追根究底时,情绪激动地打了他一拳。他也很激动地回敬了一下,说你想陷害他。本是非常时刻,你们却闹成这种样子。"

"你说的没错。那一阵到处在闹学潮,有一阵送来检修的曾侯乙尊盘放在'楚璧隋珍'室没有人照看,我是担心曾侯乙尊盘是不是出了问题。我们说话时,那里已经成了隔离室,戒备森严的,你怎么能听见呢?"

"我这里可是长着青铜大盗的耳朵,连昧心话都听了不少,听几句悄悄话算得了什么!"

"你这样说话,没有要挟的意思吧?"

"哪里哪里,自从进了江北监狱,但凡来探视的人全都心怀鬼胎,以为我在哪座山上埋着青铜宝贝,所以,哪怕将牢底坐穿,我也一个人不见。只有你例外,我的那些宝贝,在你眼里全是破铜烂铁。你找我只是想说说与别人说不了的话。如此我才答应与你见这一面。"

"往后就不见面了?"

"正是这样。"老三口顿了顿又说,"不过,你这种心事重重的样子,有些出乎我的意料,好像肩膀上扛着千斤重担!"

曾本之矢口否认:"一个养老金领取者,有大事也不该他操心!"

老三口说:"看来青铜大盗的真心永远也不可能换来青铜专家的真心。不过,我相信你还像当年那样,坚持青铜重器只与君子相伴相属。有罪之人身有罪心不一定有罪!我来预测一下,看你眉心之上有一堆晦气,半年之内必有恶人相扰,好在你平生只做过一件亏心事,其余时候都在积德行善,恶人再恶,也伤不了你的筋骨。"

"你这是高度恭维,我自己都不敢说自己只做过一件亏心事。"

"姑妄听之吧。你看看手表,是不是只剩下十分钟了?"

"你对时间的把握很准确。还有九分五十秒,这次探视就结束了。"

"我得声明,这种本领不是做青铜大盗锻炼出来的,是进了监狱之后才发现自己有这个天赋。"

"时间不多,请恕我直言:郝嘉当年跳楼,除了因为带头闹学潮,是不是还有别的原因?"

"当然有。他不服气你领人仿制出曾侯乙编钟,更不服气你出了名之后,就开始胡说八道,一点证据也没有,就信口雌黄,非要说曾侯乙尊盘是用失蜡法铸造的。他不是单身一人吗?还有一个原因大概是失恋了。"

"然后呢?"

"然后他就跳楼了。"

曾本之将老三口看了三十几秒:"我真不该来这个鬼地方!"

老三口毫不客气地回敬一句:"我也替你后悔,直到今天才听到有人对你说,正人君子的君子你做到了,至于是不是正人,曾教授你得好好问问自己了!"

会见室里突然变得鸦雀无声。

相邻的那间会见室像是进来一个人,有栅栏的窗口外,却没有人像曾本之那样冲着窗口里面说话。狱警在那边嘟哝一句,像是让谁稍等一下。狱警又走到这边来提醒老三口有话赶快说,只剩下三分钟了。

曾本之不知说什么好,就将事先想好留待最后才说的一句说了:"你有什么话让我带给华姐吗?"

老三口的目光中闪出一丝诡笑:"你怎么认识她?"

曾本之说:"无意之中,也算是机缘巧合吧!你应该见见她,人家那么痴心,明知你从死缓改为无期,还为你守身如玉!"

老三口连连说:"这个女人!这个女人!你去过岷县的二郎山吗?你应当去那里看看,一天到晚困在青铜重器里,哪是人过的日子呀。那个地方哟,每年五月十七的花儿会,周边数十州县的人,像潮水一样涌来,满城的人,满城的歌!满山的人,满山的歌!"

不等曾本之再说话,老三口突然一扬嗓子用极高的声音唱起来:

高高的山上有一窝鸡,
不知是公鸡么母鸡;
清朝时我俩亲了个嘴,
到民国嘴里还香着,
好像老鼠偷油吃哩!

狱警跑过来,一边要他小声点唱,一边盯着手表看。

老三口唱完最后一个字,探视时间正好结束。不用狱警提醒,他转身走出会见室,丝毫没有回头再看一眼的迹象。

不知为什么,曾本之突然冲着他的背影大叫一声:"请转告郝文章,我想见见他!"

随着这一声叫喊,一溜几间会见室显得格外安静。

片刻之后,有人在相邻的那间会见室里不轻不重地说道:"不用转告,我在这里等着你们!"

曾本之走了几步,隔着有栅栏的窗口,郝文章端端正正地坐在一把椅子上。

曾本之还没来得及说话,安静忽然出现了。

与先前给曾本之引路的普通狱警不同,给安静引路的狱警警衔是警监级的。跟在后面的安静,显得手足失措,都要走到郝文章所在的窗口了,还想转身往回走。警监级的狱警拦住她,好言好语地劝说,希望安静配合他们做服刑人员的思想工作。整座江北监狱一千多名服刑人员中,有极少数人员因为心理原因从不肯与来探监的亲友见面,郝文章进来八年,终于肯见亲友了,做亲友的当然不能让他再失望。

安静也看到曾本之了。她想拉住曾本之,但被警监级的狱警果断地拦住了。

结束探视的曾本之自然不能在此地多做停留,转眼之间就被负责给他引路的狱警送回到等候区。

远远的,曾小安迎了上来。

不等她开口,曾本之劈头盖脸就是一句狠话:"怎么搞的,想出你妈妈的洋相?"

曾小安不慌不忙地说:"妈妈既然来了,总得找点事做。"

曾本之说:"让她坐在这里等就是很重要的事。"

曾小安说:"郝文章一直不肯见我,我想换妈妈试试,没想到还真的歪打正着了!"

曾小安瞒着安静悄悄地替她填了一张相关登记表,递上去后,郝文章竟然传出话来,可以与安静见面。听到狱警的通知,安静吓得不轻,死活不肯见郝文章。曾小安怕这事不好收场,本想随安静的意思,不见也就罢了,哪想到监狱有监狱的规矩,他们担心已经通知有亲友探视,却在最后一刻变卦,会影响服刑人员的情绪,万一将不良情绪放大开来,很有可能生出意想不到的事端,这在各地监狱里都有过先例的。到最后已经不是劝说,连强拉硬拽都用上了,才让安静勉强答应去会见室看郝文章一眼。安静只好答应,她说自己只看郝文章一眼,什么话也不说,就要结束所谓的探视。

曾本之回到等候区已有半小时,还不见安静回来。

又过了十分钟,安静终于出现在那扇通往监狱深处的铁门后面。

看安静的神情,似乎还正常。曾本之刚刚松了口气,没想到安静挥起巴掌,照准曾小安的左脸出其不意地扇了一下。

曾小安忍着疼,将没有挨打的右脸亮给安静,还说要打两边脸一起打,免得打了左脸不打右脸,左脸有意见,右脸却不见得领情。

安静见曾小安的脸上起了一大块巴掌印,便生气曾本之为何不拉住自己,后又生气曾小安像个木头人,见情况不妙也不躲闪一下。

毕竟是一家人,别说一巴掌,就是再多几巴掌也出不了大事。挨了打的曾小安反而在安静面前表现得更亲热。

因为安静心绪难平,三个人继续在等候区里坐了一阵。

安静喘了好一阵才开口说,按照事先说好的,只看郝文章一眼就走,哪想到郝文章在窗口那边叫了一声:师母!自己的两只脚顿时就被钉住了。安静想走又走不了,不走又不知道说什么,实在找不到话,安静只好说归元寺。归元寺里最值得说的当然是菩萨,与菩萨相关的话题最让人喜欢说也喜欢听的当然是数罗汉。安静的本意是提醒郝文章,当初他以大学本科学历被楚学院破例接收,上班不久就在曾小安的提议下,跟着曾家人,来归元寺数罗汉。安静记得郝文章数到的是第六十六尊千劫悲愿尊者,求得的签文是:月满则亏水满溢,大智若愚真修为,幽涧晓云开混沌,千峰远水接沧溟。解析起来,这四句话的意思是,为人做事一定要谨慎,凡事不可做得太尽,如果做得太尽,缘分势必也会早尽。如果不谨慎,所做的努力就会像月亮圆了以后就会残缺,又像杯子里的水倒满了以后就会漫洒出来。所以,即使是很聪明的人,对有些事情也要装做不明白,只有这样所做的事情才能够成功。

郝文章将安静这番话当成对自己的开导,他回答说,自己从进监狱起,什么也没做,什么事也不想,前两年一直在反省当初自己是否因为内心掺杂非学术因素,才对失蜡法的理论假设产生怀疑。最终发现自己并没有犯学术之外的任何错误,既不是图名贪利,也不是与郑雄争宠,更不是在曾小安面前炫耀。自己所做的一切,完全是凭着小学算术的基本法则,即先有加减法,后有乘除法,一旦进入加减乘除四则混合运算时,则必须先算乘除,后算加减,舍此没有其他。无论是黄河流域,还是长江流域,但凡有出土的西汉以前的青铜重器,其表面都与太空陨石差不多,连本该是眉清目秀的人像都不例外。如果真的自商周开始,青铜时代的工匠就掌握了失蜡法,为何还要用范铸工艺将人像制造得满目疮痍,从南到北,从东到西,无一例外,继续全部采用范铸工艺,让人像的面目继续显得惨不忍睹,这在道理上是说不通的!还有春秋战国时的秦鼎与楚鼎,如果用失蜡法来制造,鼎器从内到外都会更加精美,整体性更强,鼎器上下也能够排除那些用范铸方法所不可避免的难看的范缝,上面的铭文也会更加清晰。

这时候,郝文章提起了爱情。

郝文章简短地说了一句,任何爱情都是出于内心需要,就没有再往深处说。

郝文章将自己的思路重新扭转到对失蜡法的研究上。他说任何发明都是出于社会需要,青铜时代的范铸工艺,从尝试到成熟,至少用了两千年,甚至还有三千年的可能,从新石器晚期到夏商周,各个时期的出土青铜器物,形成了一道完整的物证链。失蜡法却像一棵苹果树上突然结出一只大西瓜。除了硬将曾侯乙尊盘说成是用失蜡法工艺制造的杰作,再也没有第二件也是使用失蜡法工艺铸造而成的青铜物证。这就像女人生孩子,先得有男人的精子,女人的卵子,然后还得让精子与卵子完美结合到一起,经过十月怀胎才能孕育出来。生孩子的事情是不能指鹿为马的,更不能弄成狸猫换太子那样的传奇。

尽管郝文章说得像是有道理,还是被安静数落了一通,论学历,论资历,他都是楚学院里最差的,别人都没有怀疑过失蜡法,就他是典型的"无知者无畏"。数落完了,安静想起什么,忍不住问郝文章,他说的这些都是十分专业的,真要说也应当同曾本之说才是,让她听了岂不是对牛弹琴。

说到这里时,安静已经平静了许多。她扭头望着曾本之:"你知道郝文章后来对我说什么话吗?"

曾本之望了望自己和安静来回走过的走廊:"他能说什么呢?一定是说,这些事曾老师从一开始就明白,只是有太多妨碍让他无法表明自己的观点。"

安静的眼睛本来就很大,这时候更是瞪得都要看不见脸了:"你俩到底是天生的师徒,还是天生的对头?和郝文章说的话一字不差。"

曾小安在一旁提醒:"郝文章特意同你说这些,是不是有别的原因?"

安静说:"就因为我对青铜时代的事一窍不通,郝文章才和我说这些。"

曾小安说:"他是想通过这样的解释,让你认清某个人的真面目吧?"

安静说:"你又来了。一只锅里吃饭,都快十年了,谁是谁,谁不是谁,用不着让一个正在服刑的犯人来教!"

曾本之说:"郝文章还说了些什么,在这里听见了,就在这里丢,出了江北监狱的大门,谁也不要再提。"

曾本之说这话的意思很清楚,他要安静将郝文章说过的话全部说一遍。

安静犹豫一下,才按曾本之的意思继续说:"郝文章说,曾家就我是真糊涂,再不擦亮眼睛防着点,那只白眼狼真会伤人的。"

曾小安说:"谁是白眼狼?是姓郑的吗?"

安静低声说:"郝文章还说,已经八年了,白眼狼修炼得差不多,那条夹得紧紧的尾巴应当露出来了!"

曾小安还要追问,曾本之一声令下,一家三口起身离开等候区。

在跨出监狱门槛的那一刻,曾本之再次发话:"记住,刚才我们说过的话,全丢在这门后,一个字也不许带出去!"

曾小安说:"白眼狼三个字也不许说吗?"

曾本之说:"不许!绝对不许在家里说!"

曾小安说:"那我就在这里说个够——白眼狼!白眼狼!白眼狼!白眼狼!白眼狼!白眼狼!白眼狼!白眼狼!白眼狼……"

曾小安说够之后,就要跨出监狱侧门,右脚已经抬起来,又缩了回去。

已经出门的安静问:"你又怎么啦?"

曾小安说:"还有个问题。我让你带给郝文章的照片,他拿去了吗?"

安静说:"那张照片上,只有我们三个加上楚楚,没有郑雄。我担心这种照片会给人家错误的暗示。"

曾小安说:"你到底给没有给?"

安静说:"我真的不想给。"

曾小安急得直跺脚:"老妈,亏得你在银行干一辈子,难道一退休就忘了什么叫不讲信用?"

曾本之接过话题说:"你怎么听不懂妈妈的话,她说真的不想给,那意思就是已经给了嘛!"

安静马上说:"探视快要结束时,郝文章突然问我随身带着家里人的照片没有。如果他不这样问,我是不会将照片给他的。我问他是不是想曾老师了。他不停地点头。如果他不点头,或者说是想别人,我也不会给他照片的。我再问他为什么先前一直不肯见曾小安。他说见了也不会早点出来,不见也不会晚些出来,所以还是不见为好。如果他说别的带气的话,我也不会将照片给他。可是他说的话全是我希望他说的,我只好将照片递给他。"

曾小安说:"他说什么没有?"

安静说:"别的话我没听到,只听到眼泪掉在地上啪啪响!"

曾小安几乎跳出侧门,扑在安静怀里抽搐起来。

曾本之没有听见,曾小安贴着安静的耳朵说的一句话:"妈妈,我要离婚,求你千万不要难过,也不要阻拦!"

曾小安第一次表示出与郑雄离婚的意思,声音之低,连她自己都有可能听不见。

母女俩钻进香槟色越野车后,曾本之借口去马路对面的圆缘招待所上一下卫生间。两个女人还有话要说,挥挥手要他快去快回。

拾肆

华姐正忙着为探监回来的人办退房手续,见到曾本之,脸上立即堆满了笑容。曾本之也笑,并说自己不是来住店的,用不着如此鲜花灿烂。华姐笑着更厉害了,也不亲自去查房了,将应收金额与押金做了简单的计算后,直接退还对方二十元现金。华姐刚要同曾本之说话,电话铃又响了,是房东打来的,房东要她将这个月的承包款提早几天交付。华姐一点也没犹豫,一边叫对方下午来拿,一边与对方开玩笑,问他是不是找了个"小四"要给姐姐"小三"付分手费。

忙完这些,华姐才真正与曾本之打招呼,问是什么风又将他吹来了。

曾本之没时间说闲话,直截了当地告诉华姐,自己刚刚见过老三口何向东。

华姐哪肯相信,再三要曾本之别逗自己,十几年了,只隔着一堵高墙,却见不着想见的男人,心都要疼得像是扎了九十九根绣花针,经不住任何刺激。

透过圆缘招待所的大门,可以看见安静从车窗里探出头来向这边张望。

曾本之只好直奔主题,将从老三口那里听来的"花儿",半生不熟地学给华姐听:"高高的山上有一窝鸡,不知是公鸡么母鸡;清朝时我俩亲了个嘴……"

不待曾本之唱完,华姐已经泪流满面。

华姐将曾本之的歌声打断了:"曾教授,你不要唱了。我相信你的话,这是我老家的'洮岷花儿',是我教给老三口的。武汉三镇只有他和我唱得了'洮岷花儿'!"

曾本之说:"你是清水乡清水村的人吧?"

华姐说:"我家在岷县的二郎山,不在清水乡清水村。"

曾本之说:"那老三口一定是清水乡清水村的人了!"

华姐说:"你怎么晓得?"

曾本之说:"昨天上午我好像对你说过,清水乡清水村的人直到现在还在用翻砂的方法制作高仿青铜器。你应当明白我的意思,不然你就不会装着没听见转身就走。"

华姐说:"对不起,昨天人多事多,我有点记不得了。"

曾本之说:"我们临走时,你又拿出两件楚鼎,第一件太粗糙,明显是最近在河南安阳仿制的;第二件几乎可以乱真,安阳人做不了,只有你们岷县清水乡清水村的人才有这个本领。"

华姐说:"曾教授,我懂你的意思,反正你已见过老三口了,我也没有必要瞒着你了。老三口是安阳人,上高中一年级时,一个人跑到清水乡清水村拜师学艺,我们认识时,他已在那里待了十几年。"

曾本之说:"难怪他的手艺那么高!"

华姐说:"他没进去时总在自夸,说自己做的青铜器,全世界只有曾教授等三五个人能分出真假。"

曾本之说:"凡事都是高处不胜寒。看你只是个痴情女子,我说句你可能不爱听的话。老三口如此绝情,这么多年连与你见一面都不肯,想必心里有大苦衷,才用此方法逼你离开这里。"

华姐说;"我也是这样想的。他越是这样,自己就越是不能离开。"

曾本之说:"这不是为爱所困、为情所累,这叫退一步海阔天空。你再想一想,老三口做的那些伪器,买主绝对是有钱有势的人,万一哪天有高水平的人帮忙看出了真假,那些家伙能放过你们吗?"

华姐说:"老三口说过,他用的方法与众不同,有麻烦也是别人替他扛着。"

曾本之说:"其实也没有太特别的,老三口不像别的同行,一个比一个贪得无厌,恨不得做一笔买卖就保证全家人八辈子的荣华富贵。老三口却是找一座楚墓,将自己做的伪器埋进去,与墓里真的青铜器混在一起。然后像赌玉一样与人做交易。别人喜出望外地挖出青铜伪器时,他还装着吃了大亏。"

华姐说:"曾教授既然晓得,我就说句实话。让老三口被抓进去的那只所谓楚鼎,明明是他自己亲手做的,却被人说成是国宝级的文物,害得他被判个无期徒刑。我也在想,是不是有人吃了哑巴亏,就用如此方法加以报复?"

曾本之说:"就算这件事上亏待了他,将他做过的那些事都累计起来,就不冤枉了。老三口抓进去后,为什么一直没有上诉?因为他是乌龟吃萤火虫,肚子里是明白的。"

正在说话时,曾本之目光一扫,发现安静和曾小安从香槟色越野车上下来,有横穿马路来圆缘招待所的迹象。他赶紧吩咐华姐,回头自己家里的女人若来询问,一切事情尽管如实说与她们。

说着话,曾本之已经离开华姐很远了。

曾本之到底没有抢在安静和曾小安过马路之前,回到香槟色越野车上。江北监狱门前没有红绿灯,要过马路除了靠机遇,还要有足够勇气,好不容易穿过六股车道的马路,却发现自己和安静、曾小安母女俩仍然隔着马路,只不过互换了位置。

曾本之看见曾小安拿起手机,就知道她要给自己打电话,片刻后手机果然响了。曾小安在马路对面说,妈妈也要到圆缘招待所上卫生间。曾本之明白这不过是托词,安静肯定想去圆缘招待所看看是否有某种她所不知道的秘密。

天气不错,汉阳这边的霾比自己家所在的东湖路一带要多,但还在能够忍受范围之内。曾本之在香槟色越野车旁边站了十分钟后,便顺着马路往前走。曾本之想好了,回头曾小安打电话找人时,让她开车顺路来追。

走了二十分钟,手机一直没响,曾本之开始不停地回头张望,曾小安有没有追上来。

看了几次,还没看到香槟色越野车。又走了几百米,曾本之回头再看时,一辆高速行驶的白色轿车突然急刹车,刚好停在他身边。曾本之下意识地停下脚步。

车门打开后,钻出一个西装革履的中年男子,客客气气地冲着他叫了一声曾教授。不等曾本之回应,他马上接着说:"您老是何等了得的专家,第一次来探监,单位也不派车送一送?"见曾本之警觉地后退一步,那人又说,"您老用不着怀疑,我叫沙海,是省监狱管理局副局长兼第一分局局长,兼管江北监狱,刚才去监控室巡视时,正好从屏幕中看到您老了。您老探视的对象是那个外号叫老三口的青铜大盗。临近结束时,那家伙还唱了一首歌给您老听。您老若是相信我,就请上车,我正好要去水果湖办事,顺便送您老回楚学院。"

曾本之稍一犹豫,还是跟着沙海上了那辆白色轿车。

曾本之刚坐定,沙海就说,有几次开会,自己正好与郑雄坐在一起。听郑雄公开发言和私下谈话,就觉得曾本之既有眼光,又有福气,选中郑雄做门生兼女婿,实在两全其美公私兼顾。

说着话,白色轿车就过了琴台。

曾本之很想打断沙海的话,与他聊聊别的事情。正要开口,沙海的手机响了。也是由于在监狱里巡视时,手机关闭一阵的缘故,先前打不通的电话,一个接一个地打进来。曾本之心里记着数,从琴台到长江隧道这一段,沙海总共接了六个电话,从长江隧道钻出来,又接了两个电话。听得出来,这八个电话有七个与探监有关,那些人想探视某个服刑的犯人,又不想留下相关的记录。沙海有时态度很好,有时也有些不耐烦。有一次,他刚挂断电话,下一电话又打了进来,他很不耐烦地冲着手机屏幕说几句:"什么老上级、老朋友,还不是兔死狐悲、同病相怜,害怕自己哪一天也被关进去后没人理睬。"说归说,电话还是不能不接,而且还会答应亲自与相关部门打招呼。

只有在长江隧道中间接到的那个电话例外。

曾本之隐约地听到与沙海通话的那个女人两次提及楚鼎。

过了楚河汉街,前面就是水果湖。

待沙海接完第八个电话,第九个电话还在响铃时,曾本之果断地请他先别接听,既然搭了他的顺风车,也就顺便问问这两年自己特别想知道的事情:第一,郝文章刑期满了为何没有释放?第二,郝文章与老三口,一个是青铜研究者,一个是青铜大盗,为何如此巧合地成了狱友？

沙海没有打官腔，他先回答第二个问题，声称郝文章和老三口关在一间囚室里是哲学意义上的殊途同归，是数学意义上的合并同类项，是艺术意义上的异曲同工，是经济学上的资金整合，通俗一点说，是一枚硬币的两面。社会上有那么多青铜重器爱好者，这么难得的硬通货，要好好使用才行。沙海称自己也是一个青铜重器爱好者，让郝文章和老三口成为狱友是自己的主意，也不全是自己的主意。

郝文章刚进来时，沙海还在相关处室工作，那天忽然有个男人打进电话，说是有这么一个人，是研究青铜重器的，本来是年轻有为，想不到犯了事，希望监狱方面将这么一个人安排与那个绰号叫老三口的青铜大盗一间囚室，至少有个伴聊聊青铜重器方面的话题，免得将青铜重器方面的学问彻底荒废了。沙海后来查过，对方用的是楚学院六楼马跃之马教授办公室的电话。再查马跃之的情况，得知对方是楚学研究的大学者，他觉得这事有趣，同时也没有什么不妥，加上自己对青铜重器也有一定爱好，就照着办了。

对于第一个问题，沙海也很清楚，郝文章在出狱的头一天，故意打碎青铜工艺品车间的仪器显示屏，真正的原因是他与老三口同居一间囚室几年，可能有了外人不知道的秘密而不愿意离开。

沙海的直率回答，让曾本之一时间无话可说了。

这时候，白色轿车到了省政府大院，沙海下车后，司机继续开车将曾本之送回家。

曾本之一进家门，就用座机给安静打电话，响了一阵无人接听，他又拨打曾小安的手机。曾小安听到他的声音后，小小地吃了一惊。待曾本之说自己是搭熟人的便车回家后，曾小安一连叫了三声好，还说自己和妈妈索性就在圆缘招待所吃午饭。曾小安要曾本之自己动手煮些速冻饺子对付一餐,晚餐时再做好吃的犒劳他。放下电话后,曾本之去厨房看了看后,没有煮饺子,而是用两只鸡蛋蒸了一碗鸡蛋羹,再用葛根粉冲了一碗糊糊喝了下去。

葛根粉是随州博物馆的人送给他的。

不久前,随州博物馆的一大帮人来家里坐了半天。正好曾本之有些上火,嘴唇上长出几个泡泡,领头的副馆长便不厌其烦地介绍,这葛根粉是随州当地大洪山出产的,从小到大,只要觉得身体内上火了,就用少许凉水化几勺葛根粉,再用开水冲成糊糊,如果夜里放在外面让露水露一夜,清火的效果更好,基本上只要一碗就能解决问题。曾本之当然明白其醉翁之意不在酒。

这两年,曾本之不时听到风声,随州那边有人在悄悄地仿制曾侯乙尊盘。曾侯乙大墓本归随州博物馆管辖,当年曾侯乙大墓的出土文物被尽数运到省博物馆后,作为出土地的随州各界一直心存不满。当年仿制曾侯乙编钟,他们没能插上手,作为随州人,挑难度最大的曾侯乙尊盘进行仿制,如此思路实属正常。绕了几次圈子之后,他们才如实说了仿制曾侯乙尊盘的经过。忙了几年,用曾本之设想的失蜡法试验了几回,结果不尽如人意,特别是那些透空蟠虺纹饰,其惨不忍睹之状,比倒掉不要的废铜渣还要难看。曾本之将那些记录失败惨状的照片一一看过,心中滋味,复杂得连自己都分辨不清。曾本之没有安慰那些人,也没有鼓励那些人。那些安慰和鼓励的话,都是郑雄说出来的。

郑雄当时也在座,他说随州博物馆各位精神可嘉,先前仿制曾侯乙编钟,花费了几百万人民币。那可是一九八〇年代的钱,时至今日,真想复制曾侯乙尊盘,没有三千万元做相关费用,根本就动不了手。

"三千万元?!"这个数字的再次出现,是老省长亲自打电话,要他牵头办青铜重器学会时提起的。后来,郑雄从老省长那里接下青铜重器学会会长之职时,其账户里马上得到了三千万元款项。

"这三千万元经费,是要郑雄确保曾侯乙尊盘复制成功吗?"

一想到这些,曾本之的脑子就变成了那碗用葛根粉调成的糊糊。

曾本之在书房里对着曾侯乙尊盘照片坐了好一阵,他不知道自己想过什么,更不知道自己没有想过什么。

有一阵儿,曾本之的神智像是处在入定状态。

时间不长,他突然清醒过来,拿出手机,拨了一个号码。对方的手机彩铃是一首歌:"素坯勾勒出青花笔锋浓转淡,瓶身描绘的牡丹一如你初妆"。曾本之一下子喜欢上这两句歌词。

可惜接下来手机里响起万乙的声音:"曾老师,我是万乙!"

曾本之只好说:"现在是一点三十分,三点三十分,我在东湖边的老鼠尾等你!"

受宠若惊的万乙只顾在电话里连连答应。

曾本之又说:"你知道老鼠尾在哪里吗?"

万乙愣了一下,不好意思地表示:"我家在汉口,对武昌不太熟!"

曾本之说:"从楚学院六楼任何一个窗口看东湖,有一块狭长的绿地,像一只楚简伸入湖心,那就是老鼠尾!"

挂断手机之后,曾本之便出门往东湖走去。

拾伍

天气依然很好,春天去了,夏天还没到。东湖周边,前些时珞珈山下的樱花开过了,还要再过一段时间,隔湖相望的梨园才会鲜艳起来。梨园的花不是梨花,而是牡丹花。开在长江南岸这个叫梨园的小地方的牡丹花,是洛阳之外的最美去处。如此春、夏两不管的时节,才是武汉三镇可人的雅致与诱人的浪漫的最佳表现。

曾本之很快就将黄鹂路东段走完了。

路的尽头是小梅岭,小梅岭下边是东湖。

每一次,只要走到这里,曾本之的脚步就会慢下来。如果赶上小梅岭上开满梅花,曾本之的脚步还会更慢,慢到连小路前方刻着"海光农圃"四个大字的石牌坊都替他着急,在湖水清雅与梅花醇厚的双重芳香中,与湖风一道发出哼哼的催促声。无论老气横秋的石牌坊做何姿态,曾本之都会在它面前稍做停留,摸一摸,抚一抚,细细体会长在石柱上的那些不可能是苔藓,却太像苔藓的岁月痕迹。再往前走就是可竹轩了,这是这条路上唯一一处总是招来大批过客的地方。只说奇怪是不够的,对曾本之来说,一定要在奇怪前面加一个"很"字,再不然就要加上"特别"二字。曾本之确实感到很奇怪或特别奇怪,可竹轩里游人如织,用他的眼光去看,依旧像刚刚发掘出来的曾侯乙大墓那样幽静、幽沉和幽深。此中原因,曾本之所能想到的只有一点,在无所不能的霓虹灯的天地里,两江四岸三镇的新老建筑物中,可竹轩是极为罕有的例外,任何霓虹灯光都照不到它的窗口。或许是因为那一二三四五六七棵巨大的桂树掩映,或许是因为那两棵在天际里紧紧相拥的古朴香樟荫护,还有那虽然不足以认为是竹海,却比竹海更能使人清爽,让一所小院独得了满城无处落脚的天籁。在曾本之一步步的期盼中,墙白窗灰碧瓦红柱的先月亭,总是在湖水中晃荡着六角形的身影,然后在天地边缘一样的小小沙滩上如期而至。

波光粼粼,云清如泻,天人交接之处,当属如此极艳的角落。

二十年来,准确地说,是从郝嘉跳下楚学院六楼以后,几乎每个星期一的下午两点三十分,他都要独自来此小坐一场。凡是从事某种研究并有所收获者,从来都会有极为个性的发现,哪怕面对日常生活也是如此。曾本之选择这个时刻来东湖边放松自己的神经,正是得益于他对东湖不是秘密的秘密发现,在经过周末的人潮最高峰之后,在下拨人潮逐渐汇聚之前,唯独周一下午两点三十分到四点三十分之间,最具东湖气质的这处弹丸之地,在不将曾本之计算在内时,多数时候空无一人。

多年前,曾本之喜欢上这个地方时,自己也说不上理由。一九八九年清明节,楚学院的一帮人到东湖踏青,几乎是信步之间,曾本之第一次走进老鼠尾。无论是来过此地的人,还是没有来过此地的人,全都习惯性地跟着最先说出老鼠尾的那个人,一遍遍地重复着这实在有些不雅的地名。唯独郝嘉例外,他用深情的目光远远地盯着先月亭,慢慢地,轻轻地,很抒情地说了一句:这是一枚等着我们来发现的楚简啊!郝嘉的话引起年轻同行的普遍欢呼,他们像东湖的浪潮一样拥着郝嘉,向先月亭下的小小沙滩跑去。没有随大流的只有郑雄,他耐心地跟在曾本之后面。曾本之问郑雄为什么不向前跑,他不紧不慢地回答,相比楚简,自己更喜欢青铜重器。楚简的意义是上面的文字,青铜重器却是一切意义的本身。

老鼠尾又到了空无一人的时候。

那对看上去爱得很苦的恋人,互相揩净对方脸上的泪珠,终于离开老鼠尾,走进桂树与樟树的巨大绿荫里。

站在丝丝垂挂的柳树林中的曾本之,这才正式踏上老鼠尾。

风在唆使左边小小堤岸上的柳枝,试图用翠玉般的叶梢亲吻右边堤岸下的碧波。一次次,最长的那片柳叶眼看就要被右边堤岸下迸得最高的波峰打湿,风又有意嬉闹插入其间,将它们各自拉回原处。水在鼓动右边堤岸下的浪花,要用钻石般的水滴投身到左边堤岸下无边的清澈。一次次,最圆润的那只水花分明就要绽放在左边的堤岸下,风又使坏般打上一个旋,将它吹成云雾。

体态修长的湖中半岛,之所以得名老鼠尾,实在是因为无法用豹尾、狗尾、野鸡尾等别的东西作为形象。比如最接近老鼠尾模样的小蛇,逶迤有余,绵亘不足。其余绳索藤蔓等又嫌纷乱杂芜,看不到核心的精妙气韵。

半岛清瘦得无法再清瘦,一天当中总有几对力量稍大一些的浪头,隔着半岛从相反的方向腾起来,横空里碰撞在一起,将磅礴连天的胸怀做一种显而易见的表现。半岛纤细得不能再纤细,一天当中总有几对情侣,男人的双脚泡在左岸下的水中,女人的双脚浸在右岸下的水中,再将四只手在柳枝缝隙里紧紧地牵在一起,晴天里像一弯惊世骇俗的彩虹,雨天又像是一座只允许爱情牵手行走的独木桥。抒情随风飘远,浪漫随水荡漾,满腔心绪接云天上九霄,临清波通四海。

在东湖细细密密的动静中,出现一声清朗的呼唤。

是万乙如约前来了!曾本之却没有做任何反应。

本来走得很近的万乙,又叫了两声,见曾本之丝毫没有搭理的意思,便知趣地后撤到一棵体形较大的柳树后面。万乙还特意数了数,不算左岸,仅仅右岸上,在他和曾本之之间隔着二十二棵柳树。

万乙将自己与曾本之第一次单独见面,视为青铜重器泰斗给自己上的第一堂课。站了十几分钟后,他有些认同如此独特的授课方式。凭水而立的曾本之像青铜重器那样中正肃静,隐约可见的表情像青铜重器那样坦荡深厚,风在动,水在动,花草树木在动,唯独一动不动的是曾本之身上那种独步天下的气韵。用最近几年流行的语言格式来说:懂与不懂,青铜重器都在那里;看与不看,青铜重器都在那里。对曾本之的懂与看,与曾本之没有关系,一切全在于万乙是否领悟与通达。

静待之时,万乙的手机有了动静。当交警的女同学沙璐发短信问他找到老鼠尾没有。一会儿沙璐又发短信介绍,当年从武汉大学的凌波门乘船到老鼠尾的观景线路才是人间极美,那时的旧式船票常常被用来书写水平不一的情诗,不少男孩在船票上写诗形容女孩像老鼠尾一样美丽,还有男孩在船票上写诗盟誓祈愿爱情像老鼠尾一样长久。没过多久,沙璐再次发短信问,以曾本之的年纪,既不钓鱼,又不练气功,更不是黄昏恋,一个人跑到老鼠尾待着干什么,还要叫上年轻人,是不是也想卖萌?对沙璐接二连三发来的短信,万乙全部用一个"嗯"字作答。

万乙用手机发了最后一个"嗯"字,抬头之际正好看见先月亭尖尖的影子落在曾本之的后背上,他收起手机时,上面显示的时间是下午四点四十二分。

万乙刚收起手机,就看到一个背着绿色挎包的中年男人从桂树和香樟树荫中钻出来。很快万乙就认出来出现在老鼠尾的第三个人是邮递员。

不等万乙上前阻止,邮递员已经大声叫喊:"曾教授,又有你的信!"

好久不见动一下的曾本之终于转过身来,冲着走到近处的邮递员点点头,再用邮递员递过来的笔,在快递邮件上签上自己的名字。

或许是为了满足邮递员的好奇心,也有可能是为了保持对前一封寄到老鼠尾的信件的延续性,曾本之依然当着邮递员的面,拆开信封,取出一张与先前那信一样旧得发黄,一样有着异香的信笺。但是,用甲骨文写的四个字,变得完全不同了。

万乙后来才知道,在他看来,"省博物馆背后,进东湖公园大门,过小梅岭、可竹轩,道路尽头俗称老鼠尾的半岛最前端先月亭前,周一下午四点四十二分独坐在此的曾本之先生亲收",如此古怪的通信地址,实在是天下罕有,事实上却是曾本之在此地收到的第二封信。

接下来万乙了解到邮件言简意赅的内容与前次一样,只有四个依旧用甲骨文写的文字。

再往下去万乙又知道这用甲骨文写信的人,死于二十多年前的一九八九年夏天。那时候,万乙离启蒙上小学,还有两三个月。在那段时间里集中出现的没有任何仪式的生命终结场面,直到上大学时万乙才有所耳闻。至于"郝嘉"这个人名,则是万乙在南京大学读博士时,从中文系一位教授关于"五四"启蒙精神的讲座中听到的。来楚学院工作后,万乙一直小心翼翼,不去触碰那些与楚学研究没有直接关系的人和事。出现在致曾本之先生的信件上的那方红彤彤的印章,让万乙终于在郝嘉曾经工作过的地方接触到"郝嘉"这个名字。

偏西的太阳将先月亭影子的顶尖精准地投射在两只蚌壳上。

曾本之想起来,这两只蚌壳正是第一次收到甲骨文书信时,自己随手扔在那里的。如果没有记错的话,当初自己一共扔了四只,四只蚌壳在先月亭顶尖的影子里形成不太规则的四边形。也许另外两只已被别人用来打水漂了。曾本之再次捡了两只蚌壳,分次扔过去,只有一只扔对了地方,另一只偏得较远,在斜阳的照耀下,闪着细微的五彩之光。扔对地方的那一只蚌壳,与先前保留下来的两只蚌壳形成的形状,倒成了一只等边三角形。

四只蚌壳不再形成四边形,但在曾本之看来,一切都是对上一次奇遇的复制或者克隆,信封上的文字依旧是用打印机打印出的那些标准楷体汉字。信笺中央代表书信正文的依然是用甲骨文竖着写下的四个字,旁边则是那枚熟悉的红色印章。

曾本之问:"你认识这些甲骨文吗?"

邮递员已经走了,老鼠尾上只剩下两个人。

万乙责无旁贷地说:"太复杂的甲骨文我就不敢认,这四个字刚好认识。"

万乙说出来的,经过曾本之确认的四个甲骨文文字是:天问二五!

万乙忍不住问:"郝嘉不是早就跳楼自杀了吗,怎么还能写信给您,而且还是用甲骨文?"

湖面上有一对野鸭不时潜入水中觅食,曾本之盯着看了好一阵才回答:"刚才让你独自在一旁久等,是想让你学习冥想,可惜你不晓得入门。你年轻,一遇上美景就会思念美人,也是可以理解的。对青铜重器进行研究,准确地说,只有青铜重器本身才是老师,像我们这样的老朽都是不够资格的。青铜重器既没有七情六欲,也没有喜怒哀乐,不会说大道理,也不会做小暗示,除了冥想,很难有其他沟通的方式。"

万乙不好意思地说:"谢谢曾老师指路,往后我尽量多去看看那些青铜重器。"

就在万乙以为曾本之不会对前面的问题做出回答时,曾本之突然反问:"你也以为死去的人真的不能质问活着的人吗?"

万乙说:"那倒不是,死亡本来就是对生存的警示!"

曾本之说:"郝嘉用甲骨文写'天问二五'四个字,你觉得是什么意思?"

湖面上又出现一对野鸭,但不是先前那一对。先前曾本之盯着看的那一对野鸭不知被水底的大鱼惊扰还是自身一时兴起,贴着水面连飞带蹿,跑不见了。

万乙看了看野鸭才说:"按风水学的解释,二是病符,五是五黄星,表示五种毒虫聚在一起。五黄二黑同在一宫,在此宫中坐卧行事之人,不是身体健康受到损害,就是要遭人在家中坐、祸从天上来的殃,所以说,二五交加必损主。"

曾本之不动声色地说:"是不是还有别的所指?"

万乙沉思一阵才说:"我有个博士同学,是广东人,遇到令人愤慨的事情时,往往脱口就说,佢不惜卖友求荣做二五仔,真可恶;二五仔可耻,一定唔做。一开始大家都不懂什么叫二五仔,后来才晓得,这话是清朝时南方天地会的切口暗语,意思指告密者、叛徒、出卖组织的内奸和专门在人后说是非的人。"

曾本之点点头说:"这样想来就有意味了。二五仔指的是清朝康熙和雍正年间的一个叫马宁儿的人。马宁儿是少林寺的俗家弟子,因为干下罪大恶极的事被逐出山门。马宁儿不思悔过,还怀恨在心,引清兵入山,将意图与天地会联手反清复明的少林寺,一把火烧得精光。马宁儿在少林寺中武功排名第七,二加五等于七,所以后人才说马宁儿是二五仔。"

万乙说:"曾老师,您应当晓得郝嘉是不是有所指呀?"

曾本之说:"是不是有所指,最清楚的是你所研究的青铜重器。"

万乙说:"从学这个专业开始,就听老师说,青铜重器只与君子相伴。直到进了楚学院才知道这话是您教给大家的。"

曾本之说:"是不是我说的不要紧,只要大家达成共识就行。"

万乙说:"青铜重器确实是历史中的君子。没事时我做过一些统计,从殷商周到春秋战国,青铜时代真正的强豪无一不是品行端正的君子。"

曾本之说:"很好啊,如果你从那些青铜重器里,看出来哪个是楚庄王,哪个是楚穆王,你才能成为研究楚学的王!你应当这样去做,只要你这样做了,谁也抵挡不住!"

曾本之说最后这句"谁也抵挡不住"时,明显有一串颤音。

万乙感觉到了,便立即说:"楚何以为王,值得研究。以研究楚而为王的人则是'二五'!"

曾本之摇摇头说:"你误解了。想要从事楚学研究,先要以心为楚,只有成为我心之王,才能深入青铜重器的内核中。"

万乙有些惶惑:"什么叫以心为楚?我该怎么做?"

曾本之说:"我也不能确定,这些年我一直在尝试,如何做才不会误入歧途,或者迷途知返。"

万乙认为曾本之是在谦虚。他心里很感动,真正有学问的人,才会如此谦卑至上,如此小心谨慎,若非省博物馆每逢周一都要关门休息,他一定要从此时此刻起,天天与曾侯乙尊盘等青铜重器做伴。

万乙正在将曾本之往最高处想,冷不防被他问了一句:"你的手机彩铃是怎么弄的?词写得好,也唱得好。"

过了好一会儿,万乙才回过神来:"您说的是《青花瓷》吧!我也喜欢,是从互联网上下载的。曾老师的手机与我的手机是一个牌子的,要不要我也替您下载成彩铃?"

曾本之说:"不必了。人活一辈子,喜欢的东西太多,如果都想弄到手,只怕连做梦的时间都没有了!"

停了停,曾本之盼咐万乙,那封甲骨文书信,暂时不要告诉其他人,说不定往后还会有类似的信件,等到能将这事看出一些眉目了,再找个合适的机会与有关人员详细说明。

万乙自然没有异议,一方面这事本来就属于自己不该管的闲事,更何况当事人是楚学界的无冕之王。另一方面,万乙虽然初出茅庐,但与这一行中的各色人等虚虚实实地打过多年交道,对与考古有关的灵异之事时有耳闻。以往他是不敢全信,也不敢不信。今次亲眼目睹,一个死去二十多年的人,突然用甲骨文写信,寄到一个莫名其妙的地方,被人恰到好处地收领。万乙内心的感受变成了不敢不信,也不敢全信。对他来说,最好的办法是静观其变。

远处传来男男女女的说笑声。

寂静的老鼠尾正在成为过去,还要经过七天的喧闹,才能出现下一次寂静。

在动步往回走的最后一刻,曾本之突然问:"刚才你说要常去看看青铜重器?"

一个疑似熟悉的身影突然出现在眼前,万乙不敢分神辨认,他努力回答:"我已经去看过二十次了。虽然每天去看看肯定做不到,但我争取往后每周去看两次。"

曾本之说:"记住我的话,多看看曾侯乙尊盘!"

万乙说:"我也是这样想的。"

曾本之开始往回走了,万乙却没有跟上来。

万乙已经看清楚了,最先出现在香樟与桂树下面的那位女子是自己的高中同学沙璐。他不好意思全部向曾本之表白,而是找了个最简单的理由,说自己头一回来老鼠尾,想在这里再待一会儿。

拾陆

曾本之从东湖边的老鼠尾直接回到家里。

按平时的习惯，安静和曾小安，加上放学回来的楚楚，这段时间家里最热闹。曾本之在楼下按门铃没有人应，他掏出钥匙打开单元门，上到四楼再打开家门，才发现屋里一个人影也没有。他将刚刚收到的用甲骨文写来的第二封信与先前收到的第一封信放在一起收藏好，回头再看曾侯乙尊盘照片时，赫然发现在照片下面的低柜上面放着一块透空蟠虺纹饰附件的残片。

站在透空蟠虺纹饰附件残片面前，曾本之怔了好几分钟。

他揉了揉自己的眼睛，又揉了揉自己的太阳穴，后又将自己的双手合在一起，相互揉搓了好一阵，这才小心翼翼地拿起那块透空蟠虺纹饰附件残片。

毫无疑问，这块透空蟠虺纹饰附件残片的制成时间不会很长，与真的青铜重器相比，时光留在上面的痕迹完全可以忽略不计。如孔雀绿一般的锈蚀，幼稚得就像留在婴儿粉嫩脸蛋上的菜汤点滴。反过来,那些拐弯抹角处没来得及除去的残余的铸造型砂,则像睡眼惺忪的少年脸上的眼屎。

曾本之将透空蟠虺纹饰附件残片放回原处后,从书房走到客厅和阳台,然后又经阳台和客厅,回到书房。如此来回走了几遍,当他再次拿起那块透空蟠虺纹饰附件残片时,其谨慎小心丝毫不亚于初次用手触摸曾侯乙尊盘。

与先前相比,再次观察之时,曾本之心静了许多,越看越觉得仿造这透空蟠虺纹饰附件残片的人对青铜制造工艺不是一般的娴熟,也不是特别的娴熟,而应当称为出神入化。曾本之看了看,又想一想,再看看又再想想,如此反复多时,有时候心情很好,有时候心情又会很沉重。好的时候像是又要动手发掘一座三千年前的青铜大墓,沉重时,宛如耗尽心血却发现有盗墓贼比自己早两千年先行进入,只留下一些白骨做纪念。

实际上,无论这块透空蟠虺纹饰附件残片是真是假,在曾本之眼里都是前所未有的巨大挑战。在已知的出土青铜重器中,曾侯乙尊盘上的透空蟠虺纹饰附件,是绝无仅有的。曾侯乙尊盘出土后,正式和非正式的仿制一直没有中断,其结果却是千篇一律地将好好的青铜材料弄得像是一堆工业垃圾。从理论上讲,能够制造出这块婴儿巴掌大小的透空蟠虺纹饰,就能仿制出曾侯乙尊盘上的全部透空蟠虺纹饰附件。只要仿制出透空蟠虺纹饰附件,曾侯乙尊盘的其余部分就不在话下了。

一句话:曾侯乙尊盘的至尊地位,除了其构思巧妙,器型复杂,组件繁多,至今仍令人叹为观止外,更在于尊与盘上各有一圈独一无二的透空蟠虺纹饰。那些若龙若蛇的微小的青铜构件,互为依偎,争相缠绕,宛如混沌初开之际,天地晴明,龙蛇腾飞,万物竞逐。从出土至今已经三十多年了,其繁其复,其纷其杂,即便是曾本之这样最有心得的研究者,也没弄清楚那些若龙若蛇的细微的青铜构件到底有多少。不是数不清,而是看不清。数得清的是曾侯乙尊盘上那些向外的透空蟠虺纹饰,还有那些包裹在内层紧挨着曾侯乙尊盘主体的透空蟠虺纹饰,非但肉眼看不见,就连X光机也无能为力。

另一方面,即便按照八九不离十的模样进行仿制,其铸造工艺也是一个难以解决的大问题。正如随州当地人试着仿制的那样,由于透空蟠虺纹饰的构件只有几毫米粗细,并且无一不是高度弯曲的形状,首尾相连,环环相扣,中间不得有任何另起炉灶重新再来的断头。从理论上讲,越是复杂的青铜重器,越是要用造型精密的失蜡法进行一劳永逸的铸造。然而,在一千多度高温下化成液态的青铜熔液,浇注到复杂得如同渔网的模型中,既不能像自来水那样心甘情愿地受到控制,也不愿像山间流泉那样自由散漫地流淌,无论模型做得如何精妙,到头来本想得到的透空蟠虺纹饰附件,无一不是用青铜铸造而成的一团乱麻。

曾本之不得不去想,最有可能将仿制的透空蟠虺纹饰附件残片拿回来的人是郑雄。

作为青铜重器研究领域的后起之秀,同时又是楚学界现任最高领导人,任何与曾侯乙尊盘相关的研究成果,郑雄都会高度重视,何况是曾侯乙尊盘上最为重要的透空蟠虺纹饰附件仿制品。这在过去多少年中,早被无数事实所证明。在既往所有已知的透空蟠虺纹饰附件仿制事件中,郑雄虽然表情上不比曾本之高兴,却绝对比曾本之担心。

前几天,郑雄在河南,分别去过郑州之外的洛阳与安阳,飞到南京之后,又转飞长沙,回头还要去昆明。下一步是继续跟着老省长在飞机经停重庆时小住一天,还是直接回武汉要临时才能确定。

郑雄将自己的日程用手机短信发给了曾本之,尽管有些粗略,但更便于记住。曾本之没有做任何回复,更没有打电话去细问,心里却很清楚,郑雄他们去的这些地方,都是青铜重器的重要出土和收藏地点。

曾本之将放在一旁的手机拿起来,找到郑雄发来的短信,从头到尾重新看了一遍,并再次推开曾小安的卧室门,确信没有郑雄的行李,这才用自己的手机拨打郑雄的手机。一会儿,郑雄就在那边说话了。曾本之照例先问他回来没有,然后又问他何时回,之后才问他是不是在外地用快递寄了什么东西回家。听郑雄回答说没有,曾本之便将电话挂断了。

此后,曾本之更加急切地想知道,安静或者曾小安,从哪里弄到这透空蟠虺纹饰附件残片的。他先打安静的手机,再打曾小安的手机,不同的彩铃分别响了好久,都没有人接听。曾本之只好再打,轮到曾小安的手机彩铃响起时,终于有人接听了,听着手机里传来嗡嗡的音响,过了两分钟,才响起楚楚的声音。说起来才知道,他们三人在附近的一家电影院看电影。楚楚说,外婆和妈妈都不想到外面来接电话,非要他拿着手机到外面来与外公说话。曾本之知道不能多说什么,就问楚楚,如果不想看大人们看的电影,自己就过来接他。楚楚连忙说不用了,妈妈答应奖励一包爆米花和一杯可乐,外公若来,妈妈说不定就会反悔的。

与楚楚说过话后,曾本之才发现冰箱上用磁铁压着一张纸条,上面清清楚楚地写着,柳琴弄了几张电影票,约他们去看电影。晚饭要稍晚一些,若曾本之不想等,冰箱里有他爱吃的冰镇甜米酒,再用微波炉热几片面包对付一下。

看过纸条后,曾本之便出门往电影院走,为了早点弄清楚透空蟠虺纹饰附件残片的来历,他不想在家里傻等着。出了小区大门往右拐，街上全是人，而且都是往东湖方向走，有慢跑的，有快走的，只有极少数人像曾本之这样，不紧不慢地逆人流而动。除了周一下午，其他从周二到周日的所有下午，这条路上的行人，来回数量几乎是相等的。此时此刻，曾本之在人流中的样子，有点像电视里成千上万只非洲角马大迁徙时，孤身闯入其中的狮子或猎豹。好在这样的路不用走太远，才十分钟不到，曾本之便离开街道，向右穿过省美术馆门前的广场，就到了他要去的电影院。

一进门就看到马跃之正在那里大把大把地嚼着爆米花，手边还放在一杯可乐。

马跃之也看到曾本之了，他将嘴里的爆米花咽了下去，这才笑着说："平时柳琴总说喝可乐会导致身体中的钙流失，吃爆米花会引起血铅超标，为了让我陪她看电影，柳琴就不要这些原则了。"

马跃之还解释说，因为银幕上那些假模假样的滥事，恶俗得实在让人看不下去，他便借口放映厅里空气流通不好，一个人跑到外面来。曾本之不与他说这些，问清楚柳琴和安静她们在哪座放映厅，就要往里走，却被电影院的工作人员拦住。

马跃之见了就开玩笑，要工作人员行个方便，他说："这位老先生是来抓情敌的，他老伴在陪别人看电影。"

工作人员心下明白，也跟着说笑："像您老这种年纪的人还有情敌，不活到一百二十岁是打不住的。还有二十分钟电影就散场，何不就将这喝半杯咖啡的时间让给别人。反正您老的好日子还长得很，看场电影的时间可以忽略不计。"

说话之间，曾本之已打消了进电影院找安静和曾小安的想法。不明不暗的电影院里，说话不方便，不如就像马跃之，就在外面等她们。

曾本之于是说："小伙子好眼力，我就学这位老先生，做个文明老人。"

曾本之也要了一包爆米花和一杯可乐,与马跃之对坐下来。不等曾本之开口说话,马跃之先笑了,他说这满电影院的孩子年纪加起来也没有他俩的年纪大,想不到他们也能像孩子们一样逍遥。曾本之也跟着乐起来,他就知道只要安静她们看电影,一定少不了柳琴。曾本之和马跃之一致认为,女人们一辈子都需要不时来一点小浪漫。

说了两句闲话,曾本之突然问马跃之:"这些年来,我的那些赖以安身立命的理论,你是完全相信、不完全相信,还是完全不相信?"

马跃之被这话问愣了,眨了上百次眼睛才回答:"现在是陪家人看电影的时间,你怎么突然问起这种即便是在百分之百的学术活动中也没法说清楚的事情?"

曾本之继续逼问:"你不要环顾左右而言他,也不要将老同事当做普通的学术竞争对手,更不能像某些人那样有目的地恭维我。活到这种年纪,该得到的都得到了,不该得到的也不可能再得到,何不放开手脚,拿出英雄气概来做一个真正的男人!"

马跃之被这话弄激动了,他分析说:"老曾呀,你自己心里搁着问题,却要别人替你写答案。除非你先说出来,我才能帮你辨真假是非。"

曾本之自然不肯:"若老马还是从前的老马,就请现场做出判断,然后我们再说别的。"

马跃之不吃这一套,直截了当地表示:"今天是星期一,你肯定又去了东湖边的老鼠尾,肯定收到第二封用甲骨文写的信,而且这封信里肯定有让你曾本之极其为难的内容。我说的对不对?"

马跃之一连用了三个肯定,也没有打动曾本之。

曾本之继续在那里强迫马跃之当场表态，为了显示力度，他一把接一把地抓起爆米花塞进自己嘴里，一把爆米花吃完，还要喝一大口可乐。马跃之也不示弱，他用同样的方式回敬曾本之，那样子就像年轻时玩得高兴了或者有谁失恋了而聚在一起赌酒。

爆米花没吃完，可乐也没喝完，电影就散场了。

最先出来的柳琴，见他俩的样子有些奇怪就问为什么了。马跃之看着曾本之，曾本之看着马跃之，两人还没想出话来回应，安静和曾小安带着楚楚也出来了。

一看到他俩的样子，楚楚就说："外公和马爷爷在比赛吃爆米花。"

此话一出，他俩同时笑起来，都说还是楚楚最聪明。

楚楚再问："谁得了冠军呀？"

马跃之抢先回答："我俩本来要吃三包爆米花，眼下才吃两包，冠军还没产生！"

柳琴上前拍了一下马跃之的额头："还想吃爆米花，等年轻三十岁再来吧！"

马跃之马上说："柳大美女，你不能看完电影就变脸，是不是想下次来这里时，另请一个糟老头来陪呀？"

楚楚怕抢不到话题，他跳起来说："这个问题由我来回答。我与柳奶奶说好了，下一次看爱情电影时，由我陪她来。现在流行姐弟恋，如果外婆和妈妈愿意，我也可以轮流陪你们来看电影。"

曾小安上前一步，轻轻揪着楚楚的耳朵："你乳牙都没换干净，懂什么姐弟恋，无非是不想做家庭作业。"

楚楚一边躲一边说："前几天，我听外婆在厨房里自言自语，说妈妈也在玩姐弟恋。"

安静赶紧上前，一把抱着楚楚，抢在头里快步走出电影院。

剩下曾本之、马跃之、柳琴和曾小安四人在那里静静地站着。从身边经过的那些看完上一场电影和等着看下一场电影的人,有听见楚楚说话的,虽然扭头在看,却没有显得太过分。

曾小安像是很喜欢这种嘈杂中的安静,她有些忘情地说:"楚楚说的没错,除了郝文章,我没有爱过别的男人。"

曾本之似乎想掩饰:"你们刚看了什么电影,让人这么中毒?"

柳琴看着曾本之说:"一群南极企鹅演的动画片,能毒到哪里去?"

曾小安说:"企鹅好,企鹅活得比人单纯。"

马跃之明显是替曾本之挡驾:"那是当然的,南极是多么纯洁的地方!不过,如果东湖环境保护也像南极,我们这些人就没法活了。"

柳琴说:"环境保护不好,人心总该保护好吧。像小安这样纯洁的心地,真的像南极一样太难得了。"

柳琴说话时,还是盯着曾本之不放。马跃之使了两次眼色,见柳琴不搭理,索性上前挽着她的手:"这电影院有什么好待的,电影看完了就赶紧回家吧!"

曾本之和曾小安跟在马跃之和柳琴后面走到美术馆前面的广场上就分开了。马跃之他们要从地下通道穿过东湖路,再乘公交车回水果湖张家湾小区。剩下曾本之和曾小安时,他俩没走几步,曾小安便轻轻地挽起曾本之的手臂。父女俩相互依偎着穿过美术馆前面的广场时,在一群溜旱冰的孩子面前停留了一阵儿,又在一群跳广场舞的女人面前停留了一阵儿,不大不小的一座广场竟然花了半小时,才走上回家的路。

黄鹂路上的树,越靠近他们的家,或者说是越靠近东湖,就长得越高大粗壮。前几年,武汉主城区像发疯一样砍伐在街边上生长了几十年的法国梧桐,长江北岸的汉口唯独解放公园路两边的法国梧桐没有动,武昌这边只有黄鹂路东段上的法国梧桐继续活着。当满城的法国梧桐,只剩下少得可怜的这些时,人们才发现年年都要掉毛毛的法国梧桐,并不像它们茂盛生长时那样让人讨厌。单单是保护那些"马路杀手"级的驾驶员,不让他们冲上人行道或者连人带车掉入东湖,这些没有被砍伐的法国梧桐,几乎每一棵树都有立功表现。就像平均两天就有一辆汽车将车身倚在路边法国梧桐的树干上那样,曾小安将自己身子的一半搁在曾本之的臂膀和手臂上。

父女俩静静地走在街边上。

都看得见自己家的窗口了,曾本之才轻轻地说:"小安,这些年你心里是不是很苦?"

曾小安将曾本之的手臂挽得更紧了,她轻轻地回答:"我心里再苦,也没有爸爸心里苦!"

"爸爸是在求索,不是苦!"曾本之也将曾小安的手挽紧了一些。

"就因为爸爸还要上下求索,我心里的这点苦才算不了什么,充其量不过是儿女情长罢了!"

"小安,你骂爸爸了!"

"爸爸不要这样想。骂你的话,早在郝文章进监狱的那一年骂光了。"

"为什么后来不骂爸爸了?"

"因为有一个郑雄让我骂就够了!再说后来我才明白,爸爸除了有我这个独生女儿,还有一个独生儿子!"

"你是不是又在骂爸爸?"

"哪里,是真的!爸爸的独生儿子也姓曾,大号叫曾侯乙尊盘!"

爸爸也是个重男轻女的旧脑筋,嘴上说女儿比儿子好是真的,心里却想着儿子更重要也是真的。既然曾侯乙尊盘比女儿重要,我也只能认了!"

"看来我说女儿好一点没错。我估计,曾侯乙尊盘的事拖不了多久,就能水落石出,到时候女儿所做的一切决定我都会拼老命来支持。"

"爸爸找到仿制曾侯乙尊盘的方法了?"

"是比仿制更加重要的事情!"

"总不会发现曾侯乙尊盘本身就是伪器吧?"

"你先不要问,再给爸爸半年左右的时间就会有结果。"

"如果这期间郝文章出狱了,我怎么办?"

"万不得已时,你就去找柳琴,她肯定有办法!"

仿佛忘了先前急着去电影院的目的,一路走,一路说,都到了自家楼下,曾本之还未提及那块出现在家中的透空蟠虺纹饰附件残片。

楚楚从窗口探出脑袋,冲着他们大声说:"外婆都做好晚饭了,你们还没到家。外婆说了,就是用《十送红军》的歌曲伴奏,也走不出这么慢的脚步。"

曾小安没有松开挽着曾本之的手,只是脚下走得快了。

上楼进屋,楚楚迎上来说:"妈妈,你和外公这么亲热,小心外婆看见了又要我下楼去买醋!"

曾小安没有回答,她伸手刮了一下楚楚的鼻子。

这时,安静从厨房里端出一碟热气腾腾的饺子放在餐桌上,并随口问:"你们父女俩又嘀咕什么,有话不能回屋里说吗?"

曾本之说:"没什么,是我在问小安,书房里那块透空蟠虺纹饰附件残片是哪来的?我去找你们就是想早点知道来龙去脉。"

曾小安会意地接着说:"我告诉爸爸了,青铜残片是江北监狱对门圆缘招待所的华姐送的。华姐还说,她也是受人之托,要我们将这东西亲手转交给爸爸。我还给爸爸唱了从华姐那里学来的那首'花儿'!"

安静不再继续先前的追问,也跟着说起来:"说起来也真奇怪,这个华姐,我们与她前世无缘,今生无分,偏偏一见如故。本来我和小安见你进了圆缘招待所半天不出来,以为里面有什么特别之处,同时也以为这不是什么正经地方,担心你进去后会吃亏。没想到小招待所弄得挺干净,从老板娘到服务员也都正经八百一点骚劲也没有。问起你为什么到她那里,她不仅说了上午你当着我们的面来招待所的事,还将你和马跃之瞒着所有人,提前从宁波回到武汉,在她的招待所里住了一晚的经过,全部一五一十地说得清清楚楚。华姐这人看上去其貌不扬,聊了一阵,心里就会产生好感。老曾,你和老马是不是这样想的?"

曾小安没让曾本之回答,她抢过话题说:"楚楚在这儿呢,不要说儿童不宜的话。楚楚你想不想听妈妈刚学会的一首歌曲?"

见楚楚不停地点头,曾小安便轻声唱起来:"高高的山上有一窝鸡,不知是公鸡么母鸡……"

见曾小安都要唱得没气了,安静才说:"还是华姐唱得好,一句词没唱完,听的人就想流眼泪。当然,华姐唱歌时,心里想着监狱里的……"

安静突然停下来不说了。

曾本之明白,安静担心自己的话刺激了曾小安,便赶紧岔开话题说:"你们俩说了半天,我还是不明白,华姐为何要将这青铜残片送给我?"

曾小安说:"华姐说了,这事只有你和老三口两个人明白,别的人都是聋子的耳朵只能做摆设用。"

曾小安的语气里并无对安静刚才那话的不满,这让曾本之稍微放心了一些。

"这事你们就不要管了,从今往后,无论谁来问,你们都要说不知道!将一切问题往我这里推就行。"曾本之沉吟了一阵才开口,一边说一边还用手指在桌面上写了一个郑字,"对他也是一样!"

为了让安静能够听进去自己的话,曾本之特意用格外严肃的目光看着她。

安静明显不高兴了,她将筷子往餐桌上一拍:"除非你们不想要这个家了!"

安静气冲冲地走到电话机旁,噼噼啪啪地按了一通,一阵电话铃声响过,按下免提键的电话机里传出郑雄的声音。安静大声问,郑雄在外面情况如何,怎么一整天没有动静传回来。郑雄回答说,一小时前自己还与曾本之通过电话。安静又问他什么时候回来,家里没个男人,就像是没有了主心骨。

挂断电话之后,安静仍旧非常不满:"我把话说在前面,你们父女俩休想瞒着我做任何破坏这个家庭的事。"

曾本之从餐桌边站起来,独自走进书房。安静以为他是生气了,将肚子里的许多话暂时憋住不说。没想到曾本之只是从书房里拿出那块透空蟠虺纹饰附件残片。

"我只是不想让你们卷入这件事。就说这透空蟠虺纹饰附件残片,它背后有多大意义你们清楚吗?"曾本之指着上面一道不太明显的痕迹问安静,"你要是说得清楚这道焊缝意味着什么,我就不会替你们操这个心。我也没有要你们做特别违心的事,只要你们说自己没有经手过这块残片,是我亲自从华姐那里得到的就行,这有什么值得你大惊小怪?"

事情一旦转移到青铜重器上，安静就说不上话了。

无话可说的安静依旧心怀不满，她要曾本之和曾小安在郑雄回家之前各忙各的事，如果再看到他俩在一起鬼鬼祟祟的样子，自己就要辞职，既不当老婆，也不当妈妈，只给楚楚当外婆。

睡觉之前，曾本之一直在书房里将那透空蟠螭纹饰附件残片颠来倒去不厌其烦地看了又看，等到他想起来，应当尽早去圆缘招待所见见华姐，问清楚这块残片的真实来历，安静已经酣然入睡了。一觉醒来，曾本之再与安静说时，已经减去了想让曾小安开车送自己去的内容。安静只是望着曾本之，什么也没有说。

洗漱完毕，曾本之就要出门。从武昌到汉口或者汉阳，要么赶早，七点钟之前就过江，如果不是上班一族，又不想起早，便索性九点半之后再出门往江北去。中间这一百五十分钟，是三镇交通阻塞的"法定"时间，想在这段时间里过江，简直比登天还难。这些年虽然多修了几座桥，外加一条隧道，然而，长江还是长江，天堑还是天堑，到了该塞车的时间段，绝对没有丁点客气可讲，只需要几分钟时间，刚才还很顺畅的大街就会变成一眼望不到尽头的超级停车场。

曾本之穿好鞋伸手推门时，安静在身后问："就你一个人去吗？"

"我怕你说我们父女俩在背后搞破坏。"曾本之当然明白她的意思，先开了一句玩笑，再如实说，"让小安安心送楚楚上学，我出门叫辆出租车就行。"

下了楼，来到街边，曾本之拦了一辆出租车。他先说去汉阳，出租车司机有些不想去。曾本之见了，马上补上一句，说是去江北监狱。出租车司机将他重重看了一眼，不再说什么了。出租车顺利通过长江大桥后，司机表情轻松一些，主动开口说，看曾本之的面相,像是做学问的人,可看他的手又像是扫大街的,"文革"时强迫知识分子改造,这种样子的人还经常见到,现在就罕见了。曾本之抢白他一句,说有什么罕见的,到江北监狱里看看,里面的人哪个不是脸上白白净净,手上老茧成堆。司机干笑一声,说自己又长见识了。虽然挨了抢白,司机嘴里还是说个不停,接下来又说,自己昨天拉了一个乘客,是去洪山监狱的,据说那里面关的人大部分是从全省各地送来的贪官。虽然对此事闻所未闻,曾本之仍旧不想听这个。他告诉司机,自己起得太早,有些困了,想迷糊一会儿。曾本之闭上眼睛不再搭理司机。司机却将车载电台打开,呼叫几声之后,与一个女司机聊起来。这边说,自己总遇上怪事,昨天一早拉一个人去洪山监狱,今天一早又拉上一个人去江北监狱。那边的女司机则回答,这有什么奇怪的,你不拉他,还有别人拉他去,要是将自己拉进监狱里那才是真奇怪。听那边的女司机话越来越多,曾本之就明白,那一带开始塞车了。

也不知什么时候,曾本之真的迷糊了一阵,醒来时,出租车已停在江北监狱门口。

拾柒

与前两次来这里的情形完全一样,还不到探视时间,漆黑的铁门前面就有不少人在徘徊。曾本之从出租车里钻出来,将那些人看了好几遍,说不清楚是何原因,他很想见到某个熟人,最好同是研究楚学的熟人。果然如此,他们来此的唯一目的就是看望郝文章。明知此事不可能发生,还要想入非非,这种只有少年时代才有的情怀,让曾本之心中平添了许多惆怅。

街上的车很多,还有两辆运送桂花树苗的手扶拖拉机夹在车流中,正是靠着手扶拖拉机慢吞吞的掩护,曾本之才能够横穿车流,来到圆缘招待所门前。

进门之前,看不出情况有变化。进门之后才发现,站在柜台后面的不是华姐,而是一个瘦得像竹竿的中年男人。曾本之站了一会儿,换了华姐早就上前来打招呼了,瘦男人却像没见到一样,只顾盯着手中的账本。

曾本之只好主动上前问:"华姐在吗?"

瘦男人的喉结动了几下，才反问："你找她有什么事？"

曾本之见情况不对，马上编了个理由："前天我在这里住宿，将手机充电器丢在房间里，我打电话与华姐约了，她叫我今天来取！"

瘦男人不耐烦地挥了挥手中的账本："华姐跑了，除了这个，什么也没留下。一只充电器要不了几个钱，重新买一只就是。"

曾本之心里一惊，估计瘦男人是房东，便试探着问："还是麻烦你替我找一下。我昨天打电话时，华姐正在准备交承包款，说是交完承包款就替我找。"

瘦男人看了看曾本之说："若是华姐找着了，肯定要作交代的。她都没有交代，我上哪里去找？虽然店是我的，这些年都被她承包了，什么事情都是她自己做主。"

曾本之说："我听她说过。她不是要陪在江北监狱里服刑的老公才承包这店吗，这么急着离开，是不是老公出狱了？"

瘦男人说："鬼晓得是怎么回事！生意做得好好的，她也一直表态，老公虽然被判了无期徒刑，但她不能给老公判个'无妻徒刑'，所以，只要老公不出来，她就不离开，一天到晚在监狱门口守着。昨天晚上，突然收到她的短信，她人已经离开武汉，只带走收入的现金，其余添置的各种实物全部送给我，算是付给我的违约金。真是撞到鬼了，干得好好，老公也没有减刑出狱，就像有杀手追来一样，比刘翔跑得还快，一溜烟就看不到了。"

曾本之说："如果你觉得太蹊跷，就应当报警！"

瘦男人说："这还要你说，我报了三次警，警察才来。她平时用的东西，好一点的都不见了，连放在床头柜上她老公的照片都拿走了。按警察的猜测，她老公是青铜大盗，一定是有事情没摆平，仇家找上门来将她吓跑了。"

曾本之说："听说她老公在江北监狱待了十几年，若有仇家，还会等到现在?"

瘦男人说:"你这个人,肯定只喝过自来水,不知道长江水是什么滋味!她老公是江北监狱的狱宝!"

曾本之说:"华姐与我聊过,她老公在江北监狱青铜工艺品车间当技术员。"

瘦男人说:"技术员算什么,最牛的是当鉴定师!你想想,天下的青铜器,哪一件不是从地底下挖出来的?有钱人花几百万、上千万买个古董镇宅传家,既害怕政府查处,又怕上当买了假货,不敢明里找文物专家鉴定,关在监狱里的青铜大盗就成了最佳选择。你再想想,华姐的老公有多难,遇上货真价实的自然没事,遇上伪器就麻烦了,实话实说吧,买家感谢他,卖家就恨上他了。反过来,将假的说成是真的,卖家当然高兴,万一哪天被买家察觉麻烦就大了!"

曾本之心里在哆嗦,他不得不承认,瘦男人的话是可以运作的客观存在。作为青铜重器的顶级专家,他的心里有种滴血的感觉。

瘦男人继续说:"实话跟你说,我怀疑华姐突然失踪,与一辆外型像装甲车的越野车有关。这么多年,这地方来过最高级的轿车也就是奔驰和宝马,可是昨天,我来拿华姐上交的承包款时,居然有辆挂北京车牌的外型像装甲车的越野车在我这小店门口转了好几次。当时我还和华姐开玩笑,问她是不是给老公戴上绿帽子了。华姐很野地告诉我,她的那块宝地早就长满了绿青苔。"

从圆缘招待所出来,曾本之下意识地走到江北监狱门口,他在探视的人群中站了一阵,终于还是离开此地,顺着大街漫无目的往前走。本想查找透空蟠虺纹饰附件残片的来龙去脉,却不料又陷入华姐失踪的迷茫中。

也不知走了多远,一辆红色轿车忽然在曾本之身边停了下来。

曾本之以为车上坐着的人又是昨天碰上的那个沙海,还猜想,是不是沙海又从电视监控中发现自己了?

怀疑之际,车门一开,走出来的竟然是万乙。

"曾老师,您要去哪里,要我们捎您一程吗?"万乙又指着驾驶座上那位穿警察制服的女子说,"这是我高中同学沙璐,她叔叔昨天下午弄到一尊楚鼎,非要我过去看看。"

沙璐赶紧跳下车,将用手机拍下来的楚鼎照片给曾本之看。现在的警察虽然没有了当年老子天下第一的蛮横,天下第二的骄横还在身上披着。明知曾本之是万乙的老师,沙璐态度上也没有明显变化,像是吃了亏那样,将手机递给万乙,再由万乙转给曾本之。

曾本之自然不会伸手去接,他扫了一眼就认出来,这是华姐先前拿给他和马跃之看过的那尊可以乱真的青铜伪器。在照片上,青铜伪器背后,还有其他几件青铜器,看样子有真也有假。曾本之不由得在心里慨叹,青铜重器在暗地里疯狂流通,真的也好,假的也好,只要露面就能快速出手,这种状况并不是华姐一类人的经营手段如何了得,而是有些人急切想将手里的赃钱洗白。

上了红色轿车,曾本之先问万乙:"你看过那件青铜实物没有?"

万乙看了沙璐一眼说:"看过了。但人家美女有话在先,无论真假,都要我说成是真的。实在没办法,我只好将年代往后说了两千年。"

沙璐笑着解释:"我叔叔前几年玩麻将玩得太疯狂了,一家人想了许多办法,才让他迷上青铜器收藏,当然不能轻易挫伤他的积极性。"

曾本之说:"玩青铜器比玩麻将更花钱。"

沙璐说:"我爷爷说过,这不是钱不钱的问题。麻将玩得再精彩也上不了品位,就算和了天下罕见的大和,最多只能从副监狱长变成正监狱长,如果连大和都和不了,只是不断地和屁和,就会变得与囚犯相差无几。玩古董大不一样,特别是青铜重器,既能让人长心智,更能让人长心气,那些王侯将相的励志故事会在不知不觉中给人以激励。"

听沙璐用爷爷的话说她叔叔是副监狱长,曾本之在心里轻轻地啊了一声,听上去副监狱长与监狱管理局副局长的称谓明显不同,像曾本之这样的过来人都清楚,那只不过是不同年代的不同叫法,实质是一样的。曾本之差点脱口说出沙璐的叔叔是不是姓沙这样的蠢话。好在他在最后一刻所做的选择是正确的。

"你叔叔是不是叫沙海?"

"是的!"沙璐开始直接问曾本之,"真像万乙说的那样,比青铜时代晚了两千年的楚鼎,还有没有收藏价值?"

曾本之回答说:"一件东西有价值和没有价值,不能只看流通性,还要看这件东西对于某些人的意义。比如曾侯乙尊盘和编钟,一般的人都认为编钟的意义大,在学者专家眼里,尊盘的意义远在编钟之上。我估计,可能是某个有事相求的人以此物相送,希望得到某种通融与帮助。为了让你叔叔能够接受它,对方还会说这东西不值钱,只能给屋子里添点与平常人家不一样的气象。"

沙璐一只手拍打着方向盘:"曾教授说得太神了,送楚鼎的女人就是这样说的。"

曾本之说:"钟鸣鼎食往小里说,也是一种大家气象,往大里说则是皇家气象。一般人的家里摆上一尊鼎,既没有相应的底气,又没有相当的文化心理,弄不好就会适得其反,好好的一尊鼎,就变成一种心理魔咒,万一哪天负担不起,会造成人格崩溃,做出一些有违天伦的荒唐事情。"

万乙得到插话的机会,连忙接过话题说,前些年,总在电影电视里演共产党领袖的那个演员,就因为总在扮演大人物,弄得自己在平常生活中,都分不清自己是谁,闹出许多尴尬笑话。

曾本之突然说:"你叔叔还在不在家?我想见见他。"

沙璐说:"他有点发烧在家休息。"

沙璐拿起手机拨弄一阵,见她对着手机说话的模样,就知道没有被拒绝。沙璐没顾得上收起手机,便一打方向盘,待红色轿车掉过头来,才对曾本之说,她叔叔正在准备红地毯,迎接大师光临陋室。

十分钟后,曾本之已在万乙的照应下,从红色轿车里钻出来,站在一处有些老旧的楼房前。

离开不远,沙海双手伸得长长的,快步迎上来,将曾本之的双手紧紧抓住,一连说了十几个欢迎词语。沙海住在七楼,也是这楼房的顶楼。曾本之爬起来略显吃力,沙海不好意思地表示,当初分房时,只想到这房子差一点,但可以多要些面积,用来安放这些年收藏的青铜器,早知今日,会有曾本之这样世界知名的大学者光临寒舍,说什么也要选个电梯房。

爬向七楼的过程中,沙璐得知沙海已与曾本之见过面,便撒起娇来,说叔叔既然认识老师,何必要找老师的弟子,弄得自己无缘无故地欠下一笔人情。沙海便开玩笑,不怕欠人情,就怕欠感情。人情债好还,感情上有欠债那就难办了。说话的人没什么,一旁听着的万乙不禁脸红起来。

上到七楼才知道,这一层的两套单元房都是沙海的。沙海打开左边那扇极为普通的钢制防盗门,又打开一扇同样极为普通的木制房门,这才见到只有私人博物馆才会安装的特制防盗门。进了这道门,便有一股熟悉的青铜气息扑面而来,待见到屋子里近百件各式青铜器物,曾本之不由自主地说了声:"好气派!"不用沙海招呼,曾本之主动将屋子里的各式青铜器物看了一遍,虽然伪器不少,但也有难得一见的珍品。

沙海迫不及待地要曾本之评价一下。

曾本之却漫不经心地问:"沙局长收藏古董墨和老宣纸没有?"

沙海只能顺着回答:"我了解过,像我这房子的条件,这些东西没办法保存。"

曾木之又问:"是监狱里的老三口告诉你的吧?"

沙海脸色一红:"不敢隐瞒您老,我确实问过老三口,连他自己都不敢玩古董墨和老宣纸,我就更不用说了。"

曾本之问这些话时,心里想着那封来历不明的用甲骨文写的信。只要老三口能接触到古董墨和老宣纸,再加上同囚室的郝文章,完全有可能炮制出令曾本之百思不得其解的怪信。曾本之不相信,沙海只是空口说白话地在高墙里面求教于老三口,他心里有种感觉,关在江北监狱里的老三口,肯定来过这间私人博物馆。如此,曾本之更需要有一个明明白白的说一不二的答案,用以证明监狱里没有古董墨和老宣纸,而且沙海也不玩这些东西,使得他俩弄到这两样东西的唯一可能变成绝对不可能。

曾本之不再提古董墨和老宣纸了,他从靠墙的角落里拿起一只青铜镜:"只此一件,便足以成为青铜收藏界的翘楚!"

沙海看了沙璐一眼。沙璐会意地说:"有专家看过这青铜镜,一口咬定说是伪器,而且是当代伪器!"

曾本之明白沙璐所指的专家是万乙,便有意说:"万乙,你的看法呢?"

万乙说:"我觉得这青铜镜真不了。看上去,它是外形黑如墨漆,很像春秋战国青铜镜中的'黑漆古',但它有一个不容忽视的错误,'黑漆古'青铜镜又叫四山纹镜,是因为背面的山字形图案都有四个,这只青铜镜上的山形图案只有三个。"

曾本之说:"还有什么不对的地方?"

万乙说:"锈蚀的状况也有问题。"

曾本之说:"你说的这两点初看像有道理,其实不然。就说锈蚀吧,很多人习惯以是否锈迹斑斑来判断青铜器真伪,其实这很不科学,像沙局长收藏的这只青铜镜肉眼几乎见不到锈蚀,很容易被当成近代仿造的,却不知道造成锈蚀的原因在于掩埋环境。完全相同的青铜器,由于掩埋环境不一样,有的锈蚀成堆,有的完好如初。比如省博物馆收藏的国宝级青铜剑越王勾践剑,那上面更是连丁点锈蚀都看不见,外行人都说那是因为制造材料特殊,其实铸剑的材料大都相差无几,工艺也大致相似,只是后来掩埋时的环境不同,别的青铜剑被锈蚀得破烂不堪,越王勾践剑却完好无损。再说三个山字形的图案,迄今为止有记载的科学发掘,从未见过一例实物。有空你看看《中国铜镜图典》一书,其中有一例图案正是三山纹镜,但没有说明实物的出处。在我看来,这只青铜镜的关键在于它背面有明显的范缝,表明它是用范铸工艺造的。由于是用范铸,也就很难避免战国时期的青铜镜普遍存在的背面造型模糊不清的缺陷。根据这两点就能判断,沙局长收藏的这只青铜镜是极为罕见的战国三山纹镜'黑漆古'!如果没有这道范缝,如果没有背面的造型缺陷,那就要考虑是用失蜡法制成的。果真那样的话,这只青铜镜就只能是伪器了。"

万乙在那里思索时,沙海早已将那只青铜镜抱在怀里:"若不是曾教授慧眼识珠,我真要将它当成凑数的破烂货了!"

曾本之伸手想再看看时,沙海竟然有些舍不得,宁肯双手捧着让曾本之看。

曾本之一边看一边问："这只三山纹镜你是怎么得到的？"

沙海说："那天我和你女婿郑雄一起开会，中途开溜到徐东古玩市场转了一圈，有个其貌不扬的男人在路边摆了两样青铜器。我见这只铜镜有些特别，就有意先同他谈另一件青铜剑。那青铜剑一眼看上去就基本能确定是伪器，对方开口要两万元。侃来侃去，总算降到一千五百元，我才装着无意地问这铜镜怎么卖。对方说至少要八百元。我就答应青铜剑可以按一千五百元算，不过得捎上这只铜镜。就这样我们成交了。"

"青铜重器蒙羞，实为国家之耻！"曾本之长叹一声，"祖宗之言本应成为子孙们的真理呀！"

沙海连忙说："遇上曾教授就算是万幸了！"

一旁的沙璐嘴唇动了动，正要说话，万乙猛地伸出手来，将她的嘴紧紧握住。沙璐好不容易摆脱开来，生气地质问万乙要干什么。万乙小声解释，他知道沙璐想要说什么，这种话切切不可在曾本之面前流露出半个字，在学者面前不要说这样的俗事。万乙用最低的声音数落沙璐："不就是想知道三山纹镜值多少钱吗？像这种稀世珍宝，已经不是几百万就能定价的。"

这时候，曾本之已经走到一尊楚鼎面前，一看上面有三道整齐的锉痕，他更加明白这是华姐送给沙海的，却故意问："这种伪器足以乱真。它有来历吗？"

沙海说："实不相瞒，这是别人免费相送的，她老公关在江北监狱里。对了，就是昨天提到的与郝文章关在同一囚室里，叫老三口的青铜大盗的妻子。小万老师先前过来看过，也说是伪器。如此我也就放心了。"

曾本之说："这是我所见过的最好伪器。"

沙海笑着说:"他们却口口声声说是真的,青铜大盗说的话确实不能全信。"

曾本之说:"她送这东西与你,是不是有事相托?"

沙海说:"怎么说呢,说是有事相托也可以,说不是也可以。昨天傍晚,那个叫华姐的女人,突然背着这东西来家里,说是有什么急事,要离开汉阳一阵。还说她这一走,那些凶神恶煞的狱友无人打点,万一她丈夫在监狱里受别人欺负,希望我能秉公办事,不能让她丈夫吃亏。"

曾本之说:"她送你这么大一个家伙,就只说这些话?"

沙海说:"大概是这类意思吧。她感觉到自己离开这一阵,丈夫可能有某种危险,才来找我帮忙。说实话老三口一直是我们重点保护的对象,首先,监狱的青铜工艺品车间生产一些仿古器物,主要靠他做技术指导。其次,他在外面那么些年,经手的青铜器有真有假。凡是江湖上的恩怨情仇,哪有不想报复的。郝文章之前的那个狱友就曾差点将他掐死,理由是嫌老三口的鼾声太大,但我们一直怀疑背后有更深的原因。这也是我们让郝文章同他做狱友的重要原因之一。"

沙海已经停下来不说,见曾本之还盯着自己的嘴唇,只好重新开口:"我不说您也能想象得到,过去没这个条件,现在的监控技术先进许多,遇到疑问可以上一些特殊手段。一般老牢头都会在新狱友面前将自己吹嘘一通。当初,老三口总在郝文章面前吹胡子瞪眼,屡屡放出大话,说公安部和司法部都不敢放他出江北监狱,因为国家文物局给他们发了秘密文件。只要他一出江北监狱大门,不说全中国,起码半条黄河加半条长江的青铜重器历史都要重写,半数博物馆的青铜重器只能扔进长江黄河里堵管涌和溃口。"

曾本之说:"这话肯定是言过其实,但也不是没有道理。那些新建的博物馆,不管是政府办的,还是民间办的,的确存在一些真伪并存的情况。"

沙海迟疑一下,还是将想说的话说了出来:"听监控人员说,他们还听到老三口对郝文章说,省博物馆展出的所谓国宝级青铜重器中也有伪器。可惜那一阵录音设备出了故障,不然我可以放给您老听听。"

曾本之轻轻一笑:"假作真时真亦假,凡事都不是一个人说了算。真理有时候可能用来吹嘘,真相却是掺不得丁点其他东西。"

沙海说:"不瞒您说,从听到老三口吹这老大的牛后,我每个星期都要抽半天时间去省博物馆呆着,按说我对青铜重器也不算太陌生吧,每一次我这双眼睛都瞪得冒金花,也没看到任何蛛丝马迹。"

曾本之不说这些了,转而吩咐沙海:"就算我管闲事,郝文章也好,老三口也罢,都是青铜学界的厉害角色,如果他俩有风吹草动的事,麻烦你及时与我通个气。行不行?"

沙海说:"这有何难,只要曾先生不怕麻烦!"

粗略看了一圈,再也没有见到令人眼睛一亮的青铜物品。

这时,沙海的手机响了,几句话一说,就能见到他脸上露出许多兴奋。他要沙璐替自己照顾一下曾本之,自己到隔壁屋里接待一个客人,很快就会回来。临出门时,又特地嘱咐沙璐,不要过来打扰他们。

沙海一走,沙璐就猜,沙海是不是又收到什么宝贝青铜器物了。

曾本之没有接她的话。万乙更是从进这屋以后,便没有再开口,呆呆地想着什么心事。

空闲之际,曾本之就想试着找一找老三口来过这里的证据。

他依次将每件青铜都抱起来，里里外外地看一遍。时间不长，曾本之忽然在一只残缺不全的汉代铜鼎中发现一条脏兮兮的布团。他伸手拉出来一看，竟是一条女人内裤，上面沾着涎乎乎的东西还是湿的。曾本之愣了一下，马上明白怎么回事。他丢下那条女人内裤，也不看沙璐的脸色羞红到何种程度，转身就往门外走。

沙璐只顾害羞，挽留的话一句也说不出来。

万乙没办法了只好先陪曾本之下楼。等到下了楼，看见刚才坐过的那辆红色轿车，他们才想起来，沙璐没来，想走也走不成。

曾本之让万乙在红色轿车旁边等着，自己走几步，在小区门口等他们。

出了小区，曾本之却没有停留，仍旧继续顺着大街向前走。说是散步，也不全是。他心里想着事，特别沙海所转述的老三口的那番话，有可能就是在沙海的私人博物馆里说的。自己刚刚看到的那条女人内裤，肯定与沙海无关，也与羞怯到极点的沙璐无关。曾本之大胆推测，昨天下午华姐与老三口来沙海的私人博物馆里见面时，只能抓住沙海短暂离开的几分钟时间匆匆苟合，沙海重新露面时，华姐慌慌张张来不及穿上内裤，只好随手藏在那里。也只有如此，老三口说的那话，才没有录音。如果有录音材料，依步骤报送有关部门，那些喜欢小题大作的官僚机构，以及那些无所事事的大小官僚，一听说省博物馆的国宝级青铜重器有假，岂不是要掀起轩然大波，而首当其冲的就是楚学院。作为所谓的顶级青铜重器专家，自己更是这类风口浪尖上的第一人。如此，他不能不联想到，接连出现的两封甲骨文信件，虽然只有"拯之承启"和"天问二五"八个字，其中意义却是似有似无地存在某种联系。再加上无缘无故地从华姐那里跑到自己手中的那块透空蟠虺纹饰附件残片，果真这一切都是上苍有意安排的一场特殊的较量，以垂暮之年的这副骨架,真不知能否顶得上去。不管会发生何种风暴,这都是自己最后的博弈。如果现在顶不上去,将来就更不乐观了。

一想到此,曾本之便情不自禁地长叹起来。

一声叹息未完,一股尖锐的刹车声在身边响起。

曾本之扭过头来,正好看见曾小安从香槟色越野车里探出头来。

也不用她说什么,曾本之就上了车:"你怎么敢来这里?你不怕老妈辞职,我可担心老婆辞职!"

曾小安说:"你不知道人家多心疼,她要我装着路过这里将你捎回家。我都在这一带转了一百圈,才找着你老人家!"

曾本之说:"你有个好老妈,我有个好老婆,只可惜郑雄没有好岳母的命!"

曾小安不接他的话,只顾说自己的:"我又顺路去探监了,郝文章还是不肯见我!"

曾本之说:"我猜他心里一定在想,有些事情是需要独处才能处理好的。"

曾小安有些不满了:"老爸,我觉得你最近变狡猾了,而且是越来越狡猾。以往你说三个字,我就能感觉到父爱。现在你需要说三天,我才有父爱的体会。"

曾本之说:"爸爸身心是有变化,可能是这辈子积下来的难题都在最近爆发了。爸爸身上若有狡猾,也就像身上长带状疱疹,等过了这一阵,事情都处理好了,爸爸就将身上的狡猾全部作退货处理,退不了的就贱卖,卖不了的就扔进东湖喂那些呆头呆脑的大草鱼。"

曾小安说:"不用往东湖里扔,就退给老妈吧,她太善良了,一点也不像是吃人不吐骨头的银行家!"

曾本之说:"也给一部分你。你也太善良了。"

曾小安说:"我才不要,我都骗了你们八年,若是再多些狡猾,只怕真的没人爱我了。"

曾本之说:"你没有这个能力,真狡猾的是郑雄!"

不等曾小安回应,曾本之的电话响了。

是万乙打过来的,问清楚位置后,要来接他。

放下电话后,曾本之要曾小安开车先走,自己坐万乙他们的车回去,他还有些话要在车上与他们说说。曾小安不想离开,故意问他,是不是不想让别人看见女儿长得像个丑八怪。曾本之只好说实话,他是不想让她有意无意地卷到一些令人烦心的事情上来,这八年她过得本来就很烦心,万一遇上压垮骆驼的最后一根稻草就是大麻烦了。

见曾小安还不想走,曾本之就说:"你不想去省养蜂学会了?"

曾小安说:"我又不养蜂,去那里干吗?"

曾本之说:"去看看柳琴呀,你不想去和柳琴商量什么事?"

嘟着嘴的曾小安开着香槟色越野车绝尘而去,临走时她丢下一句话:"我看你是怕老妈真的辞职,不当你的老婆了!"

等候万乙他们时,曾本之收到一条短信,是万乙发来的:"曾老师,您离开之后我们才知道,沙璐的叔叔刚刚买下一只青铜镜,是真是伪我不敢断言。沙局长说,这只铜镜与那只三山纹镜是天作之合,是某种天赐与暗示。实际上他是花了十万元买下来的,对外只说是一万元。我不知道这样对不对,是沙璐哀求着让我请求你,就按照沙海的思路对付一次。"曾本之收起手机,不由得轻轻笑了笑。

时间不长,沙璐的红色轿车就开过来了。见曾本之一下子走了这么远,他们说什么也不相信。曾本之也不想多解释,拉开车门在后排坐下来,说了几句客气话,便直接进入主题。同样坐在后排的沙海小心翼翼地捧着一只青铜镜,请曾本之帮忙看看。

曾本之上下看了两眼,甚至没有用手摸一下便说:"沙局长是此中行家里手,想必也知道规矩。青铜鉴定虽然只是看几眼的事,也是有价的。就说三山纹镜,如果没有十万红包,别人是不会做如此确定之说。所以,我想与沙局长做个交换,我不要钱也不要物,只要沙局长再告诉我一些关于老三口的事。"

见沙海一个劲地摇头,曾本之接着说:"沙璐也是有过婚史的,我就不拐弯了。昨天下午,华姐来你的私人博物馆,是不是与老三口秘密见面,还在你那屋里做爱了?你可能还不晓得,我可是看见女人用过的东西了。她来送楚鼎给你,又将自己的内裤丢在你屋里,除了她一直等待的丈夫,想必不会有第二个男人让她如此。"

沙海终于讪笑了一下:"曾教授说的极是。这些年我没做任何渎职的事,更没有贪污受贿,就是利用职权,将老三口带到家里来看看自己收藏的青铜古董,顺便让他们夫妻见上一面。以往几次我都寸步不离。昨天下午,我让老三口来看三山纹镜。华姐进屋时,我正好有个重要电话要接,也就出门五分钟,没想到他们将时间抓得这么紧,动作这么快!"

曾本之表示能理解沙海对青铜重器的痴迷,同时也希望沙海的这种痴迷能为青铜重器研究做点实在的贡献。在曾本之的苦苦追逼之下,沙海脸带苦色地表示,平时老三口只在青铜工艺品车间干些技术活,活一干完,便回到自己的囚室里不出来,像个傻瓜一样,盯着房顶发呆。曾本之便提醒他,老三口如此这般,更是有事,他一定是怕时间长了自己的记忆力减退,在那里重复背诵某些关键的东西,譬如密码暗号等。沙海想了想,还是想不起什么特别的。

僵持一阵儿,沙海总算想起一件事来:"前几天,有个电话通知,说是老省长第二天要来监狱视察,事到临头老省长没有来,说是有事改期以后再安排。但是那一天,临时又有通知,这次倒是说得很清楚,人家来是专门探视老三口的。哪想到我们刚通知老三口,他突然叫肚子疼,倒在地上死活不肯出囚室一步,实在没办法只好由他去。"

曾本之说:"第二天,他却答应见我——是不是?"

沙海说:"是这样的。"

从表情上看,曾本之似乎觉得交换条件还不错。只见他拿起沙海手中的青铜镜,指指点点地说:"这叫水波纹镜。沙局长是受了吉祥之意的诱惑,以为自己有了一枚三山纹镜,再配上一枚水波纹镜,既得山,又得水,是为大吉之兆。古典青铜多为王侯将相之物,实在是太容易使人心生杂念了。收藏青铜作为爱好,就得一心一意,如果还有此外之想法,就会利令智昏,上别人的当,吃别人的亏。我说这话,其实是过来人的切身体会。实话对你说吧,这东西只配放在地上做垫脚石。"

沙海一脸疑惑地说:"您刚才不是说了,楚国灭亡之前的青铜没有用失蜡法铸造的。您看看这几处明显的范铸痕迹,您老可是说过,有此范缝的青铜,一定是楚国灭亡之前的。"

曾本之说:"这就是人的狡猾之处了。一般人只想到用失蜡法仿制青铜比较方便,也容易出效果,却不去想,也有人辛辛苦苦地操持范铸方法,如此才能欺骗有较高青铜修养的人,赚更多的钱。我把话说在前面,用不了多久,你就会听说某人手里有一枚山形纹镜。你想要时,人家出价肯定与你买的这枚水波纹镜差不多。只要你一出手,就要吃二遍苦,受二茬罪。问题出在水波纹镜的水波上。对三山纹镜的肯定是先前有过它的图案。水波纹镜也有图案,只可惜图案明指这种形状的青铜镜,出现在汉代以后。而汉代以后青铜器制造普遍采用没有范缝的失蜡法。所以,这只水波纹镜是将人的脑袋和屁股放反了位置。"

沙海正在有些将信将疑,忽然收到一条短信。

徐东古玩市场的一个小老板刚收到一只山字纹镜,问沙海有没有兴趣看看货。

沙海将短信给曾本之看过。曾本之让他回复说,自己收藏了一只水波纹镜,如能配成"山水无上"当然最好,只是又发现一只楚鼎,上面的铭文正好有自己的名字,这样的缘分自然不能错过,所以想将水波纹镜转让出去,也请对方帮忙与有兴趣的买家沟通一下。对方很快回复一个"好"字。

将这事处理完毕,曾本之才说明其中道理:作伪之人断断不会批量制造,那样容易露出马脚。正如陷阱不能多挖,挖多了就会被人发现,就没有人上当了。像这类凤求凰的器物,更是只可做一对。因为收藏者是将凤求凰的故事不断讲给人听的。一传十,十传百,如果凤求凰的东西多了,难免不引起别人怀疑。如今沙海这只"凤"不想求"凰"了,手里还拿着"凰"的人就会先将他的"凰"卖出去,回头再引诱这只"凰"来求沙海手里的"凤"。所以,沙海剩下来只需要守株待兔,等下一个买家找上门来,将这枚现代版的水波纹镜出手就行。

沙海从心里感激不已,但也觉得疑惑,为什么事情巧合得如此厉害。曾本之告诉他,做这种骗局的人,是从买家对"凤"的态度来决定"凰"的出手时间。不过这一次,对方发生了错觉,不知道沙海的兴奋是那枚三山纹镜诱发的,就想趁热打铁,一鼓作气彻底拿下沙海。反过来,如果沙海当时表情平淡从容,接下来"凰"的出现就会是漫长的三年或者五年。恍然大悟的沙海不由感叹,如果曾本之也来做倒卖青铜器物的事,只怕大部分文物市场都得关门。

曾本之摇摇头说:"卿本佳人,奈何做贼!这就像对蟠虺的看法,有人说是小龙,有人却要说成是蛇。龙蛇虽然同属同科,却非同类。"

说话之间,沙璐早已将红色轿车掉过头来,回到沙海家的楼下。

沙海心怀感激地下了车,正在招手时,曾本之突然问他先前得到的那只三山纹镜:"真的是你在徐东文物市场里淘到的吗?"

沙海毫不犹豫地点了点头。

曾本之又问:"卖三山纹镜的人有什么特征?"

沙海想了想说:"听他说话的口音,像黄州一带的人。"

曾本之马上想到,郝嘉死后的第二年冬天,黄州城外修公路时,虽然刻意绕过禹王城遗址,施工时还是挖出几座楚墓。曾本之闻讯赶去时,已有出土的青铜器物遭人哄抢。这三山纹镜可能就是没有追回的那些文物中的一件。曾本之觉得沙海的判断很对:"应当是这样!黄州一带的出土文物,如果没有彻底清洗,闻起来会有一种酸味!"曾本之要沙海好好珍惜,这也许是他与青铜重器最重要的缘分了。

往回走的路上看上去没有别的事情,但在曾本之心里,先前还模糊的许多事情,似乎有了眉目。曾本之甚至大胆推测,老三口之所以突然愿意见自己,并且还说自己来得太迟了,其背后的原因,或许是老三口不愿见的那个探视者,让老三口预感到某种东西,而不得不将自己当成围魏救赵的最后手段。

也是因为车内气氛有些沉闷,只顾开车的沙璐便找了一个自己感兴趣的话题,她问曾本之会不会开车。听说曾本之不会开车,沙璐就大呼小叫起来,一连三次问万乙,前些时,他拿自己的导师说事,火烧眉毛一样非要查导师坐驾的违法停车记录,到底是在给谁帮忙?

即便是如此尖锐的问题,也没有让万乙从沉思中分心出来。

沙璐的红色轿车从省博物馆门前右转进入黄鹂路东段,很快就到曾家楼下,眼看曾本之要下车了,万乙突然抬起头来问:"曾老师,你刚才是不是两次对沙璐的叔叔说,汉代以前青铜铸造工艺中没有失蜡法?"

沙璐抢先说:"这种事何必再问曾老师,我都听得清清楚楚。"

经过一阵小小的沉默之后,曾本之才一字一顿地回答:"是的。我说过这话。"

万乙小声地提了一个要求:"曾老师,你能重复一遍吗?"

曾本之面无表情地说:"青铜时代中国的铸造工艺中没有失蜡法!"

听闻此言,万乙张得大大的嘴巴,许久无法合拢。

正巧曾小安从自家楼内出来,像一朵玫瑰那样笑着走向曾本之。万乙那副呆若木鸡的样子让沙璐十分不满,她以为万乙是被曾小安的气韵迷住了,正想着要惩罚万乙,没想到曾小安走近来,对着他们说谢谢时,万乙依旧麻木得没什么任何反应。沙璐反而替曾小安生气了,大声数落万乙,像是中了邪,几个小时了,连一句正经话也说不了。

曾本之不管沙璐说些什么,将手伸出去,由曾小安牵着一步一步地走开了。

剩下两个人时,沙璐小声问万乙,要不要到东湖边坐坐。万乙先往左边晃了晃头,隔几分钟又往右边晃了晃头。虽然没有明确的意思。沙璐还是将车开到沿湖大道边的树林里。两个人在前排各自的座位上端坐了好久。湖水拍打堤岸的声音,就像直接拍打在车窗上。也不知什么时候，停在树林里的其他车辆全部开走了，只留下碧水连天的东湖和几乎抵达车前轮的水线陪着他俩。不一定是沙璐说的，也可能是万乙开了口，两个人不约而同地打开前车门，又打开后车门，在后排座上坐稳后，相邻的两只手便开始缓慢得如同蜗牛那样一丝一丝地接近。经过漫长的移动，有两个指尖终于碰到一起后，接下来的动作开始变得异乎寻常地猛烈。一方有力的怀抱突然刚劲地张开了，另一方妩媚的身子忽然水一样瘫软下来。没有人说爱，也没有说爱你。那朵情欲之花说开就开，一旦开始绽放，便将最后一根花蕊彻底舒展到高亢的激情和沸腾的血液中。许久之后，万乙终于学会将自己的脸颊埋在那香得醉人的两乳之间。也就在这个时候他突然低声抽泣起来。既像春天的第一缕南风，又像秋天的头一场北风，只要开始了，便会无休无止地进行下去，那丰盈得如同东湖一样的泪水很快就将沙璐的胸脯全部淹没。沙璐以为万乙在为当年同学时自己对他的拒绝而伤心，多一丝愧疚化成多一份的温柔，也许是一个片刻，也许是两个片刻，这温柔迅速将万乙的身子重新激活。

在新的激烈即将爆发之际，万乙突然大叫一声："要出大事了！"

拾捌

整整八年,曾本之没有到博物馆看过曾侯乙尊盘。

如果不是曾本之亲口说这话,马跃之肯定要骂对方是鼻屎。

昨天晚上曾本之打电话约马跃之今天上午到省博物馆看看,然后再去办公室说说话。上午九点差十分时,曾本之如约在省博物馆侧门见到马跃之。两个人往里走时,看到大门口排着长队,排在最前面的人竟然是万乙。万乙才来楚学院不久,对省博物馆不熟悉,省博物馆的人对他也不熟悉,只能像参观者那样排队进出。

九点整,省博物馆正式开门,他俩直奔主题,径直进到空无一人的曾侯乙馆。其他参观者依次看过来,走得最快的也要半小时之后。

到了曾侯乙馆,他俩又直奔曾侯乙尊盘。

只看了一眼,马跃之就说:"你办公室的那张彩色照片与曾侯乙尊盘太像了!"

马跃之话里有话,还有一层是说与曾本之家里的黑白照片不太像。

曾本之像是没有听出来,他说:"本来就是嘛!"

马跃之大概也是随口说说,站了一会儿,又另发感慨:"当初看曾侯乙尊盘没觉得特别,等到将天下的青铜重器看多了,回头再看这对宝贝,才觉它们实在太神奇,太不可思议了!春秋时期各种东西都很简明,为什么要将曾侯乙尊盘做得如此繁缛!不怕你笑话,每次见到曾侯乙尊盘,我心里就会产生改行的想法。哪怕现在,不需要倒退五六十年,只要能够倒退二十年,我一定会拜你为师,改行研究青铜重器。"

曾本之郁郁地说:"你这是折煞我!"

马跃之想起什么,格外认真地问:"总听别人说,当初曾侯乙大墓出土的青铜重器摆在一起时,就有一股紫气升起来。后来查证,紫气是从这曾侯乙尊盘中冒出来的。你见过没有?是真的吗?"

曾本之说:"还说老马识途,你怎么记忆力这么差,这么多年,你年年都要变着法问这个问题,你想想我什么时候说过没有这事?我一直在说确有其事,你怎么就不相信呢?"

马跃之说:"不是不相信,实在是不敢相信。江山社稷,在于重器,这能生出紫气的曾侯乙尊盘只怕是王者之器!"

曾本之说:"紫气东来那是古人的讲究,现在空气污染如此严重,随便找家化工厂看,哪一家不是遍地冒紫气!"

马跃之说:"此紫气非彼紫气也!"

曾本之说:"说出来只怕你更不敢相信,我上一次看这尊盘还是八年之前!"

马跃之瞪大眼睛说:"你没说错吧,八十天还差不多,鬼才相信你整整八年没有看这尊盘一眼!"

曾本之说:"我说的是实话,从郝文章被判刑入狱后,万不得已必须来曾侯乙馆,我也会绕着这尊盘走!"

马跃之说:"以往这些青铜重器都要送回楚学院进行年检,后来博物馆自己有研究所了,但曾侯乙尊盘还是年年送到楚学院,接受你的检查,难道你会看也不看?"

曾本之说:"我不看。检查的事让郑雄动手。"

马跃之说:"听你这么说,我有点相信了。"

这时候,万乙走过来了。远远地他就盯着曾本之,待走到曾侯乙尊盘面前,才冲着曾本之和马跃之点点头。这以后,万乙便旁若无人地贴着防护玻璃看那曾侯乙尊盘。

马跃之对万乙的奇怪感觉正是从此开始的。他有意无心地问:"曾侯乙尊盘果真是不可仿制吗?"

曾本之同样将大部分注意力用在万乙身上,他随口说:"对于我来说是这样。世界之大,不定会从哪个角落里冒出一位旷世奇才,轻而易举地就将这不是难题的难题化解了。"

马跃之又问:"等到这道世界难题被破解了,曾老先生你就该彻底退出楚学舞台了。"

曾本之说:"谁没有退隐的时候?怕就怕被人撵下这个舞台,更怕离开这个舞台后还要成为别人笑柄。"

马跃之说:"你这脑子一半是泰斗级的,一半是小人级的。"

见万乙拿出笔来,在小本子上写了一段文字,马跃之探头看了看,离得较远看不清楚,想再凑近些,又有些不好意思。这时,旁边响起女人与万乙打招呼的声音。一个挂着"志愿者"胸牌的女子满脸羞红地靠近了万乙。曾本之认出她是沙璐时,不由得吃了小小一惊。回过神来的万乙自然是大吃一惊,下意识地问沙璐来省博物馆干什么。

沙璐不好意思地说:"我刚拿到志愿者证。"

听说沙璐瞒着万乙暗中学习文博知识,就是为了来省博物馆当一名志愿者,曾本之和马跃之都有些感动。

"当交通警察的人一天到晚都不清楚自己忙成什么模样了,还有空化妆和读书,与这样的女人相爱一场肯定错不了。"

马跃之代表曾本之说过这话之后,便拉着曾本之走开了。

这一走,便走到楚学院。半路上,先是在省博物馆院内碰到文化厅关书记。关书记带几位杭州客人来博物馆参观,见到马跃之,非要他陪着去丝绸馆,给客人们讲讲楚地古丝绸。马跃之很少碰到对古丝绸感兴趣的人,便丢下曾本之,跟着关书记往回走。

从侧门出去要经过停车场,曾本之正走着,迎面来了一辆外型像装甲车的越野车。如果副驾驶座上的披着齐肩长发的男人不放下车窗冲着他笑一笑,并且叫了一声曾教授,越野车再豪华十倍也难引起曾本之的注意。自己既不是到处做广告的美女,又不是经常上电视的明星商人,一个素不相识的男人却要放下车窗打一个笑脸招呼,这让曾本之不得不稍稍留神看了一下。如此他才发现,这辆越野车的外型太像美国军队的装甲车,所挂的车牌是"京"字开头的。曾本之马上想到昨天在圆缘招待所听那瘦男人说过,华姐失踪后,有一辆挂北京车牌的外型像装甲车的越野车,在附近不怀好意地转了好久。

曾本之略微停留了一下。挂北京车牌的外型像装甲车的越野车上的人显然是省博物馆的熟客,知道不用去正门那儿排队领票,只要交五元钱停车费,就可以通过地下车库的通道进到省博物馆院内。几分钟后,曾本之看到那个留着披肩长发的男人,从院子里面的那扇小门里钻出来,晃晃悠悠地朝着曾侯乙馆所在的博物馆主馆走去。

或许是受到下意识的控制,曾本之竟然转身再次经过侧门,将自己混杂在一个从香港来的大型旅游团队中间进到位于主馆右侧的曾侯乙馆。不出所料,那个披肩长发男人,正在九鼎八簋展台前站着,那样子极为专注。完全比得上离开不远,仍在盯着曾侯乙尊盘细看的万乙。曾本之不再多看,从香港来的这些人身上的香水味浓得令人窒息。他从人缝中钻出来,快步走到主馆门外,一边做深呼吸,一边继续往侧门走。

经过此番周折,曾本之还是比马跃之早两个小时回到楚学院。在这段时间里,他首先认定披肩长发男人肯定是青铜重器道上的,至于是红道、白道,还是黑道,将来会有机会弄清楚的。凭此预感,曾本之认定,正是这个人的出现才导致华姐匆匆离开。接下来他将署名郝嘉用甲骨文写的第二封信,还有华姐转送给他的那块透空蟠螭纹饰附件残片,重新看过几遍。等到重新与马跃之见面时,已临近十二点了。

与马跃之一起回到楚学院的还有万乙和沙璐。

沙璐不管其他三人心情各异,只管高兴自己的高兴。作为志愿者,上午她竟然在省博物馆为两拨人做了义务讲解。那些人或许是出于客气都说沙璐的讲解超过了职业讲解员,职业讲解员只能照本宣科,做志愿者的可以结合自己的修养与爱好、直接或者间接的经历放开来讲,自然更容易吸引听讲解的人。

沙璐一高兴就要请大家吃饭,依然是不管别人同意还是不同意,拿起电话就说要请各位吃一顿垃圾食品。时间不长,送餐的就到了门口,沙璐下去拿上来四份麦当劳套餐。马跃之一边吃一边说,自己实在不明白沙璐和万乙这一代人心里怎么想,这种垃圾食品有什么好吃的。说是不明白,他接着用自己的话作了回答,说人吃什么东西看上去是为了填饱肚子,实际上是在吃文化,而文化的改变无一不是从饮食习惯的改变开始的。沙璐则说,那也不一定,自己喜欢吃麦当劳只是因为它方便，如果不吃麦当劳，就不知道妈妈做的醋熘土豆丝，比那薯条好吃一百倍。

他俩说话时，曾本之和万乙在一旁默默地吃着东西。偶尔两个人的目光会悄悄地碰到一起，那种短暂甚至来不及碰着丁点火花，便各自闪开了。

马跃之不是不知道，吃完麦当劳，沙璐起身告辞，见万乙还在那里发呆，便支使他送客人下楼。万乙出门后，等了一阵还没听见走廊里传来电梯的开门声。马跃之站起来走到门口看了看，明白万乙和沙璐一定先去了"楚乙越凫"室后，不禁哑然失笑。

马跃之解嘲般笑了笑："人老了，都忘了年轻人谈恋爱哪怕离开一百米也要吻别一下。你有没有发现，万乙和沙璐肯定相互爱上了。老曾！曾本之！曾本之大师！你老伴与人私奔了？还是人家非要让你家楚楚获诺贝尔和平奖？从早上见面直到现在，你就没有用心与人说句话。你这是怎么了，如果有别的事就别约今天见面嘛！"

曾本之似是清醒过来："要不饭后我们先睡一会儿，谁先醒就先叫谁！"

见马跃之没有反对，曾本之便回到"楚弓楚得"室。考虑到研究人员都有熬夜的习惯，每间办公室里都隔了一间刚好放一张小床的休息室。曾本之刚上床躺下，就听见隔壁有种熟悉而陌生的喘息声。他心里一动，马上想到隔着一堵墙，就是万乙的"楚乙越凫"室。那声音只能是万乙与沙璐配合着弄出来的。

曾本之忽然想起几年前的一件事。那是自己与安静这辈子最后一次欢爱，歇下之后，安静突然问他，有没有发现曾小安与郑雄之间的不对劲的事。安静说，她一直怀疑这两个人是假扮夫妻，就像做过地下工作的男女共产党员那样，结婚几年，他们睡觉的夫妻房里静得像古庙,除了吵架,从未听过那种夫妻恩爱的声音。曾本之没说什么,安静随后又将自己说服了,她说,如果没有夫妻恩爱,未必小宝贝楚楚是从天上掉下来的?

楚学院大楼是一九八〇年代初期建成的,从启用之日开始,曾本之待在六楼的"楚弓楚得"室,那些人称一言九鼎的关于青铜重器的学问,都是在这间屋子里完成的。或许以前精力好时注意力能够高度集中听不见其他动静。如今精力大幅衰退,注意力无法高度集中了,反而容易受到外来事物的干扰。当然,也可能是因为他们这一代学者人人都有些古板,不习惯在办公室抱着美人做学问。几十年来,这仅有的一次发现对曾本之的影响不过是一笑了之。

几起几伏之后,隔壁那些激动人心的声音终于平息下来。

时间不长就听见沙璐说:"你不起来送送我?"

接下来果然是由万乙回答:"昨晚通宵失眠,我想补一会儿觉,下午才有精力帮曾老师他们做事。"

沙璐又说:"我就怕你有心理负担,上午才请假来陪你的。是不是因为我是离过婚的,让你觉得吃亏了?"

万乙说:"你说哪里的话,我还怕你像以往那样瞧不起人!我是在想曾侯乙尊盘的问题。那天你打电话说已经离婚时我就想好这次绝不放过你,等我将曾老师说的那些话想明白,弄清楚他到底是不是在暗示什么,我就去你家求婚。昨天到今天,我们做了那么多爱,如果你怀孕了,到时候能奉子成婚更好!"

沙璐说:"说你是万博士,你还真是万博士,都想得这么远了,那我也要想想我们的事。过几天我就拉上爸爸妈妈到你们这一带来看房,看中了就下单,免得赶不上你的求婚速度。以前他们总说东湖这边的风景好,却又嫌这边一个亲戚没有。现在好了,攀上你这个博士女婿,他们就没有理由不在东湖边上买房了。"

万乙说:"不要给家里添麻烦!"

沙璐说:"我这是罚他们的款,谁让他们当初逼着我嫁给那个鼻屎处长!"

万乙笑了笑说:"你倒是好学习,昨天将楚学院骂人的话告诉你,今天就用上了。"

沙璐说:"这是楚学院的暗语,不学不行呀!"

曾本之差点笑出声来,强忍之际,墙那边的恋人又说了些什么他没有再听。终于,隔壁那门不轻不重地响了一下,这以后整个六楼才真正安静下来。

前后只有二十分钟,曾本之就睡醒了。在如此短的时间里,他还用了十分钟来做一个梦。在曾本之的梦里,沙璐与那个鼻屎处长前夫生了一个儿子,却被发现血型对不上,原来孩子的父亲是万乙,于是沙璐只好先离婚,重新嫁给万乙。大白天里能将梦做得如此有逻辑性,实在让那些天天夜里都要来一场的乱七八糟的美梦或者噩梦的人汗颜。

曾本之出门到卫生间洗了一把脸,再去敲马跃之的门,见门上挂着的一块成语门牌,终于将先前被沙璐的话逗乐了,但没有释放的笑声笑了出来。马跃之开门时,他已笑成一团,还不停地用手拍打着门上的那块成语门牌。

一九八〇年代初期这座大楼落成时,为了显示与众不同,也不知是谁最先提议,大家一致同意,所有办公室一律不编号码,而用带楚字的成语制成门牌挂在各自门上。六楼最南边只用做曾侯乙尊盘年检的房间为"楚璧隋珍",紧接着是万乙现在使用的"楚乙越凫",然后就是曾本之的"楚弓楚得",再往北去的就是马跃之的"楚才晋用"。马跃之觉得曾本之的笑来得太奇怪了,这块门牌挂了三十年，对于这块门牌除了说怀才不遇总想跳槽从没有别的议论。真正让后来人痴笑的一向是六楼最北边会议室的门牌"楚馆秦楼"和二楼书记办公室的门牌"楚囚对泣"。

曾本之将刚才做的梦说过后，马跃之更加不以为然，他觉得曾本之的心智出了问题：妻子怀孕分娩，孩子的父亲却不是妻子的丈夫，用"楚才晋用"来形容这种风月之事，实在是对从殷商周到春秋战国用千百年时间凝成的以成语为点睛之笔的高古文化的大不敬。

当年分配门牌时，郝嘉、曾本之和马跃之，包括当时还在做研究的更老一些的前辈，将自己能想到和找到的关于"楚"的成语全写在黑板上，让大家自由挑选。曾本之和马跃之相对低调，便选了"楚弓楚得"和"楚才晋用"，为人一向高调的郝嘉则当仁不让地选了"楚璧隋珍"，其他像"楚云湘雨"、"楚歌四面"、"楚水吴山"、"众楚一齐"、"楚乙越凫"、"织楚成门"等很快也各有其主，等到连"楚楚可人"、"楚腰纤细"和"楚珠秦女"都被人选走后，与"楚"有关的成语就剩下"楚天云雨"、"楚馆秦楼"、"朝秦暮楚"和"楚囚对泣"，等待挑选的也只剩下书记办公室和会议室。本来书记是想表现自己的礼让，这时才发现留给自己的是一个大难题。因为会议室是公用，经过举手表决，在一片哄笑声中选用了意指妓院的"楚馆秦楼"。排队排在最后的书记实际上没得选了，因为他绝对不能选意指男女欢爱的"楚天云雨"，剩下来的只有"朝秦暮楚"和"楚囚对泣"，相对而言"朝秦暮楚"似乎更好一些。所有人都要书记选"朝秦暮楚"，偏偏郝嘉站出来鼓动书记选"楚囚对泣"。郝嘉还讲出这句成语出处的原文是："当共戮力王室，克复神州，何至作楚囚相对？"用现代汉语解释就是说："应当共同合力效忠朝廷，最终光复祖国，怎么可以相对哭泣如同亡国奴一样？"

提起旧事,二人好一阵唏嘘。

那时候,大家多么齐心协力,脑子里也干净,思想活跃,感情浪漫,即便是"楚天云雨"、"楚囚对泣"这类成语的灵活使用,方方面面都很开明。新楼投入使用的那两年,省部级以上直到副总理的官员前后来了几十人,没有谁说过不妥,有几个人还说,像"楚囚对泣"这种成语,不用不知道,用了才知道它的好。也有人说,成语不能像青铜重器摆在博物馆仅供参观,一定要想方设法加以运用。不像现在,越俗越脏的字词,使用率越高。其他需要用脑子想一想的雅一点词语,一般场合里很难见到有人使用。只要听到有人说话,肯定会铺天盖地将肮脏往心里涌,往脑子里涌,往血管里涌,甚至还想往骨头里钻。放到现在,谁敢像郝嘉那样将"楚璧隋珍"挂在自己的门上,万幸没有被人当面挖苦嘲讽死,也肯定会在背后遭人万箭穿心。

曾本之没料到如此旧话新说,是马跃之为他布下的语言陷阱。

等到曾本之将那个梦忘得干干净净时,马跃之突然杀个回马枪:"本之兄,以你的为人向来不会对鸡鸣狗盗的事情感兴趣。夜有所梦,必是日有所思,你到底是怎么了,是鬼迷心窍还是老年痴呆?那些话由我来说还勉强过得去,从你嘴里说出来就不成体统了!你将胳肢窝抬起来,让我看看里面还藏着什么见不得人的东西!"

见曾本之怔怔地望着自己,马跃之继续说:"你不要掩饰了,你只会欲盖弥彰,想瞒天过海还得好好跟着女婿郑雄学一学。我从昨晚等到现在,有话你请讲,有歌你请唱!"

曾本之终于开口说:"我收到第二封信了!"

马跃之说:"昨天下午吗?"

曾本之说:"是的。当时万乙也在场。"

马跃之说:"好准确呀。我还以为像曾侯乙尊盘那样,人世间独此一份。没想到还真有人给你写第二封信。"

马跃之小心翼翼地打开信封,取出一张信笺,那种感觉与曾本之给他看过的第一封信所留下的记忆完全相同:宣纸旧得发黄,却有着罕有的异香。

与第一封信相比,马跃之对第二封的好奇心,比先前增加了好几倍。如此强烈的好奇心,足以支持他用发现高古丝绸的热情与精细,来看透这张薄薄的信笺里隐藏着二十年来,从生到死的那些不为人知的秘密。马跃之明白,曾本之找上他,除了彼此之间的信任之外,也是因为整个楚学院,没有谁比他更适合分析研究这甲骨文书信。

用泾县宣纸制作的信笺,经历至少二十年岁月之后,其质地有了奇妙变化,手指触摸页面,如同轻风吹过丝绸,勾起一种柔到骨子里的情绪。还有那墨迹,浸在纸面上的完整笔画尚无特别之处,异乎寻常的是漆黑墨迹与洁净纸面相交相斥的那些边缘,浅眼一看如婴儿秀目,白无瑕,黑也无瑕,且因白处洁白,幻化出黑处甚至比白处还要清明的感受。如果看得深了,又会发现黑与白的交会,恰如少妇那若即若离的妩媚,因为墨迹漫渗自然产生的柔美墨线,仿佛是由那数不清的多情媚眼串联而成。最后是那印章,篆刻名家用刻好的印章在纸上打一方印通常得一个早上,写有甲骨文的信笺上的这方印,不可能是用了一个早上才打上来的。然而,那上面的"郝嘉"二字,任何刀法改变所导致的细微变化,都能清晰地表现出来。究其原因除了纸是老宣纸,那印泥一定是十倍于老宣纸年头的老印泥。在老印泥里朱砂已不是珍贵原料,那些体现篆刻刀法的细细密密的灿烂微点,平铺处如星斗满天,到了边缘又似一河两岸,能够形成这种特殊效果的是那些在多少年前就拌进老印泥中的黄金粉末。

楚学院古丝绸、古漆器研究方向最高权威,并客串研究古代印刷的马跃之,将用甲骨文写的第二封信看了半天后,又要求再看看用甲骨文写的第一封信。经过反复比较,所得出的结论,与曾本之自己的判断完全一致:两封信毫无疑问地出自一个人的手,所用宣纸、墨、印泥和信封也完全相同。

轮到研究那四个甲骨文文字时,除了"天问二五"本身的含义,还要考虑到前次研读第一封甲骨文信件时,曾本之和马跃之所说的话,是否被写信人得知,因而在这四个甲骨文文字中有所暗示。

与昨天曾本之与万乙在东湖边的老鼠尾商讨时一样,马跃之也是首先抓住"二五"做文章。不同的是,他想到的不是"二五仔",而是"二五耦"。"二五仔"是出现时间不长的俗语,"二五耦"则是春秋战国由来的成语。

马跃之脸上露出一丝诡笑:"说实话,郑雄当楚学院院长那一阵,从一楼到五楼都有人在背后用这个成语形容过你们翁婿。六楼嘛,要说也只有我了,我只同意一半。'耦'字本意是指高古时期二人共同执耙耕地,后来演变成对狼狈为奸的比喻。你与郑雄都是研究青铜重器,互相间配合不默契怎么行?至于'二五'则未必。"

曾本之苦笑起来:"我哪有那样的艳福呀!春秋时期的晋国国君晋献公娶了六个妻子,两对是姐妹花,第一对的姐姐生了重耳,妹妹生了夷吾;第二对姐姐叫骊姬生了奚齐,陪嫁的妹妹则生了卓子。如此风流,我和郑雄连想都不敢想。"

马跃之说:"一个成功的男人背后一定有个美丽的女人,相反,一个失败的男人背后,一定有个丑陋的女人。'并国十七,服国三十八'的献公晚年将晋国弄得一塌糊涂,就是因为过分宠爱骊姬。

在政治上他又太宠信大夫梁五和东关嬖五,骊姬就钻空子利用这两个宠臣,用颠三倒四的理由,让献公逼死世子申生,将王位传给幼子奚齐。天下哪有不爱自己儿子的母亲,只是不能因为私爱而冒犯天下。本之兄力荐郑雄接任楚学院院长,过程光明磊落,我当然不能同意那些只能背后说的闲话。"

曾本之说:"其实那一阵我心里也很无奈,按惯例,院长一职向来是由青铜重器研究方向的人出任。那一阵,郝文章被判刑入狱,剩下来的只有郑雄一根独苗,也是因为没得选。不像晋献公,儿子一大群,谁来继承大位都不是最佳选择,都要出问题,杀得血流成河。"

马跃之说:"如此理解也很对。献公死后,可怜刚刚十五岁的奚齐只当了一个月的国君,连亡父都没来得及安葬,就被人杀了。接替他的弟弟卓子更可怜,这个基本不懂人事的少年同样只坐了一个月的黄金椅,又被同一个人,用同一把刀杀死。最可怜的反而是机关算尽的骊姬,丈夫死了,儿子也死了,轮到夷吾登上王座后,这位晋惠公立即诛杀了骊姬以及梁五、东关嬖五等人不说,还留下一个'二五耦'的千古骂名。"

曾本之说:"好歹我也算个青铜重器研究之王,绝对不能给自己留下任何骂名!"

马跃之说:"你觉得'天问二五'四个字是骂人的吗?我觉得不像!"

两个人你来我往滔滔不绝地绕了半天,一旦回到用甲骨文写的四个字上,不免各有迟疑。既然是"天问二五",表明有与天对谈对饮的慷慨之心,就应当指向较为重大的事情。如果是家长里短的琐事,或者是机关单位鸡零狗碎的杂事,即使是性格偏执的人,也不会将其上升到要用甲骨文书写"天问"的高度。

如此绕来绕去,两人在不知不觉中被自己绕回到先前。当初"拯之承启"四个字出现之时,他俩曾盼望死去二十年的郝嘉再次来信。身为死者的郝嘉能在死后二十年以极为矛盾的方式,写了两封相互证明与相互确认的信件,寄给身体健康、精神正常的曾本之,如此事实像是为了表明灵魂是存在的。在研读"拯之承启"时,曾本之和马跃之曾预计,郝嘉的灵魂应当能够听见他俩私下说过的那些话。"天问二五"确实包括了那个时间里两个皓首老人的犹豫与恍惚。

"二五仔"也好,"二五耦"也罢,都应当遭到法理和道德上的天谴,而非哲学与诗意的天问。马跃之只能帮曾本之做出这种初步的结论。

马跃之说这话时,他俩还在楚学院六楼,其余没有退休的人都下班了。早过了退休年纪,却被楚学院当做镇院之宝,永远不让退休的曾本之和马跃之,还在马跃之的"楚才晋用"室说话。若不是安静打来电话,他俩甚至没有察觉外面的路灯已经亮了。

因为郑雄从外地打电话给安静,安静才打电话给曾本之。

安静将郑雄的话转告曾本之,有相当级别的官员打电话给文化厅关书记,询问曾本之的动态,着重了解曾本之最近一段为何频繁出现在江北监狱门口。似这样连苗头都算不上,只能勉强称之为蛛丝马迹的事情,先在相关厅局级官员之间进行沟通,也从侧面表明曾本之确非等闲之辈。关书记哪里管得了这些,于是就问郑雄。郑雄是不是故意不直接问曾本之,而是通过安静从侧面先了解一下,曾本之不得而知。他问过安静,郑雄对这件事反应如何。安静说不准,感觉上郑雄有些着急,毕竟是在电话里,你一句来,我一句去,不用说看不到表情,就连说话的语气是不是像听见的那样,也没有十足把握。

曾本之很关心郑雄有没有问起自己去江北监狱干什么。安静没好气地回答,人家是聪明人,这种事还用问吗?郝文章八年刑期满了人却没有出来,郝文章是个孤儿,身为导师的曾本之表示起码的关心也很正常。曾本之认可了这话,郑雄若是真的开口查问,就不是他所熟悉的郑雄。一个让他感到陌生的郑雄,有可能让那些按部就班的事情脱离正常轨道。

曾本之也知道这事在电话里无法细说,就叫安静多做点饭菜,让曾小安送来,晚上他和马跃之、万乙有事要研究,可能要熬一下夜。

"一连三天,你天天去江北监狱,不了解情况的人,还以为你是去踩点,企图劫狱什么的。不信你找个熟人咨询一下,监狱门口的摄像头肯定盯上你了。像你这样说不出正经理由,却总在监狱门口晃悠,不将你当做怀疑对象那才怪呢!"

这番话不管出自谁的口都是有道理的。

即便是由一天到晚钻在故纸堆里的马跃之来说,同样不会削弱其说服力。

"连我都不明白,你是过河拆桥,还是嫌我碍手碍脚。开山辟路时让我陪着,诸事顺畅了,我就成了多余的人!"

马跃之说这话时,那些愤愤不平的样子明显是装出来的。随后他就开玩笑,说曾本之第一次在江北监狱门前观察一通,只隔了一夜,便深入到江北监狱内部。又是只隔一夜,便第三次来到江北监狱。如此频繁光顾,简直就像是初尝禁果的少男少女,痴情得都快忘乎所以了。

天黑之前才从休息室里爬起来的万乙,听到马跃之最后这句话,借口上卫生间,赶紧起身往外走。

马跃之盯着万乙的背影,直到看不见了,才问曾本之,这位万博士对"天问二五"有何看法。曾本之就将昨天下午他们想到的"二五仔"告诉了马跃之。

马跃之说:"从'二五仔'到'二五耦',也就一字之差,所指的也是不同类型的坏人。如此看来,郝嘉的灵魂在提醒我们要防灾避祸了!"

曾本之说:"天灾易躲,就怕人祸!"

马跃之说:"人祸也能防范,就怕遇上心魔!"

二人沉默之际,万乙又出现在屋子里,一出一进之间,万乙的神情似乎更放不开了。

从上午到傍晚,只要见到曾本之或者马跃之,万乙便满脸通红,无论说什么话,开口之前嘴唇都要哆嗦一阵。这副模样更像在禁果面前无法遏制的九十九种馋涎欲滴,将仅存的一种羞怯憋成了一只红得发紫的茄子。万乙不知道马跃之的目光已经变成了小刀,想当场将他的心事解剖清楚,他只顾盯着曾本之看,越看心里越紧张,越紧张想说的话越是说不出来,越是说不出心里话脸色涨红得越是厉害。

马跃之觉得奇怪,万乙越是如此,便越是有事没事叫他,或是端茶倒水,或是问一件八不相干的事情,再就是要他去书柜里找出某本书。武汉的天气还没有真正开始热,万乙的衬衣湿透了不说,连牛仔裤腰都有几块汗渍。背着万乙,马跃之又问曾本之,万乙是不是有难以启齿的话想说又不敢说。曾本之要么不接话,要么轻描淡写地一笑了之。有一阵马跃之忽然一本正经地问,万乙是否认识曾小安。听曾本之说,他俩昨天刚刚见过一面。马跃之便顺口开玩笑说,万乙有可能陷入姐弟恋的怪圈了。

曾本之明白,马跃之拿姐弟恋开玩笑,是为了舒缓这一天所遇到的无形压力。同样,万乙和沙璐在休息室里偷偷欢爱,也可以理解为是百般无奈之下所采取的心情放松活动。

走廊上的电梯响了一声。马跃之说:"小安送吃的来了!"话音刚落,女人走路的高跟鞋声就传过来,听起来是两个女人。这一次反而是曾本之反应快,他马上想到:"柳琴,柳琴来了!"话音刚落,走廊上果然响起柳琴的声音:"我来看看,是不是楚国发生政变了,连老男人都需要扛枪打仗!"

与柳琴一起来的还有曾小安,她俩约好要看看两个老男人与一个年轻的帅哥,待在办公室干什么。柳琴说的是笑话,她才不管青铜重器的事,她只关心马跃之的胃,只要马跃之的胃觉得舒服了她就高兴。

见大家兴致勃勃吃着自己带来的饭菜,曾小安忽然要万乙将"楚乙越凫"的门打开,自己想进去看看。万乙看了看曾本之,又看了看马跃之。曾本之没有反应,马跃之却明显地点了一下头。万乙起身往外走,曾小安在后面跟着,"楚乙越凫"的门一开,她就让万乙回去吃饭,她一个人在这屋里待一会儿。

拾玖

剩下一个人时，曾小安眯着眼睛，一点一滴地追忆，一丝一缕地回想。也不知过了多久，一股有些熟悉，也有点陌生的荷尔蒙气味在轻轻地袭来，曾小安有些陶醉，她曾经如此痴迷于这种气味，以至于每一次还没有离开，她就在心里盼着下一次相聚。她喜欢堆积在这间屋子里的所有拥抱，她留恋遍布这屋里每一个角落里的长吻，让她刻骨铭心的还有那一场场早已融入这墙、这壁、这地板、这玻璃、这办公桌和小木床上的深情与欢爱。

从郝文章被警察带走，曾小安已经有八年没进这个门了，没想到室里还保持着当初的样子。她马上想到只有曾本之才有能力在如此长的时间里，不让别人动郝文章用过的一片纸。这让她内心积攒了八年的对曾本之的不满顿时消失殆尽。

最让曾小安惊讶的是，她前一次进这办公室时，郝文章正在看一本关于青铜重器的书。此时此刻，这本名为《楚系青铜重器研究》的精装书仍平放在书柜里，打开的那一页上用红色问号标记出来的那段文字依然显赫而醒目:"曾侯乙盘尊是先秦失蜡法铸造最成功、最繁复的一件,工艺已达炉火纯青的程度,以致今天可以复制出与古音相同的编钟,而想复制这具器物,却无人敢于问津,无人敢于承担!"那一次,曾小安深夜进这门时,郝文章正用红笔将自己对这段文字的质疑标记出来。郝文章本来还想写几句眉批,一个长长的吻,让他暂时放弃了。没想到这一放就是八年。红色标记还在,想在这红色标记旁边写上自己思考的郝文章却见不着了。那个时候,青铜重器研究专业里,还有人与这本书的作者一样,将自己所描述的这件青铜重器称为"曾侯乙盘尊",如今,再也没有人这样叫了,所有人都叫它"曾侯乙尊盘"。

空气中的荷尔蒙气味让曾小安一会儿清醒,一会儿迷幻。她感觉身后有人,她希望这个人是郝文章,她想回头确认,又害怕一旦回头发现不是郝文章而备感失望。曾小安很清楚此时此刻郝文章不可能出现在这里,如此断定却难以阻止她对郝文章出现的渴望。一只手轻轻地搭在曾小安的肩上,曾小安终于还是回头了,她知道郝文章不会出现了。此时此刻能够出现在她身边的只有曾本之。作为父亲的男人胸膛,同样值得曾小安依偎上去好好地哭一场。

"爸爸!"趴在曾本之肩上的曾小安一声伤心叫罢,全身上下抽搐得仿佛将压抑八年的情绪全部释放出来了。

曾小安如此难过,大大出乎作为父亲的曾本之的意料。曾小安曾在省外办工作得很好,也不知为什么,突然就不想干了,硬要去考华中师范大学现当代汉语文学专业博士,居然一考就中。通过这件事曾本之更加认为曾小安遇事拿得起放得下,心理素质极好,各方面承受能力超强。这突如其来的脆弱反应,反而让曾本之不知如何是好。也是女儿小时候在父亲怀里撒娇惯了,曾本之很快就找到安慰曾小安的方式。他什么也不说,只是轻轻抚摸着曾小安的后背。正如曾小安上小学五年级那次,因为受到男同学的欺负哭得很伤心,曾本之搂着她的肩膀要她对同学宽容一点。没想到女儿突然吼叫起来,说曾本之不该像老师那样,那个男同学分明总是欺负女同学,却要别人宽容他!曾本之愣了好久才说,第二天放学时,他去学校接曾小安,让曾小安将那个男同学指出来,他替曾小安揍那个男同学一顿。曾小安当即笑起来,说哪有大人打小孩的。曾本之问她,宽容一点不行,惩罚一下也不行,还有什么好办法呢?曾小安要曾本之不要再想了,她说这些只想好好撒撒娇!女儿只是需要父亲的支撑,而非真的需要父亲为女儿做什么。

哭了好一阵,曾小安才平静下来。慢慢归于平静的曾小安,指着屋子里的东西,一件一件地说给曾本之听。哪些是她陪郝文章到商场买的,哪些是她送给郝文章的。轮到介绍杂物柜里的一只砂罐时,曾本之主动说,这是从家里拿来的,砂罐失踪后,安静总说是曾本之不小心打碎后偷偷扔掉了,没想到是被曾小安连汤带罐一起拿到这里来了。曾小安最后才介绍平放在书柜里的那本书。

曾小安将红笔标记的那段文字念了一遍:"爸爸不要生气,郝文章几次同我说,你的那个失蜡法论断太牵强,是凭空想象,没有实物支持!"

"你是不是一直在支持他的观点?"曾本之盯着曾小安问。

"也不全是,我只是支持他的精神。我不喜欢男人像条狗只会跟在主人后面汪汪叫!"

"说实话,我也不喜欢像鼻屎一样的男人。"

"你再发个话,让他们将这间办公室给郝文章留着,别给万乙用!"

"我想好了,如果郝文章能回楚学院,就将我的'楚弓楚得'给他用。"

"爸爸,我可是将你说的话都当成圣旨!"

"但有个前提,他不是说失蜡法没有实物支持吗?他必须用实物来支持曾侯乙尊盘不是用失蜡法铸造的论断。"

曾小安上前一步,紧紧搂住曾本之:"我一直在郝文章面前解释,爸爸绝对不是老顽固。爸爸没有支持郝文章,一定有不能支持的理由。我会再与郝文章说,爸爸现在支持郝文章,一定有必须支持的理由。"

曾本之以为曾小安说完这些之后,就会松手,想不到她的双臂搂得更有力了。

"爸爸,你也要支持女儿!"

"那是必然的!这是我十二级台风也吹不倒的优良传统!"

"那好,我现在正式坦白,八年前我就是在这张床上怀孕的!"

"谁?郝文章那小子吗?早晓得是这样我会宰了他!"

"他明白,他说过你一定会宰了他!"

"即便没有宰了他,也要让他尝尝我的老拳!"

"他也晓得,你会痛打他一顿的。是我告诉他,只要是我的孩子,你都高兴当外公!"

"你说的是楚楚?楚楚是在这儿怀上的?"

"是的。我们当时就商量,如果我怀孕了,孩子就取名叫楚楚!"

"郑雄晓得吗?"

"结婚之前我就告诉他了。"

"他怎么没有杀了你?"

"不会的。他娶的是你。我只是他的一个借口。"

曾本之忍了半天终于还是骂了一句:"鼻屎!"

曾小安动了恻隐之心："郑雄也不容易，八年来他没碰我一下，也没说过我一句重话，一个大男人要做到这些挺难的。"

"你不懂！前些时的报纸上披露了一个贪官的名言：生进中南海，死入八宝山！看到这句话我才明白！"

"我真的不懂，这是什么意思！"

"研究青铜重器只是他向上的台阶，他的理想应当从水果湖到新华门再到中南海！"

"你说中南海我就懂了！"

曾本之提醒曾小安，郑雄出差回来之后，可能会有一系列事情发生，他要曾小安往后说话做事谨慎一些。曾小安不以为然，八年来，凡事她都没让过郑雄半分，这时候如若在郑雄面前表现得三分客气七分谦让，岂不是此地无银三百两！曾本之坚持要她在家里做些性格上的改变，眼看郝文章就要出狱，曾小安对郑雄的态度有所缓和才符合人之常情。如此变化一下，也可以分散一下郑雄的注意力，免得郑雄死盯着曾本之，让他没有整块时间来做他想做的事情。

曾小安勉强答应之后，曾本之便拉着她离开这间曾经是郝文章的、现在由万乙办公用的"楚乙越凫"室。中途曾小安去卫生间洗了一把冷水脸，回到马跃之的办公室时，柳琴还是看出曾小安哭泣过。

柳琴一把拉过自己的闺蜜，故意在近得不能再近的距离上盯着曾小安看，一边看一边说："女人最幸福的时候不是被老公宠爱，而是可以在父亲怀里哭得像只小猫。"

马跃之接着说："听你的意思，是不是想在外面找个干爹呀？"

柳琴伸长了脚，本想轻轻踢马跃之一下，没想到判断有误，将挨着马跃之的万乙踢着了。万乙还像先前那样只顾想自己的心事,冷不防挨了一脚,虽然一点也不疼,却着实吓了一下。万乙傻傻地站起来,正不知如何是好,曾小安伸手将他拉到一旁。

曾小安说:"你不要挨人家老公太近!人家是养蜂学会的,一天到晚学习蜜蜂精神。大白天哪怕是牛粪花上的蜜也要捂着鼻子往家里搬,只要天一黑,这傻大粗的搬运工就变成酸醋缠绵的小妖精,除了自己谁也别想挨近蜂王一步。"

趁大家还在说笑,曾本之拿出那块透空蟠虺纹饰附件残片,先让马跃之看。这半块巴掌大小的东西一出现,屋子里立刻变得鸦雀无声。

马跃之看了足足五分钟后,才转给万乙。

马跃之还在看时,万乙的双手就开始抖动,奇怪的是,一旦拿到那透空蟠虺纹饰附件残片,万乙的双手反而不抖了。不仅手不抖,先前无论说话和不说话都在哆嗦的嘴唇也不再哆嗦了。旁边的人看得很清楚,万乙的眼睛就像茶几上的变光台灯,按一下调光开关,灯泡照明度就加大几分。万乙盯着透空蟠虺纹饰附件残片时,眼皮每眨一下,眼睛就要大一圈,目光也随着变得更加锐利。等到他不知从哪里变出一只放大镜后,那样子就变得有些没完没了。

柳琴有些耐不住寂寞,开始与曾小安说起悄悄话。又过了一会儿,曾本之和马跃之不约而同地站起来,片刻之后,他俩又开始往走廊上走。走廊不长,他俩用了仿佛很长的时间才走到"楚璧隋珍"门前,这里已是走廊的尽头了,他俩都没有转身,并肩站在窗前。隔着许多灯光倒影的东湖,对岸的珞珈山像一个郁郁寡欢的男人站在夜幕中,山下的环湖马路上,一串串萤火虫样的东西是亮着大灯的汽车。

马跃之终于开口说:"郝嘉被隔离审查的前一天晚上,我陪他站在这里看珞珈山,他要我将去长江大桥静坐的责任全推给他,我没答应,还说好汉做事好汉当!当时他说,如果都是好汉,岂不是要天下大乱。我以为他在开玩笑,没想到后来他就跳楼了。"

曾本之没有觉得这时候提起郝嘉有什么不对,他说:"郝嘉也叫了我,但那天晚上曾小安高烧到四十度,我和安静都在医院里待着,第二天早上从医院赶过来时,正好看到郝嘉从六楼飞下来。"

马跃之长叹一声:"郝嘉救了我!救你的人是曾小安。"

曾本之用手摸了摸"楚壁隋珍"门牌:"那天晚上他叫你来有别的事吗?"

马跃之说:"没有。起码那时候我觉得没有。只是奇怪他没让我进屋,就站在这里说话,而且一直在说你。"

曾本之说:"怎么以前你从未提起?"

马跃之说:"只是觉得没必要。因为郝嘉说的全是好话,从你俩第一时间赶到曾侯乙大墓现场,到你主持仿制曾侯乙编钟,一句难听的话也没有。还说将来曾侯乙尊盘的一系列问题还得靠你来完成。之前我隐约听说郝嘉在暗中发力,要攻克曾侯乙尊盘的仿制难题,听他那样说还当是你俩之间的客套。"

曾本之说:"这不对!郝嘉这样说话一定有问题!"

马跃之说:"郝嘉死后好久,我才意识到他说这些话是有目的的,有可能还有某种只有你俩心知肚明的隐情!"

曾本之说:"你早一点说就好了。不过现在说还不晚。"

马跃之说:"我以为你都晓得。郝嘉死后,专案组找我谈话时,我全都说了。那一阵,楚学院的人只有你这个副院长被专案组所信任,没想到也是有条件的。"

曾本之说:"专案组本来想要我看材料,是我不愿意看。我故意将辞去副院长之职的报告草稿放在办公桌上,他们肯定偷偷看过,所以才没有再勉强我。如果我真的辞职不干,就算他们将派出所的户籍警察叫来帮忙,也搞不清楚楚学院的情况。"

马跃之说:"说句不该我说的话,我总觉得郝嘉的死,至少有一半原因是与曾侯乙尊盘有关。那天晚上,临走时,郝嘉突然对我说青铜重器都有瑞气,但是就连国内最大的后母戊鼎、曾侯乙大墓中出土的整套九鼎八簋都比不过曾侯乙尊盘。他亲眼见过有紫气金光从曾侯乙尊盘中冒出来。"

曾本之说:"郝嘉说的是实话,我也见过。曾侯乙尊盘出土时很湿,我们把它放在桌上差不多快阴干时,郝嘉 不小心弄破手指,滴了几滴血在上面,顿时冒出一股紫气。那是一九七八年,意识形态还是'极左'那一套,大家都不敢说,更不敢写进考古报告中!"

马跃之说:"果真这样我就能理解了。郝嘉还说下次博物馆送曾侯乙尊盘来此年检时,要我替他将那个破烂玩意儿扔到窗外去,管他什么真理不真理,诡辩不诡辩,全都摔个粉身碎骨。我还以为他是开玩笑,就对他说了一句:卿本佳人,奈何做贼!郝嘉听后就指着走廊让我离开。"

曾本之说:"郝嘉从六楼跳下来时,还有最后一口气,我听见他说,卿本佳人!奈何做贼!原来是重复你说过的话。"

马跃之喃喃地说:"爱恨全是机缘,凡事都有因果!所以郝嘉死了二十几年,还记着要给你写信。你看看,无论卿本佳人,拯之承启;还是奈何做贼,天问二五,说起来都能成立,都是意味深长。"

曾本之没有想到看似互不相干的两件事,竟然被马跃之糅合到一起:"跃之兄真有你的,难怪郝嘉要与你作最后长谈。你和郝嘉的意思是,曾侯乙尊盘的事我必须管一管了?"

马跃之摊开双手说:"曾侯乙尊盘的事我只懂一星半点,不过从千头万绪来看，无论如何你都脱不了干系。所谓解铃还得系铃人，郝嘉不在人世，过去曾侯乙尊盘的事都是你说了算。就说刚才你拿出透空蟠虺纹饰附件残片给我们看，是什么意思呢？你不开口，我们说得再多也不过是连鼻屎都不如的废话。"

走廊另一头突然传来万乙的叫喊声："我不相信，真的不相信！青铜时代中国的失蜡法去了哪儿？"

夜里的六楼更加寂静，让万乙的喊叫声显得像是山崩地裂。

曾本之和马跃之快步回到"楚才晋用"室，万乙还在那里烦躁地蹦跳。柳琴被吓着了，反而将半个身子藏在曾小安身后。曾小安也很紧张，但她还是冲着万乙要那块透空蟠虺纹饰附件残片，嘴里还数落万乙，连一块青铜残片都看不懂，还敢号称博士。

见到曾本之，万乙愣了一下，那忽忽而狂的劲头随之消失了："曾老师，中国青铜时代真的没有失蜡法吗？"

曾本之平静地反问："这是学术问题，你干吗如此激动？"

万乙几乎在哭了："请您再告诉我一次吧，中国的青铜时代到底有没有失蜡法？"

曾本之果断而轻松地说了两个字："没有！"

一颗眼泪从万乙的左脸上缓缓滑过："曾老师，您真的想否定自己吗？"

曾本之摇着头说："我只是遵循青铜重器只与君子相伴的古训。作为研究者如果不遵循古训，青铜重器就会变成悬在头上的利剑！"

曾本之仰天说完这番话后，万乙已是泪流满面。

作为青铜重器研究方向的博士，万乙甚至比曾本之本人还清楚，在青铜学界达成任何一种共识的难度，不亚于春秋战国时期楚对吴的征伐。而对一种共识的否定，无异于秦对楚的吞并。在考古专业中求学近十年,万乙见过太多人不惜以终生作为代价,试图让青铜重器学界接纳自己的学说。也见过太多的人不惜以血肉为力量,抵抗青铜重器学界众口一词的否定。哪怕是一九三九年出土于安阳的司母戊鼎,后来被证明"司"是"后"的误读,而应当称为后母戊鼎,除了中国历史博物馆所展出的实物说明中做了改变,其余所有有过相关论著的人,都不肯在重版论著或者新的著作中有所变更。曾本之的判断一旦被公开,可以想到的后果,首先是自身学术高度的崩塌,就像一九九八年夏天簰洲垸长江大堤的溃口,区区一个小小的管涌便造成万劫不复。其次是青铜重器同行们的愤怒,那些已经将自身高度与中国青铜时代辉煌高度紧密相连的同行,绝无可能接受曾侯乙尊盘不是用失蜡法工艺制造而成的观点,这样的否定太事关重大了。

万乙顾不上擦去眼泪,捧着那块透空蟠虺纹饰附件残片,用放大镜对准各个部位,一一指出,那些令人眼花缭乱的蟠虺纹饰,哪些是范缝,哪些是焊痕,哪些是浇口,这些痕迹的出现,是范铸工艺中先进行分型铸造,待设计好的分型全部铸造好以后,再进行铸后组装的典型方法。

这时候的万乙,脸上的泪水已经干了,只有眉眼间还留着一些诧异。

昨天听曾本之像是无意地说出青铜时代中国的铸造工艺中没有失蜡法后,万乙想起曾经有过的疑问,并在互联网上再次细读了那个名叫易品梅的副研究员所写"曾侯乙尊盘是失蜡法所不能完成的"论文,直到见到这块透空蟠虺纹饰附件残片,他心里才豁然开朗。去南京大学读博士之前,万乙曾专门到省博物馆观看曾侯乙尊盘,此后几年一直让他难以释怀的是,以曾侯乙尊盘上的透空蟠虺纹形状之繁缛瑰丽,如果真是整体采用失蜡法浇铸,只要有一处小小的失误，整件重器就会报废。因为，想让在流淌过程中快速冷却的青铜熔液，流经那些弯弯曲曲却只有不超过五毫米直径的模型，不产生气泡、空洞与堵塞，分明是不可能的。曾本之只说过在理论上这是可能的，支持他的那些人却进一步说，在某某分之一的概率下，经过多次反复，总会出现完美无缺的奇迹。这正是曾侯乙尊盘成为千古奇迹的原因所在。一种前所未有的新生事物，其出现只是仰仗一时的运气，这显然是有违科学进步常识。相反，眼前的透空蟠虺纹饰附件残片却是科学进步常识的很好范例。将曾侯乙尊盘上的透空蟠虺纹饰附件分解成若干小块，将每个小块上的蟠虺纹按一条或者两条为单位进行再分解，直到分解成尽可能简单的形状后，才制模、制范，并进行浇铸。如此，即便有某些甚至是成批的小件铸成品成为废品，只要挑选出完好无缺的铸成品，就不会对后来整件重器造成损坏。随后的工艺完全相反，只需将最小的分解单位，选最好的铸成品，用插接、铆接、焊接和铸接等方法，依次进行铸后组装，就能完完全全地排除不合格的组件，最终造出完美无缺的透空蟠虺纹饰附件整体和整个曾侯乙尊盘。

　　说完这些，万乙的脸上露出了笑容。

　　至于透空蟠虺纹饰附件残片的来历，曾小安先将华姐以这件看上去没有多大用处的破铜烂铁相赠的经过说了，曾本之接着将华姐突然失踪，外型像装甲车的越野车的突然出现，自己在省博物馆遇上的那个乘外型像装甲车的越野车专门参观青铜重器的披肩长发男人等简略地说了一遍。

　　说完这些，曾本之心里突然像堵上一块石头。

　　万乙没有察觉到这种变化，急切地表示自己曾经在黄鹂路上遇见过这辆外型像装甲车的越野车。曾小安随后也说自己开车时，在这一带多次碰到过这辆挂北京车牌的外型像装甲车的越野车。在武汉三镇,这种越野车远比奔驰和宝马车打眼,看上一次就能记住。

在曾本之的沉默中,万乙兴致勃勃地将透空蟠虺纹饰附件残片分析给大家听。

在万乙看来,这块透空蟠虺纹青铜残片的铸造时间也就二三十年,残片上没有任何泥土痕迹,反而能够清楚地看见残留在各个角落里的少量型砂。此外,残片上因为氧化或者腐蚀产生的铜锈也很少,由此可以表明,残片是在条件较好的室内环境下保存至今的。如果是在野外,又没有掩埋在泥土之中,这不到半个巴掌大的残片,早已腐蚀得面目全非了。无论是从理论上,还是从实物上,这块透空蟠虺纹饰附件残片的出现,已经颠覆或打破了既往关于曾侯乙尊盘不可仿制的神话。

万乙说:"如果猜测得更大胆一点,或许已经有人将曾侯乙尊盘复制出来了,只是出于某种原因需要秘而不宣!"

屋里没有第二个声音,大家都在听万乙说话。

说到最后,万乙难免有些沮丧。青铜工艺问题他刚刚有所明白,忽然发现还有比青铜工艺更难弄明白的现实难题:即便是按照青铜人盗们的规矩,越是稀有之物越要做得不留任何蛛丝马迹,果真有人成功仿制出曾侯乙尊盘,就应当将铸造过程所用到的物品全部销毁,能砸成粉的一定要砸成粉,然后才能撒进粪坑;砸不成粉的青铜残渣则要重新回炉,熔化成普普通通的原始铜材。只有那些不上斤不上两的青铜毛贼,才会将刚刚学会的招式反复使用,或是做几十件青铜镜,或是做几十件青铜剑,拿到一些刚开辟的旅游景区兜售,用不了几天就会被人识破。像这种能够仿制透空蟠虺纹饰附件的人不但是青铜大盗,而且一定是此中骨灰级人物。从青铜毛贼修炼到骨灰级青铜大盗,不可能一时一事就能造就。

既然经过了太多艰险,就不可能不懂得本行本业中的规矩。更不可能在仿制全世界独一无二的曾侯乙尊盘时,将一块完整的相关残片托人转交给曾本之这样的权威专家,这已经不是故意留下破绽了,如果不是出于某种原因留下一条破解的线索,那就只能理解为作为青铜大盗的另一方,公开向以曾本之为代表的青铜学者这一方下战书!

最后这句话,又让万乙热血沸腾起来。

回过头来再看曾本之,那样子比刚才又忧郁了许多。

经过一阵必要的沉默,大家似乎了解到曾本之忽然变得忧郁的原因。几个人互相看了看后,马跃之像是得到大家的授权,再次提起"解铃还得系铃人",他说一整天大家都在看万乙的脸色,却不知万乙心上的愁苦之铃是谁系下的,本之兄站出来解了这铃,才让大家知道系铃人是何方神圣。在别人心上系个铃容易,解开系在别人心上的铃也不难。难的是解开自己系在自己心上的那只铃。曾本之这辈子在自己心上系的最大的铃,正是那国宝级的青铜重器曾侯乙尊盘,他说是用失蜡法铸造的,别人就将失蜡法写进青铜史,写进教科书,一传十、十传百地将失蜡法一步一步地宣传为伟大的青铜时代的伟大发明。昨天在沙海家里,曾本之有意借三山纹镜和水波纹镜,在万乙面前放出汉代以前没有失蜡法之说,沙海和沙璐不知其中奥秘,这看似随口说的话,却将万乙吓坏了!仅仅是万乙的反应就能表明,这么大的铃系上不易,解开更难!

马跃之说,直到现在他才明白,曾本之将大家弄来是为了开新闻发布会,宣布自己在青铜重器方面的最新研究成果。这话听上去像是开玩笑,但也是百分之百的真心话。以曾本之在青铜重器学界一言九鼎的地位,青铜时代中国的制造工艺中不存在失蜡法的判断一旦公开,其效果简直就是学术大屠杀。所伤及的不仅是众多同行同道,连研究丝绸与漆器的人都会被波及,未来是被腰斩,还是五马分尸,甚至被口水淹死现在都不得而知。作为曾本之的同事兼老朋友,马跃之很佩服,廉颇老矣,还有勇气与力量否定自己用毕生付出所取得的成果,这一点并不是一般人所能做到的。马跃之要在座的各位,先不要将今晚的事说出去,特别是万乙,不仅不要往外说,还要身体力行,按照自己对透空蟠虺纹饰附件残片的理解,尽可能自己动手进行透空蟠虺纹饰附件局部的仿制,到时候再用实物来说话。

曾本之摇摇头后终于开口表示,他不同意马跃之的判断,他相信在事实面前,同仁们都会有所认同的,毕竟个人荣辱事小,历史真相事大,即便权倾一时,不使真相大白,等到四脚朝天无力左右世事了,反而会弄得遗臭万年。

曾本之说:"别人可以不说,万乙是一定要说的,而且要与易品梅说。说的时候讲点策略,就说是私下讨论时我说过中国的青铜时代没有失蜡法工艺,但不要说已经有人仿制出透空蟠虺纹饰附件了。"

曾小安不同意:"你不要将万乙弄得像郝文章那样,让别人以为他是个出卖恩师的'二五仔'!"

柳琴马上劝曾小安:"此一时,彼一时,你爸想必是经过深思熟虑才这样安排的。而且我还是坚持早先的观点,你爸和郝文章,是周瑜打黄盖,一个愿打,一个愿挨。"

曾本之长叹一声:"郝文章可能是黄盖,我却不是周瑜。有些事只有等郝文章出来后,大家见了面才能说清楚。不过,眼下我确实不想将事情弄得太大。万乙,你要记住我的话,这透空蟠虺纹饰附件残片的事,哪怕是在沙璐面前也不能说。刚才跃之兄要你马上学着仿制,其实完全没有必要,这东西本来就是仿制品,将它拿在手里谁看了都得服气。刚才与跃之兄在走廊上说话时,我就在设想,希望将来有一个最合适的时机将它公之于世!"

夜已经很深了,安静发来三条短信,又打过两次电话,催他们回家休息。

从马跃之的办公室出来,走到电梯门前,曾本之让其余三人先下去,自己还要和马跃之单独说几句话。

电梯下去后,曾本之用勉强让人听清的声音说:"我要是再不说实话就对不起跃之兄,我有种预感,那个老省长拼着老命成立什么青铜重器学会,一定还有别的目的。他势力强大可以漫天撒网捞大鱼,我们是人老体衰只能放长线看看能不能碰运气从他的网里钓起什么鱼。"

马跃之点点头说:"我也实话实说,一听到你提起这个人,我就感到有股邪气扑面而来。有些人长得像鼻屎,还想着瑞气环绕,所以,郑雄这种人才有市场,一句当代的楚庄王,就将人家说得心花怒放!那些我们不晓得的善于装神弄鬼投其所好的鼻屎大师,真不知被人家宠到何种程度。所以呀,我替你想过,这青铜重器中,如果有人想明目张胆地在家里弄一套九鼎八簋,那是明摆着找死。想不让人知道,既低调不张扬又不缺少瑞气的就只有曾侯乙尊盘了!"

曾本之说:"我也是这样想的,什么青铜重器学会,那是鼻屎学会!真正的目标一定是曾侯乙尊盘!"

贰拾

住东湖边什么都好,唯一缺憾是天气变坏之前,人的呼吸会显得沉重一些。不过等到或雨或雪真的落下来,东湖边就比别处清爽十倍了。气象预报将这个原因说成是空气湿度较大,日常生活中的人则说成是水汽太重。大约是要落雨了,这几天曾本之一直觉得呼吸不畅,有时候还明显感到胸闷。郑雄打了几次电话,一会儿说马上回武汉,一会儿又说暂时回不了,还要陪老省长去一个地方。自从将自己多年前力主曾侯乙尊盘是用失蜡法铸造的观点否定之后,曾本之忽然觉得楚学院变得十分陌生,有两次都走到附近了,又转头折返回来。在家里他也是这样,以往大部分时间都待在书房里,现在为了不去面对挂在墙上的曾侯乙尊盘黑白照片,他不得不在客厅的沙发上坐着,陪安静看那比生活本身还要无聊的电视剧。实在无法安妥自己的心情时,曾本之试着去了一趟徐东古玩市场。尽管戴着宽大的墨镜,曾本之还是很快被人认出来。结果让他哭笑不得,所到之处有人拼命请他看看店里的货,有人则拼命拦着他不让进门，哪怕一言不发地看几眼也不行。偌大的古玩市场他连十分之一都没走到，便赶紧逃回家。

这天上午，曾本之正计划去省博物馆。他记起那辆挂北京车牌的外型像装甲车的越野车，就想再去看看，或许还能碰上那个留披肩长发的男人。曾本之不急不慢地走到省博物馆侧门前，门口的保安看见他后，老远就将挡在面前的警戒带移开。曾本之挥手，意思是不着急，待会儿再进去，然后就在停车场上慢慢地转悠。才转了两圈，他就觉得怪怪的，幸好手机适时地响起来。接听后，才知是黄州的同行打来的，他们那里发现一座被盗掘的楚墓，想请曾本之过去看看。曾本之想也没想就答应了。对方说十分钟后有车过来接他，他才明白对方其实已到了楚学院。曾本之也不去想其他，就让对方将万乙叫上。

曾本之回家与安静说过，往皮包里放上几样日常要用的东西，便到楼下等。时间不长，一辆商务车开到曾本之面前，万乙果然坐在车里。跟下楼来的安静将万乙拉到一旁再三交代，曾本之这两天不知是心情不好还是身体不好，总是闷闷不乐，她要万乙多留点心，特别是不要让他往古墓里钻，埋死人的地洞空气不好，不定还有别的什么邪恶东西，如此等等说了一大堆。

黄州离武汉只一个多小时的车程。因为要先去那被盗掘的楚墓，他们从江南的武昌出发后，先过江到汉口，再沿江北公路直接到离黄州城只有十几公里的禹王城遗址。被盗掘的楚墓就在遗址附近。这也是一般规律，昔日的贵族大夫谁也不会随随便便弄堆黄土就将自己埋了，能找到一块好墓地，知道的人就会想方设法往一起凑。所以，只要发现一处楚墓，接二连三的楚墓也就跟着被找到。

曾本之绕着那座被盗掘的楚墓看了一阵，又不顾万乙的阻拦，从小小的盗洞钻进去,将墓室仔细察看一番。按照春秋时期的礼制规定:天子用九鼎,诸侯用七鼎,大夫用五鼎,士用三鼎或一鼎,这种楚墓充其量不过是只用三鼎或一鼎的士一级的。曾本之将每一个细节都看了又看,除了盗贼留下一只矿泉水瓶,墓里面的随葬品已被盗窃一空。

从墓里出来,曾本之仰天长吁一声,像是深呼吸,又像是长长的叹息。

从黄州赶来陪同的几个人,赶紧围上来,一口一个曾老师,问他是不是哪里不舒服。曾本之反过来问他们,墓都盗空了,还叫他来看,是不是想试试这把老骨头有没有散架!那些人赶紧赔不是,并请他到黄州城里休息,别的事随后再说。曾本之哪里肯听,让万乙将接他的商务车开过来,这就返回武汉。领头的是当地文物局的漆局长,到这一步,漆局长只好将曾本之请到一旁,小声地请他先在这附近走一圈,其余的话回到市里再说。

曾本之将信将疑地跟着他们在这块野地里走了一圈。途中,他发现一处比平地略高的土丘有些异常,正要走过去看看,漆局长在背后小声请他不要停下,就这样慢慢往前走就行。曾本之不明就里,但他相信了漆局长。一圈走下来,一行人都上了车。一住进市内的黄州宾馆,漆局长支开所有人,这才将真相告诉曾本之。

近一阵,黄州一带突然来了几个专门倒卖青铜器的人。经过追踪,发现他们盯上了禹王城遗址旁边的一座楚墓。也就是曾本之刚才发现的那处小土丘。漆局长连同有关部门的人秘密商量几次,凡是盗墓贼盯上的古墓,或者说是经由盗墓贼发现的古墓,一般情况下他们是不会放手的,即便是长年安排人值守,盗墓贼们也会找出破绽动手。如此没完没了地玩猫抓老鼠的游戏,索性长痛不如短痛,将楚墓公开发掘了。只是国家有规定,为了更有效地保护地下文物,除非是抢救性发掘,否则,非经国家文物局批准,不得对其进行发掘。漆局长他们就设想,将曾本之请来,到楚墓附近走一走,让那些倒卖青铜的文物贩子以为文物部门也发现这座楚墓了。如此一来,那些人就会抢先下手盗掘。到时候,不仅可以将盗墓贼一网打尽,接下来还可以向上报告,对这座楚墓进行抢救性发掘了。黄州虽然是一座文化古城,近些年来一直没什么文化热点,博物馆里别说是国宝级文物,就连一级文物也是从省里借来展出的。如果运气好,能从这座楚墓里挖出几样青铜重器,成为黄州镇城之宝,其祥瑞之气会让黄州城的文化面貌有大的改观。

听这一番话,曾本之又好气又好笑,他没想到自己来黄州的主要任务是做钓饵,更没想到基层的文化官员会如此配合地方的中心工作。

然而,曾本之的这种轻松心情只存在不到一小时。

漆局长与他的谈话还没有结束,万乙就敲门进来,像是若无其事地告诉曾本之,他看见一辆挂北京牌号的外型像装甲车的越野车停在隔壁那栋别墅楼前。漆局长不知其中奥秘,还以为曾本之是车迷,当面恭维说,以曾本之这种年纪还有如此年轻的心态,只怕还能再上一个学术高峰。

曾本之没有理会,转而说:"上午看的那个楚墓盗了多长时间?有半年没有?"

见漆局长点了点头,他又说:"这就是缘分了,前些时,有人请我去鉴定青铜镜,有一只从前没见过的三山纹镜,从痕迹辨认,应当是禹王城一带出土的。万乙当时你也在场,我是不是这样说的?"

万乙连忙表示确实如此,自己当时还以为曾本之只是随口说说。

曾本之继续说:"如此看来,这三山纹镜应当是从这座楚墓中流失出去的。可惜呀可惜,不然漆局长管辖的博物馆里就会有自己的一级文物了。"

漆局长在一旁懊恼不已,曾本之又说:"一只三山纹镜其实不算什么。万博士,你说说看,三山纹镜还有何奇特之处?"

万乙连忙回答:"龙要与凤配,山要和水共。三山纹镜本身就是稀世之物,如果再配上水波纹镜,山水合璧,那才是一方水土的大吉祥。楚人习俗虽然不是一定非要用对镜,但在以往发掘的有七鼎以上陪葬品的楚墓中,曾经见到过对镜。"

这时候外面又有人敲门,漆局长看了看手表,说大概是办公室的人找他。门开后,果然如漆局长所说,办公室的人走近来,用不大不小的声音说:"熊达世来了!"漆局长要他回话,就说自己开完会就过来看望。办公室的人不肯走,站在一旁解释,说熊达世就住在隔壁的别墅里,万一不小心碰上了或者被对方看见了,会惹人家不高兴。漆局长瞪了办公室那人一眼,然后才无奈地起身向曾本之解释,熊达世是个在北京路路通的半仙,北京有些小院里的人都叫他熊大师,会气功治病,又能看风水面相,他来黄州,人还没到,也不知要干什么,就有几个电话从北京打到黄州。领导就让他先出面接待,看看动静再走下一步棋。办公室的人接着漆局长的话解释,像熊达世这类难缠的客人来黄州,领导一般都让漆局长先出面。

漆局长离开后,曾本之免不了问那个临时叫来陪同的人,文物局长非要做到省一级的才有地位,在市县一级则是闲雅之职,漆局长是何许人也,年纪不大就坐上如此宝位?陪同的人告诉他,漆家从一九二〇年代起,直到现在,都是黄州方圆二百里的龙头老大,当年是红白黑三道通吃,后来黑白二道被消灭,漆家更是一家独大。不过漆家人都是闲云野鹤再世,不喜欢受约束,否则,从省长到部长,甚至再上一层都有可能。近几年略差一些了,不过瘦死的骆驼比马大,说起来黄州一带名人挺多,武汉也好,北京也好,那些有武警站岗的大门小院,只有漆家人可以自由进出。若不是漆局长自己喜欢文物局长这个位置,领导也不会这么闲置他。以漆局长的个性,肯定先要给这个狗屁熊达世熊大师一个下马威。

听到这话,一直在窗边看那台挂北京牌号外型像装甲车的越野车的万乙回头开玩笑,要对方文雅一点,不要说狗屁,说鼻屎就行。

说笑之间,漆局长真的回来了,只见他脸上尽是不屑,进门就说:"什么狗屁大师,江湖那一套,我家老太爷后来都不玩了。也不知黄州是什么地方,敢跑来狐假虎威!"万乙又一次纠正,要他别说狗屁,说鼻屎就行。漆局长不明就里,听过解释后,他马上表示,还是曾教授有正气,也有底气,这鼻屎一词比狗屁更有贬义,往后就叫他"熊鼻屎"。大家都跟着笑,算是同意漆局长的提议。曾本之却不同意,他说虽然人人都有修辞的自由,但用鼻屎来形容某种人,他希望不要超出楚学研究范围。曾本之很认真,一点开玩笑的意思也没有。万乙就要漆局长他们尊重曾本之的著作权,不要再传播。漆局长一边点头,一边介绍说,他其实也没有硬碰硬,就让办公室的人先陪那位"熊鼻屎"去东坡赤壁看看,用苏东坡的千古辞赋镇一镇其身心里的妖邪。万乙马上指出来,漆局长又将"鼻屎"用于修辞了。漆局长只好再次保证绝不滥用,同时又说,曾本之创作的这个词太妙了,想到了它,又想不用它,实在太难。

果然,从东坡赤壁回来,熊达世说话口气收敛了许多,实话告诉漆局长,自己在武汉听说黄州这边发现一座楚墓,特地过来看看,有没有让人眼睛一亮的青铜重器。

下午熊达世想自己出去转转，曾本之就找了个理由，要漆局长派辆车，让万乙悄悄跟着，看看那家伙到底想干什么。漆局长笑得很开心，说自己和曾本之一样怀疑熊达世，早就安排人了，如果万乙愿意，到时候一起去就是。

万乙他们走后，曾本之待在房里静想，一座早先盗过的楚墓，一座防着不让人盗的楚墓，虽然都不是特别重要，曾本之还是觉得其中有某种特别的东西。想来想去，时间就没了。他还没有想出个头绪，万乙就回来了。

万乙告诉他，熊达世坐着那辆挂北京牌号的外型像装甲车的越野车，在黄州城里转了一阵后，在东坡赤壁门口与一辆挂武汉牌号的越野车会合，然后就去了林家大垸，将林彪家的几间破房子从里到外，从山上到山下看了三个小时。回来的时候，他们将车开到新发现的那座楚墓附近。熊达世下车与越野车上的两个人拿着照相机，像是拍摄田园风光，在楚墓周围折腾了好一阵。

漆局长后来也告诉曾本之，自己又与熊达世见了一面。熊达世说此次来黄州，即使在青铜重器上没有收获，有林家大垸的见识也可以弥补。什么叫时势造英雄？什么叫韬光养晦？林家大垸为何由盛转衰？林彪又因何从宠极到遗弃？过几天回到北京，自己要好好给有些人上一课。漆局长存心想逗他，便装做好奇地问了三次，熊达世故弄玄虚就是不肯说。漆局长就将自己的家世简略说了，附带着说了春节前后自己去了北京的哪些小院，以及北京有哪几家的后人专门回黄州来拜年，并要熊达世判断一下，家中长辈总是游离在权力中心之外，是沦落还是洞察？熊达世愣了一阵，再过一会儿便推说有些累，自己休息去了。漆局长对熊达世很不屑，说"熊鼻屎"不知道黄州人脾气，凡事就算知道有窍门和捷径可走，也不会奴颜婢膝，更别说搞歪门邪道投机取巧了。

这一次,曾本之没有阻止漆局长用"熊鼻屎"称呼其人。

多年来经常参加野外考古发掘养成的习惯,使得曾本之在年老之后仍旧是只要有个枕头,不管床硬床软都能睡得很香。这天夜里他却睡意全无,好不容易睡着,便梦见华姐站在一处楚墓上唱"花儿",旁边还有人敲着编钟给她伴奏。等华姐唱完"花儿"之后,那些人又一只一只地将编钟搬回楚墓。刚刚搬完,华姐又要他们再搬出来,说自己还有一首"花儿"没有唱。那些人不想搬,华姐就对他们说,这首没有唱的"花儿"是最好听的,只要听了这首"花儿",六十岁的老寡妇就能找到自己的白马王子,七十岁的老光棍也可以找到自己的梦中情人。那些人没办法,只好重新搬出编钟,陪着华姐唱"花儿"。敲着敲着,编钟变成了曾侯乙尊盘,而且还不断地往外冒紫烟瑞气。华姐也不唱"花儿"了,一边跳着"文革"时的忠字舞,一边不停地喊万岁!万岁!万万岁!

黎明时分,外面下起雨来。

听着雨声曾本之总算彻底睡着了。再醒来时,发现有些不对劲儿,都上午九点钟了,怎么没有人来打招呼,就连万乙都不见人影了?他将手机打开后,一下子进出两条短信。一条是万乙的,另一条是漆局长的。两个人说的是同一意思:昨天夜里禹王城楚墓被盗了,文物局的人加上万乙全部去了盗墓现场,请曾本之自己去餐厅吃早餐,待他们将盗墓现场保护好之后,再请他过去指导。曾本之下楼去餐厅时,留意看过隔壁别墅的情形,那辆挂北京牌号的外型像装甲车的越野车不见了。他在餐厅里喝了一碗粥,拿上几个馒头就回房里等。

等到快十一点钟时,外面响起敲门声,曾本之以为是万乙他们来接自己,房间门还没有完全打开,一个身穿雨衣的女人便低头从门缝里钻进来。曾本之问了两句:"你要干什么!"第三句话却没机会再说了,因为他已经看清了,站在面前的女人正是华姐。

脱下雨衣的华姐,身上尽是泥巴。她顾不上说别的,要曾本之帮忙买几件普通的女人衣服,自己先洗个澡,等他拿衣服回来换着穿。曾本之哪里经历过这种事,虽然心里没底,但他还是比较镇静,出门拦了一辆出租车,去了最近的服装店,只花了不到三百元人民币,就买好衬衣、长裤,加上文胸与内裤,总共只用了不到二十分钟,回到酒店时,华姐还在浴室里没出来。

华姐洗完澡,穿上新买的衣服,坐在曾本之面前时,仍旧难掩脸上的恐慌。

曾本之一问,华姐就说了实话。

夜里禹王城楚墓被盗,是华姐带人干的。昨天上午曾本之去那里察看时,她就坐在离开不远的一辆载客三轮车上。一帮人动手盗墓,是事先就计划好了,并非漆局长所设想的那样是受到曾本之到来的刺激而贸然行动。在华姐的计划里,无论发生什么事,昨天夜里都得动手。天黑时,她安排人将文物局花钱请的两个看守用酒灌醉,半夜时分,楚墓上的封土就被揭开。临要动手打破墓顶盖时,因为时间紧迫,华姐不得不采用微爆破的方法,在少量炸药引爆的同时,另有人在公路旁点燃一辆摩托车,让听见动静的人以为是有摩托车发生爆炸。就在这看似天衣无缝的计划即将完成之际,黑暗之中突然冲出几个身穿警察制服的人。这种时候,哪怕是遇上真警察也是要拼死打斗的,更何况在打斗之中发现半路来袭的那些人是装扮成警察的同行。此时楚墓已经大开,没有参与打斗的华姐趁乱在棺椁的头部附近找到一面青铜镜,赶在真正的警察到来之前悄然离开。华姐之前就探听到曾本之的住处,她也明白这种时候匆匆上路,十有八九会被设卡的警察逮住,不如索性用曾本之当保护伞,等过了风头再离开黄州。

曾本之很想问华姐，她怎么就能断定自己不会将她交给警方。正在犹豫不决时，华姐主动说，她不清楚曾本之是否值得信赖，不过老三口曾经给她留下锦囊妙计，其中就有遇到紧急情况时，可以找拿到那块透空蟠虺纹饰附件残片的青铜重器专家，对方肯定会尽一切努力帮忙的。

曾本之装出若无其事的样子，一边看华姐拿出来的那只铜镜，一边问："那天你怎么好生生地一点预兆也没有，就突然离开了？"

华姐说："就因为听到你唱那首'花儿'。不瞒你说，这也是我与老三口的约定，当初我们就说好，只要有人在我面前唱这首'花儿'，那就是有险情将要发生，我就必须躲开。"

曾本之说："你反而跑到黄州来盗墓，这不像是躲避呀？"

华姐说："这也是锦囊妙计中的一部分，当初他带我来这里看过这座楚墓。真的有必须躲避的紧急情况发生时，一定要先来将这座楚墓挖开。"

这时候，外面有汽车按了几下喇叭。

曾本之到窗边看了一眼，那辆挂北京牌号的外型像装甲车的越野车不知从哪里回来，正缓缓地停在隔壁别墅前面。曾本之让华姐也看了看，然后问她对这辆越野车有无印象，华姐坚决地摇了摇头。曾本之让她再仔细看看，之后她摇头的样子更加坚决。曾本之相信华姐说的是真话，但他实在不明白，老三口既然察觉到危险，让华姐逃避，为何还要她跑到黄州来盗墓，明明可以轻松脱身，却要弄得危机四伏的，此中缘由太令人费解了。

此次行动让人百思不得其解，华姐冒险盗来的那只铜镜却让人一目了然。

曾本之那爱不释手的样子足以说明一切。望着手中的铜镜，曾本之不能不记起沙海无意购得的那只三山纹镜。在铸造工艺上，这两只铜镜高度相似，不能不让人觉得它们出自同一时期，同一位青铜大师之手。还有铜镜背部，除了纹饰，其他特征与那只三山纹镜同样高度相似。唯一不同的是沙海手中的铜镜是三山纹，华姐给他看的这只铜镜是水波纹。如果说，三山纹镜在多少年前的一部青铜著作中还有所提及，这水波纹镜虽然实物较多，但那些青铜镜无一例外地全是汉代以后的制成品。曾本之由三山纹镜的认证推断，这只水波纹镜不可能是后来制成而放进楚墓的。世上没有两片完全相同的树叶，世上也没有两只完全相同的铜镜，这是铸造工艺和后来的打磨工艺特性所决定的。既然同一时间里做不出两只完全相同的铜镜，哪怕是汉代的造镜高手，也不可能将新的青铜镜做得与在楚墓中掩埋的青铜镜一模一样。如此就必须认定，这只水波纹镜是与三山纹镜同期的。这样的认定将会引起楚学研究的不小震动。

如此类推，曾本之觉得自己有些对不起沙海。前些时，沙海买的那只水波纹镜，有极大的可能是两千多年前的珍品。像水波纹镜这类的青铜器不会因为春秋时期的典籍中没有记载就不存在。正如曾侯乙尊盘，从前也是没有任何的蛛丝马迹暗示其存在，如果没有实物出土，谁也想象不到世界上曾经有过如此神奇的青铜重器。曾本之后悔自己当时太武断了，其后果反而让当初将人的脑袋和屁股放反了位置之说，成了对自己的莫大嘲讽。

看一看手中的水波纹镜，再想一想这件事的古怪。曾本之决定将从沙海那里听来的关于老三口的事告诉华姐。在说这件事之前，他再次请华姐将那个开着挂北京牌号的外型像装甲车的越野车到处跑的熊达世好好回忆一下，是否真的没有任何交集？曾本之越问，华姐否认得越坚决。曾本之只好直言相告，华姐突然失踪前后，这辆特别打眼的越野车，在江北监狱或者说是在她当初经营的那家小招待所门前转悠了好长时间。在这辆越野车出现之前，有人从北京打电话来，让江北监狱的管理层安排老三口接受某个人的探视。此人接连探视三次，都被老三口断然拒绝了。据估计，如果从北京打来电话的人口气足够坚决，此人大概已用某种名义进到监狱的核心区域，或是直接在囚室与老三口会面，或是隔着紧闭的铁门彼此用目光交流一番。曾本之与老三口会面，是在此后的第三天。曾本之因此思索，被老三口拒绝的那人会不会是某种威胁的象征？否则，老三口怎么会突然同意接受自己的探视，并要唱一首"花儿"带给华姐呢？

曾本之后来说的这番话让华姐感到了震撼。

华姐下意识地盯着曾本之，在脑子里不断出现空白之后，终于有记忆像气泡一样冒出来：老三口被抓起来判处无期徒刑前两年，夫妻俩经常在东湖边的老鼠尾野餐。有一次，玩得正开心时，老三口突然对华姐说，有个被人唤做熊大师的家伙，喜欢摆弄歪门邪道，从今往后我们得小心一点！老三口当时说得格外认真，眼睛里还闪过一丝惊慌的光泽。因为倒卖青铜重器的人都爱疑神疑鬼，华姐以为老三口说这话的原因是害怕姓熊的搞歪门邪道，所以当时没有在意。

曾本之有意将话题岔开一些："你们经常去老鼠尾野餐？两口子小日子过得挺浪漫的嘛！"

华姐说："也就是刚来武汉的那两年。"

曾本之说："你们是哪一年来的？"

华姐说："老三口比我早几年来武汉。我是一九八九年夏天来的。我一辈子也记不了，来武汉第一天认识的第一个人是郝嘉，没想到只见一面他就跳楼自杀了。"

曾本之说："你还晓得郝嘉什么？"

华姐说:"仅此一面之交。"

见华姐情绪平缓一些,曾本之突然说:"这姓熊的叫什么名字,记得起来吗?"

华姐下意识回答:"他没有说,只是称姓熊的为熊大师!"

曾本之说:"你听错了,不是熊大师,而是熊达世!"

曾本之将华姐再次叫到窗边,隔着半透明的窗纱,将那辆挂北京牌号的外型像装甲车的越野车重新看了一阵,华姐不知不觉地喃喃自语起来。

她说老三口做事一向果断,极少为自己做过的事情后悔,唯独对仿制九鼎八簋的事例外,在她的记忆中,老三口多次说过今后若有灾祸临头,仿制九鼎八簋一定是主要的诱因。

老三口干这一行,不全是为了钱。如果只是为了钱,他们夫妻俩早就发财了。老三口仿制各种各样的青铜重器,也不仅仅是为了捉弄那些半吊子的青铜重器专家,他太想表现自己高超的青铜铸造工艺。那些半吊子的青铜重器专家,同样急着想表现自己,常常将老三口仿制的青铜重器当做两千年前的文化遗物,摆放在一些小型博物馆里。老三口仿制九鼎八簋,诱因是曾侯乙大墓中出土的那套九鼎八簋。现今各地博物馆馆藏的九鼎八簋只有为数不多的几套,在这些已知的九鼎八簋中,曾侯乙大墓中出土的这一整套是最奇妙的。老三口从不仿制秦鼎,他不喜欢秦鼎的样子,圆滚滚的像大肥猪,又像那古往今来的昏君与贪官。楚鼎不一样,楚鼎最迷人的不是那些千奇百怪的纹饰,而是像华姐那样有些丰润又不失妩媚的小蛮腰。一只楚鼎摆在那里,眼前出现的是男性雄浑与女子柔美的结合体。五只、七只或九只楚鼎摆在那里,便是一波接一波的浪漫,瞪大眼睛看是一群男人,眯着眼睛看则是几个女子。老三口一气呵成地造出自己所梦想的九鼎八簋,随后按照习惯做法,将其埋进一处已被古人盗掘过,却还没有被当下其他人发现的楚墓里。过了十几年,老三口才授意他人暗中放出口风,接下来的情况有些出乎意外。老三口原本希望以假乱真的九鼎八簋能被某家中小型博物馆收藏,最终却被盗墓者用高价卖给某位民间收藏家。

华姐说,让老三口后悔且略有害怕的正是高价买到假九鼎八簋的那位收藏家,能够收藏青铜重器的人必定是钱多得没处花,天下的有钱人之所以后来喜欢参加慈善活动,是因为敛财的过程中做了太多的坏事。一个敢大把大把撒钱的人,同样敢于使用大把的大刀和小把的小刀,而不去想再多的钱也买不回一个人的性命。

话说到这一步,如果华姐还是没有感觉到那个买了假九鼎八簋的人,可能就是近在咫尺的熊达世,她与老三口的那种隔着监狱高墙也时时在一起的感情就会显得不可理喻。问题在于,华姐明白个中渊源之后,下一步能够做些什么?现在情况再明显不过,老三口之所以答应见曾本之,并且唱"花儿"给曾本之听,正是因为熊达世的突然出现。既然熊达世都能找到监狱里,监狱外面的芸芸众生更不能抵挡其金钱与邪术的双重夹击。

推测到底只是推测,接下来情况会如何发展很难说得准。

两个人正在低头沉思,曾本之的手机响了。是万乙打来的,漆局长已经派车来接,要曾本之到盗墓现场看看。曾本之要华姐在屋子里待着,千万不要露面,有什么事等自己回来再说。同时,他还会找服务员,声称房间里有些东西没收拾好,包括服务员在内谁也不要进去,免得生出事来百口莫辩。

在前往禹王城的路上,曾本之将自己的思绪重新整理了一下。按照他的预计,既然是老三口设下的机关,一般只有一件青铜器物是真的,而这件水波纹镜已被华姐抢先一步拿走了,剩下来的就只有那些以假乱真的仿青铜重器了。时间不长，曾本之就到了被盗楚墓现场。一眼看去就知道确实是青铜大盗老三口惯用的手法。

别的青铜大盗喜欢去那些顶级的遗址保护区下手，那种地方，只要稍有得手样样东西莫不是稀世珍宝。老三口与这些人不一样，他从不去纪南城遗址或曾侯乙遗址，这些国宝级的遗址，看守得严密不说，学界中人也研究得较为透彻，老三口所擅长使用的瞒天过海偷梁换柱伎俩，极易被人识破。正因为如此，老三口才别出心裁，专门选择像禹王城这类只有看专业书籍，或者查阅地方志才有可能知道的地方悄然布局。少则过七八年，多则十几年，老三口才会安排人一点点地放话，直到有感兴趣的人找上门来，用现在的话说，待人家付过信息费，他才将地点说出来。老三口也是讲规矩的，他会在提前布局的楚墓里，放上一只真正的青铜镜，华姐抢先拿到的那只水波纹镜，正是其所布疑局的关键。作为最常见的青铜器物，青铜镜是人们了解得最多的。又因为青铜镜作为主人生前的心爱之物必须随葬，所以无论青铜镜如何珍贵都不能传世。正是由于这一点，盗墓贼都以青铜镜来判断墓葬的年代，以及随葬品的真伪。这也符合普遍的规律：在有限的时间里，最简单的办法往往是最可靠的，正是因为要弄到真正的青铜镜，老三口不得不做一个名副其实的青铜大盗，用所得到的青铜镜来掩护自己仿造的青铜重器。如果老三口只是提供信息，指明楚墓所在何处，再严酷的法官也无法作出无期徒刑的判决。

被盗掘的楚墓里只剩一只甬钟，因为甬钟太重太大，不方便拿着飞跑，在盗墓现场对打的那些人都没有选择它。曾本之像是完全没有专业经验的外行者，又像是只要东西其余什么也不管的盗墓贼，大步走进墓室，二话不说就将甬钟从泥土中拎了起来。现场那些懂得文物发掘方法的人，发出一声整齐的惊叫。曾本之反而更来劲了,索性将拎起来的甬钟使劲扔到一处没有烂泥巴的草地上。

这一次,漆局长不干了。他迎上来几乎是质问曾本之,作为鼎鼎大名的青铜重器专家,何以干出如此蠢到极点的事。曾本之平静地回应,正因为自己在青铜重器这一行里干得久了,他才不屑在那些假作真时真亦假,真作假时假亦真的垃圾上面浪费精力。漆局长听懂了他的话,失望地说,天下还真有将青铜重器造假当成艺术事业来做的人!

漆局长挥手让现场所有人都撤回黄州。

半路上,曾本之几次与漆局长说,一会儿还有事情需要他帮忙。

曾本之所指的本是华姐,他要漆局长帮忙,是想弄一辆车,将华姐送到她想去的地方。回到宾馆,打开房门,却发现屋子里不仅空无一人,就连华姐满身泥巴进屋时留下的那些痕迹也不见了。华姐换下来的脏衣服不见了,曾本之替华姐买的那些衣物也没有留下一根纱。曾本之下意识地自言自语:"人呢?华姐人呢?"漆局长不理解,曾本之一人独居这套带会客室的客房,怎么会有别人待在这屋里?曾本之在房里转了好久,还是找不见华姐来过的痕迹。正当他开始怀疑华姐是不是真的来过时,忽然听见卫生间里传出细微的流水声。曾本之再次进到只有几平方米面积的卫生间,除了流水声,他依旧什么痕迹也没发现。然而,像是灵感来了一样,曾本之想起来,自己离开房间时,马桶还是好好的,一滴水也不漏,此时此刻却有一股不断线的小水流从水箱里汩汩地流进马桶。很显然,这是马桶的水箱出了问题,曾本之上前搬开水箱盖一看,顿时眼睛一亮。

华姐从被盗楚墓中抢到手的那只水波纹镜,赫然躺在清水之中。

曾本之没有多说什么，他将水波纹镜交给漆局长，让好生记录在博物馆的馆藏文物档案中。

漆局长一边喜出望外，一边惊讶不已，他不明白曾本之足不出户，从哪里弄来如此宝贝？问过几次，见得不到回答，漆局长便改问曾本之，先前说的要自己帮什么忙？曾本之让他暂且记下这笔账，说不定哪一天，真的有事需要麻烦他。

曾本之说这话心里想到的是那只被他摔在地上的甬钟。

完全是凭直觉，在曾本之的相关经历中，青铜重器的造假者几乎就是春秋文化的痴迷者，让只供王者使用的甬钟出现在一座普通的楚墓中，如此对历史常识的违反，不像是青铜重器的仿制高手所为。

在这个问题之外，曾本之又想到另一个问题。他告诉漆局长："如果有人想要这只甬钟，你可以答应，但要对方拿差不多的东西来换。"

没过多久，漆局长就回应说："真的有人要这甬钟！"

曾本之说："是那个从北京来的熊鼻屎吧，如果是的，你让他拿一只春秋时期的水波纹镜来换。如能得到第二只水波纹镜，就不愁没有镇馆之宝了。"

曾本之还惦记着沙海花费十万人民币购得的水波纹镜，被自己硬说成是拙劣的仿制品。不知就里的熊达世想要得到那只青铜甬钟，果真按自己教给漆局长的方法，不得不去找沙海强买那只水波纹镜，不仅是对沙海的一种补偿，更为自己再找沙海询问狱中事情提供了一种保证。而最最重要的是，如此珍贵的青铜镜，由博物馆收藏才是最可靠的。

贰壹

郑雄以三天乘两次飞机的频率,跟着老省长,跑了差不多半个中国。所到之处,除了出席欢迎宴会便是参观博物馆,宴会上的菜肴各地有各地的特色,博物馆却不同,那些能体现本土文化的文物,他们基本上是走马观花,将省下来的时间全用在青铜重器上。老省长很在意自己给自己任命的青铜重器学会名誉会长头衔,别人称呼老省长时,他一定要认真纠正,说自己现在最在意、也最让自己觉得快乐的是青铜重器学会名誉会长名分。老省长真的对青铜重器有兴趣,一路看过来,天天都是乐呵呵的。

在昆明时,有人对他说,南宋之后就失踪的和氏璧在云南出现了。老省长毫不在乎,还引用清帝乾隆的话说,所谓卞和献玉只是韩非子的警世寓言而已。将昆明各处博物馆的青铜重器看完后,他俩便飞到重庆。通过老省长的言谈举止判断,这最后一站才是此行的重中之重,先前跑的那么多路程都是一种铺垫。飞机刚落地,接待方传来消息,让他们赶紧转机飞到北京。

到北京的第二天中午,老省长听说那个叫熊达世的人从武汉回到北京,也要过来等着见老省长想见的那人。离开武汉之前,老省长在水果湖的一家酒店里与此人匆匆见过一面。老省长后来在飞机上与郑雄聊天,只要提到这个人,嘴角上就会挤出几道不屑的皱纹。老省长用郑雄的话说此人是当代的混世魔王,靠着装神弄鬼的邪术混迹在京城那些高墙后面。还说,姓熊的去武汉本意是想分青铜重器学会这块蛋糕的。老省长本不想与此人有过多交集,无奈对方先行告诉接待方,声称自己与老省长很熟,有些事情还需要与老省长合作。负责接待的人就安排他们共进午餐。一开始郑雄还以为大家在说什么熊大师,直到姓熊的赶到酒店,他才明白,那姓熊的只是名字与"大师"二字谐音。不过,郑雄很快就有新的明白,以负责接待工作的这些人的身份,断断不敢对熊达世直呼其名。当他们言必称熊达世时,其实喊的是熊大师。郑雄需要老省长将自己说过的话重新进行确认,主动问姓熊的是什么背景。这一次,老省长十分清楚地用鼻子哼了一声,轻蔑地说,也就是会几招邪术,专门哄骗那些没有多少文化,年龄在八十四岁以上,总想活到一百二十岁的高龄大佬。但在与熊达世见面之后,郑雄对老省长的话做了补充,他觉得此人有野心,想当春秋战国时期的国师。

老省长与熊达世如期见面,寒暄一阵,明知熊达世在武汉待的时间不算短,作为地主的老省长却不关心他在武汉的情况,连一般人都喜欢说的武汉饭菜味道、武汉女人性格等高度热门的话题都不发一词。

酒至半酣时,熊达世突然问大家,想不想知道自己为何开车去武汉?也不等别人开口问,熊世达便主动揭开谜底,说是近些年来京城上下对林彪的议论越来越多,此去武汉主要目的是访问林家大垸,从文化上对林家的兴衰因果做些破解。没想到赶上黄州附近发现一座楚墓,墓室不大,封土也不多,盗墓贼只用一夜就挖开了,如此简陋的墓室里面却有不少青铜重器,最不可思议的是还有一只甬钟。

在老省长的率领下,餐桌上的目光全部对准了郑雄。郑雄不得不开口解释,这种情况偶有发生,原因很多,主要的有三种。第一是从前的盗墓贼将零散盗得的青铜重器集中暗藏于此;第二是有造假者企图鱼目混珠将仿造的青铜器物预埋于此;剩下第三个原因是,如果这些青铜重器是原封未动的,放在两千年前不是谋反就是僭越了,既让死者享用人生不曾有过的荣华富贵,又能防范丑行败露祸及子孙,最简单的办法就是将墓地造得普普通通像是平常百姓的小型墓。

不知为什么,郑雄此话一出,餐桌上的气氛显得有几分尴尬。

老省长拿起酒杯与大家碰了一下,然后说:"一只甬钟埋在死人身边叫什么僭越,也就是乡巴佬想讨个吉利!这次我们走了几个省,见到的甬钟有几十只。老熊啊,你驱车一千多公里,从北京到武汉,捡到一只甬钟,还不晓得是真是假,就以为得了一个大便宜。一般盗墓贼都不止这个水平。就算你审时度势的水准下降了,那也不要以为我们的水平也痴呆荒废了!"

熊达世哈哈一笑说:"到底是省长级的大人物,脑子里开的窍就是多。实话说吧,甬钟的事只是个开场白。你们想一想,就连开场白都与王者专宠的国之重器有关,这正文内容自然会更高一级。实话告诉你们,这次来武汉,林家大垸只是目的之一,还有一个目的是去南漳县!"

老省长不解地问:"你去那么偏僻的地方干什么?"

熊达世说:"春秋时期的南漳县可是赫赫有名!"

老省长不解地望了望郑雄。郑雄在餐巾纸上飞快地写了三个字,让服务员送过去。老省长看了一眼,情不自禁地念出声来:"和氏璧?对,和氏璧的产地在南漳。老熊,你可不要吓唬我,说你找到和氏璧了!"

熊达世没有马上回应,继续说:"不知大家是否还记得'受命于天、既寿永昌'八个字的出处?"

老省长有些迟疑地说:"这是秦始皇所用玉玺上的八个字!"

熊达世追问道:"那玉玺是用什么做的?"

老省长说话更谨慎了:"传说是秦始皇让宰相李斯用南漳县出产的那块和氏璧雕刻而成。"

老省长事后评价,此时的熊达世说起话来像小人得志那样张狂。郑雄同样深有感触。熊达世说话时确实很张牙舞爪:"和氏璧的故事大家都知道,我就不说了。我只说说这玉玺的传承。公元前二〇六年,刘邦率兵攻入咸阳,秦王子婴为了保命,将和氏璧做的传国玉玺献给了刘邦。西汉末年,王莽篡了才两岁的小皇帝刘婴的权,孝元太皇太后气得将传国玉玺摔在地上,虽然王莽用黄金镶补过,可毕竟是天缺一角了。王莽灭亡之后,传国玉玺复归东汉光武帝刘秀。东汉末期又逢大乱,汉少帝空手出宫避难,回宫后,传国玉玺不知去向。不久,十八路诸侯讨伐董卓,长沙太守孙坚攻入洛阳,从一口井里捞起这只方圆四寸、上刻有五龙交钮并用黄金补缺的传国玉玺。孙坚阵亡不久,传国玉玺被袁术抢了去。袁术死后,传国玉玺又被广陵太守徐缪抢走。这两次,都是各家夫人扶棺归葬途中遇劫。袁术得手后将传国玉玺据为己有,徐缪却不是这样,传国玉玺在手里还没焐热,就献给了曹操。三国鼎立,传国玉玺属魏;三国归晋,传国玉玺也归晋。西晋末年,传国玉玺更是三天两头易主,直到隋文帝杨坚一统天下。唐取代隋,高祖李渊手里是空的。传国玉玺被隋炀帝杨广的老婆带着逃到突厥。后来唐太宗出兵攻打突厥,传国玉玺才得以重回中原。唐朝垮台后,传国玉玺被后唐皇帝所得,公元九三四年,后唐末帝李从珂自焚而死,传国玉玺从此不知去向!和氏璧也好,传国玉玺也好,算起来传世一千多年,失踪一千多年,是不是到了重现人间的时候?"

屋子里的人都没有接话。

熊达世也不再往下说。

郑雄实在忍不住,小心翼翼地问:"这么说,你好像知道和氏璧的下落?"

熊达世说:"我话里有这意思吗?"

郑雄说:"话里面没有,但你脸上的表情是这样说的。否则你无缘无故去南漳干什么?月是故乡明,玉是故乡灵。熊老板一定是带着和氏璧去它的故乡培植元气!"

熊达世大笑三声:"郑会长到底是读书人,跟人跟得准,看人也看得准!"

说话之际,熊达世从随身带在身边的手包里取出一只丝绣锦袋,轻轻放在桌面上:"远在天边,近在眼前。前些时,我在昆明泡了半个月,才看到这稀世之宝一眼。后半个月,我弄了两辆挂军牌的大卡车,将我收藏的顶级青铜重器,包括一整套九鼎八簋,从北京运到昆明,人家才同意换给我!"

老省长没有做声,只是慢慢伸手过去。

不等老省长的手指碰到锦袋,熊达世就将其推开:"开吉运的人还没动手,哪能随便给别人看!郑会长说得太好了,月是故乡明,玉是故乡灵!这和氏璧刚到我手里时,总觉得阴阴的,就像生了病一样。后来我就想到,和氏璧在外流落两千六百年,是不是该回故乡补充元气。所以,我就开车去了南漳。说来奇怪,我什么也没做,就是每天清晨放到地上接接露水,才三天时间,和氏璧就变得比十七岁零三百六十四天的女子乳房还迷人。我一共让和氏璧接了七天甘露。七天之后就将和氏璧用锦袋包起来,连我自己都没有再看一眼,就等着大福大贵之人来开大吉大运!"

"月是故乡明,玉是故乡灵!"

郑雄信口说出来两句话,让熊达世敬佩不已,在他离开酒店之前,至少重复了一百次。只要有机会,哪怕是完全不相干的话题,他都要说一说。有时候,别人还在那里说话,他也会没头没脑地大声重复一遍。

不只是那顿午餐没有吃出味道,随后在北京的每一餐,哪怕吃重庆火锅时用特辣的底料,老省长吃起来也如同嚼蜡。一餐餐地吃,一天天地等,老省长想见的人总也见不着,不是说在开会,就是说有事。这些说法也都能从各种电视新闻或者是报纸上的相关报道得到印证。

因为那漫漫无期的等待,郑雄才一次次地在电话里对曾小安和安静说,明天回武汉。真正应了那句话:今日复明日,明日何其多。

终于等来召唤,老省长反而变得闷闷不乐。

晚到的熊达世,反而在他之前见到他俩都想见的人。

如果只是简单的先后顺序也罢,问题是在熊达世见了想见的人之后,并无消息让老省长接着去见面。老省长没有问熊达世,是他自己禁不住内心的激动,主动告诉老省长,先前还觉得用几十件青铜重器换这小小的传国玉玺有些不值,但到了这一步就觉得值了,往后的某个时期或许更值!

老省长估计,熊达世已将那个丝绣锦袋中的宝物让他想见到的人"剪彩"了。果真是用和氏璧雕刻的传国玉玺,谁见了都会迷上那种瑞气。

受到接见的熊达世辞别老省长回到北京的住处,不再与他们住在一起。

这一路走来,老省长一直很兴奋,郑雄也很兴奋。老省长再三替他想象,只要这次他能见到连老省长都很难见到的那位大气磅礴的领袖级人物,往后的锦绣前程便是显而易见的了。没想到老省长比郑雄先一步感到失望。

老省长一直等到北京的上空尽是霓虹灯光时才垂头丧气地去餐厅吃晚饭。吃得好好的,老省长忽然一拍筷子,小声骂了一句脏话,然后说:"姓熊的有野心,想当国师!"

郑雄一听就劝他:"就算姓熊的真的找到用和氏璧做的传国玉玺,是真是假谁也说不准,搞不好就像宋朝的哲宗皇帝,自己弄了个传国玉玺,当朝的人大都不相信,还非要别人考证后说是真的。真正用和氏璧做的传国玉玺既是镇国之宝,又是亡国之物,当初随盛唐而逝,归来之日也必须是盛世。但是什么是盛世?盛世要有哪些标志性的东西?老百姓吃好喝好穿好住好,天上没有大灾,地上没有大难,这还不能说是盛世。盛世的第一标志是有李唐那样一连几代代代都出明主。再有像曾侯乙尊盘这样重现人间的国之重器,千年之后还能像俗话说的那样来一点类似紫气东来的东西,也可以算是盛世的一种标志物。"

郑雄的话将老省长说得一愣一愣的。愣过之后,他要郑雄将这些话再说一遍。大概怕记得不牢,之后又要郑雄说了第三遍。说到后来,老省长也说了实话,他不希望郑雄再在熊达世面前卖弄什么才华,像月是故乡明,玉是故乡灵这样的话,只要对象找准了,一个字值一个亿,一句话可以换一顶副部级的乌纱帽,两句话就能换一顶正部级的乌纱帽。老省长形容郑雄的这两句话,给所谓的和氏璧玉玺起码增色一百倍,而熊达世以后更会用这两句话在京城的豪宅大院里忽悠出许多名堂来。老省长要郑雄往后学会惜墨如金、惜字如命,像当代的楚庄王、二十一世纪的楚庄王之类的话,不要轻易说,更不要对那些来得不明、去得不明的人说,将好听的话,精彩的话,都留给青铜重器学会,留给曾侯乙尊盘。

老省长自己也想出一些道理,和氏璧玉玺也好,九鼎八簋也好,都是一个人将事业做到极致受到万人景仰时会自然拥有之物,对于一个尚在奋斗,还有向上攀登余地的人,作为日常生活用具的曾侯乙尊盘,对其命运中祥瑞之气的培育、积累与升华会更有实效,也更有意义。此话一出口,郑雄对老省长拉他成立青铜重器学会的目的,心里更有数了。至于老省长带他来北京,要见谁和不见谁,郑雄也有所思量。每有心得,郑雄若不是热血沸腾,就一定是胆战心惊。

第二天的早餐时分,郑雄请老省长下楼去餐厅时,敲了几遍门,仍没有人答应。打房间电话也无人接听。他让服务员开门进去看看,房间里空无一人。郑雄一点不着急,他马上明白,老省长一大早肯定接到约见的电话,因为只让他一个人去,便索性不叫醒自己了。郑雄在餐厅里慢慢地享用每一样服务,而不必像这些天来,没完没了地招呼老省长,特别是只有自助餐的早餐,老省长想吃的每一样东西,哪怕是一根油麦菜,或者是两块泡萝卜,都要郑雄帮忙跑腿。因为完全没事,这顿早餐居然吃了九十分钟。郑雄喝完最后一口咖啡,刚走出餐厅,迎面遇上从外回来的老省长。

老省长开口就说,拿好行李马上去机场。待乘电梯上楼回到房间,老省长才将满脸的不高兴毫不掩饰地表现出来。听老省长说,果然是昨天半夜忽然接到通知,他一大早准时赶到见面地点,所见到的却只是"大秘"。老省长想见的人太忙,临时有事不得不爽约,让老省长将想说的事一一告诉"大秘"。

老省长将满肚子不高兴带上了回武汉的飞机,从起飞到降落没有搭理郑雄不说,途中还罕有地冲着空姐吼了一声。郑雄中途去洗手间,见空姐在那里抹眼泪,另一位空姐在旁边安慰,说老人家可能是心情不好,知道一会儿下飞机时有中纪委的人在机舱门口等着,请他去住五星级酒店。飞机在天河机场落地后,机舱门口当然没有中纪委的人,只有几个保安在议论中纪委的什么事。

老省长刚打开手机就接到一个电话,之后脸色马上变了。与之打交道多时的郑雄,头一次见到老省长的模样如此谦卑,那种乖巧,胜过自己的司机小胡。说起来,老省长在武汉的地位也是一人之下,万人之上,即便与现任书记省长有所交集,也是不卑不亢,无论会上还是会下,如果对方不主动打招呼,他一定不会与之对一下眼神。

听完电话的老省长心情大好,下飞机时,还记得冲着那位空姐说一声对不起。

从机场的贵宾通道出来,上了接机的轿车,老省长才笑容可掬地告诉郑雄,此行虽然没有见到最想见的人,但今天早上的谈话,秘书原原本本地记录下来,并及时报告上去。刚才那个电话就是人家亲自打来的,不仅表示歉意,还一再借题发挥,将老省长的话,提升到另一种高度。说是古往今来,但凡镇国之宝,无一不是亡国之物,反过来,那些亡国之物往往又能变为镇国之宝。所以,当初随盛唐而逝,如今随盛世而归的应当是更高境界的东西。如果真有青铜古物能升腾出紫色瑞气,哪怕需要一定的条件,对那些敢向霸王争天下,不向恶魔让寸分的人来说,至少也是一种心理吉兆吧。老省长根据此话判断,人家虽然没有明说什么,暗中指向十分明确,能升腾出紫色瑞气的还有别的什么呢?到这一步,老省长才透露,成立青铜重器学会这步棋,也是人家指导过的,包括经费,也是人家向有关方面打过招呼。

老省长唯一不高兴的是,人家也明确建议,用最大的诚意来与熊达世合作。人家说这话的理由是,要想解决一个世界性难题,单靠一两个专家的力量是不行的。

郑雄听出这话的弦外之音,似乎指向曾侯乙尊盘。

传国玉玺后来又雕刻了不少,仅由清帝乾隆钦定的国玺就有二十五方。而像和氏璧那样的传国玉玺,更接近于传奇。世界上真正用来传承的独一无二的国之重器唯有曾侯乙尊盘,国之重器的境界,再也没有比这更高的了。正因为曾侯乙尊盘举世无双,从一出土便成了国宝中的国宝。虽然没有明文规定,实际上能够亲手触摸曾侯乙尊盘的只有包括曾本之和郑雄在内的极少数人。就连这样的极少数人,也只有在重点文物的例行检查时才有机会,先从防护展柜中取出曾侯乙尊盘,再运到楚学院六楼的"楚璧隋珍"室,由戴着手套的曾本之率先触摸并仔细观察之后,郑雄等人才可以在曾本之的指点下轻手轻脚地进行下一步的观察检查。无论是谁,想要在曾侯乙尊盘上做手脚,无异于天方夜谭。

一想到这里,郑雄的额头上就开始冒冷汗。

好在老省长仍旧沉浸在突然降临的恩宠所带来的喜悦之中,没有发现郑雄神情的异常。郑雄竭尽全力想控制住自己,越是用力,身上的冷汗越多。车过长江二桥时,老省长终于发现了,他问郑雄,为何如此紧张。幸好郑雄下飞机时收到曾小安的一条短信。他将手机打开,曾小安发给他的两个字是:鼻屎!老省长不懂这两个字的意思。郑雄便简要解释说,这是楚学院最为通用的骂人的话。

老省长还是不理解,郑雄就将当年郝嘉高喊这两个字,从楚学院六楼窗口跳下来的经过说了一遍。老省长又不理解了,当年他当专案组长,最终为郝嘉结案时,为何没有人提及这个情节,包括专案组最信任的郑雄,也没有将这事写进卷宗里。郑雄如实告诉老省长,之所以当初自己没有向当组长的他报告,实在是因为自己不想专案组继续留在楚学院。如果专案组得知郝嘉临死之时,还在咒骂谁,万一认为是咒骂专案组,惹火了专案组,死了和尚死不了庙,而开始另行追查,自己一没脸在专案组继续待下去,二没脸在楚学院继续待下去。老省长告诉郑雄,郝嘉死后,确实有一部分专案组成员想继续追查,但被他强压了下去,因为他自己也不想被这个所谓的专案拖住后腿,陷在泥潭里出不去。

老省长明白,曾小安骂郑雄是鼻屎的意思相当恶毒。他很好奇,夫妻之间骂人都骂到这个份儿上了,还有什么感情可言。他还怀疑是不是郑雄在外面养了情妇被曾小安发现了。郑雄懒得分辩,任由老省长胡乱猜去,也好分散他的注意力,不再追问自己为何满头冷汗。

郑雄一进家门,就被曾小安堵在门口低声质问,是不是他在背后捣鬼,郝文章明明刑期满了,为着一件小事,又被追加半年监禁。郑雄很清楚这时候说什么也没有用,索性不作任何争辩,只是希望曾小安不要闹,只要曾小安不闹,他会想办法让郝文章减刑,实在减不了刑,也要让他获得假释,提前出狱。

曾小安心有不甘,又没有别的办法,只能警告郑雄,如果他想再玩花招,自己就去文化厅和楚学院,让所有人都知道他是个戴绿帽子的男人。郑雄很想回答,只要她不怕丢曾本之的脸,尽可以满世界做广告。郑雄最终还是忍住了,与曾小安的婚姻是他在青铜重器学界上下行走的基础,没有曾本之作为后盾,起码在目前阶段会弄得走投无路。

摆脱曾小安的纠缠，郑雄赶紧联系曾本之。

在电话里，郑雄问曾本之要不要自己也来黄州帮忙。曾本之说没有大不了的事，自己明天就回家。到了第二天下午，他又说自己明天就回家。那样子完全是郑雄的翻版。郑雄出差在外，多次说明天回家，每次都没兑现。真要回家时，郑雄反而事先没有明说。

曾本之待在黄州也不是完全没有必要，他将华姐留下的水波纹镜交给漆局长的当天，熊达世就亲自出面与漆局长谈交易，希望得到那只被曾本之当成垃圾的甬钟。漆局长按曾本之吩咐的，要熊达世用一只春秋时期的水波纹镜来换。熊达世也知道春秋时期没有水波纹镜，还以为漆局长是借故推脱，不想将甬钟给他。漆局长就将华姐留下的水波纹镜给他看，并说水波纹镜出土时，本来有一对，另一只被人盗走了。漆局长想将它们找到一起，成就另一种意义上的破镜重圆。这边熊达世刚刚答应，得到消息的曾本之就让万乙通知沙璐，再让沙璐告诉沙海。沙海完全按照曾本之所设计的，装做舍不得，逼得替熊达世出面谈交易的人，从一万元起价，一路提到十二万元人民币才算成交。沙璐打电话告诉万乙，沙海现在已将曾本之奉为神明。在操盘买卖水波纹镜的同时，曾本之一直在寻找华姐失踪的线索。他怀疑华姐是被心怀企图的某些人带走的，否则她会从容不迫地带着水波纹镜悄无声息地离开。如果华姐是被人带走的，那些人还算斯文和客气，没有破门而入，这样华姐才有时间将水波纹镜藏在马桶的水箱里，还故意让其漏水，以提醒曾本之。曾本之没有报警，甚至连真相都没有告诉漆局长，他不想将这事弄得满城风雨，是因不能确定华姐是否真的遭到绑架。曾本之以怀疑有人趁房间里没有人时，偷偷进来翻动过放在房间里的皮包为理由，要漆局长出面将酒店的监控录像调出来看看。经过交涉,酒店同意让他们看监控录像。真从电脑里调看时,才发现事情太巧了,曾本之不在房间的那一阵,这栋别墅停了十五分钟电,原因是控制开关跳闸了。没有电,监控探头就成了聋子的耳朵——摆设。

拖了几天,郑雄急了,再打电话时就说有急事必须尽快见到曾本之。

想不到曾本之却一反常态地戏谑起来,反问他:"是曾侯乙尊盘被盗了,还是郑会长要升职为郑省长了?"

郑雄着急地说:"是的,有人想在曾侯乙尊盘上做手脚!"

曾本之说:"你不是早有断言,能在曾侯乙尊盘上做手脚的人还没有出生吗?"

郑雄说:"曾侯乙尊盘上能不能做手脚,您比我清楚一百倍。我说的那些话,哪一句不是您的意思?"

曾本之说:"我说过武汉三镇有楚庄王的转世吗?我说过要你当那个鼻屎学会会长吗?"

郑雄说:"您老人家行行好,先不说这个,如果您决定不再像以前那样信任我,为了曾侯乙尊盘,请您最后相信我一次!"

见郑雄真的急了,曾本之答应明天一定回武汉:"明天是郝嘉的忌日,我们在九峰山见面!"

贰贰

从黄州回武汉的路上,曾本之忍不住同万乙聊起了郝嘉。

万乙早就听说过郝嘉,先前碍于师生辈分,不敢贸然打听,好不容易等到这个机会,自然要追根究底。一路下来,除了郝嘉,别的什么也没有提及。从高速公路下来,送他俩的司机不熟悉行车线路,每次询问行车方向时,曾本之只是用最简单的语句告知是向左、向右或者直行。

按曾本之的说法,楚学院真正的全盛时期,是他和郝嘉同时出任副院长那一阵儿。那几年人人热衷做学问,治学态度格外严谨,同时又保持着充分的学术民主。

曾本之用了三个"如果郝嘉不死"来谈郝嘉。

第一个"如果郝嘉不死"是说,在青铜重器研究方面的成就自己肯定不如郝嘉。曾本之说这话时,神情是由衷的,他一再说郝嘉是青铜重器研究上百年不遇的天才。因为天分高,就难免恃才傲物。在一九八〇年代中期,一个有才华的人表现高傲,反而更受人尊敬。才子嘛,总要比别人浪漫一点。第二个"如果郝嘉不死"是说,郝嘉若是还在人间,仿制的曾侯乙尊盘肯定早已公之于世了。当初主持仿制曾侯乙编钟的人本应当是郝嘉,也是因为太有天分了,当时的领导表面上没说话,内心里并不喜欢他。再加上郝嘉在发掘曾侯乙大墓时,与铁道部队的一位女卫生员暗恋,引起部队方面的不满,逼着楚学院处分了郝嘉,这才给了曾本之机会。好在曾本之还算争气,将这件事做得很完美。但在郝嘉那里,情况就不一样了。一方面继续研究青铜重器,还放话说,要用一己之力将曾侯乙尊盘仿制出来。另一方面,还迷上了政治,也是用一己之力创办了一份名为《大楚》的油印小册子,借谈楚国兴衰,评论当今时政。虽然事情过去二十几年了,这个世界上敢说凭一己之力仿制出曾侯乙尊盘的人,还没有出现第二个。第三个"如果郝嘉不死"是说,郝嘉之死看起来前因后果明明白白,实际上玄之又玄,以郝嘉的为人,心高气傲不假,敢于出头也不假,真的只是为了那些跟着他到长江大桥上去的人,而以自己的死来一了百了,那也太小看了楚学院的同事们。

曾本之不能不告诉万乙,郝嘉高喊"鼻屎"二字,从六楼上飞翔而下后,趴在地上,用最后的力气伸出三个手指。他希望万乙能用年轻一代人的思路帮忙想一想,这到底是何意思。

万乙想了半天,什么也说不出来。反而是开车的司机突然插嘴,说这有什么难的,就是OK的意思。万乙自己没有回答出来,对不相干的插话自然有些不满,他没好气地揶揄一句,说司机幸好没有认为,那是表示有人还差他三百元人民币。

车到九峰山一带,路边忽然出现许多苍松翠柏,连天上的白云都肃穆起来。万乙继续问郝嘉的事,说了两次,都没有回应。待发现曾本之的神情已变得格外凝重,恨不得将刚才说的话一个个字地收回来。

九峰山公园是武汉三镇在江南的最大公共墓地。由于清明节才过不久,先前对逝者的哀思已寄托了,又因为是星期一,连绵几面山坡的偌大公墓里,只散落着十几个祭拜者。在数不清的墓碑中穿行一阵后,远远看到一块墓碑被雕刻成楚鼎模样。万乙以为那就是郝嘉的墓地。走近了才发现,楚鼎模样的墓碑是第一任楚学院院长的。曾本之在那墓碑前停了片刻,嘴里还不忘唠叨几句,说老院长是个好人,就是心眼小了点,当初非要他主持仿制曾侯乙编钟,将不那么听话的郝嘉晾在一边。

又走了一阵,曾本之忽然停下来,双脚并拢冲着一座极为普遍的墓碑深深鞠了一躬,再说一声:"郝嘉兄,本之老弟来看你了!"曾本之弯下去的腰没有直起来,就那种样子,低声说了许多,像是两个人在用心做交流。

曾本之一连问了三次为什么。第一次是问,郝嘉卷入政治闹得再凶也没有失去做人的分寸,若是因为政治上的暂时不如意便拿生命做赌注,这太不像郝嘉一向为人的风格了?第二次是问,想要跳楼是郝嘉自己的事,可为什么别人从楼下经过不跳,非要等曾本之从楼下经过时刚好落在他面前?第三次是问,郝嘉一向是言必行,行必果,既然说过要仿制曾侯乙尊盘,前后好几个年头,按道理应当有些东西可以说了,为什么就不肯对任何人吐露一个字呢?

曾本之说完想说的话,回答他的只有山坡上随意纵横的南风,以及夹在南风中的一缕醉人的微香。

万乙有意提醒说:"有个女人像是往这边来了。"

曾本之回头看了看,才问万乙:"你认识她吗?"

万乙说:"不认识,她手里捧着一束鲜花。不对,她怎么转身往山上走了?"

曾本之也看见,一个女人的背影在高处的山坡上闪了几下就不见了。曾本之觉得那背影有些熟悉,他很希望那个女人就是华姐。真要确定时,他又没有十足把握。

片刻后,女人消失的路上出现一群人。领头的是马跃之,之后依次是柳琴、安静、曾小安,与曾本之有约的郑雄略显尴尬地跟在最后。距离只有十几米时,他们还对路边的花草树木自说自话地议论纷纷,一旦走到郝嘉的墓碑前,大家马上肃然起来,依次将手中的鲜花摆放在墓碑前,再后退几步站成一排,深深地鞠躬三次。

不待别人说什么,曾本之从怀里掏出一张纸,声音低沉地吟诵起来。

别如隔山,聚亦隔山,前世五百次回眸,哪堪对面凝望?

一片风月九层痴迷,两情相悦八面爽朗,三分江山七分岁月,四方烟霞六朝沧桑,生死人妖五五对开,左匆匆右长长。二十载清流,怎洗涤血污心垢断肠?十万不归路,名利羁羁,锦程磊磊,举头狂傲,低眉惆怅。

憾恨暗洒,从雁阵来到孤雁去。潮痕悲过,因花零落而花满乡。江汉旧迹,翩若惊鸿。佳人作贼,丑墨污香。千山万壑难得一石,五湖四海但求半觞。漫天霜绒枫叶信是,姹紫嫣红君子独赏。

觅一枝以栖身,伴清风晓月寒露,新烛燃旧情,焉得不怀伤?

凭落花自主张,只温酒研墨提灯,泣照君笑别,岂止无良方!

宿茶宿酒宿墨宿泪,今朝方知昨夜悔。秋是春来世,春是秋重生,留一点大义忠魂,最是重逢,黄昏雨巷,朦胧旧窗。

曾本之在黄州待了几天,抽空写了这篇怀念郝嘉的《春秋三百字》。

时值六月初夏,曾本之的吟咏却像秋风那样感人肺腑。马跃之本想用自己的手抓住曾本之的手。不知为何,他俩突然拥抱在一起,虽然不发一声,那老泪纵横的样子更是悲苦。

如此痛心疾首的时候,别人都无法开口说什么。若不是见惯了各种相思之愁、怀念之苦的公墓管理员走过来,只怕要等到曾本之和马跃之的泪水流干了,这悲苦的场面才会结束。

一个佩戴红色臂章的公墓管理员走过来,指着墓碑大咧咧地冲着他们问:"他是你们的什么人?"

站在最边上的郑雄回答:"同事!"

话音刚落,曾小安就补上一句:"不对,是亲人!"

公墓管理员说:"这两个月我一直在注意着这里,想看看谁来为他扫墓。连清明节都没人来,我还以为真是个没人理的孤魂野鬼。"

柳琴打断他的话:"你这么关心,是不是有什么事?"

公墓管理员说:"说有事就有事,说没事也就没事。实话告诉你们,埋在九峰山上的人十万都不止,这么多人埋下都没事,就你们祭拜的这座墓真是出奇!"

接下来,公墓管理员说的话,让所有人都觉得不可思议。大约在清明节前半个月,公墓管理员在作黄昏前的例行巡查时忽然发现,有一股白色的雾气从这墓碑下面冒出来。因为存在的时间不长,当时他还以为自己眼花了。到了正好清明节那一天,因为扫墓的人太多,所有的管理员都得延长下班时间。那天傍晚又有白色的雾气从这墓碑下面冒出来时,好几个管理员都看见了。后来他一直在留心观察,仅他看到的白色雾气一共冒了五次,而且都是在傍晚，公墓里没有人的时候。

按照公墓管理员的说法，墓地是一个人最终归宿，生前的喜怒哀乐恩恩怨怨说是一了百了，其实未必。他们亲眼见过，有黑色雾气从别的墓碑下面冒出来，这种现象见得多一些，因为它是预兆死者的家人将有灾难，这一点几乎都在后来得到印证。据说某些墓地中还会冒紫色雾气，那是后人将有大福大贵的吉兆，不过，在九峰山上还没见到。而像眼前这墓地，不停地往外冒白色的雾气，是死者心里有大冤屈，躺在地下仍在大声吼叫的缘故。

郑雄将公墓管理员叫到一边，小声问他："是不是还有其他墓地也经常冒白色的雾气？"

公墓管理员听出这话的弦外之音，当即指着他的鼻子说郑雄是狗眼看人低，将自己当做归元寺旁边那些测字相面诓人钱财的江湖骗子。说到后来，公墓管理员几乎是动怒了，咆哮着说："如果这白色的雾气真是死人发的信号，这大冤屈一定是你这个王八蛋造成的！"

听此一说，郑雄也罕见地冲着公墓管理员骂起来。

幸亏他说对方是鼻屎。公墓管理员听不懂这种陌生的骂人词汇，才没有让事态发展到不可控制的地步。马跃之适时地走到他们中间，一手推开郑雄，一手搂着公墓管理员的肩膀，顺着来路往回走。公墓管理员心有不甘，一开始还扭头向后大声说，郝嘉墓东边第三座墓，去年三月就冒过黑色雾气。清明节死者的家人来扫墓时，自己好心告知，提醒他们注意。那家人也像郑雄这样，以为是要骗他们的钱财，摆出一副爱听不听，爱理不理的样子。没想到才过三个月，这家人的一对双胞胎男孩，就在长江里同时淹死了。马跃之陪着公墓管理员走了一程，直到对方脚下走顺了，没有继续纠缠的意思，这才松手。回到郝嘉墓前，马跃之特意去东边看了看，在公墓管理员所说的那座墓旁，真的有一座合葬的双胞胎男孩之墓。

"遇到任何事情也不要与这种人斗气，像看守墓地这种职业，说不怪它也怪，说怪它就更怪。凡事都不要惹他们，你想想，好生生的一群人中，为何偏偏认定是你郑雄给郝嘉造成了大冤屈？这种蹊跷的事一旦传出去，就不是骂一声鼻屎能过去的简单事情了。"马跃之不轻不重地劝郑雄几句。见郑雄不做声，马跃之又对大家说，"俗话说好事成双，按我的经验，这种怪事，往往也会成双！"

曾本之很有默契地接过马跃之的话，说自己本来只约了郑雄来这里，既然大家不约而同地来了，也可以当做天意使然。说着，他掏出用甲骨文写的第一封信，递给站在身边的曾小安，曾小安看过后，又递给安静，安静同样看了一眼，又递给柳琴，最后由柳琴递给真正看得懂甲骨文的郑雄。

郑雄之前的那些人，只是对信封上写的字好奇。

郑雄当然不同，他看看信，又看看墓碑，再回过头来重新看看那封写给曾本之的信，脸上的表情，除了惊讶再也没有其他。等到第二封用甲骨文写的信递到郑雄的手上时，先前所有的惊讶已经扭成一团变成一种纯粹的肌肉抽搐。

一直没有说话的安静忽然惊叫起来："老曾，这是什么时候的事？死了二十多年的人给你写信，太吓人了！这信是放在办公室吧？若是放在家里我可要吓死了！"

曾本之赶紧说："是的，是放在办公室。我就是担心你害怕，才没有做声的。"

马跃之则与安静开玩笑："要不你当面问问郝嘉，活着时不写信，为什么要等到死了二十几年才想起来写信？"

安静却认真起来,她朝着郝嘉的墓碑作了一个揖:"老郝呀老郝,我和老曾可没有亏欠过你。你在世时喜欢吃捶肉,每次你来家里吃饭,我都要忙一下午,手都捶起泡了,才够你一个人吃一餐。你要是敢吓唬我和老曾,回头我就用那个捶肉的锤子来捶你的墓碑。"

柳琴也插进来说:"你这个郝嘉,你敢装神弄鬼我也不依你!我和老马结婚时,你喝醉了,抱着我不放,非说我不是姓柳,而是姓杨。还说我是女兵,穿军装的样子比穿婚纱还好看。最后还大吼大叫,这辈子非要我做你的新娘子!你要是再借酒装疯,我就将你第二天的道歉退回去,让你悔恨一辈子。"

柳琴的话让本来十分沉重的气氛变得活跃起来。

曾本之也不管那两封甲骨文写的信了,接着柳琴的话说,郝嘉是人醉心不醉,当初在曾侯乙大墓发掘现场,确实有一个姓杨的女兵,是在附近修铁路的铁道部队的女卫生员,面相一般,但气质特别好,郝嘉十分迷恋她。女兵小杨对郝嘉也动了心,郝嘉手分明是好好的,她却借替他包扎伤口,一块纱布缠了又拆,拆了又缠,一弄就是半个小时。但是那个女兵被死了老婆的团政委看上了,全部队的人早就都将她当成了团政委的新娘子,从团长到士兵,大家都称她为小嫂子。曾侯乙大墓发掘完毕的那天晚上,郝嘉也喝醉了,因为那天晚上女兵小杨真的和团政委结婚了。

马跃之就劝大家,逝者为大,就不要揭郝嘉的短了,其实郝嘉在这件事情上过得很艰难,有一回他跑到马跃之的办公室,说是为当初婚礼上的胡闹道歉,实际上是说自己的事。头一天郝嘉从北京出差回来,在武昌火车站下车时,看到女兵小杨坐在另一列火车靠窗的座位上。女兵小杨也看到他了,从车窗里探出半个身子,拼命朝他招手。郝嘉刚冲到那车窗前,女兵小杨就被人硬拖回车厢内,站在车窗前的人换成了那个死了前妻才娶了女兵小杨的团政委。那列火车是开往乌鲁木齐方向的,在武昌站足足停了半个小时。郝嘉在站台上站着,团政委在车窗后站着,彼此对视。车窗太小,郝嘉看不到遮蔽在团政委身后的女兵小杨。直到火车终于开了,团政委身子一晃,他才看到半张被泪水淹没的熟悉的脸庞。

曾本之瞪大眼睛,他很奇怪自己竟然不知道这件事。马跃之说,那一阵子,因为曾侯乙编钟仿制成功,曾本之正沉浸在莫大的荣耀之中,备受冷落的郝嘉自然不会与他说这些,所以才将内心的衷肠诉说给一个与青铜重器没有关系的局外人。

见曾本之在叹气,马跃之就说:"不管怎么说,人家死了二十多年还记得给你写信,可见你俩的感情也是天长地久!"

话题又回到用甲骨文写给曾本之的两封信上,安静和柳琴都想知道前一封信写的四个字和后一封信写的四个字,各是什么意思。曾本之就让郑雄解释给她们听。即便在这种时候,郑雄也要在曾本之面前谦虚一下,说自己刚好认识这八个甲骨文文字,前面四个字是说要开始拯救某个人或者某件事情,后四个字的意思复杂一些,"二五"是南京人经常用来贬人的话,原来的典故是说,有两个人因为同一件事在皇帝面前同时邀功献媚,并要赐赏五百贯铜钱。皇上就每人赏了二百五十贯。后来南京人将二百五简化成二五。武汉人也经常骂人是二百五,意思是一样的,都是骂人神经病,将自己卖了还帮别人数钱。天问二五当然就是谴责那些没骨气喜欢邀功献媚的人。

曾小安当即对郑雄说:"楚庄王的转世之人是你找到的,这'天问二五'四个字是你的写照,应当寄给你才合适!"

这一次不是安静而是曾本之拦住曾小安,不让她再往下说。

曾本之要郑雄帮忙想一想,这两封信的出现,到底意味着什么。他还解释之所以先前没有将第一封信及时给郑雄看,是因为那时他还认为可能是媒体精心设计的某个娱乐陷阱。现在的新闻界没有文化记者,只有一群接一群的狗仔队。直到第二封信寄到后,他才觉得事出有因。

"难道没有别的线索吗?如果有别的线索也许就好办一些。"沉思时,郑雄像是自言自语。见等不来别人的回应,郑雄只好壮着胆说:"像这种没头没脑的事,只能凭直觉判断。依我看,这两封信可能与曾侯乙尊盘有关!"

所有人都在看着曾本之时,只有万乙大声问:"何以见得?"

郑雄说:"我说过,我只是凭直觉!"

曾小安非常罕见地夸奖郑雄:"郑会长这话才像是人说的。两封信,八个甲骨文文字,是要拯救遭到天谴的献媚者。说小一点在你们楚学院,说大一点在你们青铜重器研究领域,最有皇家气象,最具王者风范的只有曾侯乙尊盘。谁有本事将这件能使紫气升华的宝器,作为最大的媚献给谁,那才是要用甲骨文作为底气才可能拯救的!"

此言一出,便得到马跃之的喝彩:"到底是曾本之的女儿,每个字都说到点子上了。"

郑雄也说:"小安的分析不无道理,这些时我在外面出差,也是感觉到那些在千里之外发生的种种琐事,每一件都关系着曾侯乙尊盘。"

郑雄既说了熊达世与和氏璧传国玉玺的事,也说了自己和老省长这一路走了几个省市,到过十几家博物馆,所看的全是青铜重器。无论是与自己说,还是同别人聊,老省长不知不觉地就会提及曾侯乙尊盘。

曾本之问:"你以为他想干什么?"

郑雄说:"这正是我不明白的地方。"

马跃之在一旁不满起来:"小郑啦小郑,你总是喜欢下意识地玩些不必要的聪明。弄一个青铜重器学会,一下子就有三千万资金到账,你要是想不到接下来会干什么,不要说我们,这九峰山上的十万鬼魂都没有一个相信的。"

郑雄说:"我真的不敢想,一想到这些身上就出冷汗。"

说话时,郑雄的脸色真的变白了,先是额头上冒出一层冷汗,片刻后,衬衣的后背就被汗水湿透了。安静要曾小安帮忙擦擦汗,曾小安极不愿意地从手提包里取出几片面巾纸,递给郑雄。

马跃之有些诧异地说:"青铜重器学会虽然大名鼎鼎,却是上不挨天,下不沾地,既管不了省博物馆,又不能插手考古发掘,剩下来就只有一件事值得做却没有人做——"

大家都盯着马跃之,等他说出那句都到了嘴边的话。

马跃之也不是故意卖关子,他望了望曾本之,又看了看郑雄:"二位专门研究青铜重器,应当比我清楚,只是不愿意说罢了。"

停了一会儿,马跃之又对万乙说:"这位青铜重器的后学,你也应该晓得呀!"

万乙惊慌失措地一边摇头,一边摆手,嘴里不敢多说一个字。

"看来这话只有由我来说了!"马跃之将在场的人依次看了一遍,"正厅级的青铜重器学会,三千万大笔资金,除了仿制曾侯乙尊盘,做任何其他事情都不合适。"

听闻此言,曾本之还算镇静。

旁边的郑雄除了继续冒冷汗,两条腿也开始哆嗦起来。曾小安实在看不过去,便伸手扶了郑雄一下,又因极为不解,她不得不温柔地问郑雄:"天底下研究青铜重器的人,谁不想亲手仿制曾侯乙尊盘。这是好事,是机遇,怎么像是遇上鬼了,怕成这种样子?"

曾本之终于开口说:"正因为仿制曾侯乙尊盘是青铜重器研究者的梦想,真要动手了,压力山大呀!这些年,大家达成了共识,曾侯乙尊盘是用失蜡法制造的。万一这种方法不行,那座建设在失蜡法基础上的纪念碑就会轰然倒地。"

曾小安心有疑惑,前些时曾本之还在马跃之的办公室里,石破天惊地表示,青铜时代的中国不存在失蜡法,这会儿怎么又在拿失蜡法说事呢?曾本之也好,马跃之也好,大家都没有朝曾小安作某种暗示,是她自己做的选择,将这些疑问留给后来的日子去解决。

曾本之随后专门问郑雄,出差回来急着要见自己,是不是预感到老省长要他操盘仿制曾侯乙尊盘。郑雄点过头后,身上不再哆嗦,汗水也流得少了。曾本之让他不要太着急,是病就有治疗的药方,凡事总有解决的办法。能够动手仿制曾侯乙尊盘总是好事,成与不成,都会给青铜重器研究带来重要进展。

郑雄小心翼翼地问:"果真这样,到时候您可不可以亲临指导?"

曾本之反问道:"你以为你们的老省长会让我去?我把话说在这里,用谁不用谁,那家伙一定打好了腹稿,他的名单上不可能有我。而且,一定要求你在事成之前严守秘密!"

曾本之停顿了一下,然后转过身来对着郝嘉的墓碑说:"郝嘉兄,曾老弟一直记着你说过的话,与青铜重器打交道的人,心里一定要留下足够的地方安放良知!"

曾本之的声音很轻,听懂的人都觉得每一个字都是沉甸甸的。

眼看快到中午了,安静和柳琴觉得大家对郝嘉的心意也到了,就要曾本之和马跃之回家休息。特别是曾本之,几天不在家,更需要回家调养。曾本之却不肯,他要马跃之留下来,一年当中就这一天,要好好陪陪郝嘉。听到这话,郑雄和万乙也要求留下来。安静和柳琴没办法。当然主要还是曾小安,她觉得曾本之可能还有其他事情要办,力劝她俩坐自己的香槟色越野车先回家去。三个女人离开不到十分钟,郑雄就接到老省长的电话,要他马上赶到东湖宾馆,有重要事情需要决定。

郑雄走的时候显得很无奈。

剩下三个人时,马跃之让万乙到公墓入口处的小店买回三份盒饭。

进入到六月中旬,梅雨季节开始后,武汉三镇有雨时凉快,雨停之后的气温虽然才二十度,离三十八度以上的夏季高温还差得远,然而,从早到晚空气中的湿度都在百分之九十左右,那种难受劲儿,甚至超过气温达到四十度的天气。郝嘉墓前正好有一棵茂密的大松树可供招风与遮荫,尽管如此,时间一长,野地里热乎乎的湿气还是使人头晕气短。

无论马跃之如何劝说,曾本之就是不肯离开。

曾本之要在这里等华姐,他相信早先看到的那个女人就是华姐。扫墓也有扫墓的规矩,既然来了,无论如何也要到墓前祭拜一番,任何理由的半途而废都会带来大不吉利。

万乙只好不停地去公墓入口处的商店里买冰镇矿泉水,在额头上敷一敷,再在胸口上敷一敷,等到不太凉了,再慢慢地喝下去。如此熬到下午三点钟。马跃之晕得受不了,不耐烦地大声数落曾本之,如果他觉得活够了,想去郝嘉那里报到,撒腿跑过去就是,不要拉上别人。曾本之也不肯罢休,反过来数落马跃之,一点苦也吃不了,娇气得就像那刚出土的千年古尸。马跃之哪里听得进这种话,马上回敬说,表面上曾本之冷酷得像青铜重器,其实是他手里玩得不想再玩的烂丝绸。曾本之当然有现成的话,他说马跃之的光鲜是表面的,其实是一坨铜锈。

两个人嘴巴官司打得正激烈时,华姐终于现身了。

一见到华姐,曾本之和马跃之就不吵了。

华姐像是没有看到他们,径直走到郝嘉墓前,将手中的鲜花放在墓碑前,点燃几炷香烛,然后深深鞠躬三次。华姐边鞠躬边说,去年的今天她来时,曾说过希望今年能和老三口一起来看郝嘉,可是事与愿违,老三口还在监狱里出不来,她只好又是一个人来。不过她让郝嘉放心,只要她活着,一定不会忘记老三口的吩咐,年年今天都会来祭拜的。

做完所有仪式,华姐才转身问曾本之:"你怎么晓得我要来这里?"

曾本之说:"事先并不晓得,来了之后看见你在躲闪便晓得了。那天在黄州你也躲得好快嘛!"

华姐说:"我是不想给你添麻烦。那天你刚离开房间,房间里就没有电了。接着就听见有人在外面拨弄门锁,幸好被服务员发现,门外那人就说是走错了,将二号别墅当成了三号别墅。那时候我也分不清真假,一看情形不对,就找机会马上跑了出去。"

曾本之说:"你干吗将水波纹镜留给我?"

华姐说:"我晓得你不会私藏水波纹镜,一定会交给博物馆。到时候展出时,在上面写明它的出土时间和地点,不就等于说,同一座楚墓里其他青铜重器也是真的吗?这是老三口教我的妙招!"

曾本之说:"果然是妙招。不过你们也不要将别人想得很弱智!青铜重器只与君子相伴,说的是两千六百年前的事。老三口仿造的青铜重器往往落入奸佞之徒手中,这些人人性不足,兽性有余,一旦发觉上当了,后果会不堪设想。"

华姐说:"江湖上的事我一个女人哪里搞得清楚!我只听老三口的。他叫我怎么做我就怎么做。不过,会唱'花儿'的女人也不是好惹的,真到急眼时,'花儿'也会杀人!"

曾本之说:"黑有黑的规矩,白有白的标准,你们还是好自为之吧!我再问你,听你刚才说的祭文,你丈夫与郝嘉的情分不一般呀!"

华姐说:"岂止是这个,我自己也很看重他。听老三口说,郝嘉是个心比天高,命比纸薄的男人,事业上比不过曾先生你,感情上更是备受打击。你只晓得郝嘉爱过一个女人,姓杨,一直在部队里当医生。却不晓得这些年他一直在找这个女人。郝嘉跳楼的前几天,终于找到那个女人所在的部队医院的电话,他满怀希望地拨通电话,却听说杨医生不堪丈夫的打骂,用手术刀割腕自杀了。郝嘉用老三口的'大哥大'打电话时,我就在旁边。当时我刚下火车,人有些不舒服想呕吐。郝嘉打电话之前,还要老三口带我去医院看看是不是怀孕了。打完电话他就变了个人,要不是我和老三口使劲抱着他,当时他就会学杨医生用刀割断自己的手腕。想不到后来他还是跳楼了。"

一旁的马跃之惊得张大了嘴巴,却说不出话来。

曾本之咬着牙问:"郝嘉没有问对方,杨医生有没有留下儿子或者女儿?"

华姐说:"郝嘉问了,对方说杨医生有过一个男孩,很小的时候就失踪了,这也是杨医生割腕自杀的原因之一。"

马跃之说:"郝嘉与杨医生认识了十多年,仅仅因为旧时恋人的自杀,他也要跟着自杀,这道理虽然说得过去,但还是难以让人心服口服。"

华姐说:"我晓得你们一直在这里等着就是要问这些。我晓得的都告诉你们了。"

曾本之说:"可你一直没有回答我,那块透空蟠虺纹饰附件残片是从哪里来的?"

华姐说:"晓得的放在肚子里不说,又不能长成宝物。"

见华姐真的要走,曾本之就说:"我再问最后一个问题,老三口是不是仿制过一套九鼎八簋,如果是老三口仿制的,说不定真有杀身之祸。先前收藏九鼎八簋的就是你在黄州差点碰上的那台外型像装甲车的越野车的主人,他用这些仿制品与别人手里的宝物做了交换。对方拿到这些东西后,说什么也会请行家看一看,万一看出破绽,那就大事不好了!"

华姐说:"好不好我都不会给你们添麻烦。真到那种关键时候,我们就在这墓碑下面互相留个信吧!"

华姐走出老远,万乙才想起来高声问她,有没有看到郝嘉墓上有白色雾气升起来。华姐听见了,也回答了。华姐说,看得见和看不见都是一样的,在她心里郝嘉墓上一直有白色雾气往上升,那是因为他死得太冤。

贰叁

华姐幽幽的声音穿过九峰山,落到东湖边上。

望见自己家的窗口时,曾本之才强行将这种声音抛到一边。

出门几天,家中一切看不出有什么变化。私下里曾小安说了那么多与郝文章不同寻常的事,曾本之同样看不出她和郑雄的关系与以前有何明显不同。名义上的一家人,好几天没到齐,趁着大家都在,安静做了一桌好菜。五个人围坐在一起时,曾小安拿来一瓶红酒,说是好久没有这么轻松了,今天要好好喝几杯。安静表示,要喝你们小两口对饮,别拉上老爸老妈。曾小安撒起娇来,非要同老爸老妈喝上几杯。安静还在讨价还价,曾本之已经与曾小安碰了杯。安静见曾小安一反常态,不仅与曾本之碰杯,还三番五次地和郑雄碰杯,以为这是夫妻间小别胜新婚的缘故,便不再阻拦,自己也拿起酒杯互相碰了几圈。

慢慢喝,慢慢聊,大人们说起郝嘉死后还给曾本之写信的事时,楚楚插嘴说:"你们说的那个郝嘉一定是低级动物!"

大家一愣,赶紧问他,这话怎么解释。

楚楚的样子很骄傲:"老师上课时说的,高级动物死亡,身上所有器官都跟着死亡。低级动物就不同,哪怕死亡多时,身体的某些部分还会活着,还有本能反应。就像蛇,哪怕将它砍成几节,头部还有可能跳起来咬人。郝嘉一定是低级动物,人死了,写信的功能还没有死。"

别人只顾笑,郑雄却说:"说得好,我再请教楚楚小老师,郝嘉死了他的坟墓里为什么会冒白色气雾呢?"

楚楚说:"这个问题太简单了,他是低级动物,既然还能用手写信,就还能像你一样用手抽烟!"

这一次郑雄不得不笑了。

回到正题上,曾小安才说清楚,原来这酒是为终于开始仿制曾侯乙尊盘而喝。

安静不同意,非要曾小安与郑雄为白头偕老喝上几杯。安静说这话时,已经有几分醉意了。她一再说,曾小安和郑雄相处得太彬彬有礼,越是这样,做长辈的反而越是着急,每每看到他俩相敬如宾的样子,心里就觉得还不如动手动脚打一架,至少也要恶语相向来一通粗话野话。曾小安和郑雄相互看了一眼,然后站起来说,为老爸老妈白头偕老敬上一杯。

曾本之无比冷静,喝完这杯就不让大家喝了。

待曾小安将酒杯收起来,他才问郑雄:"白天人多嘴杂,你是不是还有话没有说?"

郑雄回答说:"是的。还有一件重要事情。"

曾本之说:"是不是有评院士的机会了?"

郑雄说:"是的。老省长要我赶到东湖宾馆,就是告知这件事,经过他的努力,考古专业好不容易才增加一个院士名额。"

安静马上插进来说:"这是天大的好事,你爸爸都等到胡须白了,你可要像以往那样努力为他争取哟!"

郑雄说:"都是一家人,这话还用得着说吗?"

曾小安将收起来的酒杯重新拿出来,满满地斟上两杯,一杯递给郑雄,一杯留给自己:"你说的这事,可是爸爸一生中最大的愿望,我代表全家人敬你一杯!"

曾小安只顾喝酒,一直在埋头吃饭的楚楚忽然哇的一声哭了起来。

安静赶紧抱着他,问了几遍为什么,楚楚才说,今天下午老师在课堂上批评不正之风都刮到院士身上了,有些人根本不够院士水平,是靠走后门拉关系弄上去的。如果外公为了当院士,也去拉关系,走后门,到时候他在全班同学面前都会抬不起头来。

曾小安笑着亲了楚楚一下:"这件事好办,为了证明未来的曾本之院士为人正直,从不搞歪门邪道,从今天晚上起,我和楚楚一起睡儿童房,让郑雄会长单独睡,免得别人说曾本之先生为了能评上院士,天天让自己的女儿吹枕边风。"

见楚楚笑了,曾小安扭转头来告诉郑雄:"我说话可是算数的。从今晚起你睡你的大床,我和楚楚一起睡。等到哪天你将爸爸的院士证书拿回家,我再将枕头搬回去。"

安静急了,她知道这评院士不是一天两天就能搞定的事,夫妻俩为了这事闹分居算哪门子事。她要曾本之说句话,不许曾小安这样做。曾本之心里在暗暗冷笑,嘴里却不做声。反而是郑雄在劝安静,说这样也好,给自己多加点压力,事情成功的可能性会更大一些。

晚饭后,曾本之一头扎进书房,什么也没有做,只是呆呆地望着墙上挂着的那幅曾侯乙尊盘的黑白照片。十点三十分左右,他听到安静和曾小安在客厅里小声争吵,并伴有互相拉扯的动静。曾本之心里很清楚,一定是安静拦着不让曾小安去儿童房里陪楚楚睡。闹了好一阵儿,最终还是曾小安胜利了,曾本之听见有一串清脆的脚步声往儿童房去了。到了十一点,郑雄像往常一样在外面轻轻敲了两下门,提醒他该休息了。曾本之明白郑雄的意思,吃晚饭之前,郑雄就请他明天上午到省博物馆看看,老省长想在那里当面与他说说话。隔着门他不清不楚地回答说,明天上午不管有没有人请,自己都会去省博物馆。

家里的人都睡了,只有曾本之还醒着。

黑白照片上的曾侯乙尊盘在灯光下闪着奇异的光泽,先是像星光,后又变得像荧光,再往后又成了霓虹灯光。曾本之眨了一下眼后,发现照片上的曾侯乙尊盘全是泪光。等到发现自己脸上也挂着泪花,他赶紧用双手捂住自己的双眼,泪花是挡住了,却挡不住泪水,转眼之间,所有指缝都被淹没,那些无处流淌的泪水只能无声无息地滴落在地板上。

窗户外面,城市数不清的窗口彻底变黑了,只留下少数霓虹灯继续狂放地闪烁。曾本之对着曾侯乙尊盘照片独自流泪到很晚,当他换上睡衣准备睡觉时,才发现安静的枕头也被泪水打湿了。毫无疑问,安静是在为曾小安的婚姻担心。曾本之找了一条枕巾替安静换上,在用手托起安静的头时,他贴着她的耳朵说:"是我不好,心太贪了,才让女儿受这样的罪。你放心,这种日子不会再有了,要不了多久,我们的小安就会快乐起来!"安静没有动静,直到曾本之临近睡着时,她才长长地叹息一声。

从黑暗到光明,只隔着一个梦。

从黑白照片上的曾侯乙尊盘到省博物馆里的曾侯乙尊盘,就这天上午八点四十五分的经历来说,二者之间隔着一场灾祸。

这场灾祸是两辆轿车造成的。这个时间点上，武汉三镇能行驶的汽车几乎全开出来了，没有哪条街道不是车满为患。曾本之准备横跨黄鹂路去省博物馆，他在斑马线的一端等了有几分钟，好不容易有个机会，一辆看样子就知道不结实的日系轿车，突然停在斑马线上，导致满街汽车不得不降速一半以上。曾本之正想趁机穿过黄鹂路，脚下都开始使劲了，忽然听到身后有个女人在喊曾老师。就在他下意识地站住，还没来得及回望时，一辆同款的日系轿车高速冲上来，正好撞在那辆停在路边的日系轿车尾部。两辆日系轿车，一辆用车尾包住另一辆的车头，或者说一辆将车头猛地钻进另一辆的车尾，其结果稍有夸张地说，两辆车变成了一辆车。如果曾本之没有停顿下来，肯定会成为夹在车头与车尾之间的一块肉饼。

　　眼前这段路很快被往来车辆和围观的行人堵得水泄不通。曾本之往四周看了又看，既没有见到有熟人出现，也没有人再次叫他的名字。大家眼睛看的，嘴里说的都是撞到一起的两辆轿车，以及从轿车里爬出来几乎要打架的那两个驾驶员，没有人关心他的存在。曾本之定下神来，穿过黄鹂路。年轻人只需要五分钟的路程，他用了十五分钟才走完。在这段时间里，曾本之做出结论，那一声"曾老师"应当是某个女人坐在某辆车上，冲着行走在黄鹂路上的另一个曾姓人士打招呼，或者干脆就是坐在车里给一位曾姓老师打电话。武汉女子就这种性格，越是大嗓门，越是表示亲热和亲近。

　　曾本之一进到省博物馆院内，郑雄就从主馆的台阶上跑下来接他，那样子不用多说，一定是那个叫老省长的人先到了。郑雄扶着曾本之，穿过主馆大厅，来到曾侯乙馆，绕过金碧辉煌的曾侯乙编钟，径直站到曾侯乙尊盘面前。趁着老省长仍然背对着曾本之时,博物馆管事的几个人抢着上前来打过招呼,都说这些年除了每年年底送曾侯乙尊盘到楚学院做例行检查,曾本之对曾侯乙尊盘的关心越来越少了。

说话时,老省长慢慢转过身来,郑雄赶紧上前做了介绍。老省长一边听,一边抬起手来,身子却在往后仰。曾本之心里冷笑一声,像是试着要抬起右手又不得不放下,并顺势甩了几下,意思是说胳膊肘儿不行,抬不起来。老省长也会解嘲,马上说曾先生这样子是伏案时间太长颈椎上出了毛病。

曾本之不冷不热地说:"谢谢你那次不请自来,给老朽的生日多凑一份热闹。当时就觉得你很眼熟,怪我记忆力不好,直到昨天晚上才想起来,你我其实早就认识。一九八九年夏天,你是不是带专案组来楚学院住了一阵?"

老省长说:"曾先生记忆很准确,正是那一次,我将你们六楼的'楚馆秦楼'会议室做了临时办公室。"

曾本之说:"那时候你的嗓门真大,你在六楼东头的'楚馆秦楼'会议室冲着别人怒吼,我都要将自己屋里的那只修补过的楚鼎用双手护着,担心它会被震碎!"

老省长说:"人在江湖,身不由己。职责所在,不敢懈怠呀!"

曾本之说:"郝嘉当时跳楼可是很大的事情,我还以为专案组的负责人会受处分,没想到哇,真的是人要有青云之志,还要有青云之路!"

老省长说:"曾先生当然不晓得当年的那个秘密,还不到五十年,有些档案还不能解密。我这个专案组长虽然看过那些档案,也不能信口开河。我只能说如果郝嘉不跳楼,楚学院院长肯定不会姓曾。"

曾本之说:"若不姓曾,而是姓郝,对我和大家都是一大幸事。"

两个气质完全不一样的男人正在唇枪舌剑暗藏话语机锋,从曾侯乙馆门口进来一群身着警服的年轻人。见领头的女子是沙璐,曾本之心里突然轻松起来。沙璐在曾侯乙尊盘面前站定后,开口几句话就将老省长他们吸引住了。

"各位警花警草,本人信奉一言九鼎,因恋上青铜重器,虽是二八佳人,却三下随州,四会曾侯,五探古纪南城,六游盘龙城,七拼八凑,好不容易考中这省博物馆的志愿者,今天是我第十次做义务讲解,拜托各位一定要不离不弃。如果觉得讲解还行,中午就请我喝一碗糊汤米粉,若是觉得还有进步的空间,就只好由我来请各位吃热干面。在青铜时代,楚地制造的青铜重器,奇美浪漫更具艺术气韵。而秦地制造的青铜重器,凝重霸道带有威胁压迫的政治特色。所以,才有后来者生发出来的感慨,假若当初不是秦而是楚来统一中国,或许有更多的民主自由,少许多血腥屠杀。以在这里展出的曾侯乙墓出土文物为例,计有青铜礼器、酒器、水器等,一共六千二百三十九件,总重量十点五吨,大家可以看我手指的方向,那里有两个酒器之王,一只高一米二五,重三百二十七点五公斤。另一只高一米二六,重二百九十二公斤。如此巨大的酒器,装起酒来足以慰劳一支大军。本警花提请各位警草记住,在冷兵器时代,一根打狗棍就相当于你们现在的佩枪,一把青铜剑相当于一挺机枪,一柄青铜斧更等于一门大炮。假如当年楚地之人将这十几吨青铜全部铸成兵器,足够装备一支精锐之师。依此类推,国家绝对禁止发掘的楚国首都纪南城遗址中,或许掩埋着百倍千倍于曾侯乙墓中的青铜重器,如果铸成兵器又能装备多么强大的楚军!遗憾啦遗憾,咱们楚人的祖宗,一年也炼不出一百吨的青铜原料,不将它们做成兵器,却制成鼎簋鉴缶钟等毫无还手之力的礼器。当然,有得必有失,有失必有得。大老秦得到江山,却存活得很短。大老楚失去了威权,却在文化中得到永生。各位都是业余驴友,你们在大老秦的地盘里见过天下无双的青铜重器没有?你们在大老秦的地盘里被哪件青铜重器镇住了没有?肯定没有吧,那么今天就让你们见见咱大老楚高处不胜寒的惊世骇俗的超级伟大的作品——曾侯乙尊盘!几个月之前,我也像你们一样,只晓得曾侯乙编钟。可如今我算是懂了,曾侯乙编钟只是皇冠,曾侯乙尊盘才是皇冠上的明珠。"

有人打断沙璐的讲解,问她为何突然热爱青铜文化,是不是恋上了青铜武士。旁边的人马上接过话题说,不是青铜武士,而是青铜博士。沙璐威胁他们,再乱嚼舌头,她就不讲了。那些人却不怕,说沙璐是博物馆的志愿者,而不是当警察的同事,若不好好讲解,就去投诉她。说说笑笑之后,沙璐又讲解起来。

"迄今为止,已经出土的青铜重器,除了曾侯乙尊盘,其余的都能仿制。比如曾侯乙编钟就是由国家出资金,由青铜重器权威曾本之先生领头仿制成功的。其余难度稍低一些的,国家没有组织仿制而出现的仿制品,则是由青铜大盗们自发制造的。唯独曾侯乙尊盘,国家想仿制,青铜大盗们也想仿制,从一九七八年出土到现在,已经过去三十多年,谁也没有做成功。好喝点小酒的警草们记好了,曾侯乙尊盘其实就是一套酒具。《楚辞·招魂》记有:挫糟冻饮,酎清凉些。说的就是夏天在盘里放凉水,用来冰镇装在尊里的酒。到了冬天,则往盘里放热水,用来温热尊里的酒。俗话说,冷酒伤肝,热酒伤肺,没有酒伤心。从这尊盘的用途可以看出,大楚家的王侯们,宁可伤肝伤肺也不想伤心。现在我要掉书袋子了!先说这尊,尊体我就不细说了,它通高三十点一厘米,口径二十五厘米,底径十四点二厘米,重九公斤,尊体上面装饰有二十八条蟠龙和三十二条蟠螭,对不对你们自己数去。我只说你们这帮小警察用勘查案发现场的本事也看不清的口沿上的繁缛花纹。它是用高低两层透空附饰组成的，内外两圈，每圈有十六个花纹单元，每个单元又由形态各异的四对变形蟠虺组成，每只蟠虺又各自独立，互不依附。每条蟠虺的下端由弯曲不规则的小铜梗连接在外层器壁上做支撑固定。再说放置在下面的盘，它也是由盘体和各种附件附饰组成，风格和结构同上面的尊是一样的。通高二十三点五厘米，口径五十八厘米，重十九点二公斤，盘上有龙五十六条，蟠螭四十八条。我说的这些是看得见，数得清的，并不包括尊与盘的口沿上那些细小蟠虺，如果将尊和盘上如同丝瓜络子一样的透空蟠虺纹饰也算在一起，总数起码在一千以上。这一千以上的数字仅仅指立体或透空的蟠虺，不去考虑那些平雕与浅浮雕的蟠虺纹，那些就像东湖里的波纹，无法统计。"

这一通话说完，沙璐的嘴唇都要干裂了。听得有些入迷的老省长将手里拿着还没开瓶的矿泉水递给她。沙璐却不领情，还说妈妈从小就教育她，不要吃陌生人给的东西，也不能喝陌生人给的饮料。说话时，有同事递上一罐凉茶。沙璐连饮了几口。老省长再问她，所说的这些是从哪里学到的。沙璐回答说，有人说出名要趁早，其实不如读书要趁早。读书趁早，知识之花开得越早，结的果子也就早。沙璐说了这半天，早将没有穿警服的许多人吸引过来。沙璐故意伸出手指数了数人头，不多不少正好三十。她很高兴，自己替志愿者创造一个新的纪录，在她之前另一位志愿者的讲解曾经一次吸引过二十五名游客。

沙璐忽然以人为例，从鱼脸为何与人脸相像，讲到猿人和现代人，不着边际地说起自然界的进化常识。曾本之明白，她这是要讲春秋时期的青铜工艺了。沙璐果然一转话题说起人类的劳动史，从完全依靠狩猎到学会驯养动物，从刀耕火种到现代化农业，从冲天鞭炮到手枪，一样一样地说明人对劳动方法的选择不是一夜之间就能实现的。

接下来沙璐开始提及博物馆进门处放置的青铜重器介绍资料，上面写有曾侯乙尊盘的制造工艺是失蜡法。实际上这种结论的基础是建立在沙漠之上。这就像做菜，鳊鱼是红烧还是清蒸，方法不一样，味道就有天壤之别，同样一碗面条，是热干面还是牛肉面，个人的喜好与风格大相径庭。在青铜时代，汉口北郊盘龙城出土的钺，不是用失蜡法铸造的。出汉阳往西北方向行走一百多公里的荆门包山二号墓出土的凤纹薰，也不是用失蜡法铸造的。云南晋宁石寨出土的持伞女铜俑，湖南宁乡出土的四羊方尊、人面方鼎，醴陵县出土的象尊、豕尊、牛尊，还有衡阳越人墓葬中的提梁卣，从理论上讲，这些青铜国宝都是最该用失蜡法工艺制造的，用失蜡法工艺制造出来的青铜器物，表面形状要精美许多。而实际应用的范铸工艺制造的青铜器物，难以做到精确，表面上也免不了粗糙麻粝。

沙璐做了一个咽口水的动作："那个时代的青铜工匠们为何要舍其优而用其劣，原因在于那时候没有这种被后人称为失蜡法的铸造工艺。"

沙璐分别看了万乙和曾本之一眼，再次咽了一口口水后将声调提高了许多："中国的青铜时代不存在失蜡法铸造的器物，不仅春秋战国没有，直到南北朝的北朝时期都没有，如果那时候工匠们流行使用失蜡法工艺，北魏就不会出现那么多面目不清，形象模糊的小型站板凳的佛像了。"

大概是发现有人要发问，沙璐伸出秀美得如同玉雕的食指指着人群中的某个人，说自己晓得对方想问什么，简单地说，用失蜡法做出来的人像，会是有鼻子有眼，不是帅哥就是美女，而用范铸工艺铸造出来的人像，则是眉毛胡须一把抓，不是老掉牙的糟老头，就是塌鼻子的丑老太。既然中国的青铜时代没有失蜡法，曾侯乙尊盘的制造工艺就容易解决了，因为如此顶级的青铜重器铸造工艺，绝对不是三五年乃至三五十年就能完善的，在高古时代，类似的文明进步，没有三五百年是不可能完成的。所以，曾侯乙尊盘也就无法像过去大家所认定的那样，是由失蜡法铸造的。既然中国的青铜时代不存在失蜡法，剩下的问题就不是问题了，作为国宝中的国宝，曾侯乙尊盘只能用青铜时代十分完善的范铸工艺铸造而成。就像欧洲人用拼音的蝌蚪文字，中国人用象形的方块文字，都是人类文明不可或缺的。不能因为欧洲的青铜时代普遍流行失蜡法，便盲目地认为此工艺高人一等。如果认为中国的青铜时代只有范铸工艺便是低人一等，硬要像网上交友那样牵强附会，像电视征婚那样搞拉郎配，说到底还是后义和团时期的逆袭心理，是盲人摸象那样对洋人的盲目崇拜！

沙璐终于将曾侯乙尊盘讲解完了。

见曾本之仍旧是不动声色，老省长便鼓着掌上前一步，挨近沙璐，问她从哪里学到这些知识的。沙璐避而不答，只说三人之内必有我师，来曾侯乙馆参观的人个个都是老师。老省长指着曾本之问她是否认识。

沙璐说："只要与青铜重器有缘的人，没有不认识曾老师的！"

老省长说："你认识曾老师，却又当他的面否定失蜡法，难道你不晓得失蜡法是曾老师这辈子安身立命的学问吗？"

沙璐瞪大眼睛看看老省长，再看看曾本之，嘴唇哆嗦着说不出话来。过了好一阵儿，她才冲着人群后叫道："万乙！你给我站到前面来！"

人群分开一道缝后，万乙不好意思地走到沙璐的面前。

沙璐几乎是咆哮了："你这是什么意思,为什么非要我在曾老师面前这样说?这不是存心出我的丑吗?亏得你一天到晚朝我说那么多肉麻的话,你爱什么爱,你爱个鬼去!"

沙璐的同事中有人笑起来："人家这是考验你的忠诚度,试试你敢不敢当面揭自己老师的短!"

老省长不管这些了,转而问万乙："你怎么发现曾侯乙尊盘不是用失蜡法铸造的?"

万乙说："道理沙璐都说了。具体的原因是,这透空蟠虺纹饰附件上有范铸的痕迹。"

隔着防护玻璃,万乙将可能是范铸的痕迹指给老省长看。老省长的视力早已退化了,看不清楚那些细小的痕迹,便要一直铁青着脸的郑雄上前来看。

郑雄勉强看了几眼,并找机会贴近万乙用极低的声音警告："闭上臭嘴,小心老子让你吃不了兜着走!"

万乙不甘示弱："从臭嘴里说出来的真理还是真理!"

老省长迫不及待地问郑雄看清楚没有："如果真像万乙说的那样,你们青铜重器学界就要闹一场大地震了。"

郑雄不屑地说："现在的博士真像武士,做学问在其次,胆大妄为和哗众取宠才是首要的,不定哪天有人会说,青铜重器是外星人留在地球上没有带走的玩具。"

老省长对郑雄的回答很不满意："我只要直接回答,是还是不是!"

郑雄这才斩钉截铁地说："只要不是用脚后跟想事情,这个问题根本不用回答。曾侯乙尊盘从出土以来,从没有人对曾先生的论断提出过疑问。就像新闻界三天两头说发现《红楼梦》的手稿,这些都与研究无关,是那些用娱乐方式消减文化的人在那里自娱自乐罢了。"

老省长又问曾本之："曾先生对自己安身立命的学问还是那样信心满满吗？"

曾本之凝视的样子似是对曾侯乙尊盘说："不是我无法回答，而是你提问的方式不对。一个人的信心只属于这个人，与其他任何人都没有关系。"

老省长说："眼下你的信心肯定会影响万博士。"

曾本之回应时加重了语气："你又错了。做学问不比官场，一人得道鸡犬升天，一人遭殃株连九族。官场中人有没有才能在其次，跟对人才是头等重要的本事。"

他俩说话之初，沙璐已带着她的同事往九鼎八簋展柜那边去了。曾本之说出"你又错了"这番话，心里做好了遭到老省长猛烈回击的准备。话音落地好久，听见的人都没有做声。特别是老省长本人，那样子甚至有些恍惚。曾本之感到很奇怪，不过他很快就明白，老省长的心思被沙璐的另类讲解吸引到九鼎八簋展柜那边去了。当然，吸引他们的不全是沙璐的魅力四射，而是从沙璐嘴里不断冒出来的"僭越"二字。

就像有人故意拿着什么东西往某个痛点上捣弄，沙璐每说一次"僭越"，老省长的嘴角就会不由自主地抽搐一下。

沙璐对"僭越"二字的解释也很有说服力，她说，是你的东西就是你的东西，这不仅仅指用非法手段谋取皇权帝位，现实生活中，用不正当手段获得官场和职场利益，用卑鄙下流的方法骗取爱情都是"僭越"。图谋发动宫廷政变，取王者而代之的"僭越"难得有机会发生，因为弄不好就会诛灭九族，一般人哪敢冒这个险。官场与职场的"僭越"较多，也容易获得所谓的成功，万一丑行暴露付出的成本与代价也不会太高。最常见的是"二奶"与"小三"们的"僭越"，无论输赢，下场都是让水晶一样的美丽心灵，变成专门杀死爱情的毒药，变成专门陷害自己的魔鬼。

关于"僭越"，沙璐是从九鼎八簋开始说的。她本指爱情是人生中的九鼎八簋，一番讲解说完，让人觉得她话里有话。同事中有人打抱不平，说当不成皇帝，弄一套九鼎八簋放家里摆摆阔、过把瘾，这也可以说是人生中的一种浪漫。小孩子过家家当皇帝，一人一回轮流转，不就是一场游戏吗？先前的男同事刚说完，就有女同事表示反对，说很多事情一开始都是闹着玩的，玩着玩着就弄成真的了，特别是办公室恋情，哪个不是说说笑笑打打闹闹开头，慢慢的什么姐弟恋、黄昏恋、老牛吃嫩草、老草吃嫩牛等等，不该当真的全当真，不该"僭越"的全"僭越"了。譬如最近本市某位鼻屎处长，就和一位上挂锻炼的女科长"僭越"了。沙璐的同事们发出一声哄笑。

一直表现得极不高兴的郑雄终于逮到机会，板着脸责备一直在身边陪同的博物馆方面的人，博物馆又不是娱乐场所，不能因为鼓励有兴趣的人来当志愿者，就羊肉狗肉萝卜白菜一锅烩，除了进场机制，还要有退出机制。郑雄也是气极了，舌头失去了管束，一下子就将内心最想说的话暴露出来。他进一步说，博物馆里任何一件展品的解说词，要像宪法一样，每个字都要经得起推敲，一旦确定下来，哪怕是标点符号也不能擅自改动。郑雄明显是指沙璐，说无论专职讲解，还是志愿者的讲解，绝对不允许信口雌黄胡说八道，对这样的事情必须是零容忍。

博物馆的人会意地不停点头。

郑雄还想说什么，九鼎八簋展柜那边又有动静了。

一个操昆明口音的中年男子问沙璐，"僭越"一词的本来含义是现代社会所不允许的，民主国家的宪政制度保证人人都有当总统的可能,哪怕是七八岁的孩子说自己想当总统,旁边的人不但不会举报他想僭越,还会鼓励他努力实现自己的梦想。沙璐还算聪明,不与陌生人正面纠缠,问清楚他是昆明人,这才反过来问他,从宋元的大理王到民国的云南王,按照云南一向是山高皇帝远,云南人一向喜欢搞独立王国的习惯,他家里大概已经摆上了九鼎八簋,否则就不会对"僭越"二字如此敏感。中年男人则反问沙璐,自己的模样与九鼎八簋所需要的身份是否相符?沙璐哼了一声说,除了眼前这套九鼎八簋,其他所谓九鼎八簋对任何人都合适,因为那些东西是百分之百的伪器。中年男人不服气,凭什么沙璐没见过别的九鼎八簋就敢说是假冒伪劣产品。沙璐回答说,收藏青铜重器的人只有两类,一类纯粹是文化爱好,另一类则是为了贪欲。前者讲究随缘,后者受着欲望的驱使,稍有不慎就会落入他人精心设计的陷阱。

一直在侧耳细听的曾本之没料到沙璐会说出他所没有想到的理由。

沙璐告诉那个操昆明口音的中年男子,青铜时代,长江黄河两水四岸小国众多,国君也多得数不清,虽然那时贵族之间的战争很多,却比较儒雅,哪怕灭了对方的国,也只是将其国君当做俘虏带回,更不会动不动就诛灭整个王族。但有一点是必须要下狠手的,那就是,毁其宗庙,迁其重器。作为重器中的重器,国在九鼎八簋在,国灭九鼎八簋灭,覆巢之下岂有完卵,管你是鼎是簋,只要夺到手,就成了普通青铜,大不了再回炉做成兵器,再去毁别国宗庙,迁别国重器。断断没有替人家好好保存,让那些成了亡国奴的人成天惦记如何复辟的道理。沙璐最后还说,眼前这套九鼎八簋,若不是同尊盘、编钟等一起从曾侯乙大墓里发掘出来,她都要在怀疑二字后面,再加上三个问号。

中年男子有些恼羞成怒,但不是针对沙璐的,否则就不会在临走时对沙璐说声谢谢。

曾本之只注意中年男子,没有发现身后郑雄与老省长在一旁小声说话。事实上,郑雄和老省长几乎同时判断,操云南口音的中年男子,就是熊达世用九鼎八簋换得的和氏璧玉玺的原主人。二人低声谈论了一阵,曾本之只听到最后的一呼一应。一个人说,看来熊达世有麻烦了。另一个人说,只怕不是麻烦,而是灾难。曾本之对"熊达世"这个名字很敏感,正是"熊达世"三个字让他突然警觉起来。

"谁有麻烦,谁有灾难?"曾本之随口问了一句,不待别人回答,又说,"如果这个云南人与熊达世有什么冲突,一定与九鼎八簋有关!"

郑雄和老省长有些惊讶。老省长本想让郑雄开口问,见郑雄不敢,只好亲自问曾本之,怎么知道熊达世的。曾本之也不隐瞒,就将在黄州的那点事一一与他们说了。听曾本之提及那只甬钟,郑雄和老省长都笑了。接下来他们也将熊达世同一个云南人做交易的事说了一遍。在讥笑熊达世将黄州禹王城楚墓里预埋的仿制甬钟,当成青铜重器这一点上,三个人的心情没有多少区别。

老省长自然不会在这个突如其来的话题上多费口舌,他通过郑雄主动发出邀请,曾本之又同意见面,如此机会实在难得。因为有更重要的话要说,老省长强行扭转话题,突然问曾本之:"这曾侯乙尊盘真的不可仿制吗?"

曾本之想也不想就回答:"世界上的东西,只要是人做出来的,一定可以复制。"

老省长又问:"真的动手,需要多长时间?"

曾本之说:"完成全部工艺,半年时间就差不多。当然,能不能仿制成功是另一回事,我说的是工期。"

老省长不解地回:"仿制曾侯乙编钟怎么花了几年时间?"

曾本之说:"仿制曾侯乙编钟时用在铸造上的时间并不长,但编钟是要按音阶发音的,为了调音多花了许多时间。曾侯乙尊盘没有调音的问题,只要工艺对路,从制模到浇铸,要不了多长时间。"

老省长说:"当初请你当会长,你没答应。能不能请你当顾问?"

曾木之忽然变了语气,生硬地回应:"难道你不怕我这老朽会坏了你们的好事?"

接下来老省长的话却让曾本之不好再生硬了:"听郑雄说,你想申报院士。这可是天大的好事。我在北京有几个说得上话的好朋友,必要时可以替你打通一下关节。搞学术研究的人,能弄上一个院士头衔,比顶着厅长和部长的乌纱帽还管用。"

郑雄补充说:"老省长一直很关心你,总在问你生活上还有什么需要照顾的。我就提了一下院士的事,老省长马上打电话到北京,找了好几个人打招呼。"

曾本之找到说话的机会了:"听你们说话的意思是我不够资格,还需要你们帮忙走后门,是不是?"

三个人正在尴尬,曾侯乙馆外面响起争吵声,听动静是博物馆相关负责人要取消一位志愿者的资格,收回其佩戴的胸牌。不一会儿,先前转到别处的沙璐突然跑过来,冲着郑雄说:"我晓得是你在捣鬼。凭什么让博物馆取消我的志愿者资格?"

郑雄面无表情地说:"博物馆不是吉庆街,什么乱七八糟的东西都可以说!"

沙璐任性地说:"我明白了,你是靠失蜡法起家的。我说曾侯乙尊盘不是用失蜡法制造的,是在砸你的饭碗。你以为不让我当志愿者就能封住我的嘴吗?等着瞧,回头我就上微博,将你的糗事贴到互联网上去。"

一旁的万乙连忙阻拦:"微博是'愤坑',不是讲道理的地方。还是从学术上多讨论。"

沙璐用一根玉指指着眼前几个人说:"你们都是所谓的权威,容得下我的道理吗?要是容得下道理,当初就不会用那无源之水、无本之木的失蜡法当做学问蒙人。铜头铁臂火眼金睛会七十二般变化的孙悟空还是从石头缝里蹦出来的,失蜡法来去无影无踪,像是天上掉下来的馅饼,难道你们不明白这个道理吗?"

郑雄真的生气了,他狠狠地说:"不要以为穿着一身老虎皮我就治不了你。再不滚,我就让你们局长来领人!"

老省长这时出面做好人:"姑娘,你也不要太无知者无畏了,青铜重器的事还是听专家的。到博物馆当志愿者可不是给塔利班当人肉炸弹,仅仅不怕死还不行。还是回去补补课,过些时再来重新面试吧!"说完沙璐,他又劝郑雄,"专业选手也不要太不将业余选手当运动员了,凡事都要以理服人。若是连一名博物馆的志愿者都说服不了,你们的理论就需要完善。"

老省长一开口,沙璐就不再做声了。老省长当官久了,其样子有些不言自威,作为警察的沙璐,对这样的威严有种职业习惯上的臣服。

这时,老省长的秘书小余不知从哪里钻出来,一边递上手机,一边小声告诉老省长,熊达世有事找。老省长对着手机说了十几个单音节的嗯字,直到最后才说了一句:"欢迎来武汉,下飞机后先见面再说,我请你吃饭。"

在曾侯乙馆转了一阵,临分手时,在郑雄的暗示之下,老省长再次提及申报院士之事,他说自己在岗和不在岗时,只要与院士二字有关的事情,从来都是百分之一百二十地认真对待,希望曾本之自己至少要有百分之百的认真态度,能不能当上院士是一回事,想不想竞争院士则是另一回事。

曾本之无法否认,每次听到"院士"二字,自己的心跳就会加速。

贰肆

"步出齐东门,遥望荡阴里。里中有三坟,累累正相似。问是谁家墓,田疆古冶子。力能排南山,文能绝地纪。一朝被谗言,二桃杀三士……"一连几个星期,曾本之没有做过一件像样的事情,大部分时间里都在静思,如果换成普通人也叫发呆。静思也好,发呆也罢,在曾本之心里不时回荡着这首《梁父吟》。他很想让自己确认,申报院士之事就是那杀死齐国三位勇士的两颗桃子。每到需要做决定时,曾本之便发现,要割舍那些披着"院士"外衣的与名利紧密相关的东西,自己还少了一些力量。他不可能不明白,郑雄在这种时候抛出"申报院士"的招数,其真正目的是不让自己出面否定失蜡法。一旦失蜡法被考古学界打入冷宫,相比年事已高的曾本之,整整年轻一代的郑雄所受到的负面影响显然更大,甚至也有被打入冷宫的可能。想当年,为捍卫失蜡法,郑雄挺枪立马,兵来将挡,水来土掩,那些被击败的人就成了他一生的对手。一旦得到机会,对手们的反扑就会酿成郑雄的灭顶之灾。

实在无法做出决定时,曾本之便让自己的思绪再次回到最近发生的那些事情当中,特别是对万乙的那一番感谢。

原来沙璐在曾侯乙尊盘面前的那番讲解,都是曾本之通过万乙设计安排的。那天晚上,在得知老省长的约见后,曾本之给万乙打电话,让他将青铜重器的一些鲜为人知的知识教给沙璐。在省博物馆的曾侯乙馆与老省长等人见面后的第二天上午,他在楚学院的"楚弓楚得"室,将万乙好生褒扬一番。不仅说万乙深刻地领会了自己的意思,只用一个晚上的时间,就将沙璐调教得如此老练。更惊叹沙璐疑是春秋时期青铜工匠的转世重生,那么复杂的曾侯乙尊盘,讲解起来,如行云流水般通畅,即便是掉书袋子时,也很难看出死记硬背的痕迹。

轮到万乙询问,他想将用范铸工艺仿制曾侯乙尊盘,作为今后的研究方向,曾本之却沉默了。后来连绵不绝的静思与发呆,是否由于"范铸"的曾侯乙尊盘对"失蜡法"的曾侯乙尊盘的挑战,连曾本之自己都不知道。

曾本之有时间静思与发呆的原因还在于郑雄非常忙。

用安静的话说,从嫁到曾家以来,还没见过一个有身份的男人会忙得如此狼狈不堪。某天凌晨三点,亲自到武黄高速出口去接人;某天早上六点,没刷牙就出门了;某天中午回来门也顾不上关,将普通的休闲西装换成高档毛料西装后拎着领带就走;某天黄昏好不容易坐在餐桌边,一碗排骨汤只喝了半碗,就被电话叫走。更多时候是早上别人还没起床他就出门了,晚上曾家的人全都上床休息之后他才悄悄开门进屋。

说起来,郑雄所忙的三件事,分别是曾本之、安静和曾小安各自重点关心的。

第一件事是曾侯乙尊盘,这是曾本之所关心的,也是最复杂的。郑雄首先要灭火,不使中国青铜时代没有失蜡法以及曾侯乙尊盘不是用失蜡法工艺铸成的观点,在学界形成气候。其次是曾侯乙尊盘的仿制。灭火的事,郑雄完全不与曾本之说。即便是曾本之问起来,他只回答说,就像以往那样做些幕后沟通工作。这事本是曾本之挑起来的,看见郑雄为此四处灭火,他却没有坚决制止。至于仿制曾侯乙尊盘,郑雄只要有空总会说上一两句。曾本之同样没有表现出想深入地听下去的兴趣,他关心的只是事情的进展。至于他们的仿制是用失蜡法还是范铸法,他也极为奇怪地从不过问。

第二件事是申报院士,这是安静最关心的。郑雄为此还找过自己吹捧过的"楚庄王的转世之人"。事情也是太巧,郑雄正在与安静说,申报院士需要省里提名,庄省长的秘书小李就打来电话。李秘书这一次没有卖关子,直截了当地说,前次郑雄为庄省长儿子上的考研辅导课效果很好,他要郑雄准备一下,再去庄省长家,给庄省长的儿子再上一堂辅导课。当着安静的面,郑雄在电话里与李秘书谈及曾本之申报院士之事,请他提醒一下庄省长,方便时给有关部门打个招呼。安静为此感慨,曾本之此生的成功,军功章至少有一半属于郑雄,没有郑雄在背后操作,曾本之能拿到国务院专家津贴就有可能到顶了。

第三件事则是曾小安最关心的。郑雄曾经答应过她,要让郝文章提前出狱。郑雄真的找了早先开会时有过一面之交的监狱管理局沙海副局长,并从他那里得知在省博物馆里当众否定失蜡法的沙璐是他的侄女。沙海答应帮忙,毕竟郝文章是由于一件小事上的失误而加了半年刑期,只要有像郑雄这样的人做担保,提前释放的可能性很大。

在这三件事背后,还有几件与之相关的事情。首先是曾本之,无论安静如何与他讨论申报院士之事，他都保持着不置可否的平静心态，待安静说累了，走开了，他却必定要用笔在手边的白纸上写下鼻屎二字，并在后面再写一串问号，写完之后再将这纸撕成碎片，扔进卫生间的马桶里放水冲走。其次是安静，在得知曾小安要郑雄保释郝文章后，她不止一次地劝郑雄千万不要做傻事，明知郝文章是自己的情敌，却还要帮对方，那是既害自己，又害郝文章和曾小安的损招。还有曾小安，她特别不希望这时候就开始仿制曾侯乙尊盘，她觉得应当等郝文章出狱后，由郝文章来操持这事。郝文章入狱之前曾对她说过，自己有八成把握将曾侯乙尊盘仿制成功。

郑雄在这几件事上都是竭尽全力。

有一次，在家里的餐桌上，曾小安一脸不屑地说，郑雄的样子像是困兽犹斗。郑雄极其罕见地冲着她吼了一句："我真不明白，你们为什么要弄巧成拙，将好端端的事情弄得支离破碎，面目全非。"不过郑雄马上检讨并解释说，这一阵儿事情太多，心里太累，才导致情绪失控，他还保证这种事不会有第二次。曾小安当即回了一句说，她太相信这句话了，也对这句话的落实情况最有把握。

好在楚楚越来越懂事，不用别人教，也能根据家里的气氛说一些化解家人心结的话。曾小安和郑雄顶嘴，也只有楚楚说话最方便。果然，楚楚一看情形不对，就开口说，石头剪刀布的游戏方法是他们家的人发明的：外婆怕郑爸爸，郑爸爸怕妈妈，妈妈怕外公，外公怕楚楚，楚楚则怕外婆，这是典型的一物降一物。安静问楚楚，这人与人之间的怕是什么原因引起的。楚楚想也不想就回答，外婆是怕郑爸爸在外面找美女，郑爸爸是怕妈妈瞪眼睛，妈妈是怕外公不叫小安而叫曾小安，外公是怕楚楚考试总是班上第一名，楚楚是怕外婆不做好吃的。

楚楚一说完,曾小安就大笑起来,说是没想到楚楚人小心眼却不小,分得清外公心情不同叫她的名字也不同。楚楚得意地说,外公平时总叫小安,一旦叫曾小安,就是要发脾气了。曾小安还在笑,安静有些生气了,她将嘴唇凑到曾小安的耳边,小声说楚楚有眼光,发现妈妈喜欢朝郑爸爸翻白眼,接下来就要曾小安自我反省一下,这些年到底是将郑雄往门外推,还是往屋里拉,如果还是屡教不改,就算郑雄真的在外面找美女,自己也不管这档闲事了。毕竟是在餐桌边,彼此又非常熟悉,就算声音听不清楚,只要再看看嘴唇的不同形态,其意思就能猜出来。

也是气数所至,一向在曾本之面前谨小慎微的郑雄,在猜出安静与曾小安耳语的意思后,竟然鬼使神差地与楚楚说着玩,问他愿不愿意郑爸爸在外面找个美女带回来。

话音刚落,曾本之便将拿在手里的筷子猛地往桌面上一拍,用霸气十足的嗓门说了一句与美女八竿子打不着的石破天惊的话。

"从今往后,在这个家里谁也不许再提'院士'二字!"曾本之用左手指着安静说,"你是第一个要当心的,我不管你在这家里有多么重要,只要你敢提这两个字,你就给我滚出去!"接着他又用右手指着曾小安,"你也一样,只要你敢漏一次口风,这屋里就没你的位置。"

曾小安小心翼翼地开玩笑,说是真到那一步,自己连电梯都不坐,直接沿着楼梯从六楼滚到一楼。曾本之放下左手和右手,隔了片刻,才重新抬起来一起指向郑雄。

没想到郑雄抢在他前面反问:"您一向最佩服夏鼐院士和贾兰坡院士,是不是从今往后,也改为和别人那样,只称夏先生和贾先生?"

曾本之起身走到客厅打开门,眼睛盯着郑雄,手指门外:"滚出去！现在就给我滚出去！"

郑雄像是失去反应能力那样呆呆地站在餐桌旁。

坐在旁边的楚楚起身推了郑雄一下："外公警告过我们，不许将院子的院，士兵的士连起来说，谁让你笨得像北极熊！"

郑雄这才一步步地往门口走去。郑雄沉重的双腿刚刚迈过门槛，曾本之就将门关上，听那异样的一声响，像是碰着郑雄的脚后跟了。

曾本之站在原地没动，屋里的人也都在各自的位置上没有任何动静。

过了十几分钟，忽然有人在外面敲门。曾本之随手打开门。

郑雄站在门口说："我的皮包忘了拿，晚上还有事情要办。"曾本之还没开口吩咐，楚楚已将郑雄的皮包拿过来，从曾本之的腋下递给郑雄。郑雄接过皮包，已经转过身去，又突然扭头回来，摆出冲着曾本之大喊大叫的架势，最终却是高高举起轻轻放下，他用稍大一些的声音问："我在你面前做牛做马伺候八年，真没想到你一个滚字就将我打发了！"

这是郑雄这么多年来头一次没有用敬语"您"称呼曾本之。

曾本之没说话，曾小安却冲过来："郑雄，我爸怎么你了？将女儿嫁给你，陪你吃喝睡觉，陪你在外面逢场作戏，让你当上院长，再当上厅长。晓得你还想当省长，想从水果湖跳到中南海，曾家天花板太矮，养不了大人物，才让你滚蛋的！"

郑雄这时彻底平静下来，他要楚楚再叫一声郑爸爸。楚楚从未见过家里闹成这个样子，不敢再调皮，就依着郑雄的意思叫了一声。郑雄强行让自己高兴起来，他摸了一下楚楚的头，在真正离去之前，他才回应说："小安，你总算说了一句理解我的话，我就是想到水果湖。万一哪天一不小心让我进了中南海，希望你不要后悔!"

曾小安毫不犹豫地回敬一句:"我只后悔你进不了八宝山!"

郑雄说:"放心,这辈子我肯定不会进九峰山!"

因为说了这番话,郑雄走的时候有种雄赳赳气昂昂的模样。随着电梯门缓缓关上,留在六楼上的只有一派茫茫然。电梯显示屏上的数字从"6"变成了"1"。片刻后,电梯又开始上升,依次从"1"变成了"6",电梯门开后,出来的不是郑雄,而是傍晚外出散步回来的邻居。见曾本之站在门口,邻居递上一把钥匙,说是刚才在楼下碰见郑雄,郑雄让他带上来交给家里人的。

这时,曾小安的手机响了。郑雄发来短信:"已托邻居将你们家的钥匙交回。"看着干干净净的一行字,曾小安有些不敢相信,短短几分钟郑雄就变得如此平静,开始改称"你们家"了。曾小安将手机短信拿给家里人看。曾本之拿着手机将每一个字都当成一百个字来看,好不容易看完,他将手机递给安静时,不由得长长地叹了一口气。

安静顾不上看手机短信,先说曾本之:"你后悔了吧?"

曾本之没有马上回答,等安静看完手机短信,面带愠色时才回答:"正相反!"

安静喃喃地说:"姓郑的还有没有良心?刚吃完饭,碗筷都没洗,就不认这个家了。猫狗养八天就知道恋窝,都养了他八年,就因为一声让他滚,也不分析一下是说的气话,还是真的下最后通牒,就把'我们'换成'你们'。"

曾本之将楚楚叫到身边问:"这是外公第一次说滚字,你觉得外公做得对不对?"

楚楚雄赳赳地说:"男人说话就要算数!"

曾本之点点头说:"只要楚楚能理解,外公就放心了。人活着不要受某些事情摆布，有人想用院士的荣誉来控制我，我差一点上当了。过去人还不太老时，我太在乎像'院士'这样的所谓荣誉，以为很荣耀，也很得意，等到突然发现自己人老体衰时，才意识到实际上是吃了大亏。如果实事求是去做，或许还能做一些更有意义的事情。现在明白过来，只怕来不及了！"

接下来的时间里，家里的人各忙各的，好像与以往没有多大区别，只是临近睡觉时，曾本之还待在书房里习惯地等郑雄来道晚安。郑雄没有来，他竟然觉得有些不踏实。好在熬过上半夜，上床辗转到凌晨一点时，曾本之终于睡着了，而且睡得空前舒适，直到第二天早上八点才醒。睁开眼睛后，不只是他自己不相信，连安静都不相信，从曾小安与郑雄结婚那一阵儿起，这么多年曾本之从没睡得如此踏实，既没有说梦话，也没有频繁爬起来上卫生间。

接下来曾本之一天比一天睡得好。曾本之睡得越香，安静便失眠得越厉害。她以为郑雄在外面待到第三天就会灰溜溜地回来，暗地里她已准备好郑雄一向喜欢吃的几道菜。然而，第四天、第五天和第六天，郑雄都没有露面，她悄悄翻看过曾小安的手机，上面没有任何有关郑雄的记录。无奈之下，安静悄悄打电话给郑雄的司机小胡，打了十几次，每一次司机小胡都将绿键按下了，任凭安静如何呼叫，就是不出声。后来，有个陌生号码给安静发了一条短信：给领导开车的司机等同于前朝的轿夫，主子发了话，轿夫哪敢不听！安静当然明白，这是司机小胡间接地告诉她：郑雄发话了，不让与她发生联系。到最后，安静只好主动发手机短信问郑雄，他出门时什么也没带，是不是住在酒店里，要不要让司机小胡替他取些衣物送过去。郑雄只回复了四个字：谢谢记着！如果郑雄回复的四个字是"不用记着"，安静心里或许还要好受一些。如此说话，至少表明郑雄还在生气，而生气的原因当然是心里还在乎之前的一切。反过来,如此淡然,只能表明他已经不在乎曾家的一切了,包括被他赞美了八年的安静的拿手好菜。

这天夜里安静彻底失眠了,凌晨三点,忽忽如狂的安静突然将曾本之弄醒:"都怪你,将好生生的一个家闹得乌七八糟,害得我更年期的毛病复发,七天七夜没有睡一个好觉。我睡不着,你也别睡了!"

曾本之爬起来倚着床头说:"七天七夜算什么,我可是整整八年没有睡一个好觉!"

安静说:"你以为你八年来每天夜里做噩梦我心里就没事?选郑雄当女婿是你最后拍板的,你也不能全怪我!"

曾本之说:"我说过责怪你的话吗?"

安静说:"你说了反而没事,就是因为你从来不说,我心里才更难过。"

曾本之说:"你不要瞎想了,只要小安不怪我们,做父母的就不要互相指责了。"

安静说:"也怪我,当时只想着郑雄处处维护你,抬举你,大家都说你是他心中的'毛主席',不像那个郝文章,智齿还没长出来就想挑战权威,天天冲着你叫阵,批评你和你发现的'失蜡法'。我是怕小安没见过世面,不懂得哪种男人好,哪种男人歹,才反对她与郝文章来往。"

曾本之说:"小安的事都怪我,你就不要乱想了。是我这个做父亲的太自私,对名利想得太多。这么多年,你一直在背后催促郑雄,要他出面将我弄成院士。我没劝阻就是因为心里一直惦记着这东西。现在终于放下来,心里反而踏实了!"

安静说:"你真的不想当院士了?"

曾本之说:"真的不想!"

安静说:"你说的不是心里话!"

虽然是在最为隐私的床上,曾本之还是将嘴唇凑到安静的耳边说:"好吧,我将心里话告诉你,郑雄说的那个'院士'是那九十岁的老鸡巴!"

安静吓了一跳:"老曾,你说什么?我没听清!"

曾本之一字一顿地重复:"我说'院士'是九十岁的老鸡——"

曾本之话未说完,就被安静用双手捂住嘴了。结婚这么多年,安静从未听曾本之说过如此粗野的话。在这种连窗外的风都睡着了的凌晨,她仍然害羞得恨不得将自己的身子彻底埋进曾本之的胸膛里。曾本之的心里忽然像火一样轰地燃烧起来。安静用柔软的双唇对着他的胸脯小声说:"流氓!你是个流氓!"安静每说一遍,曾本之就觉得全身上下的体温升高一些,直到终于控制不住自己的情欲,而重温了失落多年的旧梦。曾本之很惊讶自己的身体里还贮藏着如此不可抗拒的威力,安静同样不敢相信自己也还能像初嫁时节那样变成一汪能够载起爱人的春水。虽然不似年轻时候那样猛烈,还是属于迫不及待的范畴。

女人最让男人着迷的不是惊艳的放荡,而是进一步退半步的赧怯,以及欲拒还迎的娇羞。正如那些演了上百年的才子佳人戏,纵然有千种狐媚百般妖冶,总是敌不过那仿佛偶遇的低眉一笑。进入到心性亢奋后期的缠绵阶段,马跃之和柳琴梦想开着养蜂汽车到各地周游的构思成了夫妻悄悄话的第一个话题。曾本之和安静都没见过这种养蜂汽车,但是他俩都想到了,养蜂汽车停在旷野之上,夜静更深时,外面有点风吹草动,譬如善于用尾巴偷蜂蜜吃的老鼠在车前乱窜,譬如喜欢将蜜蜂作为美食的熊类在车后暗中试探,譬如多愁善感的春风柔弱地拍打着车窗,如此等等,都会让女人因为胆怯彻夜偎在男人怀里。他俩都同意马跃之和柳琴的想法，只要能年轻二十岁，说什么也要去试试那种只有鸟语花香，比蜜还要甜美的情爱生活。

说着说着，安静忽然来气了。不过不是冲着曾本之，而是因为柳琴。安静觉得，曾小安三十岁了还没消散的青春叛逆心理，与柳琴这位忘年交有着莫大关系。特别是在郑雄与郝文章的三角恋爱关系上，柳琴从未出过好主意，总是支持一方打击另一方。安静甚至认为，如果不是柳琴在背后出谋划策当狗头军师，曾小安至少不会一天到晚在郑雄面前恶语相加。曾本之一直没有做声，他将安静的双手轻轻捏住，直到安静说出全部想说的话以后，才将不久前曾小安在"楚乙越兔"室所说的秘密告诉安静。

凌晨的城市上空还有许多明亮之光，透过窗户照在安静的脸上，看得见那双因惊愕而睁大了许多的眼睛。

安静说："他俩结婚这么多年，连肚脐眼都没碰一下，那楚楚是如何生下来的？"

曾本之说："楚楚的亲爸爸是郝文章。小安是怀上楚楚后才同郑雄结婚的。结婚之前，小安将这些事都同郑雄说清楚了。小安说，她对郑雄唯一的感谢是，郑雄晓得这些后还坚持同她结婚，说是不能让她生下一个没有爸爸的孩子。"

安静说："这有什么好感谢的？郑雄晓得小安怀着郝文章的孩子，还要指控郝文章盗窃曾侯乙尊盘，这不是变相陷害，而是明目张胆的报复！"

曾本之说："事情可能更复杂。我想郝文章更有可能是为了曾侯乙尊盘。因为之前我同郝文章说过，如果不努力，可能有盗墓贼先于我们仿制出曾侯乙尊盘，而最有可能仿制出曾侯乙尊盘的盗墓贼就是关在江北监狱中的老三口！"

安静说："你这话说得比曾侯乙尊盘还玄乎！郝文章未必是主

动要求坐牢,到监狱去拜老三口为师?"

曾本之说:"仅仅是这样反倒是简单明了,就怕还有比这种估计复杂一万倍的情况!"

安静说:"你们是不是都中了曾侯乙尊盘的邪!不说这些,还是说说小安的事。看来她是死了心只为郝文章活着,这样也对,她虽然瞒了八年,但还是对得起生她养她的父母。只是这个郑雄,他这样活受八年罪是为了什么呢?"

曾本之说:"他没有受一天罪,因为他娶的本来就不是小安!他娶的是糟老头曾本之,娶的是那糟老头既要名誉又要地位的私心杂念,他娶的是用学术作为跳板的春秋大梦!"

安静说:"人家愿意卧薪尝胆,愿意忍辱负重去实现自己的理想,这也没有大错呀!"

曾本之说:"你真的以为能用烹小鲜的方法去治大国?郑雄在我们家待了八年,一天到晚总听见他在策划这策划那,就没听他说过一句贴心话。我现在最后悔的是当初不该选他接任楚学院院长,就像关在笼子里的疯狗,一旦放出来便不可收拾。"

安静说:"你打算将他怎么办?"

曾本之说:"解铃还得系铃人,自己作的孽当然由自己来承受。"

安静说:"你都这把年纪了,就不要与人斗了。凡事都有天在看,让老天爷当裁判就是。"

曾本之说:"大不了也学塔利班,当一回人肉炸弹!"

安静再次捂住曾本之的嘴,不让他往下说。曾本之也是太坦然了,安静不让他说,他就不说,等到安静松开手了他也不做声。安静没发现曾本之又睡着了,她想起一件事便忍不住说,这些年她一直在想,等到自己和曾本之百年之后,郑雄会不会朝曾小安翻脸,果真那样曾小安可就惨了。见曾本之没有动静,安静才注意察看,从窗口透进来的暗夜之光,照在那张安详的面孔上。安静轻叹一声说,这样也好,趁老老少少的人都在时将不合心的婚姻解决了,免得将来只能由曾小安独自面对。

安静一觉醒来,屋子里已经金光灿烂。

一看时间已经快到上午十点了,安静有些不相信,再看放在一旁的内衣,还有仍在打着呼噜的曾本之,她才想起昨天夜里突然爆发的夫妻好事,以及后来说起的曾小安与郑雄,还有郝文章的那些令人吃惊的复杂关系。正在这时,门铃响了起来。睡眼惺忪的安静穿着睡衣跑到客厅门后拿起听筒,一个女人在楼下用武汉方言对她说,有封信塞进她家的门缝里了,请她自己收一下。安静低头一看门底下真的有只信封。她拿起来,见上面写着"曾本之"的字样,便放到茶几上,叫曾本之起床来看。

这时候她才发现,卧室的门上贴着一张字条:爸妈,难得你们睡得如此香甜,就不打扰你们的香梦,我送楚楚上学去了。安静忽地一下独自红起脸来,曾小安并没有多说什么,安静还是觉得女儿似乎察觉到老父老母昨晚的恩爱之事。安静赶紧将昨晚换下来的内衣拿到卫生间洗干净,晾晒好,这才回过头来洗脸刷牙。在这个过程里,已经起床来到客厅的曾本之三次呼唤安静,要她过去看看。安静坚持将自己打理完毕,才回到客厅。

曾本之指着信封说:"这是给你的!"

安静一看上面真的写着"曾本之夫人亲启",她明白先前是自己看习惯,将那几个字当成"曾本之先生亲启"了。打开来看,是一沓照片。第一张是一辆郑雄专用的黑色轿车从楚学院驶出来。第二张照片是那辆黑色轿车正驶入一处叫"白玫瑰花园"的居民小区。第三张照片是郑雄从停在白玫瑰花园内一座公寓楼前的黑色轿车里钻出来。第四张照片是郑雄在门牌号为502的房门前与一个年轻女人礼节性亲吻。第五张照片还是这两个人在门口亲吻,只是年轻女人穿的是睡衣,脸上还没来得及化妆。第六张照片变成了郑雄开车门上了自己的那辆黑色轿车。第七张照片是郑雄开车驶出白玫瑰花园。第八张照片是郑雄开车驶入东湖宾馆。第九张照片是郑雄下车走进作为青铜重器学会办公地点的别墅。从照片上的时间来看,前四张是前天傍晚下班时拍摄的,后五张是昨天早上上班时拍摄的。

安静看完之后,随后将照片扔在地上:"这女人长相丑死了,看一眼会恶心三年!"

曾本之捡起来,仔细地看了看:"看样子像是哪个剧团的演员,一个在台上演戏,一个在台下演戏,倒也般配。这下子你我都该放心了,不用再想郑雄在哪里吃哪里睡了!"

安静说:"本来就是,人家是省委红头文件批准的厅级领导,只要给个暗示,不知有多少人愿意上门陪他吃陪他喝陪他睡。"

曾本之说:"你这是说气话。要心平气和才行,只有心平气和才表明我们是真的不在乎姓郑的了。"

安静说:"你也一样,你若是直接说郑雄,不说姓郑的,才能表明心里真不在乎他了。从现在起,我心平气和地说,先前还以为他在我们家忍气吞声,其实是在外面逍遥快活。我这样说总该行了吧?你也心平气和地告诉我,是谁这么无聊,偷拍这些东西?幸好我们抢在前面,让姓郑的滚他妈的蛋了。如果等到现在再撵他走,那也太丢曾家的人了。"

曾本之说:"我推测这事是万乙的女朋友沙璐干的。她是交通警察,跟踪汽车对她来说是小菜一碟。那天她带着同事到博物馆参观,郑雄指使人当面没收她的志愿者证书,不许她做义务讲解员,让她在同事面前大丢颜面。她当时就说一定要让郑雄出丑!"

安静说:"我晓得了,那天晚上你打电话给万乙,是让他找沙璐,我还以为你是要他找古人计时用的沙漏!没想到你也会挖陷阱,也会搞阴谋诡计!"

曾本之说:"我也没想到你会偷听我打电话!"

安静说:"也只有你这个书呆子直到黄土埋到脖子了,才发现老婆在偷听自己的老公打电话。实话告诉你,武汉女人没有不吃醋的,武汉也没有觉得自己丑的女人,更没有不偷听老公打电话的女人,只不过手法有高低之分而已。"

曾本之笑起来:"你还偷听到什么了?"

安静说:"我还偷听到你说梦话!"

曾本之说:"我在梦里说什么了?"

安静说:"你说曾侯乙尊盘是假的!说了好多年!"

这次轮到曾本之伸手捂住安静的嘴了。

"你想谋害亲妻呀!"安静奋力挣脱之后,先是大声说,接下来马上压低声音表示,"我都没有当真,你当什么真?连楚楚都晓得梦是反的,你干吗紧张得要死?"

曾本之再三逼问安静,确信她从未对任何人提及自己说过的梦话之后,仍然郑重地告诫她,虽然自己说的是梦话,也切不可外传,否则会出大事,弄不好曾家会家破人亡。曾本之的话将安静吓着了,她想追问又有些不敢。反而是曾本之见她被吓得面色发白,又回过头来安慰说,只要她不插手此事,继续像以往那样装糊涂,别节外生枝,一切按自己的思路去做,应当会有一个比较理想的结局。

镇定过来的安静,开始小心翼翼地询问:"曾侯乙尊盘为什么有假?它不是一直在博物馆里展出吗?"

曾本之不肯回答："刚说过要你别问这些。"

安静说："不是老公就是老婆，又没有外人。"

曾本之说："隔墙有耳！你总在心里想着这事，不定哪天就说漏嘴了。"

安静说："我保证，就像结婚时保证不再爱别的男人一样，就问这一次，以后再也不说了。"

说着，安静就像年轻时撒娇那样，双手抱着曾本之的脖子不肯松开。

曾本之没办法只好模棱两可地说："博物馆的藏品也不见得就是真品。"

安静还要说什么时，曾本之的手机响了。

一按绿键，曾本之就听见万乙的声音。

万乙要曾本之马上下楼，他在小区门口的街边等着，有要紧事需要商量。万乙的口气很急，曾本之仍要他简单说说是怎么回事，自己也好做些准备。电话那边，万乙好像与谁说了句什么，在得到对方的回答后，他才告诉曾本之，有人要将老三口保外就医，并牵连到郝文章，沙璐的叔叔沙海要与他当面细说。

曾本之没有急着下楼，依然按照往日的节奏将面包、酸奶，还有半只苹果吃完。临出门时，他对安静说："你看看，说曹操，曹操就到了！"

安静回应说："越是怕鬼，鬼就越来敲门！"

曾本之已经出门了，又转过身来说："估计这个鬼是由庆父、赵高、梁冀、董卓、李林甫、来俊臣、秦桧、严嵩、魏忠贤、和珅这些奸佞之人联合转世的恶鬼、老鬼！"

曾本之下楼走到街边，停在那里等他的是沙璐的红色轿车。沙海在后排坐着，曾本之上车时，他不停地抱歉说，不是自己不懂事,实在是担心被人看到不方便下车。话音刚落,沙璐就将红色轿车往东湖边上开。在东湖公园大门前,她有意像反跟踪那样绕着那座巨大的花坛转了几圈,这才将红色轿车开上绿荫浓密的沿湖大道。

沙璐将车速控制得很慢,很像是在看湖景。夏天已正式来临,透过树林的阳光很刚烈,两个光着膀子的中年男人沿着湖边跑步的速度和沙璐的车速不相上下。沙海先说起铜镜的事,他再三表示感谢,一如曾本之先前预料的那样,前些时,果然有人找上门来要买他手里的那只水波纹镜。他不肯卖,经过几次讨价还价,当对方出价到十二万时,他觉得实在对不起人家的诚心实意,只好转让给对方。曾本之记得沙海曾说水波纹镜只花了一万元买得,而沙璐则说他是用十万元买得的,便故意逗他说,这一进一出就赚了十一万,不如辞了公职,专门去做古董生意。沙海瞟了沙璐一眼,不好意思地说,那水波纹镜其实是花了十万元买的,因为听曾本之说是仿制,觉得很没面子,就少说了一个零。

曾本之笑了笑。沙海也跟着笑,然后就说起正事。

正如刚才万乙提示的那样,昨天下午四点时,沙海突然接到让老三口保外就医的电话通知,紧接着就有人来江北监狱办相关手续。沙海觉得这事有些奇怪,赶紧到监狱里问老三口。事实上,狱医从未提出过相关建议,老三口本人以及妻子华姐更没有申请,但相关手续上用的都是老三口和华姐,还有狱医的名义。自觉事态严重的老三口破天荒主动提及一个叫熊达世的人,从去年开始,这个人就一直变着法子想来江北监狱探视老三口。老三口还表示,自己早就预料到熊达世最后一定会采用保外就医这一招的,真到了这一步,自己也就不再做何幻想了。沙海回头向上报告,说此事有些蹊跷,是否找个理由拖一拖,看看后续发展再做决定。没想到遭到当场训斥,要他别自作聪明,更别弄得聪明反被聪明误,已经有人举报他,利用职务之便违规与服刑的人员接触,借口学习考古知识,实际上是在买卖文物。沙海恨不得再借几张嘴来为自己辩护,哪敢再说老三口的事。不过,在沙海提到有个叫熊达世的人很可疑,曾屡次申请探视老三口这一事实时,骂他的那人似乎默认的态度,让他基本可以确定,背后操作这件事的人是熊达世。

红色轿车沿着沿湖大道穿过东湖,车窗两边全是清风吹起一眼望不到边的碧波银浪。也不知从哪里冒出那么多的漂亮新娘,简直就像武汉三镇的美女都跑来拍婚纱照,不仅是沙璐和万乙看得着迷,就连曾本之和沙海都像看到难得一见的牡丹花那样微笑不止。正值眼花缭乱时,一座以东湖命名的医院悄然出现在一片大树背后。沙海说,被保释的老三口出来后就在东湖医院就医。沙璐会意地将红色轿车开进去转了一圈。车上的人以往都从外观简陋的东湖医院门前路过很多次,竟然不知道医院里面的环境极为优美。

沙璐也是第一次来,她高兴地对万乙说:"将来我生孩子时,不去同济、协和,就来东湖医院。看着这么好的风景,起码要减少一半疼痛,少用一半药。"

曾本之却认为:"这地方太僻静,容易发生意外。"

沙海也觉得,幕后操纵老三口保外就医的那个人,或许需要此种没有干扰的环境。

从东湖医院出来,曾本之将熊达世用九鼎八簋,从云南人手里换和氏璧玉玺的事简单地说了一遍。曾本之估计,熊达世有能力让老三口保外就医,也有胆量让老三口保外就医,肯定有特殊背景。曾本之隐隐感觉,老三口可能摊上大麻烦了。在青铜重器这一行中,不管红道、黑道,正道、邪道,从古到今还没有人仿制过整套的九鼎八簋。这话可能有些绝对,但至少那些悄悄仿制过的人,没有让九鼎八簋进入到买卖与转让等流通渠道中。不流通就没有任何价值,一流通起来就会被人当做无价之宝。这些年来,将整套九鼎八簋仿制到乱真的程度,身怀如此绝技的黑道中人唯有老三口。一个人但凡上当太大,掉进陷阱太深,皆因欲望太贪,像狮子大开口,不管不顾地将腐肉烂肉全往肚子里填。明白上当受骗后,那些虎狼之辈怎么会饶过本来就在虎口里的囚徒老三口呢?

曾本之因此向沙海建议,要么也让郝文章保外就医,要么将郝文章提前释放。郝文章与老三口同囚一室,两人之间可能会有某种默契,只要他俩还有机会继续接触,说不定就有改变现状或者发现其中秘密的可能。沙海回答说,他正要告诉曾本之,前两天也是上面的人打招呼,让他组织相关人员对郝文章加刑后的表现进行过评估,已经确定将其提前释放。

了解到沙海没有其他重要的事情要办,曾本之就让沙璐开车往九峰山方向去。在九峰山公园门口,他让沙璐和沙海留下,只带万乙去到郝嘉的墓碑前。墓碑前有一堆新近燃放的鞭炮碎屑,曾本之以为是华姐来过了,他在墓碑旁仔细寻找了好久,也没有发现华姐有任何东西留给自己。按照先前的约定,曾本之在郝嘉的墓碑下面埋了一张纸条,上面写着沙海告诉他的关于老三口被保外就医的事情。他没有提任何建议,只告诉她一些基本事实。

离开墓地时,曾本之遇上公墓管理员。离得老远,万乙就从挎包里找出一瓶矿泉水递上去。管理员很高兴,几乎不需要询问,主动将所看到的情况说出来。曾本之不爱听野狗跑到墓地上打架的事,也不爱听有人烧错了香、磕错了头的事。管理员说,昨天傍晚天上全是乌云,只有一股霞光从云缝里钻出来,正好照在墓碑上,曾本之还是淡淡一笑。唯一让他感兴趣的是管理员最后说的那些话：前两天在郝嘉墓前放鞭炮的人不是华姐，而是一个看上去很像在本省电视新闻中经常露面的男人。那男人不像一般官员，见到墓碑只是鞠躬，而是趴在地上磕了三个长头。管理员借巡视之便特意走过去，除了磕头的声音，他没听到那人说一个字。

管理员离开后，曾本之要万乙猜这个人是谁。

万乙有些犹豫，但还是认为这个人只能是老省长。他最近在互联网上检索到楚学院的一些事，有人说，老省长的第一笔政治资本是一九八九年带工作组进驻楚学院。还说，如果换了别人，郝嘉就不会被逼得走投无路只好自杀。曾本之问他，互联网上有没有提到别人。万乙更犹豫了，不过最终他还是回答说，有几个看上去像是本单位的人在那里议论，靠着郝嘉之死捞到政治资本的还有别人，他们怀疑郝嘉就是被那个人出卖给老省长的。后来工作组一抓一个准，凡事都拿领头的郝嘉是问。

离公园大门不远，已经看得见站在公园大门口的沙璐和沙海了。曾本之没有再让万乙猜测靠着郝嘉之死捞到政治资本的另一个人是谁，反而像是有意转移话题，问万乙是否知道，今天早上是谁往他家门缝里塞一个信封，里面有偷拍的某某人在白玫瑰花园秘密购房包养情人的照片。

万乙还没开口便先脸红了，等到终于开口时，整个表情已经变成紫茄子。万乙不是回答曾本之，而是冲着公园大门大吼一声："沙璐！"曾本之赶紧拦住，问他想干什么，是不是想责怪沙璐不该如此意气用事，就算人家有错，在外面乱搞女人，也不能像是站在天生的道德制高点上为所欲为，这种事情，稍有不慎就会弄得家破人亡的？曾本之一口气将万乙想说的话全说了。见曾本之已经知道这事是谁干的，万乙内心的反应更激烈，一时间又找不到出口发泄，眼看着就将两眼憋出血丝来。

在离大门口只有几步之遥时,万乙终于石破天惊地骂了一句:"郑雄,你这个鼻屎一样的东西!"

话一出口,连他自己都不相信,分明是要责备沙璐,怎么扯到远在天边的郑雄身上了?好在旁边的曾本之先说一声骂得好,接下来又说骂得痛快,才让万乙略感轻松。

四个人重新回到车上,似乎是先前说话太多,返程时,再次经过东湖医院,沙璐问要不要再进去看看,大家都不做声。一路平静,眼看就要到曾本之的家了,万乙突然要沙璐向曾本之道歉。沙璐没有搭理,万乙又说了一遍。

说到第三遍时,沙璐猛踩了一下刹车,也不管车上的人被惯性弄成什么模样,冲着万乙大叫:"若是连我们这样的人都不能路见不平拔刀相助,武汉三镇还有正义吗?"

沙海不明白,就问沙璐做错什么了。

沙璐和万乙都不回答。

回过神来的曾本之轻轻鼓了三下掌。

红色轿车重新行驶不到一百米,曾本之就看到曾小安的香槟色越野车停在临湖的树林边,人却站在离湖水最近的一棵树下。他让沙璐停车放自己下去,一边不停地叫着小安,一边绕过众多的树木往湖边走去。曾小安肯定听到曾本之的叫声了,她伸手抱着身边的柳树,却没有回头。曾本之有些慌张,一不留神被一根野藤绊住,差点摔了跟头。好在距离很短,曾本之顺势紧走几步到了曾小安身后,还没来得及再开口,曾小安就松开柳树,回过头来将曾本之紧紧抱住。不知所措的曾本之,只能像二十几年前那样,轻轻拍着曾小安的后背,一声声轻柔地安慰,说有爸爸在,没有人敢欺负她。大约是哭够了,曾小安终于抬起头来。

眼前的曾小安让曾本之不胜惊讶:在那满脸泪水的脸上,堆积着八年中所有隐忍不露的笑意。

"爸爸,郑雄刚才来短信,郝文章要提前释放了,过两天就能回家!"

话刚说完,曾小安再次幸福地哭泣起来。

贰伍

盛夏到来后,武汉三镇的气温第一次突破三十九度那天,楚学院门前的马路上有几辆汽车先后爆胎了。正午时分,与楚学院面对面的省博物馆门前,一辆正在行驶的日系轿车车头突然冒出一股浓烟,驾驶员刚打开车门逃出来,那股浓烟就变成熊熊大火。消防车赶到时,整部轿车烧得只剩下一副黑不溜秋的框架。全副武装的消防兵操作水炮象征性地喷了一通水,再做检查时,在副驾驶座前地垫上发现一个疑似颅骨的炭状物体。经过驾驶员的解释,如临大敌的消防兵也不禁笑起来,原来是一只大西瓜被罕有地烧成了疑似颅骨的黑炭。与此相隔不远的筲箕湖里,两条体态硕大的鳙鱼突然跳上将筲箕湖与东湖分隔开来的沿湖大道,在没有乘客的403路公交车前狂蹦乱跳。驾驶员耐心看了几分钟鳙鱼舞,实在受不了停车时的酷热,松开刹车让巨大的车轮将两条肥硕的鳙鱼碾成鱼肉酱。

在这铺天盖地的热浪中,沙海提前吐露的消息兑现了。已在江北监狱服刑十几年的老三口，在强烈的自我反对声中，被保释到东湖医院就医。

摄氏三十九度高温持续到第三天，同样是提前吐露，沙海告诉曾本之、郑雄告诉曾小安的消息仍然没有下文。

曾小安不得不给郑雄发了一条手机短信："骗子！"

不到十分钟，郑雄就回了一条短信："这事真的不能怪我，郝文章宁可被关进单人囚室，也不愿意在提前释放的文件上签字。"

从这时开始，郑雄便反客为主不断地发手机短信给曾小安，要她想尽一切办法让郝文章同意离开江北监狱。短信发到第十条，郑雄的语气就变了，字里行间出现近乎请求的意思。这期间，曾小安再次到江北监狱探视郝文章，结果与先前如出一辙。曾小安虽然没有见到郝文章，却从监狱警察那里打听到郝文章确实不肯离开江北监狱。

一天接一天的高温将东湖烤成了一只大蒸笼，曾小安和郑雄是放在这只蒸笼里的两只灌汤包子。还有安静，她虽然将整个心思都放在楚楚身上，内心的煎熬一点也不比别人少。曾本之不一样，既是在蒸笼里蒸的灌汤包子，又是蒸笼底下燃烧的熊熊烈火。

气象台预报的高温几乎攀上四十度的那天，曾本之终于沉不住气了。起因是郑雄沉不住气，自从被撵出曾家之后，头一次打电话给曾本之，请他亲自去江北监狱，或者让曾小安去江北监狱，再不然就叫安静去江北监狱，总之，无论如何都要尽快将郝文章从江北监狱里弄出来，否则后果难以预料。郑雄说过"难以预料"之后，又补上"不堪设想"。他说"不堪设想"，是建立在老三口可能会出事的基础上。至于出事的等级如何，是否危及生命，郑雄没说，曾本之也没有问。

曾本之下意识地将"出事"与老省长、熊达世，还有那被云南人用和氏璧玉玺交换去的九鼎八簋联系到一起。至于老三口出事与郝文章的难以预料、不堪设想的后果之间有没有联系，曾本之没有细想是因为他无法细想。在与曾小安商量过后，曾本之又与安静商量，想让安静答应同曾本之一道，以"岳父岳母"的名义去探视郝文章，并劝他接受"提前释放"，早点回家团聚。安静死活不同意，说起来也很有道理，之前安静在江北监狱万般无奈地探视过郝文章一次，当时郝文章就将话说绝了，不会再见任何人。如此委曲求全，万一郝文章还是不肯出来见面，往后双方都不好见面了。

无奈之时，曾小安想到了柳琴。

柳琴放下电话就来曾家，细听了这事的来龙去脉之后，便自告奋勇去江北监狱探视郝文章，万一郝文章还是不见，就让沙海开后门带她去监狱内部，反正老三口已经出来了，囚室里只有郝文章一个人，说话做事没有不方便的，说不定会有奇效。

经过万乙、沙璐、沙海，还有郑雄之间一系列复杂的沟通，高温数值终于攀上四十度的那天，沙璐开车先到黄鹂路接上曾小安，再到水果湖张家湾小区接上柳琴，然后直奔江北监狱。

临近中午时分，万乙打电话告诉曾本之，沙璐给他发手机短信说郝文章出来了。紧接着马跃之也将柳琴在电话里与他说的话转告曾本之，相比沙璐发给万乙的手机短信，柳琴多用了一个词说，郝文章终于出来了！

曾本之松了一口气，就想去医院看看老三口。

安静没有答应，一是因为外面气温太高，二是要等曾小安回来，听听她的具体说法。按原先商量的，郝文章出来后先在柳琴和马跃之家过渡一阵，待曾小安与郑雄的婚姻用法律形式了结之后，再考虑让郝文章住到家里来。用安静的话说，她需要时间来接受这位曾经令她很是讨厌的女婿。

等了一个小时。又等了一个小时。再等一个小时。

下午三点，安静要去学校接楚楚。一来一去花了一小时三十分，安静领着楚楚回家，听说依然没有曾小安他们的消息，她满腹狐疑地拿过曾本之的手机翻看几遍，又将家里电话机上的来电显示来回查询几遍，见确实没有任何消息，便愣在那里好半天没有说话。

见安静太过担心，曾本之便主动打电话问马跃之。

马跃之回答说，午睡之前，柳琴与他通电话，说是正在美容院给郝文章做美容。马跃之当时还笑话柳琴，过度关心闺蜜，连闺蜜的男人都要帮忙做美容，对自己老公脸上纵横交错的沟壑反而不闻不问。柳琴娇嗔地说他总是需要点拨才能了解女人，郝文章在监狱里关了八年，脸色比白血病患者还难看，不做一下美容就不能在公众场合露面。马跃之想起参加健美比赛的人，上场之前都会往身上抹一层橄榄油，便问柳琴美容院里是否也是这样。柳琴在电话那边笑着回答，等晚上回家洗了澡再当面教马跃之。

听了柳琴的话，曾本之忍着不笑，而是将这些话转述给安静，等安静笑了，他才跟着一起笑。安静放心地去厨房做晚饭了，楚楚在自己的儿童房里做作业，曾本之到书房里独坐了一阵，不知为何，只要目光一接触到挂在墙上的曾侯乙尊盘黑白照片，就会无缘无故地心跳加速。曾本之赶紧从口袋里掏出速效救心丸，取出几颗放进嘴里。

这个动作恰好被安静看见了。安静做了两个菜，趁着做最后一道汤的空隙，抽空过来问曾小安那边的情况。因为最怕曾本之吃速效救心丸，她才对曾本之服用速效救心丸的动作格外敏感。她快步扑到曾本之面前，一只手放在曾本之脉搏上，另一只手搁在曾本之的嘴唇上方。确信曾本之的脉搏、心跳以及呼吸并无大碍，才开口问是不是还有比郝文章出狱更重要的事,让他如此紧张。曾本之像是解嘲地回答,肯定与她先前所说曾侯乙尊盘是假的一事无关。安静回到厨房继续将汤做好,在家的三个人围在餐桌旁吃晚饭时才继续说,以自己这些年对曾本之的了解,但凡心脏出毛病,其原因或多或少总与曾侯乙尊盘有关。

曾本之用恳求的语气告诉安静,自己的心绪太乱,事情也太多,请她这一阵子遇事不要打破砂锅问到底,留点空间给自己。安静从未见过曾本之如此说话,马上将说话的对象改为楚楚。楚楚跟着学样,他也要求安静不要太婆婆妈妈,絮絮叨叨地也将他闹出心脏病来。

三个人正在笑,门铃忽然响了。

楚楚跑去接听后,说是柳奶奶同妈妈回来了。

不一会儿,柳琴上楼来了,在她身后跟着的不是曾小安而是沙璐。

安静迫不及待地问了一句:"他们呢?"

柳琴笑嘻嘻地要安静泡了茶再说。安静还没转身,曾本之已将两杯凉飕飕的冰镇酸梅汤递了上来。柳琴跷着二郎腿美滋滋地喝了两口酸梅汤,在她准备喝第三口时,安静实在沉不住气,伸手夺下饮料杯,要她先说说郝文章与曾小安的事再接着喝。

柳琴笑起来:"我是故意撩你们的,怕你们太高兴反而笑出心脏病来!"

柳琴告诉曾本之和安静,这会儿曾小安与郝文章正在户部巷大快朵颐疯狂饕餮。郝文章进江北监狱时,户部巷刚刚被武汉的好吃佬们发现,他自己抢着去了一次,还没来得及兑现带曾小安去享口福的承诺,就被警察抓了起来。为此,曾小安在柳琴面前一次次地发誓,没有郝文章作陪,这辈子绝对不会踏进户部巷一步。重逢之初，两人还有些拘束。柳琴在一旁没话找话，问郝文章最想吃什么。郝文章看看柳琴，又看看曾小安，这才说自己最想去户部巷，放开肚皮，大吃大喝一通。如此，大家很自然地谈起户部巷各种好吃的东西。郝文章和曾小安都嘴馋，再加上心里还馋别的东西，一做完美容，他俩就往那里去。

听柳琴说着女儿的秘密，做母亲的安静心里很不好受。就连郝文章这个不被她承认的女婿，也像是很给柳琴面子。柳琴一去江北监狱，他就乖乖地跟着出来了。沙璐到底是当警察的，一看安静脸色不对，马上将真相告诉她。

实际上，郝文章一点也不给柳琴面子。

柳琴先以探视的名义去见郝文章，还特地说自己是曾小安唯一的闺蜜。因为情况特殊，柳琴要求了三次，每次都被郝文章断然拒绝。柳琴要沙海带自己去监狱的管制区见郝文章。沙海说什么也不答应，除了怕闹出事来丢乌纱帽，更是觉得柳琴如此使唤人，像是汉口街上袒胸露背的泼妇那样令人讨嫌。僵持到后来，沙海主动提出用提审的名义，将郝文章叫到办公室，反而比隔着铁窗的探视更方便说话。

很快，郝文章就被带到柳琴面前。柳琴突然走上前去"啪啪"给了郝文章两记耳光，咬着牙说："你这个鼻屎，你打算像鼻屎一样混一辈子吧？你以为像鼻屎一样躲在监狱里，外面的人就会在心里压一块石头受累和受罪吗？在这里，你给老娘将字签了，然后跟着老娘出去吃香的，喝辣的！你别盯着人看，你眼睛里堆着的不是眼屎而是鼻屎。你全身上下都是鼻屎气味，你也别以为这种气味会让哪个美女恶心，你只能臭自己。现在你还只是皮肉臭，再不从这里出去，就要臭到骨头里，臭了这辈子，还要臭下辈子。臭了自己，还要臭子孙。你签字还是不签字？要签字就将上面的爪子伸出来。"见郝文章没有动静,柳琴又说:"你有个狱友吧,他只有一个人老珠黄的老伴在外面,都咬着牙出去了。你只有他一半的年纪,外面还有一个如花似玉的女人在想你爱你,还有一个八岁的儿子等着叫爸爸,你却躲在这里以为自己吃一坨鼻屎全家人就会不饿。你想吃好吃,也要到外面去吃才是。像你这种样子,不说外面那些好吃的炒菜,光是小吃就会让你馋死。如果是我,像你这样关了八年,出去后第一时间先吃一碗热干面,喝一碗清酒;再吃一份牛肉豆皮,喝一碗糊汤米粉;然后吃一个枯面窝,喝一碗排骨藕汤。"一旁站着的沙璐笑话柳琴,还没有像郝文章那样与世隔绝八年,就不了解武汉三镇年轻人的口味也改革了,按她的建议,像郝文章这样的人,出去后一定要先来一斤极品小龙虾,两只五号辣的变态鸡翅,就着两瓶冰啤酒,享受那种冰火两重天的感觉。不如此就无法解决连毛孔都在流口水的馋。两个人配合默契地将武汉人最离不开的吃食渲染了一番,郝文章的喉结动了两下后再也没有其他动静。

  气不打一处来的柳琴正在咬牙切齿,忽然脑后有股子阴森森的感觉。她以为是谁弄了冰块什么的,回头一看,身后空荡荡的,最近的物体是两米外,摆放在办公桌上的一只残缺了三分之一的楚鼎。柳琴转过身来,刚刚看了郝文章一眼,那股阴森森的感觉又在脑后出现了。柳琴依然下意识地回头看去。柳琴后来对安静和曾本之他们说,自己真真切切地看到一个影子一样的东西在眼前闪过,同时也明显感觉到有比空调的冷气低很多的冷风从脸上一扫而过。柳琴摸了摸自己的脸,接下来便第三次感到有不明不白的阴冷之气,只不过这一次是横在她与郝文章之间。正是由于这股阴冷之气的阻隔,柳琴从郝文章的脸上看到郝嘉的模样。

  柳琴告诉安静和曾本之,自己从不做哗众取宠的事,都这把年纪了更没有必要装神弄鬼,但在沙海办公室的那一阵,她认为自己的大脑被桌子上面的那块残缺的楚鼎控制了,所以在郝文章面前放肆地说:"我忘了自我介绍,告诉你郝文章郝鼻屎,老娘是曾小安的老闺蜜,是曾本之最好的同事马跃之的内当家,是一九九九年六月敢在楚学院楼下烧香,纪念郝嘉去世十周年的那个泼妇。老娘在养蜂学会工作,是闻名水果湖的专门蜇人的小蜜蜂。不信你出去后到汉口、武昌和汉阳访一访,这么多年因公因私死了多少人,谁敢跑到死人单位去烧香祭拜?不说天下第一,至少也是武汉三镇第一。为什么没人骂没人拦?我一不问政治,二不管经济,三不与郝嘉沾亲,我是发了一个女人的同情心,一个无儿无女无妻室的男人死了十年,活着的人不能全部假装忘记了。二〇〇九年六月,郝嘉去世二十年时,我又去烧香祭拜,有几个警察想拦,我就问他们未必清明不祭祖坟,未必先人的忌日不怀念!郝嘉托梦给我,说他在那边好寂寞、好冷清、好想念从前的同事,我当然要烧几炷香,施几个礼才安心,不然就会继续做噩梦!"柳琴正要再用鼻屎二字骂人,郝文章突然拿起放在手边的签字笔,在几张早就要他签名的表格上刷刷地写上自己的名字。柳琴本来还想找机会再给郝文章两耳光,将他彻底打醒。正说得兴起的柳琴愣愣地好不容易反应过来,忍不住数落说:"我叫你签字你不签,我没叫你签字你反而抢着签,我说了这么多,是哪句话将你的铁石心肠感动了?"郝文章不与她啰嗦,转而问沙海,自己是不是自由了。沙海一边点头,一边提醒郝文章,应当将囚室里的个人秘密也一并带走。郝文章说,他的秘密全在监狱外面。

话说到此,安静开始关心郝文章与曾小安见面的情形,曾小安没有随柳琴他们进到监狱里,也没有傻傻地坐在车内,她在江北监狱门口的一棵女贞树下站着,虽然独自拥有一片树荫,已经攀升到四十度以上的高温热浪，紧紧地挤压在四周，加上内心的焦虑，从未体会过的中暑滋味每隔几分钟就要袭扰她一下。

这一次，轮到沙璐说，爱情有时候真让人不可思议，都是男人爱女人，或者女人爱男人，一九六〇年代的人爱得没有一九五〇年代的人深，一九七〇年代的人爱得又没有一九六〇年代的人深，自己是一九八〇年代的女人，真的遇上郝文章这样的男人，肯定不会像一九七〇年代出生的曾小安那样去爱对方。不用说在四十度高温的室外站上一个小时，只怕还没站到二十分钟就已经恩断义绝了。郝文章一身苍白两手空空地走出江北监狱，淡淡地看了曾小安一眼，曾小安报以浅浅一笑，上了车后，沙璐问去哪里，曾小安和柳琴一齐说，先去美容院。在沙璐看来，这就像两名狙击手相互射击，同时将子弹射进对方的枪口，是人世间的爱情绝唱，是人类进化史中的爱情孤本。

几个人正在说话，柳琴包里的手机响了，拿出来一按绿键，就听见马跃之的异样声音："你还在曾本之家吗？赶快让他看武汉新闻！"这边柳琴还在问马跃之是什么事，沙璐已从一直在旁边看电视的楚楚手里拿过遥控器，找到武汉电视台的新闻节目，播音员正在批评无良商贩如何趁高温难耐之际将一只西瓜卖出五十元的高价。不过马跃之如此着急地打电话来要大家看新闻，并非为了西瓜价格，而是在这之前播报的另一条新闻：沿湖路上发生一起致人死亡的车祸。

弄清楚原委后，沙璐连忙出主意，可以用电视机的回看功能。安静和曾本之不知道电视机还能像放影碟那样随时倒回去再看。沙璐拿着遥控器这个键上按一按，那个键上摸一摸，不一会儿，屏幕上就出现先前已经播放过的武汉新闻。但凡会看电视的，哪怕是几岁的孩子都知道，从中央到地方所有电视新闻的前几条肯定是说领导们在哪里开会视察做报告。武汉新闻自然不能例外，第一条和第二条报道市委书记的活动，接下来的第三条和第四条就轮到市长了。再往后是相关市委副书记、市委常委和副市长们的事情。好在为了腾出更多时间播放广告，本地新闻时间一般都不会超长，大家稍微忍耐一会儿，马跃之让他们看的那条新闻就出现了。

电视新闻报道的车祸发生时间为下午一点二十分。当时，一辆挂云南车牌的宝马越野车，失控闯到人行道上，将一位中年男人顶到路旁的大树上，中年男人在猛烈挤压下当场死亡。经检测肇事驾驶员血液中的酒精含量达到醉酒驾车标准。目前肇事驾驶员已被有关部门依法拘留。经过查核，在本次交通事故中死亡的男子何某，系某监狱保外就医人员。至于何某为何脱离相关监管，独自出现在东湖医院附近的沿湖路上，有关部门正在进行相关调查。

曾本之心里很难受，就吃了几粒速效救心丸。感觉稍好一点后，他要沙璐将那条关于车祸的新闻再回放一遍。这一次，他一边看一边不停地说："是老三口！是老三口！肯定是那九鼎八簋惹的祸！"

沙璐也从电视画面上看出问题来。由监控探头拍下来的高清画面中，那辆宝马越野车本是由东向西，而出现在沿湖路的那个中年男人行走的方向则是由西向东。相遇之际，车与人都有片刻停顿，像是问路什么的。又各自往前走去。本是背道而行的宝马越野车，在监控录像中消失了一会儿，重新出现后也变成由西向东行驶，在离那中年男人不到十米的地方突然加速撞了上去。沙璐当交警多年，见过各种各样的交通肇事案件，如此状况极有可能是有意为之。

曾本之坐不住了，要沙璐开车带自己去东湖医院看看。安静不让曾本之去，却又拦不住，手把手试了试曾本之的脉搏，觉得情况还行，便放他出门。虽然天黑好久了，外面的气温仍然很高，从出家门到上沙璐的红色轿车并打开车上的空调，不到十分钟，曾本之就觉得胸闷难忍。

来东湖边乘凉的人多得像蚂蚁，本来就狭窄的沿湖路几乎成了蚂蚁路，红色轿车缓慢行驶的样子不像是由发动机驱动的，而是车前车后那些男男女女用折扇和蒲扇摇起的风吹着向前的。三个人好不容易挪到目的地，却发现东湖医院里的人一点也不比沿湖路上的人少。沿湖路上的人大都显得悠闲轻松，东湖医院里的这些人个个板着脸，不用说看曾本之他们，即便是自己人之间看上一眼，也无不带着严格的审视意味。在沙璐看来，这些人只有部分是她的同行，其余的人则有些来历不明。柳琴在前面开路，沙璐牵着曾本之，三个人只顾往医院大楼里走，不去理会那一道道尖锐如利剑的目光。

刚进一楼大厅，走在前面的柳琴差点与急忙迎上来的郑雄撞个满怀。

不待他们开口，郑雄抢先问："曾老师，您怎么啦，心脏病又犯了？我带您去看急诊！"郑雄不由分说，挽起曾本之的手臂就往最近的一扇门走去。走了几步，郑雄装着问曾本之哪里不舒服，贴着他的耳朵小声说，"这里的情况太复杂，有机会我再与您说。这时候您千万别卷进来，就装做是心脏病发作了。"

郑雄连拉带拽将曾本之弄进急诊室，值班医生用听筒和血压表检查过，又要他做心电图时，有身份不明的人接二连三地进来察看。曾本之真的是心脏病发作，外行人也能从心电图怪异的曲线上看出其不正常。医生要曾本之住院治疗，曾本之却不肯，几经劝说，他才同意挂几瓶点滴。与外面人满为患相反，输液室的人却不多。曾本之挂上输液瓶,极不情愿地找了个座位坐下来。最不情愿的是柳琴,她不停地嘟哝,有好几年没陪自己的老公上医院,却在热得要死的时候陪别人的老公上医院。

沙璐也不高兴,输液室里到处是空位子,可那个紧接着曾本之挂上输液瓶的男人,非要挨着他们坐。时间不长,沙璐就发现对方的输液瓶上除了生理盐水并没有标记其他药物。沙璐借故到护士那里悄悄问了一下。看上去护士也很讨厌那个男人,她实话告诉沙璐,从下午快下班时开始,医院里就来了不少形迹可疑的人,只要他们认为有点什么的病人来打针,就会有人假装中暑,挂上一瓶生理盐水守在旁边。沙璐摸清情况返回输液室时,发现曾本之已与那个同样假装中暑的男人聊开了。

曾本之与那个男人聊的是青铜重器。那个男人表现出很有兴趣的样子,有点像学生听老师讲课。说着说着,曾本之突然问对方,见过九鼎八簋没有?那男人略显惊慌地用力摇着头。又聊了一会儿别的,曾本之找准机会,再次突然问对方,是不是真的没有见过九鼎八簋?这一次,对方脸上的惊慌更加明显。等到曾本之第三次开口说,他看出对方是搞青铜重器这一行的,不是收藏就是盗卖,以对方的资历肯定见过九鼎八簋。到这一步,那男人连借口都不找,拎着自己的输液瓶去值班室,让护士拔去针头后,头也不回地离开输液室。

正当沙璐以为没事时,从门口涌进来十几个人。那些人不管是先来的,还是后到的,进到输液室后,便在曾本之身边站着,既是监视曾本之,又像是在互相监视。曾本之并无心虚胆怯的表现,他将这些人反复打量几遍,才慢条斯理地说,在他看来,眼前这些人应当分属至少两个或最多三个团伙,虽然领头的人不同,所做的事都一样,都是青铜重器的所谓爱好者。一般玩青铜器的人不会聚集成这么大的阵势。湖北这一带炒得最响亮的编钟,若是摆放在家里,会将过温馨日子的家庭弄得如同宫殿,现代人不太喜欢这样。所以,看他们的样子也不像是将编钟作为共同目标。故此,曾本之判断眼前这些人,无论分成几个团伙,其共同目标极有可能是除了博物馆,别的地方难得一见的九鼎八簋。也只有九鼎八簋才能让那些有着不同野心的人,肯花大价钱、费大精力组织唯自己的命令是从的"青铜帮"。此时此刻,不同的"青铜帮"在这家医院里聚会,肯定不是冲着他曾本之而来,一定是另有重要原因。

曾本之说话很大气,根本不将这些人放在眼里。但他还是留了一个心眼,没有将老三口说出来。

趁曾本之说累了,暂不做声时,柳琴站起来,指着用医用胶布粘在输液瓶上的小纸条,让那些人上前来仔细看看,正在与他们说话的是谁。像是回应曾本之他们是两至三个团伙的判断,第一个人上前来看过后,马上有第二和第三个人跟着上前来看。之后,他们相互盯着看时,目光里少了些敌对,添加不少惊诧。沙璐也适时地说,既然他们知道曾本之是谁,就不要再打扰人家。那些人正在犹豫,郑雄也过来了。郑雄与那些人说话时霸气十足,要求他们马上离开,曾本之是学术权威,不可能与保外就医的青铜大盗有任何瓜葛。

那些人终于离开输液室后,郑雄不再问曾本之的身体情况如何,转而告诉他,人称老三口的何向东死了!在盗墓贼中赫赫有名的老三口死之前,一直受到这些人的严密监视。郑雄只提及熊达世和用和氏璧玉玺从熊达世那里换得九鼎八簋的云南人。曾本之随即打断郑雄的话,强行问他没有说出来的第三个人是不是老省长?郑雄用不否认来表示承认,并接着说,一个其貌不扬的人能够成为江湖上赫赫有名的青铜大盗,一定有其过人之处。老三口在沿湖路上被车撞死,郑雄代表老省长,另有两个人分别代表熊达世和用和氏璧玉玺从熊达世那里换得九鼎八簋的云南人,与办案警察一道将医院的监控录像反复看了几遍,竟然找不到老三口从病房里脱身的丁点线索。沿湖路上车祸现场中的老三口,似乎是来无踪去无影的幽灵。那台有故意肇事嫌疑的宝马越野车,从背后将老三口撞到路边的大树上,并挤成肉饼的录像,成了他人生最后的唯一记录。

在一旁听得很仔细的沙璐很不以为然,她说:"现在的电子技术那么发达,想在一般单位的监控录像上动点手脚,用事先录制的非现场画面,替换事故发生时的现场画面根本不是难事。"

郑雄当然不会允许像沙璐这样的女子挑战自己,他故意表现出懒得看沙璐的样子,只对曾本之说:"在医院里监视老三口的这些人,目的各不相同,不可能让别人在监控录像上做手脚。"

沙璐当然不肯罢休,追着郑雄问:"这些人中谁最厉害?"

郑雄没有做声,曾本之替他回答说:"当然是熊达世,人家已经是半个国师了,省里的官员敢不让他三分?"

沙璐打了一个响指:"这就对了,熊达世是这些人当中最想将水弄浑的,水越浑他就越好摸大鱼。"

经过沙璐提醒,曾本之也想明白了,老三口一死,熊达世用仿制的九鼎八簋换得云南人那也不知是真是假的和氏璧玉玺的故事,就算不能画上句号,也可以画上分号了。一想到此,曾本之便暗暗叫了一声:"不好!"他下意识地站起来,摆出一副要走的样子。柳琴赶紧伸手拉了他一下。回过神来的曾本之将郑雄看了好一阵子,最终还是对他说了自己心里最想说的话:"难道你就没有怀疑这一切都是陷阱,是有人想借刀杀人吗?"

郑雄说:"您是说熊达世想要老三口死?"

曾本之说:"只怕不仅仅是这样。接下来就该那个云南人了!"

郑雄说:"有这么复杂吗?"

"难道这比曾侯乙尊盘还复杂?"不待郑雄回答,曾本之又说,"为了曾侯乙尊盘,我们必须将这事往最复杂处想!"

原来还想说些什么的郑雄,忽然改变主意,他罕有地用目光直愣愣地盯着曾本之,嘴巴半张着,却不发出任何声音。

输液室里最安静的时候,老省长和熊达世进来了,身后还跟着一个样子长得像缅甸人的男人。不用介绍,曾本之也明白,一定是那个用和氏璧玉玺交换九鼎八簋的云南人。

"哪来这么多的死人?"不待他们开口,曾本之先说。见大家都面面相觑,不知如何回应,他又说,"难道你们的鼻子让鼻屎堵死了,闻不到自己身上尽是楚墓中腐烂的气味?"

那个云南人抢先说:"我明白,曾教授说我们都是盗墓贼!"

熊达世也明白过来了:"曾教授太幽默了。不过这也是大实话,天下的青铜重器爱好者至少是半个盗墓贼!"

老省长像是为了表现得与众不同,他说:"听说曾先生卜卦的水平很高,二位都是我们青铜重器学会请来的客人,很想请曾先生当面赐教。"

本以为曾本之会强力推辞,没想到,他马上回答说:"我看你们的耳朵也被鼻屎堵死了,三位进来时我就说过,那就是卦象告诉我的。"

这一次抢在前面反问的人是熊达世:"曾教授是说我们三个全部像死人,还是说其中某个人像死人?"

那个云南人也说:"像死人的也就是熊大师吧!你看他那个样子,说话笑眯眯的像个笑面虎,其实心里阴风飕飕,总在盘算如何损人利己。阴气太重的人离死不远!"

熊达世忍不住冷笑起来："京城各种豪门老子随便进出的有一百扇,我说的话都贴着他们的心窝窝,从没有人对老子说过一句不信任的话!"

云南人也跟着冷笑："你小子见人说人话,见鬼说鬼话,溜须拍马,阿谀奉承,见到皇帝都说人家还要官升一级!实话对你说,那只和氏璧玉玺被我下了蛊,谁挖陷阱害我,下场只会更惨!"

熊达世这次是放开来笑,样子有些灿烂:"我算是明白什么叫偏居一隅了!看来你是真的不晓得,熊某本没有多大本事,碰巧替某个部级大员解了蛊才打开京城大门的!"

云南人笑得比熊达世还起劲:"普天之下解得我这蛊的人还没有出世。我晓得你想当国师,想将和氏璧玉玺送给能让你当国师的人。信不信由你,要是那个能让你当国师的人倒了霉,我还是愿意替你们解开那蛊的!我在云南的老地方等着,不过,条件依旧不变,还是九鼎八簋,这次必须是真的,如果再弄虚作假,就请你自己将自己喂了玉龙雪山上的雪豹!"

云南人转身往外走的那一瞬间,上衣一晃,露出系在腰间的什么东西。

曾本之叫了一声:"留步!"他上前一步,用没有被输液瓶束缚的右手,掀开稍做停留的云南人的衣襟,露出一根龙纹玉带。曾本之边看边说,这种由七块方形带板与一块圭形铊尾板组成的玉带极为罕见,每块板上均雕琢有龙头回望纹图,每条龙又都是双目圆睁炯炯有神,龙身在云中卷曲盘旋,四肢健硕,龙爪刚劲有力。将龙纹玉带做得如此精美生动,唯有唐代以后的五代时期,留下一件存世。以曾本之的经验,云南人腰中缠佩的龙纹玉带或许就是这唯一的存品。

闻听曾本之之言,熊达世和老省长两只眼睛的亮度顿时增强数倍。

到底是边地之人，脑子里没有过多的弯弯绕，听到像曾本之这样的权威盛赞龙纹玉带，云南人便喜不自禁地表示，之所以将和氏璧玉玺出手，而将龙纹玉带时时带在身边，是因为自己觉得后者才能让个人与家族兴旺发达，前者则是亡国亡君的不祥之物。

一直不方便说话的郑雄，终于找到开口的机会，他说："用心灵哲学分析，玉器与人体接触最密切，玉又是众多珍异之物中最不易损耗的，又最容易吸取人体精华。当灵魂需要有物体作为依附时，玉器就成了最优先的选择。古时候的帝王将相，大约是好坏参半。按物质不灭的唯物主义辩证法来说，他们留下来的玉器，包括其中的好运气与坏运气，好命运与坏命运，也会是好坏参半。所以，最可靠的还是青铜重器，不是豪门搬不进去，不是盛世摆不出来。"

熊达世马上接过话题说："如你所说，我可要后悔八辈子，不该用九鼎八簋换什么和氏璧玉玺！"

云南人也跟着说："我晓得郑会长是你的托儿，不管放屁打嗝都会向着你。别以为该死的人已经死了，你我之间这事还没有完！就是将你们说得神乎其神的曾侯乙尊盘给我也不行，我只要真正的九鼎八簋！"

白色衣裙在门口一闪，有护士领着沙海和老省长的秘书小余进来了。看看输液瓶里只剩下很少的一点药水，护士就站在那里盯着。输液室里，突然安静下来，仿佛听得见输液管中最后几滴药水的滴答声，以及护士那异常丰满的胸脯的起伏声。与其说是大家都在盯着护士，不如说是盯着护士脖子下面半遮半掩的乳沟。柳琴和沙璐的眼光更放肆，连乳沟都不看，沿着乳沟旁舒曼的丘状地带径直往乳房与衣服间的空隙里钻。穿着白大褂的护士，露出有限肌肤实在娇嫩迷人。等到她拔下曾本之手背上的针头，拎着输液瓶走开时,云南人终于放松下来,情不自禁地长出一口气,并脱口说道:"女人若是身着一袭白裙来引诱男人,没有哪个男人能抵挡得住!"熊达世不同,他让喉结动了动,向下咽了一口口水。护士刚在门口消失,沙海和余秘书就往老省长的耳边贴。

输液室里只剩下几个不用输液的人。

老省长朝沙海和余秘书看了一眼:"有什么情况明说吧,大家都在关心。"

沙海看了看大家,说:"何向东的死因做了结论,普通车祸,肇事司机和车辆都是云南的,司机走错路了,急着掉头,一不小心就撞着人了。"

与沙海对面站着的云南人马上骂了一句脏话:"哪有这么巧的事?老子从云南来,他也从云南来!"

沙海连忙补充说:"武汉这边有一帮商人在玩普洱茶,那司机是帮人送普洱茶过来的。说是非常难得的'大白菜',一个茶饼就要好几万元。"

"真想制造这样的车祸,得是很有钱的人。"老省长说话时,像是不经意地看了熊达世一眼,随后便转过话题,"弄清楚没有,那家伙是如何从医院里逃出去的?"

余秘书接过去回答:"我在监控室里和沙局长带来的技术人员一起检查录像,若不是亲眼所见,我也不相信。刚好下午一点整,有人影一样的东西从病房里飘出来。除此以外,什么也没见着。"

老省长不耐烦地挥挥手,不让余秘书往下说:"什么破警察,就会拿鬼魂来糊弄人!"

熊达世趁机问:"何向东的亲属联系上没有?"

沙海说:"何向东在江北监狱关了这么多年,他老婆一直在监狱大门对面承包一家私人招待所,也不知为什么,前一阵子突然失踪了，估计是实在熬不住同哪个男人私奔了。"

柳琴突然插嘴说："我见过那个女人，她肯定不是你们男人想象的那样花心。"

沙璐也赶紧说了一句："我也见过华姐！我听她说过，宁可为自己的丈夫死得惊天动地，也不会与别的男人偷鸡摸狗！"

云南人对这些话题都没兴趣，他对熊达世说："我俩的事还没完，我给你半年时间，地面上找不到真货，那就去地下找。至于你是去挖纪南城遗址，还是去抢省博物馆，老子才不管。"

熊达世说："为什么非要九鼎八簋，我另给你一只甬钟，行吗？"

云南人说："你不是想当国师吗，怎么不替我算算时运，看看我的命运中是不是只顺九和八？"

熊达世还想说话时，被曾本之拦住了："你姓龙吧？"

云南人说："是的，朋友们都叫我龙爷！曾教授替我卜卦了？"

曾本之说："用不着卜卦，你这样子就像当年的云南王。"

云南人笑了起来："没错，当年连蒋介石都要让三分的云南王龙云与我爷爷共一个老太爷。彩云之南，只有九鼎八簋才配得上那样的景象。"

稍后回到车上，柳琴说云南人的笑声里有股邪气。沙璐觉得那人比熊达世还要邪。她俩扶着曾本之从输液室里出来时，将东湖医院弄得一派肃杀的许多人正往外撤。那些人的行动像阵风一样，曾本之他们还没走到停车地点，整个院子就已经恢复了作为医院的那种与生俱来的安静。

贰陆

"不用等我们!"

曾本之一进家门,安静就将自己的手机举到他面前。上面显示的短信是曾小安发给安静的。安静对其中的"我们"二字悲伤得要命,楚楚睡着之后,她一个人在家里哭了好几场。见到曾本之,安静又哭了起来。曾本之强忍心酸,不让泪珠滚出来,安静每说三五句话,他就要抬头看看墙上的挂钟。安静没想到临近半夜,曾本之还要出门,而且是去到只有死人没有活人的九峰山。安静只顾说,这五个字,是她打了二十几次电话,发了二十几条短信换来的。虽然曾小安与郑雄闹翻了,但两人的公开关系还没有斩断,就这样与在监狱里关了八年的郝文章待在一起,一旦被人知道,也太有损书香人家的颜面了。打电话也好,发短信也好,安静是想要曾小安必须尽快回家,哪怕将郝文章带回家来都行,毕竟郝文章与曾本之有过师生关系和上下级关系,在家里临时待一阵,也是说得过去的。曾小安的手机一直是关着的,只听到电脑合成语音在说"你拨打的手机已关机"。

收到那唯一一条短信后,安静马上回拨过去,所听到的还是那句让她觉得恶心的电脑语音。偏偏从这一刻开始,家里的座机就开始响个不停,不仅有男人有女人,还有从声音里听不出是男是女的人,每次打电话来问的人都不相同,只要开口,没有不是找曾小安的。说着话,座机上的信号灯又闪烁起来。又有电话来了,安静怕太多太响的电话铃声会吵醒楚楚,便将响铃模式改为静音。

安静拿起话筒正要按听,曾本之伸手拿过去,开口就说:"我不管你是谁,是北京来的,还是从云南来的,或者是那个退而不休的老家伙指派的,在我眼里都是鼻屎!你们要是知趣就不要再打这个电话了,你们不知趣我也没办法,只好将电话线拔了!"

电话真的不再响了以后,曾本之才意识到,要找曾小安的,只可能是自己提到的三拨人中的一拨。否则,一拨人不再打这电话,还会有另两拨人因为没有听到自己所说的话,而继续拨打家里的座机。曾本之只回家里待了半小时,前二十分钟开着电灯与安静说话,后十分钟关了电灯接着与安静说话。半小时一到,曾本之就告诉安静,还有一件人命关天的事情要做,自己必须出去一趟。说完,不管安静如何又拉又拽,曾本之坚决地开门出来,上了先于他到达小区门口的沙璐的红色轿车。

曾本之坐定后才发现,让沙璐通知一起行动的万乙没有到。

不待曾本之发问,沙璐便着急地说:"万乙的手机打不通,说是关机了。可他夜里一向不关机的。"

曾本之说:"下午他还打电话来问了几个关于失蜡法的问题。一个研究青铜重器的穷博士,不会有事的,最大的危险也就是手机没电了!"

时间已到了半夜,曾本之让沙璐将车开上沿湖路。到了老三口遇车祸的地方,沙璐正想减速停车,曾本之却要她继续往前开。一过沙滩浴场,暧昧地停在路两边的汽车就多起来。在一处跨湖拱桥桥头,停着一辆红色的日系轿车,因为底盘太轻,车内的动静全部经由车身晃动反映出来。沙璐轻轻一笑之后,拿起手机再次拨打万乙的电话,听到的仍旧是电脑合成语音。不只是沿湖路上,沙璐驾车经过之处,都有这样的车辆出现。等到路两边终于只剩下大大小小的绿化树时,曾本之才想起来,自己并没有对沙璐说去哪里,然而沙璐选择的线路,与自己设想的丝毫不差。

曾本之索性不说话,直到沙璐将红色轿车停在九峰山公园门口时,才开口问:"你怎么晓得我要到这里来?"

沙璐有点小得意地撒起娇来:"您是大师,但也不要小瞧我这个小警察!当警察也要有天赋!前些时您不是带我们来过这里,并且在这里遇上老三口的妻子华姐吗?老三口死得莫名其妙,想要弄清楚其中玄机,就应该到这种莫名其妙的地方来找线索!我不会对别人说的,从医院里出来时,您问我敢不敢在深更半夜去一个比较奇怪的地方,当时我就猜到是九峰山!"

曾本之说:"你太聪明了。不过,再聪明的女人一旦陷入情网,便又成了十足的糊涂虫。"

曾本之要沙璐在车上待着,自己到郝嘉墓上看看,最多十分钟就会回来。

曾本之伸手拉开车门的那一刻,沙璐突然问:"这里埋着那么多死人,您一个人不怕吗?"

"干我们这一行的,连几千年前的老鬼都不怕,几十年的新鬼有什么好怕的?"说完,曾本之又反问,"你要是怕,就跟着我,不要一个人待在车上。"

沙璐连忙说:"你快去快回,我反锁好车门等着你!"

曾本之一只脚伸到车外了，又回过头来说："干我们这一行，走哪儿身上总得带着一片龟甲，信邪的人说是可以辟邪，不信邪的人则当做小玩意儿，你要是觉得不踏实，就将这片龟甲留在车上壮壮胆。"

沙璐直摇头："您的东西还是您用着比较好，我好歹是个警察，不需要这个！"

曾本之拿着事先准备好的手电筒，走进没有门的公园大门。已是深夜，天上的星星看上去是凉冰冰的，地上仍旧热得像蒸笼，那些在草木丛中穿梭的萤火虫就是蒸笼底下正在燃烧的串串火星。墓地中间的小路不算宽也不太窄，一个人走起来还是很轻松的。曾本之一步不错，半步没歪，稳稳当当地走到郝嘉的墓碑前，用手电筒照了几下，便在墓碑底下摸索起来。找了几分钟，地上的石块和砖块全都翻过来看过，墓碑上的缝隙也用草茎拨弄了一遍，除了几只长着甲壳的虫子，什么也没见着。

从公园门口传来急促的汽车喇叭声，让曾本之不得不放弃还想再找一找的念头。

他赶紧从口袋里掏出一张事先准备好的纸条，用手电筒照了照上面写的内容："那不是普通车祸，是一场精心布置的谋杀，老三口死了，如果你知道曾侯乙尊盘的下落，请赶紧告诉我，然后走得远远的，不要成为下一个目标！"确信无误之后，曾本之将纸条塞进墓碑中间的缝隙里。

不远处的汽车喇叭声变得凄厉起来。

曾本之感到事情不妙，放开脚步一路跑到公园门口。只见沙璐的红色轿车在眼前的广场上前冲后突，左右腾挪，像一头发了疯的公牛，在冲着什么目标撞来撞去。曾本之用手电筒照着红色轿车的前挡风玻璃，嘴里大声喊着沙璐的名字。好一阵儿，仍不见红色轿车停下来，有两次还差点撞上广场前面的隔离石墩。曾本之见情形不对，便将口袋里的那片龟甲掏出来，冲着红色轿车扔过去。

龟甲片在大灯灯光中闪了一下，正好落在前保险杠上，癫狂的红色轿车突然停了下来。

曾本之缓缓走近红色轿车，隔着车窗，惊魂未定的沙璐看了好一阵儿，才将车门锁打开。上了车，还没来得及问什么，沙璐已伸出右手将他的左手死死拽住。"吓死我了！"过了好一阵儿沙璐才说，曾本之下车不一会儿，就有一个像博物馆展出的从楚墓中出土的衣服那样的东西出现在红色轿车前面。为了壮胆，沙璐按了一下喇叭，没想它一下子就闪到车窗前。沙璐再按一下喇叭，它又闪到车尾后面。就这样绕了几圈，沙璐慌了，就想用车去撞那个像是楚墓中出土的衣服一样的东西，可是不管红色轿车如何敏捷，那奇怪的东西即便是明明压在车底下了，转眼之间又在某个方向上出现了。

听完沙璐的话，曾本之用手指在前挡风玻璃上写了几个甲骨文文字。每写一个字，沙璐的情绪就平静几分，等到曾本之将几个字全写完，沙璐的右手已将曾本之的左手放开了。曾本之下车绕到驾驶座那边，让沙璐也下车，还说，要想不将恐惧带回家，就必须将所有的恐惧丢弃在发生地。心有余悸的沙璐跟着曾本之，在车头前面找到那片龟甲。四周都是森林，气温仍旧居高不下，虽然空气还算清新，龟甲片上却有一股腥臭。

回到市内的霓虹灯下，见沙璐彻底放下心来，曾本之才说："是那个东西！"

说着，曾本之将龟甲片伸到沙璐的鼻孔附近。沙璐轻轻吸两下，接着又重重吸两下，刚才十分明显的腥臭气味，一点也闻不到了。沙璐在警校读书时,为了练胆量,校方经常让女生观看顶级的恐怖电影,特别是所谓的鬼片,其中有几部电影都说,用镇邪之物击中灵异之物时,会产生一种恶臭。不过,只要离开事发地点,腥臭之味就会消失。

沙璐心照不宣地问:"以前您碰见过这种怪事吗?"

曾本之说:"见多了也就见怪不怪。就说发掘古墓吧,如果是当年封了王的,发掘的前天晚上,当地肯定要下大雨。我们今晚见到的这个东西,应当是个冤魂,甚至就是郝嘉!他晓得我不怕,也有办法,所以才冲着你来。但他没有恶意,只想让我们为他做点什么事!"

顺着沿湖路往回走到老三口被宝马越野车撞死的地方,一辆挂"鄂AWH"开头牌号的黑色轿车刚好停在那里。沙璐突然来了个急刹车,将车停在路边,什么话也没说,拉开车门,下车后直奔那辆黑色轿车而去。曾本之下意识地跟着下了车,站在车后,只见沙璐在那辆黑色轿车的车窗上毫不客气地敲了几下,待车窗玻璃落下后,沙璐冲着车内大声说:"姓邓的,你们也太会逍遥,太会找地方了!要是没看晚上的电视新闻,趁早回你们的狗窝去看看重播。不然的话,搞不好会有吊死鬼钻到车里,当你们的小三。信不信由你们,我简单说一下,今天中午,一辆宝马越野车将一个老男人顶到你们旁边的这棵树上活活撞死了!"说完这些,沙璐扭头往回走到车尾,又转过身去,绕着黑色轿车转上一圈,那样子像是故意夸张,将胸脯挺得高高的,腰部和臀部一左一右地比T形台上的模特儿还晃得厉害。各行各业的衣服,以女警察的制服最为性感,再配上沙璐十足的媚态,车内的男人估计有些把持不住了。那辆黑色轿车动了一下,像是要开走,又停了下来。片刻后,这个过程又被重复了一遍,最终还是停在原地不动了。

坐回驾驶座上的沙璐气吁吁地拍了几下方向盘，忍不住告诉曾本之，那辆黑色轿车是当鼻屎处长的前夫的。沙璐故意告诉他们车祸的事，也知道他们不会相信，等到明天上班后，见到报纸上的新闻，明白这些都是真的，往后就够他们恶心了。

曾本之担心沙璐出现偏执心理，便另找了一个话题："你不是说当警察需要天赋，也要用直觉预判吗，你再想想，万乙是不是遇上什么意外了？"

沙璐果然笑起来："他唯一的意外就是当年追我没追上，现在终于追上了！"

曾本之一点也不笑："信心太足也不见得是好事。你心里要有准备，最近一段凡是与曾侯乙尊盘沾边的人，可能或多或少都有点麻烦。"

沙璐还在笑："曾侯乙尊盘有一个中队的武警士兵守卫着，万乙除了隔着防护玻璃看几眼，连上面的铜锈都没沾到一粒。除非曾侯乙尊盘也会来几种灵异，真的是那样，也该您和郑雄郑会长首当其冲。不是说做鬼打熟人吗，你们年年都要与曾侯乙尊盘亲密接触，真的有灵异出现，那也应当是先缠着你们！"

曾本之说："真是灵异，也就那些吓唬人的招数，就怕遇上妖人，大灾小难无法预料。"

沙璐说："曾教授，我不是做学问的，说句不恭敬的话请您别介意。用警察这一行的行话说，我觉得在您心里藏着一个不可告人的秘密。那次您在我沙海叔叔的私人博物馆里看那些青铜重器时，我就有这种感觉。"

曾本之说："你觉得这秘密是哪方面的？"

沙璐说："哪方面我不晓得，但肯定与罪恶无关。甚至还像是挺崇高的，有种天降大任于斯人的感觉。"

曾本之说:"你比万乙会说话,前些时,我说一句中国的青铜时代没有失蜡法,那两天他想问又不敢问,差点自己将自己憋死了。"

沙璐说:"我晓得,万乙当时几乎要成人肉炸弹了。直到现在,他还不敢百分之百地相信,曾教授您会将自己毕生的努力否定得一干二净。"

曾本之说:"考古这一行,有发现就有否定,不否定就不能进步,曾侯乙尊盘的出土将早先的很多东西否定了,等到某一年纪南城遗址完全发掘之后,只怕整个楚学研究都要重写。与其让别人来否定,不如自我否定。那样,至少说明自己有所收获,有所进步。"

沙璐说:"万乙很佩服您,他正在同时研究失蜡法和范铸法。"

曾本之说:"你们年轻,有的是时间,但要记住,时间不会自动转化为机遇。这一次,无论发生什么事,只要是让万乙研究青铜重器,就一定要好好珍惜,只管将相关问题解决好,暂时不要顾及其他。"

沙璐说:"我可不想让他变成书呆子。"

曾本之说:"至少这一次当书呆子比不当书呆子好。"

说话之间,他们已经到了黄鹂路上。沙璐的手机响了一声。这么晚的短信,一般都是万乙发来的,沙璐停下车,摁开手机一看,不由得骂了一句脏话。在沙璐递来的手机上,曾本之见到一条联系人名为"畜生"的短信:"到底是当警察的,懂得各种心理。谢谢你的恐怖故事,让我们在恐怖的环境中享受从未体验到的性高潮!"曾本之伸手将此短信删了,他解释说,这种负面的东西不应当留在心里,它会影响沙璐对自己的行为做出正确的选择。沙璐不高兴别人替自己做决定,正想冲着曾本之吼几句,忽然发现万乙站在小区门口。

沙璐等不及跳下车去,隔着车窗大叫:"万乙,你都跑到哪里去了,我以为你也出了车祸!"

万乙赶紧走过来,趴在车窗上解释,天黑时自己上卫生间,一不小心将手机掉进马桶里了。眼睁睁看着手机没了,捞不起来事小,关键是手机上的电话号码也没有。又赶上后来看电视新闻,得知老三口出车祸死了,想与曾本之联系,又不记得电话号码,只好坐公汽到东湖路,再步行来曾本之家。远远看见沙璐开车载着曾本之出小区大门往沿湖路去,自己叫也叫不应,追也追不上,实在没有办法了,便站在这里等。

已经是午夜了,地面上的温度依然灼热难耐。

曾本之看见沙璐温情的目光里已有欲火冒出来。他一个字也不多说了,赶紧下车往小区大门走去。身后的红色轿车一步也不多走,就在原地掉头,碾过双黄线,又往沿湖路驶去。盛夏的深夜,只属于这些精力旺盛的年轻人。东湖边的任何一处空寂之地,都会成为他们情爱的乐园。曾本之想起曾小安,并进一步想到郝文章。这两个年轻人现在在哪里,该不会也在东湖边的某个地方吧?果真那样,就太让人失望了。

曾本之希望他俩走得远一些!往西去,譬如到荆州!往北去,譬如到随州!往东去,譬如到黄州!这三处楚学重地,对郝文章来说,至少可以重回楚学研究的出发地。

曾本之一路对自己说着这些,他没有按门铃,自己用钥匙打开家门。客厅里留着一盏小夜灯。曾本之以为安静睡了,进屋后没有去主卧室,也没有去儿童房,换上拖鞋便往书房去,却发现安静正像自己平时那样坐在书桌后面,呆呆地看着对面墙上的曾侯乙尊盘黑白照片。曾本之轻轻走过去,安静默不作声地伸出双手将他紧紧搂住,夫妻二人交换位置后,曾本之像很多年前那样,将安静抱在怀里,然后慢慢地吻到一起。

过了好久,安静终于抬起头来轻轻地说:"小安一直没有消息。"

曾本之同样小声地回答:"让他们过一阵两人世界的生活吧!"

安静又说:"郝文章不会恨我们吧?"

曾本之说:"不会,他心里比谁都明白,只有他才能作这样的牺牲。"

"我总觉得,在我们家还有一个不会说话的大人物。"安静指着墙上的曾侯乙尊盘照片,"就是它!别看它没有手脚,没有心脑,也没有五官,可我们家这些年所有事都在受着它的指挥!"

曾本之说:"你能这样想我太高兴了。我就担心你不理解,没想到你是嘴上不说心里明白。"

安静说:"以前我是真的不理解,自从你将郑雄撵出家门后,我天天跑到博物馆看青铜重器,特别是看被当做珍宝的曾侯乙尊盘,看着看着,我就发现你这照片上的曾侯乙尊盘与博物馆展出的曾侯乙尊盘,有些细节是不一样的。"

曾本之连忙捂住安静的嘴,然后贴着她的耳朵用极小的声音说:"千万不要再说这种话,你会不小心破坏我的计划。"

安静扭过头来,死死盯着曾本之。

曾本之只好继续在她耳边说:"你是我的夫人,应该是青铜重器学界的半个权威。别的话暂时不能多说,我还要你往后任何时候都不要再说曾侯乙尊盘的细节不一样了。"

安静说:"我会让你放心,你也要让我放心。你告诉我,小安去哪儿了?"

曾本之的声音像是有蚊子在耳边嗡嗡:"我也是猜想,柳琴肯定替她安排好了。"

安静说:"柳琴有什么本事?平时总是小安带着她玩。"

曾本之的声音略微大了一点:"本事大,本事小,都不重要,关键是要有绝活。"

老两口终于上床睡去。天亮后,安静照常先起床,忙着收拾自己和楚楚,接下来还要送楚楚上学。曾本之表面上很闲,上午和下午都去楚学院六楼的"楚弓楚得"室待着。马跃之嫌路上太热,没来上班。没有人说话时,曾本之时常对着墙上的曾侯乙尊盘彩色照片发呆,只有上卫生间时,他才起身到走廊里走一走,或是顺便到"楚乙越凫"室,看看郝文章八年前留下来的某些痕迹。万乙去博物馆时,将钥匙给了曾本之,说是万一郝文章回来了,可以进去看看自己从前最熟悉的地方。从"楚乙越凫"室出来,曾本之一定要在"楚璧隋珍"室门口站上一会儿。他有这间办公室的钥匙,但不想在这种时候打开这扇门。

曾本之还想有机会碰见郑雄,这也是他在楚学院待着的目的之一。接连几天,郑雄一直没有露面,连他的司机小胡也没来过。每次见到万乙,曾本之就想让他请沙璐查一下,属于郑雄的那辆公务车这几天都停在什么地方。曾本之到底没有开口,因为他觉得或许有更重要的事情需要沙璐帮忙。

终于又到了星期一,高温退了些,也就是从超过四十度,变为三十九度上下。

上午曾本之照例去了办公室,经过横穿东湖路的地下通道时,发现有个女人不紧不慢地跟在身后。曾本之当时没有在意,在"楚弓楚得"室,他花了两个小时才写了一小段文字,也算是一篇文章的提纲,目的是对自己在青铜重器学界安身立命的失蜡法观念进行重新认识。他写这些文字时,不仅手在发抖,心在发抖,连牙齿都在发抖。终于完成后,曾本之忽然有种灵魂出窍的感觉,既轻松无比,又空虚无边。

马跃之仍旧没来办公室。老三口在车祸中死去的第二天,郝文章提前从监狱里释放出来的第二天,曾小安和郝文章离开美容院后一去不返的第二天,以及沙璐在九峰山公园门口驾车与某种灵异之物纠缠不清的第二天,省养蜂学会的全体人员就去随州的一家汽车改装厂,考察新款养蜂专用汽车,顺便上大洪山避暑。柳琴自己要去,还叫上了马跃之。

缺少了马跃之,楚学院六楼更显得高处不胜寒。

等到连万乙都不见人影时,曾本之心里不免冒出一丝对郑雄的怀念。

曾本之本来有在"楚弓楚得"室午休的打算,在这种情绪支配下,他决定早点回家。再次经过东湖路下面的地下通道时,曾本之又发现了那个女人。若不是那个女人换了一件连衣裙,曾本之或许会将她忽略过去了。先前去楚学院,曾本之注意到这个女人,很像心目中楚庄王的爱妃许姬,也就是典籍赫然的绝缨之宴上被人暗中拽住手的许姬。像曾本之这样的学界老人,心里总会固执地留存一些古怪念头。千年楚学,美女如云,曾本之独独认为许姬是最美丽的。并非许姬真是奇葩,而是曾本之心里开着一朵奇葩。那个女人第一次出现时,曾本之就觉得她与自己心中的许姬颇为神似。第二次再见面,女人容颜依旧,却换了裙袂,这让曾本之心里迸出一个词:盯梢!

曾本之很想走上前去,当面揭穿那女人的面目,转念之间又有了新想法。他给安静打了个电话,说自己午后要出门办点事,午餐让安静随便弄一碗冰镇绿豆汤,再加两只红心咸鸭蛋就行。曾本之故意让那个女人听见自己打电话的声音。回到家里,他吃完安静为自己准备的绿豆汤和咸鸭蛋,再出门时,才十二点三十分,正是一天当中阳光最强烈的时候。没走多远,那女人就从什么地方冒出来,看上去像是很无意地跟在后面。曾本之装着没看见,背着一只旅行包沿着路边的树荫往东湖公园里面走。树荫很浓密,东湖边的风也不算小,抛开持续晴热高温不说,仅仅是普通的夏天正午也会热得够呛。曾本之按照自己的习惯,沿着周一下午行走的线路,不紧不慢地走到东湖边的老鼠尾。不过,他暂时没有到最远端的水线边,而是在先月亭里坐下来。正午时分,烈日当顶,湖边的柳树几乎形不成树荫,除了先月亭,几百米之外的大樟树下也有阴凉。如果要盯梢,离得那么远又如何看得见曾本之在先月亭里干什么呢?曾本之从旅行包里拿出事先备好的冰镇酸梅汤,小口小口地喝起来。那女人果然无法与正午的太阳对着干,只能待在远处的大樟树下。在那里享受荫凉的还有喜爱潮湿的蚊子和蠓虫。不一会儿,就有噼噼啪啪的拍打声传过来,一听就知道那是穿裙子的女人在与数不清的小咬们肉搏。曾本之就像喜欢恶作剧的少年那样偷偷地笑起来。一小时后,远处大樟树下的拍打声还在不停地响着。曾本之有点困,眯着眼睛倚在护栏上睡了一个小时。本来他还可以再睡一会儿。他没有做梦,不可能梦见别的东西,之所以提前醒过来,是那个女人在大樟树下与小咬们搏击的声音太大太吵。曾本之站起来伸了伸懒腰,将大号保温杯里的酸梅汤喝了一大口,然后从旅行包里取出一瓶驱蚊花露水和一瓶纯净水,顺着来路走到大樟树下。那女人只顾对付太多的蚊子和蠓虫,猛地发现曾本之时,已经来不及躲开了。或许那女人根本不想躲避,见到曾本之手里的花露水,几乎是抢劫一样扑上来夺过去,动作夸张地倒了半瓶在手臂脸庞和小腿上,疯狂地揉搓起来,嘴里还发出容易引起误解的呻吟声。女人娇嫩的皮肤上,全是蚊子和蠓虫咬出来的红疹,曾本之不免心生恻隐,他将手里的纯净水瓶递过去。女人只顾涂抹花露水,腾不出手来接住矿泉水瓶。曾本之只好按女人的意思,拧开瓶盖,将瓶口送到她的唇边。

女人喝了几口水,身上的痒痒大概也好了一些,便开始指责曾本之:"你也是做外公的人,七十多岁了,这么热的天气,不在有空调的屋里待着,一个人跑到这鬼地方,是想遇艳还是想成仙?"

曾本之轻轻一笑:"看你模样还周正,一个人跟着我这老头子干什么?我晓得你不是警察,要是执行公务的警察,你早就找借口将我撵走了。你也不是私人侦探,老板给的钱不足以让你来冒这被小咬们毁容的危险。只有一样东西能让女人如此执著,那就是情!恕我冒昧直言,请你回去告诉郑雄,对女人不能只是利用,更要宠爱和呵护!"

女人瞪着曾本之,好久才回答:"这件事与郑雄无关。是我自己心血来潮,趁郑雄这些时不在家,想弄清楚你和他,这些时神神秘秘地到底在干什么。"

曾本之同样将女人看了好久才说:"你晓得我是干什么的?"

女人说:"当然,你是郑雄的恩师,是研究青铜重器的权威。"

曾本之说:"你这么辛苦跟着我,是不是还有别的想法?"

女人想了想说:"本来只是想暗中助郑雄一臂之力。这些时我天天跟着您,觉得您是个好老师。所以,我很想请您同曾小安说说,既然将郑雄撵出家门,就早点将有名无实的婚姻做一个了结。"

曾本之叫了一声:"你都跟踪我好几天了?"

女人说:"郑雄好几天不见人,我又没有太多的事,闲也闲着,就在这一带闲逛。"

曾本之停了一会儿才回应:"小安一向听我的话,你的请求,我可以替她答应。但是,我也有个要求,郑雄在干什么,我也不晓得。如果你从他那里得到任何关于曾侯乙尊盘的消息,一定要马上告诉我。"

女人说："我这就告诉您,老省长好像在催郑雄,年底以前一定要尽快将曾侯乙尊盘仿制出来。还说,这关系到政治上的大局面。"

曾本之点点头："我怎么称呼你?"

女人说："我叫许姬,您就叫我小许吧!"

曾本之以为听错了："许姬? 你真的是楚庄王绝缨之宴上的那个许姬?"

女人害羞地说："郑雄也这么问过我。他还说您认为楚学千年,最美的女人不是西施,而是许姬。他是听了您的话才喜欢许姬的。"

曾本之愣住了。待清醒后,他让这个叫许姬的女人离开老鼠尾。

许姬走了几步,又转身走近曾本之。

周围没有任何人,许姬仍然用极低的声音告诉曾本之,老省长和那个叫熊达世的"熊大师",都在寻找郝文章,悄悄地找了几天没有结果,从昨天起,开始半公半私地动用公安警力,无论如何也要找到郝文章。用不着曾本之问其中缘故,许姬主动解释说,他们认为郝文章与老三口在同一囚室待了多年,肯定对老三口有相当了解,甚至有可能知道某些重要秘密。

曾本之谢过之后,再次请许姬离开老鼠尾。

望着许姬的背影,曾本之又发起呆来。直到时间接近下午四点,曾本之才彻底清醒过来。端坐在先月亭里的曾本之,记不起自己如何离开大樟树,如何回到先月亭的,满脑子里只有郑雄的情人许姬和楚庄王的爱妃许姬。想了很久也没想出个头绪,曾本之只好认为,这是自己与楚学的某种天赐缘分。他忽然放下心来,相信发生在眼前这些神乎其神的事情,既是自己的责任,又是自己的机会,楚魂在上,只要按照天理良心去做,其结局万一算不上是美妙,只要称心如意就行。

也叫许姬的女人离开后,老鼠尾一带就只有曾本之一个人。

曾本之希望在四点到四点三十分之间出现的邮递员一直没有出现。因为太想知道还有没有第三封用甲骨文写给他的信,更想知道若有第三封用甲骨文写的信,其内容会是什么,是如前两封信那样,只写四字暗语,还是变成长篇大论,直接说明某件事情?

天边有些黄昏的迹象,地面温度仍旧居高不下。

下午五点,老鼠尾仍旧没有第二个人,抬眼望去,同样见不到第二个人,只有隔着宽阔水面的遥远南岸上,有些黑蚂蚁一样的细小东西在蠕动。

曾本之预感到的第三封甲骨文书信没有出现,他不得不忧虑事情有些蹊跷了。

贰柒

楚楚因为想妈妈,放学后非要曾本之和安静带自己去找柳琴奶奶,还说柳琴奶奶肯定知道妈妈去哪里了。

马跃之和柳琴住在水果湖一带的张家湾小区,曾本之和安静带着楚楚去他们家时,小区对面的一所小学同样正在放学,满街都是孩子。出租车司机不敢走神,踩三秒钟油门,再踩三十秒刹车,让轮胎在地面上半圈半圈地往前滚动。已经放了暑假的学校,被家长们逼着办起所谓夏令营,其实就是上培优课。楚楚的学校同样如此。楚楚本来也要到这里来上学,因为听说这所学校的孩子喜欢攀比,内容是爷爷、奶奶、外公、外婆、爸爸、妈妈的官位高低,便临时改变决定去了也在水果湖的另一所小学。好不容易挪到小区门前,又好不容易在路边临时停车,曾本之牵着楚楚的手从出租车里钻出来时,迎面碰上那个叫许姬的女人。

安静觉得许姬冲着自己似是而非地点了点头,便盯着许姬渐渐走远的背影看了好一阵儿。回过头来,安静满腹狐疑地告诉曾本之,近几天自己每次出门就会碰上这个女人。她觉得从这女人的眼神里好像能读到什么故事。曾本之不想生出太多枝蔓,就说自己没注意到,还要安静下次碰到她所说的女人时,给一个明确的提示。

马跃之和柳琴住在七楼,因为没有电梯,每次上到七楼了就不想下去,下到一楼后就不想再上来。在别的事情上马跃之都与曾本之攀比过,也抬过杠,唯独在房子问题上没有多说一个字。马跃之和柳琴原本可以住得比曾本之和安静好。曾本之他们买房子时,马跃之也想买。柳琴却不同意,非要等着省直机关分新房给她。当初,水果湖的房价也没超过三千,还是臭烘烘一片烂泥田的黄鹂路东段这处小区,每平方米售价居然要三千八百元。如今,这处小区的房子每平方米到了两万二,还只有买家,没有卖家。张家湾小区的房价只涨到一万二,却是只有卖家,没有买家。

满头大汗的楚楚在前面敲开门后,从柳琴腋下钻进屋里,毫不客气地将空调上的设定温度从二十六调低到二十。

客厅里摆着一些土特产,那种零乱的样子,一看就是刚从外面回来的。地板上有一层无人打扫而积存下来的灰尘,让各种各样的鞋印隐约可见。曾本之和安静不方便看地面上这些乱七八糟的样子,他俩不约而同地将目光抬高一些,盯着那本介绍养蜂汽车的挂历。楚楚比他们反应快,拿起茶几上的一盒西药,大声说:"这是我妈妈吃的药,抗花粉过敏的开瑞坦!"曾本之和安静低头一看,楚楚说的一点不错。柳琴像是掩饰什么,用更大的声音说楚楚长着狗鼻子,别人刚进门他们就闻到气味跑来了。柳琴一边说,一边给曾本之他们一人一瓶荸荠汁。

安静一看瓶子上的商标标志是大崎山,就问:"你们不是说去随州的大洪山吗,怎么去了黄州的大崎山?"

柳琴连忙说:"是去了大洪山,这荸荠汁是朋友上个月去黄州大崎山带回来送给我的。"

安静又问:"上个月的产品怎么印着上个星期的日期?如果说仙桃人这么干还差不多,黄州人绝对不会这么干!"

柳琴说:"我说安静,你怎么也学会损人了?虽然我就是仙桃人,可你并不是文艺女青年呀,怎么一听到苏东坡说黄州是千古风流,就要一见钟情呢?"

马跃之拦住还想说什么的柳琴:"你这是干什么,出门几天就忘了本之兄和安静是什么人吗?你想说这几天去了大洪山就尽管说去,那我就是同另一个叫柳琴的女人在大崎山上吃喝玩乐逍遥避暑!大崎山好凉快呀,武汉周边就数它最凉快了,中午十二点,还能陪那个叫柳琴的女人在外面散步减肥。"

柳琴如是说:"这大洪山,大崎山,还有大别山,就像三胞胎兄弟,我一直老爱弄混,分不清谁是谁。就像院士和博士,也是存心让人想不明白。既然说到院士,我顺便问一声,郑雄帮曾先生申报院士的事有眉目了吗?"

见曾本之和安静都不说话,柳琴又说:"你们也别不好意思,反正我和老马已经习惯了,凡事曾先生都要压我家老马一头。成没成我们心里都能承受。我知道曾先生将郑雄扫地出门了,但我觉得郑雄是个说话算话的男人,况且曾先生若能评上院士,既是当领导的特大政绩,又是文化界的莫大荣誉。郑雄立志要进水果湖和中南海,没有曾先生作为政绩,他哪有机会爬得那样快?"

屋里的气氛忽然变得有些紧张。

马跃之赶紧打断柳琴的话:"身为丈夫,也是这个家庭里的男主人,非常感谢亲爱的女主人授予本人每个星期使用一次否决权。这个星期我已经用过一次,现在,我申请将下个星期的否决权提前使用。柳琴女士,我要你注意如下事实:不仅是楚学,现今任何历史研究都证明,夫人不可干涉朝纲,否则就会天下大乱。所以,本丈夫之事用不着尊夫人出头。你这样对本之兄说话已涉嫌僭越。昨天傍晚在大崎山散步时,我就向你声明过,在楚学界,如果当选院士的机会有十次,本之兄至少有九次半,另外半次也不全属于我,还需要与别人分享。"

柳琴也很明白事理,马上接着说:"好了好了,说完我就舒服了。我知道马先生没有当院士的命。再说,都这把年纪了,院士不院士的只能算只小鸟,最要紧的是还能算得上是个男人!"

本来马跃之说话之后,曾本之和安静的心情就恢复常态,再听柳琴如此说话,两对老夫妻不禁相视一笑。因为不再年轻,大家对男人的意味更加敏感,也更懂得夫妻生活中男人意义的至关重要。笑到最后,安静和柳琴脸上出现淡淡的羞红。

先前只管自己淘气的楚楚恰好在这时候开口问:"柳奶奶,我妈妈呢,她去哪里了?"

柳琴一把搂过楚楚,贴着他的耳朵说:"这事要问你外公外婆!"

楚楚说:"是我妈妈要我问你的。我妈妈特别爱管闲事,天天夜里都要将我的空调温度调高到二十六。那天夜里她又来调我的空调。调完空调妈妈又来亲我,她以为我睡着了,一边亲一边说,妈妈要给自己放一阵假,如果宝贝想妈妈了,就找柳琴奶奶。我本来不想出卖妈妈和柳琴奶奶,但是,这几天外婆一想她的女儿,就开始流眼泪。没办法呀,男人都是吃软不吃硬,见不得女人流眼泪,我只好让外婆来找柳琴奶奶。"

安静说:"童言无忌,柳琴奶奶不要见怪!楚楚不提醒这些,我们也会来找你的。"

柳琴起身从冰箱里拿出一盒冰淇淋,放到楚楚手里。

趁楚楚忙着对付那盒坚硬的冰淇淋,曾本之将许姬说过的话,对大家说了一遍。不过,他还是没有直接说许姬的名字,只是告诉大家,这些时自己只要出门就会有人盯梢,想一想,一个年过七十的老男人,若有什么需要监视的,多少年前就开始监视了。眼下这种情况,显然是曾小安和郝文章的失踪引起的,确切地说是有人急于想找到郝文章。

不用说太多,马跃之就明白了,作为与青铜大盗老三口同一囚宰的狱友,郝文章可能掌握着某些人急于想知道的有关青铜重器方面的秘密。能将郝文章控制住,就等于控制住那些价值特殊的秘密。

马跃之正与曾本之你一句、我一句地探讨郝文章有可能掌握哪些方面的秘密,门铃忽然响了。

柳琴走到门口,刚刚将门拉开一条缝,便惊诧地大声说:"哟,是郑雄郑会长,这么金贵的贵客,是不是找错门了?"

郑雄在门外说:"哪能呢? 我来看看马先生,有事向他求教。"

柳琴将郑雄让进屋里。见到曾本之他们,郑雄虽然有惊讶表现,但更像是装出来的。

曾本之心里有数,一定是得到跟踪者的报告,郑雄才能如此精准地把握自己的踪迹。曾本之板着脸没有当面戳破郑雄。安静脸色也很不好看,见楚楚下意识地冲着郑雄要说什么,她连忙扑上去,捂住那已经张开的嘴,将很像是叫郑爸爸的声音生生堵回去。安静拉着楚楚去了马跃之的书房。柳琴本来要跟过去将书房里的空调打开,人都走到门口了,又突然转身拿了一瓶矿泉水递给郑雄,再随手从墙上取下那本介绍养蜂汽车的挂历拿进书房。

客厅里只剩下三个男人,大家都不说话。

这种无形的较量持续到后来,率先表示和解的只能是郑雄。

一个人时心情不好喜欢喝闷酒,几个人在一起没话说时爱喝闷茶,一瓶矿泉水快喝完时,郑雄终于开口说:"没想到曾老师也在这儿,请曾老师不要生气,我来是向马老师通报我们省申报院士的相关情况。省里初步拟定了一个四人名单,未来真正申报的只能是两至三人。目前的情况,曾老师在这个名单中排在第三位,属于可以申报,也可以不申报的范围。省里的想法是能申报的尽量申报,但又要求听取各个专业中有影响力的专家们的意见。马老师是楚学研究方向的泰斗级人物,省里想听听您的意见。"

马跃之像木头一样端坐在沙发上,只有嘴唇在动:"郑会长的意思是说,省里想看看楚学院一个姓曾,一个姓马的两个老家伙是不是也像别的人那样,心甘情愿地往那二桃杀三士的陷阱里跳?柳琴,你出来一下!"

柳琴闻声从书房来到客厅。马跃之要她将昨晚在大崎山上散步时说过的话重复一遍。柳琴不听他的,还表示那种话说一遍就够了,说第二遍就是做秀,说第三遍就是造假。

曾本之忽然有反应了。他挥挥手要柳琴别做声,然后盯着郑雄说:"你老老实实地说吧,来这里有什么事?说完了,从哪扇门进来就从哪扇门出去!"

见郑雄愣住了,曾本之又说:"你不好意思说,我就提示一下:你是一路盯梢盯到这里来的吧,是不是觉得我们两个老家伙猫在一起要搞你们的阴谋诡计?"

郑雄终于开口否认:"我也是快到楼下了,才晓得您在马老师家。天气这么热,一般人都不会串门的,我想或许你们的事情我还能帮得上忙,就还是上楼来了。"

曾本之说:"我们这里没你帮得上忙的事情,请你马上离开。"

郑雄几乎叫了起来:"院士的事是真的!您不要因为别的事情我没办好,而错失千载难逢的机会。"

曾本之伸出剑指指向门口,正要再说狠话,却被马跃之伸手拦住:"这里的主人姓马,还是由我做主为好。郑雄,按照你说话的逻辑,天气这么热,本来就不应该串门。你刚到楚学院上班时,曾来过我家一次,事隔二十多年,你又来我家干什么?"

郑雄看了看柳琴:"第一件事我已经说了,还有第二件事,我想问问柳琴阿姨,曾小安和郝文章在哪里?"

柳琴毫不客气地回答:"天知地知,我知道了也不会告诉你。"

郑雄冷笑一声:"柳琴阿姨若是小看郑雄,那是要犯路线和方向错误的!柳琴阿姨本人不想对我说实话,柳琴阿姨的心却将实话告诉我了。刚才我进门时,正好看到墙上的挂历,一开始只是觉得新鲜,养蜂都有专用汽车了。后来你将挂历收起来,我也只是觉得奇怪,等到这两盒开瑞坦跳进我的眼睛里,让我想起曾小安经常服用这种抗过敏的西药,于是我就记起那个著名的典故:此地无银三百两。如果我的推测没错,曾小安这时候一定开着那辆养蜂汽车,与郝文章一道奔驰在希望的田野上!"

柳琴突然间变得脸色绯红。

郑雄继续说:"我算是明白了,为什么有一阵曾小安身上总有一股蜂蜜气味。有一次,楚楚还大呼小叫地从她的包包里发现一只蜜蜂。当时我还以为她在帮你卖蜂蜜。原来你们早就在策划如此诗情画意的私奔。但是,我不得不提醒你们,有几个不太好惹、也是有通天本事的人,正在动用一切力量搜查郝文章,将来会不会发展到通缉我也不清楚。"

安静一定是在门后听着客厅里的动静,这时候再也按捺不住地钻出来,冲着郑雄说:"人家又没有做犯法的事,凭什么搜查,凭什么通缉?"

郑雄依旧按照自己的方式说话:"二位老师,二位师母,老三口的真正死因,你们应当比我清楚。报纸上经常披露,有些大案要案的线索,是狱友之间相互吹牛时吐露出来的。郝文章与老三口同居一间囚室,人家难道就不能想象,百般无聊、万般寂寞时,老三口会将自己的秘密说给郝文章听?我只是猜测,那些将老三口灭口的人,很难说会不会将郝文章灭口。"

曾本之说:"你是不是也不希望让那个百般恩宠你的人见到郝文章,怕人家得到郝文章后,就将你当做垃圾抛在一边?"

郑雄说:"争宠的事我不担心。我只担心郝文章被强行拉进来后,不仅得不到帮助,还会造成不必要的破坏。"

马跃之说:"你的意思是让我们联手,将郝文章弄到哪座楚墓里活埋了?"

郑雄说:"那倒不必!我给你们的建议是,至少半年之内,不要让他们找到郝文章。除了我,他们大概不会料到,郝文章手里会有养蜂汽车这么一个隐身的好东西,既不是酒店,也不是网吧,没有警察查身份证。在乡下待着,再戴上一只防蜂面罩,连高清监控探头都用不着担心。"

不待有人下逐客令,郑雄主动起身往外走。

其他人都在原地没动,郑雄缓缓地将门拉开一道缝,半个身子已在门外了,又突然扭过头来,声音哽咽地表示,他真的没有坏心,希望曾本之和马跃之还像从前那样看待他。他可以在曾侯乙尊盘面前发誓,绝对没有陷害郝文章的意思,只是不希望郝文章又像从前那样,将本来简简单单的事情弄得复杂得就像曾侯乙尊盘,说不清楚到底是用失蜡法铸造的,还是用范铸法制成的。

说完这些,郑雄的眼眶里已经满是泪水。

随着门缝彻底合上,屋子里陷入一种少有的寂静。

也不知过了多久,外面又有人敲门。

大家都以为是郑雄返回来了。

柳琴将门打开后,门外站着的却是沙璐。

不知是天气太热出汗太多,还是受到什么委屈流泪太多,沙璐脸上有不少豆粒大小的水珠。

不待别人问,沙璐就哭泣着说:"万乙失踪了!"

屋子里的人异口同声地说:"不会吧,要出事也轮不到他!"

沙璐喝了一口柳琴递上来的酸梅汤,接着说:"前天他对我说,要到江夏参加一个青铜重器方面的研讨活动。下午我们通电话时,他正好在报到。晚餐后再打电话时,就只有电脑语音在说你拨的电话已关机了。"

马跃之说:"说不定万乙又将手机掉进马桶里了。"

沙璐说:"不会的,万乙再三保证,往后绝对不会犯同一错误,我才给他买新手机的,为了将他记在笔记本上的联系人转到手机上,我休了两天假才弄好。"

柳琴说:"上公安局报人口失踪至少也得四十八个小时。你们俩电话不通也就两天时间,我看你是担心万乙移情别恋,反应过度了!"

沙璐说:"只有万乙怕我移情别恋,我才不怕他哩!平时,他每隔两个小时就要给我打电话。我有种预感,万乙至少遇上他没法解决的难题了。"

曾本之终于开口说:"你不要急,这种事瞎着急也没用。依我看,那个有关青铜重器的研讨活动是真的。前天下午,一位外地来的研究青铜重器的年轻学者给我打过电话,当然她是客气,说是来武汉了,刚下高铁就向我报到。我让她安顿下来后再联系,有机会时再见面聊一聊。算起来也有两天了,她却一直没有再联系我。对了,就是前不久在宁波开会,跃之兄也见过的名叫易品梅的那位。她也是反对失蜡法的。"

马跃之也说:"既然活动是真的,沙璐你就不要瞎着急。说不定是出于保密需要,才让关手机的。现在各行各业中形形色色的间谍太多,有些人总想投机取巧不劳而获,虽然说凡事防得了君子防不了小人,有所防范总比毫无防范要强。青铜重器方面更是如此,天下之人,从盗墓贼到研究者,谁不晓得曾侯乙尊盘是皇冠上的明珠?如果这个活动是要解决曾侯乙尊盘的仿制问题,别说让关手机,就是关几天禁闭也是可以理解的。"

沙璐本来只是着急,大家又都往好处说,她很快就释怀了。

沙璐心情一好,便转过来问曾本之,那天夜里从九峰山公园回来时,他曾说过,这几天要经常过去看看。沙璐现在正好有空,如果曾本之想去,自己就开车送他去。

曾本之望着马跃之,用商量的口吻邀请他一同去九峰山公园。

柳琴不同意,她说:"天色一暗,那地方的阴气就重得能压死人,年轻人还能挺住,年过七十的人千万不要轻易往那里跑。"

马跃之就说:"本之兄的邀请是不能拒绝的,如果你不放心,那就跟我们一起去。"

柳琴连忙说:"好了,好了!你想去就去,可别连累我。"

柳琴就让沙璐先下楼去将车内的空调打开,免得热着两位老男人了。

沙璐刚走,柳琴就叹气说:"你看这事被搅成什么样子了,时间耗费很多,一件事都没说清楚。"

安静说:"你还是接着先前的话说,曾小安他们去哪里了?"

柳琴说:"按照我们最初的设想,郝文章从江北监狱出来后,先让曾小安和他好好享受一阵两人世界的浪漫。本来我与曾小安说好,她去我安排的那家养蜂场,开一辆养蜂汽车到大崎山,这样我也好去找他们。没想到曾小安也是重色轻友,一见到痴情爱人,就将朋友的话丢在脑后。我估计,是郝文章让她将养蜂汽车开到别的地方去了。"

安静说:"那台越野车呢?曾小安一个人开不了两台车呀!"

柳琴说:"当天晚上我就让人将越野车开到你们小区的地下车库,停在你们家的停车位上。"

安静说:"小安不在家,我们从不去地下车库。"

曾本之对安静的节外生枝有些不满,等安静闭上嘴了,他才对柳琴说:"你要是真不晓得,那我就明白了。郝文章一定是让曾小安将养蜂汽车开到有楚墓的地方去了。"

马跃之想也不想就说:"从大崎山到黄州,只有禹王城那一带有楚墓。"

曾本之说:"那些楚墓是已经被发现的,说不定还有我们没有发现,但被盗墓贼们发现的。郑雄不是说,有人怀疑老三口将什么重要秘密告诉郝文章了。这是完全有可能的。"

这时,楼下传来几声汽车喇叭响。估计是沙璐在催他们。曾本之和马跃之连忙下楼,沙璐的红色轿车果然已停在单元门口。按喇叭的不是沙璐,而是跟在后面急于外出的另一辆车上的人。透过前挡风玻璃,可以看见,驾驶座和副驾驶座上的两个女人,嘴唇在不停地翻动,肯定是在说些极为不满的话。红色轿车刚出张家湾小区,马跃之就接到柳琴的电话,柳琴决定留安静和楚楚在家里吃晚饭,让马跃之回头在华中科技大学背后的喻家山一带,找家做农家菜的酒店,也请曾本之和沙璐吃一顿。

沙璐的红色轿车行驶到武汉大学后面，四面八方全是穿着泳装的男男女女，路左边的东湖里密密麻麻的全是人头。沙璐一会儿指责车头前面的某个女人，不明白她胖得像头猪，还敢穿泳装在人堆里晃来晃去，也不怕城管局的人说她影响市容。转眼之间沙璐又对某个只遮挡住三点的女人赞不绝口，同时还替她叹息，这么漂亮的女人却在这么纷杂的地方游泳，肯定是将自己这朵鲜花胡乱插在臭不可闻的牛粪堆上了。

趁着沙璐在前排说个不停，马跃之在后排座上小声问曾本之："那个叫易品梅的女博士，真的来武汉了？"

曾本之同样小声回答："你怎么连我都不相信，我什么时候说过假话？易品梅确实打电话说她到武汉了。"

马跃之说："这么说来，那个破烂学会肯定是在背后搞你的破坏活动！"

曾本之说："别人不破，我自己也会破的。"

马跃之说："不早不晚，偏偏轮到你申报院士，他们就将反对失蜡法的人集中到一起，针对性很强啊！"

曾本之说："都这把年纪了，不是拿一坨糖就能哄得住的，他们嘴里的院士，已经和鼻屎没有区别了。我在想他们如此兴师动众，有可能是在破釜沉舟，想毕其功于一役，将曾侯乙尊盘仿制出来。"

马跃之说："这是好事呀，你不是说过，这辈子若能见到曾侯乙尊盘仿制成功，哪怕死上一百次也不会掉一滴眼泪，相反，就会死不瞑目。"

曾本之说："普天之下但凡穷尽精华而为的物品，一定是非凡之人作非凡之用。那些家伙凡事所用的手段可以说是穷凶极恶，如果用在曾侯乙尊盘上，那可不是什么好兆头！"

马跃之说："你是担心他们会将曾侯乙尊盘当做祥瑞之物，奉献给那些有着狼子野心的人?"

曾本之说:"正是这样。所谓祥瑞只是一种文化暗示,但是,很多时候,暗示是可以变成某种神秘力量的。"

马跃之说:"即便有幸仿制成功,也是假货,不仅不会助力,还会削减他们的势力。"

曾本之说:"万一他们将博物馆里的曾侯乙尊盘替换了呢?"

马跃之盯着曾本之看了半天才说:"本之兄,你可是真敢想!"

曾本之轻叹一声说:"跃之兄若是对郑雄有深入了解,就会明白他是何等的胆人妄为!加上那个操纵破烂学会的胆大包天的老家伙,使用这类手段并不是太难的事情!"

马跃之说:"这可是罕见的豪赌!"

曾本之说:"郑雄赌的是进水果湖,别的人只怕是在赌大江南北、长城内外的天下!"

马跃之突然严肃起来,说话时嘴唇离曾本之的耳朵更近:"本之兄,我再问一遍,当初曾侯乙尊盘刚出土那一阵儿,是不是真的往外冒紫气?"

曾本之也学马跃之的样子,几乎是直接对耳道说:"千真万确!最早是郝嘉不小心,弄破手指,将几滴血滴进曾侯乙尊盘,尊盘里马上冒出一股紫气。因为觉得奇怪,我有意弄破自己的手指,也滴了几滴血进去,曾侯乙尊盘里同样冒出一股紫气。"

马跃之猛地拍了一下坐椅,沙璐吓得下意识地踩了一脚刹车。车身突然一晃,将马跃之想说的话堵了回去。直到在九峰山公园门口下车后,马跃之才对曾本之说,这件事他必须介入,否则对不起天理良心。

还没走到郝嘉的墓前,曾本之和马跃之就吃惊不小。待走到最近处,他俩更是不敢相信自己的眼睛:本来是竖立的墓碑横卧在地上，墓碑前的小小祭台被翻了个底朝天，就连用水泥封住的小小坟丘也被掀开，露出存放骨灰的青花瓷罐。不用找人询问，曾本之也明白，有人发现华姐的行踪了。他试着找了几遍，自己留给华姐的纸条不见了，如果华姐曾经给他留过纸条，当然也就不见了。

曾本之和马跃之正在相对无言，公墓管理员突然出现在身后。公墓管理员是来撇清责任的：昨天下午，有几个人来过这里，说是要重修郝嘉墓，将整个墓地能挖的挖开，能拆的拆开，捣弄了半天，那些人借口去运沙石水泥，随后就不见人影了。公园管理员说，以往隔三岔五就会有人来整修自己家的墓地，也是想怎么弄就怎么弄，从不报备，他们也就从来不管，更没想到还会有活人欺负死人的事情发生。

曾本之估计这事是老三口离奇死亡的那天晚上，在医院里见过的那些人干的。曾本之让公墓管理员暂且如此照看一下，回头他会找时间再来，重修郝嘉墓。

回来的路上，曾本之和马跃之各自想着心事，快到喻家山路时，车载收音机开始播送全国高速公路交通情况。曾本之恍惚听到播音员说，杭瑞高速昆明市官渡区发生一起严重车祸，一辆宝马越野车违规从右侧超越一辆大货车，发生碰撞后造成侧翻，大货车的女驾驶员和宝马越野车内一男一女共三人当场死亡。播音员还痛心疾首地提醒全国各地的驾驶员朋友，驾车行驶在高速公路上，一定要遵守交通规则，切忌从右侧行车道超车。这时，沙璐已将车停在一家农家菜酒店门前，说是在这里吃晚饭。马跃之先下车，曾本之正要跟着下车，忽然心里一惊，他觉得播音员说的那辆宝马车牌号有些熟悉，他想细听，电台不仅换了播音员，连节目都换了。曾本之晓得这样的信息还会重播，他不肯下车，马跃之一听，也回到车上陪曾本之，而让沙璐去酒店里买些饭菜打包带回。

沙璐去了又回，三个人坐在车里吃得心不在焉地，好不容易等到电台重播全国高速公路的交通情况，便停下来不吃了，生怕咀嚼声影响收听。电台里又换了一个播音员，只几句话就说得车里三个人耳朵都竖了起来："今天上午G56线（杭瑞高速）云南省昆明市官渡区段下行（K20＋300至K30＋000）处发生一起严重车祸，一辆云南本地牌号的宝马越野车，被一辆挂湖北牌号的大货车追尾后失控，翻过护栏掉入一百多米深的山谷，车上一男一女当场死亡。肇事的大货车也撞断护栏坠落谷底。另据本台得到的最新消息，驾驶宝马越野车的男子，是昆明当地身家过亿的著名收藏家，同车的女子亦系著名文物鉴定专家。虽然肇事的货车女驾驶员身份待查，但据可靠消息称，警方已找到一份遗书，该女子自称华姐，与所撞击的宝马越野车车主有杀夫之仇。"

曾本之忍不住要马跃之打电话给柳琴，再要柳琴打电话给郑雄，让郑雄通过他的管道打听一下在G56线杭瑞高速云南省昆明市官渡区段下行K20＋300至K30＋000车祸中死去的华姐，是不是老三口的妻子华姐。很快，柳琴就回电话说，郑雄已告诉她，半小时前，熊达世打电话给老省长，十分钟之前老省长打电话给郑雄，甲传乙，乙传丙，说的都是曾本之正在关心的事：在杭瑞高速公路昆明市官渡区段车祸中死去的收藏家，正是从熊达世那里得到所谓九鼎八簋的那位；制造这起车祸的大货车驾驶员，正是老三口的妻子华姐。

在电话里，郑雄略显得意地说了一句，人生最妙不可言的感觉是坐山观虎斗。

贰捌

本人华姐，甘肃定西岷县清水村人，十八岁时因唱花儿与何向东相爱，清水村人都喜欢青铜，我俩也是如此。虽然多次打扰先人冥寝，都是凭自己本事发现的，从没有贪别人之功，更不去图政府之利。后来形势发生变化，原因是丈夫少年得志，江湖上难逢对手，免不了炫技，故意恶心那些恶心之人，从而招来杀身夺命的灾祸。为此我想得好心痛，那些窃民窃国的大盗为何偏要追杀小偷小摸之人？山巅上盖庙还嫌低，面对面坐着还想你。何向东罪不当死，留下华姐孤单在世更是悲凄。我来昆明是替丈夫讨一条命债。至于当死之人搜罗九鼎八簋是何企图，不关我的事。自古以来，报仇者都是一死换一死，一命抵一命，我不怪别人，也希望别人不要怪我。

华姐的遗书变成手机短信，从郑雄那里传到曾本之他们手里，在各种各样的叹息声中，迅速转变为对曾小安和郝文章的担忧。

道理还是先前的那个道理，原因也是先前的那个原因，只不过这一次大家的情绪变得更焦虑，也更严峻。老三口这辈子相处时间最长的两个人，妻子华姐随他去了，留下来的只有狱友郝文章。如果那些想从郝嘉墓中找出什么秘密来的人仍旧贼心不死，唯一值得追踪的线索只有郝文章。

在四个人当中，曾本之和马跃之相对冷静一些，觉得郝文章的处境不算太糟糕，充其量只是了解某些秘密，而不是因为这些秘密伤害谁的特殊利益，就算有灾有难，也不会是那种危及生命的灾难。柳琴和安静都不肯接受这种观点。但在否定的程度上存在明显差别。女人的思想不是来自头脑，女人的任何一种想法都是从心里冒出来的。人的头脑是神经最多也最复杂的地方，心脏上却是一根神经也没有，心脏能承担性命攸关的大事，靠的是直觉。所以，女人一旦出现直觉，男人便无法让其改变的。此时此刻，柳琴的直觉是曾小安没事，郝文章大难临头。安静的直觉是曾小安和郝文章都是在劫难逃。

在白鹭街与惠明路路口的一家餐吧里，为了安抚两个女人，曾本之和马跃之用各自擅长的方式卜了一卦，结果都是一样：明明是大凶的事情，卦象却是大吉。

就此，曾本之和马跃之小声议论了一阵。在他俩说话之际，安静和柳琴也额头对额头地说着什么。对于女人有事没事都要互相咬咬耳朵的习惯，曾本之和马跃之丝毫没有在意，更没想到这两个习惯将自己丈夫称为老男人，从不认为自己是老女人的女人，正在背着他们策划一个算不上是阴谋的阴谋。

服务员将他们要的作为午饭的四种煲仔饭上齐了。四个人分别按自己的喜好拿过一份，一边吃，一边依旧男人说男人的话，女人说女人的话。饭后，安静和柳琴突然表示，要结伴去美容店做美容。因为柳琴每周都要去臭美,早已习以为常的马跃之什么也没说。曾本之却吃惊不小,同样身为美容店常客的曾小安,不知向安静发过多少次邀请,安静一次也没有尝试。偶尔来美容店,也是因为有事,正在做美容的曾小安不方便接电话,她才不得已而为之。惊讶归惊讶,曾本之还是答应下午四点钟去学校接楚楚。他很清楚,曾小安以前就是如此,进美容店不仅是让美容师做全套美容,还要睡一场更为享受的美容觉。

　　天气还是那样热,早上预报会带来降温的凉风还没有出现。餐吧里挤满了人,很难看出有没有人在盯梢。曾本之他们站在街边,冲着过往的出租车大呼小叫,直到终于有车停下来,柳琴抢着对司机说,先去黄鹂路西段的一家美容会所,再去楚学院。柳琴的声音很大,那对比他们晚二十秒出来的情侣完全能够听清。

　　出租车没有将柳琴和安静送到美容会所门前,她们在湖北日报社靠黄鹂路的侧门前下车,让出租车掉头回到东湖路上,直接将曾本之和马跃之送进楚学院院内。提前下车的安静和柳琴,步行走到美容会所。柳琴自己有会员卡,也有固定的美容师。曾小安也有会员卡,安静就用曾小安的名义消费,美容师当然也是曾小安认可的那一位。

　　进美容会所之前,柳琴回头看了看。正午的太阳最厉害,街上几乎没有行人。一向拥挤的黄鹂路难得有空荡荡的时候。柳琴和安静在美容会所一楼休息室等候美容师时,一个打着小花伞的女子推门进来。柳琴马上朝安静使了个眼色。安静会意地认出来,这女子正是刚才跟在身后从餐吧里出来的那对情侣的一半。

　　接下来的情况变得比较有趣。两位美容师将柳琴和安静带进同一间美容室,只给她俩做了一遍乳房按摩。随后的角色就开始发生变化,柳琴和安静让两位美容师反串顾客,待她俩出门后,再反锁上门,在按摩床上至少躺一个小时,这期间不管谁来,都要说成是顾客没穿衣服,不能开门。一小时后,两位美容师就可以出门接待下一位顾客。依照正常的惯例,接下来就该做过美容的顾客享受不受任何打扰的美容觉。安静还解释说,她俩只是想瞒着丈夫上街做一件丈夫不让做的事。美容师难得碰上这种单照签,却不用动手的好事,再说,万一家人找来,像柳琴和安静这么老的女人,即便是老妇聊发少女狂,又能狂出什么名堂呢,自然没有不答应的道理。

柳琴带着安静悄悄地出了美容会所的后门,钻过一处绿篱的缝隙,又翻过一道垮塌的院墙,穿过一家看上去是培训销售人员的公司旧楼,从围墙上的窟窿里蹿到一处较大的小区,再从小区侧门出来穿过东亭路,来到看过路牌才晓得的沱塘路。按照柳琴的设想,她们应当在沱塘路上搭乘出租车前往黄州。然而,直到她俩将沱塘路走穿了,也不见任何车辆驶过。

一路走来,安静不停地数落,大中午的太阳最亮,这路上都让人觉得阴森森的,柳琴怎么敢和曾小安常在这里走。柳琴当然要辩解,这条路是曾小安发现的。曾小安也是心情烦闷时才走这条路。曾小安最初走这条路的目的,是想遇上一个能强暴她的坏男人,她想用这种方法来报复郑雄。后来才发现,那些坏透顶的男人全都像郑雄那样,吃饭时也要西装革履,代步的汽车价码要三十万元以上,办公室的桌子宽大得像双人床,每个星期都要出两天差,每个女秘书都要自己挑选等等。这条看似危机四伏的路反而是最安宁的,曾小安便经常在做完美容之后,拉着柳琴沿着这条非凡之路散步。

一出沱塘路就是宽阔的中北路,柳琴拦下第一辆出租车,说了目的地后,司机不愿意去,他的车是烧煤气的,黄州没有加气站,去了就回不来。第二辆出租车也不行,司机是个女的,她说今天是自己来例假量最多的一天,跑长途不方便。第三辆出租车更荒唐,司机光着膀子坐驾驶座上,满口武汉方言,而且每说一句话都要带一些渣滓,如此模样绝对是在花楼街或古庆街住了三代以上,却硬说自己是外地人,来武汉不到一个月,又是给车主代班,别说黄州就是新洲也不能去。第四辆出租车停下时,柳琴也玩起巧来,上车后先说到青山,到了青山又说到阳逻,最后才说去黄州。

离黄州还有二十公里,路旁出现的地名牌上写着禹王城三个字。安静和柳琴同时大叫停车。大概是先前被捉弄的缘故,司机对在这种前不巴村,后不巴店的地点停车不仅没有表示异议,脸上甚至还露出一丝狡黠的诡笑。付过钱,下了车,站到公路边,面对无边无际的热浪,还有除了几只在田间漫不经心踱步的白鹭,柳琴和安静才想起司机的诡笑中含有报复之意。

到了这地步,也没有别的办法了,安静想找人打听什么地方有楚墓,公路上除了偶尔飞驰而过的汽车,连摩托车都没有,更别说行人了。好在柳琴还有别的办法,她在路边的蔷薇花上找到几只采完蜜的蜜蜂,跟着它们飞行的方向走去。

山川空寂,草木如眠,只有蝉鸣,连狗都不叫。

穿过一处树林,四周的蜜蜂多了起来。

柳琴在前,安静在后,两人沿着小路往山坡上走,很安静的田野上忽然传来一阵古怪的呼啸声。两个女人正在惊诧,近前的树叶轻摇一下,也跟着呼啸起来。安静和柳琴还没来得及作出反应,从看不见的山坡那边传来一个熟悉的女人声音。

"文章,起风了,好凉快呀!"

"这北风一刮,三伏天就过去了。"

听着这声音,安静的心都要跳出来了。她正要往前走,柳琴忽然拉住她,并用手指着地面:一条色彩斑斓的蝮蛇正缓缓穿过砂石铺成的小路。安静吓出一身冷汗后,将柳琴让到前面开路。两人小心翼翼地绕过山坡,透过一丛灌木可以看见一辆养蜂汽车停在一片蜂箱中央。紧挨着养蜂汽车的地面铺着一层彩条布,再搭盖一顶简易帐篷,一对戴防蜂面罩的男女正在帐篷里用摇蜜桶取蜂蜜。安静和柳琴绝对不会认错,这两个太像养蜂人的男女,就是曾小安和郝文章。

"前几天热得让人心烦,这一凉快反而让我想起楚楚从学校带回家的一个笑话。"

"儿子能讲笑话了?"

"你不要小看人好不好。我先讲一个你听听:有个人中午出门买雪糕,不小心在马路上跌了一跤,回来后上单位的医务室上药,医生主动开了一张病假条,病因是三级灼伤。"

"好家伙!男人只要有幽默感,天下的美女都不在话下。可惜我讲不了笑话,只有一个降温的偏方:听冷笑话打冷战,看鬼片出冷汗!"

郝文章话音刚落,曾小安便伸出双手抱住他的腰,连连说自己最怕看鬼片了,有几次开车时听电台主持人说鬼片,便吓得两腿打哆嗦。

看着那边的情景,柳琴小声对安静说,女人就是奇怪,譬如曾小安,那么偏僻的地方,一个人走来走去,心硬得像钢铁,从来不说一个怕字,一见到心爱的男人,马上变成一团水,哪怕有人双手捧着抱着,还要胆战心惊。安静用手指放在嘴唇上,示意柳琴不要多嘴,她想听听曾小安和郝文章在说些什么。

"这些年你在监狱里想什么啦,想我吗?"

"不想。"

"我不信。"

"真的,我不敢想,要是成天就为你想来想去,还活得下去吗?"

"那你想什么?"

"瞎想,有一次看到一张旧报纸,说你们家附近的一条街改名叫翠柳街。结果让我笑了半年。"

"这有什么好笑的?"

"你想想,那条街上都是什么单位?街口南边是湖北日报社,北边是文化厅,文化厅隔壁是作家协会和文联,背靠背的是新华社,这些单位里都是些文化人。记得我们第一次散步走到那条街,那时还叫东亭小路,你要我小心点,这条街上随便一个老男人或者老女人,都有可能是名作家,别做不雅的事成了他们笔下的反面角色。"

"你说了半天,我一点不觉得好笑。"

"如果那条街不改名,还叫东亭小路就不好笑,可不知那几个改这地名的人是不是脑子进水了。要是脑子进水了还可以原谅,因为那是身体出了毛病,就怕他们是当年闹'文革'的红卫兵。当年的红卫兵无论什么事都要另立山头,只有给本地文化单位门上贴的对联是一致的:庙小妖风盛,池浅王八多。所以,我猜他们是讨厌文化人,故意取名为翠柳街,暗指花街柳巷,讽刺文化人不是婊子就是嫖客。"

"真是瞎说,人家取名是有来历的,有句唐诗叫两个黄鹂鸣翠柳,你们楚学院旁边街道叫黄鹂路,隔壁的街当然可以叫翠柳街。"

"我们总算想到一起了。那诗的下一句不是一行白鹭上青天吗,水果湖边上有条白鹭街,省委省政府门前那条街也是在白鹭街隔壁,为什么不叫青天路呢?"

曾小安真的笑了起来。郝文章自己却没有笑,他低着头,用防蜂面罩挡住曾小安的视线。曾小安笑了好一阵儿，直到发现有泪水从郝文章的防蜂面罩里流出来，她才收起笑容，将郝文章紧紧搂在怀里。郝文章不想让曾小安看清楚自己的痛苦，继续将眼睛盯着地面。

"人在监狱里可以想清楚很多平时没法想清的事。譬如以往武汉人总爱说，汉口出商人，武昌出才子。以前不识庐山真面目，也跟着别人这样说，是因为只缘身在此山中。在监狱里待了几年后再看外面，才发现武昌的才子变成了商人，汉口的商人变成了骗子。"

曾小安几次想打断他的话，又有些于心不忍。

"我们隔壁号子里关着两个银行高管，因为放贷给那个上过福布斯富豪排行榜的商人而被捕入狱。那家伙先送人家几十万现金，再拿到违规贷款，后来受到检察院追查，他居然说是人家主动放贷，并从中索贿。听说在洪山监狱还关着两个也是被这骗子所害的银行高管。我只说商人，不说才子。我若是说才子如何变成商人，你会以为我在影射谁！"

"我晓得你不是说爸爸，但我还是要告诉你，爸爸已经改变观点，同意你以前提出来的假设，他也觉得青铜时代中国的铸造工艺中不存在失蜡法。"

"那次他去江北监狱探视，我就觉得他心里已经妥协了。"

"你别他他他的，就叫爸爸！我的爸爸，楚楚的外公，就是你的爸爸。"

"行，不管人家认不认这个女婿，反正我就死皮赖脸叫爸爸就是。"

"放心，爸爸早就想认你这个女婿了。就怕我妈还有什么想不通的事。不过也不用太担心，我妈特别爱面子，回头你上我家时，先将马叔叔和柳阿姨叫来,当着大家的面,你再叫妈妈,她不会不答应的。"

"在监狱里待八年,前四年一直想报仇,后四年变成了自省。说正经的,不是受你的启发,完全是我自己在监狱里想到的,还有一种叫院士的人,正在从学者权威变成政治恶棍。你不要误会,我不是讽刺曾先生。"

"曾先生不是你叫的,叫爸爸!我才不误这个会的。爸爸早就表明了态度。所以才将那家伙从我家撵了出去。"

突然,从养蜂汽车的另一边涌出一伙人。看样子与武汉街头的那些混混是一个师傅教出来的,说话、瞪眼睛、身上的刺青还有将衣衫短袖翻卷到肩膀上的样子,全都八九不离十。那伙人气势汹汹地走到离蜂箱两三米远的地方,也没有人说什么,便自动站住了。

一个长得像秃鹫的男人独自往前走了几步,然后抬脚踢了一下蜂箱:"这是什么地方——"话音未落,一大群蜜蜂从蜂箱里钻出来,吓得那人抱着头往后退,直退到觉得没有威胁的地方才继续说:"这是什么地方你们难道不晓得?这下面是楚墓,墓里面全是国宝。你是没文化还是怎么的,看不见那边竖着的警示牌吗?"

曾小安有些紧张,郝文章却是若无其事,一边摇着摇蜜桶一边说:"这蜂箱里养的不是中蜂,是意蜂。意蜂的攻击性只比马蜂差一点点,最好不要招惹它们。"

像秃鹫的男人说:"你也要小心点,我们的攻击性也不弱。"

郝文章轻描淡写地回答:"我看你们这模样既不像保护文物的,也不像是盗墓贼。要不我先作个自我介绍,我是刚从江北监狱里出来的,也不是什么好人。你们呢?"

像秃鹫的男人说:"你在江北监狱待过?我怎么没见过你?"

郝文章说:"看来我们是江北监狱的狱友了。你在里面待了一年还是两年?"

像秃鹫的男人说:"既不是一年,也不是两年,是一年零六个月,在里面实际待了一年零两个月。"

郝文章说:"明白了,你糊了十四个月的纸盒子。我在里面翻砂化铜,自然见不着面。"

像秃鹫的男人说:"佩服佩服!只有服重刑的才去化铜翻砂,你是死缓还是无期?"

郝文章说:"那倒没有,本来是八年,后来又加了三个月。"

郝文章从养蜂汽车上拿出刑满释放证明文件,隔着蜂箱朝像秃鹫的男人晃了两下。

服满法院判决的八年刑期,没有丁点减刑,还加了三个月,在这样的狱友面前,像秃鹫的男人不禁肃然起敬:"这破纸看着让人恶心,老大你留着它干什么?小弟我一出那地狱一样的大门,就将它当做卫生纸揩了屁股。"

郝文章说:"你呀,好不容易住一回监狱,只弄到一年零六个月的资格,还要提前四个月离开,这叫什么?这叫没眼光。非洲有个叫曼德拉的黑人,在监狱待了几十年,后来成了南非总统,他待过的监狱现在成了旅游景点。我想若是自己哪天成了大人物,这破纸片说不定能送到香港去拍卖,弄个百把万港币潇洒一下。"

养蜂汽车那边又冒出一个穿警服的人。

隔着老远,穿警服的人就冲着像秃鹫的男人叫:"你在这里干什么,是不是想敲诈勒索,破坏国民经济建设?"

像秃鹫的男人嬉皮笑脸起来:"胡警官不要用老眼光看人,你不是说监狱是所大学校,江北监狱又是学校中的学校吗?我要是不在这么好的学校里长进一点,那就太辜负你们的栽培了。我是来咨询的,若是合适,也弄辆养蜂汽车,周游全国各地,玩也玩了,还有钱赚。"

被称做胡警官的那人哼了一声说:"我看你是贼心不死,又想当采花大盗。我把话说在前面,不许对养蜂师傅有什么企图。养蜂师傅你贵姓?"

郝文章说:"我姓郝。"

胡警官将郝文章用武汉方言说的"郝"听成了"贺":"贺师傅开着汽车带着妻子出来放蜂,真让人羡慕。不过我要提醒你,这地方是受文物法保护的遗址,为了不招来不必要的麻烦,请你挪个地方为好!"

像秃鹫的男人抢着说:"胡警官你也没文化呀!告诉你,我看过这方面的资料。"

胡警官打断他的话:"我在执行公务;没让你说,就不要卖弄你的红嘴白牙。"

郝文章懂得胡警官的意思,主动回答:"国家没有哪个法规不让在古文化遗址里面放养蜜蜂,有些地方还鼓励人家来放养蜜蜂,甚至还按放养蜜蜂的箱数给人家现金补助。因为蜜蜂会传花授粉,提高农作物的产量,帮助植物更好地繁殖生长。"

像秃鹫的男人说:"国外有些养蜂人,根本不需要摇蜂蜜卖,仅仅是蜜蜂的传花授粉补助就活得很好。"

见郝文章和曾小安都在那里点头,胡警官就说:"你小子果然有进步,想不想有机会再去江北监狱进修一阵?"

像秃鹫的男人说:"你也不容易,这么多年连个派出所副所长都没混到手,有好机会你就给自己留着吧!"

胡警官嘴上没有讨到便宜,便转而对郝文章说:"有件事本不归我管,但有人找上门反映,我只好顺便问问。之前我们这里养蜂的人家也不少，各家各户的蜜蜂都能相安无事。你的养蜂汽车一来，蜜蜂们有事没事就在一起打架，采蜜没打够，还成群结队地攻击别的蜂箱里的蜜蜂。这事是不是太奇怪了？"

这一次像秃鹫的男人没有抢着说话，也像胡警官一样盯着郝文章。

郝文章的防蜂罩上爬满了蜜蜂，他用手拂去一些，露出一双隐隐隐约约的眼睛："这有什么好奇怪的，你们这里养的是中蜂，我养的是意蜂。意蜂比中蜂好斗，碰到一起就会打架。"

胡警官笑起来，继续称郝文章为贺师傅："你这样子不用看也是一个风里来雨里去的放蜂人，不像我旁边的这个家伙，脸色白得像是死人，一看就是从监狱里出来的。不过，我也是例行公事，上面既没有通缉令，也没有正式通知，只是传话下来，让留意一个刚从江北监狱里放出来的男人，转了一圈，听说有人带着一个大美女，开着汽车放蜜蜂，觉得好奇我就过来看看。不过，我还是提醒贺师傅你，让美女待在荒郊野外，总是让人没有安全感。"

郝文章说："我这才将蜂箱围成一圈，像座城堡。回头我再写一张大字报，贴在路口，告诉大家，我养的是意蜂，两三只意蜂就顶得上一只马蜂，五十只马蜂的毒尾针就能蜇死一头牛！"

胡警官点点头后，摸了摸腰间的手枪，顺着来路离开了。

像秃鹫的男人也要走，才离开不到十米，又转回来问郝文章是不是上面让胡警官查找的那个刚从江北监狱出来的男人。郝文章回答说，可能是，也可能不是。如果是自己，肯定是狱警在铸造仿古青铜工艺品的型砂里发现某人故意拉在里面的大便。郝文章如此说法，让长得像秃鹫的男人狂笑不已，并且表示，从现在起他也希望江北监狱的狱警来找麻烦，追问某个纸盒上的沾染物是鼻涕还是精液。

像秃鹫的男人带着另外几个人消失后,柳琴和安静长出了一口气。

郝文章却像没事一样,他拍了拍曾小安的肩膀,又搂了搂曾小安的腰,最后用自己那爬满蜜蜂的面罩碰了碰曾小安戴着的同样爬满蜜蜂的面罩,如此奇特的亲吻将曾小安逗笑了。

郝文章很高兴曾小安没有被吓着:"你这样子就像蒙娜丽莎!"

曾小安说:"你不要尽挑好听的说。"

郝文章说:"这八年,我与老三口在一起反复研究,蒙娜丽莎的微笑为什么那样迷人。慢慢地就发现,那些迷人的微笑里,其实包含着高兴、厌恶、恐惧和愤怒。那一阵儿我们挺得意,想不到后来又在一张旧报纸上看到,有人早就研究过了,蒙娜丽莎的微笑中高兴占百分之八十三,厌恶占百分之九,恐惧占百分之六,愤怒占百分之二。可惜没有镜子,不然可以看看,你现在的样子就是如此划分的。"

这一次是曾小安用自己的防蜂面罩来碰郝文章的防蜂面罩。

躲在暗处的柳琴和安静免不了悄悄叹息,说郝文章太可爱了。

柳琴和安静小声说话时,曾小安和郝文章已经在议论老三口了。他俩先前肯定已经议论过,所以曾小安仍旧表示,自己还是不太相信老三口是死于一场蓄意安排的谋杀。说了一阵儿,曾小安就想打开手机,发短信或者打电话问问柳琴。郝文章赶紧拦住她,说江北监狱里的狱友,有相当多的人在逃跑时因为使用手机而暴露行踪。郝文章相信,受到牵连的柳琴这时候一定受到全方位的监控,稍不小心就会掉进别人的陷阱。

提起这些,曾小安有些嗔怪郝文章。

"都怪你不让去大崎山,否则柳琴阿姨一定会想办法与我们联系的。"

"柳琴阿姨联系不上你不要紧,曾先生最了解我,真有急事时,他会找到我们的。"

"你怎么如此冥顽不化,曾先生不是你叫的,要叫爸爸!"

"这事不能一厢情意,回头见面时,曾先生若不反对,我一定改口!"

"好吧!你怎么晓得爸爸最了解你?"

"我不是替曾先生辩护,或者是安慰自己,当初警察抓我时,曾先生本不应当保持沉默。曾先生从头到尾一句话也不说,是因为老三口被关在江北监狱,曾先生希望能有一个最可靠的人去接近他。"

"为什么?为什么?为什么?"

郝文章下意识地摇头时,将防蜂面罩上的蜜蜂一团团地摇了下来。

"可能是与曾侯乙尊盘有关,也可能与曾侯乙尊盘无关,我也不晓得。之所以我不想离开江北监狱,也是因为一直没有找到答案,于心不甘呀!"

"还以为我怀孕了,你怕挨爸爸的揍,才躲到那个谁也找不着的鬼地方。没想到你好伟大呀!"

郝文章明白这话是说笑:"别的人都以为我是质疑失蜡法才与曾先生产生冲突,其实那是表面现象,真正原因是我发现曾侯乙尊盘有些不对劲。"

"你与爸爸说过吗?"

"说过,就在曾先生的'楚弓楚得'室,当时只顾上说话,直到曾先生怒吼着要我走开,郑雄跑出来相劝时,才晓得郑雄一直在里面的休息室里帮曾先生整理资料。"

"你有什么想法,可以找机会与爸爸细谈,为什么非要偷曾侯乙尊盘呢？"

"凡是不以研究历史为目的的青铜重器爱好者都是野心家和阴谋家。我不是野心家，也不是阴谋家，要偷曾侯乙尊盘完全是精神病发作。那天发生的事情太奇怪了，按道理，将曾侯乙尊盘这样的国宝级文物搬到楚学院做例行检查，保安措施是很严格的。但是那天，什么都是敞开着的，担任安全保卫的人，负责例行检查的人，全都不见了，就剩下我一个人。你应当听说了，为了保护曾侯乙尊盘，'楚璧隋珍'室里不得放任何金属的或者坚硬的东西。也不知是哪条神经出现错乱，我居然将曾侯乙尊盘抱出'楚璧隋珍'室，进到我的'楚乙越凫'室，想用小刀或者起子从上面弄一点青铜料下来，拿到外面去测量一下同位素碳十四，鉴别它的真假。"

"那你为什么要将曾侯乙尊盘藏起来呢？"

"那么小的屋子，将曾侯乙尊盘放在墙角用报纸盖起来算是藏吗？我刚将曾侯乙尊盘抱进'楚乙越凫'室，就发现情况不对，本想送回'楚璧隋珍'室，听到走廊里有郑雄他们的声音，一时间乱了方寸，做了不该做的错事。到楚学院工作之前，我先后十次自己买票到博物馆看曾侯乙尊盘，心里还觉得越看越亲切。到楚学院工作后，再去博物馆看到曾侯乙尊盘，忽然发现情况有些不对。那时候觉得不对，是觉得曾侯乙尊盘的样子怎么像女明星，化妆前和化妆后是有区别的。不信你回家看看曾先生书房里的曾侯乙尊盘黑白照片，再看看曾先生挂在'楚弓楚得'室里的曾侯乙尊盘彩色照片，就能体会到那句名言：天下没有两件完全一样的青铜重器。后来觉得不对，是觉得抱在怀里的曾侯乙尊盘不应当是假的。如果是后来新铸的伪器，肯定要重于原器。真正的青铜重器，在地下埋藏两千多年，经过缓慢的腐蚀表面会略有膨胀，比重也有所下降，不仅有轻的感觉，用手摸上去还有柔的感觉。新铸的伪器给人的感觉正好相反，抱在怀里明显觉得滞重，摸起来也有明显的艰涩感。"

"你这样绕来绕去地说话，到底是想表明什么意思？"

"我也一直没有想明白。说曾侯乙尊盘是真的吧，为什么曾侯乙尊盘实物与你们家书房里的曾侯乙尊盘照片不大一样？说是假的吧，从各方面去看又像是真的。而且，如此国宝中的国宝，真的要有假，早被别的青铜重器专家察觉了。"

"你这样子就不要研究青铜重器了，改行跟着我研究现当代文学吧！你没看到爸爸特意在那张黑白照片上写的字，那是一九七八年曾侯乙尊盘刚出土时拍摄的。"

"我当然看清楚了，问题是照片也好，实物也好，又不是女大十八变的人，小时候的照片与长大后的照片肯定不一样。剩下来的解释，要么曾侯乙尊盘是孙悟空的金箍棒，能够随心所欲地变化，要么黑白照片上的曾侯乙尊盘与博物馆里的曾侯乙尊盘并非同一件实物。"

"郝文章，你是不是要让我送你去六角亭精神病院看看脑子？这话太吓人了，你是非要让我觉得你不是患偏执就是患抑郁不可吗？"

"亲爱的小安、小小安、小小小安、小小小小小小小安，你听我把话说完。社会上那些习惯说假话瞎话的人，分明自己是坏人做坏事，却在大会小会上指责别人是坏人做坏事；自己利欲熏心，却在公开场合或者私下里骂别人没文化太过贪腐。有句名言：是真人，说常话。青铜重器与人一样，真的青铜重器经过两千多年的氧化腐蚀，敲打起来发出的声音里有一种浑浊韵味。反过来一切新铸伪器的叩击声，都有清脆的质感。你晓得当初曾先生为什么那样喜欢我？"

"我当然晓得。你刚来上班时，正赶上给曾侯乙编钟做年检。

爸爸特意带你去。后来爸爸在家里说,你的天分在郑雄之上。妈妈不同意,还与爸爸争论。妈妈有些偏爱郑雄,说你不乖巧,遇事不会转弯。"

"我的脾气是不好,这都是从小当孤儿闹的。那一次,曾先生先让我听了他主持仿制的曾侯乙编钟的声音,再让我去听从地下出土的曾侯乙编钟的声音,然后问我,有没有听出什么不同的东西。我也是胆大,当然也听出一些不同,曾先生要我说,我当然不能说假话。我就说仿制的曾侯乙编钟声音浪漫抒情悦耳养心,出土的曾侯乙编钟声音有种山风刮来的旷野上山水泥石的鲁莽。曾先生当时没做任何评论,临出博物馆时,他像是有意重重拍了一下我的肩膀。我觉得那是曾先生对我的看法的非同寻常的认可。我将曾侯乙尊盘从'楚璧隋珍'室抱进'楚乙越凫'室,用几种东西轮流敲击,无论硬的软的长的短的大的小的,也不管是金属木材塑料,敲出来的声音都不像新铸伪器那样清脆。还有,曾先生一向不屑于谈论如何区分青铜重器的真伪,那一次他却手把手地教我,告诉我青铜重器在土中埋了几千年,闻起来会有一股泥土气息。新铸的仿品如果不作伪,会有一股很浓的金属气味,想要作伪就免不了要使用酸盐硇砂等化学物品,哪怕埋上几十年,仍有一股酸气味。说句实话,当初从你脖子里闻到女人香时,也没有如此奇妙的感觉!被我怀疑什么地方有假的曾侯乙尊盘,一点酸臭味都没有,相反,那气味正像曾先生所说,是一种令人心醉的泥土芬芳!"

"听完这些话,我不觉得你有毛病了,而是觉得你们翁婿俩像是有什么默契?"

"你别瞎猜测,如果真有默契,那一定是冥冥之中有人在做安排。"

"是上帝吗?"

"我说的是人。上帝他老人家不是人。"

"我想说一句话，你要是保证不生气我才会开口。"

"我向曾侯乙他老人家发誓，绝不生气。我将这辈子所有怨气恶气全丢在江北监狱里了！"

"柳阿姨和妈妈常在一起议论，说你长得很像一个人。"

"不会是哪个总是闹绯闻的明星吧？"

"你也想开几朵桃花？做梦去吧！柳阿姨和妈妈说你长得很像爸爸以前的同事郝嘉！"

一阵凉风吹过来，柳琴和安静轻轻颤动一下。

戴着防蜂面罩的郝文章则像遭电击那样，停下正在摇蜜的动作。整个静默的时间不算长，也不算短。被凉风吹过山坡，先前的高温又减退一些，再配上树荫，哪怕是城里来的女人也觉得这样的环境是可以承受的。郝文章和曾小安不说话时，树林中各种各样的叶子便活跃起来。白杨树叶像是在吵架，香樟树叶像是在倾诉，马尾松在用一束束的针叶学习扭动腰肢。

经过不断地对视，柳琴和安静终于挨到近得不能再近的距离，互相问对方，自己什么时候说过郝文章的长相很像一九八九年夏天跳楼自杀的郝嘉？她俩的回答也是一样的，这些年，无论是在外面还是在家里，自己从未说过郝文章的长相很像一九八九年夏天跳楼自杀的郝嘉。

养蜂汽车那边，郝文章终于说话了，他没有对曾小安的说法作出反应，而是让曾小安将摇蜂蜜的工具全部收起来，下午好好休息，晚上还要接着干昨天晚上没有干完的事。曾小安也没有追着问自己提及的问题。两个人忙了一阵儿，将一应工具以及新鲜得不能再新鲜的蜂蜜收拾好，又从养蜂汽车上的贮水箱里放出一些洗漱用水，将自己身上该洗的地方一一洗净了。也不知郝文章附在曾小安的耳边说了些什么,只见曾小安轻轻捶了郝文章一下,转身钻进养蜂汽车上的休息室。随着空调机的开启,郝文章手上的动作加快了不少,最终也像曾小安那样钻进养蜂汽车的休息室。

片刻后,养蜂汽车便开始有规律地摇晃起来。

柳琴先于安静意识到养蜂汽车上发生了什么,她捂着嘴轻轻笑起来:"车震了!"

很快安静也明白养蜂汽车发生摇晃的原因。她没有笑,伸手拉了柳琴一把,小声吩咐说:"我们走吧!"两个人转身离开山坡,顺原路穿过树林,回到公路上,正好有一辆载人机动三轮车过来,不等招手,便停在她们身边。机动三轮车将她俩载到团风县城,她俩立即拦了一辆出租车回武汉。

喘过气来的安静抢先问柳琴:"我什么时候说过郝文章的长相像郝嘉?"

柳琴说:"是呀,我什么时候说过郝文章的长相像郝嘉?"

安静说:"话说回来,我心里一直有这样的想法,只是不敢说出来。"

柳琴说:"难道你没有与你家曾先生说说吗?"

安静说:"就因为让小安嫁给了郑雄,我就再也不敢在他们面前提郝文章和郝嘉的名字。不知为什么,心里总觉得郝文章和郝嘉是老曾家所有麻烦的根源。"

柳琴说:"不瞒你说,我家马先生倒是说过一次。是我不让他再说此事,不是嫌他疑神疑鬼,是我们觉得,如果郝文章真的与郝嘉有什么关系,将来肯定会闹出大事来。"

安静突然想起什么了,就说:"当年郝嘉与姓杨的女兵相爱,说不定生了私生子!"

安静的话将她自己和柳琴吓了一跳。

也许这个疑问来势太生猛、也太沉重，二人逃避似地便将话题转移到曾侯乙尊盘上。柳琴觉得郝文章真是胆大妄为，什么都怀疑，连国宝中的国宝都敢想画问号就画问号。安静没说对，也没有说不对，她半是叹息地表示，男人们心里装的事虽然不比女人心里装的事多，但是男人的心事中，分量最轻的一件至少要顶女人的十件心事。柳琴很敏感，马上追问，郝文章对曾侯乙尊盘的怀疑是不是有来由。见安静一脸犹豫表情，柳琴有些生气，说自己为曾家做了那么多的好事，怎么就换不来安静的一点信任。

安静只好说，她怕柳琴心理承受能力差，会被吓坏。

安静接着说，多少年来曾本之一直在梦里说曾侯乙尊盘是假的。

柳琴果然吓得不轻。相比之下，先前不敢说郝文章是郝嘉的私生子，已经算不上什么了。柳琴让安静用手摸摸自己额头上的冷汗，她实在没有想到，自己只想帮曾小安实现与郝文章的团聚，却招来如此意料之外的大麻烦。如果曾侯乙尊盘真的存在某种问题，像她和安静这样完全不知水深水浅的老女人，还是趁早后退一步，管好各自丈夫的日常起居才是最稳妥的。

从团风来的出租车在柳琴的指挥下顺利地停在沱塘路口，下车时安静看了看手表，如此一来一去，刚好用了三个小时。

安静和柳琴沿着那条秘密通道回到美容会所。不待发问，美容师主动说，她俩不在的这段时间里，只有管她俩的经理随口问了问。经理以为她俩还在睡美容觉，要美容师将空调温度调高两度，免得着凉感冒。安静和柳琴各自打开手机，见既没有未接来电，也没有谁发来的短信，便大大方方地来到美容会所一楼的休息厅。见那个形迹可疑的年轻女子还在沙发上坐着，安静故意冲着她招了招手。柳琴怕节外生枝，连忙说，这家美容会所真是不错，不管是老的还是少的,都可以高兴而来,满意而归。

从美容会所出来,她俩去对面的超市各自买了几样蔬菜,之后柳琴去楚学院接马跃之一起回家。安静估计曾本之已去学校接着楚楚了,便径直往家里走。在横穿东湖路的地下通道里,安静发现那个年轻女子还跟在身后,她想起包里还装着楚楚画画用的彩笔,便取了一支出来,在地下通道的墙壁上画了一个鸡不像鸡、鸟不像鸟的符号。出了地下通道,往家里走的那段路上,安静再也没有见到有别的女人跟着身后。

曾本之果然正在给楚楚报听写。安静进家门后,耐心地等到听写结束,见曾本之还像平常那样要往书房去,她忍不住问曾本之,难道他没有觉得今天的老婆与昨天的老婆有什么不一样吗?曾本之看了两眼,说安静这次做美容的效果比较好。安静哭笑不得地告诉他,自己根本没有做美容,而是去了一个他想不到的地方。

曾本之马上敏感起来:"难道你去了禹王城?"

安静得意地说:"你还算了解自己的老婆。"

曾本之大为惊讶。听安静说过自己与柳琴这一路上的情形后,曾本之不得不承认,纵然是没有经过任何风雨,也没有见过任何世面的女人,一旦下定决心做与自己关系重大的某件事,那突然爆发的能量足以震撼所有的男人。

安静越说越放得开:"你觉得郝文章的长相像郝嘉吗?"

曾本之下意识地回答:"像!"

安静说:"你是什么时候发现的?"

曾本之仍旧是下意识地回答:"郝文章来楚学院报到时,就觉得他眼熟,后来看多了就想起郝嘉。"

安静说:"那你为什么从不同我说?"

曾本之有些警觉了："等我发现他长相像郝嘉时,你已经不大喜欢他了,我怕你有更奇怪的念头就没有说。而且你是那么喜欢郑雄,希望郑雄做你的女婿。小安却不听你的,非要与郝文章谈恋爱。我要是说这些话,岂不是火上浇油？"

安静说："那你是不是很早就晓得郝嘉有个私生子？"

曾本之说："不是的。我也是前些时听华姐说,郝嘉死前给他爱过的杨医生所在医院打电话,医院的人说杨医生自杀了,还说杨医生曾经有过一个男孩,很小的时候就失踪了。我怀疑是她丈夫将那孩子送到孤儿院了。郝文章就是在孤儿院长大的。"

安静说："你是如何当丈夫的？这么重要的事竟然不及时告诉我。"

曾本之说："这不是正与你说吗？这种听来的事情,要慎重传播。"

安静说："我没时间与你计较,你现在得想好,如果郝文章真的是郝嘉的私生子,我们怎么办,小安怎么办？"

曾本之说："如果真是那样,曾侯乙尊盘的事就更好办了。"

安静说："我是问我们怎么办,与那些破铜烂铁无关。"

曾本之说："你这样说话,就不像我的那个比美国中情局特工还厉害的夫人了。郝文章只要是郝文章就行,只要郝文章爱的是曾小安就行。郝嘉的事自然有郝嘉的解决办法。"

安静说："那我再问你,先前郝文章只是不同意你提出来的失蜡法,没想到他连曾侯乙尊盘的真假都敢怀疑。如果他公开与你叫板,你打算怎么办？"

曾本之说："真理总是在质疑中发现的,我无法控制自己如何面对自以为是的真理,但我晓得在真理面前该怎么办。"

在书房里,安静面对曾侯乙尊盘黑白照片静默了一阵,突然对曾本之说,她又想起《三国演义》中周瑜打黄盖的故事。曾本之马上反问安静,是不是觉得当初郝文章偷曾侯乙尊盘被判入狱八年,是他俩合伙上演的一出苦肉计。不等安静回答,他接着表示,无论从哪个角度去想去看,当初自己与郝文章之间没有任何默契。

安静说:"郝文章为何在曾小安面前说,因为你在不停地暗示,他才背上这副十字架的?是不是他想在小安面前献殷勤,故意这么拔高自己?"

曾本之说:"只有这样想,才像是郝嘉的儿子。这也是我喜欢他的缘故。因为我做不到郝嘉那样,所以我只能后退一步,选择喜欢一个像他那样的年轻人。"

安静说:"我再问一件事,曾侯乙尊盘的问题,郑雄晓得吗?"

曾本之百般无奈地点了点头。

安静说:"因为你需要他帮忙打埋伏,所以才答应我,让小安嫁给他?"

曾本之再点头时已是千般无奈了。

安静说:"是不是前些时过七十岁生日让你觉得时日无多,必须尽快找到曾侯乙尊盘的真相?"

曾本之只能万般无奈地点头对安静的判断表示认可。

安静说:"那好,请在这件事情上对爱妻隐瞒八年真相的丈夫,亲口告诉他所谓的爱妻,博物馆展出的曾侯乙尊盘,到底是真的还是假的?"

曾本之用不大的声音肯定地说:"假的。它不是从曾侯乙大墓中出土的。"

安静说:"什么时候发现的?"

曾本之说话的声音很低沉:"郝嘉跳楼的前一天。"

安静说:"郝嘉也发现曾侯乙尊盘是假的?"

曾本之说："是我告诉他的。我不能不告诉他。那一次曾侯乙尊盘送来检验时，正赶上北京出了大事，楚学院空无一人。没想到有人趁乱钻进'楚璧隋珍'室，将临时放在那里的曾侯乙尊盘偷走。等到负责安保的人想起来，也没细看，就将冒名顶替的假曾侯乙尊盘拿回去，放在博物馆里继续展出。半个月后，我陪客人去博物馆，才发现情况不对。郝嘉这时已被隔离审查，所里的人只有郑雄进了专案组，想要悄悄地见到郝嘉只能通过郑雄，但是郑雄又得在一旁看着我们。所以，郑雄也就晓得这个秘密了。"

安静说："郝嘉突然跳楼应当与这件事有关！"

曾本之说："不只是这样。刚才不是说过，郝嘉被隔离审查之前，刚刚得知他爱过的杨医生割腕自杀了，他与杨医生的私生子很小的时候就失踪了，再加上北京闹得惊天动地，所以，郝嘉跳楼的原因几方面都有。"

安静说："我就想不通，明明有人将曾侯乙尊盘仿制出来了，还偷天换日地进了博物馆的展柜。你们还在那里红口白牙地说，伟大的曾侯乙尊盘天下无双，不可仿制。难道从不觉得害臊脸红吗？好歹你也是个权威，怎么就不能像人家那样仿制出曾侯乙尊盘？"

曾本之找出几张郝嘉跳楼后楚学院的人用傻瓜相机拍下的现场照片，在围观的人群中，就有老三口。在那张安葬郝嘉的现场照片上也有老三口的身影。曾本之觉得这种事肯定不会是偶然发生的，特别是他曾听到风声，在他主持仿制曾侯乙编钟大功告成后，郝嘉私下发誓一定要用一己之力，将更难攻克的曾侯乙尊盘仿制出来。所谓一己之力当然是不可能的，那意思是说不依靠国家资金，也不依靠楚学院的人力，如此就只有借助那时候已经在江湖上很有名气的老三口的力量了。

曾本之说："我是没时间脸红害臊。你没看到你丈夫每天用二十小时来思考这事！前些时,刚刚想明白,这事可能与老三口有关,没想到那么有名气有能力的青铜大盗,却被一场奇怪车祸不声不响地弄死了。"

安静说:"不过老天爷还是可怜好人,派了一个郝文章来。虽然解铃还得系铃人,像老三口这样的系铃人死之前,总会给别人留点解铃的线索吧。他们夫妻俩绝对不是坏人,不会将事情做得那么绝。"

曾本之说:"我也相信这点,只是不明白老三口为什么要这样做?"

说了很多话后,安静还要曾本之带她去办公室看看另一张照片,是否真如郝文章所说,存在某种区分。曾本之没有答应,他让安静将郝文章和曾小安在停止摇蜂蜜时说的话重复一遍。安静告诉他,郝文章表示下午要好好休息,晚上还要接着干头天晚上没有干完的事。曾本之想起华姐在那里挖过一座由老三口设局的楚墓,便大胆地推测,铺在养蜂汽车旁边的彩条塑料布下面,有一座同样由老三口设局的楚墓。或者不是楚墓,但与青铜重器有关联的某种东西。如果老三口不是普遍意义上的坏人,只是出于别的原因,才发动这场既以曾侯乙尊盘作为武器,又以曾侯乙尊盘作为目的的暗战,那他一定会对曾侯乙尊盘有着可靠的布局与安排。就像禹王城楚墓中预先埋下的真的青铜镜和假的甬钟。

贰玖

识时务者为俊杰，
不识时务者为圣贤。

曾本之又开始给人写信了，他一提笔便会自动写下这句不知写了多少遍的话。接下来，那些先前也曾写过许多次的内容依次出现在笔下，就在他签上自己的名字，并准备回到开头，写上收信人的名字时，他突然像从前那样，丢下右手的笔，左手拿起写满字的信笺，三下两下又撕碎了。之后，曾本之在桌面上重新铺开信笺，略一凝神，竟然将在郝嘉墓前吟诵过的《春秋三百字》重写了一遍："别如隔山，聚亦隔山，前世五百次回眸，哪堪对面凝望？一片风月九层痴迷，两情相悦八面爽朗，三分江山七分岁月，四方烟霞六朝沧桑，生死人妖五五对开，左匆匆右长长。"此一段写起来如行云流水，再写"二十载清流，怎洗涤血污心垢断肠"，笔也走不动，墨也化不开，当"十万不归路，名利羁羁，锦程磊磊，举头狂傲，低眉惆怅。憾恨暗洒,从雁阵来到孤雁去。潮痕悲过,因花零落而花满乡",出现在笔下时,曾本之两眼模糊,几颗浊泪挡住视线,在纸上书写的笔,像是握在另一只看不见的手里,写到哪,写什么,不再受曾本之控制。写过"江汉旧迹,翩若惊鸿,佳人做贼,丑墨污香";再写"千山万壑难得一石,五湖四海但求半觞,漫天霜绒枫叶信是,姹紫嫣红君子独赏",那笔又回到曾本之手里,狼毫正锋,一笔一画一滴墨,都是那驱邪逐恶的闪电雷鸣。"觅一枝以栖身,伴清风晓月寒露,新烛燃旧情,焉得不怀伤?凭落花自主张,只温酒研墨提灯,泣照君笑别,岂止无良方!宿茶宿酒宿墨宿泪,今朝方知昨夜悔。秋是春来世,春是秋重生,留一点大义忠魂,最是重逢,黄昏雨巷,朦胧旧窗。"写完最后这些文字,曾本之手里的笔悄然滑落在砚台里,整个身子也随之滑落在身后的藤椅中。等到他重新站起来,整理信笺时,才发现有太多泪水洒在上面。

曾本之没有再犹豫,将信笺对折之后,装入早已准备好的信封,再封好封口,不待糨糊干透,提笔在信封上写下:"本省黄州城外禹王城楚墓遗址处养蜂汽车所载养蜂人郝文章学棣亲启。"

做完这些,曾本之便出门往位于黄鹂路西段的东亭邮局走去。

曾本之很清楚有人跟在身后,一路上走得不紧不慢,直到进了东亭邮局大门,才紧走几步,赶在盯梢者出现之前,将那封信丢进邮筒,随后故意错走到窗口前装做排队。当盯梢者走进来时,正好有服务员过来,让他到叫号机前要了一个汇兑业务的号。曾本之的口袋里真有一张《长江商报》寄给他的金额为五元的汇款单。年初那家报纸的一位女记者到博物馆找新闻,正好碰见像例行公事一样,定期来博物馆转转的曾本之。女记者拽着他采访了一个小时,后来见报变成了一段新年寄语。这是他第三次收到这笔稿费了。第一次收到时,安静让他将汇款单装在信封里退回去,并附言嘲弄说,应当加上去邮局取汇款的往返公交车票款四元。事隔一个月,对方又将这笔五元稿费寄过来,但没有加上安静所说的公交车票款。安静又让退了回去,这一次写在便笺上的话,是说去邮局取汇款往返需要一个小时,请对方按钟点工的平均价格,加上二十五元后再寄来。想不到对方真的寄了第三次。好在这一次能派上用场。邮局里的人不多,一会儿就轮到曾本之,他将汇款单递进窗口,很快就有五个一元硬币哗啦啦地滚出来。大概是那些住在翠柳街的作家们习惯就近来这里取稿费,旁边的人也将曾本之当成作家了,像看稀奇一样在一旁小声议论,难怪现在的作家一点也不风流,原来是没有本钱风流,五元钱能干什么?连一碗牛肉面都买不起。曾本之不动声色地拿起五枚硬币,转过身来,一下下地全部塞进摆在柜台上的印有红十字标志的募捐盒里。像是意犹未尽,曾本之转身走到盯梢者面前,说给我几个硬币。有些不知所措的盯梢者,乖乖地掏出一把硬币。曾本之只取了四枚一元硬币,将其投进募捐盒里。

　　曾本之没有留意那人后来的表情,离开邮局,独自来到楚学院。无论是男是女,盯梢者都只能跟踪到大门口,偶尔到了楚学院一楼,从没有人跟着上到六楼。甩掉盯梢者,曾本之反而感到特别孤独。

　　今天是星期一,马跃之又没来。

　　星期一铁定要来的万乙更是一直没见到人。

　　曾本之在自己的办公室里待着,他什么也没做,只是盯着曾侯乙尊盘彩色照片发呆。

　　情况的确像安静偷听郝文章与曾小安说的那样,办公室里挂着的曾侯乙尊盘彩色照片是后来拍摄的,相比最早拍摄的那幅曾侯乙尊盘黑白照片,各种细微的差异,曾本之早已烂熟于心。因为担心被别人发现,挂在办公室里的曾侯乙尊盘照片,是他所允许的最后一次抵近拍摄。此后,大家便严格遵守经曾本之建议后做出的禁止抵近拍摄的规定,哪怕是一年一度的正式检测,都不再有照片存档了。

安静说得很对,曾本之确实想在有生之年,将曾侯乙尊盘找回来,只要找回曾侯乙尊盘,被人用来顶替的曾侯乙尊盘是如何出笼的也会跟着真相大白。就心理准备情况而言,曾本之坚信自己与曾侯乙尊盘的缘分不会就此了断,当年自己亲手将曾侯乙尊盘从齐腰深的泥水中抱出来,那种激动与感动,比四十岁时忽然走桃花运娶妻生女还有过之而无不及。一个老男人与生命中最重要的两个女人的缘分,正如一个默默无闻的不老不少的男人奇迹般闯进辉煌的青铜重器殿堂,这种奇遇也不是有人想毁掉就能毁掉的。曾本之苦苦寻觅了二十年,终于能够断定,这事与老三口脱不了干系。在江北监狱与老三口仅有的一次见面,让他觉得这个人还没有到那种利欲熏心十恶不赦的地步,不会为了一点利益,就将高古时期的青铜重器砸碎了,当破铜烂铁卖了还赌债什么的。

在最寂静的时候,曾本之努力回想与老三口见面时的点点滴滴,相隔的时间不算太长,老三口隔着铁窗说过的那些话已经变得很模糊,唯独临别时突然唱起来的那首"花儿",仍旧清楚明白地留在记忆中,不管是旋律还是韵味,不管是神态还是动作,没有丁点的丢失。曾本之突然冒出一个念头,假如老三口和华姐不是选择在盗墓江湖上行走,而是去唱"花儿",说不定会成为电视选秀节目中的明星。回头再想,在盗墓江湖上,老三口何尝不是了不起的明星?只不过这种明星需要隐匿,被外界了解得越少越好。

某个时刻,曾本之居然将老三口唱过的那首"花儿"哼出声来。就在这时,有人在外面轻轻敲了几下门。曾本之开门一看,站在走廊上的人是沙海。

几句客气话说过,沙海就将自己的来意挑明了。

沙海要说的这事与他的本职工作和业余爱好都没有太多相干,是他自己觉得奇怪才专门跑来与曾本之说说,同时也想长长见识。沙海说自己没有赶上大跃进时代,没有见过全国人民如何大炼钢铁,最近算是补了这一课。如今的沙海在青铜收藏方面算是入门了,见过和听过的事情当然不算少,可就是没见过,也没听说过,用传说中的大炼钢铁的方法仿制青铜重器。前几天,他们接到上级指示,要江北监狱的青铜工艺品车间暂停制作其他产品,上百号人,大小十几个化铜炉,也不管是失蜡法,还是范铸法,全部用来仿制一种既奇异又复杂的"一号产品"。沙海指着曾侯乙尊盘彩色照片说,所谓"一号产品"其实就是曾侯乙尊盘。

曾本之关切地问:"有没有仿制成功的?"

沙海说:"成功个屁,天天都有人将顶级的铜料融化后,倒进模型里,待扒开来看,除了废渣还是废渣。"

曾本之又问:"都有哪些人?"

沙海说:"除了监狱里的服刑人员,经常去那里的人有现场总指挥的郑雄,技术指导是万乙和一个叫易品梅的女人。还有老省长和那个看上去比老省长还要牛气的熊达世。"

曾本之沉吟起来:"这两个人怎么会搞到一起?"

沙海说:"是的,看得出来,他俩是一边合作,一边争斗。好像都在防范对方可能打埋伏,将仿制成功的曾侯乙尊盘独吞了,每次两个人都是一起来,一起看监控录像,一起用磅秤称铜料和废铜渣。"

曾本之说:"他们有没有什么具体的要求?"

沙海:"若有具体要求也不会告诉我。不过,有一次我听他俩在那里相互打气,说十二月底以前完成任务肯定没问题。他俩还提到曾侯乙编钟,说编钟仿制出来后,还要进行调音,还说您老第一次仿制出来的编钟就是因为调音时打磨多了,不得不重新仿制。所以仅仅调音就用了一年多时间。他俩想要的东西,仿制合格就算大功告成。"

曾本之表情沉重地说:"真是无知者无畏呀!"

沙海说:"我想不明白,他们干吗要仿制曾侯乙尊盘,而且还是偷偷摸摸的。将任务交给您不是更合适吗?"

曾本之说:"我想到一个成语叫黔驴技穷,又想到一个成语叫楚凤称珍。不过又觉得有些地方对不上。"

沙海说:"好了,我得去水果湖了,有个应酬得准时到。"

曾本之说:"我也不想留你,小心门口有别人养的宠物。"

沙海说:"我懂您的意思。他是江北监狱的狱警,是我的部下,被他们找去帮忙,没想到是来盯您的梢。我这就下楼去同他说,遇事睁只眼闭只眼就行。"

曾本之连忙说:"相反,你想帮我这个老家伙,就让他将我盯紧点。"

沙海说:"您老的意思是?"

曾本之说:"我是这样想的,虽然我已年迈体衰,可人家还是担心我会坏人家的事,如果晓得我一天到晚过得浑浑噩噩,人家就会放开手脚大干一场,也算是成人之美嘛!"

沙海想了想后,还是表示不懂。曾本之也没有什么好解释的,便反过来问沙璐的情况,是不是还在四处查找万乙的行踪。沙海说,沙璐晓得万乙的去处后反而更不放心,原因是与万乙一起封闭在一处内部招待所的还有一个名叫易品梅的女博士。曾本之听后大笑不止,还说年轻真好,天天吃醋也不怕胃酸过多!

沙海走后半小时,曾本之也下楼往家里走。经过地下通道时,曾本之在转弯处等着,待盯梢者走近时,突然迎上去,将一瓶纯净水递给他,说这是用四枚一元硬币买的。说完,曾本之扭头就走,直到接近自家小区时才回头看一眼,盯梢者还在不远不近地跟着。

暑期已经结束,学校又开学了,曾本之回家吃过午饭,在沙发上歪着眯了一小时,又在书房里对着曾侯乙尊盘的黑白照片发一个小时呆,接着便同安静一起出门。到小区门口后,安静向右拐,去学校接楚楚;曾本之往左边走,今天是星期一,他要去东湖边的老鼠尾看看能不能收到用甲骨文写的第三封信。

夏天还在武汉三镇上空盘旋,那种试图攀上四十度高温的劲头却没有了。从水面上吹来的清风与湖岸上的热浪交锋的次数越来越多,此消彼长、一进一退的感觉越来越明显。柳树低垂的细叶尖上已经看得见秋天即将到来的暗示。不远处,那一溜排了七棵的粗大的桂花树,急着想开花的样子,好似行将五十的女人突然发了情痴,老则老矣,摇曳的风骚丝毫不输青春少妇。夹带其间的两棵躯干与树冠都要超过桂花树的香樟树,却是邻家大嫂模样,大大方方,实实在在,有风情也只有努力从树枝和树叶的缝隙里去观察,才能欣赏到一丝一缕。而那股风吹不散,雨浇不湿,阳光晒不变味的樟脑香味,正如因为忙忙碌碌和勤勤恳恳而变得有点浓郁刺鼻的女人体香。

可以断定,盯梢者就在两棵香樟之间站着或者坐着。这是曾本之唯一能想到的第二个人,除此以外,再也没有其他人可以想象。暑假过后的星期一下午,"安静"二字已不足以形容东湖边的老鼠尾了。曾本之的目光每次遇上那几片蚌壳,都有碰撞之声响起,像是投在那几片蚌壳上的阳光,带着呼啸反射到空中。仿佛之中,奇妙的感觉有很多。曾本之渴望将某种声响听成一个人的脚步声,准确地说,是邮递员的脚步声。

四点了,没有。

四点十分,也没有。

四点二十分,还是没有。

四点三十分,仍然没有。

四点四十分,继续没有。

四点五十分,肯定没有。

五点整时终于有零乱的脚步声传过来,却不是曾本之所希望的。那是按武汉市新近规定安排的巡湖员,说是为了保护湖泊,可这家伙每次走到老鼠尾一带,都要拉开拉链,一边哼着小曲,一边往东湖里拉一泡尿。如此丑陋的声音一响,便宣告老鼠尾岁月静好意境的终结,也是只属于曾本之的失望归途的开始。

一进家门,楚楚就扑上来抱着曾本之,问妈妈到底什么时候回家,下周三学校要开新学期首次家长会,他希望妈妈去,班主任也希望妈妈去。曾本之想也不想就说,最迟这个周末,妈妈一定会回来的。楚楚高兴地跳了起来。安静却在一边发愁,曾本之敢如此果断地答应楚楚,万一曾小安回不来,就太伤孩子的心了。曾本之就将给郝文章寄信的事说了一遍,连内容都说了。

为了让安静放心,曾本之还将《春秋三百字》写在纸上。本以为安静看得一清二楚了就会放心,不料结果正好相反,安静数落曾本之,像这种没有时间地点人物,言之无物,言之无人,言之无事的文字,如何能让曾小安带着郝文章回来?曾本之明白自己说出任何理由安静都不会相信,唯一能让她少说话或者不说话的只有打赌。他一点余地不留地说,这个周末,如果见不到曾小安的人,自己就去黄州城外的禹王城,将曾小安,还有郝文章请回来。

听了这话,安静才闭上嘴去了厨房。

曾本之进了书房,两道目光刚放到曾侯乙尊盘黑白照片上,就听到噼噼啪啪的一串脚步声穿过客厅来到书房门口。

安静人还没有露面，质疑声就让曾本之身心为之一震："不行，你说的那事绝对不行！"

曾本之望着有点气急败坏模样的安静："你小点声，别将楚楚吓着了。"

安静压低声音说："你说请郝文章回来，绝对不行！"

曾本之愣了一下说："对，这事确实不能草率，至少得先在楚楚面前有个交代。"

安静说："这是其一，还有其二，你自己在社会上的影响很大，哪能不明不白地说换女婿就换女婿，这事得在大家面前有个说法才行！"

安静的想法当然正确，如何安顿郝文章，这个问题让曾本之想了整整一夜。早上起来，在书房里待了一会儿，他有些困，便趴在桌面上眯了一会儿。再次醒来，曾本之心里就有了主意，为此，他提起笔给郝文章写了第二封信。

公元前七〇六年，楚伐随，结盟而返；公元前七〇四年，楚伐随，开濮地而还；公元前七〇一年楚伐随，夺其盟国而还；公元前六九〇年，楚伐随，旧盟新结而返；公元前六四〇年，楚伐随，随请和而还；公元前五〇六年，吴三万兵伐楚，楚军六十万仍国破，昭王逃随。吴兵临城下，以'汉阳之田，君实有之'为条件，挟随交出昭王，昭王兄子期着王弟衣冠，自请随交给吴，岂知随对吴说：以随之辟小，而密迩于楚，楚实存之。世有盟誓，至于今未改。若难而弃之，何以事君？执事之患不唯一人，若鸠楚境，敢不听命？吴词穷理亏，只得引兵而退。随没有计较二百年间屡屡遭楚杀伐，再次歃血为盟。才有了后来楚惠王五十六年作大国之重器以赠随王曾侯乙。

接下来,信封上的格式文字与前一封信完全相同。

昨天他在楚学院的收发室里领到一张金额超过两千元的稿费汇款单,所以,再次去邮局寄信的方式也完全相同。

再接下来,曾本之要做的事就是天天去楚学院,上班时间没到,他就在办公室待着,下班时间过去很久,他还待在办公室不肯走。从周二到周五,到了周六,他还是老早就在办公室忙着给自己烧水泡茶,然后拿出那块透空蟠虺纹饰附件残片,在光线最好的地方,对准最好的角度,一个人细细琢磨。

临近十一点时,走廊上忽然有动静,先是电梯到达的响声,然后是电梯开门的响声,往下是两个男人的脚步声。很快脚步声就到了门口。曾本之抬头一看,站在那里的是楚学院的老门卫。老门卫怯怯地告诉曾本之,不是自己不尽力,而是实在拦他不住,被他硬闯进来。说完,老门卫往旁边一闪,眼前的男人变成了郝文章。

好像什么事情都没发生,曾本之看了看郝文章,郝文章也看了看曾本之,四目相对时,郝文章已自然而然地走到曾本之面前。

曾本之说:"你收到我的信了?"

郝文章说:"昨天收到一封,今天早上又收到一封。然后我就赶回来了。"

曾本之说:"我一直没有错看你,只有你能读懂我的心事。"

郝文章说:"我们还有多少时间?"

曾本之说:"半小时或者十分钟。"

郝文章说:"您还有什么吩咐吗?"

曾本之说:"听小安的妈妈说,你在禹王城楚墓遗址上铺着彩条布,是不是老三口对你说了什么,你用彩条布做掩护,夜里悄悄地发掘?"

郝文章说:"是的。我与他同囚室八年,前四年他一直防着我,以为我是什么人派来的杀手。后四年他不将我当杀手了,但也只限于成为两个有相同趣味的青铜器物的爱好者。老三口后来说,如果我再陪他四年,他会将自己晓得的秘密全部告诉我,让我成为高处不胜寒的青铜重器权威。前些时,有人让他保外就医。老三口一边说大事不好,一边心存侥幸地要我等他回来。为了不让我走,临出囚室时,他终于透露了这么一点,还说我在那里一定能找到可以震撼整个青铜重器学界的宝物。"

曾本之说:"找到宝物没有?"

郝文章说:"没有。可能先前是有东西藏在那里,但被别人抢先取走了。小安说老三口是骗子,可我还是愿意相信他。在盗墓江湖中老三口已经算是最好的好人了。"

曾本之说:"我同意你的判断。老三口没有骗人,但他不晓得埋在那里的宝物已经被他妻子华姐取走了。"

郝文章说:"您怎么晓得的?"

曾本之说:"因为那宝物现在在我这里!"

曾本之挪开桌面上的几张稿纸,露出他先前一直在观看的透空蟠虺纹饰附件残片:"你拿去吧,它本来就是老三口送给你的礼物。我也不晓得接下来会发生什么,不过,我觉得这东西在你手里一定有点用处。"

从曾本之手里接过透空蟠虺纹饰附件残片后,郝文章抢着看了几眼:"您这是从哪里得来的?能做出这些东西,就能做出曾侯乙尊盘呀!"

曾本之说:"你闻一闻就晓得,这种气味是禹王城一带特有的。"

这时,走廊上又传来电梯到达的声音。曾本之示意郝文章将透空蟠虺纹饰附件残片收起来。郝文章刚将透空蟠虺纹饰附件残片装进牛仔腰包里,熊达世就出现在门口。

不请自来的熊达世带着两个身材高挑的女人,人还没有进屋,便大声笑起来:"还是曾先生有魅力,坐在办公室里,想见什么人,就能见到什么人。不比我们,辛辛苦苦找了这么久,就是见不到庐山真面目。若不是本人与二位有点缘分,只怕真要三生有幸才能见得着曾先生的高足呀!"

一看对方上来就将目标对着自己,郝文章也不示弱:"这有什么好奇怪的,道不同不相为谋!"

熊达世依然在笑:"俗话说殊途同归,文章先生没必要将话说死。"

郝文章转身对曾本之说:"曾先生,学生郝文章因一念之差,造成如今这种天壤之别的局面,不过这八年也没有白活,我会哪里跌倒就从哪里爬起来的。"

郝文章摆出一副往外硬闯的架势,他一伸手想分开挡在面前的那两位女子,没想到伸出去的手像是碰到一根水泥柱子,别人没有拨开,自己反而差点跌倒。郝文章站定之后,还想再试,熊达世开口拦住他,问他在江北监狱里看过一位美女在日光灯管上打秋千的电视节目没有,如果没有,他可以让眼前这两位美女中的任何一位现场表演一遍。

郝文章瞅着熊达世说:"你说实话吧,想要我干什么?"

熊达世:"本人有三顾茅庐,也有月下追韩信之意,请文章先生给个面子,帮忙解决燃眉之急。"

郝文章说:"我一不会偷,二不会抢,三不会贩毒,四不会拐卖人口,你们搞的那一套我都插不上手。"

熊达世说:"文章先生也太小看熊某了!熊某与文章先生还算

是半个校友,因为你拿到了毕业文凭,熊某当年想要毕业文凭学校不肯给,现在学校想补发我却不想要。虽然我们出身有差别,却有着相同的兴趣与追求。我也是说话算数的汉子,当着曾先生的面,我向你保证,按年薪三百万人民币付给你报酬。不过,我希望能用两个月完成任务。不足一个月的按一个月计算。若是两个月完成任务,多给一个月的报酬作为奖励。"

熊达世做了一个手势,旁边的两个女子立即上前,一左一右地挟带着将郝文章带出门外。郝文章叫了几声:"姓熊的,你这个鼻屎,老子还没答应哩!"

电梯一响,整个六楼便归于平静。

剩下两个人时,曾本之气急败坏地说:"你这人太不讲理了!"

熊达世平淡地回答:"现在不讲理,是为了将来更讲理。"

曾本之说:"即便有理我也不会同你们讲。"

熊达世说:"那也未必。您还记得那天晚上在医院打点滴时与我们待在一起的那个云南人吗?他也说过不同我讲理,结果人被大货车撞死不说,那套九鼎八簋又回到我手里了。"

曾本之说:"你想讲什么道理?"

熊达世说:"在你面前我只讲曾侯乙尊盘!"

曾本之说:"讲这个我愿意,讲三天三夜我也愿意。"

熊达世说:"很好,有机会我们去人民大会堂讲一小时二十分钟。"

曾本之说:"还是去国家博物馆为好!"

熊达世狂笑着走出门去,头也不回地上了电梯。

曾本之盯着电梯门边的显示屏,看着上面显示的楼层依次从"6、5、4、3、2",最后变成"1",他才冲着空荡荡的走廊大吼一声:"鼻屎!"

曾本之用了半个小时才使自己归于平静,当他决定回家时,才想起忘了问郝文章是独自回来,还是同曾小安一起回来的。

二十五分钟后,这个问题就有了答案。

在解决这个问题之前,曾本之先解决了困扰多时的另一个问题,那位形影不离的盯梢者终于消失了。曾本之没有说话,也没有动作,盯梢者便自动放弃盯梢。大概是为了留做纪念,盯梢者特意在东湖路地下通道里等着,请他在一个空白笔记本上签名,说是家里有孩子在大学里读历史专业,却一天到晚将电脑游戏玩到疯,希望曾本之的签名能给孩子以激励,能改变他的人生观。盯梢者还说,自己将曾本之每天的生活点滴做了几万字的记录,作为古稀高龄的学者,还能保持如此旺盛的工作热情,实在令人感动。他会找机会整理发表出来,给读者树立一个可亲可敬的榜样。盯梢者说了不少饱含歉意的话。曾本之因此彻底相信,自己只是一条通向郝文章的线索。

从楚学院走到家门口,十年前只需要十分钟,现在变成了十五分钟,因为给盯梢者签名,这一次变成了二十五分钟。曾本之按过门铃后,楚楚在对讲机里欢天喜地说:"外公太厉害了,说妈妈什么时候回家,妈妈就真回家了,我一定要做你的粉丝!"

一种喜悦爬上心头,曾本之进门后,刚说:"我的小粉丝在哪里?"

曾小安便迎上来大呼小叫:"爸爸,你为什么要让郝文章自投罗网?"

曾本之还没来得及说话,曾小安的手机就响了。

是柳琴打给她的。柳琴家楼下的盯梢者突然上楼送了一束康乃馨给她,很抱歉地说,这些时多有打扰,请原谅自己的公事公办。柳琴就猜测曾小安他们要么已经公开露面,要么被那些狠人逮住了。曾小安说柳琴全猜对了,她自己明目张胆地回家,郝文章被人明目张胆地带走。

曾小安与柳琴说,同时也是说给曾本之听。

昨天,郝文章收到曾本之的第一封信,便心神不宁地要回武汉向那些盯梢者自首,被曾小安坚决拦住。没想到今天一早,又收到曾本之的第二封信。在她看来,两封信没说一句能让人两脚沾地的实在话。但在郝文章眼里,既是人格呼唤,又是命运安排。郝文章就像八年前那样,独自一人昂首挺胸地拦了一辆出租车跑回武汉,刚刚爬上楚学院六楼,就被那个闭上眼睛装神弄鬼,睁开眼睛混迹人间,见鬼摆出判官模样,见人又乔装打扮成国师的家伙软硬兼施地弄走了。

柳琴在电话里劝曾小安,既然姓熊的是公开弄走郝文章,以他目前的身份,就算是头顶生疮脚下流脓坏透了顶,也不敢将郝文章怎么样,说不定还是有求于郝文章,应当可以放心。她要曾小安就当是新婚小别,要不了多久,郝文章就会回到身边的。柳琴转而问养蜂汽车的事。曾小安说已将养蜂汽车还给养蜂场了,对方要付一个月的工资,她没有要,只让对方将汽油费开支了。柳琴取笑说,天下哪有这么美的事,你们天天在一起欢爱,还有人帮忙发加班费。

听曾小安说了许多,曾本之心悬着的,有心疼得不得了的,也有心不在焉的,终于等到曾小安停下来,说是找口水喝,曾本之抓住机会迫不及待地告诉她,自己有点想不通,郝文章在楚学院六楼露面,自己全身上下为何没有丁点异常的动静,既不像是上了趟卫生间返回来,也不像是有事没事地来找自己聊天,更别说是在监狱里待满八年多,那样子只能认作是,郝文章本来就在那儿站着,与自己说了半天话,交流了半天眼神,所以自己才会用最平常的表情配上最随意的肢体动作迎接郝文章。过去八年,曾本之曾无数次设想,等到与郝文章在日常环境里重新面对面时,如何开口说第一句话。曾本之实在没有料到,真见面时,最异常的恰恰是一切来得太平常了,既没有叫郝文章坐,也没有给郝文章泡茶,更没有说只言片语的客气话。突然之间,说见面就见面了,临别时,还平白无故地将那块被自己当做宝物的透空蟠螭纹饰附件残片送给他。过去那些年,两人之间若有若无的瓜葛,若明若暗的奥秘,仿佛就此消失殆尽,雾霾乌云狗屎猫尿等等乱七八糟的东西说不见就不见了,呈现在两人之间的是那种碧空如洗的洁净与单纯。

好在安静迅速来了一串譬喻:嘴唇被牙齿咬了,嘴唇能怪牙齿吗?左手打了右手,右手会报复左手吗?右脚踩了左脚,左脚会跳起来反踩右脚吗?上眼皮总是压着下眼皮,下眼皮能够呼天抢地非要像"文革"中的红卫兵那样造反变成上眼皮吗?归根结底,还是安静最后说的那一句话,不是一家人,不进一家门;进了一家门,头亲脚也亲。

曾小安也不想多说什么,简简单单地告诉曾本之,自己在养蜂汽车上天天问郝文章,当年像神经出了毛病那样去偷曾侯乙尊盘,是不是在演周瑜打黄盖的苦肉计。郝文章矢口否认,那时候,他主要是觉得与其天天泡在办公室与郑雄明争暗斗,不如下决心做一件别人不愿做,也做不了的事。所以,别人说他盗窃国宝曾侯乙尊盘时,他便将错就错地认了。

说到最近写给郝文章的两封信,曾本之承认,到这种节骨眼上,他非常希望能与郝文章形成某种默契,希望郝文章能被熊达世那伙人找到,也希望郝文章能成为熊达世那伙人针对曾侯乙尊盘的某种企图的一部分。郝文章果然如他所料,完全按照他的所思所想步步前行,他为自己有如此贴心、如此优秀的女婿而自豪。

曾本之说最后这句话时,因为高兴而将声调提得很高。

安静连忙用手指向儿童房,提醒曾本之这些话暂时不要让楚楚听见。

曾本之刚回过神来,楚楚已出现在儿童房门口:"外公,你不是不要那个女婿了吗,怎么又为他自豪呢?我已经跟着外公不喜欢他了,而且,我要告诉你们,我是不会当叛徒的!"

曾小安强忍着笑说:"你外公趁我不在家时,在外面认了个干女儿,他在表扬那个干女婿!"

楚楚说:"你以后如果再不经过我的同意就跑到外面去鬼混,就不要怪我找人做干妈。我同桌苏苏的妈妈,特别适合做干妈。"

安静连忙问:"女人还有不合适做干妈的吗?"

楚楚很干脆地说:"爱打麻将、爱化妆、爱看湖南卫视的女人,都不能做干妈!"

曾小安说:"苏苏的爸妈离婚了,她妈妈哪有时间照顾你呀?"

楚楚说:"苏苏可以照顾我,她比你温柔多了。苏苏什么话都和我说,不像你什么话都不和我说!"

屋里的人都被说笑了。楚楚不笑,像背书一样说:"苏苏还会说,往事不必遗憾。若是美好,叫做精彩。若是糟糕,叫做经历。顺利,只是一种平庸的人生。"说完转身进屋,还将房门关上。

三个大人在客厅里还没笑够,楚楚又将门打开,说是有道数学题不会做,要曾本之教教他。曾本之进去后,楚楚将儿童房门反锁上。曾本之问他难题在哪里,楚楚将手指放在嘴唇上,用很小的声音告诉曾本之,自己刚刚发现曾小安和郑雄的天大秘密。楚楚站在写字台上面,从书柜最顶层的《红楼梦》里取出一个小本本,上面赫然印着"离婚证书"四个大字。打开来看,里面写着曾小安和郑雄的名字。

曾本之揉了揉眼睛,再看日期,居然是八年前,楚楚刚刚满月之际。

曾本之沉住气,反过来问楚楚,为何爬到这么高的地方去。楚楚答不出来,小脸憋得通红。曾本之心知有事,便刻意板着脸追问。楚楚只好坦白说,同桌的苏苏今天写了一封"情书"给他,他怕弄丢了,又怕大人们晓得,就想将"情书"藏在大人们都看过的《红楼梦》里,这才发现妈妈的秘密。曾本之看过苏苏写给楚楚的"情书":一张白纸上,一个身子画成心形的小女孩牵着一个也将身子画成心形的小男孩的手。曾本之没有笑,他让楚楚将曾小安的《离婚证书》放回原处,将苏苏写给他的"情书"另找一个地方藏起来。最后,还同楚楚拉钩发誓,他不对任何人说苏苏写"情书"的事,楚楚也不对任何人说曾小安和郑雄早就离婚的事。

叁拾

接下来几个星期一下午，曾本之一次不落都在东湖边的老鼠尾待着，由于期盼而觉得过于清静时，反而觉得先前有人盯梢的好处。随着失望次数增多，曾本之开始怀疑，还有没有用甲骨文写的第三封信？

发现曾小安与郑雄早已离婚后的第四个星期一下午，也是郝文章被熊达世带走后的第四个星期一下午，曾本之出小区门沿着黄鹂路往东湖方向走了不到二百米，一辆警用轿车突然停在身边。沙璐打开左边车门，从驾驶座上跳下来，绕过车头将不知所措的曾本之塞进警用轿车。上车之后，曾本之才发现，马跃之在后排坐着。正要说话，忽然发现沙璐正猛打方向盘，将警用轿车掉过头来。

曾本之着急地说："不行，我有重要的事，要去老鼠尾！"

沙璐根本不听他的，转眼之间就与他要去的老鼠尾背道而驰了。

曾本之着急地拍打着坐椅,再次重申自己要去老鼠尾有事。

马跃之在一旁说:"不就是去等那甲骨文写的信吗?守株待兔的事,今天就不要做了。"

曾本之更急了:"那可不行,万一错过了就不好办了。"

马跃之说:"本之兄真是老糊涂了,你可以去邮局查询呀,再不然下个星期一再去等就是了,是你的信,别人也领不走。"

沙璐的车开得飞快,一会儿就拐了十几个弯。眼看已过了水果湖隧道,曾本之只好面对现实,回过神来问这是怎么回事,像是绑架一样。马跃之替沙璐辩解,说沙璐去家里接自己时很客气,还在柳琴面前替自己请了半天假。沙璐开车沿着珞狮北路高架走到珞狮南路高架,再穿过南三环来到文化大道上,曾本之很少到这一带来,直到看到谭鑫培公园,才明白到了江夏区。沙璐依旧一声不吭,警用轿车穿过江夏城区,来到曾本之和马跃之都不熟悉的真正的郊区。在那些两边都是蔬菜和水稻却被称为街道的乡村公路上走了约十公里,沙璐终于将警用轿车停在一处岔路口。

每年十月一到,武汉的气候就变得格外令人迷恋。眼前的情形也不例外,女人有穿长裙的,也有继续穿短裙的;男人有短打装束的,也有西装革履的。四野的花草,想开花的可以继续开花,不想开花的可以将叶片打扮得一派娇黄。

沙璐仍旧一声不吭,双眼死死盯着自己刚刚走过的那条公路。

曾本之和马跃之问过好几遍,也不想再问,心里猜测与万乙有关,嘴里也不想明说。

不远处出现一辆商务车,沙璐马上紧张起来,待商务车离开还有百米左右,沙璐突然启动警用轿车将公路堵得死死的。沙璐终于开口说:"有劳二位在车里看着,作个见证。"说完,沙璐下车大步走向那辆商务车。"美女警官,我这是哪里违章了?"一个戴墨镜的男人从商务车副驾驶座车窗里探出头来说。沙璐正要伸手拉开车门,车门从里面打开了。

万乙跳了下来,不解地问沙璐:"怎么在这里?"

沙璐躲开万乙伸过来的手:"我为什么在这里,你心里不明白吗?你说说,车里还有什么人?叫她下来说清楚!你叫不叫,你要是不叫,我就上车叫她下来。"

话音刚落,真有一个女人从商务车里跳出来:"我叫易品梅,是万乙博士的同行。你有事吗?我好像不认识你。"

万乙明白是怎么回事,他将沙璐拉到公路边说:"易博士是郑雄请来的专家。郑会长安排我们在这里搞研究。"

沙璐委屈地说:"哪有像你们这样搞研究的,天天开着商务车,一男一女在路上兜风。"

万乙解释说:"那是去江北监狱,有些工作在那边做,不去不行。"

这时,戴墨镜的男人从商务车的副驾驶座上跳下来,并且毫不留情地站到万乙和沙璐中间,嘴里不停地重复两个字:"纪律!纪律!"万乙伸手想拉一拉沙璐的手,沙璐有些不情愿,再加上中间还隔着一个人。正在无奈之际,易品梅走上前来,猛推了那戴墨镜男人一把,同时伸手将沙璐拉过来,告诉她,这些时万乙除了工作就是给那个当警察的女朋友写情书,还说待任务完成后,回去时给她一个惊喜。

沙璐还没来得及体会喜从天降的滋味,那辆外型像装甲车的越野车像幽灵一样出现在商务车后面。

熊达世从越野车里走出来,将沙璐看了几眼:"我早就发现你在盯梢,想不到还敢跑到这里来,若不是看你叔叔的面子,你这台破车也许只剩下四只轮子了。"

沙璐不甘示弱："你敢再嚣张,小心有人将你的尊容连同你的豪车在武汉违规九十四次的记录全部贴到互联网上!"

熊达世一愣："有那么多次吗,是不是武汉警察欺负外地车呀?"

沙璐说："这算多吗,等上个星期的违规也算进来,估计过百是不成问题!"

熊达世故作镇静地说："不好意思,给美女添麻烦了。我向八宝山起誓,三天之内一定将所有违章记录全部消除!"

沙璐很不屑地说："我晓得你有这种本事!不过你可能还不晓得,武汉Q民十分热爱收藏豪车的违章记录截图!"

"我来看看你车里是坐着省公安厅长,还是坐着市公安局长!"熊达世说话的语气软了下来,他拉开警用轿车车门一看,"想不到哇想不到,身家值多少个亿的两位泰斗,居然委身在这种破车里!既然到这里来了,就请二位泰斗赏光一起去喝杯茶!"

沙璐对曾本之和马跃之说："去就去,我的车有卫星定位,还有警用电台,同事们看得见我在哪里,也能听见我说话,不怕有人捣鬼!"

曾本之和马跃之点头答应后不久,三台汽车依次驶入一处有卫兵荷枪实弹站岗的大门。大门后的山沟很深,山脚下的房子很老旧。曾本之和马跃之同时想起来,当年抗美援越时,武汉三镇的人都晓得在江夏区的某个地区有家兵工厂,专门生产高射机枪,运到越南去打美国鬼子的飞机。这大概就是传说中的那家兵工厂,看情形有些萧条。如今实力强的军队都用导弹打仗,只有撒哈拉沙漠周边的国家或者部落打内战时,才在皮卡汽车上安装高射机枪,打得赢就穷追猛打,打不赢就一泻千里逃之夭夭。没有订单,哪怕是造高射机枪的工厂也免不了没落。一旦生活无着落,为了自己的衣食，往日赫赫有名的兵工厂，不得不为五斗米折腰，将熊达世这类人奉为上宾。反过来，熊达世他们在做那些总像有不可告人目的之事时，也需要像兵工厂这种可以充分保密的环境。

汽车在一处车间门口停下来，正赶上一辆卡车在卸铜料。

熊达世见了便大声叫："郑会长！郑会长在哪里？"

听到叫声，郑雄从车间里快步走出来，见到曾本之他们，脸上的表情显得很奇异。

熊达世迎着郑雄问："我们那边已在用第二车铜料了，你们这也是第二车吗？"

郑雄一边点头，一边问曾本之："你们怎么来了？"

熊达世抢着说："在路上碰着，就邀请他们过来看看。"

郑雄只好带着大家在车间里转了一圈，不用介绍曾本之也看得出来，车间里近百号人分成十个班组，每个班组做的都是同一件事：用失蜡法仿制曾侯乙尊盘。听那些人说话时的口音，基本上是河南南阳一带的人。曾本之装做吐痰，将身子探出车间后门，只见山崖下的一个角落里堆着一大堆浇铸工艺失败产生的废铜渣。郑雄后来说，这些是试制作过程中难免会出现的废品。曾本之不同意废品之说，因为它们连曾侯乙尊盘的基本模样都不具备。

在如此叙述之前，郑雄措词谨慎地介绍，自己是按照曾本之提出过的假设方案实施的：先将曾侯乙尊盘最复杂的透空蟠虺纹饰附件，分解成若干部分，又将每个部分分别做成蜡质纹样，再将所有蜡件一个一个地连接为一个整体，最后用泥浆一点点、一层层，慢慢地制成一座完整的泥范。为了摸索出经验，十个班组按不同的数量对透空蟠虺纹附饰进行分解，希望能找出最合适的分解数量。

仅仅听郑雄说话，曾本之就觉得苦不堪言，当初因为成功仿制曾侯乙编钟而信心满满,对仿制难度空前绝后的曾侯乙尊盘也有些轻看了,一着不慎提出这种设想,造成后来这种骑虎难下步步被动的局面。思想越多他越是明白这种方式的荒诞无稽与不可操作性,且不管那些弱不禁风的蜡质附饰会不会在用泥浆制成泥范的过程中坍塌变形,单单让浇铸下去的铜液如人所愿地翻山越岭纵横驰骋到达必须到达之处,便是一厢情愿异想天开的反逻辑。

眼下郑雄实行的这种以数量拼质量的方法,是没有道理的道理,也是没有办法的办法。从某种角度来看,大海捞针和铁杵磨针这两种不同的哲学方法,有着殊途同归的意义。然而,回到春秋楚国,回到臣服于楚的随的世界,为得到国宝中的国宝,重器中的重器,用失蜡法制作曾侯乙尊盘,一千次中很难有一次成功,那就再增加十倍,一万次中总会有一次成功,就算楚地的王者们能有耐心如此等待下去,任凭工匠们在那里凭侥幸做事,但在春秋乱世各地君侯都对稀有青铜实行贸易禁运,为了一套温酒的尊盘而空耗许多战略物资,肯定不是年年都要面对战火的王者们的选择,剩下来可供选择的方法就简单多了,成功者赏,失败者斩,果真如此这般采用失蜡法,只怕楚地的工匠早被杀光了。

曾本之开始对郝文章心怀期待,与失蜡法采用整体浇铸的方法不同,范铸法是将十分繁杂的大型物体分解成十几个或者几十个小型部分,再将小型部分做成相应的陶制模型进行浇铸,成功一块就等于成功了十几分之一或者几十分之一。华姐送给曾本之,曾本之送给郝文章的那块透空蟠虺纹饰附件残片,就是这样的小小成功,积少成多,积沙成塔,最终将一个个小的成功焊接在一起,就有可能大功告成,只要将曾侯乙尊盘盘口上那一圈最难仿制的透空蟠虺纹饰附件仿制出来,就等于曾侯乙尊盘仿制成功了。

临出车间大门时,曾本之忍不住问郑雄:"郝文章呢?怎么不见他的人?"

郑雄看了看熊达世后才回答:"他不在我这里。"

熊达世不紧不慢地说:"是这样的,我与老省长商量后决定的,曾侯乙家的事也得引入竞争机制。我俩各负责一摊。老省长与郑雄郑会长已经是搭档了,郑会长又是失蜡法的坚定执行者与捍卫者,所以,老省长便挂帅带上郑雄郑会长在这里进行失蜡法试验。我们是二选一,剩下来的只有范铸法了。正好郝文章是质疑失蜡法,而认可范铸法的,所以我就千方百计地将他找来,在江北监狱那边,也是百来号人,十个班组,进行范铸法试验。"

一旁的马跃之抢先将曾本之想说的话说了:"你们这样做看上去很先进,不过,总觉得更像是赌博!"

沙璐同样抢在熊达世前面说:"愿赌服输有什么不好?这叫人算不如天算。"

曾本之对这类口舌之争没兴趣,他问郑雄:"你的老省长呢,怎么不见人?"

郑雄说:"老省长与熊大师有约,每三天同时去对方的场所查看一次,熊大师来我们这里,老省长自然就去熊大师那里了。万乙和易品梅两位博士,是技术总监,负责两边的技术监督。"

熊达世不无得意地说:"这个游戏规则是不是制订得太完美了?"

马跃之说:"你以为规则好就可以仿制出曾侯乙尊盘?"

熊达世说:"郑雄会长和郝文章老师都说,我们这两处的青铜制作规模,加起来已相当于当年楚国的青铜制作规模了。因此说成是举楚国之力不为过吧,楚国当年能做成的事,我们为什么就做不成呢?"

易品梅站出来说:"谢谢你们的邀请,让我有这么好的机会参加如此了不起的工作。我们两个管技术的,万乙是乐观派,我却是悲观派。能不能成功,真的要看天意。别看大的原理我们都懂,可老天爷的原理却是一去不返。光是做模型的材料就够折磨人了,当年的楚国大地,空气的湿度,地表的温度,肯定与现在不一样。做模型的沙土中各种物质成分构成,就说铝和汞这两种让青铜大师又爱又怕的物质,做模型之前是多少,绝对没有人晓得,特别是汞,铜液一浇下去,汞就汽化了,看不见了,找不着了。还有铝,做青铜少不了铝,可铝又会在铸造过程中形成气阻,只要有一点点气阻,这曾侯乙尊盘上的透空蟠虺纹饰就会变成破破乱乱的丝瓜瓤。这么多人弄了这么长时间,一点进展也没有,我都想打退堂鼓,回南阳当家庭主妇。"

万乙连忙说:"其实,一开始我是悲观派,易品梅是乐观派,后来我们的角色发生转换,她接受了我先前的看法,我接受了她先前的观点。我相信技术的突破就像飞机在天上飞行那样,只要飞出对流层,到了平流层,就会顺利起来。再说,到目前为止,还只是我们这些小字辈在折腾,曾老师还没有出手指点哩!"

被易品梅的话说得满脸不高兴的熊达世,用极快的速度走到一旁对那个戴墨镜的男人说了几句什么。回过头来,听见万乙的话,他马上笑着说:"到了关键时候一定要请曾先生出手相助。"

曾本之像是没有听见,突然转过身来,头也不回地走到警用轿车旁,大声说:"今天是小外孙的生日,我得赶回去陪他吃蛋糕。"

沙璐还想与万乙缠绵几句,曾本之火了:"是你将我绑架到这里来的,你再不送我们回去,我就将你这破车砸了!"

沙璐到底是当警察的,马上意识到什么,不仅迅速打开车门,还打开警用电台,与同事应答了几句,告知自己的方位,还说自己正与那位争当本年度违规冠军的车主在一起。同事显然明白沙璐所指,马上问她有没有试试那辆霸王级的越野车。如此对话说过,曾本之和马跃之已经在车上坐稳了。

熊达世挥挥手,让站在车头前面的戴墨镜的男人闪开。

沙璐一踩油门,普普通通的警用轿车顿时像赛车那样猛地蹿出老远。

出了兵工厂大门,马跃之才问,曾本之刚才为什么突然发火。曾本之也不清楚,只是猜测,大家在一起说得正热闹时,突然发现郑雄不断地朝自己使眼色。曾本之下意识地觉得不是什么好事,便想到三十六计走为高。马跃之这才想到那个戴墨镜的男人,站在车头前面的样子像是不让沙璐开车离开。他开始怀疑,是不是熊达世暗中使坏,不想让他们离开,留下来助纣为虐为虎作伥。

沙璐像是没听到他们的话,一路上将车开得飞快不说,还将警报器打开,不停地呜呜怪叫。从兵工厂通往一〇七国道的专用公路有十公里左右,临近黄昏,路上的车辆与行人很少,不时有野兔或者黄鼠狼放肆横穿,在最险峻的一处山沟里,一只大狗正沿着公路追逐一只狐狸。一开始曾本之和马跃之还以为狐狸被吓坏了,忘记要尽快躲进漫山遍野的灌木丛中的求生秘诀。直到沙璐快追上它们时,狐狸突然横穿公路,他们才觉得狐狸太聪明了。可叹那只大狗,都已经转身往公路中央跑了,忽然发现有钢铁巨兽扑过来,情急之下赶紧回头,差点被卷进车轮下面。

终于驶上一〇七国道时,沙璐关掉警报器后长出了一口气,这才告诉曾本之和马跃之,她与万乙拥抱时,万乙小声责怪他们不该自投罗网,要她赶紧带两位老师离开,熊达世早就要老省长一起想办法,将曾老师弄进来,给仿制曾侯乙尊盘的工作,增加一个最大的保险系数。因为郑雄坚决不同意才没有行动。郑雄的理由很简单,如果曾老师有办法仿制曾侯乙尊盘,十几年前就动手了,而不会留到现在。

马跃之很欣赏郑雄,关键时候还能如此说话,可见他还没有泯灭天良。

见曾本之没有做声,沙璐就说,这种表扬的话,比骂人还难听。

无论他俩说什么,曾本之都不肯开口。过了汤逊湖,前面就是武昌城区了,马跃之还在同沙璐说话。不知什么时候,他俩的话题已经转到交通违章上面。马跃之不相信熊达世的豪华越野车有接近一百次的违章记录,他以为沙璐是在讹熊达世。沙璐说是真的,为了查清楚万乙的行踪,她试着以车找人,果然发现郑雄、熊达世和老省长的车,都有在兵工厂出来的那段公路上的超速记录。仅在这一处,熊达世的车超速次数就有二十几次。沙璐第一次到这条路上盯梢,就发现万乙与易品梅坐着那辆商务车同进同出。虽然心里很生气,她还是等到第二次和第三次发现万乙和易品梅总是如此亲密地出现在这条公路上,这才决定请马跃之和曾本之出面,一是作个见证,二是想让他俩好好教训一下万乙,没想到捅了一只马蜂窝,差点将两只老绵羊送进狼窝。马跃之安慰沙璐,说当着大家的面,将曾侯乙尊盘这层窗户纸捅破了,未必不是好事。

见曾本之仍旧一声不吭,马跃之就让沙璐先送曾本之回家,回过头来再送自己。

警用轿车在省博物馆门前拐上黄鹂路,眼看就要到曾本之的家了,马跃之实在忍不住问:"本之兄,用大跃进时代大炼钢铁的方法仿制曾侯乙尊盘,有没有成功的可能?"

曾本之没有回答不说,还反过来问他:"跃之兄,没有收到的信真的可以去邮局查询吗?"

马跃之对曾本之答非所问有些不满:"你这人怎么如此弱不禁风,一点小意外就吓走了魂。"

曾本之说:"姓马的人才会被人吓走了魂。我问你的话,你怎么不回答。邮局里可以查快递和挂号信,难道他们服务水平提得很高,连普通的平信也能查询了?"

马跃之说:"是我先问你的,青铜重器这一行,是不是改变学术传统,也搞大跃进那样的政治运动?"

曾本之下车后,马跃之生气地跟着他走到单元门前,按响门铃后,冲着对讲机大声说:"楚楚,你外公曾本之胆小如鼠,连三年级的小女生都不如!"

曾本之没有同马跃之计较,上楼后一进家门,曾小安就上来问,马跃之为什么要说那些话。曾本之将这天下午的经过说了一遍,最后才表示,不知为什么他也挺愿意与马跃之吵架,觉得那样做了,就将身上的晦气全甩掉了。

接下来的日子过得很快,这个星期一来,那个星期一去,第三个星期一刚过完,第四个星期一又到了。只要是星期一,曾本之必定按照习惯去东湖边的老鼠尾独自待一下午。同样是等待,同样等不来第三封用甲骨文写的信,曾本之本当一次比一次焦急,事实正好相反,曾本之的心情一次比一次轻松。某个星期一下午,他空手离开东湖边的老鼠尾往家里走时,居然挺有闲情逸致地哼起一首经常听曾小安在家里哼唱的流行歌曲。曾本之明知自己唱得很不好听,但还是坚持唱下去。

这天晚上,曾本之非要同安静庆贺一下。

老夫老妻地庆贺完了,曾本之才告诉脸上表情半是兴奋半是娇羞的安静,他终于想清楚那两封用甲骨文写的信出自谁的手了。

第二天上午八点三十分,曾本之准时去楚学院六楼的"楚弓楚得"室,刚打开门,还没来得及对着曾侯乙尊盘彩色照片凝思,就听到有人在外面敲门。这种小心翼翼的敲门声,曾经是曾本之最熟悉不过的。曾本之不轻不重地咳了一声,推门进来的果然是郑雄。

郑雄谦卑地说:"曾老师早上好!"

曾本之无动于衷地回答:"郑会长早上也好!"

郑雄更加谦卑了:"我给曾老师送院士申报登记表来了。"

说着,郑雄就将一沓表格递了上来。

曾本之看也没看就说:"你是有其他事情吧,不妨如实说来听听!"

郑雄说:"到底是老师,不用多说,您就明白我的心思。的确,我们遇上大难题了。那天您离开兵工厂后,老省长和熊达世一起给我们下死任务,十月底必须将曾侯乙尊盘仿制成功。如此才能在春节以后派上大用场。您也曾教过我们,像老三口那种级别的青铜大盗,想将一件新做的伪器做旧,起码也要三个月时间。老省长和熊达世预留的三个月,就是为了给仿制的曾侯乙尊盘做旧。十月底已经过了几天,只有最后几天,就算将我的血肉化成铜水,将我的骨头做成模型,也无法在这么短的时间里将曾侯乙尊盘仿制出来。万般无奈,只好求曾老师再次指点迷津!"

曾本之说:"你当众献媚说某某某是当代的楚庄王时怎么不请我指点迷津?你钻头不顾屁股想当会长时怎么不请我指点迷津?你下四十五岁进水果湖五十五岁进中南海的决心时怎么不请我指点迷津?"

郑雄说:"那时候是犯糊涂,现在是真的不明白!"

曾本之说:"要我指点迷津也未尝不可,不过你得将马老师请来,我们三人当面,将一笔旧账算清楚。"

郑雄一边答应一边就往外走,要去接马跃之。

郑雄出门不到五分钟,就返回来了。

曾本之还在自己办公室里清理刚才说过的话,看着站在郑雄前面的马跃之,他不禁哑然失笑。三个人围着沙发坐下来,曾本之要郑雄将先前说过的话重复一遍。郑雄很听话,加上表述能力又强,三言两语就将自己要见二位老师的目的说得一清二楚。

曾本之看了马跃之一眼,又看了郑雄一眼:"我说话算数,只要你将郝嘉当年的死因说清楚,我就帮这个忙。"

郑雄小声地叫起来:"大家都晓得,他是跳楼自杀的呀!"

曾本之说:"这个不用你说,我们只想弄清楚,是什么原因造成他跳楼自杀?"

郑雄说:"我明白您所指的是什么。郝嘉当年以第一副院长的名义带领全院的人上街,这些都是明明白白的事情!"

曾本之说:"你不要装糊涂,后期你是专案组成员,当时的政策你能不清楚?对任何人的指控都得有录音、录像或者照片作为依据。我记得当时你有一部傻瓜相机,你也跟着郝嘉他们上街了,后来你说相机在长江大桥上不小心弄掉了。"

郑雄说:"的的确确是弄掉了。"

曾本之从抽屉里取出一张自己的照片,指着左上角的一个斑点说:"郝嘉死后,专案组要结案,你的老省长是当时的专案组长,为了让我这个第二副院长签字确认,他给我看过几张在长江大桥上拍摄的照片,那些照片,每张的左上角上都有一个类似的斑点。他没有说是谁拍摄的,只是凭此证明他没有冤枉郝嘉。这么多年,我一直在楚学院里寻找有类似斑点的照片,我坚信那些照片一定是楚学院的人拍摄的。我的这张照片也是你拍摄的,今年清明前,整理办公室时,才从一本旧笔记本中找出来。我这样说了,你大概就会明白,为什么从那时起,在你面前我脾气突然变坏了!"

马跃之张了张嘴像是要说话,曾本之拦住他,说是今天特地请马跃之来,只是先让他当个证人,接下来他俩再单独说话。马跃之还想说,自己是不请自来。曾本之更有理由不让他说话,让他当好证人就行。

曾本之继续对郑雄说:"郝嘉是好人,也是真正的男人,他将所有事情全揽在自己身上,天大的责任由他一肩扛起来。你,郑雄,还有你给我拍的照片,都在这里,我只想听你说一句实话。"

郑雄说:"您为什么要揪着我不放呢,其实我内心里也苦不堪言呀!"

曾本之说:"我要你说实话,还有一个原因,尽管后来是我推荐你当楚学院院长,但我总觉得以我的力量不可能让你从一个普通的研究员,一跃成为一院之长,我想这中间是有蹊跷的。"

郑雄说:"听您这样说话,真的让我无地自容。楚学院院长一职,传统上是由青铜重器这条线上的人担任,您年事渐高不得不退居二线,剩下来的这帮弟子,除了我,您也没有别人可选择。"

曾本之说:"这句话可以列入年度最无耻语录。坦率地说,我不是选择你当院长,而是选择曾侯乙尊盘当院长!同样,我不是选择你做女婿,而是选择曾侯乙尊盘做女婿!这句话也可以列入年度最无耻语录。我俩扯平了!我不用出卖二字,我用揭发二字行吗?"

郑雄沉默了一阵才说:"您真的有办法仿制曾侯乙尊盘吗?"

曾本之说:"只要你够坦白,我就有办法。"

郑雄说:"算上今天,离月底只剩几天了,与您一起工作生活这么多年,我怎么就没有丁点察觉您还留着锦囊妙计呢?"

曾本之说:"你也没有料到因为鼻屎院士之事被我撵出家门吧?"

郑雄说:"是的。我想到过总有那样的一天,却没有想到别人最羡慕的院士称号,让你那么反感。"

曾本之说："趁我现在对你还不像院士名头那样反感，赶紧说吧！"

郑雄看了马跃之一眼，再看曾本之一眼，几经反复之后，终于开口说："是我干的！"

屋子里突然变得比冰窖还冷。也不知过了多久，马跃之霍地站起来，拿起一个茶杯狠狠摔在地板上。像是连锁反应，曾本之也将自己面前的茶杯摔碎了。最后是郑雄，他没有摔茶杯，他摔的是茶壶，连同半壶水一起砸在地板上。

"我也是逼上梁山！"郑雄几乎要哭了。

三个人一齐动手，将地板上的茶杯与茶壶碎片收拾干净。

重新坐定后，曾本之像冰雕一样对郑雄说："找一个那两个家伙既不在兵工厂也不在江北监狱的日子，你向他们宣布曾侯乙尊盘仿制成功了。"

郑雄瞪大眼睛问："他们回来后要看实物，我可不会指鹿为马！"

曾本之说："这好办，就说埋在地下了。天下的青铜伪器不是都要做旧吗，三个月内，多埋一天就会更像真的一些。"

郑雄说："以后呢？"

曾本之说："以后有以后的办法。"

郑雄想了想，也觉得只有这样，说不定还能置死地而后生。当着曾本之的面，郑雄给老省长打电话，说是曾侯乙尊盘仿制成功了。屋子里的人都能听到手机里传来既惊喜又怀疑的声音，老省长说他和熊达世马上飞回武汉。按照曾本之的设计，郑雄要他俩不必改变行程，因为赶时间，他直接将仿制的曾侯乙尊盘进行做旧了，赶回来也看不见。屋子里的人都能听见老省长在那边骂郑雄太胆大妄为了。骂着骂着，老省长的口气就和缓下来。后来才知道老省长正与熊达世在一起,熊达世在旁卜卦说是大吉,他才相信郑雄了。不过,他俩还是坚持要回来看看,哪怕看一眼那处做旧用的粪坑。打完电话,郑雄才告诉曾本之,老省长和熊达世昨天结伴去了北京。

曾本之不想说这些了,一转话题突然问郑雄:"现在你还相信失蜡法吗?"

郑雄长叹一声:"说实话,我从来就没有相信过。就像我与曾小安的婚姻。我是一个现实主义者。世界上没有不信奉现实主义的人,别看曾侯乙尊盘制作得那样浪漫,那也局限于内心,真正制作起来还得服从基本常识。"

郑雄发了一通不像牢骚的牢骚,从上大学开始,不管持什么观点的老师,都说古今中外从无例外,人们总是用身边容易得到的材料和最熟悉方便的方法来制作自身所需之物,能有简单有效的方法,就绝对不冒险使用复杂而又没有把握的工艺。可是突然间,曾本之独出心裁提出失蜡法假设,从殷商到春秋,从无失蜡法的文字记录,也没有失蜡法的实证之物的发现,通过这些时亲手仿制曾侯乙尊盘,让他更加明白,用失蜡法浇铸透空蟠虺纹饰附件,比在街上花两元人民币买一张彩票却中了两亿元大奖还要难。能够制成透空蟠虺纹饰附件的楚国工匠,绝对不会蠢到有现成的范铸法不用,而用那鼻屎一样的失蜡法。

听到郑雄用"鼻屎"二字来形容失蜡法,曾本之的心里为之一震。

郑雄要走,曾本之没有挽留之意,他拿起郑雄送来的厚厚一沓申报院士的表格,一把把地撕得粉碎,再装进一只文件袋里,让郑雄从哪里领来的,还到哪里去。

郑雄那比青铜还要沉重的两条腿好不容易挪到门口,又犹犹豫豫地停下来。

曾本之明白他心中所想，就说："万不得已时，你可以找郝文章。哪怕他们非要看你仿制的曾侯乙尊盘，他也有办法。不过你要小心一点，他可不是一般的人，对你来说他是名人之后。"

"不就是郝嘉的私生子吗，我早就看出来了。"

说完这话，郑雄不再犹豫，两腿变成了弹簧，嗖嗖几下就走不见了。

整个六楼再也听不到别的声音后，马跃之用手指了指自己的嘴，意思是说，自己是不是可以说话了？曾本之沉重地点了点头。

马跃之往痰盂里吐了一口痰，才说："我算是见识了与青铜重器决绝的心长着什么样子。本之兄，恭喜你呀，楚学院又变纯洁一些了。不过，我还是替你着急，曾侯乙尊盘的事明明八字没有一撇，你让郑雄说是仿制成功了。万一人家非要看实物，又如何是好？"

曾本之请马跃之不要着急，就在办公室里静观其变。

下午五点整，办公室的电话响了，是郑雄打来的。

郑雄和郝文章刚刚送走欢天喜地的老省长和熊达世。他们二位从北京飞回武汉，直奔人去楼空的兵工厂。仿制曾侯乙尊盘的车间里只剩下郑雄一个人，其余的人，包括万乙和易品梅都被郑雄放走了。江北监狱那边也是如此，偌大的青铜工艺品车间只剩下郝文章一个人。郑雄按曾本之的话说了，并将一处事先准备好用来做旧的臭粪坑指给老省长和熊达世看。那二人坚决要将臭粪坑里的所谓曾侯乙尊盘挖出来看一眼时，郑雄便将郝文章从江北监狱叫过来。郑雄很平静地说，他实在没有想到，郝文章真的拿出一块用青铜制作，说巧夺天工可能有些过头，说是以假乱真则还嫌不足的透空蟠虺纹饰附件残片。他更没想到老省长和熊达世会激动得眼眶都湿了，冲着西边的太阳说的话不同，意思却一样，都是表达对某种事物的最高期望与祈盼。

郝文章将透空蟠虺纹饰附件残片拿回去时，老省长和熊达世同时问，曾侯乙尊盘的成功仿制，是用失蜡法，还是用范铸法。

郑雄让郝文章回答。

郝文章毫不犹豫地说出三个字：范铸法。

郑雄将全部经过说完之后，郝文章也拿过手机说了几句，他请曾本之转告曾小安，自己一切都好，接下来还要在兵工厂这里守着臭粪坑，直到所谓仿制的曾侯乙尊盘做旧期满。曾本之当然明白，这是郑雄将他扣做人质。

马跃之先前一直担心，既然说曾侯乙尊盘仿制成功了，就得拿实物给人家看，没有实物，想要哄骗人家，让人家确信无疑，仅凭三寸不烂之舌绝对不行。听了郑雄和郝文章的电话解释后，马跃之颇为叹服地表示，真没想到曾本之原来也是老奸巨猾。

叁壹

老奸巨猾这个词,不是一般人消受得起的。

马跃之如此说曾本之,却是万分合适。

事后证明,曾本之要马跃之来办公室见面,不全是给郑雄说清楚往事的过程当证人。当年郝嘉跳楼自杀的背景原因,在楚学院早已不是秘密,大家都明白郑雄是脱不了干系的,只是缺少让郑雄亲口承认的直接证据。郑雄最终承认的方式有些无耻,毕竟还是承认,而非否认。郑雄离去后的沉默没有延续太长时间,马跃之还在慢慢品茶,曾本之像是突然来了兴趣,要与他比一比书法。

曾本之如此要求也有他的道理,马跃之总说自己存有古董墨和老宣纸,又不是搞收藏,更不是想升值赚钱,不如趁现在还拿得动毛笔,赶紧过把瘾。说着,他就去整理桌面,将一应毛毡、毛笔和砚台准备齐全。马跃之没办法,只好去"楚才晋用"室取了一支乾隆年间的古董墨,还有半刀一九八〇年代安徽泾县生产的红星牌宣纸。马跃之不心疼墨,便心疼纸。他说,有人用收藏茅台酒和黄金来保值,这些东西的升值空间都不如红星宣纸,一刀一百张的红星宣纸,一九八〇年代只卖百把元,现在每一张价格都在千元人民币左右。马跃之表面上心疼那些宝贝宣纸,曾本之想研墨时,他又担心将古董墨弄坏了,非要亲自动手研。不一会儿,砚台里的水就被研得黑稠黑亮,屋子里还有一股幽幽的墨香。曾本之想起几个月前,也是在这间屋子,马跃之与他说起古时文人爱好红袖添香,并不是要妙龄女子陪读,而是写字作画时,在一旁帮着研墨。男人年轻力壮研出来的墨有粗暴之态,不大好用,女子身手力度加上性格柔韧,研出来的墨也会柔顺润饰。曾本之在一旁提起往事,说马跃之正在实践自己的理论,七十岁的老男人,身手力气可以媲美二八女子了。马跃之不理他,沉住气按早先说过的身直向定的研墨方法,直到将砚台里的墨汁研得像婴儿的眼睛那样黑亮。

看看墨研得差不多了,曾本之也不客气,拿起一支兼毫毛笔放入砚台,将墨吸饱后,再在砚台上将笔锋反复捋顺,用千钧之力的样子,在裁好的斗方上写下两句话八个字:"孤草修长,繁华圆润。"

这边马跃之也不示弱,他不再研墨了,找了一支纯羊毫毛笔,如行云流水一样,也在新铺的斗方上写下两句话八个字:"天资流丽,莞尔率真。"

写完之后,他俩将各自的斗方用小磁铁吸压在铁皮资料柜上,再退后几步,不知是夸自己,还是夸对方,两人都说了一声好。接下来还是曾本之先写。

这一次曾本之还是如法炮制,在斗方上写道:"暖阳千树,凉月一窗。"

接下来马跃之也跟着在方方正正的宣纸上写上:"天光十万,独上心灯。"

曾本之一边写一边念:"素手拈花,凡心画眉。"

马跃之一边念一边写:"清风两袖,好月一庭。"

曾本之还没写就念道:"光阴很瘦,指缝太宽。"

马跃之没提笔就念道:"芳菲过去,暗香留心。"

像有点累,曾本之再次提笔时,深深地吸了一口气,像是自言自语地说,马跃之研出来的墨香,怎么如此熟悉?说完他又写道:"荷风一叶,吹老江湖。"

马跃之反而是若无其事,他站到曾本之挪开的位置上,将曾本之放下的笔拿起来,也像是自说自话,天下之墨,凡是用心研的味道自然一样。说着他也写道:"千秋逐鹿,一世倾情。"

曾本之写得慢,好久写出:"笨牛瘦马,骨傲心贤。"

马跃之写得快,一挥而就:"石野山雄,小楼天净。"

曾本之非常自信地写下:"春光小雅,秋日豪华。"

马跃之不甘示弱地写了:"山水有情,天地对饮。"

曾本之有点想收手了,闭目静思一会儿,才动笔写:"民有田舍,邦存史诗。"

马跃之自然明白他的意思,想也不想便浓墨泼就:"慕古怀远,会心行文。"

看着满屋的书法,闻着满屋的墨香,曾本之轻轻一笑:"跃之兄才华确实在老朽之上,你每一幅的书形字意,都在我之上,今天我是完败了!"

马跃之忽然大笑起来:"本之兄承让了。真正完败的人是我马跃之!"

曾本之说:"跃之兄如此谦让,就等于是小看我曾本之了。放心,我曾本之不是小肚鸡肠之人。"

马跃之的面色变得凝重了:"我听说本之兄这七十年来,只会用鼻屎一词骂人。看来传言并不全是真的,原来你不用鼻屎二字,骂起人来更厉害！"

说完,马跃之重新铺上一张宣纸,与先前他写的行草不同,也与曾本之写的行楷不同,这一次,马跃之屏气凝神地写下四个甲骨文文字：楚弓楚得。写完之后,他还回到"楚才晋用"室,取来一枚印章盖在上面,留下一个色泽朱红的人名：郝嘉。

"这是你在下个周一将要收到的第三封用甲骨文写的信。用不着麻烦邮递员了,我将它提前送给你。"马跃之长吁一口气说,"没想到本之兄设了这么雅致的一个圈套让我来钻。马某不服不行啦！"

"你是老谋深算,装神弄鬼,比我好不了多少！我们两个如此莫逆,有什么不能当面说,要绕这么古怪的一个大圈子？"曾本之说着,真的有些来气了。

"夫妻之间有些话还不能说得太直接,何况那时候,大家都觉得你眼看着就要当院士了。就算你宰相肚里能撑船,我也会怀疑自己是妒火中烧。"马跃之要曾本之先说清楚,"你从什么时候开始怀疑我的？"

曾本之说："先前我只是想,这用甲骨文写信的人,第一要很了解我和郝嘉,第二要有一肚子好学问,第三要有某种与我和郝嘉相关联的想法。说起来,这三条想得到和想不到其实都没关系。前些时我一直白忙活,曾经有一阵我心里在七上八下,不相信你的鼻子闻起香味来,比女人还要灵敏。记得我将第一封用甲骨文写的信揣在怀里同你见面,你说起话来有事没事总往甲骨文上绕,再加上你一下子就闻出那封信上的墨香。后来我试着让安静和曾小安闻过,她们都没有你那样神奇,隔山隔水就能闻到。真正让我起疑心的是那天沙璐带我俩去兵工厂,我要去老鼠尾时,你突然冒出一句,不就是去等那甲骨文写的信吗？守株待兔的事,今天就不要做了。还说就算错过了也可以去邮局查询。连我家楚楚都晓得,一般平寄的信是没办法查询的。你也晓得这甲骨文写的信在我这里有多么重要,可是你当时说话的口气就很不正常,有不屑,有轻蔑,有取笑,还有一点点孩子们玩恶作剧时的意味。"

马跃之说:"我还以为你是因为我说了假话才发现的。"

曾本之说:"你什么时候说过假话,我不记得呀!"

马跃之说:"你第一次将甲骨文写的信拿给我看时,说是在东湖边的老鼠尾收到的。我问你什么时候开始去那个好地方,怎么不叫上我?有一阵儿我一直在提心吊胆,因为有一次你自己无意中在我面前说起过。"

曾本之说:"无心说的话是不会往心里去的。一旦想到了,我就要前思后想,最后终于明白。不是你有老宣纸,也不是你有古董墨,更不是你也能写写甲骨文,当然这些也不是完全没有关系,最重要的还是我过七十岁生日那天,你看我的那种悲喜交加的眼光,而且你从头到尾都没有说一句完整的话,又呆又苶地在那里想什么心事。所以,我才断定,你一定晓得我以为你不晓得的那个秘密!你想帮我揭开这个秘密,哪怕揭不开也算是作了最后努力。我说的对不对?那个秘密,是你说,还是我说?"

马跃之盯着曾本之,曾本之盯着马跃之。

两人对视了好一阵儿,还是曾本之先开口:"博物馆现存的曾侯乙尊盘——"

马跃之接着说:"是假的!"

到底是相知之人,不需要太多客套。曾本之再问,马跃之便和盘托出。

对于郝嘉之死,马跃之更多是对死因有怀疑,直到郝文章因为盗窃曾侯乙尊盘被捕入狱,他才开始怀疑曾侯乙尊盘本身是不是有什么问题。博物馆馆藏的国宝级青铜重器中,为什么独独要将曾侯乙尊盘一次次地送到楚学院进行年检，虽然有说法，是为了向青铜重器研究权威曾本之表示敬意，但这个道理太牵强。追究之后，马跃之更是得知，这是曾本之和郑雄执意坚持，博物馆才不得不如此行事的。这些只是开场白，真正让马跃之认定曾侯乙尊盘有假是他去曾本之家里串门，发现书房里挂着的曾侯乙尊盘黑白照片与曾本之办公室里挂的曾侯乙尊盘彩色照片存在一些差别，他再去博物馆仔细看过实物，发现也与曾本之家里挂的曾侯乙尊盘黑白照片有差别。让马跃之产生怀疑的还有曾本之的家庭。郑雄虽然比郝文章早十年到楚学院，但在学问上先来的反而不如后到的。在爱情上也是这样，郑雄以学生身份，出入曾家，将十来岁的小师妹守护成大姑娘，却不如后来的郝文章，以迅雷不及掩耳之势展开了与曾小安的热恋。然而，一场看来不是太大问题的问题，将郝文章送进监狱，爱情上一直不如意的郑雄反而抱得美人归。这些都让马跃之觉得，这场看似美满的婚姻与爱情，不是阴谋就是阳谋，不是无奈就是无情。能够造成如此局面，核心只有一个，那就是曾侯乙尊盘出了问题！

曾本之当然感谢马跃之，正是以郝嘉的名义用甲骨文写的第一封信促使他下定决心，哪怕身败名裂也要将真正的曾侯乙尊盘寻找回来。

他心里早就有了基本思路，曾侯乙尊盘的丢失，肯定发生在一九八九年夏天学潮闹得最猛烈的那一天，事先安排好将曾侯乙尊盘送到楚学院检修，国宝送来后，楚学院空无一人。曾侯乙尊盘被别有用心的人用足以乱真的伪器替换了。知道这件事的人理论上只有三个。第一个是首先发现出了问题的曾本之，第二个是与曾本之形影不离的郑雄，因为他至少能听到曾本之发出的那声惊天动地的惊呼。第三个便是曾本之不得不告知真相的郝嘉。虽然没有明确分工，自曾本之主持仿制曾侯乙编钟成功之后,楚学院上上下下形成一种默契,其中也包括曾本之的礼让,从一年一度的检修起,凡是与曾侯乙尊盘有关的事情都由郝嘉主持。很显然,在曾本之和郑雄之间存在某种默契,在找到曾侯乙尊盘之前,先不曝光伪器的事。

然而,出了这么大的问题,对郝嘉的打击却不是一般默契就能化解的。

从伪器的出现开始,郝嘉的内心就开始死亡了。在这一点上曾本之和马跃之的看法是一致的。加上泰山压顶的大审查,还有杨医生的死,以及杨医生所生儿子的失踪,郝嘉生命的崩溃无可避免地发生了。

因为郝嘉之死,曾本之开始将追查曾侯乙尊盘的重点放在老三口身上:"无论这事成与不成,我不会再让郝文章自找苦吃了。郝文章进监狱之前,也发现送来检修的曾侯乙尊盘有问题。他悄悄问过我,被我痛骂了一顿。我不想让他卷入这件事,没想到他竟然走了极端。都怪我,有一次与他聊天,谈到何时立项仿制曾侯乙尊盘,不经意地说了一句,要他留意一个外号叫老三口的青铜大盗,这个人或许有能力仿制曾侯乙尊盘。可能他将我的话当成暗示,所以才有这样的牺牲。"

马跃之说:"郝文章这样做也不失为没有选择的选择。如果他一直待在楚学院,不定会与郑雄发生什么冲突,将你的计划弄得不可收拾。"

曾本之说:"幸好楚楚是郝文章与小安所生,我这心里多少还有些宽慰。"

马跃之瞪大眼睛:"你说什么,楚楚是谁的儿子?"

曾本之奇怪地反问:"难道柳琴没给你吹枕边风?"

马跃之说:"从来没有。这女人,把闺蜜看得比老公还重要。"

曾本之说:"你也别怪她们,我和安静也是最近才晓得的。"

马跃之说:"老三口死了多时,你难道还没有弄到一点有用的线索?"

曾本之说:"有,就是那块透空蟠虺纹饰附件残片。"

马跃之说:"这有什么用,就像给你一把钥匙,却不告诉你锁在哪里。"

曾本之说:"至少我们必须相信,有人制作了第二套曾侯乙尊盘。"

马跃之还想说话,忽然被曾本之的手机铃声拦了回去。

曾本之拿起手机一看,是许姬发来短信,说自己有事想见曾本之一面。曾本之让马跃之看了短信,并告诉他,许姬是郑雄的情人。曾本之一边与马跃之商量见不见许姬,一边又说这些时,他总是觉得郝嘉的墓是被郑雄破坏的,或许郑雄也在跟踪华姐,想通过华姐,找到可能被老三口盗走的曾侯乙尊盘的线索。在最有可能偷梁换柱,盗走曾侯乙尊盘的老三口身上多下本钱,显然是明智之举。郑雄若是独自寻获曾侯乙尊盘,不用说别的意义,仅仅是公开披露的新闻效应,不知会将有功之臣的郑雄捧红到何种程度。说话时,许姬的短信又来了,她就在楚学院门口,有急事必须当面说清楚。马跃之不让曾本之回话,既然人家已到楼下,又清楚曾本之在办公室里,真有急事肯定会闯进来的。

不到十分钟,走廊上就响起电梯到达的铃声。

许姬出现在"楚弓楚得"室时,根本不听马跃之替曾本之解释,是什么原因没有听到手机响,脚下还没站稳便急急忙忙地掏出一封信,说是郑雄藏在冬天穿的登山鞋里,被她无意中发现的。

许姬发现的信是华姐写给曾本之的。

曾本之一边看一边自言自语,他早就觉得华姐不会什么话都不留下，就跑到云南为丈夫报仇。

华姐显然收到曾本之放置在郝嘉墓地里的信了，开头就说，谢谢曾本之的提醒，同时又表示了必死的决心，说老三口惨死之后，这种提醒对她已经没有任何意义。华姐也清楚曾本之装做是无意中遇见她，其实是经过精心谋划的，目标是老三口和可能被老三口掌握在手里的曾侯乙尊盘。这也对应了老三口为了保护她，表面上拒绝她的探视，私下里，譬如趁沙海请老三口鉴定青铜器真伪时，在沙海家里悄悄见面。华姐从老家来到武汉夫妻团聚的第二年，老三口就被逮捕关进江北监狱。老三口在武汉这边的事情她了解得不多，尽管这样她还是得知，当初郝嘉曾联手老三口，在某个地方悄悄仿制曾侯乙尊盘，而且老三口手里肯定已经掌握有曾侯乙尊盘。这些话是老三口在老鼠尾野餐时亲口对华姐说的。华姐在信里说，自己最后一次与老三口见面时，老三口十分肯定地说，所有关于曾侯乙尊盘的秘密都已经告诉曾本之了。至于曾本之如何理解，能不能理解，那是曾本之自己的造化，怪不得别人，既然曾本之是众星捧月一样的青铜重器学界的泰斗，绝对不应当被一个小小的盗墓贼所设计的游戏题目所难倒。

华姐在信的最后，披露了一个惊天秘密。当年在江湖中崭露头角的老三口，先于所有人发现了曾侯乙大墓，并为此设计了一套堪称完美的盗墓方案。如果没有那些突然冒出来的铁道兵在附近修铁路，那些旷世青铜重器本可以由老三口独自拥有，老三口也可以凭借这些旷世国宝，弃暗投明成为像曾本之一样的学界泰斗，广受世人尊敬。老三口后来之所以与郝嘉暗中合作，是怀有报复之心的，同时，也有炫技因素。老三口想以一个盗墓贼的身份完成史上第二套曾侯乙尊盘，来羞辱曾本之等所谓的权威泰斗。

合上华姐来信的那一刻，曾本之终于明白，老三口的种种怪异举动,不过是无法把握自我内心的一种挣扎。曾本之由此感觉到一种欣慰,庆幸自己在人生的最后时段做出唯一正确的选择。

　　曾本之将华姐的信还给了许姬。同时,他又将八年前曾小安和郑雄就已办妥离婚手续的真相告诉了许姬。作为回报的这条消息,让许姬又喜又惊,让她惊讶的是,这些年来,郑雄为何没有在自己面前有任何蛛丝马迹的吐露。曾本之和一直在旁听的马跃之冲着许姬说了一些祝福的话。许姬却流下忧伤的眼泪,她开始怀疑郑雄是否真心想娶自己。许姬很快就将泪水擦干了,临走时,还细声细气地表示,从现在起自己也要对郑雄多留一个心眼。

　　许姬刚走,马跃之便迫不及待地说,自己差点犯了与老三口相同的错误,当初也是因为妒忌曾本之,他几乎想用某种方式,将自己发现博物馆馆藏的曾侯乙尊盘可能是伪器的消息发布出去,好在自己最终战胜了自己。否则,此马跃之就会变成彼马跃之了。

　　曾本之没有接话,他站起来将用磁铁吸在铁皮文件柜上的书法,小心翼翼地整理了一遍,让它们显得更整齐一些。曾本之越看越满意,就对马跃之说,这十六幅斗方,他俩各写了八幅,不如找机会办一个"才高八斗"书法作品展。马跃之表示,真的要办展览,也只能叫"才高七斗",他和曾本之哪能与七步成诗的曹植相提并论。

　　这时,郑雄和郝文章的电话来了。

　　通完话,曾本之和马跃之没有显得太高兴。

　　安静下来后,两个人坐在一起,慢慢地将许姬临走时替他们新沏的一壶茶喝去半壶。新茶的清香一丝一缕地驱走了从许姬身上飘落下来的香水味。据说,作为情人而非妻子的女人,其对化妆品的消费,至少三倍于正常女人。这里的倍数是金额而非数量,譬如刚刚飘落在这间屋里的香水,换了别的女人来也会飘落同样量级的香水,价格上却是相去甚远。少了香水味,先前留下来的古董墨香重新弥漫出来，且与茶香极为投缘，缥缥缈缈地混合在一起，很容易令人心醉。

马跃之将手里的茶杯放下，又马上拿起来，他说："本之兄说到才高八斗，让我想到另一种赌，我觉得你是在玩一场千年豪赌！"

曾本之将一口茶徐徐地饮了，才回答："金融大鳄们喜欢玩对冲基金，我也想试试青铜重器能不能玩一玩对冲！"

马跃之说："你真的有把握，玩得过那些野心家和阴谋家？"

曾本之说："我不能不坚信，青铜重器只能与君子相伴！"

马跃之说："也好！人生逢赌就要赌，再不赌就没机会了！"

曾本之说："你赌的是我，我按你的意思做了，你已经赢了！我赌的是那一伙人，不管自己能不能赢，但绝不能让他们赢！"

马跃之说："我能帮你什么吗？"

曾本之说："你得帮我拿着老三口给的钥匙，去找那把锁！"

说话之间，马跃之的表情严肃起来。他当然明白，曾本之要找的那把锁是指悄然失踪二十多年的曾侯乙尊盘。两人继续讨论了半小时，将所有与老三口有关的线索全部梳理出来，从老三口在探视时唱"花儿"给曾本之听，到华姐将透空蟠螭纹饰附件平白无故地送给曾本之，就连郑雄转发给曾本之的关于华姐死讯的短信，都找了出来。虽然还没有到茫茫大海的地步，其无厘头的程度已超过海里捞针了。

走廊里又响起电梯到达的声音。接着就出现一轻一重两种脚步声，轻的往"楚乙越兔"室去了，重的往"楚弓楚得"室过来。曾本之猜得很准，他说是万乙，万乙便真的出现在门口。因为郑雄和郝文章先前来过电话，说起已将包括万乙在内的所有人全部解散了，所以，曾本之对万乙的突然出现一点也不吃惊。万乙没有坐下来的意思，就在对面站着，将郑雄解散他们的理由说了一遍。万乙绝不相信郑雄所说的,曾侯乙尊盘已仿制成功。兵工厂这边的失蜡法也好,江北监狱那边的范铸法也好,二者最后一次浇铸曾侯乙尊盘的结果,他都在一旁眼睁睁地看着。从模型中取出的青铜器件,仍旧与先前差不多,浇铸得最好的,也是垃圾级的。

曾本之不与他说这些,而是问易品梅去哪里了。听万乙说,所有参与仿制曾侯乙尊盘的人像是紧急遣散那样,被直接送到机场或者火车站,从哪里来回到哪里去。曾本之便笑着让他赶紧回"楚乙越鬼"室。曾本之话里有话的样子,让万乙顿时羞红了脸。万乙一走,曾本之便拉着马跃之也要走。马跃之不想走,还想再与曾本之说说如何找那把锁。曾本之小声告诉他,万乙的女朋友沙璐来了,小情侣久不在一起,不定会闹出什么动静。马跃之一听,连忙站起来往外走,还说若是放在过去,撞见男女情事会是大不吉利。

在外面待了一整天,曾本之回到家里,正碰上曾小安与安静小声谈论什么雕刻。这是他第二次听说此事了,便忍不住问她们无缘无故的怎么对雕刻有兴趣,是不是有了新的爱好。曾小安不说,安静也要他别管得那么宽,他心里装的事情够多了,留点事情让女人动动手。曾本之自有办法,趁她们不注意,偷偷问楚楚,外婆和妈妈最近瞒着外公干什么。楚楚也不清楚,但他告诉曾本之另一件事:昨天晚上,曾小安非要同他一起睡,然后告诉他,要替他找一个真正的爸爸。还说,如果哪一天家里有陌生人来,能将他写在写字板上的三十个与青铜有关的古怪汉字全部认出来,那个人就是他爸爸。楚楚说这些时,表情很淡定,怎么看都像是胸有成竹。他甚至不问曾本之,曾小安对他说的那些是不是真的,或者说要不要当真,便又埋头写作业去了。曾本之只好说向楚楚学习,回到书房里做自己该做的作业去。

接下来的日子里,曾本之只在家里、楚学院和博物馆三处徘徊。每到周一下午，则继续去东湖边的老鼠尾凝思一样等待什么。时间不是一天一天地流逝，而是一个星期一个星期地流逝，然后是一个月一个月地流逝。十一月底，东湖边除桂树、香樟和女贞子等冬青植物仍旧绿茵茵之外，那些高大的白杨与梧桐已经是满树金黄了。到了十二月底，东湖边的景致更迷人，冬青植物一如既往不改青翠，先前满是金黄的白杨与梧桐，连同像山岭一样连绵起伏的无边无际的湿地杉一起变化成朱红，将整座东湖镶嵌出一圈圈一层层的蕾丝边，说迷人时便迷到骨子里去了。

元旦的第二天又是星期一，天上下了这个冬季的第一场雪。曾本之再去东湖边的老鼠尾时，一清二白的东湖又是另一番景象。从习惯来老鼠尾静默至今，仿佛头一回看到洁白与清幽相映衬，一种从未有过的寂寞油然而生，以至于令曾本之悄然落下一串泪珠。曾本之后来才明白，那一刻自己的情绪深陷绝境，整个人被实实在在的绝望控制了，哪怕是当初发现曾侯乙尊盘被人偷梁换柱，也不曾如此过。他紧闭双眼，任凭泪水一颗颗地滚落在雪地里。雪不厚，也不深，泪水滴上去了无痕迹。这样的时间不算长，他就看到一股雪的旋风贴着湖面优雅地飘过来。那一刻，突然从曾本之心里涌出最早从老三口那里听过的"花儿"。

湖边的风很大，雪花毫不留情地扑打在曾本之的脸上，融化之后，像泪水一样洒在雪地里。一曲"花儿"唱罢，曾本之情绪好了许多，他将这一阵流经脸上的那些水全部当成了雪花融化的结果。临回家时，曾本之冲着东湖吼了一声，不管有多少鼻屎捣鬼，他都会找回曾侯乙尊盘，他没有说曾侯乙尊盘有多重要，也没有说曾侯乙尊盘对于尘世象征着什么，他唯一想到的就是努力去找，拼了老命也去寻找。

时间过得越来越快，眼看就要过年了。

这天,曾本之正在"楚弓楚得"室苦思冥想,文化厅的老关书记突然来了。一起来的还有郑雄。老关这时候来也是惯例,年底了,官员们再忙也要抽身去看望各个行业的旗帜性人物。说是突然也不尽然,见到老关,曾本之才想起来,楚学院负责行政工作的人昨天与他打过招呼,说关书记今天要来看望他和马跃之。老关说了一堆祝福的话,最重要的是转达庄省长对曾本之的问候。曾本之不看郑雄,他要老关捎一个感谢给楚庄王的转世之人。老关一愣,马上明白这话是揶揄郑雄的。

临去看马跃之时,老关又征求意见,往年总是元月底给曾侯乙尊盘做检修,今年元月底赶上大过年,这检修之事是提前几天,还是往后推迟到二月初?曾本之故意问郑雄的意见。郑雄说可以提前,曾本之一摆手说,不行,还是往后推迟为好。老关马上拍板,将曾侯乙尊盘检修的日子定在年后的二月六号,那天是星期一,是博物馆的休息日。

郑雄跟着老关去了马跃之的"楚才晋用"室,中途又溜回来怯怯地问曾本之,给伪器做旧的时间就要到了,到时候老省长和熊达世见不到实物,可就麻烦了。曾本之说自己既不想进水果湖和中南海,更不想进八宝山,没有就是没有,什么麻烦都不在乎。郑雄急了,终于说出难听的话,他提醒曾本之,就算不关心楚楚的爸爸是谁,境遇如何,还有更要命的事,只要博物馆馆藏的曾侯乙尊盘是伪器的消息一传开,曾本之最在乎的名节就会真的变成鼻屎。郑雄还说,他不会再与曾本之说这事,必须要说曾侯乙尊盘的真伪问题时,他会让郝文章捎话过来。曾本之的嘴唇动了动,到底还是没有将想说的重话说出来。

叁贰

关书记一来慰问，除夕就到了。

不管曾侯乙尊盘有没有下落，这年还是得好好过。一大早安静就拉着曾小安到超市去买菜，虽然这一阵儿以来，安静天天都去超市选年货，并说过年时人多，就不用去赶那个热闹。真到了除夕这天，如果不去买点什么回来，有点不大像过年。母女俩一去就是半天，回家时已是上午十一点整了。问起来，原来她们嫌黄鹂路上的超市太小，非要去水果湖逛大超市，结果光是找停车位就花了一个小时，买好东西再将香槟色越野车开出来又花了差不多一个小时。回到家里，母女俩又将厨房当成停车地点，待在里面不出来。

直到下午四点，她们将团圆饭做得差不多了时，曾本之才发现有些不对头，郑雄早已被扫地出门，家里只有四个人，可安静和曾小安准备的这顿团圆饭，无论数量还是分量，都多得有些不正常。曾本之想到了，是不是曾小安想将郝文章叫来家里过年，又觉得这不可能，郑雄将他扣在兵工厂里作人质，怎么可能轻易放他出来。

曾本之刚想到这些,门铃就响了。楚楚跑出来接听,然后欢天喜地地告诉曾本之,马爷爷和柳琴奶奶来了。

楚楚一直等在门后,等马跃之和柳琴一进门,他就迎上去说,必须回答三个问题才让他们坐下。楚楚一向在他们面前如此淘气,曾本之还有从厨房里出来迎着的安静与曾小安都没有阻拦。

楚楚说:"第一个问题,什么叫永别?"

马跃之抢着说:"永别就是与你同桌的小女生,成了陌生少年的奶奶和外婆!"

楚楚又说:"第二个问题,什么叫永远?"

马跃之又抢了先:"永远就是爱唠叨的人说了一句什么用也没有的闲话后终于什么也不用再说了。"

楚楚再说:"第三个问题,什么叫永恒?"

这一次柳琴先将马跃之拖到一边,她想了想才说:"永恒就是总在抱怨总在奋斗的命运已经成了一块老石头。"

楚楚似懂非懂地在那里一偏小脑袋,将他俩让到客厅里。大家还在说笑,门铃又响了,楚楚又跑去听,然后报告说,万乙哥哥和沙璐姐姐来了。万乙和沙璐进屋后刚在沙发上坐下,门铃又响了。楚楚再次跑去听,这一次他有些犯难,听了好一阵儿,才回头说:"有个陌生人,说是姓郝,要找曾老师、曾师母、曾小安和楚楚。可我不认识他。"

听楚楚一说,屋里的人没有笑,也没有接话,都将目光对着曾本之,还有从厨房里出来的安静与曾小安。楚楚按曾本之的手势按下绿键后,连忙跑进儿童房,取出写着三十种青铜器名称的写字板,说是好久没来陌生人,这一次要好好考考他。

很快那扇大门被推开了,走进来的果然是郝文章。

楚楚迎上去说:"外公让我订的规矩,凡是陌生人来我家,必须将这三十个字认全了才算是客人。"

郝文章笑着蹲在楚楚面前,看着他用手指指向一个个字,并依次读出来。

鼎、簋、甗、簠、匜、彝、斝、尊、盘、觚、鲜、罍、舣、卣、爵、戟、剑、钺、铙、钲、镦、铎、钩、铃、镭、槈、镰、耒、耜、锛。

整整三十个字,郝文章一口气念出二十九个。

眼看只剩下最后一个"锛"字了,楚楚突然一扔写字板,慌慌张张地跑到曾小安身后躲起来。万乙和沙璐不明白其中缘故,笑着问楚楚为什么害怕。楚楚不敢回答,将头深埋在曾小安怀里。

曾小安的眼睛突然湿润了,她说:"是我告诉楚楚的,如果有人来家里,认出写字板上的三十个字,那个人就是爸爸!"

楚楚嘴对着曾小安的小腹大声说:"我不认识他,他不是我爸爸!"

曾本之一把将楚楚抱过来说:"楚楚,听外公的,他叫郝文章,是你的亲爸爸!"

万乙和沙璐不清楚背后的故事,却也猜得八九不离十,便和其他人一道要楚楚听外公、外婆和妈妈的话。楚楚终于将手伸向郝文章,眼睛却看着别处,轻轻地说:"你们这些大人都爱强迫小孩子,好吧,我就叫他爸爸!"大家齐声笑起来,虽然多少有些勉强,这种时候只有笑声才能化解诸多尴尬。

笑过之后,轮到郝文章说点什么了。他轻轻用力将楚楚拉到自己怀里:"孩子,你都长这么大了,爸爸才头一回见到你。这些年,爸爸帮外公寻找曾侯乙尊盘去了,往后爸爸要好好心疼你!"

楚楚低头说:"你骗人,曾侯乙尊盘在博物馆展出,不用你去找!"

郝文章说:"爸爸从不骗人!不信你问外公外婆妈妈,还有马爷爷和柳琴奶奶,爸爸真的是寻找真正的曾侯乙尊盘去了!"

楚楚说:"外公不是说曾侯乙尊盘天下无双不可仿制,怎么还会有第二个?"

郝文章说:"到目前为止没有人晓得,不过我们快找到答案了。"

见楚楚不那么认生了,曾小安就叫他别缠着爸爸,爸爸头一次回家,还有很重要的事要做,也还有很重要的话要说。说完,曾小安就朝郝文章盯着看。郝文章明白她的意思,嘴唇哆嗦好一阵,才冲着曾本之和安静叫出爸爸妈妈的称呼来。

郝文章这一叫,屋里的人才真正乐起来。

曾小安说郑雄破天荒打电话给她,让郝文章回来吃团圆饭,她怕太突然了,让家里人觉得不舒服,才请马跃之两口子和万乙、沙璐来家里凑热闹。安静放心地回厨房继续忙碌,柳琴跟过去当帮手,留下曾小安陪着郝文章与大家说话。

曾本之最想了解兵工厂那边的情况,一见有空了,就催着郝文章将那边的情况说一说。虽然很长时间不见,真要说起来似乎也没有多少好说的。概括起来无非是整天装模作样地守着那座除了粪肥什么也没有的粪坑,没人的时候,就将那只透空蟠虺纹饰附件残片拿在手里琢磨。有人的时候就将透空蟠虺纹饰附件残片藏起来,不给任何人看。老省长和熊达世每隔十天左右,必定要到兵工厂巡视一次。每一次,他们都要拍几张照片,等到下次来时再与亲眼所见的现场作对比,只要照片与现场不一样,他们肯定会疑神疑鬼地查个底朝天,好在没有任何人动那粪坑。

过小年的那天他们又来了,看了几眼后就没事了。闲聊之际,郑雄提出来,郝文章在江北监狱里待了八年多,好不容易出来了,这头一顿团圆饭一定要成全他。老省长信口答应下来,但要郑雄在兵工厂守着,让别的人顶替,老省长不放心。

听着这些,最高兴的是马跃之,他说郝文章到底是年轻,既敢想敢说,又会想会说,将那几个令人讨厌的家伙骂了个痛快,对方还得乐哈哈地跟着装苕。郝文章有点受不住表扬,就说自己在江北监狱待了八年,想着出来之后脾气会有所改变,没想到一切都与从前一样。他看不惯熊达世那副只有皮囊没有筋骨的样子,每次见一个小时的面,至少要听他打三个电话,而且开场白总是问某某秘书,部长有空吗?如果是傍晚以后,通话时的开场白就将秘书换成了部长夫人,其余套路都差不多。以他这种身份,懂点易经,能看些风水,再与一帮不知是真和尚还是假和尚的人有些交情,一天到晚都在寻思同部长级人物打交道,肯定不是什么好事。《水浒传》开篇就说过,妖术盛行必是国运衰微,像熊达世这样的人处处吃香,于国于家都不是什么好事。

不知怎么的,曾本之就接上话了,他想起郑雄,虽说这人品行上是有缺陷,但不能说是骨子里很坏,他担心郑雄跟着老省长和熊达世,一旦下决心走他们那条路,以郑雄的才学禀赋,用不了几年,熊达世就会连在北京城里讨杯水喝都难。

提起郑雄,马跃之就有话说了。他指着郝文章和曾小安说:"活到这把年纪,已没有讨好年轻人的必要,你俩才是上辈人希望的金童玉女和郎才女貌。这些年来,我在本之兄面前从没说过郑雄一句好话,幸好你俩替我争气,应验了我的话,不然这辈子都没有机会在曾家大门里随便进出了。"

郝文章担心马跃之说出更难听的话,赶紧插嘴说:"我从没有怪罪别人的想法,要怪也只能怪我当年实在太笨。什么事情不好做，非要将曾侯乙尊盘偷偷拿到自己屋里。话说回来，这八年与老三口同住一间囚室，从他那里了解了研究室里没有的关于青铜重器的奥秘。"

马跃之说："说句残忍一点的话，我都怀疑，是本之兄在使苦肉计，为了让你将来能真正挑大梁，才送你去江北监狱拜老三口为师。"

郝文章说："马老师这样说就是冤枉我和爸爸了。如果真有某种关联，也一定是冥冥之中有种力量在起这方面的作用。"

曾本之接过话题说："文章说得很对。就说跃之兄吧，他冒名用甲骨文给我写了两封信，害得我很苦。但也有连他自己都不晓得的蹊跷事，第一封信上写着收信时间是下午四点十分，收信的时候，先月亭尖顶的影子，正好落在一块蚌壳上。第二封信上写的收信时间是下午四点四十二分，先月亭尖顶的影子，还是正好落在那块蚌壳上。前几天我才想明白这事，若不是跃之兄早就承认这甲骨文的信是他写给我的，我非得将那块蚌壳底下挖开，看看是不是藏着什么宝贝！"

马跃之笑起来，说他写第二封信时，是想到天热，曾本之可能会晚点出门去东湖边发呆，根本没想到会弄成玄之又玄的机关。说这些话时，大家已围坐在桌边开始吃团圆饭。沙璐和柳琴很多次将话题引到别的什么上，譬如沙璐说，今年的雪特别多，气温也比往年冷很多，武汉有十几年没有冷到零下五度以下，今年一下就降到零下七度。那些年轻的交通警察，都是在暖冬中长大的，不晓得零度与零下七度有多大的不同，稍不小心就有很多人长了冻疮。譬如柳琴故意问郝文章，怎么就能将黄鹂路和翠柳街，与白鹭街联系到一起，而挖苦省委省政府门前的大街不敢叫青天路。这类话题无论多么有趣，仍然是三言两语就说完了，一旦没有人及时找到新的话题,接下来要说的话肯定与曾侯乙尊盘相关。

看这种气氛就会明白,安静和曾小安请柳琴来,就是要她多说一些轻松搞笑的话,避免因为郝文章突然来家里过年而出现不必要的尴尬。偏偏柳琴最不会说话,看上去是绕道而行,实际上始终在打擦边球。曾本之、马跃之、郝文章和万乙等四个男人都不善饮酒。一瓶白酒摆在那里,喝下去的总共不到二两。柳琴几次提议,要郝文章和万乙给曾本之和马跃之敬酒,敬酒的动作都做到位了,杯子里的酒却没有喝下多少。

柳琴正要再说什么,马跃之拦住她,说:"今天是团聚的日子,但还不是男人们喝酒的日子,大家心里还装着那件国宝,多一滴酒都装不下去,就不要勉强了。"

柳琴哪肯听:"几个大男人还不如一个女人。"

马跃之说:"你要是能喝,就放开喝,大不了一会儿回家时,我背你上七楼。"

柳琴说:"我又没说自己能喝,我是说华姐。华姐若在,这点酒早塞牙缝了。那一次,她请我们在她的招待所里吃饭,一高兴,将两只扁瓶白酒分两口喝了下去。喝完了还给我们唱'花儿'。"

说着话,柳琴将华姐唱过的"花儿"哼了几句。曾小安马上笑起来,她说:"柳琴阿姨的嗓子只适合唱邓丽君的歌,唱'花儿'还是我爸爸最拿手。"

曾小安一说,马跃之立即附和,他听过曾本之唱"花儿",十分地道说不上,八九分却是没问题。曾本之不好意思,便转移目标要郝文章唱,郝文章与老三口一起待了八年,仅仅听老三口说梦话就能将"花儿"学得滚瓜烂熟。郝文章连连摇手,说江北监狱里管得极严格,除了过年时自办春节联欢会可以唱歌,别的时间连说话都不准放开嗓子,更别说唱歌了。曾本之还想推辞时,楚楚站到椅子上,大呼小叫地非要外公唱歌。

眼看没办法躲过去了,曾本之清清嗓子,将眼睛一闭便唱起来。

> 高高的山上有一窝鸡,
> 不知是公鸡么母鸡;
> 清朝时我俩亲了个嘴,
> 到民国嘴里还香着,
> 好像老鼠偷油吃哩!

余音缭绕之际,楚楚带头叫起好来。连安静都说,没想到曾本之能将"花儿"唱得如此惟妙惟肖。大家都在说好听的话,郝文章却在一旁发呆。曾小安悄悄捅了他一下。

郝文章下意识地脱口说道:"爸爸的'花儿'唱得不对!"

柳琴半真半假地说:"哪有你这么当女婿的,连好话都不会说。"

郝文章说:"是真的,老三口的'花儿'不是这么唱的。"

柳琴急了:"郝文章,你可不要重犯用范铸法否定失蜡法的错误!"

郝文章也急了:"老三口的'花儿'没有最后那一句!"

柳琴一愣,她看了看曾小安,曾小安也看着她。隔了好一阵儿她俩才表示,那一次听华姐唱这首"花儿",唱到"嘴里还香着哩"就完了,确实没有最后一句。

马跃之高兴起来:"华姐最后写的信中说,老三口将所有秘密都告诉本之兄了,也许老三口的秘密就藏在最后这句'花儿'之中。可是,老鼠偷了油吃,小嘴巴当然是香着的,这没什么不对的呀?"

楚楚在一旁说:"你们大人真笨,这是用脑筋急转弯考你们,老鼠用什么偷油吃,用尾巴哟!"

屋子里的人全都怔住了。

片刻后,曾本之用力拍了一下桌子:"对!老鼠尾!曾侯乙尊盘肯定被老三口藏在东湖边的老鼠尾了!"

曾本之又将华姐亲口说过的,老三口进监狱之前,经常带她去东湖边的老鼠尾野餐的事告诉大家。在座的人都相信曾本之的判断。在相信的同时,又有新的问题,就算老三口真的将偷偷换走的曾侯乙尊盘藏在狭小的老鼠尾,再狭小的老鼠尾也有七八米宽,两三百米长,在那么大的地方,找一个埋在地下只有塑料桶大小的曾侯乙尊盘,除非有金属探测器,否则也还是一件不容易做到的事情。

于是,大家开始商量如何借金属探测器。

几个人说得起劲时,曾本之突然开口说:"我想再赌一次。不赌别的,就赌跃之兄执笔用甲骨文写的两封信。"

马跃之说:"那是我胡乱写的,与曾侯乙尊盘没有半毛钱的关系。"

曾本之摇着头说:"到了我们这种年纪,往往会相信,世上一切事情,从来不会是来无踪去无影,哪怕是一根飞丝也是有来由的。跃之兄信笔写的两个时间,相差三十二分钟,却将先月亭尖顶的影子锁定在同一地点,如果曾侯乙尊盘真有灵性,我愿意赌一赌,那就是曾侯乙尊盘在冥冥之中给我们的引领。"

屋子里顿时安静起来,从窗缝里传来熟悉的音乐声,邻居家的电视机开始播放春节联欢晚会了。不知什么时候,楚楚已悄悄地偎在郝文章的怀里,静静地听着大人说话。

等了好久,马跃之才说:"如果不幸被我胡乱言中,回头本之兄一定要让我们见识见识,曾侯乙尊盘到底有没有祥瑞之气。"

万乙连忙说:"要不我们现在就去老鼠尾挖挖看?"

沙璐瞪了他一眼:"哪有团年饭没吃完就往外跑的?"

安静也说:"就算真的埋在老鼠尾,都埋了二十多年,也不在乎再埋几天。过完年再说吧!"

曾小安说:"妈妈的话我不同意,真的等到过完年再去找那宝贝,只怕你的厨艺再好,做的饭菜也没人吃得下去。"

屋里的人齐声笑了,笑过之后,大家一致同意,说什么也要等到明天天亮之后再操上挖地的家伙去东湖边的老鼠尾寻宝。

说归说,做归做。原说吃完曾家的团年饭便各自回家的四位,都坐在那里不动。说好晚上必须回兵工厂的郝文章,连坐都不坐,在一旁站着,全身上下显现的尽是躁动不安。好不容易等到九点钟,看上去像是挺能沉住气的曾本之突然站起来,说一分钟都不能等了,再等下去,不将人急死,也要急成高血压心脏病。

曾本之话一出口,屋里的人全都动起来。曾小安更是主动打开贮藏室,将考古发掘必备的几样工具分给几个男人。还没等到曾本之发话,曾小安便打开家门,下到地下车库里准备她的香槟色越野车去了。除了安静留在家里照顾楚楚,其余的人分乘曾小安和沙璐的车往东湖急驰而去。

除夕之夜,半开着的东湖公园大门没有人值守。经过小梅岭时,隔着车窗也能闻到一股浓浓的腊梅香。已经有性急的人在远处放鞭炮了,五花八门的焰火不停地升上天空,将小梅岭下边的东湖映得有些怪模怪样。沿东湖的观景道路上只有树影没有人影,曾小安将车开得飞快,经过海光农圃石牌坊时,她没有判断好路面宽窄,不小心蹭到石柱上,右边的后视镜整个蹭掉了。曾小安停车下来一边摆弄,一边生自己的气,如此耽误了近二十分钟,才重新上车,往可竹轩去,那里有个小停车场,外来的任何汽车都得停在那里。依然在前面带路的曾小安松开油门,踩住刹车,正在减速,两股强光灯柱迎面射过来。曾小安稍一愣,就有一辆黑色轿车从停车场里蹿出来,像赛车那样轰轰烈烈地朝着相反方向高速奔驰而去。

曾小安下意识地叫了一声:"是郑雄的车!"

车上的人不相信,都说这么晚郑雄来这里干什么。

曾小安不再说话,她停好车,让大家下车快些去老鼠尾。沙璐车上的人很快跟了下来。过了可竹轩,又过了七棵桂树以及两棵香樟,后面的曾本之和马跃之刚看到先月亭,郝文章已经在最前面连连叫道:"坏了!坏了!"

待曾本之赶上来用手电筒一照,先前他见到蚌壳的位置,被人挖出一座半人深的土坑。土坑旁边扔着一只厚厚的油布袋,里面的东西被人取走了,仔细寻找终于从油布袋里发现一封写给曾本之的信。

信很短,是老三口写的。

老三口预见到只有曾本之会发现这地方,他觉得自己也玩够了,不值得再玩下去,本来他是想将曾侯乙尊盘还给郝嘉,没想到郝嘉那么不坚强,他只好将曾侯乙尊盘还给曾本之。老三口还说,他估计曾本之十年之内应当可以找到曾侯乙尊盘,他希望这一天早点到来,那样他就能与青铜重器诀别,回家种花养鸟,让老婆再生个女儿,唱唱"花儿",过过小日子。

曾本之借着手电筒灯光读信时,郝文章在离土坑最近的水线上发现一把铁锹,与他们从曾家贮藏室里拿出来的铁锹一模一样。楚学院的专业人员,报到上班的那一天,都会领到一把这样的铁锹。铁锹的木柄上烙印着属于每个人的顺序号,如同身份证号那样,终身不变。楚学院的人,除了万乙不太熟悉,其余几位,一看木柄上的号码就明白,是郑雄抢先一步,将老三口藏在这里的曾侯乙尊盘取走了。

看看再也找不出什么东西,一行人垂头丧气往回走,男人们都不做声,三个女人凑在一起,不停地唠叨,连曾本之都是刚刚想明白老三口布置的这些玄机,既不知根,又不知底的郑雄为何能准确无误地找到至关重要的曾侯乙尊盘?夜风很冷,东湖边的夜风更冷,因为脚步太沉,大家都走得很慢,丝毫没有尽快躲避寒风的意思。

过了可竹轩,落在最后的郝文章忽然叫了一声:"我的手机呢?"

走在前面的曾小安回头问:"你哪来的手机?"

郝文章说:"我回来过年时,郑雄送的,说是方便联系。"

曾小安说:"是不是掉在车上了?"

郝文章拉上曾小安要往前赶,早点到车上找到手机:"我怀疑那手机是窃听器,郑雄正是窃听到我们的谈话,才抢先一步下手。"

郝文章的话立即引起大家的共鸣,也只有这样才能解释,个人能力以及所掌握的信息都远不如曾本之的郑雄,为何能够准确无误地找到失踪二十多年的曾侯乙尊盘。一想到郑雄送给郝文章的手机可能是窃听器,大家的脚步就加快了。

借着夜空中升起的一团团焰火,能够看到停车场的汽车时,曾本之忽然要大家停下来。曾本之同意那只手机是窃听器的假设,由于这个假设,他想到一个逼郑雄主动现身的办法。曾本之说,从郑雄窃听到我们在谈话中分析出曾侯乙尊盘的埋藏地点,到他带人来抢先挖掘,时间肯定不充裕,他更没想到我们会如此快地赶到老鼠尾,如果不是曾小安的香槟色越野车与海光农圃石牌坊发生擦碰,耽误了二十分钟,说不定正好在老鼠尾上堵住郑雄,所以,我们也可以为郑雄设下一个圈套,让郑雄误以为老三口在那里埋藏着两套曾侯乙尊盘,接下来我们就主动了。曾本之将自己的想法说了一遍,大家都觉得有道理,有必要再赌一次。

按照曾本之的计划,接下来,还是曾本之、马跃之和郝文章坐在曾小安的车上。几个人上车前虚拟了一个小心翼翼地将曾侯乙尊盘放到后备箱里的场景,有人提醒小心轻放,有人回答说是放心不会碰坏的,若是还不放心,让曾小安以每小时五公里的速度开车就是。上车后又用极为兴奋的口气说,幸亏没有等到明天大天亮后再来,否则曾侯乙尊盘肯定又要失踪了。还有人故意说,抢在前面扑了个空的人,肯定是熊达世,这人身上有邪气,可能真有邪术,否则哪能如此凑巧,我们找到曾侯乙尊盘的埋藏处,他也在同一时刻找到这里来了。说到最后,曾本之开始与马跃之商量,如何处理找回来的曾侯乙尊盘。马跃之像模像样地建议,明人不做暗事,明天是大年初一,也不管过去的许多担心顾虑了,大大方方明明白白地将真正的曾侯乙尊盘还给博物馆,既消解了二十年来浑身的晦气,也断了郑雄总拿这事要挟曾本之的念头。曾本之连说了三声好。接下来,大家又冲着郑雄送给郝文章的手机表演了汽车到曾家的地下车库,郝文章捧着曾侯乙尊盘回到曾家,并对安静说曾侯乙尊盘终于找到了,曾本之与马跃之他们约定明天上午十点在博物馆见面等一系列动静。

表演刚结束,放在茶几上的手机就响了。

"郝文章,我在你说的青天路上等着,你马上来一趟!"

不等郝文章作出回应,郑雄就将手机挂断了。

依然是曾小安下楼开车,将郝文章送到与白鹭街毗连的省委省政府门前的那条路上。除夕之夜路上车辆稀少,去时花了九分钟,回程还是九分钟,郝文章在郑雄的车上与郑雄谈了五分钟,前后半小时不到,曾本之他们就晓得郑雄的底牌了。

郑雄起初真的相信自己没来得及将第二套曾侯乙尊盘挖出来。郑雄要郝文章转告曾本之,他手里也有一套曾侯乙尊盘,谁真谁假都不清楚,用不着如此仓促地将曾侯乙尊盘交出去,免得到时候又弄出新的惊天悬案。老省长和熊达世他们一直在催促仿制曾侯乙尊盘,目的就是想用仿制的曾侯乙尊盘,将正在博物馆展出的曾侯乙尊盘换出来。此事他们已经做好方案,别的地方无从下手,只有将博物馆的曾侯乙尊盘送到楚学院年检时,才有可能找到下手的机会。以郑雄的经验判断,他手里的曾侯乙尊盘可能是真的。能够利用老省长和熊达世的贪婪和狂妄,借那两双脏手,将真的曾侯乙尊盘不动声色地归还博物馆,对自己,对他人,对青铜重器和楚学研究,都是有百利而无一害的好事。其实,这事做起来并不难,曾侯乙尊盘送检之时,只要曾本之按郑雄的暗示行事就可以了。按照曾本之的计划,郝文章表示绝不相信郑雄手里还有曾侯乙尊盘,这种国宝级的青铜重器可不是山寨手机,一做就是一批。万般无奈之下,郑雄只好将后备箱打开,掀开崭新的羊绒大衣,现出包裹在里面的曾侯乙尊盘。郝文章细细看了一遍,又用手机拍了几张照片,说是拿回去说服曾本之。一切谈妥之后,郝文章将郑雄的手机还回去,说是自己有手机了,是曾小安给的。郝文章拿出曾小安的手机给郑雄看时,顺便打开音频播放,手机里立即传出郑雄刚才与郝文章谈判的声音。这时,曾小安将香槟色越野车开过来,郝文章跳上副驾驶座后,回头警告郑雄,不要对一个在江北监狱待了八年的男人玩花招!郑雄实在说不出什么,就叫郝文章不必回兵工厂,就在曾家享受天伦之乐,还说自己是柳下惠的升级版,与曾小安做了八年名义上的夫妻,连指头都没有碰她一下。

郝文章朝曾本之他们说话时，曾小安已经用数据线将手机里的录音和照片全部拷贝到电脑上。望着电脑屏幕上的曾侯乙尊盘照片，再看看挂在书房里的曾侯乙尊盘黑白照片，曾本之突然满脸通红双手颤抖。安静慌慌张张地拿出几颗速效救心丸，却被他挥手打掉。见曾本之将一双泪眼投向自己，郝文章连忙走上前去。他还没来得及说什么，就被曾本之张开双臂紧紧抱住。

"孩子，为了这一天，可让你受大委屈了！"

曾本之感天动地一声呼唤，让自己和满屋的人无不泪流满面。

"我受点委屈没事，只是连累小安受了这些年的屈辱！"

郝文章这一说，反而让安静破涕为笑，她让曾小安将八年前与郑雄登记离婚的证书拿来给郝文章看，还讥笑郑雄好意思说自己是柳下惠的升级版，在曾小安的眼里，郑雄不过是行尸走肉，是埃及金字塔里的木乃伊，是香港鬼片中的僵尸，城隍庙里的泥菩萨，是乡下人家喂猪用的破猪槽，是摆在东湖路边的垃圾桶，是扔在高速公路旁的破轮胎，是集贸市场里鱼贩子不要的臭胖头鱼。安静一口气说了许多，直到屋里的人都笑了，她才停歇下来。

这时，窗户外面的鞭炮声从断断续续变成连绵不绝。

零点就要到了！

马跃之和柳琴，万乙和沙璐都要赶着回家，放鞭炮迎接新春。

他们一走，安静就将曾本之拖进卧室，曾小安也将郝文章拉进卧室，随后又将楚楚拉进卧室。零点钟声一响，四周的鞭炮声震耳欲聋。曾小安领着身着新衣服的郝文章和楚楚，站到同样身着新衣服的曾本之和安静面前，说这是他们小家的一家三口第一次给爸爸妈妈拜年。曾小安和郝文章，还有楚楚将最吉祥的话全说了。曾本之也和安静一起将祝福的话说给曾小安他们三个。

除夕之夜的最后一声鞭炮在武汉三镇上空爆响之时，曾本之接到马跃之发来的短信,说是拜年,其实是在惊叹人生奇妙,他实在没有想到,自己信手用甲骨文写的两封信,居然受着冥冥之中的某种引领,准确无误地指向曾侯乙尊盘的掩埋地点,可见世间万物都不是没来由的,看似随心所欲,其实受着时空事无巨细的安排。难怪古往今来一直有天网恢恢之说。也难怪那些商界成功之士,争相往佛门里钻,大概是既往原始积累时,肮脏的事做多了,等到明白人在做、天在看时,便打起佛家的主意,也只有佛家境界才能在尘俗与青天之间形成某种化解。因为心情特别好,曾本之破例亲自动手,在手机上写了两句回复的话:长角的都不是食肉动物,大江大河向来舒缓平静;开花的成不了栋梁之材,家哲家范出自朴素安宁。

叁叁

身为楚学界最有影响力的老人,从初一开始,不断有人来家里拜年。无论认识和不认识郝文章的人,曾本之都要大声地向对方介绍,说这是曾家的女婿,是小安的丈夫,楚楚的亲爸爸。过完年假,初八那天上班,曾本之特地带上郝文章到楚学院,从一楼开始,到每间办公室给同事们拜年。听曾本之说话的口气,大家都明白他最想对别人说,郑雄从来不是曾本之的女婿,郝文章才是曾本之最中意的女婿。碰到这种事,一般人也不多问,即便是以前认识郝文章的人也将一头雾水藏在心里,不在表情上有半分流露。

转了一圈,上到六楼后,他俩先到"楚才晋用"室,给马跃之拜过年,然后再让郝文章去"楚乙越凫"室向万乙问好。一进那门,郝文章不由得瞪大了眼睛,自己离开这间屋子八年,一应摆设没有任何变化,连放在桌面上的台历,仍是当年自己用过的,上面的日期也只翻到他被带走的那一天。万乙说,虽然这间屋子被分配给他使用,因为曾本之的嘱咐,他没敢动一张纸片,平时有事就在沙发和茶几上对付一下。回头郝文章哪天正式来上班,他就将办公室原封不动地让给郝文章。

郝文章连忙退了出去。回到"楚弓楚得"室,见屋子里多了两个人,一个是马跃之,另一个人经过介绍,是文化厅党组书记老关。老关是郝文章进江北监狱后才上任的,他显然听说过先前的事,曾本之将郝文章作为女婿介绍时,他情不自禁地啊了一声。

曾本之接着说:"上面不是总在催,要我自己选个助手吗?我终于选好了,只有郝文章最合适,希望你们尽快确定下来。"

老关愣了一下,曾本之又说:"这事你可以问问郑雄,他绝对会举双手赞成。"

这一次老关不再犯愣了:"好好好,我争取用两个星期将这事确定下来。"

不待曾本之说感谢,老关又说:"上次来我就发现你和马老师写的书法很有意思,这样吧,我马上派人来将你们写的这些斗方拿去装裱,如果快的话,正月十五,给你们办个元宵节书法展。"

曾本之和马跃之觉得这事有点太突然,正在想如何回答,郝文章在一旁提醒,这事可能是郑雄的建议,如果郑雄有这份心意,就听他的安排。再听老关的回答,果然是郑雄的建议。曾本之和马跃之便爽快地答应下来。

接下来,老关还想说什么,话到嘴边又支吾着吞了回去。反复几次后,曾本之就要老关有话直说。老关总算鼓足勇气,说经过各方面的考虑,并且报请省批准,这一次,曾侯乙尊盘还是送到楚学院年检,从下一次起改为在博物馆内部进行,到时候还是请曾本之主持。曾本之同样爽快地回答说,这样也可以,到时候让我的助手郝文章代表我去就行。老关一听急了,以为曾本之是反话正说,连忙解释,这样做并不等于降低楚学院在青铜重器研究方面的权威性。曾本之大笑起来,说自己的意思是将郝文章推一推,不能再埋没青铜重器研究方面的后起之秀了。

离曾侯乙尊盘年检的日期越来越近,二月四号这天是农历正月十三,曾本之同郝文章一道刚到楚学院,郑雄就跑来了。见面后先说了几句拜年的话,接着又说,曾本之提出来让郝文章当助手的事,他和老关一起与有关领导说了,上面答应特事特办,下个星期就会让郝文章去有关部门办手续。等郑雄将所有好听的话说完,曾本之才问郑雄,如果不再说什么院士的事,那一定是曾侯乙尊盘遇到问题了。郑雄于是坦率地告诉曾本之和郝文章,先前他们设想的用老三口盗走的曾侯乙尊盘,替换博物馆送来检修的曾侯乙尊盘的方案不行了。有关方面像是嗅到什么风声,往年一向只是派博物馆的安保人员跟随,这一次除了安保人员,还额外加派四名荷枪实弹的武警士兵,两个士兵把守一楼大门,两个士兵在六楼"楚璧隋珍"室门口站岗。

见郑雄真是一副焦头烂额的样子,曾本之动了恻隐之心,但他还是试探地说:"何必麻烦,你将手头上的曾侯乙尊盘送给想要的人就是。"

郑雄摇头说:"人家认准了,只相信博物馆馆藏的宝物。我手里的东西是在粪坑里泡了三个月的伪器。"

曾本之说:"你将真相说出来,人家不就相信了!"

郑雄小声叫起来:"曾先生,您不能这样骂我!再怎么说我也跟您这么多年,受您这么多的恩泽,哪怕是根烂了五百年的朽木头,也还有一只树结是硬的。这些时,我一直在反省自己,还特地写了一个'做老实人'的书法斗方挂在办公室里。您放心,我了解您的心意,您找了这么多年才找到曾侯乙尊盘,说什么我也要帮您了却这个心愿。"

曾本之见郑雄说的都是真话，就建议他提前一天，将被老三口盗走，二十多年后，才被他们弄到手的曾侯乙尊盘送到"楚璧隋珍"室。郑雄觉得奇怪，"楚璧隋珍"室里光秃秃的只有一座用来放置曾侯乙尊盘的台面，和几样检验用的设备，连只纸箱都没有，提前将曾侯乙尊盘放进去，岂不是比掩耳盗铃的招数还要拙劣。曾本之要郑雄不要管这些，他想好的主意自然有这主意的道理，大不了就迷信一回，就当他会隐身术。

曾本之说的提前一天，真要实施起来也就是明天，因为后天是二月六号，是曾侯乙尊盘送检之日。郑雄做不了主，这事又不能打电话，他只能赶紧去找老省长，偏偏老省长又不在武汉，跑到什么地方泡温泉去了。好在这一带所有温泉与武汉的车程都在两小时以内，郑雄花了一个小时打听到具体地点，再赶过去当面报告也还来得及。

这天傍晚，郑雄从温泉赶回来，在楚学院门口横穿东湖路的地下通道内追上步行回家的曾本之。郑雄气喘吁吁的动静从身后传来时，轻轻扶着曾本之，并不时与他说着什么的郝文章猛地转过身来下意识地做了一个防卫动作。追得很急的郑雄反过来被郝文章的动作吓着了，张开双手举过头顶，嘴里还连连说，自己有急事要与曾本之说。

这边的动静很大，那边一个摆地摊卖楚鼎的男人，像是没有听见一样，继续用小木槌在几块青铜残片上敲击出很古老的声音。

平静下来的郑雄告诉曾本之，老省长刚开始不同意，后来终于同意了，不过老省长不能完全做主，还要与作为合伙人的熊达世商量。说了半天，熊达世也从不同意变为同意。同意归同意，他俩还是不放心，万里长征已经走到只剩下最后几步路，万一出现差错，就不是肠子有没有悔青的问题，而是时间不等人，北京那边有人等着发挥曾侯乙尊盘的关键作用。商量到最后，才决定明天下班之前他们亲自押车，将他们认为是老三口仿制的曾侯乙尊盘送到楚学院，再留下郑雄值守，直到将"曾侯乙尊盘"与曾侯乙尊盘互换成功。

郑雄一再表明，他没有将曾本之的介入吐露给他们。

曾本之对这种表白没兴趣，反而很想了解北京的那一位，等着曾侯乙尊盘干什么，是祭祀？是祭拜？还是占卜与祈祷？春秋楚王还有可能用其祭天拜地，有病治病，无病消灾，如今北京有那么好的医院，就算是不治之症也能延缓死亡，所以，看样子这所谓的关键作用与治病无关。老省长和熊达世轻轻松松就能弄到三千万元人民币，用于仿制曾侯乙尊盘，那就说明绝对不是将这东西弄到北京去换一大堆纯金在家里放着。曾本之最后推测，一定是有人想做胆大包天之用！他提醒郑雄，还是小心谨慎为妙，不要弄得连八宝山都进不去，而是进了秦城监狱。

郑雄确实不太了解，他所了解的东西一般都到老省长和熊达世那里为止，偶尔老省长心里窝火发牢骚时，才能听出一点皮毛的东西。老省长和熊达世在郑雄没有见过面的那个人面前，从为了争宠而不断争斗，变成百分之百的合伙人，前提是熊达世将手里的和氏璧玉玺与九鼎八簋都献出来，与将要到手的曾侯乙尊盘一道形成熊达世所吹嘘的某种无形的宇宙力量，不仅能改变一个人的命运，更能让一个人登峰造极。

曾本之对郑雄所说的登峰造极十分敏感，他再次提醒郑雄，登峰造极不成便是万劫不复。他将这句话作为对郑雄没有在那伙人面前吐露曾侯乙尊盘真相的奖赏。

在地下通道里完成这项交易之后，曾本之就开始了二十四小时的煎熬。在漫长的黑夜里，曾本之根本无法合眼，一连两次共服下四粒安定也毫无作用,眼看脉搏与血压都变得越来越不正常,安静几次要去医院,最后一次都将曾小安喊起来备车了,还是被曾本之严词拒绝了。曾本之说的话很有道理,从曾侯乙尊盘离开自己的视野,至今已有二十几年,如果再晚几年出现,自己也许就没机会亲手抚摸它了。他很庆幸曾侯乙尊盘与自己的缘分还在,还没有走到尽头,这就像前些年从台湾岛上回到大陆的老兵,离别几十年,终于要与亲人重逢,谁要是不激动,还是血肉做成的人吗?熬到天亮,他穿好衣服,进到书房面对曾侯乙尊盘黑白照片坐下后,心情才稍稍平缓一些。

看到曾本之这副模样,曾小安就说:"爸爸这辈子只有两次急成这种鬼样子,另一次是郝文章被警察带走之后。"

郝文章开玩笑说:"看来爸爸更心疼女婿。"

曾小安说:"不一定吧,爸爸对丢了曾侯乙尊盘是痛心,对丢了女婿只是伤心!"

一家人都在家里待着,终于等到下午四点,曾本之一分钟也不耽搁,穿上大衣就往外走。

天气阴冷,跟在身后的郝文章一连打了几个寒噤,走在头里的曾本之却昂首阔步一点事也没有。经过东湖路地下通道时,那个摆着一只楚鼎的男人还在那里敲打青铜残片。郝文章忍不住朝那只楚鼎看了两眼,然后追上曾本之问他的看法如何。曾本之直到出了地下通道,来到楚学院门外,才扭头反问他,自己已经看过了就不要问别人的看法,自己拿主意就行。

楚学院楼上楼下都很安静,丝毫不像曾本之内心那样紧张。每隔十来分钟曾本之就要从"楚弓楚得"室出来上一次卫生间,并绕到"楚璧隋珍"室门前看上一眼。如此反复多次,电梯忽然响了,有人抱着一只纸箱走出来。紧接着又出来两个抱纸箱的男人。最后出来的郑雄空着手,他有点虚张声势地冲着曾本之和郝文章解释,老关自己有事来不了,就让郑雄作代表,将曾本之和马跃之的书法作品布置在楚学院,在内部展览一下。这样做也是因为明天是曾侯乙尊盘最后一次送楚学院年检的日子,如此也算是一种特殊的纪念。

郑雄特意打开一只纸箱,里面装的全是装裱好的书法作品。

有一阵子郑雄真的在走廊上忙着指挥那些人如何布置这些书法作品。这里指指,那里指指,缺钉子时,就有人去买钉子。缺射灯时,就有人去买射灯。缺电线时,又有人去买电线。手忙脚乱的郑雄,一会儿就将来帮忙的人全支开了。

此时此刻,郑雄才让曾本之掏出一把钥匙,打开"楚璧隋珍"室,将那只没有打开的纸箱抱进去。曾本之会意地跟进去后,让郑雄和郝文章,一个在门外守着,一个在电梯门口守着,只留自己一人在屋里。

曾本之独处的时间只有五分钟。

五分钟一到,曾本之就将门打开了。郑雄和郝文章进到"楚璧隋珍"室一看,屋里空荡荡的,放在门边的纸箱子也是空荡荡的,除了早先一直放在屋里的几样必不可少的检测工具,不用说曾侯乙尊盘,就连普通的烟灰缸也见不到。不仅如此,曾本之脸上连日来的焦虑也一扫而光。

平静的曾本之,那模样可谓是心如止水。无论郑雄如何诧异,挂在曾本之脸上的隐隐笑意都没有任何改变。郑雄和郝文章在屋子里看了十分钟也没看出破绽。连同曾本之用去的五分钟,已经用去十五分钟的郑雄不得不同曾本之他们一道退出"楚璧隋珍"室。

趁着电梯显示屏上的数字还是"1",郑雄站在走廊上小声问曾本之:"您真的将曾侯乙尊盘藏好了?"

曾本之说:"当然,我不可能将它扔到窗户外面。"

郑雄继续问:"为什么就一点痕迹也看不到呢?"

曾本之说:"你以为这二十年我什么也做不了,只能依靠别人的摇唇鼓舌混日子?"

郑雄不做声了,并且一直沉默到第二天早上八点钟。

这期间曾本之回家去了,郝文章本想借故留在楚学院,与郑雄一起照看"楚璧隋珍"室,以及被曾本之藏得找不见的曾侯乙尊盘,却又无法抗拒曾本之要他一起回家的命令。曾本之说的也有道理,此时此刻,十个曾本之和郝文章加在一起,也抵不上郑雄一个人。不是说郑雄防范能力有多强,而是郑雄将自己的前途与命运全押在曾侯乙尊盘上,容不得有半点闪失。

走在路上,郝文章实在忍不住问曾本之,屋子里空荡荡的,怎么能将曾侯乙尊盘藏得不见任何蛛丝马迹。曾本之回答说,世间之事原来都是极其简单,就因为人们将其想复杂了。如果说,一间屋子藏不下东西,那就不用藏了,什么地方能存放,便放在那里。郝文章想了半天,还是想不起来。曾本之只好告诉他,当做检测台的桌子不是有内斗吗,掀开桌面,刚好将曾侯乙尊盘放进去。郝文章觉得有些冤枉,如此简单的方法,为何自己就想不到。同时,他也认为这个方法或者靠不住,明天上午八点,博物馆的安保人员进去一查就会发现的。曾本之当然明白这种可能性是存在的。不过,连郝文章、郑雄这样明知曾侯乙尊盘就在那间屋子里,都想不出藏在什么地方,那些安保人员的目光,只会盯着从博物馆移送过来的曾侯乙尊盘,更不会分出闲心去想,这世界上还有人既不偷也不抢,只是用此曾侯乙尊盘去调换彼曾侯乙尊盘。

第二天是二月六号,也是正月十五元宵节。一夜无事的曾本之和郝文章，按时于八点整赶到楚学院。刚到六楼，还没来得及与郑雄说话，文化厅的老关书记就来了。隔着老远，老关就将手伸过来，并告诉大家一个好消息，一会儿庄省长要来看曾本之和马跃之的"才高八斗"书法作品展，并亲自当面宣布同意由郝文章担任曾本之的助手的批复。曾本之觉得奇怪，庄省长要看书法展，怎么这时候才打招呼，并且也不通知马跃之到场接着。从曾侯乙编钟仿制成功以后，历任省长都不再来楚学院，曾本之当院长时，就曾听人明确说过，省长担心楚学院要钱仿制曾侯乙尊盘，要钱发掘几处岌岌可危的楚国贵族大墓。曾本之问了几遍，老关都坚持说，庄省长绝对是专门来看书法作品，如果真有别的事，也是趁着元宵节顺便看望楚学大师。

八点四十分时，庄省长真的来了，轻车简行，除了秘书没有带第二个人。听过老关和郑雄介绍，庄省长将曾本之的手握了好久，说了好多赞美的话，而且真的像老关说的那样，当面亲自宣布同意由郝文章担任曾本之的助手。曾本之本想也说句客气话，不曾料想嘴一张竟然冒出一句："你就是楚庄王的转世之人呀！"庄省长是何等圆滑，马上回答说，到底是大师，随随便便说句话，都有极深厚的文化底蕴。不待曾本之再开口，他马上转向郑雄，说自己一直想感谢郑雄的考研辅导，他儿子已确定被武汉大学录取了。

接下来，老关便开始陪同庄省长看挂在走廊一边马跃之的书法作品。

这时，两个博物馆的安保人员上到六楼。曾本之很熟悉这套流程，不等人家开口，就将"楚璧隋珍"室的门锁打开。两个安保人员很认真地查看一遍后，包括一个人去录像监控室，一个人留下来与之配合，确信没有任何问题后，有点假模假式地用一张封条将重新锁上的门封住，然后像钉子一样守在门的左右。

一看到安保人员在测试电视监控,郝文章突然满脸涨红。他三番五次哆嗦着嘴唇想与曾本之说些什么,都被曾本之平静的目光逼了回去。大概是受到郝文章的影响,郑雄变得满脸通红,最紧张的时候,双手甚至有些颤抖。庄省长有些察觉,就问郑雄哪里出了毛病。郑雄没有回答,曾本之抢在前面替他说,自己年轻时也是这样,一到曾侯乙尊盘年检时,心里就会紧张,一紧张手脚就不听使唤,毕竟是国宝中的国宝,心里出现特别的刺激也是正常的。庄省长便开玩笑,说自己的手脚也有些颤抖了。庄省长将手伸到曾本之面前,那样子真的在颤抖。

九点整,两名武警士兵出现在电梯口,随后又是两名安保人员,紧接着出现的是一辆上面放着防爆保险柜的手推车和负责推车的博物馆工作人员。一行人顺着走廊来到"楚璧隋珍"室门口,由安保人员撕下刚刚贴上去的封条,又做了一套仪式感很强的动作,将防爆保险柜打开,取出在博物馆展出的"曾侯乙尊盘"放在检测台上。已经站到检测台前的曾本之点点头,做了一个请的手势。包括安保人员在内的所有人员,全部退出"楚璧隋珍"室,并且将门关上。

屋内只留下三个人。

曾本之对作为助手的郝文章和郑雄说:"我明白你们为何紧张,是担心监测录像在头顶盯着,没有机会作弊。我们不是作弊,没什么好担心的。一切都包括在天意之中。人在做,天在看,心中无鬼,百无禁忌。"

说归说,曾本之还是想到办法了,他要郑雄准备好将检测台上的"曾侯乙尊盘"抱起来,郝文章则准备好将检测台台面掀起来,等自己用脱下来的大衣挡住监控探头,他俩同时动作,将昨天下午预先放在检测台内斗里的曾侯乙尊盘,与刚刚由博物馆搬来的"曾侯乙尊盘"迅速调换位置。说完,曾本之就要开始脱大衣,他刚撩开衣襟,不知何处啪地响了一声,整个楚学院全部停电了。

屋里的三个人还没反应过来,门外就响起老关的声音。

大概是在门口担任守卫的武警士兵拦着不让进来,非要让老关报上姓名。哨兵手里显然有一份事先备好的名单,老关报上自己的名字后,哨兵马上响亮地说:"首长请进!请首长带头遵守上级指示,只带一名客人入内!"接下来哨兵在外面敲了三下门,继续响亮地说:"请专家开门,首长带着一名客人需要进来!"

郑雄伸手将门打开,老关带着庄省长闯了进来。

老关完全是此地无银三百两地声明,自己没有假借停电名义违反相关制度,实在是赶上了,这也算是天意。郑雄不是说过,庄省长是二十一世纪的楚庄王吗?天意让庄省长穿越时空回到楚国,零距离看看本来就是楚国国之重器的曾侯乙尊盘,也算是一件雅事。

说话时,庄省长已经伸手摸着从博物馆搬来的"曾侯乙尊盘"了。

曾本之正要阻止,庄省长忽然轻轻叫了一声,说是手指被"曾侯乙尊盘"上某个锋利的棱角割破了。老关上前一看,庄省长的手指上果然有血渗出来。老关一点也不着急,反而说,看来真是缘分了,早听说凡是前程锦绣大富大贵之人,指尖血滴在曾侯乙尊盘里就会冒紫气。老关像是不由分说那样,捏着庄省长的手指,挤出一滴血,无声无息地掉进从博物馆搬来的"曾侯乙尊盘"中。片刻后,也不知是从窗口照进来的阳光,还是眼睛看花了,真有一股小小的紫气,从"曾侯乙尊盘"中袅袅升起。

前后不到五分钟,庄省长一直没有吭声,有什么话也是由老关开口言说。那股小小的紫气刚一消散,满脸祥瑞之气的庄省长便转身往外走。老关也跟着往外走。从"楚璧隋珍"室到电梯口，走得慢一点也只要三十秒钟。出门后老关抢在前头走到电梯口，刚好电就来了。

郑雄没有跟着老关送庄省长到电梯口，他被曾本之的目光留下来了。

事后算起来，由于曾本之不用脱下大衣遮挡监控探头，多出了一双手直接从检测台内斗里搬出昨天下午预先放进去的曾侯乙尊盘，而不需要任何停顿，全部调换时间不会超过二十秒钟。如果不是曾本之额外增加一个小动作，所花费的时间或者更少。从博物馆搬来的"曾侯乙尊盘"放进检测台内斗后，郝文章和郑雄，一个抱着台面，一个抱着被老三口盗走后在东湖边的老鼠尾埋了二十多年的曾侯乙尊盘，等待之际，曾本之忽然将手指伸到鼻孔里，抠了一些东西放在从博物馆搬来的"曾侯乙尊盘"上、庄省长刚才滴了一滴血的地方，并随口骂了一句鼻屎。

电来时，屋子里的一切已经恢复正常。

郑雄很高兴，郝文章也很高兴。

被老三口盗走的曾侯乙尊盘在东湖边的老鼠尾埋了二十多年，得幸是用油布包裹得十分严实，与失踪之前几乎无异。曾本之的脸上却看不到一丝笑意。整整一天，曾本之中午都没有休息，午餐也只是喝了一杯牛奶，其余时间通过一支细小的毛刷全部用在曾侯乙尊盘上。老三口不愧是骨灰级的青铜大盗，对曾侯乙尊盘的保护做得十分细致。毛刷所到之处，就像男人的手指轻轻触碰美人肌肤，又像女人的指尖轻轻寻觅片片花瓣。一别二十几年，总在记忆中的曾侯乙尊盘，重归现实。曾本之不免心存对老三口的谢意，如果不是老三口的此番义盗，这么多年，仅单单是像庄省长这样，一人一滴污血就有可能毁掉这千百年修炼而成的国之重器。

以曾本之一己之力,能够化解熊达世那样惯于搞歪门邪道的偷天换日贼,却无法应对那些强权在握的明火执仗者。

曾本之全身心倾注在曾侯乙尊盘上。

老关对曾侯乙尊盘的关心也很多,上午来了三个电话,问检测情况如何。每次都要附带着强调,庄省长本意是赶在元宵节这一天,慰问曾本之等老专家,见到曾侯乙尊盘纯粹属于巧合,希望曾本之不要将这种巧合写进检测报告里。到下午,老关不打电话了,亲自跑过来,在六楼守着。"楚璧隋珍"室门一打开,便第一个跑进去。郑雄明白老关的来意,他将曾本之亲自书写的检测报告递过来,老关匆匆看了一遍,又细细看了一遍,上面确实没有关于庄省长与曾侯乙尊盘如何如何的记载。

老关放心地说:"到底是权威专家,每一个字都十分有科学性。"

曾本之说:"写这个报告,不用科学,只讲事实。"

郝文章和郑雄则表示,除了我们三个,别的人确实与曾侯乙尊盘无关。

老关听不懂他们的话,脸上皱纹塞满了各种各样的惬意。

"楚璧隋珍"室门打开后,从东湖边的老鼠尾重新"出土",再摆在检测台上的曾侯乙尊盘,被曾本之亲手放进防爆保险柜里,最后在武警士兵和安保人员的护送下,离开楚学院,返回博物馆。

大概是想起什么,老关转过话题说起书法展,说庄省长对曾本之和马跃之的书法赞不绝口,不仅说下次在美术馆正式展览时一定会来参加开幕式,还会拨一笔专款,为他俩出一本精美的书法作品画册。

曾本之不随老关的语境走,继续说庄省长来楚学院的目的,百分之百冲着曾侯乙尊盘。除了在楚学院,其他任何地方,非特定专业人员是不可能有机会与曾侯乙尊盘亲密接触，更不可能将自己的指尖血滴入曾侯乙尊盘，试试传说中的效果。曾本之说的最大的实话是，老关已到了比较尴尬的年纪，有如此贡献在手，进入水果湖的机会也就牢牢把握在手了。老关对曾本之如此说话有些不高兴，又不能当面发脾气。好在曾本之也没有太当真，毕竟庄省长的指尖血并非滴在他所珍惜的曾侯乙尊盘上，到最后，曾本之还说感谢老关，停电停得太及时，帮自己解决了一个大难题。老关怕再听到难听的话，就借着这个台阶下台，也反过来感谢曾本之的宽厚包容，让他终于见到传说中青铜重器发生的紫色祥瑞之气。曾本之半是玩笑地告诫，这种事若是放在封建王朝，被皇帝发现了，不仅会满门抄斩，还要挖祖坟毁龙脉。

老关讪笑而去，临走时，还记得与郑雄说，庄省长得知郑雄除了跟着老省长，还与一个叫熊达世的有合作关系，便替郑雄担心，接连两次说到熊达世为人心术不正，在京城行走时使用的全是旁门左道，表面上是帮人家，实际上害人不浅。至于庄省长这话是要郑雄改换门庭还是有其他意思，老关自己也不清楚，但他相信郑雄会做出正确选择。

郑雄顾不上多想，老关一走，他就忙着将藏在检测台内斗里、由安保人员送来年检的"曾侯乙尊盘"取出来装进纸箱里。郑雄抱着略显沉重的纸箱准备走时，曾本之让他等等，想想是不是还有什么事情忘记了。郑雄眨着眼睛怎么也想不起来。曾本之盯着郑雄看了又看，终于叹口气，挥手让他走了。

郝文章稍后问："您让郑雄想什么？"

曾本之说："曾侯乙尊盘回来了，你也回来了，我想让他在这屋里忏悔一下！"

郝文章说："我猜他不是想不起来，而是不肯那样想。"

曾本之说："他喜欢玩政治，就让政治来对付他吧！"

这天傍晚，曾本之离开楚学院回家时，每走几步就要扭头往回看一看，眼睛充盈着从未有过的柔情爱意。路过地下通道时，那个男人和他的那件一看就是伪器的楚鼎还在那里。曾本之和郝文章从身边路过时，那男人突然开口说："两位先生，这么好的宝物就在眼前，你们也不肯留步看上一眼？"郝文章想回一句什么，却被曾本之强行拉开了。

到家的第一件事就是让郝文章帮忙，从书房的墙上取下那幅挂了二十多年的曾侯乙尊盘黑白照片。安静和曾小安热烈响应，说如此最好，曾家人被曾侯乙尊盘压迫了二十多年，也该翻身得解放了。

因为是元宵节，又因为将真正的曾侯乙尊盘找回来了，安静和曾小安做了满桌子好吃的菜，曾本之也破例喝了三杯酒。

一家人正吃得高兴，郝文章突然一愣，随之脸色就变了。

曾小安最先发现，连忙问："该不会又是曾侯乙尊盘出了什么事吧？"

郝文章盯着曾本之说："按道理只有真的曾侯乙尊盘才有可能冒出那么一缕紫色瑞气！"

曾本之也怔住了："是呀，我怎么就没想到，如果是仿制的伪器，就不可能有国之重器的能量！"

曾小安在一旁提醒说："那天在养蜂汽车里，你说在江北监狱时，只要一提到曾侯乙尊盘，老三口就会说，非大德之人，非得天助之力，不可为之！"

郝文章说："是的，好多次，我故意激老三口，说他空有江湖上的盛名，其实也不可能仿制出曾侯乙尊盘。每次他都用这话来回答，我以为他是在自吹自擂。"

"非大德之人,非得天助之力,不可为之!"曾本之将老三口的话重复几遍后,突然放下筷子对郝文章说,"你将华姐送的那只透空蟠虺纹饰附件残片拿来看看!"

郝文章不敢怠慢,赶紧到书房里取,他刚将透空蟠虺纹饰附件残片拿到手,曾本之已性急地跟进书房来。就着台灯灯光,曾本之将透空蟠虺纹饰附件残片拿在手里,一边用放大镜盯着看,一边用细毛刷和牙签轻轻打理。

看到后来,曾本之慢慢抬起头来:"文章,这东西在你那里放了几个月,你应当很熟悉它,说说你的看法吧!"

郝文章小心翼翼地说:"我还是想先听听爸爸您的看法!"

曾本之不高兴了:"你可不要向某人学习。当初你连失蜡法都敢否定,怎么现在胆子变小了,不敢说真话了?"

郝文章看了看闻声赶过来的安静和曾小安,好不容易开口说:"爸爸,反正我是学生,是晚辈,说错了我愿意认打认罚。一开始我也以为这透空蟠虺纹饰附件残片是新近仿制的伪器,可是后来越看越觉得不对劲,很像是有人故意将真品做得像是伪器!所以,我认为它不是伪器,而是楚国工匠用范铸工艺制作曾侯乙尊盘时,多余下来的一小块真品!"

曾本之长叹一声:"人老了容易犯经验主义错误。你说得对,我被老三口骗了,这块透空蟠虺纹饰附件残片应当是真品!这家伙太聪明了,不只是聪明,简直是个天才。别人只会绞尽脑汁弄假成真,他却反其道而行之,居然来个弄真成假。我被他上了一课,还好,答案还算及格,郑雄他们拿走的尊盘也不是伪器,只不过不能叫曾侯乙尊盘,而有可能是'曾侯甲尊盘'或者'曾侯丙尊盘'。而且那套九鼎八簋也不是伪器,同样是真器。"

郝文章急了:"那我们该怎么办?是报警还是自己去追?"

曾本之想了好久才摇着头回答:"孩子,记住这句话,青铜重器只与君子相伴。如果不是君子,青铜重器自己会做出选择!"

安静连忙说:"赶紧回去吃饭,好不容易轻松一下,可别又给曾侯乙尊盘弄得一家人从早到晚紧张兮兮的。"

一家人重新拿起筷子,没吃几口菜,门铃突然响了。

楚楚习惯地飞跑过去,拿起对讲机,传出来的是一个不太熟悉的男人声音,说自己是沙海,赶在过年的最后一天来给曾先生拜年。楚楚犹豫不决时,郝文章走过去问清楚真是沙海后,便按下了绿键。沙海一进家门,就塞了一个红包给楚楚。楚楚懂得客气,正说不要不要,门铃又响了。这一次从对讲机里传出来的声音让楚楚很高兴,因为接着要来的人是马跃之和柳琴。

三个人不约而同地来曾家的目的,不尽相同,沙海是真的来拜年的。马跃之和柳琴却是来祝贺曾侯乙尊盘的失而复得。曾本之想起什么,就让郝文章用自己的手机给许姬发短信,问郑雄回来没有?一会儿许姬就回复说,郑雄刚与她通过电话,有个身份特殊的男人闯进设在成都的美国领事馆,像是要闹出什么事,老省长和熊达世有些焦虑,让郑雄待在兵工厂,哪里也不能去。

曾本之毫不在意郑雄说的成都美国领事馆的什么事,马跃之也是如此,说如果纽约大都会博物馆发生什么事,那些被美国佬从中国强行抢去的青铜重器倒值得我们关心。接下来曾本之与马跃之约定,明天上午去博物馆看刚刚检修过的曾侯乙尊盘。

第二天上午九点差十分,曾本之带着郝文章在博物馆侧门与马跃之会合,三个人刚走到主馆的台阶下面,就看到老关紧跟着庄省长从高处匆匆走下来。曾本之正在发愣,庄省长一大早跑到博物馆来干什么?庄省长已经冲着他伸出手来。曾本之下意识地将手伸出去与庄省长握了一下。在他依然想不起要与庄省长说句什么话时，庄省长已经依次握过马跃之和郝文章的手，真的有些像乘着战车的楚庄王那样，豪情满怀地走远了。跟在后面的老关倒是抓紧时间说了一句话，庄省长刚刚表态了，这一次曾侯乙尊盘的检修工作做得太神奇，省政府要重重地褒奖曾本之。

这时候，穿长裙的博物馆副馆长像飞一样从高处跑下来。

曾本之记得她是从什么剧团调过来的，是个有点名气的角儿。

此时游客还没进来，主馆外面空旷的台阶上只有几个人。

副馆长激动不已，开口就说，曾侯乙尊盘太神奇了。副馆长是一早就被电话叫过来的。打电话的人是值班的安保科长。今天凌晨四点，也就是通常所说的五更时分，值班的安保人员巡查到曾侯乙馆时，忽然听到一阵细微的鼓乐声。安保员找了半天，就像蟋蟀声，越是细听，越是找不到响声来源。安保员以为自己耳鸣，就将另一个安保员叫来听，结果是一样的。副馆长说，更奇怪的事情还在后面，天快亮时，两个安保员同时闻到一股异香，这一次，他俩可没犯糊涂，寻着踪迹嗅过去，发现那些香气都是从存放曾侯乙尊盘的防护柜里飘出来的。副馆长用唱戏的腔调说，按照常理，这怎么可能呢，防护柜的作用就是将受保护的文物与外面的空气隔绝开来，里外空气不可能流通，可是，那香气怎么能出来呢？昨天下午，曾侯乙尊盘检测完毕，放回来时，她也在场，除了有轻微的青铜气味，绝对没有什么香味。然而，副馆长一大早闻讯赶过来时，千真万确地闻到一种罕有的香味。她一激动，就给老关打电话。老关一激动就给庄省长打电话。庄省长一激动牙也没刷就赶过来见证奇迹。

说完这些，一行人已经走进曾侯乙馆。马跃之趴在防护玻璃上看了一阵，回头冲着曾本之和郝文章竖起大拇指，然后退到一边，与他俩站在一起，很享受地看了一阵。

曾本之想起什么，就对陪在身边的副馆长说，这种事本不应该当成正经事向上汇报的,谁碰见了,撞上了,那是谁的造化,如果弄得那些有权有势的人着了迷,天天夜里在曾侯乙馆里摆一张床,或者放上茶几,等着听仙乐闻天香,博物馆就成了娱乐馆或者是算命馆。副馆长连忙解释说,老关就是这么吩咐的,还说这也是庄省长的意思,不让声张,也不让外传。副馆长还追着问,这种事可不可以当真?曾本之没办法,就让郝文章替自己回答,郝文章想也不想就说,我们确实应当相信,世间万物都是有灵魂的。

没有人问马跃之,他自己在那里说:"我怎么觉得这事有僭越之嫌?"

待了一个小时,三个人开始往楚学院去。在东湖路地下通道里,那个男人还在,面前仍旧摆着那只一看就是伪器的楚鼎。见到曾本之他们,那个男人继续重复着早先说过的话,要他们停下来看上一眼,不要错过一生中难得的机遇。曾本之已经走过去十几步,忽然退回去,破天荒地蹲在地上,拿起那只楚鼎仔细看了一阵。回过头来,他又让郝文章拿过去看了看。不等郝文章看完,曾本之就问那人,这楚鼎卖不卖。那人回答说,这要看对方出什么价。曾本之不假思索地说,人民币六百万元!那人马上从蛇皮袋里取出一只十分精美的木匣子,将地上的楚鼎装进去,再将它们一起装入蛇皮袋。那人一手拎起蛇皮袋,一手从上衣口袋里掏出一封信交给曾本之。也不等曾本之说什么,便扬长而去。

曾本之赶紧撕开信封,一看那些字,居然全是用甲骨文写的。

曾本之故意让郝文章看,并要他说说是什么意思。郝文章念一句,解释一句。他们都没想到,这封信是老三口写给曾本之的。老三口坦白地说,那只用来替换曾侯乙尊盘的尊盘是自己盗墓生涯中最后也是最重要的收获,因为盗得这也许是"曾侯甲",也许是"曾侯丙"的尊盘,老三口才决定收手不干。他认为是老天爷的暗示,再干下去就是逆天了。同时,老三口要曾本之给送信人拿来的楚鼎开个实价,让对方不求从此生活奢华,能过上殷实的平常日子就行,免得他像自己那样铤而走险。

曾本之一想到这人应当是老三口的儿子时,便急忙往那人离去的方向追过去。出地下通道时,正好有三辆公交车首尾相连地从车站里驶出来,待山一样的公交车过去后,公交车站附近再也见不到一个人。曾本之忽然想起被郑雄偷走的那封信,华姐在信中提到过,老三口本想回老家再生一个女儿的。既然是再生一个,那先前一定已有一个孩子。曾本之再次为自己的错过而惋惜。

东湖路上的风很大,潮湿的寒气有些逼人。

曾本之忽然问郝文章:"你还坚信曾侯乙尊盘不是用失蜡法制作的吗!"

郝文章果断地回答:"经过这次失败,我越来越相信,曾侯乙尊盘是用范铸法制作的。"

马跃之接过话题代替曾本之问:"我一直没有机会问,你是从什么时候开始怀疑失蜡法的?"

郝文章说:"那一次,曾老师对我和郑雄说,为什么耕地的犁铧从古到今,仅仅是将木制换成铁制,因为全世界的工匠都一样,不会做'郑人买履'的苕事,自己给自己找麻烦。譬如欧洲的青铜时代只有失蜡法,工匠们也都用得很熟练,这时候,如果设想让某几个少数人用中国工匠中盛行的范铸法制作最复杂的器件,无异于痴人说梦。中国工匠们大概也是一样的,除非有更加方便简捷的工艺方法,否则就不可能让他们放弃传统的工艺方法。我听出来,曾老师还有一句话没有说出口,那就是青铜时代的中国工匠普遍采用范铸法,怎么会有少数几个人异想天开,突然用失蜡法制作国之重器呢?"

曾本之说:"我记得这话,不过我要纠正一下,那些话其实是我对自己说的,是在心里自言自语,也不晓得是何原因,就从嘴里迸出来了。"

马跃之说:"你这想法其实是个哲学命题。中国人有时候就是犯愣,认为欧洲青铜时代有失蜡法,中国的青铜时代也应该有,否则,连古代的中国人都会低欧洲人一等。你看看现在的欧洲学校,哪有让所有学生都学中文的。偏偏中国人,非要孩子从小学起就开始人人都得学英文。"

有天早上,曾本之看日历时忽然想起来,如果郝嘉活着,今天也该做七十大寿了。曾本之正在暗暗伤感,曾小安过来对他说,今天家里人哪里也不许去,一切都要听她的安排。上午九点,曾小安一声令下,从曾本之到楚楚,都跟着她下楼上了香槟色越野车。出了小区,见曾小安开着香槟色越野车顺着沿湖路往东走,曾本之心里就有种预感,这是去九峰山公园。走完沿湖路,香槟色越野车继续往东行驶时,曾本之对这一点已确信无疑。

香槟色越野车驶到九峰山公园门口,老远就看见马跃之和柳琴,沙璐和万乙,还有沙海在朝他们招手。到这一步,曾本之更是明白,大家是来祭拜郝嘉的。

就在这时,曾本之的手机响了。

一看是许姬的电话,曾本之有点犹豫地按下了绿键。

手机里立即传来许姬近乎哭泣的声音。许姬告诉曾本之,郑雄高烧三十九度八现在中南医院里躺着,她是趁着回家给郑雄拿内衣换洗的机会打这个电话的。

昨天傍晚,郑雄接到老省长他们的通知,让将"曾侯乙尊盘"送到停在武汉港的一艘邮轮上。一是为了避开火车站与机场的安检;二是听信熊达世的预言,"曾侯乙尊盘"要去的那地方,以及预备用"曾侯乙尊盘"做某种事情的人五行中缺水太多,所以"曾侯乙尊盘"必须全部走水路,尽可能多带一些水运过去,方能化解那个眼下非解不可的死结。郑雄弄了一条快艇,从上游的金口上船,顺水驶来,一直很平安,经过武汉长江大桥时,也是风平浪静,偏偏一到长江和汉水交汇的龙王庙前,快艇就不听使唤了,坐在船舱里的郑雄死死抱着装有"曾侯乙尊盘"的木箱,小汽艇越颠越猛。郑雄后来说,突然之间,像有一只大手从江底伸出来,生生从他怀里夺过那只木箱子,轰隆一声坠入江中。奇怪的是,刚刚还在翻江倒海的快艇,马上恢复平稳。郑雄却惨了,快艇靠岸不久,他就发起高烧。许姬没说要曾本之帮忙,她已经听夜里赶到医院的熊达世说过,凡是掉进龙王庙一带江里的东西,除了龙王谁也无法捞起来。因为郑雄一直在说胡话,非要跳进江里将"曾侯乙尊盘"捞起来。许姬才打电话来,想确认这种说法是不是真的。曾本之如实告诉她,可以查一查一九九八年夏天武汉的抗洪资料,他记得当时所有的文章都是说,就是一条千吨级的大船,沉入龙王庙前的江底,也无法打捞。在两江交汇处,对付江底的暗流的唯一办法是将江水抽干。

许姬那边大概是不方便了,话没说完就将手机挂断了。

曾本之收起手机看着郝文章正要说话,旁边的安静抢先说:"天意,一切都是天意!"

郝文章顺着安静的话说道:"这个世界上有些东西真是唯一的。"

与马跃之他们会合时,曾本之迫不及待说了这些事。别的人异口同声地表示,这太出乎意料了。马跃之却淡淡一笑地说,该天谴的一定会遭天谴,该天赐的一定会有天赐。

接下来,马跃之一转话题,问曾本之想清楚郝嘉最后时刻伸出三个手指是何意思没有。曾本之毫不犹豫地回答,大年三十夜里,在东湖边的老鼠尾寻找曾侯乙尊盘时自己就想明白了,郝嘉的意思一点也不玄乎,就是告诉别人,曾侯乙尊盘在青铜大盗老三口手里。马跃之乐呵呵地说,本之兄遇事总比他高一头,他还以为郝嘉伸出三个指头与蒋介石离开奉化时伸出三个手指的意思相同。曾本之一撇嘴角表示,幸亏自己没有自视太高,否则这一次肯定要被那两封用甲骨文写的信吓破胆。曾本之还说,别的武汉人都是大事小事都要斗个嘴赢,谁说四川有座峨眉山,离天只有三尺三,那他一定要说武汉有座黄鹤楼,一半伸在天里头,马跃之却是武汉人中罕有的另类。说着,他要郝文章将手机里的短信掏出来,让大家看看马跃之是何等聪明狡猾。郝文章手机里的短信是昨晚收到的,意思是说,因为有诗在前,所以将黄鹂路邻近的街道叫了翠柳街,至于与白鹭街为邻的省委省政府门前大街为何不叫青天路,不可对取名的那些人妄加批判,不定人家正是以此暗讽说,本城没有青天!郝文章手机里的短信是曾小安发的,曾小安那里又是柳琴发的,柳琴也是转发的,几经换手,都没有删掉最后署名的跃之二字。马跃之急得连连叫唤,说柳琴这是陷害亲夫。

一阵风吹来,楚楚叫得更响,说是下雪了!

那双伸向山野的小手中,果然捧着一朵近乎蟠虺纹饰的小小雪花。

顺着天空中飘飘荡荡的雪花望去,走在最前面的曾本之,几乎不敢相信自己的眼睛:曾经被破坏得乱七八糟的郝嘉的墓地,不仅修整一新,还有一大块被红布遮挡着的不知是做什么用的石碑。大家站定了后,安静将楚楚叫到前面,小声告诉他,这里埋葬着一个天下最好的人,如果他没有死,今天就能吃七十岁的生日蛋糕。这个人是爸爸的爸爸,也就是楚楚的爷爷。楚楚很乖,马上跪下来磕了三个头,还大声说,我爱你爷爷,我是你的孙子,我叫楚楚!郝文章和曾小安自然也要说些话,随后每个人也说了各自想说的话。

经过如此对在场的人的身份确认之后,曾小安和郝文章,还有楚楚拿起盖在碑上的那块红布,一齐用力掀开,露出一座形状像曾侯乙尊盘的墓碑,上面雕刻着一首赋。

到这时候,曾本之才明白,原来曾小安和安静一直在瞒着他重修郝嘉的墓地。那篇赋是郝文章在养蜂汽车上写的,郝文章听说曾本之写了一篇《春秋三百字》,便跟着学样写了这篇《青铜三百字》:

  历史这棵树上,青铜是早孕之花。人世那根草下,青铜是先生之芽。都说国之重器,鼎簋正如国色牡丹。原来人中圣雄,甗簠当比龙凤梧桐。

  天涯相望檀香绕铜镜,琼楼玉阁丹桂掩罍觥。

  一辞莫赞尊盘紫薇紫,众口熏天觚觯红梅红。

  彝斝醉君子,知我罪我惟其春秋;卣爵梦杜鹃,情断情长总是无穷。

  戈矛戟刀剑钺,松竹梅杨柳槐,鹰视狼步不相为谋;铙钲镦铎钩铃,荷菊兰桃李杏,蜂合豕突岂敢苟同。

  艰辛锸耨镰,怒斥为虐二竖子;实诚耒耜锛,不使二桃杀三雄。

  今世凝华,古典青铜。那朝秦暮楚之徒,不过是买椟还珠,纵然上下其手,难抵董狐一笔,终归画龙不成反变虫。

  为寒则凝冰裂地,为热当烂石焦沙。爽拔不阿者,最是奇葩龙种!

  苍黄翻覆,霜天过耳,且与时光歃血会盟!

      2013年12月16日嫦娥三号登月之夜初稿
      2014年1月10日于斯泰园定稿

图书在版编目（CIP）数据

蟠虺/刘醒龙著.-上海：上海文艺出版社.2014.4(2014.10 重印)
ISBN 978-7-5321-5229-2
Ⅰ.①蟠… Ⅱ.①刘… Ⅲ.①长篇小说-中国-当代
Ⅳ.①I247.5
中国版本图书馆CIP数据核字（2014）第069161号

策　　划：魏心宏
责任编辑：谢　锦
封面设计：钱　祯

蟠　虺
刘醒龙　著
上海世纪出版集团
上海文艺出版社　出版
200020　上海绍兴路74号
上海世纪出版股份有限公司发行中心发行
200001　上海福建中路193号　www.ewen.cc
太仓市印刷厂有限公司印刷
开本650×958　1/16　印张29.5　插页2　字数331,000
2014年4月第1版　2014年10月第4次印刷
印数30,201-35,300册
ISBN 978-7-5321-5229-2/I·4134　　定价：35.00元

告读者　如发现本书有质量问题请与印刷厂质量科联系
T：0512-53522925